PETRONICA

TOM F. LANGE

PETRONICA

Die ganze Welt treibt Schauspiel

HOLLITZER

Gedruckt mit freundlicher Unterstützung von:
MA 7 – Kulturabteilung der Stadt Wien

Stadt Wien | Kultur

Tom F. Lange: *Petronica. Die ganze Welt treibt Schauspiel*
Hollitzer Verlag, Wien 2021

Lektorat: Barbara Hofmann, Maria Niegelhell
Umschlaggestaltung: Nikola Stevanović
Satz: Daniela Seiler
Hergestellt in der EU

www.hollitzer.at

HOLLITZER

ISBN 978-3-99012-891-6

Meiner Mutter Barbara gewidmet.

Hannes – Weggefährte und Mentor –, ich danke Dir!

Ich frage dich, mein teuerster Agamemnon,
ob du die zwölf mühsamen Arbeiten des Hercules im Kopf hast
oder die Geschichte von Odysseus, wie ihm der Cyclop den
Daumen mit Hilfe eines Ringes ausgerissen hat?
Immer wieder habe ich das als Knabe bei Homer gelesen.

Petronius, *Satyrica*, 48, 7

PROOEMIUM

Betrachten Sie eine Zwiebel, eine ganz gewöhnliche Zwiebel: Ob sie nun weiß, gelb oder rot ist, ihre äußerste Schicht ist trocken, meist runzlig und spröde – ein gänzlich uninteressanter Anblick, der kaum geeignet ist, irgendeine Gefühlsregung auszulösen und wenn doch, dann wohl nur Gleichgültigkeit.

Entfernt man die äußere Hülle, erscheint eine weitere Schicht, die bereits glatter und feuchter ist: Ein erster Hauch, ein Vorbote verborgener Qualitäten erhebt sich. Entfernt man auch die weiteren Schichten, kommt man bald zum verwertbaren Teil: zur rundum saftigen, appetitlichen Zwiebel.

Doch auch diese muss in den meisten Fällen weiterverarbeitet werden, um – wie es ihr zusteht – den größtmöglichen, ihr geduldig innewohnenden Nutzen zu entfalten.

Freilich trübt uns das zu bearbeitende Objekt gerade bei dieser Tätigkeit – die höchste Aufmerksamkeit erfordert – zunächst einmal die Sinne: Tränen springen in die Augen, die Nase läuft, der Schnitt des Messers gerät aus der Bahn. Die angestrebte Verarbeitungsform, die eigene Unversehrtheit geraten in Gefahr. Und dies in umso höherem Ausmaß, je besser die Zwiebel ist.

Hat man diese Phase – durch die Klärung der Sinne – überwunden, ist auch die Zwiebel bald so, wie man sie haben will: geputzt, geschnitten, von ungenießbaren und verderbten Stellen befreit; in Struktur gebracht für das, was man aus ihr – mit ihr – machen will.

Nun gibt es Menschen, die mögen Zwiebeln nicht. Manche verabscheuen sie sogar. Denen kann ich nicht helfen.

LIBER I

So das erste der Bücher bildet,
die auf uns gekommen sind

An Imitation of Petronius
Petronii Fragmenta. xxx.

Those Dreams, that on the silent night intrude,
And with false flitting shades our minds delude
Jove never sends us downward from the skies;
Nor can they from infernal mansions rise;
But are all mere productions of the brain,
And fools consult interpreters in vain.

Jonathan Swift.
On Dreams (1727)[1]

Der Alte Mann

Die Lachlust hatte ihren Sitz in der Milz, das Schamgefühl residierte in den Wangen; mich zupft ein gewisser Jemand an dem Teil meines Körpers, in den man sich das Gedächtnis hineinimaginiert hat – an meinem Ohrläppchen: »Schreib«, raunt mir der Unbegrüßte unerbeten zu. »Schweig«, möchte ich ihm antworten, aber ich kann nicht. Das Alter, die geschäftige Termite, nagt an meinem Sein – am wahrnehmbaren wie am wahrnehmenden – und an meiner Zeit. Ich muss fertig werden – jetzt und hier!–, eine Arbeit abschließen, die nie abgeschlossen sein kann. Die ich gar nicht abschließen will. So vieles gäbe es noch zu entdecken, zu erforschen – zu viel für mich, der ich zu wenig weiß. Seis drum; das Werk ist zu vollenden, mein Buch, so unvollkommen es mir geraten ist, ich darfs der Welt nicht vorenthalten. Damit andere schaffen können, was ich nicht schaffen konnte. Wer würde den Nachlass eines alten Mannes sichten? Stöße von Papier, Notizblöcke, haufenweise lose Zettel … Wer mein Geschreibsel entziffern? Einer der bedeutendsten Entdeckungen der Altphilologie seit der Renaissance könnte umsonst gewesen sein. Könnte zurücksinken in den Abgrund der Zeit, aus dem ich sie gehoben habe. Ich allein, das war mein Ehrgeiz. Aber mein Arzt sagt Nein.

Ich lebe sehr zurückgezogen, verlasse das Haus nur, wenn ich muss. Ich weiß, was hinter meinem Rücken getratscht wird.

Verbittert sei ich, unnahbar, ein mieselsüchtiger alter Grantscherben. Gesehen hätten sie mich, wie ich, Unverständliches vor mich hin brabbelnd, den Gehsteig entlanggetrottet sei, den Blick nach innen gerichtet, der endgültigen Verblödung näher, so tuscheln sie, als ich es selbst wisse. Lachhaft! Erstens: Ich habe meine Laterne lang genug über den Marktplatz getragen. Wenn ich Selbstgespräche führe, dann nur deshalb, weil ich dadurch die Gewissheit habe, mit einem Menschen zu reden. Zweitens: Meistens rede ich nicht mit mir selbst, sondern mit meinem Freund, meinem schattenhaften Begleiter. Er ist seit bald elf Jahren an meiner Seite, führte mich in seine Welt hinein und durch sie hindurch; durch die Komödie seines Lebens, die weniger göttlich, aber dafür menschlich war. Bis jetzt habe ich ihn der Welt verheimlicht. Denn er, der Tote, war mir genug zum Leben – ich brauchte niemand anderen mehr. War ich ihm genug? Er hatte nur mich und wird, solange es noch geht, nur mich haben. Ein paar Monate noch, jedenfalls.

Wo und wann genau ich ihn entdeckt habe, ist nicht so wichtig. Es war an einem regnerischen, trüben Junitag gewesen; der Sommer kam in diesem Jahr genauso pflichtvergessen daher wie ich, der ich meiner Arbeit nachzugehen hatte. Die Fundamente eines Gebäudes waren zu prüfen, im Hinblick auf gewisse, noch in Planung befindliche Bauarbeiten. Ich hatte keine Eile; jeder noch so langweilige Außendienst war mir lieber als der Anblick meiner sich selbstoptimierenden Kollegenschaft. Neugierig inspizierte ich den ganzen staubbedeckten Plunder, der in den Tiefen dieses Gebäudes schlief, traumlos, der Welt entrückt, im Frieden mit seiner eigenen Bedeutungslosigkeit. Hinter dem Mauervorsprung eines Raumes entdeckte ich den Zugang zu einer weiteren Kammer und darin eine alte Truhe, voller mittelalterlicher Pergamente, abgefasst in Latein. Müßig stöberte ich darin herum – glücklich, denn mit diesem nicht in den Plänen verzeichneten Raum hatte ich den perfekten Vorwand gefunden, um heute gar nicht mehr ins Büro zu gehen – und erstarrte! Hektisch griff ich nach, wühlte in der Kiste; es war nur ein flüchtiger Blick gewesen, auf ein loses, verschmutztes Blatt, das ich beiseite geschoben hatte. Da! Ich riss es rücksichtslos heraus: *Cena Petronii*. Wie angesaugt haftete mein Blick auf dem Pergament. Was ich bereits aus den Augenwinkeln richtig wahrgenommen hatte, musste ich wieder und wieder lesen, bevor ich seine Existenz akzeptieren konnte. Handelte es sich dabei tatsächlich um jenen schemenhaft bekannten Petronius, der ein wenigstens ebenso rätselhaftes Werk, die *Satyrica,* verfasst haben soll? So wenig Zweifel mir der Fund gestattete, so rätselhaft war er mir zugleich. Denn diese *cena*, dieses *Gastmahl des Petronius* stammte – so stand es auf dem Blatt zu lesen – aus der Feder eines gewissen Giton! Giton? Warum nicht gleich ein Romeo, der ein Drama über eine unglückliche Liebe Shakespeares verfasst hat? Oder Briefe, in denen Gretchen und Dr. Faust über Goethes fatalen Hang zu jungen Mädchen diskutieren? Sollte das ein Witz sein? Eine Parodie? Egal, es musste etwas mit den *Satyrica* zu tun haben, was auch immer, darauf verwies jedenfalls der volle Name dieses geheimnisvollen Autors: *Publius Petronius Giton*.

Die ganzen wilden Spekulationen, die mir damals durch den Kopf gingen, drängten mich zu meinem nächsten Schritt. Meine Lust am Forschen war auf unwiderstehliche Weise geweckt worden. Und da ich die Pergamente gerade erst gefunden hatte, wollte ich sie nicht gleich wieder hergeben. Ich beschloss, sie zunächst selbst zu untersuchen und sie dann – sobald ich meine Neugier gestillt hatte – der Forschung zu übergeben. Nennt das Diebstahl oder Unterschlagung – von mir aus –, ich dachte mir, auf die paar Wochen kommt es jetzt auch nicht mehr an.

Das war, wie gesagt, vor über zehn Jahren. Es ergab sich – nach Ordnung der Pergamente –, dass dieser Petronius ab seinem zwölften Lebensjahr Notizen, *Hypomnemata*, verfasst hatte, die mich umso mehr faszinierten, je länger ich mich mit ihnen beschäftigte. Eine unerwartete Wendung! War doch mein bisheriges Leben von stets nachlassendem Interesse gekennzeichnet gewesen, ob im Beruf, im Umgang mit Freunden oder gar mit Frauen. Aber der Bissen, den ich da auf meine Gabel gespießt hatte, war definitiv zu groß, um ihn auf einmal zu verschlingen. Die Überbleibsel, die sich in meinem Kopf aus dem Lateinunterricht der Schulzeit erhalten hatten, empfanden meine Erinnerungsversuche als Störung der Totenruhe. Homer, Herodot, Flavius Iosephus, Marc Aurel, Iulian »Apostata« und natürlich die *Satyrica* – gekratzt hatte ich bisher nur an der Oberfläche der antiken Welt, und das meistens in der falschen Zeit und am falschen Ort. Nach und nach erarbeitete ich mir die nötigen Grundlagen, erweiterte mein Wissen und ging in die Tiefe. Erst Jahre später begann ich mit der Verschriftlichung und begegnete – in der trivialen Gestalt eines leeren Blattes Papier – der nächsten Hürde. Übersetzen, kommentieren, deuten: Der Pfad der Erkenntnis aus meinem Kopf heraus war komplizierter als jener der hineingeführt hatte. Aber genug von meinen Befindlichkeiten: *Muse! Erzähl' mir vom wendigen Mann …!*[2]

Publius Petronius Giton

Februarius 841 a. u. c. [88 u. Z.], Roma

Durch Prall und Stoß, gelenkt vom blinden Walten steter Weltbewegung, fand ich, ein unbedeutendes Teilchen dieser Welt, zu einem anderen Teilchen, mit dem ich mich verband. Wasser findet zu Wasser, Erde zu Erde, Feuer zu Feurigem. Ich fand zu meinem Herrn. Ich wuchs mit ihm, denn – ohne es zunächst zu wissen – war er von meiner, ich von seiner Art.[3] Doch alles Wachsen hat sein Ende. Mein Herr ist tot und längst bestattet. Notizen hat er hinterlassen, die ich bewahrte und ergänzte. An dich, Leser, gebe ich mein Werk jetzt weiter. Als Staffelholz der Erinnerung, für einen Lauf in ferne Zeiten. Ich bin Giton, ehemaliger Sklave des Publius Petronius Niger.

Kann ich so mein Werk beginnen? Oder soll ich es, wie Marcus Valerius sagen würde, *den Makrelen spendieren?*[4] Petronisch habe ich diesen Anfang gestaltet, mir die Worte des Lucretius geliehen und neu zusammengemischt, wie es mein Publius so gern gemacht hat. Eine verehrende *imitatio* seiner Dichtung. Bestens. Aber dummerweise genau das, was man, seiner Meinung nach, überhaupt nicht machen sollte. Neugierde wecken will ich, untreu bin ich.

Zweifel über Zweifel, schon jetzt – wenig Hoffnung steht am Anfang meines Unterfangens. Mein Herr ist seit über zwanzig Jahren tot und kaum einer erinnert sich noch an ihn, weder an sein Leben noch an seine Bücher. Er hat – im Gegensatz zu anderen – nie mit seinen Taten geprahlt. Und seine Bücher leiden unter der Torheit unserer Zeit. Heute respektiert man nur noch Autoren, die seit mindestens hundert Jahren tot sind. Ich muss immer schmunzeln, wenn mir junge Männer von den Dichtern meiner Schulzeit vorschwärmen. Als ob dazwischen nichts gewesen wäre. Und was die Bibliothekare betrifft: Da versteht mancher Esel mehr vom Harfespielen[5] als die von ihrem Metier. Neulich gehe ich zu einem von ihnen hin, grüße höflich und frage – wie ich es mir zur Gewohnheit gemacht habe – nach Petronius. Er lacht verächtlich auf: »Das ist eine Bibliothek, keine Taverne!« Da hatte er den Falschen angepöbelt. Als passende Waffe wählte ich eine fehlerhafte Ausgabe[6] von Lucans erstem Buch des *Bellum Civile*, die mir ein Kunde einmal geschenkt hatte. Erstens, da auch der unglückliche Marcus Annaeus dem Herrn Bibliothekar nicht erhaltenswert schien; zweitens, da dieser auf Effekt gemachte *Liber* mit seiner schweren Holzschachtel[7] wenig von einem Buch, aber umso mehr von einer Keule hatte; und drittens, da mir meine *Satyrica* zu schade für den Kerl waren.

Zurück bei der Bibliothek wartete ich, bis der seine Büchlein versperrt hatte, sprang ihn – mit einem schallenden *Mufrius, non magister!*[8] – an und sorgte dafür, dass sein Lachen in Zukunft von jenen Lücken begleitet wird, die seinem Literaturverständnis entsprechen.

Nach dem Tod meines Herrn bin ich reich geworden. Aber ich wäre lieber arm geblieben. Bei seinem Ende war ich nicht dabei. Mein Wort war mir von ihm abgezwungen worden, dass ich, wie vereinbart, in Rom zu bleiben hätte. Und so erreichten mich aus Cumae nur zwei Schriftstücke. Das eine war meine Freilassung, das andere seine letzten persönlichen Worte an mich:

Publius Petronius grüßt seinen Giton
Das Leben unterscheidet sich insofern vom Theater, als die Schauspieler schlechter sind. Wenn Du diese Zeilen liest, hat sich der Vorhang für mich gehoben. Weine nicht zu lang – ich setze meinem Leben aus eigener Entscheidung ein Ende, ohne dazu aufgefordert worden zu sein. Auf diese Weise kann ich vieles retten. Meine Notizen überlasse ich Dir – mache damit, was Du für richtig hältst. Aber warte in jedem Fall einige Jahre, bevor Du sie jemandem zeigst, wenn überhaupt. Sie sollen Tröstung sein, nicht weiteres Leid verursachen. Flüchte in eine fremde Stadt. Mein letzter Brief wird unhöflich sein – warte nicht auf die Reaktion unseres Eumolp. Du hast ungefähr einen Tag Vorsprung. Gehe vor wie besprochen. Deine »Fünf Prozent« und alles Geld, was sonst noch im Haus ist, nimm mit. Dich testamentarisch zu bedenken, ist sinnlos. Wende Dich, sobald es geht, an Lucia. Sie hütet, was ich Dir vermache. Ansonsten kappe alle Verbindungen und lebe! *Vale*

Um die Wahrheit zu sagen: Mir ist beim Lesen *die Seele in die Nase gefahren.*[9] Bis zuletzt hatte ich noch auf einen glücklichen Ausgang gehofft. Doch, durch den Dienst bei meinem Herrn auf ungewöhnliche Herausforderungen vorbereitet, begann ich, so schwer mein Herz auch war, unverzüglich mit der Ausführung unserer Pläne. Wem der unhöfliche Brief gelten würde, wusste ich. Ich tat, wie mir geheißen, blieb aber in Rom. Erstens mag ich Kleinstädte nicht und zweitens wäre ich dort wohl erst recht aufgefallen. Die *subura* hingegen bietet viele Möglichkeiten: dicht bevölkert, gemischtes Publikum, vorsichtig agierende städtische Kohorten und höfliches Desinteresse, solange man seine Rechnungen zahlt. Außerdem hatte ich noch einige Bekannte im Senat und im Goldenen Haus[10] – gute Chancen, von drohendem Unheil als Erster zu erfahren.

Der Alte Mann

Publius Petronius (Publi libertus) Giton. So lautete Gitons amtlicher Name als Freigelassener, mit dem er, der ehemalige Sklave und neue Bürger, auf dem Magistrat registriert wurde. Der in Klammern gesetzte Passus, der »Freigelassener des Publius« bedeutet, wurde im Alltagsleben meist weggelassen. Die »Fünf Prozent« standen umgangssprachlich für die Steuer, die er auf dem Magistrat bei der Eintragung in die Bürgerlisten zu entrichten hatte; sie bemaßen sich nach seinem einstigen Wert als Handelsware.

Der Vorhang hebt sich für Petronius – das Stück endet. Denn bei römischen Theateraufführungen der Antike senkte sich der Vorhang zum Beginn des Stücks von oben herab und hob sich zu dessen Schluss.[11] Wann, von wem und aus welchem Grund dieses die Aufführung einrahmende Ritual umgedreht wurde, weiß ich nicht. Vielleicht hat sich der fallende Vorhang schlicht als der dramatischere erwiesen, oder man wollte die Darsteller am Ende nicht wie Ertrinkende zeigen, die im Vorhang versinken. Uns, den zu spät Geborenen, kann die Symbolik, die mit dieser Umkehrung entstanden ist, nur recht sein. Wir sind jetzt Ianus, und somit Gott. Wir sehen den Anfang und das Ende zugleich, blicken gleichermaßen in die Zukunft wie in die Vergangenheit. Der Vorhang hebt sich, das Stück beginnt.

Petronius stirbt, seine *Satyrica*, wie weit sie bis dahin auch immer gediehen sind, enden mit ihm. Aber die Rezeptions- und Überlieferungsgeschichte seines Werkes beginnt. Die *Hypomnemata*, die Notizen des Petronius, enden. Aber Giton bewahrt sie; die Grundlage für sein mir vorliegendes Werk ist gelegt. Ich selbst kündigte meinem Arbeitgeber einen Monat nach der Entdeckung der Manuskripte; eine unerwartete Erbschaft versetzte mich kurz danach in mäßigen, aber hinreichenden Wohlstand. Mein Leben als Sonderling konnte beginnen. Aber ich denke, auch mein Werk wird, wenn es einmal beendet ist, einen Anfang markieren: den Beginn einer neuen Petronius-Rezeption …

Zu Ort und Zeit der Handlung: Wir befinden uns im *Imperium Romanum*, der Tod Petrons ereignete sich im Jahr 819 a. u. c. *Ab urbe condita* – seit Gründung der Stadt Rom, die, wie die Historiker stolz notierten, bereits ihr 9. Jahrhundert sah. Man bezog sich dabei auf ihr legendäres Gründungsjahr, das der unermüdliche Fachschriftsteller Varro[12] auf 753 Jahre vor Beginn unserer Zeitrechnung festgelegt hatte. Moderne Historiker gehen davon aus, dass Rom erst gut hundertfünfzig Jahre später gegründet wurde, Varro der Größe Roms also etwas hinzugedichtet hatte. Verbreiteter war die Angabe »im zwölften Jahr der Regierung Neros«, allgemein üblich der Verweis auf die jeweils amtierenden Consuln, in diesem Fall Caius Suetonius und Luccius Telesinus.

Das Jahr des Caius Suetonius war zugleich – damit ich diese Sache auch hinter mich bringe – das Jahr 66 *post Christi natum*. So, da steht es jetzt, obwohl mir dieser christliche Beigeschmack, den man damit dieser Zeit einträufelt, gar nicht schmeckt. Der Sohn des Tischlers passt nicht ins Sujet, er ist – noch – irrelevant. Und selbst seine spärlichen Anhänger waren noch weit davon entfernt, die nach ihm benannte Zeitrechnung zu verwenden. Er ist der freche Passant, der aus dem Hintergrund in die Kamera grinst – man sollte ihn ignorieren, so gut es eben geht. Wo es unbedingt nötig ist, verwende ich daher die Formulierung »unsere Zeitrechnung« (u. Z.) respektive »vor unserer Zeitrechnung« (v. u. Z.).

Das 8. und 9. Jahrhundert a. u. c. war die Zeit des iulisch-claudischen Principats. Auf Octavian Augustus (ab 27 v. u. Z.) folgten Tiberius, Caligula, Claudius und schließlich Nero († 68 u. Z.), der diese Dynastie mit einem Tritt in den Bauch seiner schwangeren Gemahlin beendete.

Man nannte sich gerne *princeps*, der Erste, und knüpfte damit an die aus der Republik vertrauten *principes*, die führenden Männer des Staates, an. Den Titel *Imperator* vermied man, so er nicht unbedingt nötig war. Mit diesem merkwürdigen, sich in dieser Zeit gerade selbst erfindenden Principat hatte man sich zu Lebzeiten unseres Helden (23–66 u. Z.) mehr oder weniger abgefunden. Anhänger der *res publica* gab es zwar – ernsthaft dachte aber niemand an eine Rückkehr zu den alten Zeiten. Vor allem, da das Principat aus der Krise eben jener Republik entstanden war und mit der Beendigung des Bürgerkrieges den inneren Frieden sicherte. Aus sozialem Frieden entstanden wirtschaftlicher Aufschwung und verbesserte Lebensbedingungen. Rom wurde

Weltstadt. Augustus hinterließ nicht nur eine *Stadt aus Marmor,*[13] sondern auch einen neuen Status Roms als Zentrum des Handels und der Kultur, der sich in allen Lebenslagen – sei es nun öffentlich oder privat – in der Befriedigung von Primär- wie Sekundärbedürfnissen ausdrückte. Die Barbe eroberte die Speisekarte, der Tisch aus Zitronenholz[14] den Salon, die Damen entdeckten hauchdünne Seidenstoffe (zum Ärger der Moralisten) und indische Perlen (zum Leidwesen der Ehemänner). Das Volk profitierte von neuen Aquädukten, gepflasterten Straßen, dem Ausbau der Kanalisation, der Einrichtung öffentlicher Bäder, Toiletten und Schulen. Getreide- und Geldspenden der Herrschenden sowie die Verpflichtung der Oberschicht, maßgeblich zum Gemeinwohl beizutragen, schufen eine tragfähige Balance zwischen den sozialen Schichten. Das Ausrichten von Festen, die Veranstaltung von Spielen und die Errichtung öffentlicher Bauten auf eigene Kosten waren untrennbar mit allen höheren Ämtern verbunden.

In diesem Umfeld wird eines Tages ein eigenwilliger römischer Aristokrat seine *Satyrica* schreiben, einen in Fragmenten auf uns gekommenen Schelmenroman, der seiner Zeit in Form und Inhalt keck eine Nase dreht. Aber einst war er nur ein Knabe.

Hypomnemata. Von Publius Petronius Niger

Augustus 788 [35 u. Z.], Roma

Ist das Weisheit? Das Tugend? Würde, Anstand? Lehren soll mich also ein Schwein? Glatt rasiert und geschniegelt, ja, aber ölig und, wie man von den Huren sagt: *Nicht gut riecht, wer immer gut riecht.*[15]

Quintus Remmius Palaemon, *Auswurf und Schandfleck!*[16] Verbinde dir die Augen, nur dann verrätst du dich nicht. An dem, was du mir geben willst, habe ich kein Interesse.

Cicero wolltest du von mir hören, Cicero bekamst du. Fehlerlos und flüssig, habs oft genug zum Besten geben müssen. Aber so wie der Wolf des Phaedrus[17] am armen Schaf herumkritisiert, so lange, bis er es in gerechtem Zorn anfallen kann, so hattest auch du an meinem Vortrag alles Mögliche auszusetzen.

Nur dass du, Palaemon, mich nicht fressen willst. Aber diesen *grammaticus* sehen wir nicht wieder. Kleine Lucia – du hast gefragt, ob der böse Mann wiederkommt. Das wars. Dein Vater konnte dich noch nie weinen sehen.

Wo sind sie, die tugendhaften Männer, die der *res publica* dienen und nur würdigen Beschäftigungen nachgehen? Seit wir aus Asia zurück sind, habe ich noch keinen einzigen gesehen.

Der Alte Mann

Über den hier beschriebenen Quintus Remmius Palaemon – einen der bedeutendsten Lehrer seiner Zeit – sagten, seinen offensichtlichen Qualifikationen zum Trotz, gleich zwei Caesaren (Tiberius und Claudius), keinem könne man weniger den Unterricht von Kindern und Jugendlichen anvertrauen.[18]

An den Stil der *Hypomnemata* Petrons wird man sich gewöhnen müssen. Notizen sind naturgemäß kryptisch, die des Petronius noch mehr, notiert er doch nur, was ihn bewegt, jedoch wenig ausführlich, weshalb ihn etwas bewegt. Aber vieles, was hier noch wirr klingt, fügt sich später zusammen. Ein Faktum freilich, das von mir eine möglichst unkryptische Ausdrucksweise einfordert. Ob mir das gefällt oder nicht, Worte, die von mir folgen, haben an der Sache festzuhalten. Nun denn: Bei Namen von Personen und geografischen Bezeichnungen verwende ich die in der Zeit gebräuchliche Schreibweise. Eine Ausnahme von dieser Regel ließ sich jedoch nicht vermeiden: Die Stadt Rom hieß damals selbstverständlich Roma; aber die Verwendung dieses Begriffs im Fließtext erwies sich als so irritierend und missverständlich, dass ich davon Abstand genommen habe. Hinter den Fußnoten verbergen sich Informationen, wie beispielsweise Datierungen nach damaliger Zeitrechnung sowie nähere Angaben zu Begriffen, Orten, Personen oder Ereignissen. Weiters markieren sie alle Zitate, Paraphrasen und Redewendungen, so weit ich sie identifizieren konnte. Deren Herkunft und Bedeutung werden im Anhang näher erläutert, sofern sie nicht im Haupttext besprochen werden. Einige Begriffe belasse ich in ihrer lateinischen Form, da sie nur unbefriedigend, wenn nicht irreführend übersetzt werden können. Sie sind kursiv gesetzt und werden im beigefügten Glossar erklärt.

Petronius

Kurzbesuch meines blöden Cousins. Schreie hallen durch das Haus. Armer Senator, bin ihm näher als sein eigener Sohn.

Ich soll meinen vorlauten Mund halten. So zornig habe ich meinen Onkel noch nie gesehen. Dabei habe ich doch nur bei Tisch das bekannte *Notwendig ist, dass der viele fürchtet, den viele fürchten*[19] eingeworfen. Schweigen sollte ich, nicht despektierliche Reden schwingen! Alles nur wegen einer alten Geschichte, lange vor meiner Geburt. Ein gewisser Clutorius Priscus hatte eine viel beachtete Totenklage auf den verstorbenen Germanicus geschrieben und dafür ein Geldgeschenk von Tiberius erhalten. Da warf ihm ein Angeber vor, er habe auch ein Gedicht auf den damals gerade erkrankten Drusus geschrieben und dieses in unserem Haus vorgetragen. Und zwar vor meiner Großtante Vitellia und ihren Gästen, einigen vornehmen Damen der Gesellschaft. Alles erlogen, sagte Vitellia, als sie vom Richter befragt wurde, kein Wort habe Priscus vorgetragen, auch nichts von einem etwa schon vorbereiteten Gedicht erwähnt. Aber jene Damen – eingeschüchtert durch die Ankläger – bezeugten sämtlich das Gegenteil. So nützte dem Priscus die Standhaftigkeit meiner Großtante wenig. Sein Verleumder wurde reich entlohnt, er selbst – noch am Tag der Urteilsverkündung – wegen Majestätsverbrechen und schwarzer Magie hingerichtet.[20] Seitdem, so warnte man mich, würden wir von gewissen Leuten beobachtet. Wer auffällt, riskiert sein Leben. Es ist ein bedrücktes Rom, in das wir zurückkehren. Keiner traut mehr dem anderen, jeder hat Angst vor Verrat.

Von Gold gedüngt,
keimt der Verdacht von selbst.
Wer fragt nach Schuld,
wenn Schuldige gefragt sind?

Wenn sich in der Gegenwart nichts findet, wird in die Vergangenheit geschaut. Spitzel des Gardepräfekten sind überall; der *princeps* ist boshaft und misstrauisch. Fulcinius Trio, Granius Marcianus, Tarius Gratianus, Trebellenus Rufus, Sextius Paconianus – alles Majestätsverbrecher, alle in den Freitod getrieben oder hingerichtet!

Ein Gutes hat es dann doch, die Schriften der Alten parat zu haben – man kann ihre Lehren auf die Menschen, die einen umgeben, anwenden. *So spricht er und weint, lässt schleunigst die Flotte weiterfahren und landet endlich an der Küste des euboeischen Cumae.*[21] Haben wir auf hoher See im Sturm den Steuermann verloren? Ist, umgeben von Lüge und Verrat, das Maß aller Dinge ein Kerl wie dieser Palaemon, ein prahlerischer Freigelassener? Seine Herkunft kann er nicht verleugnen. Er ist vulgär. Wer sich nicht hütet, den zieht er in den Dreck. Es sind erschreckend viele. Überall breiten sie sich aus und werden Bürger Roms. Morgen gehts nach Cumae. Philodemus – ich komme!

September 788, Cumae

Mein Sklave ist ein Tölpel. Demnächst werde ich meine Bücher wohl selber tragen müssen. Jede Woche das gleiche Drama. Wäre doch das Haus des Calpurnius Piso gleich nebenan. Aber besser als nichts. Zwei Tage Bibliothek, fünf Tage bei der Familie. Der Bibliothekar misstraut mir, betont ständig, ich sei der Jüngste, der jemals Einlass gefunden habe. Glaubt wohl, ich würde Bällchen aus den *papyri* machen und damit meine Nachbarn bewerfen. Oder in der Nase bohren und den Popel ins Buch schmieren. Wann werde ich endlich die *bulla*[22] los?

Philodemus[23] sagt:

Also wird der Weise niemals durch den Reichtum derart gebunden sein, dass er, um ihn zu bewahren, große und bei keiner Fülle je aufhörende Mühen übernehmen wird.

Denn das muss den Genuss harmlos und das Vergnügen daran ungetrübt machen, dass mit dem Besitz des Reichtums für den Weisen keine drückende Sorge verknüpft ist, wie man ihn erhalten könne:

Und selbst wenn die gefährlichsten Zeiten eintreten, lässt sich der bescheidene Mann in seiner Ruhe nicht stören, und bequemt sich für die Zukunft einer schlichten ärmlichen Lebensweise, wissend, dass die Natur auch damit bestehen kann.
Doch sein Wille neigt sich mehr zu einer reichlicheren Lebensweise. Er ist nicht ungeschickt, das für ihn Genügende zu finden, indem sein Leben mäßig und bürgerlich ist und seine Rede vernünftig und wahrhaftig, wenn sie auch nicht so leicht den Nächstbesten gewinnen kann.
Was man aber tun muss, zur Erhaltung und Bewahrung des Einkommens und des bereits Vorhandenen, ist hauptsächlich in der Einschränkung der eigenen Begierden und Einbildungen zu suchen. Denn dann macht es uns nicht unruhig, etwas zu verschütten oder umzustürzen von all der Pracht oder von unserer vornehmen Lebensweise, von unserer Wollust, von der Bewunderung der anderen. Auch fühlen wir keinen ohnmachtsgleichen Schauder vor den Göttern und vor dem Tode oder Schmerzen und alledem, was Unruhe zu bereiten scheint.
Folglich, wenn man sich von dem Eifer um das Wertlose und der Furcht vor dem Ungefährlichen, so weit es geht, frei macht, wird man auch zum Erwerben und Bewahren in gebührender Weise befähigt sein.

Dagegen seine *Rhetorica*? Spitzfindigkeiten ohne Ende. Die Krankheit der Griechen? Mein Onkel sagt, ich solle nicht vorschnell urteilen – ich sei noch jung. Er meint natürlich, ich sei anmaßend.

Aber ich kann Cato ein wenig verstehen, der jene griechischen Gast-Philosophen, die in Rom diskutierten, gleich wieder auf ein Schiff Richtung Heimat setzte, da ihre Haarspaltereien die römische Jugend nur verderben würden.
So wie Philodemus sagt auch Lucilius:[24]

Virtus, *mein lieber Albinus, ist das Vermögen,*
den Verhältnissen,
in denen wir leben und weben,
angemessen Rechnung zu tragen;

Virtus *ist für den Menschen zu wissen,*
was da gilt ein jegliches Ding;
Virtus *ist zu wissen, was recht, nützlich,*
ehrenhaft ist für den Menschen,
was gut, und wiederum, was schlecht,
unnütz, schimpflich, unehrenhaft;
Virtus *ist, Maß und Ziel zu kennen,*
für unser Streben nach Geld;
Virtus *ist das Vermögen, dem Reichtum nach*
seinem Werte Rechnung zu tragen;
Virtus*: der Ehre zu geben,*
was ihr tatsächlich gebührt;
Feind und Gegner zu sein von Menschen und
Sitten, die schlecht sind;
dagegen Verteidiger zu sein von Menschen und
Sitten, die gut sind;
diese zu achten, diesen wohlzuwollen,
diesen zeitlebens Freundschaft zu wahren;
außerdem: das Wohl des Vaterlandes
über alles zu stellen,
dann das der Eltern,
als drittes und letztes das uns're.

October 788, Cumae

Ich habe endlich einen neuen Sklaven! Ein stämmiges kleines Kerlchen mit leidlich guter Schulbildung. Recht aufgeweckt und bei weitem flotter als sein Vorgänger. Nur sein Name ist eine Katastrophe: Giton?! Jetzt glauben alle, er sei mein Lustknabe!

Giton

Von wegen stämmiges Kerlchen. Aber so war mein Herr damals – ein eingebildetes, frühreifes Söhnchen aus gutem Hause, das die Welt um sich herum von oben betrachtete.

Meinen Namen habe ich mir nicht ausgesucht. Sklavenhändler illustrieren gerne die angeblichen Eigenschaften ihrer Waren. Für den Marktplatz war ich Giton, aber – den Göttern sei Dank – der Senator fand andere Qualitäten in mir als nur mein Aussehen.

Ich wurde als Sklave geboren, meine Eltern durften sich bis zu meinem siebenten Lebensjahr um mich kümmern. Sie nannten mich Spesius, in der Hoffnung, dass es mir einmal besser ergehen würde als ihnen. Danach verlor ich sie aus den Augen, denn ich wurde in die *familia urbana*[25] versetzt. Mein damaliger Patron, der auf meinen Verstand aufmerksam geworden war, schickte mich als Bücherträger seines Sohnes in die öffentliche Schule und wies mich an, aufzupassen. Nicht aus Menschlichkeit – er betrieb einen schwungvollen Sklavenhandel –, nur meines Marktwertes wegen. Aber Lesen, Schreiben und Rechnen, dieses Beiwerk zu meinen Vorzügen war meine Rettung.

So kam ich zu ihm, zu meinem Publius. Mit vollem Namen Publius Petronius Niger, zum Gedenken an seinen Urgroßonkel, den Neffen und Adoptivsohn des Senators Publius Petronius, ein in unseren Kreisen als Schöpfer sklavenfreundlicher Gesetze geschätzter Mann. Damals wusste ich natürlich noch nichts davon. Was sich mir bot, war Schulbildung und Bewährung im Dienst eines zwar eigenartigen, aber anständigen jungen Mannes. Ich war selig. Zum ersten Mal in meinem Leben hatte ich mein eigenes Schreibzeug, und was für eines: die *tabula* ein Triptychon, der *stylus* aus Bronze! Ich wurde mit Büchern gefüttert und selbst die Schläge auf meinen Hintern betrachtete ich als Privileg, verabreichte sie mir doch mein Privatlehrer.

Der Alte Mann

Der Schöpfer der *Satyrica*, später auch *Arbiter* genannt, bekam also den Beinamen »Niger« von seinem Urgroßonkel Caius Petronius, der als Statthalter von Ägypten im Jahr 23 v. u. Z. die Aethiopier unter ihrer Königin Candace besiegte und zu einem Vertrag zwang. Auch diente das *cognomen* zweifellos zur Unterscheidung vom namensgleichen Onkel.

Publius: Der Spätstarter im Rennen um den Vornamen des *Arbiter* geht als Sieger durch das Ziel. Zu Caius und Titus, notiert von Tacitus, Plinius und Plutarch, gesellte er sich erst rund 1.900 Jahre später durch einen Fund in Ephesos hinzu: Eine offizielle Inschrift benennt den Suffectconsul[26] des Jahres 62 u. Z. als Publius Petronius Niger.[27]

Sein Lebensunterhalt war mehr als abgesichert. Die Familie, Teil der römischen Nobilität, besaß reichlich Grundbesitz und, wie es sich gehörte, für jede Jahreszeit ein Haus in der klimatisch gerade angenehmsten Gegend. Dem Hochsommer konnten die Petronier in ihrer Villa in der klaren Luft der Albaner Berge entkommen; Cumae (in der Nähe von Neapolis) lockte vor allem durch laue Frühlings- und Herbsttage; das Stadthaus in Rom bewohnte man vorzugsweise im Winter und wann immer es Geschäfte oder der Staatsdienst nötig machten. Auch wenn es merkwürdig klingen mag, mit insgesamt nur drei Wohnhäusern (weitere rein landwirtschaftliche Güter darf man vermuten) nehmen sich die Petronier, im Vergleich zu ihren Standesgenossen, geradezu bescheiden aus.

Ehrenhaftigkeit, Humanität und Kunstsinnigkeit wurden, wie man noch öfter sehen wird, in der Familie des jungen Petronius großgeschrieben – davon hat er einiges mitgenommen. Nicht ganz diesem Bild entspricht der »blöde Cousin«, der leibliche Sohn des Senators, Publius Petronius Turpilianus, wohl um 15 u. Z. geboren. Dessen *cognomen* verweist auf einen weiteren Petronier gleichen Namens, den Vater des Senators, der als einer der *triumviri monetales*[28] zu Zeiten des Augustus auffallend geschmackvolle Münzprägungen hinterließ.

Giton – der Bewahrer, Redakteur und Kommentator der *Hypomnemata* – ist uns nur durch die vorliegenden Texte überliefert. Über seine Herkunft gibt er selbst Auskunft, sein Name zählt nicht zu den gebräuchlichen Sklavennamen. Giton, griechisch für »Nachbar«, ist erotisch zu verstehen, »vom gleichen Geist«. Das enge Verhältnis zwischen den beiden machte ihn jedoch als »Giton« der *Satyrica* unsterblich.

Die Villa des Calpurnius Piso kann zweifelsfrei als die sogenannte »Villa dei Papiri« in Herculaneum identifiziert werden, die auch die Wirkungsstätte des griechischen Philosophen Philodemos von Gadara war. Allerdings wurde sie im Jahr 63 u. Z. grundlegend renoviert, wenn nicht neu gebaut. Aber davon wird später ohnehin noch die Rede sein. Dass der zwölfjährige Petronius Zugang zu dieser Bibliothek erhalten hat, spricht für außergewöhnliche Geistesgaben.

Zuletzt: Auch in den Notizen des Petronius zeigen sich die letzten Regierungsjahre des Tiberius als eine von Verfolgung und Bespitzelung geprägte Zeit. Ansonsten plagten ihn die gewöhnlichen Sorgen und Nöte eines pubertierenden Knaben, hinzu kamen die sexuellen Avancen älterer Männer, denen damals viele wohlgeratene Knaben ausgesetzt waren.

Petronius

October 788, Cumae

Nicht soll der Lehrer den Schüler formen, sondern der Schüler den Lehrer.

Der Ephebe von Cumae. Eine *milesia* von Publius Petronius Niger

Wir waren kurz zuvor aus der Provinz Asia[29] zurückgekehrt, als mein Onkel eines Tages zu mir kam und sprach: »Neffe, du brauchst einen Lehrer. Und ich will gütig sein – du darfst ein Wörtchen mitreden.« Möglicherweise hatte er sich meine Mitwirkung anders vorgestellt; mehrere von mir in die Flucht geschlagene *grammatici* später war seine Geduld jedenfalls erschöpft.

Mit Unruhe erwartete ich nun denjenigen, den mir mein Übermut eingebracht hatte. Immerhin, was sein Fachwissen betraf, war er nicht schlecht. Der neue Leiter meines jungen Verstandes erwies sich als belesen und beredt, auch Giton zu meinen Füßen profitierte erheblich von seinen Ausführungen. *Aber weder ist ein alter Gaul besser als ein junger, noch ist die Tugend die Begleiterin der Grauhaarigkeit.*[30] Vielmehr machte er uns bald mit einer seiner unangenehmeren Eigenschaften bekannt: seiner Leidenschaft für hübsche Knaben, die selbst das unbereite Alter nicht scheute. Giton bekam, wie ich, seinen Teil ab und so waren wir beide recht verdrossen – ständig auf dem Sprung, lästige Attacken abzuwehren. Ein Protest beim Onkel war zwar möglich – das Vergehen ja schwerwiegend genug –, aber schwer beweisbar, und meine Glaubwürdigkeit hatte ich dummerweise selbst erschüttert. Außerdem war dieser Caius Helenus als Lehrer weit kompetenter als seine Vorgänger. Was nach ihm käme, war nicht abzusehen.

Den Lehrer behalten, den Lüstling in die Schranken weisen? Ohne dass meine Zieheltern etwas bemerkten, ohne dass wir uns selbst in Schwierigkeiten brächten? Nur das Ziel stand klar vor unseren Augen, der Weg dorthin war dunkel. Immerhin, Helenus trank gerne, aber damit war vorerst nichts anzufangen. Schon wollten wir verzweifeln, die Unmöglichkeit unseres Vorhabens einsehen, da brachte Fortuna Licht in die Angelegenheit. Giton wars, der Helenus dem Priapus opfern sah. Anscheinend war der Alte um seine Lendenkraft besorgt. Erstmals sahen wir Land, das wir umgehend ansteuerten. Denn die Rache des Lampsacers ist fürchterlich.

In den nächsten Tagen zeigte ich mich gefälliger und ließ Verhandlungsbereitschaft erkennen. Als er wieder einmal loslegte, mich erst Hyakinthos[31] nannte und mir dann versicherte, ein Alkibiades finde in ihm einen willigen Sokrates,[32] da antwortete ich ihm nicht, dass ihm zum Apollo die Schönheit fehle, zum Sokrates hingegen der Verstand, sondern legte meinen Köder aus.

Er solle einen der Dreifüße[33] stehlen, die im Apollotempel vor der Götterstatue stehen, dann dürfe er meinen Körper mit seinen Händen betasten, wenn auch sonst nichts weiter. Wichtig sei jedoch, dass er die Weihegabe stehle, ansonsten sei unser Vertrag nichtig. Das hatte er nicht erwartet. Zunächst stutzig ob dieses seltsamen Vorschlags, konnte er sein Begehren nicht unterdrücken und willigte schließlich ein. Ein Leuchten lag in den Augen des Davoneilenden – zur Sicherheit schickte ich ihm Giton hinterher.

Kaum dass wir uns am nächsten Tag begegneten, präsentierte er mir seine angebliche Beute – ich warf sie achtlos zur Seite und ging in grimmigem Schweigen ab. Mir hinterher stammelte er unentwegt, was denn los sei, ob ich mein Wort nicht halten wolle; darauf ich: »Du solltest einen Dreifuß stehlen. Dieser – das weißt du genau – ist vom Markt.« Und ließ den Verblüfften stehen.

Des Abends ging er wieder aus dem Haus, diesmal heimlich und in einen alten Umhang gehüllt. Giton meldete die vertragsgemäße Durchführung – unser Opfer hatte den ersten Schritt in die Falle getan. Meine Genugtuung darüber war nur von kurzer Dauer, da mir am nächsten Vormittag die schwache Stelle in meinem Plan bewusst wurde. Ewigkeiten schienen es mir zu sein, die mich der Kerl betasten durfte und ich seine Erregung zu spüren bekam. Danach wollte ich eigentlich alles hinschmeißen, aber Giton meinte, das Schlimmste sei überstanden. Einmal müsse ich meinen Leib noch preisgeben, dann sei das Spiel gewonnen – die Falle zugeschnappt. *Durch mutiges Wagen wächst die Tapferkeit, durch Zaudern die Furcht.*[34]

So wendete ich mich ein paar Tage später wieder an Helenus: »Wenn du es schaffst, einen Teil des Gewandes des Iuppiters von Cumae[35] zu stehlen, dann darfst du mich küssen, am Hals und am Oberkörper. Nur wage es ja nicht, mich mit einem gekauften Fetzen zu betrügen. Sonst hast du diesmal keine zweite Chance.«

Er hörte mir schon gar nicht mehr zu. Längst vernebelte die Aussicht auf weitere Lustbarkeiten seinen Verstand. Dabei sprach man über dem Berg bereits von dem Diebstahl im Apollotempel, gerade die Sinnlosigkeit der Tat bewegte die Gemüter der Cumaeer. Als ich ihn am Abend schlecht gekleidet das Haus verlassen sah, brauchte ich kaum noch die Bestätigung Gitons, um zu wissen, was mich am nächsten Vormittag erwartete.

Den Göttern sei Dank, schon nach kurzer Zeit übertrat er die Grenzen, die ich ihm wohlweislich gesetzt hatte. Mit vollem Recht stieß ich ihn zurück und bereitete seinem Vergnügen ein vorzeitiges Ende. Nie war seine Erregung größer. Jener Körperteil – zum Dienen geschaffen – diente nicht länger, sondern regierte. Auch die Verstümmelung des Iuppiter-Gewandes blieb im Ort nicht unbemerkt. Die meisten hielten es für eine Verspottung der Götter, manche, wegen der Wertlosigkeit der Objekte, für die Tat eines Geisteskranken. Natürlich hinterbrachten wir das Gerede Helenus und lobten ihn. Falls es mit dem Lehren nichts mehr würde, könne er ja problemlos Tempelräuber werden. Er fand das nicht lustig.

So war endlich die Zeit für unseren *mimus* gekommen. Den Hauptdarsteller fand Giton in den Sklavenquartieren – einen blonden, riesenhaften Gallier mit dem unmöglichen Namen Epathatextorigus, dessen wichtigstes Merkmal er mittels einer Art Lederhaube noch vergrößerte. Die Probe lief hervorragend, selbst Priapus hätte zugegeben: *Weh mir, hinter einem Sterblichen bleibe ich Unsterblicher zurück.*[36] Dienstbeflissen versicherte mir unser Lampsacer, dass er – für einen kleinen Beitrag zu seinem *peculium*[37] – dem Alten ein ausdauernder *draucus*[38] sein würde, ob es diesem gefiele oder nicht.

Das Datum der Aufführung war bald gefunden. Am siebenten Tag nach den Iden waren Onkel und Tante im Haus des Caius Scaurus in Pompeii zu Gast und würden erst am nächsten Tag zurückkehren.

Die Haussklaven standen alle hinter uns – Helenus hatte sich bei ihnen unbeliebt genug gemacht und sie lechzten danach, ihm eine Lehre zu erteilen. Es galt nur noch, unseren *stupidus*[39] auf die Bühne zu locken. »Wenn du mir die Gabenschüssel, die im Tempel des Priapus steht, bringst, dann will ich mich dir vollständig hingeben. Bedenke jedoch, dass du sie stehlen musst, sonst wird daraus nichts.« Schon glaubte ich, unser Plan würde doch noch scheitern, so sehr erschrak der Verehrer des Gartengottes. Aber als ich ihm das Fest beschrieb, das wir, dem Anlass entsprechend, vorbereiten würden – die Eltern außer Haus, Küche und Dienerschaft zu unserer Verfügung, auch Giton vielleicht nicht abgeneigt –, da siegte die Versuchung über die Gottesfurcht und der Diener über den Herrn. Zitternd und seiner Ansicht nach unbemerkt erfüllte er am gleichen Abend die Bedingungen unseres Vertrages und besiegelte sein Schicksal.

Der Tag der Tage war spätsommerlich warm, gegen Abend wurde er etwas stürmisch, Wolkenfetzen trieben auf die See hinaus, Fensterläden begannen zu klappern. Höheren Ortes war man mit unserem Plan offenbar einverstanden, schickte schon mahnende Vorzeichen für das Herannahen der strafenden Gottheit.

Wir hatten im *triclinium* eine üppige *cena* auftragen lassen, vermeintlich zur Einstimmung auf höhere Genüsse, in Wahrheit zur Berauschung unseres liebestollen Tempelräubers. Auch setzten wir sie recht spät an und dehnten sie gehörig aus – kein entlarvendes Tageslicht sollte unserem Opfer zu Hilfe kommen. Unser Gast, das Ziel seiner Wünsche vor Augen, hatte alle Vorsicht abgelegt. Giton, der ihm den Wein nur leicht verdünnt mischte[40], kam mit dem Nachschenken kaum nach, auch sonst griff Helenus ordentlich zu und ließ es sich schmecken. Umgarnt von Flötenspielerinnen kostete er unbeschwert die Vorfreude aus, die ihn erfüllte: auf die Einlösung meines Versprechens. Als die Hörner der Göttin[41] bereits am Himmel leuchteten, machte er sich immer nachdrücklicher an mich heran. Ich sträubte mich erst und neckte ihn dann, das brachte ihn voll in Fahrt. Schon sprang er auf, um sich torkelnd auf mich zu stürzen, schon sprang ich weg, mit einem mädchenhaften Kreischen, schon rannte unser Jäger – so gut er konnte – seiner trügerischen Beute hinterher.

Donnernd flogen da die Türflügel des *triclinium* auseinander, gnädig unterstützt vom Aufbrausen des Windes. Gott Priapus trat ein, in flackerndes Licht getaucht, das groteske, ölig glänzende Glied hoch aufgerichtet, das Gesicht wutverzerrt. »Du! Saukerl! Hast meinen Tempel geschändet! Die Gaben, die mir zugedacht waren, gestohlen! Zittere, denn jetzt folgt deine Bestrafung!« Wenig verbarg das Hemdchen von dem herculeischen Leib unserer rasenden Gottheit, die da mit wüstem Bart und goldenen Ohrringen auf Helenus zustürmte[42] – das wippende Werkzeug seiner Rache voran. Dieser schrie auf, tat einen Hopser, kreischte noch einmal, drehte sich um — und rannte direkt in eine Statue der Diana.

Wir dankten den Göttern, die unserem Streich eine so glückliche Wendung gegeben hatten. Denn, wie wir im selben Augenblick festgestellt hatten, über den Auftritt des Priapus war unsere Planung nicht hinausgegangen. Als Erstes mussten wir Epathatextorigus, der um seine Belohnung fürchtete, mit einiger Mühe davon abhalten, die Strafe des Priapus tatsächlich zu vollziehen. Wir befreiten ihn stattdessen von seinem ledernen Glied und schickten ihn in die Küche für die Zutaten einer kleinen – vom pfeilschnellen Giton erdachten – Improvisation. Die Flötenspielerinnen, die unter den Tisch geflüchtet waren und dort vor Lachen halb umkamen, schickten wir ebenfalls fort und widmeten uns endlich Helenus.

Der lag – die Stirn ein wenig verbeult – nach wie vor dort, wo es ihn hingestreckt hatte, und atmete zu unserer Erleichterung regelmäßig. Inzwischen war Epathatextorigus aus der Küche zurück und kam uns zu Hilfe. Gemeinsam legten wir Helenus mit dem Bauch auf das Sofa, lüfteten seine Tunica und befahlen unserem Gartengott, jene Pforte, die die Bestrafung zu erleiden gehabt hätte, kräftig mit einer Mischung aus Garum, gestoßenem Pfeffer und geriebenen Brennnesselsamen einzureiben.[43] Danach vergewisserten wir uns noch einmal, dass sein Atem ruhig war, löschten alle Lichter und ließen ihn am Bauch liegend und mit entblößtem Unterleib am Sofa zurück. Etwa eine Stunde später – wir hatten uns wieder und wieder am Erfolg unserer Inszenierung berauscht – hörten wir plötzlich ein Stöhnen, gefolgt von einem unterdrückten Schrei und leisem Wehklagen. Helenus war aufgewacht, und hatte, dank des heftigen Brennens und des üblen Geruchs an der bewussten Stelle, jene Schlussfolgerung gezogen, auf die es uns angekommen war.

Die nächsten Tage hatten wir schulfrei. Den *grammaticus* plage ein altes Leiden, zudem sei er, wie man uns mitteilte, in der Nacht übel gestürzt. Unten im Ort summte es inzwischen. Zwar fanden die meisten Cumaeer, sie hätten wichtigere Sorgen, letzten Endes müsse diesen Tempelräubereien aber ein Ende gesetzt werden. Was, wenn als Nächste die Sybille drankäme?

Etwas zittrig und blass, die Stirn in den Farben des Regenbogens, sahen wir Helenus eines Morgens wieder. Giton und ich platzten vor Lachen heraus – ihm dämmerte es, wie gründlich er hereingelegt worden war. Rot vor Zorn sprang er auf und wollte schon an uns vorbeistürmen, da fragte ich ihn, seinem Lauf damit Einhalt gebietend, ganz unschuldig: »Helenus, warte, was soll ich mit deinen Geschenken machen, wenn du uns jetzt verlässt?«

Giton

So war das, könnte ich jetzt behaupten, nur wars in Wirklichkeit ganz anders. Die vorliegende Erzählung ist frei erfunden, der erste dichterische Versuch meines Publius. Caius Helenus, der unser Hauslehrer bleiben sollte, hatte zwar einen Hang zu Knaben, doch genügte es nach den ersten Übergriffen, *Helenus cinaedus*[44] an seine Tür zu schreiben. Um seine gut bezahlte Stellung besorgt befriedigte er seine Lust fortan in den städtischen Freudenhäusern und ließ uns in Ruhe. Einige Wochen später legte mein Publius seinen »Epheben von Cumae« vor; ich habe mir erlaubt, ihn hier einzufügen.

Der Alte Mann

Verschlüsselt könnte ich Dir sagen: »Gib mir, was Du auch beständig
geben magst, geht doch nichts dabei verloren.
Gib mir, was Du vielleicht vergeblich einmal wünschst zu geben,
wenn missgünstig der Bart Deine Wangen besetzt hält;
und was dem Iuppiter gewährt hatte, er, der geraubt vom heiligen Adler
seinem Liebhaber willkommene Becher mischt;
was die Jungfrau in der ersten Nacht ihrem gierigen Gatten erlaubt,
während sie töricht Verwundung an anderem Ort fürchtet.«
Viel einfacher ist es, »Lass' Dich hinten stoßen« offen herauszusagen.
Was soll ich tun? Meine Art ist eben derb.

Der aus dem am Hellespont gelegenen Lampsakos stammende Schutzpatron der Lendenkraft und Hüter der Gartenfrüchte verbreitete sich schnell auf italischem Boden. Statuen aus Feigenholz zierten Gärten und sollten Diebe abhalten, Priapustempel sahen Feste und Mysterien. Sein größter Trumpf war seine eindeutige Zuständigkeit. Er war in der Tat derb und direkt, Eigenschaften, die ihn zu einem beliebten Sujet der Kleindichtung machten. Horaz und Vergil beschäftigten sich – neben vielen anderen – mit ihm; das größte erhaltene Werk sind die *Carmina Priapea*, aus denen das oben angeführte Lied stammt.[45] In einem anderen Lied verteidigt er die Art seiner Darstellung: *Bedeckt etwa der Alkide*[46] *das harte Holz seiner knotigen Keule? Hat unter dem Gewand der geflügelte Gott*[47] *seinen Stab?* Kein Gott halte seine Waffe bedeckt, also, so fordert er, solle man auch ihm deswegen keinen Vorwurf machen.[48] Schräge Blicke der Damen waren ihm sicher; doch verehrten sie ihn – sei es aus privaten oder geschäftlichen Motiven – ebenso eifrig wie die Männer. Dieben erlegte er die immer gleiche Strafe auf, unter sorgfältiger Beachtung der angemessenen Körperöffnung: Frauen traf es vorn, Knaben hinten, Bärtige oben. Aber der Sohn der Aphrodite und des Adonis wurde wegen seiner grotesken Deformation von der Mutter verstoßen und sogar von den Nymphen verachtet, geschweige denn, dass er in der Lage gewesen wäre, als rächende Gottheit strafend herabzufahren. Dieser Statist des römischen Pantheon hatte, bei aller Verehrung, immer etwas Lächerliches und vor allem Unfähiges; eine weitere Eigenschaft, derer sich die Dichter Roms gerne annahmen.

Einst verfolgte die Rachsucht des Poseidon den listenreichen Odysseus, die gekränkte Iuno den hehren Aeneas. Bei Petronius ist es Priapus, die Vogelscheuche unter den römischen Göttern, die den Helden seiner *Satyrica*, den armen Encolpius, verfolgen wird. Der Gartenwächter hat ihn aufgrund eines Frevels mit Impotenz bestraft, zumindest glaubt er das und fühlt sich von dessen epischem Zorn verfolgt. Erstmals wird ihm Petronius bereits früher begegnet sein, im Kerngebiet der Priapus-Verehrung, der Provinz Asia, die sein Onkel von 29 bis 35 u. Z. als Proconsul[49] verwaltete. Was hat er dort erlebt? Eine der beiden erotischen Novellen der *Satyrica*, *Die Witwe von Ephesos*, spielt in der Provinzhauptstadt, in der er mit seinen Adoptiveltern offenbar jahrelang gelebt hat. Bedauerlicherweise setzen seine Notizen erst nach der Rückkehr aus Asia ein, sodass alles Weitere, wie so oft bei Petronius, nur Spekulation ist. Bisher hatte man sie mit seiner späteren Statthalterschaft in der nahe gelegen Provinz Bithynia[50] in Verbindung gebracht, was ebenso gut möglich ist.

Fest steht: Ob bei Remmius Palaemon, Caius Helenus oder im *Epheben von Cumae*, erlebt oder erdichtet, alles dreht sich beim jungen Petronius um den krassen Widerspruch zwischen den Idealen, die die Protagonisten vorgeblich leben, und ihrem wahren Charakter, wie er sich offenbart. Dieses Thema wird er weiterentwickeln.

Die andere *milesia* der *Satyrica*, *Der Ephebe von Pergamon*, steht in offensichtlichem Zusammenhang mit dem vorliegenden »ersten dichterischen Versuch« in Cumae. Abermals wird ein Lehrer versuchen, seinen Schüler zu verführen, doch in dieser, Jahrzehnte später verfassten Variante sind beide, der *grammaticus* und der Knabe, nur noch Heuchler. Die Korruption der Tugend wird zu ihrem Höhepunkt kommen, gemeinsam mit beiden Protagonisten.

In den *Satyrica* wird er sein verwirrendes Spiel mit Zitiertem und Zitierenden, nebulosen Zuschreibungen und grotesken Situationen auf die Spitze treiben, dabei absichtlich jegliche »Moral von der G'schicht« vermeiden. Dieser Autor schreibt, aber schweigt, verbirgt seinen eigenen Standpunkt hinter Spiegeln und Masken.

Die *Hypomnemata* geben Aufschluss über diesen Standpunkt, die Frage nach der auktorialen Intention wird beantwortet. Sie zeigen die Entwicklung des Schöpfers der *Satyrica* zu seinem Standpunkt, die jedoch kaum als linear bezeichnet werden kann. Sie sind ein Weg, der beschritten werden will, um verstanden zu werden. Vorgriffe, etwa auf die eingangs erwähnte *Cena Petronii*, verbieten sich von selbst. Leben und Weltsicht formen einander wie der Meißel den Stein und der Stein den

Meißel. Fehler sind dabei unvermeidlich – man denke etwa an jene postkoitale Wertbeimessungsstörung, die schon so viele redliche Männer in die Ehe getrieben hat.

Zum Standort des Landhauses der Petronier: Es befindet sich, wie aus dem Text hervorgeht, im Westen von Cumae und ist seeseitig in den Hügel gebaut. Vielleicht wird man also in Cumae eines Tages noch etwas anderes sehen als Vergil-Devotionalien. Die Standorte des Apollo- und des Iuppitertempels sind bekannt, der des Priapus ist bislang noch nicht entdeckt worden. Das antike Cumae ist seit Vergil ein heiliger Ort der römischen Geschichte. Hier betrat Aeneas erstmals italischen Boden; hier befindet sich die Sybille von Cumae, deren Prophezeiung er einholte; hier ist das Tor zur Unterwelt, die er besuchte. Es ist aufschlussreich, dass dieser Zweig der *gens Petronia* sein Landhaus im geschichtsträchtigen Cumae hatte, und nicht im mondänen Nachbarort Baiae.

Giton

Einen Priapus haben wir tatsächlich einmal zum Leben erweckt. Wir wollten zum Spaß ein paar Huren aufscheuchen, die nächtens in der Nähe des Hauses bei einer Priapusstatue ihre Kunden bedienten. Also staffierten wir einen Aethiopier mit dem erwähnten Lederpimmel aus, schminkten und verkleideten ihn als hölzernen Gartengott und postierten ihn vor Einbruch der Nacht anstelle der Statue. Regungslos wartete er, bis der Geschäftsbetrieb in vollem Gang war, dann räusperte er sich und trat ins Mondlicht vor …

Bald danach war es mit unserer Zeit in Cumae zunächst einmal vorbei. Der greise Nesiarch Tiberius ließ von sich hören.

Tiberius an Petronius
Wenn es Dir gut geht, bin ich zufrieden. Mir geht es gut. Ich muss Dich auffordern, früher als vereinbart nach Rom zu Deinen Amtspflichten zurückzukehren. Ich hoffe, Du hast Deine Privatangelegenheiten mittlerweile erledigt. Aber ich kann derzeit auf einen Administrator wie Dich nicht verzichten. *Vale*

Publius Petronius an den Imperator Tiberius
Gerne folge ich, Herr, Deinem Wunsch. Ich gebe nur zu bedenken, dass ich hier in Cumae in Deiner unmittelbaren Nähe bin und Dir von hier aus viel besser dienen könnte. Auch gibt es noch genug, was ich, bedingt durch meine lange Abwesenheit, auf meinen Gütern regeln muss. *Vale*

Tiberius an Petronius
Dein Vorschlag ist nicht schlecht. Bedenke aber, dass Du, falls Du einmal meinen Unwillen erregst, vielleicht froh sein wirst, etwas weiter weg von mir zu sein. *Vale*

Also machten wir uns im December auf nach Rom. Das Wetter war ohnehin schlecht. Den Briefwechsel zwischen Tiberius und dem Senator habe ich übrigens von Petronia Lucia, sie hat alles, was ihren Vater und ihren geliebten Cousin betrifft, säuberlich archiviert.

Ich einfacher Landsklave fühlte mich zunächst wie auf einen anderen Planeten versetzt,[51] bei dem Treiben, das rings um mich stattfand. Aber ich hatte mich in Rom bald eingelebt. In beiden Welten, denn das einfache Volk lebt in einer völlig anderen als mein Herr, wie ich bald feststellte. In Wahrheit nimmt die eine von der anderen kaum Notiz, und wenn mein Herr von dem »bedrückten Rom« spricht, dann muss ich an dieser Stelle von einem Ereignis berichten, das bei unserer Rückkehr noch immer Stadtgespräch war. Es zeigt nicht nur, wie weit das Leben der einfachen Leute von dem der Nobilität entfernt ist, sondern auch, was die römische *plebs* kann, wenn sie will.

Mitten in all dem Morden in Rom gab es nämlich im gleichen Jahr auch ein prachtvolles Leichenbegängnis. Bestattet wurde allerdings nicht etwa ein angesehener Römer, der dem Verfolgungswahn des Tiberius zum Opfer gefallen war, sondern ein Rabe. Das Ganze passierte im Frühjahr vor unserer Rückkehr, begann aber schon lange vorher. Ein junger Rabe war einst einem Handwerker in der Nähe des Dioskurentempels zugeflogen. Dieser lehrte ihn das Sprechen, sodass der Vogel bald jeden Morgen zur Rednerbühne des Forums flog und dort seine

Grüße entbot. Als Erstem dem *princeps*, dann dem Germanicus und dem Drusus und zuletzt auch immer den vorbeigehenden Römern. Danach flog er in die Werkstatt zu seinem Meister zurück. Diesen Dienst verrichtete er jahrzehntelang, nur seine Sprüche lehrte ihn sein Meister bei Bedarf neu. Denn mit dem Germanicus und dem Drusus wars ja dann bald vorbei.[52] Der Schuster wurde berühmt, die Leute ließen sich allein schon wegen des Raben gerne ihre Schuhe bei ihm machen – letzterer wurde von allen gehätschelt und gefüttert und genoss sichtlich die Aufmerksamkeit, die ihm zuteilwurde.

Ein benachbarter Berufskollege – was ihn nach so langer Zeit dazu getrieben hat, weiß man nicht – erschlug jedoch in besagtem Frühjahr den Vogel. War es Neid oder hatte der Rabe seine neu angefertigten Schuhe beschmutzt? Die Leute sagen, der Vogel war schon alt, sonst hätte ihn der Kerl nie erwischt. Dem rachsüchtigen Schuster sollte das übel bekommen. Man vertrieb ihn aus der Stadt, manche sagen, man habe ihn sogar erschlagen, aber ich glaube, das ist mit diesen Geschichten so, dass sie bei jedem Erzählen ein bisschen größer werden.

Wie dem auch sei, der Vogel wollte begraben werden. Eine Aufgabe wie geschaffen für echte Römer, die nichts besser können als sich dem Unsinnigsten mit der größten Sorgfalt zu widmen. Der trauernde Schuster organisierte die Feierlichkeiten; an Spenden mangelte es nicht. Und so rieb sich Rom eines Morgens die Augen, als ein feierlicher Leichenzug daherkam, in dessen Zentrum auf einer riesigen Bahre der Rabe lag, die Schwingen ausgebreitet, die Haxen gen Himmel gereckt, mit offenem Schnabel. Flötenspieler und Trompeter führten den Zug an, dann folgten die Klageweiber, ganz wie es sich gehört. Nach den obligaten Tänzern beiderlei Geschlechts erblickte man tatsächlich die Ahnen des würdigen Verstorbenen. Man hatte einige Witzbolde mit Wachsmasken von Raben ausgestattet. Ich bedauere es bis heute, das nicht gesehen zu haben. Hinter den Fackelträgern kam endlich die Bahre, von zwei Aethiopiern getragen, in feine Decken gehüllt, reich mit Blumen und Kränzen bedeckt. Als nächste Verwandte des Raben folgten der

Schuster und seine Familie, dahinter die Nachbarn, nicht einmal den *archimimus*[53] hatte man vergessen, ein Zwerg im Rabenkostüm hüpfte im Zug umher und krächzte abwechselnd »Heil, Tiberius!« und »Ich scheiß dir auf die Schuhe!«. Den Abschluss bildeten die dumpfen Töne der *tubae*,[54] zu deren Klängen sich all jene einreihten, die bei diesem Anblick ihre geschäftlichen Angelegenheiten hintanstellten und lieber als Trauergäste mitgingen – mit anderen Worten, die meisten.

Der Zug begann bei der Werkstatt, schlängelte sich, wie es einer hochgestellten Persönlichkeit gebührt, über das Forum an der Wirkungsstätte des Raben vorbei und gelangte mit reichlichen Umwegen auf die Via Appia, wo am zweiten Meilenstein[55] der Scheiterhaufen bereits wartete. Auch dieser war natürlich zehnmal zu groß für einen Raben. Der Schuster hielt eine *laudatio funebris*, und als das letzte Feuer mit Wein gelöscht, die Asche des Raben in einer Urne gesammelt und den Hinterbliebenen übergeben worden war, waren alle so von Trauer ergriffen, dass sie sich auch noch den restlichen Tag freinahmen. Ich wusste sofort, in dieser Stadt bin ich richtig.[56]

LIBER II

So das zweite der Bücher bildet,
die auf uns gekommen sind

An letzter Stelle endlich: Wenn [die Schüler] in Lektüre und Stil schon weit fortgeschritten sind, darf jede Art der Schriftsteller gelesen werden, die nicht hohl, unsittlich, barbarisch und exotisch sind, etwa nach der Art von Petronius, Apuleius[1] oder Euphormio[2], die in den Schulen nicht einmal genannt, viel weniger noch empfohlen werden dürfen; auch darf aus diesen Autoren, selbst wenn ihr Name verschwiegen wird, nichts gelesen werden; denn sofort fangen die Schüler Feuer in ihrem Begehren, diejenigen zu lesen und zu kaufen, die sie von ihren Lehrern empfohlen oder genannt hören.

Aus der
Schulordnung der Rheinischen Jesuitenprovinz (1619)[3]

Petronius

December 788 [35 u. Z.], Roma

Man hat mich belächelt. Lucius Arruntius hat mir trotzdem gefallen. Ein einfacher, geradliniger Mann. Schwatzt nicht, vermeidet Pathos und redet zur Sache.

Verdrehte Zeiten: Arruntius, seit zwölf Jahren Statthalter des diesseitigen Hispaniens[4], versitzt seine Zeit in Rom, weil ihn der *princeps* nicht abreisen lässt[5].

Wurde ihm vorgestellt. Philodemus kennt er nicht. Habe wohl zu viel geredet. Von seiner Sorte gebe es noch ein paar Senatoren, gar nicht so wenige, sagt mein Onkel, da könne ich mir ein Beispiel nehmen.

Das war sie also, meine erste Begegnung mit den Vätern Roms[6]. Sterbenslangweilig. Man diskutierte die Leichenfeiern des Poppaeus Sabinus, gezählte 24 Jahre lang Statthalter Moesias und Macedoniens. Hat der mit seinem Leben nichts anzufangen gewusst? Fünf Jahre Dienst, wie mein Vormund, na gut. Aber jahrzehntelang in der Provinz vermodern? Eine Treue, die an Stumpfsinn grenzt.

So ist Rom. Das Zentrum der Macht – und in dessen Zentrum das Zentrum der Machtlosigkeit. Die Kriecher reden, die Aufrechten schweigen. Zähneknirschend, ohnmächtig. Wagt einer von diesen ein mahnendes Wort, brechen jene in Panik aus: Der Herr könnts hören! Sollte man nachsichtig sein? Zahllos die Fälle, in denen naive Senatoren Tiberius' Klagen über ihre Untätigkeit und Feigheit als Aufforderung zu selbstständigem Reden und Handeln verstanden haben. *Je verbindlicher er sich gibt, desto heftiger beißt er.*[7]

Begegnete – wie könnte es anders sein – einigen leicht erkennbaren Lebemännern und Lüstlingen. Jene gähnten und würden die Curia[8] wohl mit ihrem Geschnarche verzieren; diese entlarvten ihre streichelnden Blicke, mit denen sie uns Knaben bedachten.

Einen Monat kein Ausgang. Ein Aufpasser an unserer Seite. Giton der Kopf geschoren. Der – obwohl ansonsten unversehrt – heult nur noch. Schöne *Freiheit des Decembers!*[9]

Der Alte Mann

Du schenkst mir ein wurmzerfressenes und verschimmeltes Papier von der Art, die Flecken haben von libyschem Öl oder solche, in denen man Weihrauch oder Pfeffer vom Nil aufbewahrte oder die als Einwickelpapier dienten für Sardellen aus Byzanz.[10] Die *Feria Saturno*, ab dem 17. Dezember, war ursprünglich ein altes römisches Fest zu Ehren des Gottes Saturn gewesen, ein Bauernfest anlässlich der Ausbringung der Wintersaat. Zu Petrons Zeit waren die *Saturnalia* das beliebteste Volksfest Roms, die *trunkenen Tage*,[11] zu denen man feierte und sich Geschenke machte, mitunter auch im Scherz, wie Statius der Jüngere in seinen *Silvae* notiert. Er, der Dichter, erhielt von einem Freund einen vergammelten Papyrus mit den *öden Phrasen des alten Brutus* darauf. Zugleich waren sie ein antiker Karneval, der die Aufhebung der Stände und sogar den Rollentausch zwischen Sklaven und Herren erlaubte. Die Kinder hatten schulfrei, wer in der Toga herumlief, wurde verspottet;[12] die *Ausgelassenheit dieser Tage*[13] und die Grenzüberschreitungen, die sich Sklaven dabei manchmal erlaubten, wurden von unzähligen antiken Autoren[14] kommentiert. Das Fest, das im 1. Jahrhundert u. Z. sukzessive auf sieben Tage verlängert worden war, bestand jedoch im gesamten Römischen Reich bis in die Spätantike hinein, was auf seinen Wert als gesellschaftliches Ventil verweist.

Petronius

Irgendwie schaffe ich es in letzter Zeit ständig, alle in Verlegenheit zu bringen. Dabei fand ich die Idee genial: Giton statt mir bei Tisch, ich zu seinen Füßen – als Sklave meines Witzes.

»Musst du denn alles übertreiben?« Unsere einstudierten Sentenzen fanden keinen Applaus. Betretenes Schweigen, durchzuckt von Blicken des *pater familias*.

Ich gerate in Panik. Will die Farce beenden und zerre den nichtsahnenden Giton von der *clinē*. Der reagiert hysterisch und fuchtelt mir irgendwie seine Hand ins Gesicht. Schon winde ich mich am Boden und das Chaos bricht aus. *Io Saturnalia!*[15] Frauen kreischen, Männer fluchen. Von wegen Faustschlag, Blödsinn.

Mein Vormund ist außer sich: hat Giton arretiert, will ihn auf das Land schicken. Ich verteidige ihn, das Gesicht von der Tat gefärbt. Vergeblich.

Publius Petronius grüßt den Senator Petronius
Niemals darf ein Sklave die Hand gegen seinen Herrn erheben. Darin gebe ich Dir recht. Wäre dem so, fändest Du in mir den ersten Vollstrecker der Bestrafung. Aber gib mir die Gelegenheit zu zeigen, weshalb eine Bestrafung Gitons ungerecht wäre und Dein Ruf dadurch eher gemindert als erhöht werden könnte.

Zunächst einmal, Du warst ja dabei: Alles geschah im Zuge eines Tumults, mehr zufällig als mit Absicht. Ich wollte unsere Posse beenden – die richtige Sitzordnung wiederherstellen. Giton, verängstigt durch die Rolle, die er zu spielen hatte, verlor schlicht die Nerven. Kannst Du anderes erwarten von einem elfjährigen Sklaven, der eine Laune seines Herrn nur widerwillig mitgemacht hat? Nicht Vorsatz platzierte Gitons Hand in meinem Gesicht, nur Zufall. Ich bitte Dich also, nimm die Angelegenheit gelassen hin, als üblen Scherz Fortunas, und glätte die Aufregung mit Milde.

Du sagst, von einem bloßen Unfall sind wir hier weit entfernt? Nun gut. Aber Du weißt genau, dass ich damit begonnen habe, nicht Giton. Ist Notwehr, was sage ich, ist menschliches Handeln einem Sklaven verboten? Was antwortest Du mir darauf, der per Gesetz verboten hat, dass Sklaven willkürlich den wilden Tieren vorgeworfen werden dürfen? Erlaube mir, an den zu appellieren, der der geistige Vater der *lex Petronia de servis* und der *lex Iunia Petronia* ist. Kann dieser in einem so geringen Fall so große Härte zeigen?

Und was heißt das eigentlich, die Hand erheben? Doch, dass der Sklave seinem Herrn nicht zu Willen ist. Deshalb sage ich Dir, Du darfst Giton nicht bestrafen, denn er hat in allem nur meinem Befehl gehorcht. Es war meine Idee, zu den Saturnalien die Rollen zu tauschen; meine Anweisung, dass er den Herrn spielt und ich seinen Sklaven; meine Order, dass er nicht aus der Rolle fallen dürfe. Schuldig bin daher ich, da er nur mein Werkzeug war, im Grunde willenlos, wie es Sklaven bestimmt ist.

Ich höre Dich einwenden: »Wir geben ein schlechtes Beispiel ab, wenn in unserem Haus Sklaven ihre Herren schlagen dürfen.« Nun, wer ist der Herr im Haus? Und hat er diesen geschlagen? Nein. Nur mich, Deinen minderjährigen Adoptivsohn, für den das als durchaus gerechtfertigte Strafe betrachtet werden könnte.

Aber ob mündig oder nicht, die Tat muss bestraft werden, da sie vor den Augen der versammelten Gäste stattgefunden hat und wir damit ins Gerede kommen? Gut, sei dem so – lass uns Formen und Anstand wahren. Dann lass aber mich, den Beleidigten, die Bestrafung seines Sklaven vollziehen. Denn siehst Du die Tat an mir als die Tat an einem Erwachsenen, dann gestehe mir auch die Rechte eines Erwachsenen zu und überlasse mir, dem Beleidigten, Strafmaß und Vollzug.

Wie immer Du Dich entscheidest, sei versichert, dass ich mich fügen werde, aber ich bitte Dich, lass einen dummen Saturnalien-

Streich nicht so übel enden, die Gedankenlosigkeit eines Menschen nicht den Untergang eines anderen bewirken. *Vale*

Giton

Den Blitz, der da eingeschlagen hatte, konnte ich lange nicht begraben.[16] Im Grunde war es gut so. Sklave bleibt Sklave. Soll heißen, ich war um eine Illusion ärmer und nahm mir vor, in Zukunft nicht jeden Blödsinn meines Herrn mitzumachen. Meine Haare wuchsen wieder, mein Stolz trottete hinterher.

Auch diesen Brief meines Publius an seinen Vormund habe ich übrigens aus dem Archiv der Petronia Lucia. Sie mochte mich schon immer und seit dem Tod ihres Cousins verbindet uns eine tiefe Freundschaft. Sie erzählte mir auch, dass uns der Senator, nachdem er sich beruhigt hatte, nicht wirklich bestrafen wollte. Einen Dämpfer wollte er uns verpassen, speziell seinem umtriebigen Neffen. Und er wusste, der hätte jegliche Strafe stoisch hingenommen und munter weitergemacht. Diesem sollte klar werden, wie leichtsinnig er mit seiner Verantwortung für mich umgegangen war. Deshalb ließ er mich bestrafen. Das saß. Sicher, man schlägt den Sattel und meint den Esel[17], aber in diesem Fall trafs – mit Verlaub – den Esel. Noch wochenlang war es meinem Herrn peinlich, mich anzusehen, ständig druckste er herum, stammelte Entschuldigungen und fragte mich, »ob es mir gut gehe«.

Da ich schon wieder bei Lucia bin, kann ich auch gleich berichten, wie ich seinerzeit in den Besitz der *Notizen* kam. Die ganze Geschichte hängt eng mit den letzten Tagen meines Publius zusammen, deshalb muss ich etwas weiter ausholen. Man sagt, *die ganze Welt treibt Schauspiel*; nun – diesen Spruch hat mein Herr gelebt, er hat nur wenigen sein wahres Wesen offenbart, der Welt bot er, was die Welt von ihm erwartete. Und als sich der Vorhang seines Lebens hob, wusste kaum jemand von seinem großen Plan, der dahinterstand.

Von Anfang, oder eigentlich vom Ende an: Bald nach jenem unvermeidlichen Tag wagte ich mich aus dem Gewirr der *subura* und besuchte Lucia in meiner neuen Rolle als Parfumhändler. Was für ein Wiedersehen! Sie wedelte ihre Dienerschaft weg und kaum allein, fielen wir uns auch schon um den Hals. Nachdem wir unsere Tränen getrocknet hatten, beglückwünschte mich Lucia zu meiner erfolgreichen Flucht. Als Nächstes machte sie mir klar, dass ich ab nun, oder ab wann es die Umstände gestatteten, ein reicher Mann sei. Nero – wie so oft den Gnädigen mimend, wenn er seinen Feind erst vernichtet sah – verschonte die Familie meines Herrn, ließ nur den gesamten persönlichen Besitz meines Publius konfiszieren und nach Hinweisen auf Verschwörer und Verleumder durchsuchen. In Wahrheit ging es ihm vor allem darum, herauszufinden, wer seine perversen Liebesspielchen ausgeplaudert hatte.

Pech gehabt, mein Herr ahnte schon Wochen vor seinem Tod, dass Unheil im Anmarsch ist, dass er der Verschwörung gegen den *Imperator* angeklagt werden sollte. Also schafften wir vorsorglich alle wichtigen Papiere, darunter auch seine *Notizen*, unbemerkt in das Haus seiner Cousine. Briefe, Dokumente, Vermögensaufstellungen, die gesamte persönliche Korrespondenz – eben alles, was die Handlanger unseres Kitharoeden später interessieren könnte. Des Weiteren deponierten wir bei ihr beträchtliche Geldsummen, mit denen wir uns ziemlich abschleppten. Aber es war der Mühe wert. Niemand war bei unseren nächtlichen Umtrieben dabei, kein Diener konnte zum Verräter werden.

Vor seiner Abreise nach Cumae gab er mir – ohne viel Hoffnung – genaue Instruktionen, was ich, je nach Entwicklung der Ereignisse, tun sollte. Doch es war zu spät. Tigellinus[18] hatte wochenlang Zeit gehabt, Neros Misstrauen zu schüren: Der *Arbiter* habe seine Maske fallen gelassen, raunte er ihm zu, sein *Papagei* etwa – wiewohl auf den ersten Blick läppische Kleindichtung – plaudere offen genug aus, was er dem *Imperator* nie ins Gesicht sagen würde:

Die indische Erde brachte mich auf seinem Purpurstrand hervor,
wo der helle Tag wiederkehrt, Licht die Erde entzündet.

Hier bin ich unter göttlichen Ehren gezeugt worden,
doch ich vertauschte die fremden Worte mit lateinischem Klang.
Nun entlasse, Paean, o Delphier, Deine Schwäne:
Würdiger ist diese Stimme, Deine Tempel zu ehren.[19]

Herabgewürdigt werde die göttliche Person des *princeps*, wie auch sein Ringen um dichterische Höhen in den Büchern des Petronius. An weiteren spöttischen Anspielungen bestehe kein Mangel. Das könnte man noch hinnehmen, doch gebe es Beweise, dass dieser Ritter mit der spitzen Zunge an einer Verschwörung beteiligt sei.

Mein Publius wurde nicht vorgelassen, sondern in seinem Landhaus in Cumae festgehalten. Also kam er der offiziellen Anklage zuvor und teilte Nero mit, dass er seinem Leben lieber sofort ein Ende setzen wolle als noch länger diese Anschuldigungen ertragen zu müssen. Und wie es mein Herr gehofft hatte, befahl Nero alle Wachen abzuziehen und die Verhaftung des Gesindes aufzuheben: »Mein alter Freund, der *Arbiter*, soll sein Leben friedlich beenden dürfen, mag er zuletzt auch gefehlt haben.«

Publius Petronius Niger, genannt *Arbiter*, hatte zum letzten Mal seine Handlungsfreiheit zurückgewonnen. Mehr brauchte er nicht. Gleich sandte er Melder aus und rief alle Freunde, die nah genug weilten, für den nächsten Tag zu sich, dass sie ihm bei seinem Gang aus dem Leben Gesellschaft leisten sollten. Einige kamen, andere nicht, darunter auch der verängstigte Martial, dem ich das aber nicht verdenken kann.

Viele behaupteten später, mein Publius habe seinen Tod nur aus Dekadenz oder Feigheit so lange hinausgezögert. Sollen die doch reden. Mein Herr wusste, dass jeder Tag, jede Stunde, die er seinen Tod aufschob, eine Stunde mehr war, in der sich seine Getreuen in Sicherheit bringen konnten. Denn nur er kannte das wahre Ende seines Bühnenstücks. Diesen einen, die geheuchelte Milde Neros beendenden Brief, den konnte er nicht ungeschrieben lassen: seine private Abrechnung mit dem *Imperator*, die verbale Vernichtung eines durchgedrehten Muttersöhnchens. Der

Arbiter elegantiarum wusste viel und hatte lange geschwiegen. Niemand, so sagt man, hat diesen Brief gelesen, außer Nero. Aber sein wüstes Geschrei, das der Zustellung folgte, das hörte jeder in Baiae. Der *Arbiter* hatte die Waagschalen ausgeglichen.

Die Vergeltung, die folgen musste, ging weitgehend ins Leere. Sämtliche Anordnungen, die mein Herr vor seinem Tod traf, dienten der Sicherheit all jener, die ihm wichtig waren oder die unschuldig der Wut des Nero ausgesetzt gewesen wären. So entsandte er etliche Haussklaven aus Cumae – angeblich mit privaten Verfügungen, in Wahrheit mit ihrer Freilassung in Händen – als Botenläufer in beliebige Himmelsrichtungen. Die Dienerschaft in Rom stellte ich vor die Wahl: dableiben und – sobald jener Abschiedsgruß meines Publius Nero erreicht hatte – die Folter riskieren oder sich davonmachen. Einige konnte ich in anderen Häusern unterbringen, aber vielen zu diesem Zeitpunkt nicht mehr bieten als ihr Leben und etwas Geld für die Flucht.

Dann setzte ich das Stadthaus planmäßig in Brand und vernichtete damit auch jeden Hinweis auf die vielen fehlenden Dokumente. So oder so mussten wir den gierigen Krallen des Kitharoeden noch immer mehr als genug überlassen, insbesondere die Villen in Tusculum und Cumae.

Aber selbst über den Styx[20] hinweg entbot mein Herr seinem Vernichter noch ein letztes, fein zugespitztes *vale*. Von jener einzigartigen myrrhinischen Schale, die Nero immer so begehrlich gemustert hatte, würde dieser, in der ansonsten völlig intakten Villa in Cumae, nur noch einzigartige Scherben vorfinden.

Der Rest ist gleich erzählt. Noch einmal blickte ich auf unser nun endgültig niederbrennendes Haus, dann wandte ich mich ab und verschwand in der *subura*. Gleich danach richtete sich das verwirrte Gemüt Neros auf andere würdige Männer – der richtige Zeitpunkt für mich, um auf den Magistrat zu gehen und meine Freilassung eintragen zu lassen. Sicherheitshalber zog ich in dieser Zeit noch von einer Mietwohnung zur nächsten, aber da sich niemand nach dem ehemaligen Gutsverwalter des Petronius erkundigte, kaufte ich schließlich ein Haus und wurde

Parfumhändler. Dadurch konnte ich ganz selbstverständlich die Häuser meiner Kunden aufsuchen und öfters bei Lucia vorbeischauen. Nach und nach brachte ich die gesamten *Hypomnemata* von ihrem Haus in mein Haus. Da waren sie also: einundzwanzig *Libri*, die mein Herr über dreißig Jahre lang in unregelmäßigen Abständen gefüllt hatte. Zur Entspannung, wie er sagte, um sich Luft zu machen, auch zur Selbstbetrachtung und Schärfung seines Stils. Wie oft habe ich in ihnen gelesen!

Heute, da mein Lebenswerk auf sicheren Beinen steht, habe ich sie wieder hervorgeholt, ergänze sie, in der vagen Hoffnung, einmal einen Buchhändler zu finden, der sie veröffentlicht. Etwa: *Der Tatenbericht des Publius Petronius Niger. Ein Sittenbild neronischer Zeit.*

Der Alte Mann

Einiges, das hier noch unklar ist, wird sich, wie gesagt, ohnehin von selbst aufklären. Gitons Bericht deckt sich jedenfalls mit dem Wenigen, das die bisher bekannten Quellen[21] hergeben.

Aus den einundzwanzig Papyrusrollen seines Herrn hatte Giton, ergänzt durch seinen Kommentar sowie diverse Briefe und Erzählungen, vierundzwanzig *Libri* gemacht. Immerhin sechzehn davon sind – wenn auch manche arg verstümmelt – auf mich gekommen. Den Rest wird man sich in die noch folgenden Lücken hineindenken müssen.

Ganz kurz zu der am Anfang des Kapitels geschilderten Balgerei zwischen Giton und Petronius: Konnte ein harmloser Jungenstreich wie dieser tatsächlich drakonische Strafen nach sich ziehen? Übertreibt der junge Petron in seiner Angst um den bereits zum Freund gewordenen Sklaven? Wahrscheinlich. Der Zorn seines Vormundes stellt sich ja dann auch als gespielt heraus.

Soll man folglich die im *Pro Gitoni* geäußerte Befürchtung einer harten Bestrafung als reines Phantasieprodukt eines hyperaktiven Knaben abtun? Ich denke nicht. Er nennt uns ja selbst den Grund für seine Besorgnis: Die Tat geschah vor Außenstehenden, vor den Augen der Gäste. Im tratsch- und skandalsüchtigen Rom darf man, auch ohne dabei gewesen zu sein, annehmen, dass der Vorfall am nächsten Morgen Stadtgespräch war. Hinzu kommt, dass, wie uns die Berichte Gitons und Petrons beweisen, der Senator der Schöpfer beziehungsweise Mitautor zweier sklavenfreundlicher Gesetze war. Die *lex Petronia de servis*[22] bestimmte, dass Sklaven nicht ohne richterliches Urteil den wilden Tieren vorgeworfen werden durften; die *lex Iunia Petronia*[23], dass Stimmengleichheit der Richter genügte, damit ein Sklave vom Gericht für frei erklärt wurde. Zwar standen diese in einer Reihe mit anderen Gesetzen der Zeit zur Besserbehandlung der Sklaven, vom Widerstand der Anhänger einer »alten Schule« ist jedoch auszugehen. Furchtsame Gemüter riefen bei jeder sich bietenden Gelegenheit nach harten Sanktionen; auch der Philosoph Seneca wird sich mit der Frage von Status und Behandlung der Sklaven plagen.

Der Senator konnte oder wollte es sich wohl nicht leisten, ins Gerede zu kommen, mit seinen Gesetzen hatte er sich der Kritik bereits ausgesetzt. Geschickt baut sie sein Neffe in die Verteidigungsschrift ein, dreht aber den Spieß um: *Erlaube mir, an den zu appellieren, der der geistige Vater der* lex Petronia de servis *und der* lex Iunia Petronia *ist.* So sehr dem Senator die Worte seines Neffen gefallen haben mögen, ein Übermaß an Weichherzigkeit wäre bei Weitem verpönter, weil unrömischer, gewesen als allenfalls übertriebene Strenge. Ein Zeichen war also zu setzen, das Kahlscheren Gitons war der sich anbietende Kompromiss: Straffällig gewordene Sklaven erkannte man an ihrem geschorenen Kopf – somit erlitt Giton nur die Insignien einer Bestrafung.

Aufs Land schicken[24] will unter anderem auch Horaz seinen aufmüpfigen Sklaven. Diese sprichwörtlich gebrauchte Drohung stellte im Ernstfall eine harte Strafe dar, konnten doch die Unterschiede in der Lebensqualität zwischen den meist städtischen Haussklaven und den Schwerarbeit verrichtenden Sklaven in der Landwirtschaft größer nicht sein. Wie überhaupt der Status als Sklave nur einen personenrechtlichen Status definierte, nicht aber einen gesellschaftlichen. Sklaven konnten

Sklaven haben und wichtige staatliche Ämter bekleiden. Aber dazu später mehr.

... fast alle Welt agiert, laut Petronius, als Schauspieler.[25] John of Salisbury, der berühmte Gelehrte des 12. Jahrhunderts, setzt mit dieser Petronius-Paraphrase Folgenreiches in Gang. Michel de Montaigne übernimmt sie 1588 für seine *Essais*;[26] 1599 erscheint sie, in verkürzter Form, als Motto auf dem neu eröffneten Globe Theatre William Shakespeares: *Totus mundus agit histrionem.* – Die ganze Welt treibt Schauspiel. In *As You Like It* präzisiert der Dichter: *All the world's a stage, And all the men and women merely players.* Shakespeare dachte dabei wohl an Komödien wie Tragödien gleichermaßen; nicht so, glaubt man John of Salisbury, Petronius: *Aus der Sicht unseres Arbiters scheint fast die ganze Welt einen* mimus *aufzuführen.*[27]

Aber hat der Dichter der *Satyrica* wirklich dieses Sprichwort geprägt, wie so oft behauptet wird? Laut Gitons Zeugnis nicht, er behandelt es als allgemein gebräuchliche Wendung. Der *mimus vitae* ist ein Topos, dessen Wurzeln bis zu Platon zurückverfolgt werden können. In den *Satyrica* räsoniert Encolpius über falsche Freunde: *Solange das Glück anhält, wahrt ihr das Gesicht, Freunde; ...* und vergleicht dieses Verhalten mit den Schauspielern in einem *mimus*: *Wenn bald darauf das Textbuch die komischen Rollen in sich verschließt, kommt das echte Gesicht wieder, das vorgetäuschte ist dahin.*[28] John of Salisbury könnte seine Aussagen über Petronius ohne Weiteres aus dieser Stelle abgeleitet haben.

Abgesehen davon sind die sogenannten »vulgären Passagen« der *Satyrica* voll von Sprichwörtern und Redensarten, wie sie nicht nur in der dargestellten Gesellschaftsschicht, sondern auch am jeweiligen Handlungsschauplatz, z.B. im griechisch geprägten Campanien, üblich waren. Jeder Protagonist dieses Schelmenromans hat seine eigene Diktion, fein abgestuft nach Herkunft und Stand ... Einer von diesen meinte – vielleicht sinngemäß, vielleicht wörtlich –, die ganze Welt treibe Schauspiel. Nur welcher? Petronius? Wohl kaum. Wenn schon, dann vielleicht Encolpius, der wieder einmal, wie so oft, mit Phrasen um sich wirft.

Was da passiert, ist ein ebenso fataler wie produktiver Irrtum auf hohem Niveau. Aus einer Paraphrase wird ein Werkzitat, aus einem Werkzitat eine identitätsstiftende Aussage über den Autor. Ohne Kenntnis über Motive und Absichten des Autors, ohne Beachtung des Kontextes imaginiert man sich einen Petronius aus den Bruchstücken seines Werkes zusammen. Ausgerechnet er, der seinen Standpunkt bewusst verbirgt – ihn offen hält –, wird mit seinen Figuren, seinem Werk gleichgesetzt. Allmählich entsteht eine Legende. Es ist ein Jahrhunderte währender Zeugungsakt, der einen neuen Petronius hervorbringt: Den blasierten, dekadenten Höfling mit dem Hang zu Orgien und Unmoral, zusammengestoppelt aus einer Passage bei Tacitus und den Fragmenten der *Satyrica*. Aber: Die Saat für Werke wie *The Picture of Dorian Gray*, *Quo vadis?* oder *The Great Gatsby* ist ausgebracht.[29]

Schauspiel treiben viele in den *Satyrica*, der Tod als *mimus* begegnet uns an der Tafel des göttlich-vulgären Trimalchio, der weinselig seine eigene Leichenfeier inszeniert. Und sie berühren sich an etlichen Stellen mit dem Leben Petrons, wie es mir dank seiner *Notizen* vorliegt. Ein kurzer Exkurs über den Status quo der Forschung und den Inhalt des Werkes erscheint mir daher an dieser Stelle angebracht.

Der Titel *Satyrica* hat keine direkte etymologische Beziehung zur Satire, wiewohl dem römischen Witz die Ähnlichkeit mit der *satura* kaum entgangen sein dürfte. Er weist vielmehr auf die Satyrn, die pferde- oder auch bocksfüßigen, phallischen Schelme im Gefolge des Bacchus oder Dionysos, hin. Es handelt sich also um »Satyrgeschichten«. Dennoch gab auch das durchklingende *satura* dem antiken Leser eine gute Vorstellung von dem, was da folgen würde: *Satura* war einerseits die bunte Schüssel, ein Mischmasch an Themen und Inhalten, andererseits die Satire nach heutigem Verständnis, die beißende Kritik an Politik und Gesellschaft. *satura quidem tota nostra est*,[30] sagt später Quintilian und ignoriert dabei Petronius – ein Verhalten, das Schule machen sollte. Erst in der Spätantike beginnt, so scheint es zumindest aufgrund der vorhandenen Quellen, die Rezeptionsgeschichte der *Satyrica*.[31] In ihrer Benennung als einzelne Bücher, *Satyricon Libri,* erinnern sie zudem an ein an mehreren Stellen erwähntes, damals gängiges Aphrodisiakum, das *Satýrion*.

Bunte Schüssel, Satire, Schelmengeschichte, Potenzmittel: Bereits der Titel verweigert sich der Eindeutigkeit, gibt aber die Richtung vor, der dieses, aus der Art geschlagene Epos folgt. Ein Held irrt durch die Welt der Antike und erlebt dabei etliche Abenteuer. Ein Odysseus oder Aeneas, könnte man meinen, aber im Gegensatz zu diesen epischen Helden hat er weder einen Plan noch ein Ziel. Er sucht nichts, schon gar nicht findet er etwas, im Gegenteil, seine Geschichte findet ihn. Er ist der unfreiwillig Mitgerissene, ein Träumer, der seinen Zyklopen begegnet, indem er über sie stolpert, der Skylla und Charybdis ahnungslos entgegentreibt.

Auf ihrem holprigen Pfad durch die Jahrhunderte betrachtete man diese Epen-Parodie gerne als leichte Lektüre: bloße Ammenmärchen ohne tieferen Sinn; als ein den Sinnen ergebenes Werk eines innerlich erkalteten Höflings; ernst zu nehmen nur als mögliche Gefährdung der Jugend und Tugend. Genauere Untersuchungen belegen, dass zum einen ein Gutteil dieser Schelmengeschichten so phantastisch nicht ist, zum anderen die Akteure der *Satyrica* mit Fug und Recht auf überlieferte Personen des antiken Lebens, wie wir es kennen, verweisen können.

Ein Beispiel sei hier erwähnt: Als Pendant zu dem prahlerischen Grabmonument, das sich Petrons Trimalchio so detailliert beim Steinmetz Habinnas bestellt, beschreibt Ludwig Friedlaender den Grabstein eines *sevir* der Augustalen (ein Kult der Freigelassenen) im heutigen Brescia: *Man sieht diesen Sevir, einen kleinen dicken Herrn, sich mit seinen fünf Kollegen, unter dem Vortritt zweier Liktoren auf das Forum begeben; sodann dort breit und selbstgefällig auf einer erhöhten Bühne auf dem Bisellium sitzen, wie es scheint mit einem Beutel in der Hand; auch ein Opfer und Spiele, die er veranstaltet hat, sind abgebildet oder angedeutet.*[32]

Wie überhaupt im Überfluss bebilderte und beschriftete Grabsteine häufig ein Indiz für die letzte Ruhestätte eines Freigelassenen sind. Einen hübschen Kontrast dazu bietet das Grab der römischen Bürgerin Eumachia in Pompeii. Diese Tochter eines wohlhabenden Unternehmers war oberste Priesterin des Venuskultes und angesehenes Mitglied ihrer Gemeinde, die ein Gebäude am Forum nach ihr benannt hatte. Auf der schlichten Grabstele, die ihre letzte Ruhestätte wurde, steht lediglich: *Eumachia L. F. Sibi Et Suis* – Eumachia, Tochter des Lucius. Sich und den Ihrigen.[33]

Die Fülle der Deckungsgleichheiten zwischen der Fiktion *Satyrica* und dem realen antiken Leben und dieser nicht festmachbare, aber eindeutige Verfallsgeruch, der über dem *Imperium Romanum* des Petronius schwebt, haben, speziell ab dem 20. Jahrhundert, viele Kommentatoren ernstere Absichten des Autors vermuten lassen. Also doch eine »Moral von der G'schicht«? Heikle Frage …

Im Moment genügt es zu wissen, dass die handelnden Personen der überlieferten Fragmente der *Satyrica* und ihre Aktivitäten durchaus reale Abbilder ihrer Zeit sind. Daher bietet sich – sowohl zur überblicksartigen Darstellung derselben als auch als erster Einblick in die Zeitkritik Petrons – eine systematische Auflistung der wichtigsten Protagonisten an, soweit sie uns bekannt sind. Denn von den zwanzig bis vierundzwanzig *Libri* der *Satyrica* haben sich gerade einmal vier – und auch diese nur unvollständig – erhalten.[34]

Die verbleibenden Protagonisten, oder um in der Zeit zu bleiben, die *personae* dieses antiken Roadmovies, kann man, wenn auch nicht immer eindeutig, in drei Kategorien einteilen: die Wahnhaften, die Schauspieler und die Realisten.

Die Unschärfe der Zuordnung ist durch die lebensnahe Gestaltung der *personae* bedingt. So unternehmen auch die wenigen

Realisten der *Satyrica* den einen oder anderen Ausflug ins Irrationale; ebenso finden sich die Wahnhaften – ob sie nun wollen oder nicht – ab und zu in der Wirklichkeit wieder. Schauspiel und Wahn liegen, in ihrer Wirkung auf andere, ohnedies nahe beieinander, letztendlich sind sie nur unterschiedliche Abstufungen des Selbstbetruges. Für die Einteilung war jenes Wesensmerkmal der angeführten *persona* ausschlaggebend, das ihr Handeln bestimmt. Indes, eine schillernde Persönlichkeit der *Satyrica* nahm – wohl empört ob derartiger Reduktionsversuche – mit Bestimmtheit in zwei Kategorien Platz. Das ist nicht zu ändern. Der Zweck dieser Kategorien ist nicht die Kategorienbildung, sondern ein Einblick in die Erschaffung und Verwendung bestimmter *personae* durch den Autor Petronius und in deren Charakter, wie er aus dem Werk hervorgeht.

I. Die Wahnhaften

Encolpius: Ich-Erzähler, Anti-Odysseus und Held der *Satyrica*. Der »am Busen, am Schoß Ruhende« wird wegen Tempelschändung von Gott Priapus mit Impotenz bestraft. Lebt im Mythenwahn, das heißt, er interpretiert alles, was er sieht oder erlebt, gleichgültig wie banal, in Analogie zu hehren Mythen und sieht sich selbst als Inkarnation ständig wechselnder mythologischer Helden. Versucht sich in verschiedenen Tätigkeiten, vornehmlich als *scholasticus*, Wanderstudent; muss sich aber meistens auf diverse Gaunereien einlassen, um über die Runden zu kommen.

Trimalchio: Der »dreifache König«,[35] ein neureicher Protz, hat es vom Sklaven zum Millionär gebracht, will kultiviert sein, ist es aber nicht und kann es – mangels geistiger Befähigung – nie werden. Namensgeber der berühmten, seinem ersten Auftreten folgenden *Cena Trimalchionis*, des längsten zusammenhängenden Fragments der *Satyrica*. Prominentester Vertreter des Bildungswahns. So gut wie alles, was Trimalchio an Wissen über Kunst und Kultur mit Stolz verkündet, offenbart peinlichste Un-Bildung.

Eumolpus: Der »schön singt«. Erfolgloser Dichter und Lehrer/Philosoph. Repräsentant des Dichterwahns. Sieht sich als Nachfolger von Vergil und Horaz. Frei von moralischen Zwängen. Umtriebiger Gefährte Encolps und Gitons in den späteren Kapiteln. Als Dichter eine Plage, aber ein guter Stratege und hervorragender Geschichtenerzähler.

II. Die Schauspieler

Agamemnon: Betreibt eine Rhetoren-Schule (wahrscheinlich) in Puteoli, Campanien. Predigt gerne hohe Ideale, wie zum Beispiel die Unbestechlichkeit des Philosophen, verkauft sich aber bedenkenlos für eine warme Mahlzeit.

Ascyltus: Der »Unermüdliche«, in Tatkraft und Spontanität das Gegenteil Encolps. Der störende Dritte in dessen Beziehung mit Giton (in den ersten überlieferten Kapiteln). Gibt sich als »wandernder Student« aus, ähnlich wie Encolpius, scheut das Licht der Öffentlichkeit. Inszeniert sich dennoch ab und zu als römischer Ritter – meist erfolglos. Derb und kraftstrotzend verfügt er über einen gewaltigen Penis, der ihm eine wichtige Einnahmequelle ist.

Trimalchio: Ähnlich wie sein Wahn, jedoch auf andere Weise, bestimmt die *imitatio* seinen Charakter. Während Trimalchio unerschütterlich in seinem Bildungswahn lebt, ist seine penetrant vorgeführte *romanitas* nur noch Pose. Denn er hat längst begriffen, dass er – aufgrund der damaligen gesellschaftlichen Ächtung des Freigelassenen – nie ein *ingenuus*, ein »echter« Römer werden kann. Diese ihm verwehrt gebliebene Anerkennung kompensiert er unter anderem mit der Inszenierung dessen, was er für ein kultiviertes römisches Gastmahl hält.

Circe: Begegnet Encolpius in Croton, wo dieser gemeinsam mit seinen Gefährten Erbschleicher hereinlegen will. Wie jede kokette Frau weiß sie genau, wann sie welche Rolle zu spielen hat. Verbirgt ihre Lasterhaftigkeit hinter der Maske der Matrone.

Will sich Encolpius hingeben, der versagt wieder einmal. Da sich Encolpius in Croton vorsichtshalber **Polyaenus** nennt, ein Beiname, den Odysseus von den Sirenen erhielt, wird der Leser hier offensichtlich aufgefordert, die Liebesgeschichte der beiden im Licht der Beziehung von Circe und Odysseus zu sehen.

Oenothea: »Wein-Göttin«, Priesterin des Priapus. Wenn sie sich nicht gerade dem Wein hingibt, verdient sie ihren Lebensunterhalt mit grotesken Ritualen zur Austreibung der Impotenz. Mag die Rache des Priapus auch fürchterlich sein, bei dieser ehrwürdigen Priesterin ist sie gegen geringes Entgelt abwendbar.

III. Die Realisten

Giton: Der »Nachbar«, flatterhafter Gefährte Encolps – nicht zuletzt wegen dessen Impotenz –, der ihn eifersüchtig liebt. Sein gesamtes Verhalten steht im Gegensatz zu dem des Encolpius. Circa sechzehn Jahre alt, ein raffiniertes Luder, anmutig, charmant, der geborene Lustknabe. Wird von allen Männern und Frauen begehrt. Hat stets den eigenen Vorteil im Auge und das Talent, sich aus jeder noch so heiklen Bredouille herauszureden.

Tryphaena: Die »im Überfluss schwelgt, lüstern ist«. Society-Lady aus Tarent, lässt nichts anbrennen. Wurde wegen unzüchtigen Verhaltens aus ihrer Heimatstadt verbannt, ein Urteil, an dem Encolpius und Giton offenbar ihren Anteil hatten.

Fortunata: Die »vom Glück Gesegnete«, Frau Trimalchios. Ehemalige Prostituierte, nun Millionärsgattin. Hat ihren Mann fest im Griff, auch wenn dieser manchmal rebelliert.

Philomela: Dame der ersten Gesellschaft Crotons, skrupellose Erbschleicherin. Verkuppelt ihre Kinder mit dem vermeintlich reichen Eumolpus, in der Hoffnung, als dessen Erbin eingesetzt zu werden. In dem verloren gegangenen Ende dieser Episode wird ihr wohl die Rolle der »betrogenen Betrügerin« zuteil.

In den *Satyrica* wimmelt es von »sprechenden« Namen, deren Konnotationen den antiken Lesern bestens bekannt waren. Ein Beispiel ist das grausame Schicksal der mythologischen Philomela, von dem ich hier – *pars pro toto* – berichten will. Ihr Schwager, der thrakische König Tereus, vergewaltigt sie, sperrt sie in einem entlegenen Haus ein und schneidet ihr die Zunge ab, damit sie ihn nicht verraten kann. Nichtsdestotrotz kann sie ihre Schwester Prokne von der Tat informieren, diese befreit sie und schreitet mit ihr gemeinsam zur Vergeltung: Prokne tötet den Sohn, den sie mit Tereus hat, und setzt ihm diesen – natürlich ohne sein Wissen – zum Abendessen vor. Dramatischer Höhepunkt ist der Auftritt der stummen Philomela, die Tereus, kaum dass dieser aufgegessen hat, den Kopf seines Sohnes vor die Füße wirft. Philomela und Prokne werden in Nachtigall und Schwalbe, Tereus in einen Wiedehopf verwandelt.

Wahrlich ein bunter Teller. Sprechende Namen, wechselnde Handlungsschauplätze (Forum Iulii, Massilia, Rom, Tarent, Puteoli und Croton), Akteure von meist zweifelhafter Moral oder Profession und mittendrin der umherirrende Tor Encolpius – spätere Zeitalter sollten ähnliche Helden hervorbringen.

Das ist aber nur ein Teil der Physiognomie dieses vielgesichtigen Schelmenstückes. Gleichzeitig bedienen sich die *Satyrica* bei den meisten Literaturgenres ihrer Zeit; beim Epos, bei der Tragödie, bei der Rhetorik, der Satire, der Komödie, dem *mimus* etc. Alles wird verarbeitet, scheinbar wahllos, von diesem umtriebigen Autor; teils wohlgefällig, wie die milesische Novelle, teils völlig respektlos, wie der griechische Abenteuer- und Liebesroman. Die Inhalte, wie auch die hehrsten Passagen der Werke Homers, Vergils und Horaz' – um nur die bekanntesten zu nennen – stehen in überraschendem, neuem Kontext, meist gleichermaßen amüsant wie despektierlich.

Der *Arbiter* war mehr als ein Richter in Geschmacksfragen, *... to be consulted on the wearing of a jewel, or the knotting of a necktie, or the conduct of a cane.*[36] Gerade seine Zeitgenossen hatten ihn zu fürchten. Mit feinster Ironie entlarvt er menschliche wie poetische Defizite; wiewohl fähig zu Lob und freundschaftlicher Verulkung, fabuliert er gerne ins scheinbar Blaue, um ins Schwarze zu treffen.

Von der antiken *satura* unterscheiden sich die *Satyrica* durch die fehlende Wertung. Es mangelt wahrlich nicht an Darstellungen kritisierbaren Verhaltens, eine ernst zu nehmende Anklage oder gar eine Verurteilung sucht man jedoch vergeblich. Und gerade der beißendste Spott spaziert mitunter so trefflich maskiert über die Seiten, dass es von allen Lesern just der Adressat ist, der ihn – dem gehörnten Ehemann gleich – als Letzter bemerkt. Auch das sollte Petronius zum Verhängnis werden.

Nach dem aktuellen Überlieferungsstand ist dieses fröhliche »Pan-Literarium« in seiner Zeit, dem 1. Jahrhundert u. Z., singulär. Halbwegs Vergleichbares findet sich erst im darauffolgenden Jahrhundert. Eine Datierung in diese spätere Zeit wurde immer wieder versucht, hat aber – auch ohne Kenntnis der *Hypomnemata* – mehrere Haken. Erstens, die literarischen Parodien Petrons enden bei Seneca und Lucan. Eine vergleichbare Beschäftigung mit Autoren des 2. Jahrhunderts, etwa mit Iuvenal, Apuleius oder Quintilian, ist nicht nachweisbar. Zweitens, egal, wie man die *Satyrica* betrachten will, ob als Posse oder Satire, sie spielen offensichtlich in der claudisch-neronischen Zeit. Das belegen unzählige Passagen, Anspielungen und Parodien, die sich auf diese Zeit beziehen.[37] Und gerade dieser Gegenwartsbezug war nicht nur ein bestimmendes Element der antiken Satire, sondern, wenn auch in geringerem Ausmaß, der antiken Posse: Die oft vorhersehbare oder ohnehin bekannte Handlung des *mimus* wurde durch Stegreifeinlagen aktualisiert, etwa durch Kommentare zu Tagesthemen oder Spott über andere Schauspieltruppen.[38] Er lebte, wie die *satura*, von seiner Aktualität. Setzt man die Abfassung der *Satyrica* in das 2. Jahrhundert u. Z., dann ist der Bezug zur Gegenwart weg: Die Posse wirkt abgestanden, die Satire geht ins Leere.

Petronius

Februarius 789 [36 u. Z.], Roma

Zum ersten Mal an der Grabstätte meiner Eltern. Sind zu den *Parentalia*[39] nach Tusculum gefahren. Meine Erinnerung ist schwach. War vier Jahre alt, als sie starben. Einzelne Räume der Villa wecken Bilder in mir. Flüchtige Schemen.

Sie besuchten das Amphitheater von Fidena. Über zwanzigtausend Tote wegen eines raffgierigen Freigelassenen; die Schlamperei eines ehemaligen Sklaven führte zur Vernichtung meiner Eltern. Was für ein Pack!

Habe am Friedhof ein Mädchen kennengelernt. Mein Onkel kennt seine Familie. Begegnete ihr damals, auf den Trümmern des Amphitheaters, im Gewirr der Suche nach Freunden oder Verwandten. Jetzt das Wiedersehen an deren Ruhestätten. Unsere Vormunde ließen uns, gerührt von der tragischen Begegnung, gemeinsam die Opferkränze und Veilchen spenden. Trauer verbindet uns und doch juble ich. Sie lebt in Rom!

Marcia ist etwas älter als ich, aber kleiner; nachtschwarze Augen und Haare, sehr schlank, eine markante Nase. Muss sie wiedersehen.

Eine Göttin hat uns zusammengebracht. Fata, nicht Fortuna.[40] Wie anders? Zwei Waisen, der Eltern beraubt durch das gleiche Unglück, ungefähr gleich alt, suchen am gleichen Tag die gleiche Stätte auf.

Niemand wird uns noch trennen können. Ich schwebe auf ihrem Lächeln durch den Tag. Wir trafen uns beim Theater des Balbus[41], mein Giton machte den Cupido. Die Musiker des Theaters spielten auf: *cantica*[42] aus ihrer Komödie, alexandrinische Weisen. Flötisten, Trompeter, Tänzer. Ein buntes Treiben, Marcia hat es gefallen. Ich habe ihre Hand gehalten. Lebe nur noch von einem heimlichen Treffen zum nächsten. Habe ich bisher überhaupt gelebt? Kann ich leben ohne sie?

Wie erklär ich es mir, dass so hart mir scheinen die Polster,
und dass nicht in dem Bett liegen die Decke mir bleibt;

dass ich die Nacht, wie lang sie, des Schlafes entbehrend verbringe
und mich das müde Gebein schmerzt und mein Körper sich wälzt?[43]

Sie lächelt. Spaziergänge, gestohlene Zeit seltener Treffen, ab und zu ein Küsschen in einer Säulenhalle, ich werde wahnsinnig.

Ich weiß nicht, was sie will, ich habe mich etwas weiter vorgewagt, da erschrickt sie und stößt mich weg. Eine Ohrfeige obendrein. Giton kommt mit meinen Briefen von ihrer Dienerin zurück. Was habe ich falsch gemacht?

Martius 789 a. u. c.

Wenn Treue glänzt, warum strahlen Treulose? Ich bin ein Verräter, der sich großartig fühlt. Mein Onkel kam zu mir, lächelte kryptisch und meinte, er sei sich ziemlich sicher, dass es da eine Sache gäbe, die ich demnächst hinter mich bringen sollte. Das auch noch!

Wir besuchten das Haus der Parthenope[44], eines der besten Bordelle der Stadt. Ein Rudel Sklaven springt uns an, kaum dass wir das *atrium* betreten. Es wird eng, denn wir sind nicht allein. Dionysos thront auf seinem Panther inmitten der Halle, umgeben von bronzenen Satyrn und Nymphen.[45] Ein echter Praxiteles[46], wie wir sogleich erfahren. Die Herrin des Hauses, aufgeregt ob des hohen Besuches, geleitet uns mit ihren Mädchen in das *triclinium*, vorbei an einer unvermeidlichen Statue des Priapus und gewagten Wandmalereien. Diese von Zeuxis,[47] jener von Phidias[48]. Bekomme die Füße gesalbt! Die Tische gehen über vor Silber. Die üppigen Polster, auf die wir uns niederlassen, sind – wie könnte es anders sein – babylonisch;[49] die Vasen, die wie in stummer Entschuldigung aus den letzten freien Winkeln des Raumes hervorlugen, hingegen korinthisch.[50] »Und du, *domina*?« fragt mein Onkel ironisch. »Aber mein Herr …«

Wenigstens ist das Essen leicht, wenn auch von plumpem Witz. Gekochter Spargel mit Olivenöl und Austern vom Lucrinersee[51] in Soße. Mädchen tanzen und musizieren, variantenreich in Nichts gehüllt, unsere Gastgeberin verweist auf die Wandtäfelung, die numidisch[52], und jene Säule, die aus Alabaster[53] sei. Meinem Onkel reicht es. »Nicht kaufen wollen wir das Hurenhaus, sondern es benützen!« Parthenope, ihres Wortschwalles beraubt, geht.

Was Worte noch für das, was dann geschah?
Mehrfach erhob sich, Marcia, jener,
der meine Treue zu Dir gestürzt hatte.

Ein weiterer Verrat: den Verrat an der Geliebten kunstvoll beschreiben. Die unsterbliche Liebe eine Stilübung? Nein. Nur die versuchte Rettung meiner Selbstachtung.

Sie sagt, ich habe mich verändert. Beim Hercules, durchschaut mich eigentlich jeder? Giton sagt Ja. Auch ein Blinder würde merken, was in mir vorgeht. Ich sollte vielleicht etwas weniger verkrampft sein.

Noch kannte ich nicht den ruhmreichen Kampf,[54]
die siegreiche Schlacht,
war ein Knabe nur, zart noch an Alter
für Schild oder Speer.
Und doch streckte mich nieder ein Pfeil,
von einem anderen Knaben gesandt.
Cupido war's, der Alles-Verwirrer;
lachend gab er Weisung dazu:
»Was brauchst Du den Ruhm der männlichen Tat,
das blut'ge Gefecht?
Ein anderes Feld betrete, an Getümmel,
an Wirrungen reich,
findest Festungen dort, die erstürmt werden wollen,
zu köstlich-gemeinsamem Sieg.«
Ich folgte dem Wort des fröhlichen Sohns[55],
erlag seiner Macht.
Leicht war's ja für ihn, mich zu erwischen,
da ich Dich das erste Mal sah.

Nicht stand Leander stiller vor Hero,
nicht entrückter war Paris.
Mich Reglosen, berauscht von Cytherias Brandung[56],
traf er mitten ins Herz.
Was soll ich erwähnen die folgenden Wochen,
was reden von dem, was bekannt?
Blockiert ist der Fluss meines Werbens,
ich frag mich, warum es geschah.
Folgt nicht auf die grimmigen Nächte des Winters
sprießend der Frühling?
Gedeihen nicht, wenn Tage sich längen,
Früchte am Feld?
Die bleiben nicht stehen, die schreiten voran,
bis zur goldenen Reife der Ernte.
Wandel ist also die Natur aller Dinge,
Stillstand hingegen abnorm.
Obwohl, ich gebe es zu, es kommt manchmal vor,
dass länger ein Sommer als sonst,
oder das, was reiche Ernte verspricht,
noch weitere Reifung verlangt.
Erhöht wird dadurch der Genuss,
den ich von Dir, allzu früh wohl, begehrt.
Aber ich red' wie ein Bauer,
erfleh' schleunigst Pardon:
Sei die Zeit einmal reif oder sei sie es nie,
ich bin bei Dir, bleib' ganz und gar Dein.

Sinnlos ist es, von den Göttern zu erbitten, was man sich selbst beschaffen kann.[57] Und das allein mit dem *stylus*. Wir trafen uns in ihrem ehemaligen Elternhaus in der Clivus Scauri[58]. Marcia besuchte ihre ältere Schwester Paulla, deren Mann gerade auf Reisen war. Die Dienerschaft stand, wegen der alten Zeiten, auf der Seite der Schwestern. Ich selbst wählte die naheliegendste Ausrede und bat meinen Vormund um Ausgang und Geld für einen weiteren Bordellbesuch. Er schmunzelte, meinte nur trocken, ich solle des Cato gedenken, was ich ihm zusicherte.[59] Noch wusste ich nicht, was mich bei ihr erwarten würde, ahnte nur, oder hoffte, dass die Tändeleien nun ein Ende hätten. Nicht nur, dass sie – zu meiner Verblüffung – unser Treffen eingefädelt hatte, sie ließ auch durchklingen, dass meine Wünsche nun Erfüllung finden würden.

Wir trafen uns, als der Schatten auf die achte Linie fiel.[60] Kaum waren wir allein, vereinten sich unsere Lippen, züngelnd erkundeten unsere Seelen die fremden Gefilde und flossen, von Venus' Lächeln begleitet, zusammen.[61] Schnell vergaß ich da meine guten Vorsätze, unwiderstehlich verlangte mein Leib nach dem ihren, ich fiel über sie her – und erlebte meine nächste Überraschung. Sie bebte, jedoch nicht vor Angst, sie zuckte, gänzlich unerschrocken. Mit weit aufgerissenen Augen drängte sie sich an mich und nahm mich in sich auf. Als ich das erste Mal verging, hingen wir noch lange wie betäubt aneinander. Wir redeten wenig, erfreuten uns still. Den Moment, als ich ihr zum ersten Mal höchstes Vergnügen bereitete, werde ich nie vergessen. Göttin, was für ein Tag! Erst Stunden nach der äußersten Frist unseres Fernbleibens trennten sich unsere Wege.

Eines beunruhigt mich. Über unsere Zukunft will sie nicht sprechen.

Verdammnis! Belogen und betrogen! Marcia ist versprochen. Und mein Vormund zweifelt wieder einmal an meinem Verstand. Er sei ja kein Unmensch, mit Rücksicht auf unsere Zuneigung habe er bei Silius Nerva angefragt. Nichts zu machen. Marcias Ehe mit Marcus Caesonius Priscus ist beschlossene Sache und steht unmittelbar bevor. Davon hat sie mir nichts gesagt!

»Kannst du es mir verdenken, dass ich, bevor ich gegen meinen Willen verheiratet werde, zumindest einmal von einem Mann geliebt werden will, den ich mag?«

Ich war fassungslos. »Und deine Jungfräulichkeit? Und wenn ich dich geschwängert habe?« Ein Schnauben. »Schau dir meinen Zukünftigen an: Du kennst ihn doch, glaubst du, den könnte ich nicht mit ein bisschen Blut und Wehklagen übertölpeln? Ihr Männer habt keine Ahnung!«

»Du hast mich benützt!«

»Du Klotz! Ich habe mich dir geschenkt, dir, nicht dem Nächstbesten. Kapierst du denn gar nichts? Meinen Ehemann konnte ich nicht auswählen, meine erste Liebe schon!« Dann weinte sie.

Giton findet es amüsant. »Nimms als Kompliment, Herr. Sie hat dich ausgewählt, wie man einen strammen Gockel am Markt auswählt. Ist doch klar, dass sie ihr erstes Mal lieber mit so einem wie dir erlebt. Und was ihren Zukünftigen betrifft, da hat sie schon recht: *Wenn ich um den einen Kreis pisse, findet er nicht mehr heraus.*[62] Aber ernsthaft: Da kannst du einmal sehen, dass nicht alles, was im Leben passiert, in deinen Büchern steht.« Ich hätte ihn beinahe geohrfeigt.

Keiner der *gens Petronia*, so mein Onkel, habe jemals seine Ehefrau selbst ausgesucht: er nicht, mein Vater nicht, die Großeltern nicht. Das zumindest müsse ich doch wissen. Er sei seit unserer Rückkehr aus Asia auf Brautschau für mich. Ohne – den Göttern sei Dank! – Ergebnis.

Aprilis 789 a. u. c.

> *Das Auge des Geistes fängt erst dann an scharf zu sehen, wenn das des Leibes von seiner Schärfe zu verlieren anfängt, aber davon bist du noch weit entfernt.*[63]

Sind Frauen realistischer? Marcia hat ihre Situation erkannt und danach gehandelt. Ist nicht Träumen nachgehangen wie ein alter Gaul, sondern hat das Leben beim Schopf gepackt und das Beste für sich herausgeholt. Giton hat wahrscheinlich recht. Ich sollte nicht beleidigt sein, sondern stolz. Habe ihr geschrieben.

> *Schlecht aber ist jener gemeine Liebhaber, der den Körper mehr als die Seele liebt. Denn er ist nicht beständig, da er ja keinen*

beständigen Gegenstand liebt. Denn mit der entfliehenden Blüte des Körpers, den er liebte, verschwindet auch er und flattert davon, alle seine Reden und Verheißungen zuschanden machend. Der Liebhaber eines Gemüts aber, welches gut ist, bleibt zeitlebens, denn mit dem Bleibenden hat er sich verschmolzen.[64]

Gewöhnlicher Eros, himmlischer Eros. Wir lieben zunächst alles, was schön ist, um dann das Schöne selbst zu lieben. Aber was sagt Schönheit über die Seele aus? Was ist das Schöne selbst? Ist es die Wahrheit?

Nutzlose Gedankengänge. Aber ich halte es nach wie vor für keinen Zufall, dass wir einander begegnet sind.

Der Alte Mann

Der Einsturz des Amphitheaters von Fidena ereignete sich im Jahr 27 u. Z. Tacitus spricht von einem unvorhersehbaren Unglück, *gleich schlimm wie eine Niederlage in gewaltigen Kriegen*[65] und von rund 50.000 Toten, Sueton beziffert diese mit über 20.000.[66] Tiberius hatte alle Schauspieler aus Rom verbannt, die Ausrichtung von Gladiatorenspielen knapp außerhalb der Stadt ließ die Mengen hinströmen. Der Veranstalter, ein gewisser Atilius, hatte weder den Boden auf Festigkeit untersucht noch verwendete er genügend eiserne Klammern, um die Standfestigkeit des hölzernen Amphitheaters zu gewährleisten. Wie üblich saß die bessere Gesellschaft auf den besten Plätzen, unmittelbar vor der Bühne, der sogenannten *orchestra*. Als der Boden absackte, fiel das ganze Gebäude nach innen zusammen. Unverständlich ist in diesem Zusammenhang, dass der zweifellos schuldige Atilius nur in die Verbannung geschickt wurde. Eine grausame Laune des Tiberius, der den Besuch der Schauspiele verabscheute?

Die Verehelichung der Kinder war in der Oberschicht eine selbstverständliche Aufgabe der Eltern. Ohne Einwilligung des *pater familias* konnte keine rechtsgültige Ehe geschlossen werden. Inwieweit die Eltern die Wünsche ihrer Kinder beachteten, war Privatsache; in dieser Angelegenheit hatten auch die Mütter einiges mitzureden. Berühmt ist der Fall der Tullia, Tochter des Cicero, deren Liebesheirat mit einem gewissen Dolabella von ihrer Mutter Terentia durchgesetzt wurde, während Cicero als Proconsul in Kilikien weilte. Vor vollendete Tatsachen gestellt, nahm der Hausherr diese Eigenmächtigkeit erstaunlich gelassen auf. Anstatt die Verbindung kraft seiner *patria potestas*[67] zu lösen, legalisierte er sie, wenn auch ein wenig widerwillig, im Nachhinein.

Man wurde einander früh versprochen, mitunter auch früh verheiratet: die Mädchen ab dem zwölften Lebensjahr, die Knaben ab dem vierzehnten; im Dunkeln bleibt der Zeitpunkt des tatsächlichen Vollzuges. Die Gesetze gegen den sexuellen Missbrauch Minderjähriger, die Kenntnis der Geschlechtsreife, die mit der Pubertät erfolgt, die Notwendigkeit eines eigenen Hausstandes für ein ordentliches Eheleben sprechen gegen einen verfrühten Vollzug der Ehe; die hohe Sterblichkeitsrate von Frauen zwischen dem fünfzehnten und dem neunundzwanzigsten Lebensjahr dafür.

Diese arrangierten Ehen mussten nicht zwangsläufig unglücklich verlaufen. Pompeia Paulina, die erheblich jüngere zweite Ehefrau des Philosophen Seneca, wollte mit ihm in den Freitod gehen; Calpurnia, die blutjunge Gattin Plinius des Jüngeren, betete diesen förmlich an. Der genannte P. Cornelius Dolabella hingegen war als Ehemann schlicht eine Katastrophe. Grundsätzlich eröffneten sich einer jungen Frau durch den Übergang von der behüteten *puella* zur *domina*, der Herrin des Hauses, erhebliche Vorteile. Konnte sie als Mädchen kaum unbewacht das Haus verlassen, geschweige denn ein selbstbestimmtes Leben führen, wurde sie als *domina* ein anerkanntes Mitglied der Gesellschaft, dem sich damit eine Vielzahl an Möglichkeiten bot, ein freieres Leben zu führen.[68]

Wie sich Frauen in der Antike ihre Eigenständigkeit bewahrten, deutet der damalige medizinische Kenntnisstand an. Warum einige Schwangerschaften kürzer, andere länger waren, wusste man nicht so genau:

Die übrigen Lebewesen haben zur Begattung und zur Schwangerschaft eine bestimmte Zeit: Der Mensch wird zu allen Zeiten des Jahres und zu einer unbestimmten Zeit nach der Empfängnis, der eine im siebenten, der andere im achten, ja bis zum Anfang des elften Monats geboren; vor dem siebenten Monat ist kein Kind lebensfähig.[69]

Immerhin: Dreimonatskinder wurden in Spottversen besungen[70] und Dreizehnmonatskinder in Erbschaftsprozessen nicht anerkannt[71]. Die Möglichkeit einer Doppelbefruchtung hingegen galt als gesichertes Wissen. Plinius der Ältere berichtet von einer Frau, die Zwillinge gebar: Der eine der beiden sah ihrem Mann, der andere dem Ehebrecher ähnlich.[72] Und Frühgeburten erklärte man dadurch, dass das Kind bei Voll- oder Neumond empfangen worden wäre.[73]

Es ist ein günstigeres Vorzeichen, sagt Plinius an anderer Stelle, *wenn die Geburt der Mutter das Leben kostet.*[74] Was empfanden die Frauen, die unter der Vormundschaft von Männern zu leben hatten, wenn sie diese Ausführungen lasen; was dachten sich die Hebammen, was die Ärztinnen der Antike, die es nachweislich gab? Staunten sie, lachten sie oder ärgerten sie sich? Wir wissen es nicht, offensichtlich ist nur, dass sie diese Erklärungen nicht richtiggestellt haben. Sie haben dazu geschwiegen, wie auch zu der folgenden Passage, die ebenfalls der Naturkunde des Plinius entnommen ist:

Nicht leicht aber wird man etwas finden, was seltsamere Wirkungen hervorbringt als der Monatsfluss der Frauen. Most, dem sie in diesem Zustand zu nahekommen, wird sauer, Feldfrüchte werden durch Berührung unfruchtbar, Setzlinge sterben ab, Gartenpflanzen verdorren, und die Früchte der Bäume, auf denen sie gesessen, fallen ab; der Glanz der Spiegel wird schon durch das Hineinsehen matt, das Eisen verliert seine Schärfe, das Elfenbein seinen Glanz, Bienenstöcke sterben aus, Erz sogar und Eisen befällt sogleich der Rost und widerwärtiger Geruch die Luft, Hunde, welche an dem Blut geleckt haben, geraten in Wut und ihr Biss wird durch unheilbares Gift verseucht. […] Und dieses große Übel tritt beim Weib alle 30 Tage und jedes Mal nach drei Monaten noch stärker auf, bei einigen sogar öfter im Monat, bei anderen wieder gar nicht. Die Letzteren aber bekommen keine Kinder, denn dies ist der Stoff zur Erzeugung des Menschen, mit dem sich der männliche Same wie ein Gerinnungsmittel vereinigt und mit der Zeit Leben und Gestalt erhält. Wenn also Schwangere den Monatsfluss beibehalten, so kommen schwache und nicht lebensfähige oder mit krankhaften Säften befallene Kinder zur Welt, wie Nigidius behauptet. Dieser ist auch der Meinung, dass die Milch einer stillenden Frau nicht verdorben wird, wenn sie vom gleichen Mann wieder empfangen hat. Zu Beginn oder gegen Ende dieses Zustandes aber soll die Empfängnis am leichtesten erfolgen.[75]

Das Schweigen der Frauen erzeugt Aberglauben – und zugleich Gestaltungsspielraum. Das Unwissen der Mächtigen gibt den Schwachen Macht. Es ist eine Art Handel, eine stille Übereinkunft, die nicht durch überflüssige Informationen zerstört werden darf: weibliche Treue für männliches Wohlverhalten – legitime Kinder für menschliche Behandlung.

Immer vorausgesetzt, der Mann konnte oder wollte Kinder in die Welt setzen. Zeugungsunfähige oder -unwillige waren vielleicht gar nicht so unglücklich über diese – sich dem Eheweibe bietenden – Freiheiten. Denn die Römerinnen und Römer dieser Zeit waren zur Eheschließung verpflichtet. Die augusteiischen Ehegesetze drohten beiden Geschlechtern mit empfindlichen Sanktionen im Falle der Ehe- oder Kinderlosigkeit. Verpflichtend war der Ehestand für Frauen ab dem zwanzigsten bis zum fünfzigsten Lebensjahr, für Männer ab dem fünfundzwanzigsten bis zum sechzigsten Lebensjahr. Für baldigen Nachwuchs war ebenso zu sorgen: Alle Beschränkungen wurden erst mit dem Nachweis von wenigstens einem Kind zur Gänze beseitigt. Zuwiderhandelnde wurden mit Einschränkungen im passiven Erbrecht (ausgenommen Verwandte bis zum sechsten Grad) bestraft, die Männer zudem in der Ämterlaufbahn behindert. Dieser härteste Eingriff in das Privatleben der römischen Bürger durch Octavian Augustus blieb in seiner Intention – dem bevölkerungspolitischen Korrektiv – so gut wie wirkungslos; er löste vielmehr eine Flut von Scheinehen und Umgehungen aus.

Zielführender – aus heutiger Sicht – erscheint das sogenannte »Dreikinderrecht«: Eheleute, die drei oder mehr Kinder vorweisen konnten, kamen in den Genuss des *ius trium liberorum*, die Männer wurden in der Ämterlaufbahn bevorzugt, die Frauen aus der Vormundschaft befreit. Doch gerade diese taugliche Maßnahme wurde mit verblüffender Inkonsequenz von den Herrschern selbst entwertet. Sie verliehen das Recht als Privileg – ob nun Kinder da waren oder nicht –, was einen der Begünstigten, den Epigrammatiker Martial, zu dem folgenden Kommentar inspirierte:

Das Dreikinderrecht gab auf meine Bitte
für meine Gedichte als Belohnung mir,
Er, der's einzig vermocht. Leb wohl, Ehefrau!
Diese Gnade meines Herrn darf nicht umsonst sein.[76]

Petronius

Maius 789 a. u. c.

Bin im Boot durch die Stadt gefahren. Der Tiber ruft den Tiberius. Gefährliche Witze. Die niedrig liegenden Teile der Stadt unter Wasser. Die Salzlager weggespült; was die Märkte des Velabrums boten, Fischfutter; das Marsfeld ein Übungsplatz für Schwimmer. Unser Haus, wie die meisten in der Clivus Publicius,[77] nicht betroffen. Mein Onkel organisiert die Hilfs- und Versorgungsmaßnahmen.

Mein Geburtstag ist damit auch baden gegangen. Aber das größere Ärgernis ist mir die Unterbrechung unserer Reiterübungen. Soll ich Schande über meine Ahnen bringen? Mich vor meinen neuen Freunden blamieren? Häufige Besuche des Tiberius Gemellus,[78] fast tägliche Treffen. Die Anhänglichkeit des Gemiedenen. Armer Kerl.

Wie hat das mein Onkel nur geschafft? In ein paar Wochen werde ich in den Circus Maximus einreiten, zu den *lusus Troiae,* in der Thronfolgerschwadron! Ich muss mich bewähren. Vor den Augen Roms, vor ihren …

Ein Sterbender wurde hingerichtet. Er ist seinen Richtern offenbar zu langsam aus dem Leben gegangen. Angeklagt gab er sich in der Kurie Gift; wollte weder Urteilsspruch noch Vollstreckung abwarten und wurde dennoch weggeschleift, damit ihn der Henker strangulieren kann. So endete Vibullius Agrippa,[79] einer von vielen.

Rom munkelt von Vorzeichen. Zum Hochwasser hinzu sei in Aegypten der Phoenix erschienen, den nahenden Tod eines Großen ankündend.

September 789 a. u. c.

Reiterschwadronen, drei an der Zahl, schwärmen aus und jeweils drei Führer; jedem folgen zweimal sechs Knaben, in getrenntem Zug, ein glänzendes Bild, samt ihren Meistern.[80]

Weder meinen Speer verloren noch vom Pferd gefallen. Die *ludi romani* mein erster Triumph, die Schwadron des Tiberius Gemellus – nach einhelliger Meinung – die beste. So fröhlich habe ich ihn schon lange nicht mehr gesehen. Sogar Decimus Silanus hat mir neidlos gratuliert. Wir blieben alle auf unserer Bahn. Einmal wurde es knapp. Mein Weg auf den Linien des Labyrinths brachte mich allzu nahe an einen entgegenkommenden Reiter heran. Unsere Beinschienen krachten, ein verschwitztes, angespanntes Gesicht wischte an mir vorbei. Schon brandete Jubel an mein Ohr, schon suchte mein Auge in der Menge Marcia.

Onkel und Tante sind euphorisch. Nicht nur meiner Karriere, nein, auch meiner anstehenden Brautschau hätte ich mit dieser Vorstellung enorm auf die Sprünge geholfen. Wie erfreulich!

Lucia ist von meinem Erfolg entzückt, hüpft ständig um mich herum. Nur hat sie in mir nicht den Reiter, sondern das Ross entdeckt. Ich gebe mir redlich Mühe, ein feuriger Hengst zu sein, und galoppiere, so oft es geht, mit ihr auf dem Rücken durch das Haus.

Der Alte Mann

Die *lusus Troiae*, das troianische Reiterballett, sind höchstwahrscheinlich etruskischen Ursprungs und erst nachträglich in Bezug zu Troia gesetzt worden – durch Vergil, der sie in seiner *Aeneis* verewigte.

Das etruskische *truia*, Labyrinth, scheint namensgebend für eine Reiteraufführung mit kultischem Charakter gewesen zu sein. Die Umwandlung in *Troia* erlaubte die Eingliederung in das Nationalepos der Römer.

Die *iuventus* Roms ritt aufgeteilt in Schwadronen bei gehörigem Tempo die auf dem Boden der Arena eingezeichneten Linien eines Labyrinths entlang: aneinander vorbei, wieder aufeinander zu, immer in Formation und einer strengen Choreographie folgend, Attacke, Schwenk oder Friedensschluss darstellend. Augustus selbst soll Vergil veranlasst haben, dieses Reiterballett in seine *Aeneis* aufzunehmen, um es als erziehungspolitische Maßnahme zur Ertüchtigung und Präsentation der männlichen Jugend bei wichtigen Festen, aber auch Tempeleinweihungen und Leichenspielen etablieren zu können. Nach Protesten von Vätern, deren Söhne dabei zu Schaden kamen, wurden die Reiterspiele von Augustus untersagt, fanden aber bis zum Aussterben der iulisch-claudischen Dynastie immer wieder statt.

Tiberius nahm als Dreizehnjähriger unter Augustus daran teil, Nero als Zehnjähriger, Tiberius Gemellus als einer der Ältesten der präsentierten *iuventus*. Seinem im Machtstreben deutlich geschickteren Verwandten, dem bereits volljährigen Caligula, konnte dieser Auftritt des demnächst Siebzehnjährigen bei einem Knabenspiel nur recht sein.[81]

Die *ludi romani*, die vom 4. bis 19. September stattfanden, waren eines der ältesten römischen Feste mit kultischem Charakter und eines der wichtigsten des Festkalenders.

Der junge Petronius hatte allen Grund, stolz zu sein: Er gab sein gesellschaftliches Debüt im Circus Maximus vor ca. 80.000 Menschen und glänzte mit seiner ansprechenden Leistung als einer von sechsunddreißig handverlesenen Knaben der römischen Aristokratie.

Petronius

October 789 a. u. c., Roma

Ich wache in der Nacht auf. Lärm, Schreie, der Geruch von brennendem Holz. Ich springe auf, hinaus auf den Gang, in dichte Rauchschwaden hinein. Ich höre meinen Onkel durchs Haus poltern, die Leute wecken. Auf einmal ist meine Tante da, sie packt mich, zerrt mich weg; dann ist Giton neben mir, wie aus dem Nichts. Vor der Haustür ein Flammenmeer, der ganze Aventin brennt, uns gegenüber weiteres Lodern. Zum Tiber! Wer jetzt zögert, zögert zum letzten Mal. Wir rennen. Einem helfe ich auf, über den Nächsten trample ich drüber. Jemand tritt mir mit unglaublicher Wucht ins Kreuz, ich fliege hin, verliere meinen Umhang; renne, den Schmerz missachtend, schneller, bevor die Hitze mich einholt. Ich meine, brennendes Fleisch zu riechen, kann kaum noch atmen. Stöße behindern meine Flucht, ich schlage zurück, bahne mir, wie ein wütiges Karnickel, meinen Weg. Dann endlich der Tiber. Nackt stürze ich mich hinein.

Giton findet mich. Bringt mich zu unserer *familia*. Den Göttern sei Dank, alle sind gerettet. Onkel und Tante, die kleine Lucia, Caius Helenus und die Diener sind wohlauf. Der Senator hat ein vorläufiges Lager errichten lassen, Boten und Ausrufer in die nicht betroffenen Bezirke geschickt und den Familien eigene Sammelstellen zugewiesen. Helfer führen ankommende Flüchtlinge zu ihren Familien. An manchen Stellen sind es schrecklich wenige. Viele von denen, deren Häuser höher am Hügel standen, konnten sich nicht mehr retten, fanden keinen Weg durch die Flammen hinunter.

Der ganze Aventin, die Gegend um den Circus sowie Teile des Circus selbst sind abgebrannt.

Giton

Das Jahr hatte dann noch weitere Scheußlichkeiten für uns parat, ganz so, als ob das Geschehene nicht schon genug gewesen wäre.

Unsere Bootsfahrten durch das überschwemmte Rom hatten mich in Schrecken versetzt. Ich hatte damals eine panische Angst vor tiefem Wasser und dem Tod durch Ertrinken. Nun, die wurde mir ausgetrieben, mein Herr beschloss, dass dies ein guter Anlass sei, um schwimmen zu lernen. Wie er sich überhaupt als Folge seiner unglücklichen Liebschaft in körperliche Ertüchtigung stürzte. Mir wars recht. Kein Brüten mehr über den Büchern, sondern Schwimmen, Reiten, Turnen und Wagenlenken. Die Übungen am Marsfeld zogen einige Blicke auf uns. Kein Wunder, war doch mein Publius schon damals gut einen Kopf größer als seine Altersgenossen, und sein schlanker Wuchs, gekrönt von einem strohblonden Haarschopf, machte ihn vollends zu einer auffallenden Erscheinung. Die üblichen Anspielungen, ob er denn Gallier sei, wichen bald der Bewunderung. Wie hunderte andere Knaben nahm er dann an den Übungen, genauer gesagt dem Auswahlverfahren für das troianische Reiterballett teil. Teils war es wohl sein Können, teils sicherlich seine Erscheinung, die den jüngeren Thronfolger auf ihn aufmerksam machten. Beim Hercules, war er stolz, als ihm sein Onkel die Nachricht verkündete, er werde in der Schar seines neuen Freundes Tiberius Gemellus reiten! Ich dachte schon, sein Brustkorb platzt. Nebenbei gesagt, wir beide hatten in diesem Sommer durch die ständigen körperlichen Übungen ganz ordentlich an Masse und Muskeln zugelegt. Aus storchenbeinigen, schmalbrüstigen Knaben mit zu großen Köpfen wurden – wenn ich das sagen darf – wohlgeratene junge Männer. Während mein Herr in die Höhe schoss wie die Weide, kam ich eher der Eiche nach, mehr an Breite als an Höhe gewinnend. Nicht dass ich dick gewesen wäre, aber eben massiver, kleiner, von dunklerer Hautfarbe und mit einem schwarzen Wuschelkopf versehen.

Nach dem Brand übersiedelten wir nach Cumae. Unser Haus in Rom war stark beschädigt worden, wenn auch nicht vollständig abgebrannt. Tusculum kam aus einem bestimmten Grund, auf den ich noch eingehen werde, zu jener Zeit nicht in Betracht, außerdem wurde die Villa immer noch renoviert. Unser Besuch im Frühjahr hatte ein undichtes Dach und weitere, durch das lange Leerstehen bedingte, Schäden gezeigt. Insbesondere das Holz hatte durch das feuchte Klima in den Hügeln stark gelitten.

Der Senator musste in Rom bleiben, er wurde von Tiberius in eine Kommission berufen, die die Auszahlung von Hilfsgeldern an die Betroffenen durchführte.[82] Hundert Millionen Sesterzen stellte der greise Nesiarch in einem seltenen Anfall von Großherzigkeit zur Verfügung.

Geleitet wurde diese Kommission ursprünglich von der *domus principis* selbst, und zwar von den Schwiegerenkeln des *princeps*, aber denen traute er offenbar nicht so ganz. Also setzte er unseren Senator als Aufpasser ein. Der war bestürzt: Dem Feuer gerade entkommen, sollte er nun, wie es schien, langsam geröstet werden. Die stolzen Patricier würden allein seine Anwesenheit als Beleidigung empfinden, geschweige denn, ohne ihm das nachzutragen, Einwände oder Kritik an ihrer Vorgangsweise hinnehmen. Tiberius seinerseits würde jede Nachlässigkeit in der Überwachung seiner Verwandten als Pflichtverletzung deuten. Wen also verärgern? Diesen, der mit dem Alter immer unberechenbarer wurde, oder jene, die vielleicht schon sehnsüchtig auf dessen Ableben warteten? Natürlich wollte er sich der heiklen Aufgabe entziehen und verwies als Betroffener auf seine Befangenheit, hatte aber keinen Erfolg. Zähneknirschend blieb ihm nur übrig, selbst einen Weg aus dem Dilemma zu finden.

Sooft sich mein Herr in seinen Jugendjahren auch über seinen Onkel und Vormund ärgerte, ich weiß genau, dass er ihn insgeheim bewundert und viel von ihm angenommen hat. Und auch diesmal löste der Senator das anstehende Problem mit charakteristischer Entschlossenheit. *Den Wolf bei den Ohren packend*,[83] legte er gleich bei der ersten Sitzung einen wohldurchdachten Plan für die Auszahlung der Hilfsgelder vor. In kluger Voraussicht bezeichnete er ihn als Vorschlag für eine gemeinsame Vorgangsweise und siehe da: Das überrumpelte Vierergespann folgte brav dem Hinweis, den er ihm damit gewiesen hatte. Sie studierten den Plan gründlich, fanden daran nichts auszusetzen und präsentierten ihn dem *Imperator* als eigenes Werk.

Meinem Publius raubte dieser Herbst die Unschuld. Ohne eigenes Zutun wurde er in Umtriebe hineingezogen, deren Konsequenzen er nicht überschauen und schon gar nicht beeinflussen konnte, denen er hilflos gegenüberstand.

Publius Petronius grüßt seinen Publius
Ich bin hier bei Lucius Arruntius gut untergekommen. Meine Arbeit in der Kommission geht ohne Zwischenfälle gut voran und wird bald beendet sein. Was ich von Deiner Freundschaft zu Tiberius Gemellus halten soll, weiß ich nicht. Arruntius ist meiner Meinung, es ist höchste Vorsicht geboten. Bleib in Deinem Briefwechsel unverbindlich. Die gesamte Post des Thronfolgers wird gelesen. Und bist Du Dir nicht im Klaren darüber, was es bedeutet, dass Tiberius Gemellus das Haus des Senators Petronius, vormals Suffectconsul und Statthalter von Asia, besucht? Wem könnten wir glaubhaft machen, es handle sich um nichts anderes als einen Freundschaftsbesuch bei dessen unmündigem Stiefsohn? Es ist ein Glück, dass wir derzeit keinen Haushalt in Rom haben und Tusculum renoviert wird. Ich habe mich über dreißig Jahre lang aus Intrigen herausgehalten, habe Verbrecher wie Seianus überlebt. Ich werde mich jetzt nicht durch meinen Stiefsohn hineinziehen lassen. Bleib bis auf Weiteres in Cumae. So hast Du einen triftigen Grund, Gemellus nicht zu besuchen.

Obwohl der Gesundheitszustand unseres Herrschers unverändert ist, beginnen die Nachfolgekämpfe. Dem Beispiel des Praefecten der Praetorianergarde folgend, wird Caius immer mehr umschwärmt, Gemellus an den Rand gedrängt. Obwohl er jetzt siebzehn Jahre alt ist, wird sein Eintritt in die Volljährigkeit geschickt hinausgeschoben. Kurz, es sieht nicht gut aus. Bedenke aber stets, es ist noch nichts entschieden. Selbst an Claudius, den Du ja kennst, wird gedacht.

Ich habe es Dir einmal gesagt, ich sage es wieder: Binde Dein Leben, das ja kaum erst begonnen hat, nicht schon so früh an andere, die Dein Unglück sein könnten. *Vale*

Petronius

November 789 a. u c., Cumae

Welche Tugend kann ich eigentlich vorweisen? Die *virtus*? Wie ein Tier habe ich mich vor dem Feuer in Sicherheit gebracht. Lebt der noch, den ich in den Dreck getreten, leben die anderen, die ich zur Seite gestoßen habe?

Eine Bestie schlummert ihn mir, ein Auge halb offen. Die bloße Möglichkeit meines Todes hatte alle Gedanken an andere in mir getilgt. *Fides? Pietas?* Das Einzige, was im Moment der Not vieler für mich zählte, war meine eigene, lächerliche Existenz.

Damit nicht genug. Ich fliehe den, der mir seine Freundschaft anbietet. Tiberius Gemellus, so weit reicht meine Treue, mein Mitleid. Ein liebenswerter junger Mann, scharf bewacht, um den in der Öffentlichkeit ein leerer Raum entsteht wie um einen Aussätzigen. Zu jung, um zu erkennen, dass er Verbündete braucht für die Zeit nach dem Tod seines Großvaters. Zu jung, um rechtzeitig Allianzen geschmiedet zu haben. Mein Onkel mahnt zur Vorsicht. Der *princeps* hat noch keinen Nachfolger ernannt, Macro aber unterstützt Caius.

Ich habe die hingereichte Hand des jungen Tiberius ausgeschlagen, habe Cumae hingenommen. Reihe mich ein bei denen, die ihn meiden. Cumae – das freiwillige Exil für einen, der sich übernommen hat.

Wie könnte ich ihm helfen? Ein unmündiger Knabe, jünger als er selbst. Um der Freundschaft willen? Er bräuchte ganz andere Freunde als mich.

Giton

Es war eine trostlose Zeit in Cumae. Meinem Herrn gingen die Ereignisse sehr nahe. Er selbst wars, dem er nicht verzeihen konnte. Caius Helenus versuchte alles, um ihn umzustimmen; legte ihm, höchst beredt, anhand der Klassiker dar, dass zur *virtus* auch das geduldige Ertragen von Widrigkeiten gehört. Verzweifelte etwa Odysseus, als Polyphem schon sechs seiner

Gefährten verspeist hatte? Nein, und er hatte sie doch selbst in diese Gefahr gebracht. War Aeneas zerbrochen, als er erfuhr, dass Dido seinetwegen Selbstmord begangen hatte? Mit diesem und vielem mehr versuchte er sein Glück bei meinem Herrn, doch da war nichts zu machen.

Er, der stets mit einer gewissen Verachtung auf viele in seiner Umgebung geblickt hatte, der stets überzeugt gewesen war, er sei zu keiner niedrigen Handlung, schon gar nicht zu Feigheit oder Verrat fähig, hatte vor sich selbst versagt. Die Wirklichkeit hatte ihn eingeholt.

Petronius

Ich war nichts weiter als der Frosch, der sich vor dem Ochsen aufbläht.[84] »Schau her, ich bin stark!«

Der listenreiche Odysseus hat seine Gefährten am Ende gerettet. Zur *virtus* gehört nicht nur das hehre Dulden, Helenus, sondern vielmehr die Tatkraft, die Veränderung bewirkt, also irgendeine Form von Macht. Ich habe nur meine ganze Familie in Gefahr gebracht; konnte mich nur aufblähen, weil mich der Ochse gar nicht bemerkt hatte. Noch nicht.

Martius 790 a. u. c. [37 u. Z.], Cumae

Der alte und der junge Bock
Eine Fabel des Publius Petronius Niger

Ein alter Ziegenbock leckte gerade einer jungen Ziege genüsslich die Schamteile, da kam einer seiner entfernteren Verwandten daher und grüßte ihn: »Heil dir, Biberius, geliebter Inselfürst, störe ich etwa?«

»Natürlich störst du! Das weißt du ganz genau. Was willst du?«

Der junge Bock ließ sich von dem groben Alten nicht aus der Ruhe bringen, sondern breitete sein Anliegen mit der ihm eigenen Mischung aus Dreistigkeit und Zurückhaltung aus.

»Siehst du deine Herde? Deine wohlgenährten Ziegen, die strammen Böcke? Sind prächtig anzuschauen, nicht? Aber ich konnte nicht umhin zu bemerken, dass in letzter Zeit vermehrt mit den Hufen gescharrt wird, einzelne sogar ihre Kräfte aneinander messen, und das, obwohl du, alter Bock, ja noch lebst und dich, wie man sieht, auch am Leben erfreust. Ist es dir nicht auch aufgefallen?«

Der alte Biberius wusste genau, wovon sein Verwandter sprach. Zwei Nachfolger für die Herdenführung gab es; der eine, der Liebling des Volkes, stand vor ihm; der andere, sein geliebter Enkel, war unmündig und naiv. Eine Entscheidung für einen der beiden hatte er noch nicht getroffen, wohl wissend, dass sie der Tod des anderen und vor allem sein eigener wäre. Und er gedachte, noch etwas länger zu leben. Er gab der jungen Ziege einen Tritt, sodass sie sich entfernte, und blickte das kecke Böcklein stirnrunzelnd an.

»Noch einmal, was willst du?«

»Denkst du nicht, dass es deine leitböckliche Pflicht ist, allmählich für die Sicherheit jener zu sorgen, die nach dir herrschen werden? Du bist stark, ja, aber wir, deine Erben, sind unerfahren und jung; wir könnten im Ernstfall leicht von Stärkeren zur Seite geschoben werden. Soll eine andere als unsere Familie herrschen, unser Haus ein jähes Ende finden?«

Der alte Ziegenbock konnte seinen Verwandten nicht leiden, aber in diesem Punkt gab er ihm recht. Er ließ den Praefecten der Hunde kommen und nannte ihm die gefährlichsten Böcke der Herde. Diese müsse man beseitigen, damit der Nachwuchs des Alten in Sicherheit leben könne. Aber nur ja nicht alle auf einmal, sondern hübsch der Reihe nach und mit formeller Anklage, sei sie auch erfunden. So mancher Bock werde einem die Arbeit durch Freitod abnehmen, also bitte nichts überstürzen.

So saßen die beiden auf ihrem Hügel und schauten dem Morden zu. Da war einer, der hatte eine Tragödie geschrieben, die konnte man leicht als Bocksbeleidigung verwerten.[85] Andere tugendhafte Böcke wurden kurzerhand der unsittlichen Handlungen mit einem liederlichen Weibchen bezichtigt.

Am Nachmittag kam ein syrischer Bock von edler Abstammung daher und grüßte den Jungen freudig mit dessen Spitznamen, den dieser wegen seiner schwarz behaarten Fesseln trug.

»Heil dir, mein Stiefelchen, ich kann den Tag kaum erwarten, an dem du herrschen wirst.«

Er hatte den Alten nicht bemerkt, denn der hatte sich zurückgezogen und seine unterbrochene Tätigkeit wieder aufgenommen. Aufbrüllend stürmte er hervor und ließ den frechen Grüßer gleich in den Kerker werfen.

»Schöne Freunde hast du. Siehst du dort meinen Enkel stehen, den aus dem Zwillingswurf, ganz verwirrt von all den Toten steht er da. Nicht verrate ihn, so wie dein Freund es getan hat, sondern schütze ihn, gegenseitig könnt ihr euch die Herrschaft erhalten, der eine als Stütze des anderen.«

»Beim Gott der Treue,[86] ich versprech es dir! Dein Schutzgeist soll mich holen, wenn ich lüge.[87] Sobald er volljährig ist, werde ich die Herrschaft mit ihm teilen. Aber sag mir, wie war das Lecken, war es angenehm, konntest du zum Abschluss kommen? Ich hörte, es fällt dir leichter, wenn du selber von ganz jungen Böcklein geleckt wirst und andere es vor deinen Augen treiben … «

»Hüte deine freche Zunge! Einer wie du hat mir gar nichts zu sagen. Ich weiß Bescheid über deinen Umgang mit der Mondgöttin.«

Das verwirrte den jungen Bock, denn er hatte gar nicht frech werden wollen. Er war ehrlich interessiert an allem Perversen, pflegte er doch selbst diese, wie er meinte, entschuldbare, da standesgemäße Liebschaft: Nicht mit einer Sterblichen, nein, mit einer Gottheit, mit der Fernschießenden[88] suchte er den Verkehr. Nicht wenige hatten ihn in Vollmondnächten sehen können, wie er die Göttin einlud, mit ihm das Lager zu teilen, ihr in aller Öffentlichkeit sein erigiertes Glied entgegenreckte und zum würdigen Finale bemerkenswert weit in ihre Richtung abspritzte.

Der Tag verging, sie plauderten miteinander, so gut sie das konnten, der Alte dem Jungen die Popularität, der Junge dem Alten die Macht neidend. Schon lange war Biberius hin- und hergerissen zwischen dem Ekel, den er für Stiefelchen empfand, und dem sadistischen Vergnügen über die blöden Gesichter der Herde, wenn der von ihnen Hofierte sein wahres Gesicht zeigte.

Ab und zu kam der Praefect der Hunde vorbei, erstattete Bericht und umgarnte schwanzwedelnd den Jungen. Als die Sonne allmählich unterging, tapste der Enkel des Biberius ziemlich verunsichert heran. Da umarmte ihn der alte Ziegenbock weinend und rief Stiefelchen zu: »Ihn wirst du ermorden und ein anderer dich.« Dieser wies das weit von sich und hätte seinem Nebenbuhler beinahe einen Kuss aufgedrückt, wäre der nicht davongestolpert.

Natürlich war der alte Ziegenbock längst nicht mehr gesund, er wusste, dass sein Ende näher rückte, aber das Töten belebte ihn, und – komme, was da wolle – er hielt es für richtig, einiges von dem Morden, das bei einem Herrscherwechsel nun einmal nötig war, vorwegzunehmen. Allmählich lichteten sich daher die Reihen in der Herde. Gelegentlich beklatscht von Stiefelchen sanken einige der besten Böcke entseelt ins Gras; andere wurden auf ferne Inseln verbannt, und schließlich war keiner mehr da, der des Tötens wert gewesen wäre. Der Junge aus dem Zwillingswurf blökte einsam auf der Weide; einige Klügere hielten sich sorgsam versteckt, die Schwachen taten, als ob nichts passiert wäre. Da sagte der alte Bock: »Nun, mein Stiefelchen, bist du zufrieden? Jetzt ist kein anderer mehr da, der die Stärke und auch den Willen zur Herrschaft hat.«

»So ist es«, erwiderte Stiefelchen, sprang den Alten an und erwürgte ihn.

Der Alte Mann

So starb Tiberius Caesar, Sohn des Tiberius Claudius Nero und der Livia Drusilla, Adoptivsohn des Octavian Augustus, dreiundzwanzig Jahre lang *princeps* des römischen Reiches, in all den Jahren nur dreimal Consul, der zeitlebens den Titel *pater patriae*[89] abgelehnt hatte, im 78. Lebensjahr nach längerer Krankheit eines möglicherweise gewaltsamen Todes, den ihm viele seiner Zeitgenossen aufrichtig gönnten. *Tiberium in Tiberim*[90] –

Tiberius in den Tiber – war das Motto dieses 16. März im Jahr 37 u. Z.; es kümmerte niemanden, ob der greise Herrscher auf natürliche Weise verstorben war oder Macro beziehungsweise Caligula seinen Tod beschleunigt hatten.[91]

Offenbar hatte der junge Petronius seine Notizen monatelang nicht zur Hand genommen. Die letzte Eintragung vor seiner Fabel ist aus dem November 36 u. Z. Fehlen Seiten? Oder hat er bestimmte Einträge nachträglich vernichtet? Giton schweigt. Wir wissen es nicht. Aber plötzlich bricht es aus ihm heraus.

Der Hass, der uns aus seiner Fabel entgegenschlägt, ist verständlich. Lucius Arruntius, jener Senator, den er bewunderte, war einer von denen, die ihren Anklägern keine Arbeit machten: *Freilich könne man die wenigen Tage bis zum Ableben des* princeps *ihm aus dem Wege gehen; auf welche Weise werde man sich der Jugend des Nachfolgers entziehen können?*[92] Mit diesen Worten öffnete sich Lucius Arruntius, des Ehebruchs und der Majestätsbeleidigung angeklagt, die Pulsadern. Er wurde bereits von Augustus als einer der wenigen, die fähig und willens zum Regieren sind, eingeschätzt,[93] wohl daher hielt ihn Tiberius stets unter Beobachtung. Seine Tatkraft und sein Ansehen brachten ihn zu Fall, so wie viele andere, die durch falsche Beschuldigungen in den Tod oder die Verbannung getrieben wurden. Ob dem jungen Petronius noch weitere Opfer persönlich bekannt waren, geht aus dem Text nicht hervor. Eines von ihnen, Cnaeus Domitius, war Mitglied der nach dem Brand eingesetzten Hilfskommission. Diesen musste er zumindest dem Namen nach gekannt haben, bei etlichen anderen darf man das annehmen.

Petronius vereinigt in seiner Fabel alles Schlechte, das Tiberius nachgesagt wurde. *Caprese*, *Nesiarch*, *Biberius* waren die bekanntesten Spitznamen. Der »Ziegenbock« spielt auf seinen letzten Wohnsitz Capri und die ihm nachgesagten sexuellen Ausschweifungen an. Von *spintriae*,[94] minderjährigen Lustknaben, ist hier die Rede, auch von körperlich oder geistig Behinderten, die er zu Sexualverkehr untereinander zwang.

Die Bezeichnung *Nesiarch,* »Inselfürst«, hatte er sich eingehandelt, weil er, der Herrscher des *Imperium*, Rom seit dreizehn Jahren nicht betreten hatte, sondern von der kleinen Insel Capri aus regierte.

Biberius stammt von *Biberius Caldus Mero*, dem »Trinker von ungemischtem Glühwein«, eine Verballhornung seines Namens Tiberius Claudius Nero.

Bei dem »syrischen Bock edler Abstammung« handelt es sich um Herodes Agrippa I. Flavius Josephus berichtet, wie dieser, am Hof des *princeps* angekommen, von Tiberius aufgefordert wird, sich um seinen Enkel Tiberius Gemellus zu kümmern. Agrippa sagt zu, wechselt aber in Folge blitzschnell die Seiten und wird der beste Freund des Caius Caesar, genannt Caligula.

Es sollte einer der letzten glanzlosen Abschnitte im traurigen Leben des Tiberius Gemellus sein. Das nötige Alter für das Tragen der *toga virilis* hatte er mit seinen siebzehn Jahren längst erreicht; allgemein üblich war das sechzehnte, ab dem vierzehnten Lebensjahr war die Erhebung in die Volljährigkeit möglich. Dennoch wurde sie ihm verwehrt, man lancierte, so scheint es, Gerüchte, er sei noch ein reines Kind. Weder sein unentschiedener Großvater noch er selbst konnten den geschickten Machenschaften Caligulas etwas entgegensetzen. Dieser hatte nicht nur den Praefecten der Praetorianer, Macro, auf seine Seite gebracht, sondern sich auch der Zuneigung des Volkes und der Armee versichert. All das ließ den jungen Mann seinen Tod wohl ahnen, der auch bald nach der Thronbesteigung des Caligula erfolgte.

Zwei Jahre zuvor hatte Tiberius zwar beide, den Sohn des Germanicus und den Sohn des Drusus, testamentarisch zu gemeinsamen Nachfolgern in der Herrschaft bestimmt, aber die schlichte Undurchführbarkeit dieser letztwilligen Verfügung leuchtete jedem ein.

Ein korrigierender Eingriff sei hier noch vorgenommen. Der junge Petronius hat nur die letzten Jahre des Tiberius erlebt. Entsprechend negativ ist sein Bild. Leider enthalten seine Notizen keine Würdigung der frühen Regierungszeit des Tiberius.

Dessen Einsetzung als *Imperator* war eine reine Notlösung gewesen, um das Scheitern der von Augustus angestrebten Institutionalisierung von Principat und Dynastie abzuwenden. Der Tod der designierten Nachfolger hatte ihn zum letzten in Frage kommenden Familienmitglied gemacht. Ausgestattet mit Pflichtgefühl, aber ohne Motivation, fehlten ihm die persönliche Kompetenz wie auch das Charisma Octavians; sein Herrschaftsanspruch begründete sich mit der Erbfolge, er selbst hat dieses Erbe nur widerwillig angenommen. Sein Versuch, den Senat stärker in die Regierungsgeschäfte einzubeziehen, scheiterte, wohl auch an seiner Unfähigkeit zur Diplomatie. Spätestens nach dem mutmaßlichen Putschversuch seines engsten Vertrauten Seianus im Jahr 31 u. Z. verlor er jeglichen Glauben an sein Umfeld und wurde so, wie er, wenn man seinen wichtigsten Biographen Tacitus und Sueton glauben will, immer schon war: heuchlerisch, misstrauisch, sadistisch und unberechenbar.

Die Fabel des Petronius, im Monat des Machtwechsels geschrieben, bestätigt nachdrücklich, dass sich die informierten Kreise der Stadt keine Illusionen über das heranrückende Principat des Caius, genannt Caligula, machten. Der junge Dichter ist über die Vorgänge am Palatin erstaunlich gut informiert, wahrscheinlich durch seinen Onkel, vielleicht auch durch Arruntius. Dessen letzte Worte – durch Tacitus überliefert – schließen jedenfalls mit einer düsteren Prognose für Rom unter dem »Stiefelchen«:

> *Werde etwa nach Tiberius, der trotz seiner bedeutenden Lebenserfahrung durch die Wucht seiner Alleinherrschaft aus der Bahn geworfen und verwandelt worden sei, werde da Caius Caesar, kaum dem Knabenalter entwachsen*[95]*, unerfahren in jeder Beziehung oder aber in grundschlechter Umgebung großgeworden, einen besseren Weg einschlagen unter Macros Führung, der doch, als der noch Verworfenere für die Beseitigung des Seianus ausersehen, durch weitere Verbrechen den Staat ins Unglück gestürzt habe? Er sehe schon eine noch grausamere Knechtschaft kommen, darum fliehe er zugleich vor der Vergangenheit und der drohenden Zukunft.*[96]

LIBER IV

So das dritte der Bücher bildet,
die auf uns gekommen sind

Cariera di Trimalchio:
Everything I touched just grew and grew like honeycomb. More … and more! seven hundred and seventy five thousand! … One million! … more … and more again! … seven millions! Milioni milioni Milioni milionimilionimilioni! … Vierzehn Millionen, Zwanzig Millionen, Hundert Millionen, noch mehr! … Immer mehr! … Kolossal! Tria milia centies quadrigenti milia centies nongenti milia centies!

Bruno Maderna *Satyricon. Opéra en un acte d'apres Pétrone*
Scheweningen (1973)[1]

Petronius

Februarius 791 a. u. c. [38 u. Z.], Roma

Mir brummt der Schädel. Wieder die ganze Nacht in der *subura*, gewürfelt und gesoffen. Diesmal bei Primigenia[2]. Bezahl die Mädchen und du bist der Held der Taverne. *Die Nacht ist eine Tochter des Chaos.*[3] Im Morgengrauen kamen uns die ersten Klienten[4] auf dem Weg zu ihrem Dienst entgegen. Die Ärmsten: Sie haben ihre Herren, wir hatten unsere Damen. Culebonia[5] und diese – wie hieß sie noch? – waren hinreißend. Meine Studien leiden. Aber was für ein Hintern!

Habe mit einem Färber gesprochen. Ein müder, abgearbeiteter Mann. Den Wein hat er gerne angenommen. Ab und zu ein durchdringender Blick, aber keine Fragen. War über dreißig Jahre lang selbstständig, jetzt denkt er an die Freuden eines beschaulichen Lebens im Alter. Aber sein Sohn, der Dummkopf, der macht ihm Sorgen. Die Färberei bringt gutes Geld, klein wie sie ist, seinem Sprössling ist sie zu minder. Ich wage mich vor: *negotium sordidum*?[6] Lächelt, ja, das sei ihm klar, dass sein Sohn in der Schule nur Unsinn gelernt habe. Höhere Bildung, damit hat der Ärger angefangen. Verachtet das Handwerk, das ihn nährt. *Was kann denn eine Werkstatt Edles an sich haben?*[7] Na, der wird schauen! Ein Sklave bietet sich an. Übernimmt die Färberei, gegen Rente auf Lebenszeit, wenn er nur freikommt. Fleißig, aufmerksam, pünktlich und korrekt, erster Mann im Betrieb. Aber was mit dem Sohn machen?

Das Geld rinnt uns durch die Finger. Unser neuer Freund Decimus geht sich wieder einmal verkaufen. Nichts für mich. Giton hat eine Idee. »Caius & Vicinius: Liebesbriefe, Geschäftsbriefe, Spottverse aus gelehrter Hand; von der vierten bis zur siebenten Stunde;[8] vor der Taverne der Primigenia.«

Das Geschäft läuft. Eine appelliert an den *princeps* um Befreiung aus der Vormundschaft. Sie sei zweimal verheiratet gewesen, habe fünf Kinder zur Welt gebracht, davon sind drei schon erwachsen, auch könne sie lesen und schreiben. Letzteres ist irrelevant, aber mein Einwand wird vom Tisch gefegt. Muss drinstehen. Von mir aus. Eine andere will ihren Freund vom Dichterwahn befreien:

Talente hast Du, Samius,
wahrlich von den Großen:
Als Dichter ein zweiter Cicero,
bist Du ein Rhetor wie Vergil.[9]

Sie findet es witzig, aber zu anspruchsvoll. Bis der begriffen hat, dass das kein Kompliment ist. Also bitte:

Ich sorge mich, Samius, um Deinen *Hector*,
so wie Du über ihn schreibst,
stürzt er sich noch in den Schwamm.[10]

Auch Giton hat seine Kunden. Zu meiner Freude erweist er sich als guter Stilist. Einfacher als ich, aber zuweilen authentischer, was gut ankommt. Oh, du Prachthintern, wann seh ich dich wieder?

Oh der Fuß, oh die Wade, oh – ich gehe zugrunde, mit Recht! –
die Schenkel, oh die Bäckchen, oh die Schamhaare, oh die Hüften,
oh die Schultern, oh die Brüste, oh der schlanke Hals,
oh die Hände, oh – ich werd' verrückt! – die Augen,

oh der verdammt raffinierte Gang,
oh die unübertroffenen Zungenküsse und oh –
schlag mich tot! – die Stimme!
Und wenn sie denn Oskerin ist und einfach eine Flora und
nicht die Lieder Sapphos singt –
auch Perseus verliebte sich in die indische Andromeda.[11]

Man hat uns Prügel angedroht, wenn wir noch länger das Geschäft verdürben. Schreiber waren das keine, eher angeheuerte Schläger aus der Gladiatorenschule. Wie dem auch sei. Caius & Vicinius ist bis auf Weiteres geschlossen.

Geld, Geld, ich brauche Geld! Diesmal mein Plan: Verhandle mit einem Buchhändler. Immer an Projekten interessiert, ist dieser Atrectus von jener urbanen Gewieftheit, die nach Profit riecht. Wenn es doch wieder einen Vergil gäbe. Warum wieder? Er begreift schnell. Richtig, ja, man könnte noch etwas finden. Nicht zu lang, ein Scherzgedicht vielleicht? Schon höre ich den Beutel klimpern, schon sehe ich die Gadierin tanzen,[12] da kommt die Ernüchterung: Kein Vorschuss. Verdammt! Was immer ich unserem Maro[13] noch unterschieben werde, bis ich damit fertig bin, ist der Prachthintern längst in anderen Händen. Eigentlich heißt sie ja Modesta;[14] sie schmollt so niedlich, wenn ich sie Culebonia nenne. Ach, ist das Leben schön!

Giton

Irgendwann im ersten oder zweiten Monat des Jahres konnten wir endlich wieder zurück nach Rom. Im Obergeschoss wurde zwar immer noch gebaut, aber das Erdgeschoss war bewohnbar und bot ausreichend Platz. Einige Sklaven wurden zwischenzeitlich in Mietskasernen untergebracht. Wir konnten den Tag kaum erwarten. Decimus Silanus hatte meinem Herrn einige Male geschrieben, wie sehr er sich schon darauf freue, mit ihm etwas zu unternehmen. Ich wusste von seinem Diener, bei ihm heißt das, die *subura* unsicher zu machen. Am Anfang hat mein Publius ganz schön die Nase gerümpft: Sich unter den Pöbel mischen, na, seinetwegen, wenn man unbedingt schlecht essen und trinken wolle, auch eine Erfahrung; und was Augen und Ohren betrifft, die würden die Beleidigung schon irgendwie überstehen. Ich sagte nichts dazu, nur dass wir uns unauffällige Kleidung und andere Namen zulegen sollten.

Na, lang hats nicht gedauert, und ich sehe ihn, wie er auf den Senator einredet, dass der Baulärm seine Studien doch empfindlich störe; und ob er eventuell einige Tage der Woche bei Decimus Silanus verbringen könne. Dessen Behausung war fortan das Hauptquartier unserer Umtriebe, von denen das folgende Briefchen eine ungefähre Vorstellung gibt:

Caius grüßt seine geliebte Modesta
Meinen Hintern habe ich gewaschen, meine Nasenhaare gerupft. Nicht in dieser Reihenfolge, sei beruhigt. Aber hast Du heute Abend Zeit? Wie immer bei Primigenia. Ich bringe Geld und große Vorfreude mit. Bring Du für Vicinius Iris mit. Lucius kommt auch. Der liebt Melonen. *Vale*

Dass das Geld nicht lange reichen würde, war von vornherein klar. Immerhin, wir versuchten es zu verdienen und stürzten uns nicht, wie andere, in windige Kreditgeschäfte. Von dem vergilischen Scherzgedicht wird noch zu reden sein, soviel sei gesagt: Nicht überall, wo Vergil draufsteht, ist auch Vergil drin.

Aber vorerst machte die Nacht unseren Decimus zu einem Lucius und meinen Publius zu einem Caius, nur ich blieb Giton, ein romanisierter, sozusagen.[15]

Petronius

Gib mir, Sänger, das Opfer möglichst fett;
aber die Muse, mein Bester, liebe ich schlank!
Auch trage ich Dir auf, was Wagen nicht befahren zu betreten.
Nicht in den Spuren anderer zu steuern, noch auf breiter Straße,
sondern auf unberührten Wegen fahren, mag Deiner auch
ein eng'rer sein.[16]

Meine Heimkehr nach Rom ist der reinste Absturz: von den lichten, neapolitanischen Höhen der Dichtkunst in die römisch-trüben Sümpfe der Rhetorik. Oder, wie mein Onkel spitz bemerkt, von der Verschwendung der Zeit zurück zu ihrer Nutzung. Egal, ich bin ihm dankbar für meinen Unterricht bei Statius.

Was mir mein neuer Lehrer Maximus aufgibt, kostet mich keine Mühe: Vergleiche Catos *De agricultura* mit Varros *De re rustica* in Inhalt und Stil. Welche Abschnitte des bürgerlichen Rechts berührte der Erbschaftsprozess zwischen Manius Curius und Marcus Coponius? Ich lerne, wie man mir sagt, für das Leben. Aber was für ein Unterschied zu Statius! Dieser griechisch geprägt mit offenem Geist, jener römisch-trocken und beschränkt. Wenn man schon unbedingt in allem, was einem das Leben vorlegt, eine Lehre sehen will, dann wohl diese, kuriose: Der Schöngeist Statius war mir lächelnd gewährt worden; den Pedanten Maximus musste ich mir erkämpfen. Denn mit meiner ersten Wahl, Cornutus, war ich bei meinem Vormund auf entschiedene Ablehnung gestoßen: Philosoph, Stoiker, zu idealistisch, um lange zu leben. Genauso dezidiert hatte ich mich Palaemon verweigert – zum zweiten Mal –, nichts wird mich jemals dazu bringen, einen Fuß in das Haus dieses Perversen zu setzen. Biederer Maximus, rettender, von den Musen verschmähter Maximus, ich grüße dich:

Sei mir willkommen, Hades.
Nicht durft' ich mich Athene nähern,
doch blieb mir Priapus, dank Dir, erspart.

Giton findet Maximus' *exempla* lehrreich. Studiere inzwischen die Texte des Cornutus.

Ein neuer Rhetor ist in der Stadt. Hielt ein glänzendes Plädoyer im Senat. Besuchte ihn: ein interessanter, offenbar nicht ganz gesunder Mann. Mutig, manchmal etwas verbohrt und pathetisch. Aber auch ihn beäugt bereits der verlässliche Henker der Erfolgreichen. Am Palatin herrscht gespannte Erwartung. Man hält die anhaltende Tugendhaftigkeit für vorgetäuscht.

Der Alte Mann

Wir haben soeben die erste identifizierbare Lücke in den überlieferten Texten übersprungen. Der ganze *Liber III* fehlt in den mir vorliegenden Pergamenten. Ich vermute, dass er auch dem Kopisten nicht mehr vorlag. Denn dieser beginnt mit dem *Liber IV* auf einem Pergament von gleicher Art und mit der gleichen Tinte, soweit ich das beurteilen kann.

Die Zeiten des einfachen *grammaticus* Caius Helenus sind jedenfalls vorbei, wie auch die der inneren Dramen, genannt Pubertät. Der fast fünfzehnjährige Petron beginnt bereits seine höheren Studien, gut ein Jahr vor dem üblichen Termin. Während seiner Zeit in Cumae besuchte er offensichtlich die angesehene Schule von Statius dem Älteren, Vater des in flavischen Zeiten berühmten Dichters Publius Papinius Statius. Auf dem Lehrplan der epikureischen Schule in Neapolis stand eine Fülle von griechischen Dichtern wie Homer, Hesiod, Theokrit und Kallimachos und wohl auch Philosophen. Es verwundert nicht, dass sein Vormund das Programm als Zeitvergeudung ansah: Zu wenig Akzent setzte es auf karriereförderndes Wissen wie Rhetorik, Mathematik oder Juristerei. *Der Weise wird sich nicht mit Politik befassen …*[17] Diese aus der Sicht des Staatsmannes in der Lehre Epikurs enthaltene Subversion hatte den Senator offenbar nicht beunruhigt. Statius der Ältere lehrte vor allem Dichtkunst; im Übrigen vertraute der Vormund bei seinem Schützling wohl auf jene typisch römische Immunisierung, die derlei Ansichten schon immer belächelt hat.

In Rom setzte sich sein Vormund durch. Der »Pedant« Valerius Maximus war ein kompetenter Lehrer und, als Zügler des umtriebigen jungen Mannes, eine nachvollziehbare Wahl. Die erwähnte Sammlung lehrreicher *exempla* mit dem Titel *Factorum et Dictorum Memorabilium* erschien gegen Ende der Herrschaft des Tiberius und huldigte diesem unverhohlen. Maximus war ein rigider Vertreter römisch-konservativer Werte. Seine Schriften zeigen kaum Inspiration, dafür reichlich rhetorischen Putz. Laut Gian Biagio Conte steht Maximus' Popularität, die er vor allem im Mittelalter erlangte, im umgekehrten Verhältnis zu seinen literarischen Qualitäten. Dennoch ist ausgerechnet dieses knochentrockene Werk gut erhalten auf uns gekommen.[18]

Der junge Petronius wird mehr von ihm gelernt haben als er zugeben will; indes, bremsen lässt er sich nicht. Spöttisch vergleicht er ihn mit dem Gott der Unterwelt, in dessen Reich es nichts gibt, was blühen oder gedeihen kann. Cornutus nennt Hades den »Wächter der Tore«, der penibel darauf achtet, dass diese geschlossen bleiben, dass nichts hinauf ins Leben zurückkehren kann, und spricht von der »andauernden Erstarrung der Toten«.[19] Der Favorit Petrons, mit vollem Namen wahrscheinlich Lucius Annaeus Cornutus, machte sich später einen Namen als Lehrer von Persius und Lucan und führte eine der großen stoischen Philosophenschulen im Rom des Claudius und des Nero. Über seine Herkunft und Abstammung ist wenig bekannt. War er ein ehemaliger Sklave wie Palaemon oder ein Verwandter Senecas? Sein Name könnte bei der Freilassung latinisiert worden sein, seine Schriften zeigen eine tiefe Verwurzelung in der griechischen Philosophie und Mythologie, aber das macht ihn noch nicht zum Griechen. Er könnte ebenso gut frei geborener römischer Bürger gewesen sein, obwohl er in keiner Schrift als gebürtiger *Annaei* erwähnt wird. Und auch die vorliegenden Texte geben keine Antworten auf diese Fragen.

Einen Stoiker, nach dem Epikureer Statius, ließ sich der Senator von seinem Schützling jedenfalls nicht mehr einreden. Rom erkannte zwar die Philosophie – besonders die stoische – als Lehrerin der Sittlichkeit an, stufte sie aber als politisch bedenklich ein. Auf dem Lehrplan des jungen Petronius standen ab sofort praxisorientierte Studien, klar ausgerichtet auf die spätere Laufbahn im Staatsdienst. Recht, Geschichte, Landwirtschaft, Religion, Geografie etc: Maximus lehrte Rhetorik, gemäß dem Postulat Ciceros, dass der vollkommene Redner in allen Fachgebieten bewandert sein müsse. Merke: Man forderte den Politikern damals noch ab, zu wissen, wovon sie reden.

Für den späteren Dichter der *Satyrica* sind Cumae und Rom mehr als zwei Wohnorte. Er pendelt zwischen dem epikureischgriechischen Campanien und der stoisch-römischen Hauptstadt. Unbefangen nimmt er auf, was er kriegen kann, ob es die Lehren des Philodemus von Gadara sind oder die Schule des Statius, der Grenzgänger Cornutus oder der Oberlehrer Maximus. Petronius sammelt Denkwelten, verbreitert und vertieft sein Wissen. Das Pendel gewinnt an Schwung. Neben seinen Freizeitaktivitäten und der wenig überraschenden Neigung zur Dichtkunst findet er die Zeit für verbotene Lektüre und den Besuch von Gerichtsverhandlungen.

Hier gerät erstmals der große Mann seiner Zeit, Lucius Annaeus Seneca der Jüngere, in das Blickfeld Petrons. Um den Beginn unserer Zeitrechnung in Cordoba in Spanien geboren, begann er seine Karriere als Anwalt in Rom und war unter Caligula bereits Senatsmitglied. Schon seine frühe Charakterisierung durch Petronius ist zwiespältig, aber beileibe nicht unfreundlich.

Petrons erster Kontakt mit dem römischen Hochadel erfolgte über die *Iunii Silani* – eine weitverzweigte politisch bedeutende Familie der *gens Iunia*. Den gegenständlichen Sprössling lernte er beim Troiaspiel kennen: Silanus, mit vollem Namen Decimus Iunius Silanus Torquatus, ist einige Jahre älter als Petronius, seine Mutter ist Aemilia Lepida, eine Urenkelin des *divus* Augustus. Mochten auch quer durch die Jahrhunderte die Hüter der *romanitas* die nocturnen Aktivitäten der »Söhne Roms« bekritteln; diese wussten, was sie erwartet, und haben ihre Studien gerne ein wenig ausgedehnt. Schließlich markierte der Eintritt in den Staatsdienst auch den Austritt aus dem Junggesellendasein.

Petronius

Silanus' Plan: etwas mühsam, aber profitabel. Wir vermieten uns als Ehrengäste an reiche Freigelassene. Dreihundert Sesterzen für einen direkten Nachfahren des göttlichen Augustus an der Tafel. Die Anwesenheit des Publius Petronius Niger bringt deutlich weniger ein. Macht nichts, der eigentliche Haken an der Sache ist: Unsere Namen, bisher diskret verborgen, werden dem Tratsch ausgesetzt.

Nur ja nicht kaufen lassen. Bezahlt werden, das ja, aber nicht unterwerfen. Mit Arroganz bleibt man im Geschäft. Decimus kennt sich aus. Hat seit rund einem Jahr eine eigene Wohnung und ist rund um die Iden garantiert pleite.

Der Goldene.[20] Eine *togata* des Publius Petronius Niger

1. Akt

Vor dem Haus des Ganymedes,[21] *genannt Aureus, eines reichen Freigelassenen. Agawé,*[22] *die Herrin des Hauses, und ihre Magd kommen mit Körben in der Hand aus dem Haus.*

AGAWÉ: Und du weißt nicht, wer den Brief gebracht hat?
MAGD: Doch.
AGAWÉ: Wer?
MAGD: Ein Mann wars.
AGAWÉ: Und?
MAGD: Was und?
AGAWÉ: Wie sah er aus, kennst du ihn? Wessen Diener ist er?
MAGD: Kenn ich die ganze Stadt? Ein Kerl wars mit einem Brief. Der Kohl war auf dem Feuer.
AGAWÉ: Bist du heut' bockig … Jetzt sag mir – »wie der Diener, so der Herr« –, war er gut gekleidet?
MAGD: Ich würde sagen: mittel.
AGAWÉ: Mittel?
MAGD: Mittelmäßig halt. So genau hab ich nicht hingeschaut.
AGAWÉ: Ganz was Neues!
MAGD: Ich kenn andere, die schauen auch.
AGAWÉ: Hüte dich, gleich setzt es Prügel!
MAGD: Dann sag ichs dem Herrn.
AGAWÉ: Jetzt komm, sei nicht so. Du hast deine Liebhaber, ich weiß Bescheid. Was hab ich? Einen Mann, der mir kein Mann ist.
MAGD: Wo er doch sonst so saftig ist[23] – alle Beutel wohlgefüllt, nur diese nicht. *(lacht)*

AGAWÉ: Ja, ja, bist du fertig? Dann pass auf. Mein Unbekannter hat mir geschrieben, er ist heute einer unserer Gäste. Vielleicht kommt er mit diesem Diener, dann wüssten wir sofort, wer er ist.

MAGD: Wenn ich den wiedererkenn …

AGAWÉ: Kriegst meine Ohrringe dafür.

MAGD: Die goldenen?

AGAWÉ Die silbernen.

MAGD: Ich überleg …

AGAWÉ: Mir ists gleich. Er hat mir geschrieben, woran ich ihn erkennen kann. Von der Briseïs[24] wird er reden, ganz unverfänglich, und ihre Schönheit loben.

MAGD *(stellt sich dumm)*: Wenn er die Briseïs liebt, was will er dann von dir?

AGAWÉ: Die Briseïs bin doch ich!

MAGD: Man lernt nie aus. Na, auf den Achilles bin ich gespannt!

AGAWÉ: Du hilfst mir also?

MAGD: Ja, *domina*, schon um den Spaß nicht zu verpassen.

AGAWÉ: Ach, was red ich mit dir, gehen wir auf den Markt!

Beide gehen ab. Petronius und Silanus treten auf.
Ihre beiden Sklaven Harpax[25] und Giton trotten hinterher.

SILANUS: Da, das ist das Haus des Ganymedes. Hier werden unsere Geldsorgen ein Ende haben.

PETRONIUS: Eine Schande bleibts, was wir da tun!

SILANUS: Was willst du? Kriegst achtzig Sesterzen und ein Essen obendrein.

PETRONIUS: Du dreihundert.

SILANUS: Selbstverständlich! Meine Herkunft verpflichtet mich zum Höchstpreis.

PETRONIUS: Wenns nicht für den Hintern der Modesta wär … Übrigens: Unsere Mädels nehmen uns ordentlich aus.

SILANUS: Na und? Leicht verdient, leicht ausgegeben. Ein paar lobende Worte an den Hausherrn, das genügt. Aber schau, wer da kommt!

PETRONIUS: Ist das der Hausherr? So ein Protz!

SILANUS *(lacht)*: Nein, sein Friseur, Cyrus.[26] Ganymedes hat ihn vor ein paar Jahren freigelassen, aber er frisiert ihn immer noch jeden Tag.
PETRONIUS: Wenn das sein Friseur ist, wie sieht dann Ganymedes aus?
SILANUS: Ruhig, er kommt zu uns.
CYRUS: Grüß dich, Silanus, hast du kurz Zeit?
SILANUS: Gerne, mein lieber Cyrus, was gibts?
CYRUS: Es geht um heute Abend. Könnt ihr schweigen?
SILANUS: Sicher, sprich.
CYRUS: Es geht um Agawé. Ihr müsst wissen, ich schicke ihr schon seit Längerem Liebesbriefe, nur meinen Namen hab ich ihr bis jetzt verschwiegen.
SILANUS: Wirklich wahr? Du und Agawé?
CYRUS: Ja, im Ernst, ich verehre sie schon lange. Heute Abend will ich mich ihr offenbaren, das Geheimnis lüften.

Petronius begutachtet währenddessen den aufgeputzten Friseur, betrachtet dessen Schuhe, die Kleidung, die Frisur, hört aber offensichtlich nicht zu. Er gähnt ungeniert, wendet sich seinem Sklaven zu – und schaut dann wieder mit leeren Augen Cyrus und Silanus an.

CYRUS: Ich bitte euch, ihr gelehrten jungen Herren, lasst mich gut aussehen heute Abend. Lobt meine Bildung oder mein Auftreten, ganz wie es euch gefällt, nur treibt bitte keinen Spaß nicht mit mir. Briseïs ist das Stichwort. *(deklamierend)* »Der, der dich Briseïs nennen wird, der ist es, der dich heimlich liebt.« So habe ich ihr geschrieben, daran soll sie mich erkennen.
SILANUS: Bisschen kompliziert, oder?
CYRUS: Ich muss vorsichtig sein, Ganymedes ist eifersüchtig.
SILANUS: Sei unbesorgt. Wir richten uns nach dir.
CYRUS *(zu Petronius)*: Du auch, junger Herr?
PETRONIUS: Mein Wort als Ritter. Verlass dich drauf!

Cyrus geht erfreut ab.

PETRONIUS: 'Tschuldigung, was hat er gesagt? Ich hab kein Wort verstanden.

SILANUS *(lacht)*: Nichts Wichtiges. Komm, gehen wir ins Bad, uns frisch machen für das Gastmahl.

Petronius und Silanus gehen ab. Ihre beiden Sklaven bleiben stehen.

HARPAX: Der Lockendreher, der parfümierte! Dem werd ich noch den Kopf rasieren.

GITON: Warum, was geht es dich an?

HARPAX: Der soll die Finger von Agawé lassen, auf die hab ich ein Aug geworfen.

GITON: Nicht dein Ernst, du und Agawé?

HARPAX: Ja, ja, ich sag dir was, ich glaub, die rührt ihr Mann nicht an. So, wie die schaut.

GITON: Erzähl!

HARPAX: Eine Nachricht hab ich überbracht, an Aureus; der war nicht daheim; also sag ich es ihr, und wie ich so dasteh, leicht verschwitzt ... doch, horch, die Herren, wir müssen gehen!

Harpax und Giton gehen ab.

2. Akt

An der Tafel des Lucius Munatius Ganymedes. Silanus hat den Ehrenplatz neben der Liege des Hausherrn. Sein Nachbar ist Cyrus, gegenüber liegen Petronius und Blattus,[27] *ein Parasit*[28] *des Ganymedes. Auf der weiter entfernten Liege befinden sich Privatus,*[29] *ein Schankwirt, und Restitutus,*[30] *ein Geldwechsler, beide Freigelassene und Freunde des Ganymedes. Der Hausherr ist mittelgroß, nicht fettleibig, aber mit diesem gerade vorstehenden Bauch, den Männer im mittleren Alter bekommen, die in ihrer Jugend körperlich tätig waren. Er hat ein feistes, kräftiges Gesicht, recht freundlich, nur seine Augen verraten eine innere Unruhe. Er trägt eine lange Frauentunika aus golddurchwirktem Stoff und eine Perücke mit goldenen Haaren. Die Einrichtung ist prunkvoll, der Anblick des Tafelgeräts überwältigend: Das Geschirr, das Besteck und die Gläser sind aus Gold. Agawé ist noch nicht anwesend. Harpax und Giton stehen hinter den Liegeplätzen ihrer Herren.*

GANYMEDES: Ihr müsst schon entschuldigen, meine Freunde, wenn ich mich weniger als sonst mit euch unterhalte. Wann hat man schon einen Sohn des göttlichen Augustus an der Tafel? Könnt allen sagen: »Blasts mir einen!«, reich wie ich bin, aber meine Kultiviertheit ist mir wichtig.

SILANUS: Eigentlich bin ich nur ein Ururenkel mütterlicherseits.

GANYMEDES: Wie meinen? Ach, nur nicht pedantisch sein. Sag, was gibt es Neues im Palast?

SILANUS: Ich dürfte nicht davon reden, aber stell dir vor, demnächst wird unser *princeps* einen Elefanten erhalten, der zwei Rüssel hat, aus Indien.

GANYMEDES: Ein Elefant mit zwei Rüsseln! Grandios. Was für eine Missgeburt. Weißt du, dass ich selber Sammler bin? Aber essen wir erst mal. *(klatscht)*

PETRONIUS: Übrigens, Aureus, mein Kompliment zu deiner Erscheinung; ein glänzender Einfall, muss ich sagen.

GANYMEDES: Ach, das ist nur eine der geringeren meiner Extravaganzen, trotzdem danke. Und außerdem: Einer, der größer ist als ich, hat mich darauf inspiriert.

Diener eilen herbei, die Musik spielt plärrend laut auf, in kürzester Zeit stehen überall goldene Platten mit kleinen, durchwegs vergoldeten Gerichten darauf. Vergoldete Fischlein, Oliven, Datteln, Eier, vergoldeter Sellerie und vieles mehr.

GANYMEDES: Greift zu, greift zu, ist alles essbar und vom Feinsten auf meiner goldenen Tafel.

PETRONIUS *(zu Ganymedes)*: Entschuldigt mich. Ich muss kurz etwas mit meinem Diener besprechen.

Ganymedes nickt, Petronius geht mit Giton beiseite.

PETRONIUS: Mir ist jetzt schon schlecht.
GITON: Kann ich verstehen, Herr, aber wir sollten das Essen abwarten. Hast du das Geld?
PETRONIUS: Ja.
GITON: Gut, wir können nicht gleich wieder davonlaufen. Auch will ich wissen, was das für Leckerbissen sind.

Sie nehmen wieder ihre Plätze ein.

GANYMEDES *(zu Silanus)*: Was sagst du, hast du so etwas schon bei Hof gesehen?
SILANUS: Das, mein lieber Ganymedes, und noch vieles mehr. Trotzdem, ich bin beeindruckt.
GANYMEDES: So sehr liebe ich unseren göttlichen *princeps* halt, dass ich ihn in allem imitier'. Aber ich bin auch nur ein Mensch, so wie du.
SILANUS *(ironisch)*: Ich weiß nicht, ob ich mich mit dir messen kann.
GANYMEDES *(verärgert)*: Dann bleibst halt das nächste Mal daheim, wennst den Aureus nicht magst.[31] *(Zu Petronius)* He, Petronius, wie gefällt es dir bei mir?
PETRONIUS: Betäubt bin ich, oh Aureus, Augen und Ohren sind früh schon übervoll – da frag ich mich: Wie wird es meinem Magen bei dir ergehen?
GANYMEDES: Hungrig, was? Aber hast ja recht. Lasst uns die Becher heben. Freunde, lasst uns feiern, morgen kanns zu spät sein!

Die Klienten richten sich auf und heben die Becher:

CYRUS, BLATTUS, PRIVATUS, RESTITUTUS: Auf Lucius, auf unseren Aureus!

Petronius und Silanus prosten unwillig mit.

PETRONIUS *(wirft sich elegant ein vergoldetes Fischlein in den Mund)*: Das ist ja Fleisch!

GANYMEDES: Ja, mein Koch ist ein wahrer Meister. Nicht nur, dass er alles vergolden kann, er macht auch täuschend echte Hühnerkeulen aus nichts als Eiaufstrich. Und außerdem, du brauchst dich nachher nicht für das, was hinten bei dir rauskommt, interessieren, dafür ists zu dünn vergoldet.

PETRONIUS: Tatsächlich? So genau wollte ich das gar nicht wissen.

Petronius reicht während des Essens Giton heimlich Speisen nach hinten, der verstaut sie in seinem Beutel.

SILANUS *(verächtlich)*: Blattgold, mehr Schein als Sein!

PETRONIUS: Du missverstehst unseren guten Lucius, er achtet nur auf unser Wohl. Ungesund, sagt man, ist es, zu schwer zu essen.

GANYMEDES *(lacht)*: Siehst du, Silanus, dein Freund ist nicht so griesgrämig wie du. Aber mal sehen, ob ich dich nicht auch noch beeindrucken kann. *(nach hinten)* He, Quietus, bring meine Krüppel!

Die Musiker spielen einen Marsch. Zu den Klängen der Musik werden Bucklige, Zwerge, Idiotische und Verwachsene hereingeführt: die Krüppelsammlung des Ganymedes. Einige sind in Ketten. Es ist klar, dass alles inszeniert ist. Ganymedes hat nur auf eine Gelegenheit gewartet. Sie gehen um den Tisch herum, manche bemühen sich um einen tänzerischen Schritt, andere werden geführt oder getragen.

GANYMEDES *(zu Silanus)*: Na, was sagst du jetzt? Mein Wasserkopf ist mir ja leider verreckt, sündteuer war er, und dann hat er es nicht einmal ein Jahr gemacht!

PETRONIUS *(erschüttert)*: Beim Hercules! Was geht hier vor?

BLATTUS: He, Ganymedes, zeig deinen Trottel!

Ganymedes, sichtlich erfreut, winkt dem Quietus, der einen sabbernden jungen Mann mit deformiertem Haupt heranführt.

GANYMEDES: Was hast du heute gegessen?
TROTTEL *(nach längerem Zaudern)*: *Milia*!
GANYMEDES: Und außerdem: Wer wählt den *princeps*?
TROTTEL *(nach längerem Zaudern)*: *Milia*!
GANYMEDES: Ist er nicht genial? Das nenn ich Weisheit, hat mit *einer* Antwort immer recht![32]

Die Klienten applaudieren und brechen in Jubel aus.

CYRUS, BLATTUS, PRIVATUS, RESTITUTUS: Hoch Aureus, er lebe hoch!

GITON *(zu Ganymedes)*: Entschuldigt mich. Ich muss kurz etwas mit meinem Herrn besprechen.

Ganymedes, perplex, nickt. Giton geht mit Petronius, der agil vom Sofa springt, zur Seite.

GITON: Jetzt ist mir schlecht.
PETRONIUS: Das verstehe ich. Aber wir sollten das Ende abwarten. Hast du die Leckerbissen?
GITON: Ja.
PETRONIUS: Gut, ich will jetzt noch nicht davonlaufen. Auch will ich wissen, ob das noch ärger wird.

Petronius und Giton nehmen wieder ihre Plätze ein. Ein Zwerg – nicht in Ketten – geht auf den Händen, landet mit einem Salto auf den Füßen, schnappt sich den goldenen Becher des Ganymedes und trinkt daraus.

GANYMEDES: Unflat, was fällt dir ein? Los, zerschlag den Becher! Soll keiner sagen, dass die Lippen des Aureus das berühren, was seine Krüppel besudelt haben.

Der Zwerg stutzt, schaut fragend auf den massiven Becher und dann zu Ganymedes.

GANYMEDES: Mach schon, oder soll ich dich auspeitschen lassen?

Der Zwerg wirft den Becher auf den Boden, zur Überraschung aller zerbricht er – er war aus vergoldetem Glas.[33] *Der Zwerg geht auf den Händen ab, die Klienten applaudieren.*

CYRUS, BLATTUS, PRIVATUS, RESTITUTUS: Bravo, Aureus, genial!

CYRUS *(zu Ganymedes)*: Wo ist eigentlich dein Weib Agawé, wird sie nicht an unserer Feier teilnehmen?

GANYMEDES: Wird noch in der Küche sein, das Mahl dirigieren. Aber du hast recht, sie soll sich zu uns gesellen … *(winkt einem Diener)*. Sag meiner Frau, wenn sie es einrichten kann, soll sie zu uns kommen.

GANYMEDES: *(zu Petronius)*: Jetzt sag, junger Ritter, was lernt man heutzutage in den Schulen? Ich selbst hab ja einen Hang zur Rhetorik, wie unser *princeps*, wie stehts mit dir?

PETRONIUS: Mit Verlaub, Rhetorik ist mir zu trocken. Mich reizt die Dichtkunst, sie bietet sprachlich viel mehr Möglichkeiten.

GANYMEDES: Dichtkunst! Grandios. Was schreibst du?

PETRONIUS: Momentan nicht viel. Heutzutage ist die Frage, was oder worüber man schreiben sollte. Unser Flaccus sagt, bleib bei den Mythen, beachte Versmaß und Form, studiere die griechischen Vorbilder – schön und gut, aber zu welchem Zweck? Er warnt ja selbst vor Nachahmungen.[34] Soll man wirklich ein Feld aufs Neue beackern, das schon auf das Beste bestellt ist? So mancher Stoff hat doch längst seinen Meister gefunden …

GANYMEDES *(unterbricht ihn)*: Grandios! … Ah, da ist Agawé.

Die Hausfrau tritt ein, mit suchendem Blick, hinter ihr ihre Magd. Agawé dreht sich zu ihr um und blickt sie fragend an, diese zuckt mit den Schultern. Agawé setzt sich leicht indigniert neben ihren Mann. Petronius richtet sich höflich auf, begrüßt sie mit einem Nicken und fährt mit seiner Rede fort.

PETRONIUS: … Achilles und Briseïs, zum Beispiel *(zitiert): Dieser Brief, den Du liest, kommt von der geraubten Briseïs …*, und so weiter, ein in sich vollkommenes Werk, von der ersten bis zur letzten Zeile. Lassen wir also Ovid und die Briseïs in Ruhe, befahren wir lieber neue Wege.

Am Tisch bricht mühsam unterdrücktes Chaos aus. Die Hausfrau schaut verblüfft auf und lächelt dann Petronius verliebt an. Cyrus zuckt zusammen, Silanus kriegt große Augen, Harpax prustet lachend heraus.

AGAWÉ: Lieber Mann, sei so gut, mir scheint, es zieht an meinem Platz. Erlaube mir, mit Blattus zu tauschen, der ist nah am Kohlebecken.

GANYMEDES: Von mir aus. Blattus, komm halt du zu mir. Lass meine Frau ans Feuer.

Agawé sitzt jetzt neben Petronius, Blattus neben Ganymedes.

CYRUS *(panisch, lauter als nötig)*: Da wir gerade von der Briseïs sprechen, ihr müsst wissen, auch ich …

Harpax bekommt einen Hustenanfall.

GANYMEDES: Was hat dein Sklave? Ist er krank?

SILANUS: Nein. *(zu Harpax)* Harpax, alles in Ordnung?

HARPAX: Ja, Herr, wenn ich nur einen Schluck zu trinken bekommen könnte.

GANYMEDES: Trockene Kehle, na, *Menschen sind wir unter Menschen.*[35] Cyrus, reich ihm deinen Becher!

CYRUS: Ja, sofort *(reicht den Becher nach hinten)*, aber um auf Briseïs zurückzukommen …

Die Hausfrau stutzt, schaut den Friseur an, dann Petronius. Harpax will den Becher zurückgeben, lässt ihn fallen, direkt in den Schoß von Cyrus, der sich halb zu ihm umgedreht hat.

HARPAX: Ach, entschuldigt, Herr, wie ungeschickt von mir, lasst mich das machen!

Er schnappt sich ein Handtuch von einem Diener, beugt sich über Cyrus und beginnt eifrig an dessen Tunica herumzureiben. Cyrus wirft angewidert die Hände über den Kopf und stößt Harpax dann weg.

CYRUS: Was für ein Tölpel! Silanus, hältst du so dein Wort? *(erschrickt, schaut zu Ganymedes)*

Agawé betrachtet den Tumult mit wachsender Verwunderung, wendet sich dann wimpernklimpernd an Petronius.

AGAWÉ: Eine Briseïs also; so ein fescher junger Ritter wie du hat sicher haufenweise Liebchen?

Petronius starrt sie verständnislos an. Silanus bricht in Gelächter aus, Ganymedes blinzelt misstrauisch in die Runde, auch Blattus' Interesse ist erwacht, er beobachtet alle scharf.

⋆ ⋆ ⋆

Der Alte Mann

Ganymedes und Konsorten bereiten den Boden für Petrons Trimalchio. Zwei Unterschiede zur *Cena Trimalchionis* fallen ins Auge. Petronius, Silanus und Giton sind souveräne Gäste, sie lassen sich vom Gastgeber nicht unterkriegen wie die späteren Romanhelden Encolpius, Ascyltus und Agamemnon. Zweitens und wichtiger: Beim Fest des Ganymedes fehlt ein typisches Element der Feste der *Satyrica* – der Tod. Gleich zu Beginn seines Gastmahles spielt Trimalchio mit einem silbernen Skelett, am Ende ist er betrunken und räsoniert weinerlich über seinen Grabstein, seine Leichenfeier und sein Testament. So selten sich der Tod auf den Festen der *Satyrica* auch tatsächlich ereignet, als Gast ist er fast immer präsent: oft maskiert, aber unverscheuchbar. Sein Auftritt in all jenen Momenten, in denen der Mensch das Leben feiert, ist in der Antike ein beliebtes Sujet gewesen. Auf ein besseres Leben nach dem Tod konnte der Mensch nicht hoffen, es sei denn, er wurde divinisiert. Der *Aureus* bricht im zweiten Akt ab, somit ist die Abwesenheit dieses Gastes vielleicht nur dem Fragment geschuldet. Gut möglich, dass Petronius ihn etwas später auf einer der Liegen hätte Platz nehmen lassen – immerhin mahnt auch Ganymedes seine Gäste zu feiern, denn *morgen kanns zu spät sein*.

Mit »Fest und Tod« behandelt Petronius ein großes Sujet des antiken Lebens und, denkt man an das christliche *Letzte Abendmahl*, an *Hamlet*, *Jedermann* oder B. Travens *Macario*, ein zeitloses. Auf andere werde ich an passender Stelle zu sprechen kommen. Diese »petronischen Sujets« sind eines der Konstruktionsprinzipien der *Satyrica*. Ihre gemeinsamen Merkmale sind die Gestaltung als Themenpaar; der mit den beiden Themen definierte Konflikt; und ihre ebenso häufige wie variantenreiche Umsetzung.

Giton

Meinen Herrn hatte der Besuch bei Ganymedes ziemlich aufgebracht, wie auch mich, vor allem die Krüppelparade. Irgendwie war es ihm dann aber zu dumm, das Ganze einfach nur hinzuschreiben. Also begann er mit seinem *Aureus*, damit, wie er sagte, »auf diesem Misthaufen vielleicht doch noch eine Blume wächst«. Aber so leid es mir tut, das ist alles, was vorhanden ist. Er hat dann das Interesse verloren: Einerseits, weil er das, was ihn empörte – die Ausschweifungen des Ganymedes – bereits festgehalten hatte, und andererseits, weil er das Stück für unaufführbar hielt. Danach hat er sich nie wieder mit der Komödie beschäftigt. Ich frage mich oft, wie man sie aufgenommen hätte. So wie seine *fabula liberata*?

Fakt ist jedenfalls, die Geschichte mit der untreuen Ehefrau ist frei erfunden, der Rest, vor allem die Umtriebe des Ganymedes, sind, soweit ich es noch weiß, genau so, wie wir sie erlebt haben.

Mit seiner »Kultiviertheit« hatte sich Ganymedes bei uns für alle Zeiten den Ehrenplatz als verkommenster Freigelassener gesichert. Wir haben uns in der Folge noch einige Male als Gäste verkauft, in den meisten Fällen war es nur langweilig, zuweilen auch peinlich. Die *persona* des Caius Pompeius Trimalchio Maecenatianus, die mein Herr später für seine *Satyrica* erschaffen sollte, ist natürlich von unseren Besuchen bei Lucius Munatius Ganymedes, Caius Pompeius Diogenes,[36] Publius Decimius Eros[37] und wie sie alle hießen, geprägt. Aber so sehr ich mich für die aus meinem Stand Emporgekommenen schämte, sie waren doch nur Produkte ihrer Herkunft. Kaum einer von ihnen hatte jemals einen Rhetor gesehen, kaum einer sah sich nicht bis zum ersten Barthaar der Geilheit seines Herrn ausgeliefert. Und kaum einen gab es, der sich, zum Mann geworden, dafür nicht mit der Verführung der Hausherrin gerächt hätte. Als Sklaven zu Huren erzogen, nach ihrer Freilassung verachtet: Was bitte sollte denn aus ihnen werden? Mein Publius vertrat den Standpunkt, dass sich ein kluger Mann stets selbst zu helfen wisse, dass Anstand und Würde keine Frage der Herkunft, sondern des inneren Wesens sei. Ebenso sei der Wunsch nach Bildung nichts Erlerntes, sondern ein inneres Bedürfnis, und er verwies dabei auf mich. Ich sei doch der beste Beweis dafür, dass es auch anders gehe. Ich erwiderte natürlich, dass ich ganz im Gegenteil der beste Beweis für meinen Standpunkt sei. Schließlich hatte ich nur durch Zufall eine gute Schulbildung erhalten, und nur Glück hatte mich zu seinem Diener gemacht. Mochte ich auch Bedürfnisse gehabt haben, nach denen hatte nie jemand gefragt. Ich sei also auch nichts weiter als ein Produkt meiner Herkunft.

Seltsam, wie man im Rückblick vorgreift. Jetzt sind mir die Jahre zusammengeflossen wie Bächlein zu einem Strom. Aber da es schon einmal da steht: Es stimmt schon, es war zu jener Zeit, dass wir uns erstmals gewisser gesellschaftlicher Fragen bewusst wurden. Nur waren wir damals viel mehr mit anderen Dingen beschäftigt, als das zu diskutieren. Über freundliche Zurufe wie »Schnösel« beziehungsweise »Sklavenseele« gingen unsere Meinungsverschiedenheiten nicht hinaus. Zu viel passierte gleichzeitig, was kümmerten uns Standesunterschiede, was ein Ganymedes, den wir sowieso beide verabscheuten?

Meinen geschorenen Kopf hatte ich nicht vergessen. Auch in unseren Verkleidungen blieb ich bewusst in der Rolle des Sklaven, ergriff nur dann die Initiative, wenn es mein Stand zuließ oder ich mich in Sicherheit wusste.

Der Alte Mann

Der junge Petronius lernt eine Gesellschaftsschicht kennen, die er – wohl aus persönlichen Gründen – verabscheut, deren Bedeutung für das *Imperium* jedoch kaum überschätzt werden kann: die Freigelassenen. Um die mit dieser Bevölkerungsgruppe verbundenen gesellschafts- wie wirtschaftspolitischen Konflikte zu erklären, muss ich kurz etwas weiter ausholen.

Die Bevölkerung des römischen Reiches setzte sich – in der Reihenfolge ihres Entstehens – aus, grob gesagt, vier Gruppen zusammen: den *cives Romani*, den *provinciale*s, den *servi und* den *libertini*.

Zwei Faktoren bestimmten das Selbstbewusstsein des *civis Romanus*: sein Bürgerrecht und die Tatsache, dass er frei geboren – *ingenuus* –, also ein »echter« Römer war. Römische Bürger konnten nur nach dem *ius civile*, dem römischen Zivilrecht, belangt werden, nicht nach der regionalen Rechtsprechung, und sie bezahlten keine Kopfsteuer wie die Einwohner der eroberten Länder.

Diese, die *provinciales*, die mit zumindest 80 Prozent der rund 60 Millionen Einwohner des Römischen Reiches die mit Abstand größte Bevölkerungsgruppe darstellten, waren ebenfalls frei geboren, sie unterlagen jedoch dem *ius peregrines*. Das heißt, ein Gallier, der in Gallien lebte, mochte er auch ein Adeliger sein, wurde in seinem eigenen Land nach einem Fremdenrecht behandelt und zahlte selbstverständlich Kopfsteuer.

Die *servi*, die Sklaven oder Diener, hatten – in gebotener Kürze gesagt – so gut wie keine Rechte. Die Frage, wie man sie zu effizienter Arbeit motivieren könnte, zieht sich durch die Jahrhunderte seit Beginn der römischen Sklavenwirtschaft. Hielten konservativere Gemüter noch Gewalt und Unterdrückung für ein probates Mittel, stellte sich allmählich die Freilassung als das einzig erfolgversprechende Motivationsinstrument heraus. Schon die Zeitenwende sieht immer häufigere und zahlreichere Freilassungen; im 1. Jahrhundert u. Z. stellen die *libertini* die produktivste Bevölkerungsgruppe des *Imperium* dar.

Freigelassene waren – entgegen anderslautender Unterstellungen – meist strebsam und erfolgreich; ob als Handwerker, Kaufleute, Dichter, Philosophen, Bankiers oder gar Minister. Sie konnten alles werden, nur das, was sie sich am meisten wünschten, konnten sie nicht sein: *ingenui*, frei geborene Römer. Mochten sie auch noch so fleißig sein, die römische Oberschicht wie auch das offizielle Rom sollten ihnen noch lange mit Misstrauen und Feindseligkeit begegnen. Von den *provinciales* durften sie sich ebenfalls kaum Sympathien erwarten. Ein *servus*, der von einem römischen Bürger freigelassen wurde, war fortan selbst römischer Bürger, wenn auch mit eingeschränkten Rechten, aber er hatte keine Kopfsteuer zu bezahlen. Die frei geborene Bevölkerung einer römischen Provinz war somit schlechter gestellt als ehemalige Sklaven. Dass dieses Gesetz zu sozialen Spannungen und Konflikten führte, kann nicht verwundern. Gleichzeitig erklärt es die soziale Außenseiterrolle der Freigelassenen. Von den *ingenui* werden sie verachtet, von den *provinciales* gehasst.

Während die *Satyrica* in der Antike zwar als literarisch grenzwertig betrachtet, jedenfalls aber publiziert und, wenn auch selten, rezipiert wurden, liegt uns mit dem Komödienfragment *Aureus* – Giton hat es erwähnt – ein so gut wie unaufführbares und daher auch unpubliziertes Werk vor. Die untreue Ehefrau war zwar ein beliebtes Thema des *mimus*, sie füllte Wände und Ohren als Epigramm oder Lied, Gegenstand der Komödie war sie jedoch nicht. Die *uxor* dieses *genus* durfte vieles sein: zänkisch, hässlich oder dumm, aber keinesfalls untreu. Aus dieser unvorteilhaften Nebenrolle trat sie nur selten heraus. Den aktiven, von Männern umschwärmten Part übernahm die Hetäre, grausam, hinterlistig und treulos. Die römische Komödie war – als Teil der gehobenen Literatur – eine ernste Angelegenheit. Zu sehr im Widerspruch zur dekretierten Moral stehend wäre *Der Goldene* wohl von der Bühne gepfiffen worden. Im Prolog zum *Amphitruó* des Plautus, der einzigen römischen Komödie, die den Ehebruch thematisiert, nennt Gott Mercur das Stück denn auch eine *tragicomoedia*. In der Komödie erwartete man sich ein tolles Treiben von skurrilen *personae*, aber innerhalb streng gezogener Grenzen. Es galt, die Formen zu wahren, gerade auf der Bühne: Ehebruch war Tragödie.

Im wirklichen Leben sah die Sache anders aus. Ein Beispiel dafür ist die Mutter der Caesonia, der letzten Ehefrau Caligulas. Diese aus praetorischer Familie stammenden Vistilla ließ sich in der Zeit des Tiberius als Prostituierte registrieren, um den augusteischen Ehegesetzen zu entgehen, die für käufliche Damen nicht galten. Auch an der Tafel des Trimalchio spöttelt man über den »Fünferkopf« Glycon, der den Ehebruch seiner Frau mit einem Sklaven per Gerichtsverfahren öffentlich gemacht hat.[38] Man kann sich denken, dass die Klügeren unter den Betrogenen die Angelegenheit lieber außergerichtlich regelten.

Heuchelei und Doppelmoral sind weniger die Übel als vielmehr die Fundamente einer zivilisierten Gesellschaft. *Der einzige Weg aus der Barbarei in die Dekadenz führt über die Zivilisation.*[39] Der Platz auf der Bühne ist umkämpft: Die einen wollen ihr Selbstbild inszeniert sehen, die anderen dieses bloßstellen. Und so mancher, der sich in seiner Aufgeklärtheit suhlt, fürchtet die Nestbeschmutzung. Aber kehren wir zurück in die Antike: Jene Vistilla wurde wegen ihrer Dreistigkeit verbannt,[40] der Kassierer des Glycon den wilden Tieren in der Arena vorgeworfen.

Petronius wendet sich von der römischen Komödie ab, weil sie längst in ihren Formen erstarrt war. Die alten *pallatiae* und *togatae* des Plautus und Terenz wurden nach wie vor gelesen und auch aufgeführt. Eine in Pompeii gefundene Eintrittskarte für das Stück *Casina* konnte ungefähr auf das Jahr 60 u. Z. datiert werden; aber geschrieben wurde schon lange keine mehr. Man präferierte längst volkstümlichere Darbietungen, den mehrfach erwähnten *mimus*, inklusive Striptease der Schauspielerinnen am Schluss. Petronius wird sich der Satire zuwenden, der freiesten und vor allem der römischsten Literaturgattung. Die Etymologie des Begriffes habe ich bereits dargestellt, dennoch lohnt es sich, noch einmal einen Blick auf diese *saturae*, *satires* oder auch *sermones* zu werfen. Diesmal aus der Sicht der Spätantike, in der Diomedes, ein lateinischer Grammatiker des 4. Jahrhunderts u. Z. eine ausführliche Definition formuliert hat:

> Satura *heißt bei den Römern eine Dichtung, jetzt jedenfalls schmähender Natur und zum Tadeln menschlicher Fehler nach Art der Alten Komödie verfasst, sowie sie Lucilius, Horaz und Persius geschrieben haben. Doch wurde einst eine Dichtung, die aus verschiedenartigen Einzelgedichten bestand,* satura *genannt, wie sie Pacuvius und Ennius geschrieben haben.* Satura *aber heißt sie entweder nach den Satyrn, weil man in ähnlicher Weise in dieser Dichtung lächerliche und unanständige Dinge sagt, und zwar so, wie sie von den Satyrn vorgebracht und getrieben werden; oder sie heißt* satura *nach dem Gericht, das, vollgefüllt von verschiedenartigen und vielen Erstlingsfrüchten, im Kult bei den Alten den Göttern dargebracht und von der Fülle und dem satten Inhalt* satura *genannt wurde … oder sie hat ihren Namen von einer bestimmten Art Füllsel, das, wie Varro sagt, mit vielen Dingen angestopft,* satura *hieß; auch steht im zweiten Buch seiner ›Plautinischen Forschungen‹: ›Die* satura *besteht aus Rosinen, Gerstenschrot und Pinienkernen, mit Honigwein benetzt, dazu geben andere noch Granatapfelkerne.‹ Andere aber glauben, sie sei nach der* lex satura *benannt, die in einem einzigen Gesetzesantrag viele Dinge zugleich einschließt, weil ja auch in der* satura *aus Versen viele Einzelgedichte enthalten sind.*[41]

Der Begriff hat sich erweitert. Für Diomedes ist die *satura* nicht länger nur eine *bunte Schüssel* und eine *Dichtung schmähender Natur,* sondern auch eine Art Müesliwurst und ein Gesetzeskompendium. So weit, so gut, aber er nennt auch einen anderen Ursprung der *satura*: die Satyrn! Das ist kurios. Und er stützt seine Vermutung auf die Satyrspiele, deren Aufführung bis in das 5. Jahrhundert v. u. Z. belegt ist. Antike Philologen hätten also schon längst auf diese Idee kommen können, dennoch ist er der Erste, der die *satura* von den Satyrn ableitet. Hat das Werk Petrons zu dieser Deutung beigetragen? Immerhin handelt es sich um Satyrgeschichten mit eindeutig satirischen Zügen. Eines steht jedenfalls fest: Für die Zeit vor den *Satyrica* gibt es keine Zeugnisse für diese Begriffsdeutung, für die Zeit danach sehr wohl.

Die Breite der Beschreibung des Diomedes verweist auf die Freiheiten, die man sich innerhalb dieser Literaturgattung erlauben konnte. Auch Prosa war erlaubt, die größtenteils untergegangene Dichtung des Menippos von Gadara wurde namensgebend für die *satura Menippeae*. Diese mischte Prosa und Verse, eine Erzählform, die auch Petronius verwendete, weshalb die *Satyrica* gerne mit dieser Untergattung der Satirendichtung in Zusammenhang gebracht werden.

Jedoch, wie bereits erwähnt, die *Satyrica* sind nicht einfach nur *saturae*. Sie sind auch *epos*, *milesia*, *mimus*, *fabula*, kleinere *carmina, libelli* und *epigrammata*. Munter hüpft dieses Werk zwischen den literarischen Gattungen seiner Zeit hin und her, benützt sie und – vermischt sie! Schon wieder. Die *Satyrica* stehen abseits aller bekannten antiken Literaturgattungen, sie lassen sich nicht einordnen. Mit der *satura* verbindet sie, abgesehen von den satirischen Zügen, in etwa das Folgende: Erstens, die *satura* war einmal eine Art Mischmasch aus verschiedenen Themen. Zweitens, die *satura Menippeae* mischt Prosa und Metrik. Drittens, in den *Satyrica* vermischen sich antike literarische Gattungen, jedoch in teilweise abgeänderter Form.

Keineswegs immer trifft jeder Schütze das Ziel, das er wählte,[42] gibt Horaz in seiner Dichtkunst zu bedenken. Das Ziel des Schützen Petronius ist aufgrund der mannigfaltigen Referenzen und

Konnotationen wahrlich schwer erkennbar. Erklärt sich daraus vielleicht das Schweigen der antiken Philologen und Grammatiker? Hat der Umstand, dass sich die *Satyrica* nicht einordnen ließen, ihre Aufnahme in die Kataloge verhindert? Den »Roman« als literarisches *genus* kannte man damals nicht; wohin also, mussten sich antike Bibliothekare gefragt haben, mit diesem ohnehin umstrittenen Werk?

Wenn wir den Worten Gitons Glauben schenken wollen, bezeichnete Petronius seine *Satyrica* als *fabula liberata*, als »befreite Erzählung«. Das zu wissen, ist erfreulich, aber auch diese Spur führt ins Nichts. Der Begriff findet sich nur in den vorliegenden Texten Petrons und Gitons. Petronius bezeichnet mit ihm eine bisher unbekannte Literaturgattung der Antike, aber ob sie von ihm erfunden worden ist, ist damit nicht gesagt. Denn das Überlieferungsverfahren, durch das antike Texte bis in die Gegenwart weitergereicht wurden, darf man sich als eine Reihe von Lotterien vorstellen, bei denen uns nicht einmal die Ziehungsmodalitäten der jeweiligen Durchgänge bekannt sind. Schriften von eminenter kulturwissenschaftlicher Bedeutung wie etwa das zweite Buch der *Poetik* von Aristoteles sind spurlos verschwunden; das anerkannt schlechteste Epos der römischen Antike hingegen, die *Punica*[43] des Silius Italicus, hat sich in seiner ganzen grotesken Länge erhalten, auch wenn kein Mensch sagen kann, warum.

Und natürlich: Petronius wird bei Diomedes nicht erwähnt, obwohl ihm dessen Text, als Charakterisierung seines Werkes, sicher gefallen hätte.

Petronius

Iulius 791 [38 u. Z.], Roma

Tiberius Gemellus ist tot. Das Schwert ist gefallen. Endlich. Bei jeder Ehrung erschrak ich mehr. Erst die *toga virilis*, dann *princeps iuventutis* und schließlich die Adoption.[44] Einige meinen, das sei eben die Grausamkeit Caligulas, dass er Menschen erhebe, um sie aus größerer Höhe zu Fall bringen zu können. Falsch.

Der Enkel des Tiberius wurde in den Erwachsenenstand gehoben, damit es nicht heißt, man habe einen harmlosen Knaben erschlagen, er wurde adoptiert, damit Caius die *potestas* über ihn erhält; alles nur, damit er zu seinem Richter werden kann.

Bin aus merkwürdiger Apathie erwacht. Es ist eine Schande, ich empfinde Erleichterung. Bin ich so gefühllos? Nein, das bin ich nicht. Mein Herz ist eigene Wege gegangen. Als sie das Testament des Tiberius aufhoben, Caius zum alleinigen Herrscher machten, da weinte ich um den armen Gemellus, da starb er mir. Seitdem habe ich nicht mehr wirklich an ihn gedacht, vielmehr durchzuckte es mich kalt, wenn ich an ihn erinnert wurde. Offenbar hat es ein Teil von mir abgelehnt, den zu erwartenden Tod des Tiberius Gemellus auf unbestimmte Zeit mit mir herumzutragen, um mich damit zu quälen.

Weiß etwas in mir, dass es Lasten gibt, die ich nicht tragen kann, unter denen ich zusammenbräche? Wer ist dieser Steuermann meines Geistes, meiner Seele? Mein Genius? Ich wars nicht, aber ich wars, zweifellos.

Erst zwei Wochen später, auf Nachfrage, erfuhr der staunende Senat, so wie die restliche Welt, von der angeblichen Verschwörung des Tiberius Gemellus gegen Caligula und von dessen Hinrichtung.

Anderen weine ich nicht nach. Zwei Schmeichler mussten ihre Seelen aushauchen. Sie hatten ihr Leben den Göttern angeboten, sollten diese den Caius genesen lassen. Sie erhofften sich große Belohnungen für ihre selbstlose Geste. Caius, gesundet, gab ihnen nichts, sondern nahm sie beim Wort.[45]

Macro und seine Frau[46] hat es ebenfalls erwischt:

Hier ruhen Quintus Naevius Cordus Sutorius Macro,
ehemals Praetorianerpraefect, zuletzt *praefectus*
Aegypti, und seine Frau Ennia Thrasylla.
Den er auf den Thron hob, für den hob sie den Rock.

In der Nacht dem *princeps* begegnet. Haben uns, aus sicherer Entfernung, halb totgelacht. Der *Imperator*, wie immer verkleidet und bestens gelaunt, latscht mitten in seinem Redeschwall in einen stattlichen Haufen Ochsenscheiße. Allgemeine Erstarrung. Das Stiefelchen, bis zum Knöchel beschmutzt, fordert seine Begleiter auf, den ebenfalls anwesenden Schuldigen sofort zu bestrafen. So bot uns das Fackellicht Senatoren, Consuln[47] und Legaten, wie sie in die Scheiße zu greifen hatten, um damit diesen biederen Aedil, der offenbar für die Reinhaltung der Gassen zuständig war, zu bewerfen. Wir wussten nicht, worüber mehr lachen: über die Gesichter der Werfer oder über das des Beworfenen, der, das Haupt verhüllt, die Treffer reglos hinnahm.[48]

Der Glatzkopf von Aedil hat noch Glück gehabt. Ich wurde nach Hause zurückberufen. Marcus Silanus ist tot. Entging der Anklage mit dem eigenen Rasiermesser. Mein Onkel ist zutiefst besorgt; Marcus habe nichts als sein Redetalent und seine Verwandtschaft mit Caligula in den Tod getrieben. Von Anzeichen des Wahnsinns, vom Inzest des *princeps* mit seinen Schwestern ist im Senat die Rede.

In der Stadt spricht man von dem, der nach schwerer Krankheit erst richtig krank wurde. Auch Decimus ist bestürzt; Marcus war nur ein entfernter Verwandter, aber ein Großer der *Silani*. Meine Tage bei ihm sind jedenfalls gezählt. Den Umgang mit ihm verbietet man mir nicht, ermahnt mich aber wieder einmal zur Vorsicht. Ich bin mit allem einverstanden, weigere mich aber, für diesen Herrscher am Troiaspiel teilzunehmen. Einziger Ausweg: Ich bekomme endlich meine Volljährigkeit. Nichts da. Noch mindestens ein Jahr.

»Schöpfe stillschweigend!«
»Weswegen?«
»Schöpfe nicht mehr!«
»Warum?«
»Der Stille süßen Trank besitze ich!«
»Unangenehm ist die Quelle.«
»Koste, und Du wirst sie noch unangenehmer nennen.«
»Was für ein bitteres Nass!«
»Was für ein Geschwätz!«[49]

Ein Schluck Meerzwiebelessig und man sieht aus wie sein eigener Tod. Allerdings fühlt man sich auch so.[50] Aber das war es mir wert. Dem Troiaspiel konnte ich mich dadurch entziehen, dem Gastmahl am Hof freilich nicht mehr. Der gesamte Ritterstand und ihre Familien waren eingeladen. Mein Onkel legt mir absolutes Sprechverbot auf. Der Palast habe viele Ohren. Umso mehr Gelegenheit zum Hören und Sehen. Der neue *princeps* sieht aus wie ein Geier: Auf riesigen Füßen und dürren Beinen ein großer, fetter Leib, bleiche Haut, ein magerer Hals, den ein kahles Haupt krönt: Starr blickt es um sich, aus dunklen Höhlen; in die Flucht getrieben hat es sogar die eigenen Haare, die den Rest seines Körpers in Mengen belagern. Die letzten derselben bahnen sich am Kragen seiner Tunika den Weg ins Freie, in sicherem Abstand von dem grausigen Schädel. Dichtgedrängt stehen sie dort und zittern: Die nach unten Geflohenen drängen sich zwischen jene, die sich nicht mehr weiter hinaufwagen.[51] Seit ich das gesehen habe, verstehe ich nicht mehr, warum ihn die Leute mit einer Ziege vergleichen. Muss meine Fabel wohl umschreiben. Egal, einer in meinem Alter imitiert doch tatsächlich unseren Gastgeber. Hebt unbekümmert den Arm, bewegt den Kopf, trinkt und liegt bei Tisch wie Stiefelchen. Niemand beachtet ihn. Er bemerkt meinen Blick, schüttelt kurz den Kopf, als wollte er sagen: »Genieß das Schauspiel aber starr mich nicht so an!«

Caligula kann man nur fürchten. Ein freudiges Lachen und grausiges *da capo*, als ein Fechter seinem Gegner den Hals durchtrennt und das Blut spritzt. Das findet er lustig oder will es lustig finden: Seht her, ich lache – wie nur ich, euer Gott, über Grausamkeiten lachen kann! Zuweilen vergisst er darauf, sich zu inszenieren. Dann ist es noch schlimmer. Ein Kichern ohne erkennbaren Grund, keiner wagt zu fragen; dann wieder minutenlanges Anstarren einer Dame. Affekte huschen über sein Gesicht und sind gleich wieder weg: Freundlichkeit, Hass, Widerwille, Glückseligkeit. Die Mimik eines Rasenden. Und reden kann er; wehe dem, der danach nicht applaudiert! Dann geht sein Blick fahrig in die Runde.

Stiefelchens Narr ist sein Onkel Claudius – früher oft bei uns zu Gast –, den er bei jeder Gelegenheit demütigt. Claudius ist auch kein schöner Anblick, er hinkt, hat einen unförmigen Leib, dazu stottert er und redet undeutlich. Die kleine Lucia rannte immer in gespieltem Entsetzen davon, wenn er unser Haus betrat, kreischte: »Der schreckliche alte Bär, der schreckliche alte Bär!« Dann versteckte sic sich hinter ihrer von Peinlichkeit übergossenen Mutter und lugte den hohen Gast vergnügt an.

Der Alte Mann

Mit Claudius begegnen wir schon dem zweiten späteren *Imperator* in diesem Text, daher möchte ich die Herren kurz vorstellen. Der mit Kot beworfene biedere Aedil ist, wie mancher schon bemerkt haben wird, Titus Flavius Vespasianus, der noch einige Jahrzehnte lang das Kunststück zusammenbringen wird, bei einem Herrscher nach dem anderen in den Fettnapf zu treten. Ein gefährlicher Zeitvertreib, aber wo andere aus nichtigerem Anlass gleich ihr Leben dreingeben mussten, blieb Vespasian auch nach gröbster Beleidigung des jeweiligen Regenten quicklebendig, wenn auch wieder einmal in seinem gesellschaftlichen Aufstieg gebremst. Überspitzt formuliert könnte man behaupten, der Pragmatiker Vespasian habe sich nur deshalb zum *princeps* gemacht, um dieser leidigen Selbstgefährdung ein für allemal ein Ende zu setzen.

Von Claudius, dem geplagten Onkel und Nachfolger Caligulas, wird noch ausführlich die Rede sein. Körperlich und sprachlich behindert, musste er etliche Erniedrigungen Caligulas über sich ergehen lassen. Er, der von der eigenen Mutter als »Missgeburt eines Menschen« bezeichnet wurde, überlebte seinen blutrünstigen Neffen als einer von jenen, die dieser als zu unbedeutend für die Ehre eines imperialen Todesurteils betrachtete.

Hatte die Öffentlichkeit den Mord an Tiberius Gemellus noch als politische Notwendigkeit tolerieren können und dem Praefecten der Praetorianer Macro, als dem Scharfrichter des Tiberius, keine Träne nachgeweint, so empfand sie im Fall des

Marcus Silanus nur noch Entsetzen. War jeder rhetorisch Talentierte gefährdet? Genügte es, positiv aufzufallen, um getötet zu werden? Rom hielt den Atem an, beäugte die Jugend des *Imperator* mit wachsender Angst.

Petronius

September 791 a. u.c., Roma

Habe meinen Vergil zurückgeschmissen bekommen. Ich sollte keine Veralberung schreiben, sondern eine Fälschung. Heftiger Streit. Obwohl, was den Inhalt betrifft, ist mein Buchhändler einverstanden. Speziell die Reise des *Culex* durch die Unterwelt hat ihm gefallen. Nur soll ich die ironischen Seitenhiebe weglassen. *Imitatio*, nicht *iocus*. Ich kann das nicht, ich muss beim Schreiben ab und zu ich selbst sein. Im Übrigen wird uns das Ganze sowieso kein Mensch glauben. Närrischer Atrectus![52] Ich bediene mich ungeniert bei allen Werken Vergils, plündere sie, wie es mir gerade passt, und was hat der vor? Er will den *Culex* als Jugendwerk Vergils herausbringen! Jugendwerk? Wenn ich aus dem Alterswerk zitiere? So dumm kann kein Leser sein, dass er diesen Widerspruch frisst.

Er meint, ich würde viel zu kompliziert denken. Charmant müsse der Text sein, den Leuten gefallen, der Rest sei nebensächlich. Viel wichtiger sei die Art der Präsentation. Ein Bühnenstück müsse uns einfallen: *Die Entdeckung des Culex*, als Stadtgespräch Roms, ein paar gelehrte Deppen, die die Echtheit des Fundes bestätigen, inbegriffen. Ob ich daran schon gedacht habe? Nein. Sollte ich aber. Nerven hat er, das muss ich ihm lassen.

Mittlerweile ist mir die Bezahlung egal. Culebonia, du musst anders finanziert werden, jetzt will ich es wissen.

Giton

Der eine oder andere Leser wird mich schon leise lachen gehört haben. Natürlich. Mit dem *Culex* hat mein Herr dann doch noch den Weg in die Bibliotheken gefunden. Bis heute hat niemand die Fälschung bemerkt. Ab und zu verwickle ich Bibliothekare, die mir besonders geeignet scheinen, in ein Gespräch über dieses Werk Vergils. Ob man sagen könne, wann er den *Culex* geschrieben hat? Und ob dem *philologus* die eine oder andere Stelle nicht doch zu ovidisch vorkomme? Man betrachtet mich dann meist wie das nämliche Insekt. Wie sollte denn ein Jugendwerk des Vergil ovidisch sein? So etwas könne nur jemand fragen, der von Literatur keine Ahnung habe. Selbstverständlich forsche ich noch weiter, frage den gelehrten Herrn, wie denn, in diesem sogenannten Jugendwerk unseres Maro, die vielen Anspielungen auf seine späteren Werke zu erklären seien. Das bringt meine Opfer erst so richtig in Rage. So ein Kürbiskopf,[53] wie ich einer sei, könne natürlich nicht begreifen, dass ein großer Dichter wie Vergil schon vieles, wenn auch unfertig, in seinem Kopf mit sich herumgetragen habe, bis er es dann, teilweise erst viel später, in einem *furor poeticus*[54] auf das Papier geworfen habe. Dem ist nichts hinzuzufügen.

Ich habe lange geschwankt, ob ich dieses Geheimnis lüften soll oder nicht. Am Ende hat die Erinnerung an meinen Herrn den Ausschlag gegeben. Ich bin mir sicher, dass ich in seinem Sinn handle. Und es ist schließlich mein erklärtes Ziel, von den großen Taten meines Herrn zu berichten. Bitte sehr: Er ist es gewesen, der aus diesem *winzigen Kind des Gewässers*[55] etwas unvergleichlich Größeres gemacht und dabei alle Welt meisterlich an der Nase herumgeführt hat.

Ich höre sie jetzt schon schreien, die ganzen Pedanten und Schulmeister, vehement werden sie es abstreiten; meine Behauptung als das Hirngespinst eines geltungssüchtigen Freigelassenen abtun. Das wird ein Spaß. Ich habe Beweise. Und schaden kann ich damit niemandem mehr, auch Atrectus ist längst tot.

Der Alte Mann

Der *Culex* erzählt die Geschichte einer Stechmücke, die einem Hirten das Leben rettet. Dieser schläft gerade, als sich eine grauenerregende Schlange nähert. Die Mücke bemerkt das, sticht den Hirten, um ihn zu wecken; dieser erschlägt sie, kann sich aber, wach geworden, gegen die Schlange zur Wehr setzen. In der folgenden Nacht erscheint ihm die Mücke als Geist und beschwert sich wortreich über seine Undankbarkeit.

Marcus Valerius Martialis gab seinem *Liber VIII* das Folgende mit auf den Weg: *Scheint es auch so, als spieltest du nur auf bescheidener Flöte, wenn deine Flöte nur manche Trompete besiegt.*[56] Auch des *Culex* charmantes Spiel auf der Hirtenflöte brachte manche Trompete zum Verstummen. Die Frage nach seiner Authentizität hingegen ließ in späteren Jahrhunderten viele derselben erschallen. Denn diese Mücke verursacht bis heute wissenschaftliche Publikationen in vergleichsweise epischem Umfang – ein bemerkenswertes literarisches Nachleben, zudem von petronischer Turbulenz: Untersuchungen zur Frage nach Autor und Datierung, nach Ernst oder Unernst des Textes, nach Anspielungen auf diesen oder jenen römischen Herrscher wurden vorgelegt. Ein hitziges Für und Wider entbrannte; selbst Grabenkämpfe zwischen Altphilologen finden sich am Rande des Weges, den diese Mücke in unsere Zeit gegangen ist. Noch 1987 veranlasste dieser eigenwillige Text Glenn Most zu der Bemerkung: *Evidently, the problem of the authenticity of the* Culex*, like the corpse of its heroic flea, simply will not die.*[57] Der heutigen, anerkannten Einreihung dieses Epyllions in die Pseudo-Vergiliana dürfen wir nun den bis dato unbekannten Dichter beifügen, in dessen Brust, wie ein anderer Wissenschaftler so treffend bemerkte, zwei Seelen wohnten, *die des Parodisten und die des Fälschers.*[58]

So ist es und damit vorerst genug. Die heroische Mücke – sie muss erst noch geschrieben werden – kommt wieder: an einem sonnigen Tag, einige Jahre später, anlässlich ihrer Publikation und Präsentation vor der geneigten römischen Öffentlichkeit. Um es mit Giton zu sagen: Das wird ein Spaß!

Giton

Lucius Vitellius grüßt seinen Petronius

Was die Höflichkeit erfordert, verweigert die Erfahrung. Ich gratuliere Dir nicht zu Deinem Posten als Statthalter von Syrien, sondern wünsche Dir Glück. Denn das wirst Du brauchen. Zu Antiochia selbst muss ich Dir nichts sagen. Die Stadt ist so reich und verhurt, so spottlustig und verkommen wie eh und je. Wenn man den Antiochiern mit irgendetwas beikommen kann, dann mit Witz und natürlicher Autorität. Mit Gewaltmaßnahmen erreicht man gar nichts. Ich bin mir jedoch gewiss, dass ein Mann wie Du seinen Weg schon finden wird.

Am Euphrates und an der cappadocischen Grenze herrscht im Moment Ruhe, der Ausbreitung der Parther konnten wir Einhalt gebieten. Die klugen, indirekten Eingriffe unseres gewesenen *princeps* in Armenien und im Partherreich und unsere starke Truppenpräsenz scheinen Wirkung zu zeigen.[59] Inwieweit dem so ist, inwiefern das so bleibt, oder ob der Schein trügt, das wissen die Götter.

Aber ganz ohne die Gabe der Vorhersehung, ohne Vogelschau oder Gekrösedeutung kann ich Dir eines prophezeien: Du wirst Deine liebe Not mit den Iudaeern haben. Diese, auf den ersten Blick reine Anhängsel Deiner Statthalterschaft in Syrien, werden früher oder später Deine Aufmerksamkeit auf sich ziehen. Den letzten Praefecten von Iudaea musste ich in Ketten nach Rom schicken,[60] der derzeitige, Marcellus, ist gemäßigter und ein alter Freund von mir. Du wirst Dich auf ihn verlassen können.

Ich weiß nicht, wie viel Dir über die dortigen Zustände bekannt ist, halte es aber für wichtig, Dich vorab zu informieren. Denn das, was Dir dort begegnen wird, ist einmalig in dem uns bekannten Teil der Welt. Auch frage ich mich, ob wir, auch wenn wir noch so viele unbekannte Völker entdecken, jemals ein noch eigenartigeres und unbeugsameres Volk treffen werden.

Diese Iudaeer sind, wie manche sagen, davongelaufene Aegypter. Ich glaube nicht daran, sie haben zwar höchst befremdende Gebräuche, aber nicht so abstoßende wie die Aegypter. Weder spielen sie mit Leichen noch verehren sie Tiere. Sie selbst behaupten, schon immer ein eigener Volksstamm gewesen zu sein, der einst der Sklaverei in Aegypten entkommen sei. Das Land, das sie bewohnen, ist das ihnen von ihrem Gott versprochene Land. Damit sind wir schon beim Hauptproblem, bei ihrem Gott. Ich kann Dir, bei der hier gebotenen Kürze, nur einen Rat geben: Akzeptiere einfach, was Dir Iudaeer von ihrem Gott erzählen, und richte Dich danach. So unglaublich das jetzt klingen mag: Mach, wenn es irgendwie geht, das, was sie von Dir wollen. Das ist mein Ernst. Ich selbst habe ihnen das Gewand ihres Hohepriesters, das in der Feste Antonia aufbewahrt war, zurückgegeben, und dadurch ihre Zuneigung gewonnen. Sie hüten ihn eifersüchtig, ihren Gott, der nichtigste Anlass führt zu Volksaufständen und Unruhen. Ich musste einen einfachen Soldaten hinrichten lassen, nur weil dieser, noch dazu aus reichlicher Entfernung, seinen Hintern, begleitet von unflätigen Geräuschen, in Richtung Tempel entblößt hatte. Die Proteste nahmen kein Ende. Erst als ich die härteste aller möglichen Strafen über diesen armen Grobian verhängt hatte, ging die *plebs* nach Hause. Also sei gewarnt. Achte ihre Privilegien, beachte vor allem das Bilderverbot in allen dem iudaeischen Synhedrion – sie nennen ihn Sanhedrin – unterstehenden Städten Iudaeas und vermeide es, Deine Truppen durch ihre heilige Stadt Hierosolyma[61] ziehen zu lassen.

Noch eines: Beschäftige Dich eingehend mit ihrem Glauben und ihren Glaubensvorschriften, ganz egal, wie fremd oder auch verrückt dieser Kult für Dich, wie für jeden normalen Menschen, auch sein mag. Du sagst, die Zahl der Dir unterstehenden Legionen wird nur von jenen am Rhein übertroffen? Glaube mir, die werden Dir nichts nützen. Du kannst sie nur lenken, wen Du sie verstehst. Noch ein Rat: Hüte Dich ebenso sorgfältig vor Einflüsterern. Es gibt hier eine ganze Menge Syrer, Aegypter und Griechen, die nichts Besseres zu tun haben, als diese Iudaeer zu diffamieren. Je wilder deren Vorwürfe, desto sicherer sind diese erfunden.

Das war es auch schon, was ich Dir sagen wollte. Ich weiß, Du wunderst dich, warum der wichtigste Teil meines Briefes dem unwichtigsten Teil deiner Statthalterschaft gewidmet ist, aber glaube Deinem Amtsvorgänger: Alle üblichen Vorgangsweisen, die wir in allen eingegliederten Erdteilen des *Imperium* so erfolgreich angewendet haben, die, egal, wo wir hinkamen, wem wir begegneten, im Grunde immer funktioniert haben, bei diesem einen Völkchen funktionieren sie nicht. *Vale*

Soweit der Brief des Lucius Vitellius, den mir Lucia freundlicherweise zur Verfügung gestellt hatte. Es begannen unsere Jahre in Antiochia. Der Senator wurde Legat von Syria, einer der militärisch wichtigsten Provinzen des Reiches. Wieder einmal übersiedelte der ganze Haushalt, die Familie sollte zusammenbleiben. Der Senator war alles in allem nicht unglücklich über seinen neuen Posten. Syrien war ein heikles Kommando, aber auf der anderen Seite war man dadurch weg von Rom, in dem es zunehmend ungemütlicher wurde. Nach dem Tod seiner Schwester Drusilla, die Caius nicht nur brüderlich liebte, wurde dieser immer unberechenbarer, um nicht zu sagen, wahnsinniger. Sein Auge war schon mehrfach an Vitellia, der Frau des Senators, hängen geblieben. Nicht auszudenken, was passiert wäre, wenn Caius auch sie bei einem Gastmahl in einen Nebenraum gezerrt hätte, um über sie herzufallen. Aber über die Gräueltaten des Caius ist von anderen schon genug geschrieben worden. Nur so viel noch: Auch der Senator war ein bemerkenswerter Redner, ein Grund mehr, das Land zu verlassen.

Den Anwalt Seneca, den mein Herr erwähnt hat, hätte es um diese Zeit beinahe erwischt. Man sagt, nur die Beschwichtigung einer Hetäre, jener würde ohnehin demnächst an Schwindsucht sterben, habe verhindert, dass er vom Neid des Caius, der sich gegen alle rhetorisch Begabten richtete, vernichtet wurde.[62]

Also mit Sack und Pack auf nach Antiochia! Alles schien damals besser, als in Rom in das Blickfeld des *princeps* zu geraten.

Petronius

Februarius 792 a. u. c. [39 u. Z.], Roma

Die Winterstürme legen sich. Wir reisen. Habe noch einmal alle getroffen, zu einer letzten *cena* bei Silanus mit unseren Mädchen. Minucius Thermus war auch dabei. Hat eine eigenartige Lebenseinstellung: Falle weder positiv noch negativ auf. Schlüpfe durch, sei uninteressant, stell dich in den Hintergrund. Sein Vater hat ihm dazu geraten. Warum dann seine *imitatio* des *princeps*? Darum ginge es doch. Gerade weil ihn niemand beachte, könne er sich alles erlauben. Bin mir da nicht so sicher. Aber ich mag ihn.

Culebonia hat geweint. Ich weiß nicht, was ich mit ihr anfangen soll. Eine Hure aus der *subura*, eine, die sich jedem schenkt, der sie bezahlt, und folglich niemandem. Aber laut Giton bin ich in den letzten Monaten ihr einziger Freier gewesen. Daher die Geldprobleme. Wollte ihr zum Abschied eine größere Summe geben, da hat sie mich geschlagen. Schreiben wir uns? Schweigen. Zuletzt war sie dann doch noch fröhlich.

Ich vermisse sie jetzt schon. Ihr Lachen, ihren Gang, ihre entwaffnende Offenheit. Was wäre aus ihr geworden bei besserer Herkunft und Erziehung? Wie schön und elegant sie ist. Wo andere Heerscharen von Schneidern und Friseuren brauchen, braucht sie nur sich selbst. Wie sie gestrahlt hat an jenem Abend, als sie zum ersten Mal neben mir bei Tisch lag und selbst den Flötenspielerinnen lauschte! Wohin wird es sie treiben?

Decimus geht seinen Weg. Bald *triumvir monetalis*,[63] dann Legionstribun[64] in Gallien. Wir bleiben in Kontakt.

LIBER V

So das vierte der Bücher bildet,
die auf uns gekommen sind

Es giebt andere Kennzeichen der Nachahmung, die feiner, aber nicht weniger sicher sind. Ist der Nachahmer ein Mann, der sich etwas zutrauet, so ahmet er selten nach, ohne verschönern zu wollen; und wenn ihm dieses Verschönern, nach seiner Meinung, geglückt ist, so ist er Fuchs genug, seine Fußstapfen, die den Weg, welchen er hergekommen, verraten würden, mit dem Schwanze zuzukehren. Aber eben diese eitle Begierde zu verschönern, und diese Behutsamkeit, Original zu scheinen, entdeckt ihn. Denn sein Verschönern ist nichts als Übertreibung und unnatürliches Raffinieren. Virgil sagt, *sanguineae jubae*: Petron, *liberae jubae luminibus coruscant*. Virgil, *ardentes oculos suffecti sanguine et igni*: Petron, *fulmineum jubar incendit aequor*. Virgil, *fit sonitus spumante salo*: Petron, *sibilis undae tremunt*.[1] So geht der Nachahmer immer aus dem Großen ins Ungeheuere; aus dem Wunderbaren ins Unmögliche.

Gotthold Ephraim Lessing
Laokoon oder Über die Grenzen der Malerei und Poesie (1766)[2]

Petronius

Martius 792 a. u. c. [39 u. Z.], Antiochia

Beim Hercules, habe ich viele Freunde! Mein erster Spaziergang durch die Stadt war ein einziges Ärgernis. Kaum auf der Straße, spricht mich einer an. Drückt mir einen Brief in die Hand, Erklärungen in rasend schnellem Griechisch, dann ist er weg. Kurz darauf der Nächste, dann noch einer, alle wollen sie was von mir, vom »Sohn des Statthalters«, wie sie sagen. Wir flüchten zurück in den Palast, Giton beladen mit Bittschriften und Geschenken. Ich kann nicht mehr ohne Leibwache ausgehen.

Die Überzeugung der Antiochier ist ungefähr die folgende: Der »Sohn des Statthalters« durchschaue alle Lügen und müsse daher ihre Sache fördern, da diese die gerechte sei. Eine kleine

Aufmerksamkeit hier, als Ausdruck der Wertschätzung, ein Wort in das geneigte Ohr des Vaters da, und – siehe da! – schon siege die Gerechtigkeit. Bestechung? Woher denn! Als höflicher Mensch hätte man sich ohnehin bedankt, also könne man das auch vorher erledigen. Mein Onkel macht eine öffentliche Verlautbarung:

Publius Petronius, Legat von Syrien, an das Volk von Antiochia
Der Statthalter Publius Petronius gibt hiermit bekannt, dass sein Neffe und Adoptivsohn Publius Petronius Niger nicht im Staatsdienst steht und keinerlei Einfluss auf die Rechtspflege, die Entscheidungen der Magistrate und Gerichte, schon gar nicht auf das persönliche Urteil des Statthalters hat. Das Volk von Syrien, insbesondere das Volk von Antiochia und Umgebung, wird nachdrücklich aufgefordert, Publius Petronius Niger als Privatperson zu betrachten. Im Übrigen weisen wir darauf hin, dass Publius Petronius Niger noch nicht volljährig ist und somit keine verbindlichen Rechtsgeschäfte abschließen kann. *Vale*

Genützt hat es nichts. Einige Tage später macht mir ein *argentarius*[3] seine Aufwartung. Was er wolle? Nichts. Er möchte mich lediglich informieren, dass sein Institut, das bedeutendste der Stadt, dem Sohn des Statthalters – sie werden es nie lernen! – einen Kreditrahmen von einer Million Sesterzen eingeräumt hat, oder auch mehr, über den er jederzeit verfügen könne. Etwaige Kosten würden mir dadurch nicht entstehen. Im Falle der Inanspruchnahme eines Teiles oder des Gesamtbetrages habe die Rückzahlung keine Eile. Er begnüge sich damit, den Sohn des Statthalters seinen Kunden nennen zu dürfen. Das ist es also. Ich brülle ihn an, drohe mit dem Kreuz. Er flüchtet katzbuckelnd.

Bacchus, es naht dein festlicher Tag, nach den Iden der dritte.[4] Endlich. Hinfort, *bulla*! Weg, Purpurstreifen! Liberalia,[5] Fest des Entdeckers der Trauben und des Honigs, mein ersehntes! Umringt von unseren Lieben ziehen wir zum Tempel des trunkenen Gottes, unsere Väter opfern Küchlein. Antiochia schaut, wie immer.

Amseln sind nicht neugieriger. Aber ich bin noch nicht sechzehn Jahre alt und kann meinen Siegelring in Auftrag geben.

Der Steinschneider versteht sein Handwerk. Ich wählte einen Sardonyx[6] von schwärzlich dunkelroter Farbe mit feinen, hellen Bändern. Da prangt er jetzt, der Sabiner, in meinem Wachs; jener Petronius, der schon da war, bevor es Römer gab. Mein Onkel schmunzelt.

Maius 792 a. u. c., Antiochia

Ich kann machen, was ich will, ich bin nicht mehr ein Senatorensprössling von vielen, sondern der Sohn des Statthalters. Asiaten, Nepotismus ist ihnen wie Atmen. Wir haben ein Rückgabedepot eingerichtet, aus dem die Bittsteller ihre Briefchen und Geschenke wieder abholen können. Öffentliche Bekanntmachung, Beschilderung, großzügige Öffnungszeiten. Nichts. Das Zeug setzt nur Staub an und die Amtsdiener schnarchen.

Freiheit, ja. Außer dass ich jetzt die *toga virilis* tragen darf und geschäftsfähig bin, hat sich nicht viel geändert. Mein Erbe ist mir formell übergeben worden. Tusculum gehört mir, ebenso Cumae. Tauschte es gegen unsere Ländereien bei Fidena, die ich nie besucht habe. Das Vermögen der Eltern, Ländereien, Barschaften, diverse Beteiligungen, darunter auch eine Garumproduktion in Pompeii. Mein Onkel legt Rechenschaft ab. Ich will das unterbinden, er weigert sich. Geht jede Einzelposition durch, alles muss seine Ordnung haben.

Befohlen wird mir kaum noch, Verantwortung wird eingefordert. Kann nicht anders als zustimmen. Was immer ich später einmal mache, solange wir hier in Syrien sind, endet meine neu erlangte Freiheit an der Amtstür meines Onkels.

Er bietet mir Arbeit an. Als sein Privatsekretär. Schreibarbeiten, Beratungen, Einbeziehung in sämtliche Amtstätigkeiten. Mit ernstzunehmenden Rhetorikschulen schaut es in dieser Stadt ohnehin schlecht aus. Nehme an, unter der Bedingung, selbst einen Sekretär beschäftigen zu dürfen. Mein Onkel lächelt, er habe nicht vor, mich von Giton zu trennen.

Antiochia, du Goldene, das Wohlleben gedeiht hier, nicht Kunst oder gar Philosophie. Zu schlechter Boden für Denker. Tyche,[7] die Verteilerin, wacht über den Fluss, auf die Stadt herab glotzt ein halbfertiges Riesengesicht. Das ganze Antiochia ist in diesem Ding. Ein Relief in einer Felswand. Nicht einmal, was es darstellt, wissen sie genau. Charon oder eine syrische Unterweltsgottheit, wen kümmerts? Vor Ewigkeiten wegen einer Seuche errichtet worden. Noch während der Arbeiten war die Seuche vorüber, wozu also fertigstellen?

Halb so groß wie Rom, doppelt so reich. Der Orontes ist voll von Handelsschiffen, das Hafenviertel von Seeleuten, Faktoreien und Hurenhäusern. Ähnlich wie Rom liegt Antiochia nicht direkt am Meer, Seleucea versorgt es. Für die fünfzehn Meilen[8] den Orontes hinauf brauchen die Schiffe nur einen Tag. Große Verehrung des Seleuciden Nicator, man huldigt ihm am Berg Casius. Noch größer die Verehrung des Apollon und der Artemis. Daphne und ihr Lorbeerhain, das passt zu diesem Volk. Wo einst der Musenführer die Nymphe vergewaltigen wollte, feiert es seine Feste. Ein riesiges Areal, Bäume, Wiesen, wilde Bäche, Lichtungen, und mittendrin das marmorne Tribunal für unseren Germanicus.[9]

Es nützt nichts. Habe eine prachtvolle Silbervase geschenkt bekommen. Wundervoll ziseliert, nur leider von protziger Geschwätzigkeit: Ihr Gewicht steht ihr in Balkenlettern auf den Bauch geschrieben. Ein Soundso hat in irgendeinem Streitfall Recht bekommen und will sich deshalb bei mir bedanken. Wie selbstlos. Ein Blick in die Akten genügt: Der Kerl steht demnächst wieder vor Gericht. Wir machen es jetzt anders. Künftig werden vor jeder Verhandlung die Namen der Beteiligten mit den Bittgesuchen an mich verglichen und, im Fall der Übereinstimmung, Briefe und Geschenke zurückerstattet. Ganz offiziell, ungeöffnet, vor den Augen der Zuseher. Außerdem wird, da ich jetzt in Staatsdiensten stehe, jedem Geschenkgeber ein Strafgeld von hundert Sesterzen wegen versuchter Beamtenbestechung abgeknöpft. Sie fluchen alle, aber es wird besser.

Iunius 792 a. u. c., Iudaea

Hierosolyma. Die Stadt des einen Volkes, das nur einen Tempel hat – nur einen Gott, einen alles umfassenden Gott, unsichtbar, allmächtig. Wehrhaft sind sie, die Iudaeer, das muss man ihnen lassen, doch letztlich von uns unterworfen worden. Trotzdem behaupten sie, ihr Gott sei der mächtigste, schon allein deswegen, weil er der einzige sei, den es tatsächlich gebe. Was für eine Anmaßung! Es ist ein grausamer Gott, von dem diese winzige Schar auserwählt worden ist. »Geht hinaus und beleidigt die Welt!«, hat er ihnen befohlen. »Ich will wissen, ob ihr das überlebt.« Wir dürfen ihren Tempel nicht betreten, als ob wir schmutzig wären. In ihren Augen sind wir das, so wie alle anderen Bewohner des Erdkreises. Kein anderes Volk kennt solche Engstirnigkeit. Jedem im Römischen Reich steht jeder Tempel offen. Ob ich im Heliostempel Apollon anbete, kümmert den Priester nicht. Die Iudaeer haben so eine Art Iuppiter oder Zeus. Soll dem so sein, philosophisch gesehen kann man alle anderen Götter als Aspekte eines einzigen Gottes ansehen. Weshalb aber verbieten mir die Iudaeer, ihren Gott als Iuppiter anzubeten? Wir ehren ihren Gott; anstatt diese gewöhnlichste aller Höflichkeiten zu erwidern, erklären sie uns wortreich, dass unsere Götter keine sind. Wo es dem Rest der Menschheit schon Anstand und gute Erziehung gebieten, dem Gott des anderen formelle Ehren zu erweisen, da verweigern sie selbst die kleinste Geste! Nicht einmal der Roma wollen sie huldigen, die doch alle schützt, gleich welchen Glaubens. Das ist nicht nur Anmaßung, das ist kein Benehmen!

Wir waren unterwegs, sind wochenlang geritten, endlich wieder einmal. Zur parthischen Grenze, an Armenien, Cappadocien und Cilicien vorbei, dann zur Küste und nach Süden. Das freie Laodicea, Aradus, die Inselstadt, Tripolis, Sidon, Tyros und sein Purpur, immer weiter bis nach Caesarea und Iamnia. Von Hierosolyma aus dann quer durchs Land nach Tiberias, und über Damascus und Palmyra zurück nach Antiochia.[10]

Mein Onkel sagt, wenn man ein Land regieren soll, muss man es kennen. Meist großer Zulauf: Der Statthalter kommt! Wir besichtigten Legionen, Festungsbauten, Städte, Häfen und schließlich Iudaea. Die Standarten werden verhüllt, die Ringe umgedreht. Ich habe noch nie eine so dicht besiedelte Provinz gesehen. Geh drei Meilen in irgendeine Richtung und du stehst in einem Dorf. Jedes Fleckchen ist entweder bebaut oder bewirtschaftet. Tempel und Statuen fehlen überall. So fremd kann man sich nirgendwo fühlen. Wir haben Iudaea nur eingenommen, nicht erobert. Die Menschen begegnen uns distanziert. Uns, den von Antiochia Geplagten, ist das angenehm.

Langes Gespräch mit Marullus, dem *procurator* von Iudaea.[11] Von Caligula eingesetzt, schwer einzuschätzen. Ging ihm mit uns wahrscheinlich genauso. Das Volk murrt über die Steuerlast. Man muss die eigenen Soldaten im Zaum halten. Zurückhaltung, Strenge. Ein Mann des Caius, keines seiner Schoßhündchen. Ganz anders Herennius Capito, der *procurator fisci* von Iamnia.[12] Er schimpft unflätig auf die Iudaeer. Mein Onkel fordert Mäßigung ein. Gleich, welche Gefühle er persönlich gegen die Iudaeer hege, Eingriffe in ihre Rechte dürfe er nicht dulden oder gar fördern und dadurch Volksaufstände provozieren. Ob er es darauf anlege, Zustände wie in Alexandria herbeizuführen? Ob er nicht wisse, wie es mit Avillius[13] geendet habe? Dieser Capito weist alles zurück. Die Iudaeer seien unbotmäßig und außerdem ein dreckiges Volk, im Übrigen unterstehe er nicht dem Legaten von Syrien.[14]

Leider nicht in Gadara. Philodemus und Menippos müssen warten.[15] Ein andermal.

Iulius 792 a. u. c., Antiochia

Antiochia lacht. Das leidige Geschenkdepot ist Geschichte. Wir haben den ganzen Krempel mit großem Pomp zugunsten des Tempels der Iustitia versteigern lassen und eine öffentliche Bekanntmachung verfasst:

Publius Petronius, Legat von Syrien, an das Volk von Antiochia
Publius Petronius, Legat von Syrien, gibt bekannt, dass sowohl er als auch sein Neffe und Adoptivsohn, Publius Petronius Niger, nur für Gerechtigkeit nach menschlichen Kräften sorgen können und tatsächlich nicht die Macht von Göttern haben. Daher wird das Volk von Syrien, insbesondere das Volk von Antiochia und Umgebung, aufgefordert, sich mit seinen Gaben, Geschenken und Gesten der Wertschätzung in Zukunft an die entsprechenden höheren Mächte zu wenden. Die bisher bei uns eingelangten und alle weiterhin einlangenden Gaben, Geschenke und Gesten der Wertschätzung werden ab sofort direkt an den Olymp weitergeleitet. Denn jene erhabene Gerechtigkeit, wie sie derzeit hartnäckig von uns erbeten wird, bedarf zweifellos göttlicher Weisheit, zudem der Allmacht und des Allwissens der Unsterblichen, um die in sie gesetzten Erwartungen zu erfüllen. Sie fällt daher nicht mehr in den Zuständigkeitsbereich des Legaten von Syrien oder gar in den seines Neffen und Adoptivsohnes, die beide nur Menschen sind. Um unnötige Verzögerungen zu vermeiden, wird das Volk von Syrien, insbesondere das Volk von Antiochia und Umgebung, dazu aufgefordert, seine Gaben, Geschenke und Gesten der Wertschätzung in Zukunft direkt zu den fortan zuständigen Amtsgebäuden zu bringen, etwa zum Tempel der Iustitia oder zu sonst einem Tempel seiner Wahl. Bitte beachten Sie die Tempelöffnungszeiten! *Vale*

Besuch von einem Iudaeer. Noch ein Bankier! Empfange ihn ungehalten. Er winkt ab. Keine Geldgeschäfte, es gehe vielmehr um die Ereignisse in Alexandria: Er sieht sein Volk bedroht, auch in Antiochia. Unruhestifter warten bereits auf ihre Gelegenheit; Alexandria habe gezeigt, dass es für Mord und Totschlag nur der Untätigkeit des Statthalters bedarf. Sein Vorschlag: Eine lose, rein formale Verbindung seines Bankhauses mit dem Haus des Statthalters. Eine entsprechende Verlautbarung als politisches Signal an bestimmte Kreise: Hütet euch, hier weht ein anderer Wind! Rufe meinen Onkel. Aaron von Ioppe, Sohn des Ioshua, Vorsteher der iudaeischen Gemeinde von Antiochia, ist ein überzeugender Mann. Verweist nebenbei auf seinen gut ausgebauten Nachrichtendienst, die ausgezeichneten Kontakte nach Rom, Syrien und in andere Städte des Reiches. Falls man einmal etwas zu schicken habe, das nicht durch die Hände der römischen Verwaltung gehen soll. Des Weiteren steht er bei allen Fragen über die Iudaeer und ihren Glauben gerne mit seinem Wissen zur Verfügung. Wir haben zugestimmt.

Was liebt dieser Sohn des Legaten?
Nicht liebt er Geschenke, nicht Knaben,
und man dachte, auch nicht die Bankiers.
Aber fehlt Deinem Gott die Gestalt
und Deinem Penis die Spitze, dann gehts.
Wohin sich wenden, Syrien? Zur Beschneidung!
Dann liebt Dich dieser Sohn des Legaten.

Merke: Rom ist nicht die Hauptstadt des Spotts. Wenn die Antiochier auch keine Dichter haben, so doch Epigrammatiker. Die Vorsichtigeren singen nicht, sie summen nur die Melodie oder fragen unschuldig *Quo te circumagas, Syria?*,[16] wenn ich vorübergehe; *ad circumsionem*, ertönt es dann meist hinter meinem Rücken. Aber Aaron berichtet, die Maßnahme zeige Wirkung. Gerade die kleinen, in letzter Zeit bedrohlich häufigen Übergriffe seien stark zurückgegangen.

Mein erstes eigenes Refugium! Innerhalb des Palastes, aber mit eigenem Eingang. Nichts Großes, nur so viel Platz, wie wir brauchen. Zum Essen meist beim Onkel, zum Baden ebenso. Eine Bibliothek, oder vielmehr ihre Erstlinge. Hell und groß genug, zwei Arbeitszimmer, ein *triclinium*, ein stolzer Giton an seinem Schreibtisch. Doch noch Geldgeschäfte mit Aaron. Eine kleine Diana für das *atrium*. Mein erster Griff ins Erbe. Und Geld für Modesta, sofern Aarons Leute sie finden können. Vermisse sie.

Der Alte Mann

Antiochia, »die Goldene«, war dem *Imperium Romanum* zu vielen Zeiten ein Ärgernis. Noch im 4. Jahrhundert u. Z. sollte Augustus Iulian seine Schwierigkeiten mit den Antiochiern haben. Diese würdigten nicht etwa den nach langer Zeit ersten Philosophen auf dem Thron, sondern lachten ihn aus. Sie waren reich, geistig unabhängig und selbstbewusst. Über den längst aus der Mode gekommenen Vollbart Iulians lachten sie Tränen, seinen reformerischen Ehrgeiz verspotteten sie. Iulian versuchte es mit Ironie, er verfasste selbst ein Pamphlet gegen die Bärtigen, den *Barthasser*, was nur für noch mehr Heiterkeit sorgte. Man schätzte die Sonnenseiten des Lebens und finanzierte diese durch skrupellose Geschäfte, wie etwa Lebensmittelspekulationen bei Hungersnöten. Die Stadt galt als unreformierbar, den Herrschern Roms wurde geraten, besser die Finger von ihr zu lassen. Das sogenannte »Charonion«, das vermutlich im 2. Jahrhundert v. u. Z. in den Fels gehauen wurde, ist heute noch sichtbar.

Das Fest Liberalia fand am 17. März statt. Die Götter Liber und Libera sind ein altitalisches Geschwisterpaar, dessen ursprüngliches Wesen im Dunkeln liegt, da beide schon sehr früh, im 5 Jahrhundert v. u. Z., vom Bacchus- oder Dionysos-Kult überlagert wurden. Zwei Elemente ihres Wirkens dürften die Fruchtbarkeit und die Befreiung von Sorgen gewesen sein. Spätestens seit den Zeiten Ovids war es an diesem Tag Tradition, den Knaben die Männertoga zu verleihen. Der Grund dafür liegt für den Dichter entweder darin, dass man die Knaben unter den Schutz des *Liber pater* stellt, oder weil der Knabe *liber* wurde, sein Leben ab nun in freieren Bahnen verlaufen konnte.

Ein Postwesen gab es im Römischen Reich nur für die Staatsgeschäfte. Die Mitnahme privater Post war den Kurieren streng untersagt, dürfte aber weit verbreitet gewesen sein. Mächtige Kaufleute wie Aaron mit Faktoreien in mehreren Häfen hatten ihre eigene Post. Nachrichten waren Geld. Wer als Erster von marktbewegenden Ereignissen wusste, konnte ein Vermögen machen.

Petronius

Publius grüßt seinen Decimus
Wie geht es Dir in Gallien? Mir geht es gut. Meine Zieheltern und die kleine Lucia sind ebenfalls wohlauf. Unsere Nächte in der *subura* fehlen mir. Hier ist das für mich ganz und gar unmöglich. Ich bin bekannt wie ein sprechendes Pferd.[17] Sie nennen mich den Sohn des Statthalters, was noch das geringste Übel ist. Leider gibt es hier keinen anderen Römer mit – halt Dich fest! – weizenfarbenem Haar und dem Wuchs einer Pappel. Dieser poetische Erguss entstammt einer der zahllosen Bittschriften an mich. Dessen Autor argumentiert, dass so viel äußere Schönheit mit innerer einhergehen müsse, insbesondere ortet er einen ausgeprägten Gerechtigkeitssinn in mir, an den er in der Folge appelliert. Nicht allzu lange, denn einen Satz danach bietet er mir eine erhebliche Summe für eine Entscheidung in seinem Sinn an. Die Widersprüchlichkeit der Idee, den bestechen zu wollen, den er gerecht nennt, entgeht ihm. Die Welt der Antiochier ist der Handel. Nach ihrer Vorstellung hat Iustitia ihre Waagschalen, weil sie sich demjenigen zuneigt, der mehr Gold auf sie legen kann.

Du ahnst es schon, auch mich hat man, ob ich nun wollte oder nicht, neuerdings in die Pflicht gerufen. Ich arbeite jetzt als Sekretär für meinen Onkel. Giton geht es gut, wie immer lebt er mit neuen Aufgaben auf. Momentan ist er mein Schreiber und vermehrt sein *peculium*. Was gibt es noch zu berichten? Ich beschäftige mich mit dem absonderlichen Volk der Iudaeer. Davon jedoch ein andermal, sobald ich mich besser auskenne.

Ich weiß, es wird dir nicht gefallen, aber ich versuche, Modesta ausfindig zu machen. Sie fehlt mir. Zudem ist das hiesige Damenangebot zwar reichhaltig, aber herzlos. Man fickt kalt in Antiochia. Meine Nächte verbringe ich meist in den Häusern von Bekannten oder daheim. Jenen Begierden gehe ich ebenfalls daheim oder in reservierten Hinterzimmern nach und wahre damit, so gut es geht, meinen Ruf. Viel Spaß macht das nicht. Die Zeiten unseres unbeschwerten Herumziehens sind vorbei.

Berichte mir bald von Deinem Kommando und was Du sonst noch erlebt hast. *Vale*

Aaron beim Wort genommen. Iudaeer sind seltsam. Aber jetzt verstehe ich, warum sie keiner versteht. Die Fragen, die wir mittels der Philosophie klären wollen, beantwortet ihnen ihr Glaube. Sie sind nicht auf der Suche nach Wahrheit, sie haben die Wahrheit. Ihr Glaube ist ihr Erzieher zur Sittlichkeit, im Rang eines Gesetzgebers. So viele Vorschriften findet man in keinem Mysterienkult. Nach diesen müssen sie leben. Sie haben keine Wahl, ob sie damit den Rest der Welt beleidigen, sich lächerlich machen oder ihr Leben riskieren. Hat mir Bücher mitgegeben, von einem gewissen Philon von Alexandria. Da schau her: ein iudaeischer Philosoph mit griechischer Bildung! Leider gerade in Rom. Die Beschneidung finde ich trotzdem widerlich.

Augustus 792 a. u. c., Antiochia

Wehe, warum doch trennt sich der Dank vom geleisteten Dienste,
da ich zum Lichte zurück Dich geführt von der Schwelle des Todes?
Wo ist der Guttat Lohn? Wo bleiben die Ehren der Guttat?
Ach, in das eitle Nichts entfloh und schied von den Fluren
unserer Ahnherren Treu und Gerechtigkeit!
Da ich des Nächsten drohendes Schicksal sah, so ward ich,
des eignen vergessend, gleichem Verhängnis zum Raub.
Nach Verdienst drum leid ich die Strafe.[18]

Der richtige Monat für meinen Vergil. Meine Mücke wird immer größer, sie hat viel zu sagen und das mit Recht: Denn ob mich ein Bettler oder ein Senator davor bewahrt, in einen Kuhfladen zu treten, macht einen Unterschied. Jenem gebe ich einen *as*, diesen lade ich zum Essen ein. Wen rette ich eilfertiger aus dem Tiber? Die durchnässte Schöne oder den Säufer? Gleiche Tat bringt nicht gleichen Dank, gleiche Not nicht gleichen Einsatz. Nicht die Situation, sondern die darin Befindlichen bestimmen das Ausmaß der Wohltätigkeit. Viele gute

Taten habe ich vollbracht. Wie viele davon wirklich selbstlos? Die absichtlich erwiesene Wohltat dient dem eigenen Nutzen, denn sie schmückt den Täter. Und macht sich nicht mancher zu Lebzeiten größer als er ist, und werden nicht andere, wahrhaft Große, ignoriert? So wie mein Onkel oder unser Vorfahre, der die Candace besiegte?

Giton meint, ich sollte das deutlicher ausarbeiten. Nein, lieber Giton. Kunst ist die Antwort *vor* der Frage. Ich mag nicht belehren. Lieber auf schmalem Grat wandeln: Mein *Culex* ist schwatzhaft, pathetisch und konfus – er ist ein ehrenwerter Mann.

September 792 a. u. c., Antiochia

Aarons Leute haben Modesta gefunden! Sie ist schwanger. Hat das Geld genommen, widerwillig, aber kann oder will nicht reisen. Mein Onkel ist ziemlich verärgert. Brief um Brief an Modesta. Werde ich Vater?

Wir haben eine Löwin im Haus, in Gestalt meiner Tante. Möchte ihr nicht in die Pranken fallen wie mein Onkel. Der setzte gerade zu einem weiteren Vortrag über Familienehre an, da ist sie ihn angefallen, hat moralische Einwände in Fetzen gerissen. Wer musste denn seinerzeit den größten Herumtreiber von allen heiraten, wenn nicht sie? Wer habe denn am wenigsten das Recht, über uneheliche Kinder zu meckern, wenn nicht er? Für mein Mädel werde sich schon was finden, die Ärmsten seien wir ja nicht, und es sei wohl gescheiter, sich um das Kind zu kümmern als daraus eine Staatsaffäre zu machen.

Ein lehrreicher Vortrag, leider zu kurz. Während meine Tante aus dem Zimmer stapfte, nahm ich mich, nicht ohne Belustigung, der kümmerlichen *Reste des Leibes*[19] meines Onkels an.

Giton

Petronia Vitellia, die Frau unseres Senators, war in der Tat bemerkenswert. Mein Publius erwähnt sie viel zu selten, aber ich weiß, dass er sie verehrt hat. Nicht zuletzt wegen dieser Begebenheit. Modesta, so verfügte sie, müsse nach Antiochia kommen und Teil unserer *domus* werden: »Nur eines gibt es, lieber Neffe, was jetzt zu tun ist. Du kaufst Modesta ihrem derzeitigen Herrn ab und lässt sie unverzüglich frei. Denn dann kann sich niemand mehr die Hände in ihren Haaren abtrocknen[20] und wenn dein Kind – ihr Götter, seid beiden gnädig! – geboren wird, betritt es diese Welt als freier Mensch. Zuletzt: Sitzt der kleine Schreihals erst auf dem Schoß deines Onkels, wird auch der anders darüber denken.«

Was mich betrifft, ich hatte eine herrliche Zeit in Antiochia. Die von meinem Herrn beklagte Gleichgültigkeit der Liebesdienerinnen kam mir gerade recht. Während mein Herr seiner Modesta entgegenseufzte, arbeitete ich mich durch das Angebot. Ich war Schreiber geworden, mit einer recht zierlichen Schrift, wenn ich das sagen darf. Mein Publius bot mir damals, nach seiner Volljährigkeit, erstmals die Freiheit an. Ich war im zunächst einmal sprachlos, dann lehnte ich ab. Ich war ja noch viel zu jung und bislang hatte ich von meinem Status nur profitiert. Warum daran etwas ändern? Das Einzige, was ich verlangte, war, dass ich in Zukunft für bestimmte Arbeiten bezahlt werde. Ich liebte unsere Wohnung in Antiochia; man hat mich auch vorher nicht schlecht behandelt, aber es ist doch etwas anderes, wenn man nicht mehr in einem großen Haushalt lebt. »Giton, sei so nett, kannst du schnell Zwiebeln vom Markt holen?«; »Lieber Giton, hilfst du mir kurz mit den Rußflecken?«; »Ah, Giton, ich sehe, du hast nichts zu tun, bring den Brief zum Hafenkommandanten!« Damit war jetzt Schluss, jetzt lebten wir für uns. Ich hatte mein eigenes Zimmer, zwischen der Bibliothek und dem *triclinium*, und eine Schlafkammer nur für mich.

Petronius

October 792 a. u. c., Antiochia

Modesta hat einen Knaben geboren, blond, hellhäutig. Die Herbststürme toben. Ich kann nicht reisen.

Giton

In dieser Zeit nahm auch die Mücke meines Herrn allmählich Gestalt an, ich fand sie großartig, nur hatte ich ernste Zweifel, ob die Leser wirklich jede Anspielung meines Herrn durchschauen würden. Ganz abgesehen davon, dass die Fälschung dadurch immer offensichtlicher wurde. Ich fürchtete für den *Culex*, auch deswegen, weil ich selbst zu seiner Gestaltung beigetragen hatte. Ich hatte angeregt, die Mücke etwas konfuser vortragen zu lassen, scheinbar ziellos, aber hartnäckig, so wie Mücken ihre Opfer umschwirren. Das gefiel meinem Publius sofort. Zum Dank dafür setzte er die schlangenhaarige Tisiphone, vor der ich mich als Kind immer so gefürchtet hatte, an den Eingang des Hades.

Modesta ging meinem Herrn nicht aus dem Kopf. Er war gerade dabei, seine Standesdünkel zu verlieren, sah allmählich mehr auf die Menschen als auf ihre Herkunft – ein unfreiwilliges Resultat seiner nächtlichen Streifzüge durch Rom, wohl auch durch meine Wenigkeit beeinflusst. Modesta war der nächste Schubs in die gleiche Richtung. Ihre Schwangerschaft und die Geburt seines Sohnes berührten meinen Publius, doch die bald danach einsetzenden Geschehnisse machten seine Abreise nach Rom vollends unmöglich.

Was damals geschehen ist, davon berichtet mein Publius selbst; in einem langen Brief, den er rund eineinhalb Jahre später an Silanus schreiben wird, den ich aber schon jetzt einfügen möchte. Und da ich diesen Bericht nicht unterbrechen will, sei hier kurz erwähnt, was sonst noch in dieser Zeit geschah: Die Freilassung Modestas konnte rechtzeitig vor der Geburt ihres Sohnes vollzogen werden. Mein Herr schickte ihr Briefe, so oft er nur konnte. Zunächst antwortete sie ausführlich, voller Freude und Zuversicht, dann immer kürzer und unwilliger. Weder er noch ich konnten uns ihr Verhalten erklären. Diese Ungewissheit machte meinem Publius schwer zu schaffen. Er vernachlässigte seine Arbeit wie auch seine Notizen und den *Culex*, wurde immer reizbarer und nervöser. Doch all das trat, wie gesagt, schon bald in den Hintergrund, angesichts der großen Ereignisse, die folgten.

Der Alte Mann

Auch ich möchte diesen Text nicht unnötig verkomplizieren und unterlasse in diesem Fall die Kennzeichnung jedes einzelnen Querverweises auf andere antike Werke. Auf die wichtigsten Quellen bei Flavius Iosephus und Philon von Alexandria werde ich nach diesem Abschnitt noch eingehen.

Petronius

Februarius 794 a. u. c. [41 u. Z.], Roma

Publius Petronius grüßt seinen Decimus
Wenn es Dir gut geht, bin ich zufrieden. Uns geht es gut. Deiner Bitte entsprechend sende ich Dir meinen Bericht über die Geschehnisse rund um die Statue unseres verstorbenen *princeps*, die im Tempel der Iudaeer zu Hierosolyma aufgestellt werden sollte. Unsere Historiker nachahmend will ich versuchen, alles möglichst genau zu beschreiben und säuberlich zu unterscheiden zwischen dem, was ich selbst erlebt habe, und dem, was von Augenzeugen oder aus anderen Quellen stammt. Du kennst mich: »Wenn es nicht nötig ist, etwas zu schreiben, dann ist es nötig, nicht zu schreiben.« Doch dieser Brief wurde mir unter der Hand von selbst immer länger. Bei aller Liebe zur Knappheit, es war nötig, zu schreiben!

Über die Iudaeer unter Caius

Eine *historia* des Publius Petronius Niger

Bevor ich Dir von der Not der Iudaeer berichte, die sie unter Caius Caesar, genannt Caligula, ertragen mussten, muss ich kurz die Landstriche beschreiben, die sie bewohnen. Sie leben nicht nur im Bezirk Iudaea, sondern in einem viel größeren Gebiet. Dieses umfasst einerseits die von der Provinz Syria formal unabhängige Procuratur Iudaea mit den Bezirken Iudaea, Samaria und Idumaea; andererseits das Königreich Agrippas[21] mit dem Land nordöstlich des Iordans sowie Galilaea und Peraea.

Das Gesamtgebiet entspricht dem Herrschaftsgebiet des Caius Iulius Herodes in seiner größten Ausdehnung, das nach seinem Tod zerfiel. Wenn ich also vom Land der Iudaeer spreche, meine ich das soeben skizzierte Gesamtgebiet, im Unterschied zur Procuratur Iudaea beziehungsweise dem Bezirk Iudaea mit der Hauptstadt Hierosolyma.

So viel zum Land der Iudaeer. Begeben wir uns an einen anderen Ort, in eine andere Zeit, nach Alexandria, in das erste Jahr der Regierung des Caius. Was damals in dieser Stadt geschah, hatte wesentliche Auswirkungen auf die gesamte Region, insbesondere auf Aegypten, das Land der Iudaeer und Syrien. Im 790sten Jahr der Stadt[22] erhielt der erwähnte Agrippa, Enkel des Herodes, Sohn des Aristobulos und der Berenike, die Herrschaft über die vakante Tetrarchie des Philippos[23] und den dazugehörigen Thron, kurz gesagt, er wurde so eine Art König der Iudaeer. Von diesem Agrippa ist zu notieren, dass er im Jahr 789[24] vor seinen Gläubigern aus Alexandria flüchten musste, daraufhin in Capreae von Tiberius festgehalten wurde, kurze Zeit später freigelassen und schließlich, aus anderem Grund, erneut inhaftiert wurde. Doch da er sich mittlerweile zum Liebkind des Caius gemacht hatte, entließ ihn dieser als frisch gekürter *princeps* nicht nur aus der Gefangenschaft, sondern erhob ihn sogar in den Rang eines Königs. »König wovon?«, fragten viele; offenbar musste die Größe des Titels jene seines Reiches ersetzen.

Weit davon entfernt, sogleich abzureisen, trieb sich Agrippa noch einige Zeit in Rom herum, bis es selbst Caius zu dumm wurde und er ihn – im Frühling des Jahres 791[25] – aufforderte, nun endlich seinen Amtssitz einzunehmen. Kleine Ursachen haben oft große Wirkung. Caius befahl Agrippa, auf dem schnellsten Weg zu reisen, auf dem Seeweg über Alexandria, eine Stadt, die er – ob nun König oder nicht – als ehemals hochverschuldeter Flüchtling gerne gemieden hätte. Aus Vorsicht ließ er zunächst außerhalb des Hafens ankern und betrat die Stadt bei Nacht. Doch schon am nächsten Tag wurde er erkannt und zeigte sich daraufhin – wohl von Eitelkeit getrieben – in seiner ganzen, neugewonnenen Pracht. Das Volk murrte. Schwerlich konnte man einem König seine Schulden vorhalten,[26] umso schwerer wog es, wenn man nur zähneknirschend zusehen konnte, wie einem dieser Kerl vor der Nase herumparadierte.

Wie Du wahrscheinlich weißt, besteht Alexandria aus fünf Stadtteilen, von denen zwei gänzlich, die anderen zu kleinen Teilen von Iudaeern bewohnt waren. Die übrige Bevölkerung der Stadt, hauptsächlich Griechen und Aegypter, stand diesen schon längst feindselig gegenüber. Agrippa war so etwas wie ein König der Iudaeer geworden, das und seine Vorgeschichte führten dazu, dass Spott und Hohn auf ihn herabregneten, wann immer er sich auf der Straße blicken ließ. In anderen Städten wäre das Gesindel von der Stadtwache in seine Löcher zurückgescheucht worden, nicht so in Alexandria. Der Praefect ließ die *plebs* gewähren, deren böses Treiben wollte kein Ende nehmen. Das kam in Alexandria hinzu: eine, wie das manche nennen, grausame Laune der Götter; ich nenne es lieber ein tragisches Zusammentreffen. Denn ausgerechnet um diese Zeit regierte die Stadt kein tatkräftiger Praefect, der jedwede aufkommende Unruhe beherzt unterbunden hätte, sondern ein unglücklicher, von Sorge getriebener Mann. Dieser Avillius Flaccus sah sich – ob zu Recht oder Unrecht, ich weiß es nicht – bei Caius in Ungnade gefallen. Unter Tiberius von tadellosem Ruf, erwartete er täglich seine Enthebung, wenn nicht gar Verhaftung. Und wie es bei verunsicherten Menschen häufig vorkommt, war er von schlechten Beratern umgeben. Nicht eifriger scharen sich Geier, von Aasgeruch angezogen, um einen Kadaver als hinterhältige Ratgeber um einen schwachen Herrscher. Das mächtige Alexandria selbst werde sein Fürsprecher vor Caius sein, so flüsterten sie ihm ein, wenn er denn der Stadt die eine Gunst gewähre, um die sie ihn anflehe: Die Iudaeer dem Zorn ihrer Einwohner auszuliefern.

Ungesehenes ereignete sich daraufhin in Alexandria. Die *plebs*, bestärkt durch die ungestrafte Verhöhnung Agrippas, suchte sich nach dessen unrühmlicher Abreise andere Opfer. Der Praefect selbst hatte ihr schon den Weg gewiesen, indem er seit Längerem in allen Streitfällen der Iudaeer gegen diese entschied oder sie gar nicht mehr anhörte. Es kam zu offen ausgeführten Diebstählen, Raubüberfällen und Misshandlungen, Avillius duldete die Übergriffe – im Maius schließlich schritt er selbst zur Tat. Per Edikt erlaubte er dem Volk von Alexandria, der frechen Ignoranz der Iudaeer gegenüber den Göttern selbst Abhilfe zu schaffen und Standbilder in ihren Bethäusern – sie nennen sie Synagogen – aufzustellen. Der Sturm brach los. Die Iudaeer, ungeschützt von der Ordnungsmacht, ihrer Privilegien – eigentlich ihres selbstverständlichen Rechts auf ein friedliches Leben – beraubt, mussten ihre geweihten Stätten aufgeben, die Schändung derselben hinnehmen. Einige Wochen später, knapp vor den Iden des Iunius, fügte man dem bestehenden Unrecht größeres hinzu. Zum einen erklärte Avillius die Iudaeer zu Kriegsgefangenen und erlaubte jedem, sie demgemäß zu behandeln, zum anderen vertrieb man sie aus vier Stadtteilen und pferchte sie in einen zusammen. Alle verlassenen iudaeischen Häuser wurden daraufhin aufgebrochen, geplündert und verwüstet.

Wie bei starken Erdstößen, die weithin spürbar sind, erschütterte die Iudaeerhetze von Alexandria die gesamte Region. Viele meinten, sich daran ein Beispiel nehmen zu müssen. Überall kam es zu Unruhen und Ausschreitungen. Noch Monate danach mussten jene Statthalter und Praefecten, die dem Vorbild des Avillius nicht folgen wollten – und das waren viele –, die immer wieder aufflackernden Gewalttätigkeiten niederschlagen. Hier in Antiochia hatte Lucius Vitellius die ersten Unruhestifter ohne Umstände kreuzigen lassen; ein schneller, schmerzhafter Eingriff, der seine Wirkung nicht verfehlte.

In Alexandria hingegen sah sich der Pöbel im Einverständnis mit dem Praefecten, und auch Rom ließ ihn, so schien es, gewähren. Mittlerweile war es Augustus geworden. Avillius hatte sich bereit erklärt, eine Bittschrift der iudaeischen Gemeinde an den *princeps* weiterzuleiten, doch, schlecht beraten, hielt er sie zurück. Man suggerierte ihm, Caius Caesar sei insgeheim mit seinen Maßnahmen einverstanden; das könne man billig aus der Gesinnung seines Gefolges schließen. Nachdem alle Iudaeer in einem Stadtteil zusammengedrängt leben mussten, wurden bald auch die Nahrungsmittel knapp. Jeden Iudaeer, den man am Markt erwischte, erschlug man entweder gleich oder führte ihn in die Arena. Tausende, so wurde mir zumindest berichtet, starben in dieser Zeit innerhalb oder außerhalb des Viertels. Schließlich verhaftete Avillius sogar die achtunddreißig Mitglieder des Ältestenrates der Iudaeer und verschleppte sie in die Arena, wo sie unter den Augen des Pöbels nackt ausgezogen, gedemütigt und ausgepeitscht wurden. Derlei Volksbelustigungen ließ der Praefect dann regelmäßig veranstalten. Hinrichtungen fanden sogar am Geburtstag des *princeps* statt und man erfand immer neue Arten, die Iudaeer zu demütigen. So zwang man sie beispielsweise, Schweinefleisch zu essen, eine Speise, die ihnen ihr eigenwilliger Gott verboten hat. Du kannst darüber denken, wie Du willst, aber dieses Volk hat seine eigenen Regeln. Selbst in höchster Not ist ihnen eine Übertretung ihrer Glaubensvorschriften kaum möglich.

Genug davon. Bemerkenswert erscheint mir, dass diese Vorfälle genaue Kenntnisse der Aegypter über den Glauben ihrer Opfer erkennen lassen. Sie wussten, wie sie die Iudaeer demütigen konnten. Ihr Wissen und ihr Hass gehen meiner Meinung nach auf die Gründungslegende der Iudaeer zurück. Deren Aeneas, ein gewisser Moses, hat sie vor ewig langen Zeiten aus Aegypten fortgeführt, dabei das aegyptische Volk gedemütigt und die Armee des Pharaos vernichtet. Ich höre Dich sagen, das ist natürlich hart, aber sind wir denn heute noch auf die Söhne des Menelaos und des Agamemnon böse oder schmollen uns etwa noch die Sabinerinnen? So ernst darf man doch solche alten Geschichten nicht nehmen.

Du musst verstehen, dass diese *fabula* des Moses für Iudaeer mehr ist als ihr Gründungsepos, es ist die Geschichte ihres Volkes, von der sie zutiefst überzeugt sind. Die Iudaeer sind das einzige Volk, das einen Bund mit Gott geschlossen hat, das ist für sie eine Tatsache wie für uns der Getreidepreis. Das unterscheidet sie von uns. Wir haben weder einen Glauben noch eine

Herkunft, die uns eint, noch betrachten wir uns im Besitz der alleinigen Wahrheit. Im Vergleich zu den Iudaeern sind wir eine bunte Menge mit einer vagen Idee, die wir Rom nennen.

Zweierlei beförderte schließlich den Fall des Praefecten. Zum einen besorgte wenig später Agrippa die Weiterleitung der Bittschrift, zum anderen waren Caligula Recht und Ordnung zwar herzlich egal, nicht aber die versiegenden Steuereinnahmen aus Alexandria. Denn fast die Hälfte der Stadt stand still, Landwirtschaft, Handel und Gewerbe, sofern iudaeisch, waren erloschen. Schiffskapitäne, Kaufleute, Handwerker, Bauern, Gastwirte und Bankiers saßen halbverhungert und ausgeplündert in dem einen Viertel Alexandrias fest. Noch sah das Volk in der Arena vergnügt der Folterung und Ermordung der Iudaeer zu, noch speiste deren Peiniger bei Freunden, da ging ein gewisser Bassus, ausgestattet mit einer Vollmacht des Caius Caesar, bereits heimlich an Land und begab sich auf direktem Weg zum Gastgeber von Avillius. Dieser wurde mit vollen Backen erwischt. Und bevor er noch seinen letzten Bissen heruntergeschluckt hatte, war er schon des Amtes enthoben und verhaftet.

Danach wurde die zivile Ordnung halbwegs wiederhergestellt. Der Centurio Bassus folgte der bewährten Methode und ließ den lautesten Schreiern mit dem Schwert das Maul stopfen, der Rest beruhigte sich umso schneller. Ganz ausgestanden ist die Sache nicht, zwei Delegationen aus Alexandria befinden sich nach wie vor in Rom; es sind noch immer nicht alle Teile der Stadt an die Iudaeer zurückgegeben worden.

Eines ist, was diese Ereignisse betrifft, noch erwähnenswert: Die Iudaeer bedankten sich bei Bassus zwar voller Freude, sahen ihre Rettung aber weniger durch ihn oder Rom bewirkt als vielmehr durch ein Eingreifen ihres Gottes. Ein Wunder war geschehen, denn die Verhaftung von Avillius fiel auf einen ihrer höchsten Feiertage, auf das sogenannte Zeltfest. Dementsprechend waren die Straßen hauptsächlich von Feiern zu Ehren ihres Gottes geprägt, weniger von solchen zu Ehren Roms oder des Bassus. In Scharen versammelten sich die Iudaeer nach ihrem Brauch am Wasser zu Gesang und Gebet. Der Centurio nahm es gelassen, nicht so der *princeps*. »Noch wissen sie nicht, welcher Gott sie gerettet hat!«, soll er ausgerufen haben, als ihm seine Einflüsterer davon berichteten.

Hier endet der erste Abschnitt meines Berichts. Die Absetzung des Avillius erfolgte neun Tage vor den Kalenden des October, im Jahr 791 a. u. c.[27] Als Quellen habe ich einerseits die Verwaltungsarchive von Alexandria und Antiochia benutzt, andererseits die Mitteilungen des Aaron von Ioppe, der vielen Iudaeern zur Flucht aus Alexandria verholfen hatte, sowie den Augenzeugenbericht von Ioshua, Sohn des Saul, dem Geschäftsführer seiner Faktorei ebendort.

Du hast natürlich bemerkt, dass ich meinen Bericht mit einer Prise Hörensagen gewürzt habe; nun ja, so schnell sieht man sich als Historiker in der Situation, Ungeprüftes übernehmen zu müssen. Das wird noch schlimmer, bevor es besser wird. Für den folgenden Bericht habe ich, was die Ereignisse in Rom betrifft, nur Erzählungen aus zweiter oder dritter Hand; der iudaeische Teil ist besser abgesichert, die Dokumente unserer Provinzverwalter stimmen mit den mir vorliegenden Augenzeugenberichten überein.

Nachdem also Caligula auf diesen iudaeischen Gott aufmerksam gemacht worden war, benutzte ein anderer dessen Verblendung für seine Zwecke. C. Herennius Capito, der *procurator* von Iamnia, teilte die Haltung des Avillius – sei es aus persönlichem Widerwillen gegen die Iudaeer, sei es, weil er als armer Mann in die Provinz Iudaea gekommen war und nun in Reichtum glänzte. So leicht es den steuerpflichtigen Iudaeern gefallen wäre, diese Wende im Leben Capitos zu erklären, sie kamen nicht mehr dazu. Bevor seine Opfer noch Klage gegen ihn einbringen konnten, hatte er sie bereits zu Tätern gemacht.

In Iamnia, einer dichtbevölkerten Stadt der Provinz Iudaea, hatte man von den Unruhen in Alexandria und dem zunehmend iudaeerfeindlichen Verhalten des *princeps* gehört. Wie überall in dieser Provinz galt selbstverständlich das durch imperiales Privileg abgesicherte Statuen- und Bilderverbot. Die nicht iudaeischen Bewohner sahen ihren Tag gekommen. Über Nacht errichteten sie mitten in der Stadt, auf dem Marktplatz, einen improvisierten Altar mit einer primitiven Statue des Caius Caesar als Gottheit obendrauf. Ob dies auf Veranlassung von Herennius geschah, kann ich nicht sagen, aber was folgte, spricht dafür. Am nächsten Morgen liefen die entsetzten Iudaeer zusammen und rissen den Altar samt Statue in Windeseile nieder und, wie immer bei solchen Gelegenheiten, artete das Ganze in eine heftige Prügelei aus. Dies ereignete sich im Ianuarius des Jahres 793;[28] im Grunde nicht mehr als eine der üblichen Provokationen, denen dieses Volk immer wieder ausgesetzt ist. Herennius ließ den Vorfall penibel untersuchen und erstattete umgehend Bericht an den *princeps*. Dabei verdrehte und übertrieb er die Dinge so, wie sie seinen Absichten am besten dienten. Aus der groben Holzstatue machte er eine goldene des Caesar und aus dem Ziegelaltar einen marmornen. Dessen Zerstörung erhob er zur Plünderung, die Vernichtung der Statue zur persönlichen Attacke gegen Caius, den Gott. Dieser musste nicht mehr gegen die Iudaeer aufgehetzt werden, dennoch, oder gerade deswegen, fanden sich reichlich Höflinge, die ihn darin bestärkten. Zwei seiner Berater, ein freigelassener aegyptischer Sklave namens Helicon[29] und der Tragöde Apelles aus Ascalon,[30] ein ehemaliger Lustknabe, sollen sich dabei besonders hervorgetan haben. Würdige Ratgeber eines *princeps*! Aber auch um Caius hatten sich längst Aasfresser versammelt, angelockt vom Geruch seines verwesenden Verstandes.

Die Iudaeer, aufgeschreckt durch die beängstigenden Nachrichten aus Rom und die immer feindlichere Stimmung in der ganzen Region, hatten inzwischen eine Delegation an Caligula auf den Weg geschickt. Feig sind sie nicht, sie verloren keine Zeit und nahmen mitten im Winter den Seeweg, angeführt von ihrem größten Gelehrten, Philon von Alexandria. In Rom angekommen, von der Reise gebeutelt, fanden sie ihre Gegner schon vor; diese hatten den Griechen Apion[31] an ihrer Spitze. Du hast wahrscheinlich schon von ihm gehört, ein unerträglicher Prahlhans und Angeber, der behauptet, Homer persönlich sei ihm im

Traum erschienen, und habe ihm – nur ihm! – die innersten Geheimnisse der *Odyssee* anvertraut. Dieser Apion behauptet auch, so versicherte mir Aaron, die Iudaeer würden alljährlich einen Griechen rituell schlachten, da dies ihr Gott von ihnen verlange. Verglichen mit ihm ist unser Palaemon die Tugend selbst. Woher diese feindselige Haltung der Griechen kommt, ist mir unklar. Es mag an den Privilegien der Iudaeer liegen, die ihnen die Griechen neiden. Sie meinen, ihr Volk, das Aristoteles, Sokrates und Alexander hervorgebracht hat, müsste zumindest privilegierter sein als solche barbarischen Beschnittenen. Der dieser Forderung zugrunde liegende Streit ist Jahrhunderte alt. Nicht Land- oder Frauenraub hat Griechen und Iudaeer gegeneinander aufgebracht – nein! –, sie streiten sich darum, wessen Kultur die ältere ist. Ich halte es ja für ungesund, sich ständig auf eine glorreiche Vergangenheit zu berufen, man verliert dabei leicht den Blick auf die Gegenwart. Aber vielleicht beneiden die Griechen die Iudaeer auch um ihre gesellschaftliche und kulturelle Eigenständigkeit. Man kann nicht leugnen, dass die Griechen im *Imperium* gewissermaßen aufgegangen sind wie die Gerste im Frühstücksbrei. Sie haben Rom zwar mit der Feder erobert, aber gerade dadurch sind sie zu Dienern Roms geworden. Die Iudaeer hingegen bewahren sich ihre alten Traditionen, ihre Eigenständigkeit, selbst als erobertes Volk. Oder sie sind sich zu ähnlich, um in Frieden miteinander auskommen zu können, denn beide Völker sind sich auch untereinander nur selten einig. Aber wenn ein Feind von außen kommt, halten die Iudaeer zusammen, die Griechen streiten weiter.

Stiefelchen regte sich jedenfalls mächtig auf: Schon wieder diese Iudaeer, so, so, sie sind nicht nur undankbar und ignorant, sie wagen sogar die Leugnung seiner Göttlichkeit. Beraten von Helicon und Apelles schritt er zur Tat.

Damit komme ich zum dritten und letzten Abschnitt meines Berichts, der zwei Vorteile hat. Erstens war ich bei den meisten wichtigen Ereignissen selbst dabei und zweitens darf ich davon erzählen, wie meine Familie Ehre einlegen konnte.

Ich erfreute mich gerade an einem Gedicht des Kallimachos, als ich einen Aufschrei aus dem Arbeitszimmer meines Onkels vernahm. Kaum drüben, hatte ich die Ursache seiner Aufregung in der Hand. Ein Schreiben des *princeps* mit einem unmissverständlichen Befehl:

Gott Caius an Publius Petronius
Wie ich feststellen muss, weigern sich die Iudaeer – als einziges Volk meines *Imperium*! – starrsinnig, die Göttlichkeit ihres Gebieters anzuerkennen. Daher befiehlt Dir Dein Iuppiter Latiaris[32] das Folgende: Erschaffe unverzüglich eine goldene Statue Deines Gottes, bringe sie nach Hierosolyma und stelle sie im innersten Raum des Tempels der Iudaeer auf. Jede Verzögerung oder Verhinderung durch das iudaeische Volk ist von Dir mit Waffengewalt niederzuschlagen. Als Eskorte und zum Schutz der Statue darfst Du die Hälfte der Dir unterstehenden Legionen einsetzen. *Vale*

Gott Caius zog gegen den Gott der Iudaeer in den Krieg. Ich faselte etwas von Befehlsverweigerung, forderte meinen Onkel auf, er solle an Caius schreiben, die Unmöglichkeit des Ansinnens darlegen, und was man sonst noch daherredet, wenn man die Fassung verloren hat. Er hörte mir schweigend zu, stand dann auf und fragte mich, ob ich mitkommen wolle. Wohin? Eine Ratsversammlung einberufen. Auf dem Weg zur Kommandantur fand ich allmählich wieder zu klareren Gedanken. Umso deutlicher erkannte ich, wie ausweglos unsere Lage war. In den Abgrund führten, so schien es mir, alle Gassen Antiochias, an denen wir vorbeihasteten.

Keine Sorge, ich werde gleich wieder weniger pathetisch, aber eines muss ich noch anbringen: Mein Onkel, den ich bisher immer als recht gelassenen, freundlichen Mann gekannt hatte, wurde plötzlich eiskalt und analytisch. Sogleich zergliederte er das Problem in seine Einzelteile. Wie können wir diesen Wahnsinn verhindern oder wenigstens hinausschieben? Wem können wir trauen, wie verhalten wir uns gegenüber unseren Subkommandanten? Und wie können wir unsere *domus* oder wenigstens einen Teil von ihr vor der drohenden Ungnade des *princeps* schützen? Von den vier Legionskommandanten waren es zwei, denen wir trauen konnten. Diese würden uns begleiten, die anderen auf ihren Posten bleiben. Von den Beamten war der Praefect von Antiochia auf unserer Seite, ebenso der Hafenkommandant von Sidon und andere. Agrippa, so verfügte der Legat, sei zu informieren, ebenso Marullus, mit der nötigen Vorsicht; Herennius werde nicht eingebunden.

Eines wusste ich aus meinen Gesprächen mit Aaron und aus den Büchern des Philon genau: Die Iudaeer würden die Aufstellung dieser Statue in ihrem Tempel niemals hinnehmen. Sie haben nur den einen. Alles andere sind reine Bethäuser. Wenn diese entweiht werden, kann man andere errichten. Der Tempel von Hierosolyma ist hingegen das Zentrum ihres Glaubens, das Heiligtum ihres Volkes. Auf welche Art sie sich gegen dessen Schändung wehren würden, wusste ich nicht, aber dass sie es täten, war sicher. Caius' Befehl musste in einem Blutbad enden. Wie aber sollte man ihn bewegen, diesen zurückzunehmen? Unser Caius hielt sich damals, wie gesagt, nicht länger nur für einen Halbgott; auch Mars, Mercur und Apollo hatte er hinter sich gelassen und am Gipfel des Olymp Platz genommen. Die Frage war nicht, ob im Fall des Widerspruchs ein Petronier den Fährmann zu bezahlen hätte, sondern wie viele von uns. Mein Onkel in jedem Fall, ich selbst wahrscheinlich auch; freilich war nicht vorherzusehen, wie weit die Wut des *princeps* gehen würde. Krieg oder Vernichtung der *domus Petronia*: Bei diesen Aussichten waren wir angelangt.

Gemessen an unserer Situation lief die erste Sitzung erstaunlich gut. Geladen waren nur unsere Vertrauten, alle anderen wurden schriftlich informiert. Wir fanden einige Lücken im Befehl des Caius, die wir für uns nutzen konnten. Zu unserem Glück musste die Statue erst angefertigt werden, auch hatte Caius keine Bildhauer mitgeschickt. Wer hätte es dem Legaten von Syrien verdenken können, wenn er nur die Besten für diese Arbeit wählen wollte? Wir veröffentlichten einen Aufruf an alle erfahrenen Bildhauer der Region, sich für einen ruhmreichen

Auftrag beim Statthalter von Syrien in Antiochia zu melden. Ein, zwei Wochen waren gewonnen.

Gemeinsam mit den Legionskommandanten entwarf mein Onkel den folgenden Plan: Die Anfertigung der Statue solle außerhalb Iudaeas erfolgen, am besten in der Phoenicia und diese, solange es geht, dort bleiben. Sidon, genauer gesagt, das dortige Garnisonsgelände, wurde als Bauplatz bestimmt. Von dort könne man sie, auf dem Landweg oder mit einem Lastkahn in das phoenicische Ptolemaïs verbringen. Das griechische Tiberias am See Genesara, von Ptolemaïs leicht erreichbar, sei die nächste Station. Dann würde man sie in einem weiten Bogen durch das dünn besiedelte Gebiet östlich des Iordan über Gadara, Gerasa und Hiericus[33] nach Hierosolyma schaffen. Ein brauchbarer Plan, der vielleicht sogar dem stieren Blick Caligulas standhalten konnte. Denn der direkte Weg von der Küstenstadt Ioppe nach Hierosolyma verbot sich von selbst. In diesem dicht besiedelten Teil Iudaeas war massiver Widerstand zu erwarten. Natürlich könnte man die Iudaeer niedermetzeln, aber wer könnte bei so schweren Kämpfen für die Unversehrtheit der Statue garantieren? Ein Teil der Truppen sollte vorab in Tiberias stationiert werden, sodass sie einerseits die Stadt sichern und uns andererseits zur Unterstützung entgegenkommen konnten. Mit der Vereinigung der Truppen in Tiberias würde ein schwieriger Abschnitt des Transportes beginnen: der Weg durch die Berge bei Tiberias. Hatte man diese erst überwunden, durfte man in der Ebene der Galaaditis mit schnellerem Fortkommen rechnen. Dort lebten nur wenige Iudaeer und die Straßen waren leicht zu kontrollieren. Insgesamt war eine Strecke von ungefähr hundertfünfzig Meilen zu bewältigen, also ein Feldzug von höchstens fünfundzwanzig Tagen. An den letzten Abschnitt ab Hiericus, an unseren Einzug in Hierosolyma und die Schändung des Tempels mochten wir nicht denken. Marullus wurde beauftragt, die Stadt gegen Hilfe von außen abzusichern, Agrippa informiert.[34]

Selbstverständlich hofften wir auf irgendeinen Umstand entlang des Weges, der unseren Plan zum Scheitern bringt, aber dieser durfte, wie Du Dir denken kannst, Decimus, nicht in Nachlässigkeit bestehen. Ein Gemetzel war unausweichlich, egal ob nun zwischen Ioppe und Hierosolyma oder vor den Toren der Stadt. Also verzögerten wir die Durchführung, so gut es uns möglich war, und sicherten uns ab. Denn die Augen vieler ruhten auf uns, darunter die von Herennius und Marullus.

Solltest Du, Decimus, Dich jemals in einer schwierigen Lage befinden, dann denke an das, was ich Dir jetzt sage: Die ersten Schritte sind die wichtigsten. Handle nicht überstürzt; hast Du keine Lösung für die Hauptsache, dann schau, welche Probleme Du im Moment lösen kannst. Ich bin heute fest davon überzeugt, dass uns damals nur das besonnene Handeln meines Onkels vor dem sofortigen Untergang bewahrt hat.

Giton hatte inzwischen eine Nachricht an Aaron weitergeleitet. Er möge zwei syrischen Kaufleuten, die an jenem Abend an seine Tür klopfen würden, öffnen und sie in sein Haus lassen. Es sei zu seinem und zum Nutzen seines Volkes. Aaron ben Ioshua hätte uns beinahe nicht erkannt. Ohne Umschweife präsentierte ihm mein Onkel die Sachlage, ließ ihn den Befehl des Caius lesen. Nach einem Moment der Versteinerung bestätigte Aaron, was ich vermutet hatte: Kein anderer Befehl werde den Untergang seines Volkes mit größerer Gewissheit bewirken als dieser. Es handle sich um eine Kriegserklärung, daher frage er sich, warum der Angreifer zu ihm komme. Mein Onkel antwortete ihm: »Aaron ben Ioshua, an diesem Befehl kann ich nichts ändern und ich sage dir offen, ich habe im Moment keinen vernünftigen Plan, wie man die Aufstellung der Statue verhindern könnte. Ich persönlich respektiere die Traditionen deines Volkes, aber als Befehlsempfänger sind mir die Hände gebunden. Wenn du eine einfache Lösung siehst, dann sprich! Bis die Statue fertiggestellt ist, vergehen noch ein paar Wochen. Du fragst, warum ich hier bin? Wenn der *Imperator* von dieser Idee abgebracht werden soll, dann brauche ich Verbündete, ich brauche dein Postwesen und deinen Nachrichtendienst. Ich muss diskret Informationen über die Lage in Rom einholen. Außerdem brauche ich dich als meinen geheimen Verbindungsmann zu deinem Volk. Mach dir keine Illusionen, möglicherweise werde ich noch dein ganzes Geld und das deiner Landsleute brauchen. Und niemand darf davon wissen, unsere geschäftlichen Verbindungen werden morgen offiziell beendet. Den Kontakt halten wir je nach Sachlage über Mittelsmänner oder durch geheime Treffen. Inwieweit du dein Volk informieren willst, ist deine Sache. Nur lass es auf keinen Fall zu Unruhen oder gar Gewalttaten kommen. Agrippa informiere ich. Eines noch: Ich verbiete den Iudaeern jede Appellation, Bittschrift oder Ähnliches an den *Imperator* oder irgendeine römische Behörde, sonst bricht hier in kürzester Zeit das Chaos aus. Was immer dein Volk zu sagen hat, es muss durch meine Hände gehen; und wie mir mein Neffe mitteilt, habt ihr ja mit Philon von Alexandria einen vortrefflichen Mann in Rom. Zuletzt: überlege dir bitte, welcher deiner Kapitäne vertrauenswürdig genug ist, um im Ernstfall eine besondere Fracht nach Campanien zu bringen. Eines will ich von Anfang an klarstellen: Ich kenne meinen *Imperator*, du kennst dein Volk. Vermeiden wir also Diskussionen über Indiskutables. Wenn wir diese Krise überstehen wollen – es sieht momentan nicht danach aus –, dann nur durch gegenseitigen Respekt und Vertrauen. Was sagst du dazu?«

Aaron wurde nur ein einziges Mal ungehalten, als ihn mein Onkel fragte, ob man den Tempel nicht vorübergehend preisgeben und alle Heiligtümer wegschaffen könne, sodass die Statue in einem leeren, bedeutungslosen Raum zu stehen komme. »Legat, du hast nichts begriffen! Der Tempel Salomons ist nicht irgendeine Kultstätte für einen Priapus, eine Aphrodite oder einen Tierschädelgötzen, die man nach Lust und Laune errichten oder aufgeben kann. Der Tempel hütet unsere Heiligtümer, insofern hast du recht, aber das Heiligste ist er selbst, vielmehr das Unsichtbare, das in ihm gegenwärtig ist. Der Tempel zu Hierosolyma ist der Ort, an dem Gott wohnt, er ist das Haus Gottes! Willst du, Römer, Gott delogieren?«

Wir trennten uns in gutem Einvernehmen, wenn auch ohne Lösung für das eigentliche Dilemma. Aaron war mit allen Vorsichtsmaßnahmen meines Onkels einverstanden, diese wurden mit größtem Bedacht umgesetzt. Die iudaeischen Führer hielten ihr Volk vorerst ruhig, mein Onkel die Unruhestifter. Die Bildhauer fanden sich unangenehm schnell, sie wurden in ihre Werkstatt in das Lager von Sidon gebracht. Größte Sorgfalt sollten sie ihrer Arbeit angedeihen lassen, die Statue nicht in Eile, sondern achtsam anfertigen, Caius Caesar werde sie persönlich in Augenschein nehmen. Was den *procurator* von Iudaea betrifft, der verhielt sich bis zum Ende der Ereignisse handzahm; heilfroh war er, dass ein anderer diesen Auftrag bekommen hatte. Aus Rom kam nichts Gutes. Caius fragte Philon, welche Ehren ihm die Iudaeer erweisen. Philon nannte die Gebete für die Gesundheit und das Glück des *Imperator*, die regelmäßig in allen Synagogen und auch im Tempel zu Hierosolyma stattfinden. Caius vermerkte spitz, dass er nicht nach Gebeten für ihn, sondern nach Gebeten an ihn gefragt habe.

Im Augustus trat in Iudaea schließlich jene Ruhe ein, die dem Sturm vorangeht. Die einen rieben sich schon die Hände, die anderen knirschten mit den Zähnen. Alles blickte nach Sidon, alle Welt wusste: Die Fertigstellung der Statue war nur noch Tage entfernt. Die Zeit zum Handeln war da. Planmäßig setzten wir die Legionen in Marsch, unser erstes Ziel Ptolemaïs. Wie zu erwarten war, setzten sich auch die Anführer des iudaeischen Volkes in Bewegung, angeführt von Aristobulus, dem Bruder Agrippas', und Helkias, dem Großen.[35] Die iudaeische Bevölkerung stellte jegliche Tätigkeit ein. Doch ob nun auf unseren Rat hin oder aus eigenem Antrieb, nirgendwo gab es Gewalt oder Feindseligkeit, überall nur Klagen und Gebete. Die Felder lagen brach, Handel und Gewerbe ruhten. Roms Quellen, die Steuereinnahmen, versiegten. Immerhin traf das den Geldbeutel des Caligula, was sich schon in Alexandria bewährt hatte. Um die Mitte des Monats trafen wir in Ptolemaïs auf die Delegation der Iudaeer. Der Senator ließ die Legionen ihre Lager aufschlagen und hörte sie an.

Später am Abend saßen wir ratlos zusammen. Der Legat von Syrien, vormals Statthalter von Asien, Senator und ehemaliger Consul, konnte diesen verzweifelten Menschen nur das sagen, was er bereits Aaron erklärt hatte: Befehl ist Befehl. An ihm liege es nicht. Mein sonst so einfallsreicher Onkel war am Ende. Unsere Verzögerungstaktik auch. Ein Schreiben Caligulas war inzwischen eingetroffen, das den Vollzug einforderte und mangelhaft verhüllte Drohungen in drängende Fragen kleidete. Zwischen den Zeilen entdeckten wir einige Diffamierungen, deren Schöpfer leicht erkennbar war. Herennius war nicht untätig geblieben. Sollte der Legat also wirklich die ruhmreiche Schlacht unseres Vorfahren Caius Petronius Niger, der die aithiopische Candace unterworfen und zum Tribut gezwungen hatte, mit der Hinmetzelung tausender Unschuldiger beflecken? Sollte er zum Mörder werden? An diesem Abend verlangte mein Onkel zum ersten Mal in seinem Leben nach unverdünntem Wein und betrank sich bis zur Besinnungslosigkeit.

Am nächsten Morgen rief er Aaron zu sich: Jener Kapitän solle sich bereitmachen. Seine Fracht: Vitellia und Lucia Petronia, Publius Petronius Niger, der Sklave Giton, Caius Helenus und einige Haussklaven sowie entsprechendes Gepäck. Sein Bestimmungsort: Pompeii. Die Familie werde dort unter größter Geheimhaltung in das Haus des Garumfabrikanten Caius Scaurus gebracht, der informiert sei. Ich protestierte energisch, berief mich erstmals auf meine Volljährigkeit und setzte meinem Onkel so lange zu, bis er, widerwillig stolz auf mich, einlenkte. Und so, wie ich es befürchtet hatte, sah sich Giton in gleicher Weise gebunden. Da saßen wir also in Ptolemaïs, wir planlos Tapferen, und verwünschten den Fleiß der Bildhauer Sidons.

Hybris[36] kleidete Dich in Gold,
ersetzte Storchenbeine und Nilpferdwanst
durch den Leib Iuppiters,
Hybris setzte Deinen Geierhals und
den haarlosen Pilz mit dem stieren Blick obendrauf.
Oh Caius, brächte Dich doch Hybris zu Fall!

Bis zu der Tat, die Rom und das *Imperium* von diesem Ungeheuer befreite, sollte es, wie Du weißt, Decimus, noch dauern.

Im Moment kamen keine Anzeichen aus Rom, dass man einfach nur noch ein wenig länger warten müsste. Dieser, naturgemäß heikle, Briefverkehr lief übrigens über Aaron von Antiochia, der uns zu unserem Erstaunen trotz des Wenigen, das wir bisher für sein Volk getan hatten, treu zur Seite stand. Wenige Tage später blieb uns nichts anderes über, als unseren so vortrefflichen Plan in Gang zu setzen. Ein Lastkahn verließ den Hafen von Sidon und nahm Kurs nach Süden. Am nächsten Morgen war Aaron verschwunden. Befehle wurden ausgegeben an die Legionen. Die eine sollte in Ptolemaïs bleiben, die Ankunft und den Weg der Statue vom Hafen durch die Stadt sichern, die andere mit uns nach Tiberias vorausmarschieren.

Einige Meilen außerhalb von Ptolemaïs, in der Ebene nahe Ebron, kam unser Zug zum Stehen. Ein Meer von Menschen stand uns gegenüber: Männer und Frauen, Greise und Kinder, ich weiß nicht, wie viele Tausend. Alle Iudaeer – so schien es uns – hatten ihr Land verlassen. Über die Ebene schwollen die Klage- und Gebetsrufe auf und ab, so wie der Wind sie uns zutrug. Die ganze Menge war in steter Bewegung, obwohl sie auf ihrem Platz verharrte, Staub wirbelte über das Gewoge der Köpfe, verhüllte die einen, zeigte die anderen. Unser ganzer Zug stand. Grauhaarige Legionäre rieben sich die Augen, einige forderten die Attacke, doch drüben war keine einzige Waffe zu sehen. Mein Onkel trat vor – ein Rauschen, der Brandung ähnlich, klang herüber: Iudaea war vor dem Legaten auf die Knie gefallen. Mein Onkel stellte die Ruhe in den eigenen Reihen wieder her, befahl seiner Leibwache zurückzubleiben. Allein schritten wir den Klagenden entgegen. Als wir näher herankamen, traten Aaron und der Sanhedrin vor, der Legat ging geradewegs auf sie zu. Nicht wie Priester oder Gesetzgeber, wie Bettler sahen sie aus, die Gewänder zerrissen, die Gesichter eingefallen und verstaubt. Der Legat fragte nach einem Ort, von dem aus er zu den Leuten sprechen könne. Ein Felsen bot sich an. Noch einmal legte er Caligulas Willen und dessen Befehle dar. Aaron übersetzte, die Iudaeer antworteten: »Die Gotteslästerung darf nicht weiterziehen. Das ist der Befehl unseres

Herrn. Mag unser Widerstand schwach sein, unser Wille ist stark. Wir werden nicht zusehen, wie der Frevel unser Land betritt. So oder so.« »Ja, wollt ihr denn wirklich alle sterben?«, rief mein Onkel verzweifelt. »Ja, nur der Tod kann unseren Willen brechen.« Der Legat schwieg. Da erklangen Rufe aus tausend Kehlen und die Menge sank erneut in den Staub. Iudaea kniete, entblößte den Nacken für das Schwert. Die Sonne lachte, Eisen blinkte von den Legionären herüber. Ein paar Spatzen flatterten, vergnügt zwitschernd, am Legaten vorbei. Dieser verharrte regungslos, und sah ausgerechnet mich – von allen Anwesenden – merkwürdig versonnen an. Nach endlosen Augenblicken erhob er seinen Kopf, reckte den Knieenden sein Kinn entgegen und sprach: »Ich sage euch noch einmal, an dem Befehl des *Imperator* kann ich nichts ändern. Doch da ich euch und eure Entschlossenheit sehe, habe ich entschieden: Es ist besser, wenn nur einer stirbt als Tausende. Geht nach Hause, bestellt die Felder, nehmt Eure Arbeit auf. Ich, Publius Petronius, Legat von Syrien, werde Caius Caesar berichten, dass ich die Statue nicht aufstellen kann!«

So entschied Publius Petronius, der einst ein kleines Kind adoptiert hatte und diesem seither ein Vater gewesen ist. Die Lehre, die er mir an diesem Tag erteilte, werde ich mein Leben lang nicht vergessen.

Der restliche Tag und die Nacht waren ein einziges Fest. Mein Onkel versuchte vergeblich, Aaron zu erklären, dass die Sache damit nur aufgeschoben, nicht aufgehoben sei, doch Aaron lachte nur: Gott habe sich gezeigt. Gott werde die Seinen – den Statthalter von Syrien und dessen Familie inbegriffen – auch weiterhin beschützen. Von irgendwoher trudelten Wagenladungen mit Speisen und Wein ein, Feuer wurden entzündet, Musik erklang. Ich wurde von einer schönen Iudaeerin zur nächsten gereicht, ab und zu schaute ich bei meinem Onkel vorbei. Dieser schien den Trubel gar nicht wahrzunehmen. Wenn man ihn nicht gerade feierte, stand er still inmitten der Menge. Sein Gesicht leuchtete, er hatte zu sich selbst zurückgefunden.

Ich tanzte und sang, küsste die Mädchen, die sich küssen ließen und fiel dann irgendwann um.

Am nächsten Morgen riss mich mein Onkel viel zu früh aus dem Schlaf, vergnügt rüttelte er mich wach: »Schau nicht so finster, Neffe, gestern mussten wir uns noch um viele sorgen, heute nur um uns. Falls du es einrichten kannst, wäre ich für deine Hilfe dankbar.«

Unsere Lage war im Grunde aussichtslos, aber wenigstens waren wir auf dem richtigen Weg. In den Brief an Caligula packten wir alles hinein, was den *Imperator* vielleicht umstimmen konnte: Die Sorgfalt beim Bau als Ursache der Verzögerungen; die hartnäckige Apathie im Land, die schon Steuerausfälle verursacht habe; die bereits eingetretenen und noch bevorstehenden Missernten, wenn die Iudaeer ihre Felder nicht bestellten; der dedizierte Widerstand dieser fehlgeleiteten Menschen, der leicht in einen kostspieligen Krieg münden könne; den Umstand, dass, selbst wenn es nicht dazu komme, es wenig ruhmreich für Rom sei, Wehrlose zu schlachten; und schließlich die bevorstehende Vergnügungsreise des *princeps* in die Region,[37] die leicht von Hungersnot und Krieg überschattet werden könne. Er, Publius Petronius, der Rom und seinen Herrschern seit Jahrzehnten treu diene, habe bei diesem Befehl ernsthafte Zweifel, ob er wirklich zum Nutzen des *princeps* sei. Die Iudaeer seien schlicht zu dumm, um seine Göttlichkeit zu erkennen, daran ließe sich auch mit Gewalt nichts ändern. Er appelliere daher an die Weisheit seines Herrn, von der berechtigten Bestrafung dieses absurden Völkchens abzusehen, da sie ihm nichts einbringe. Dagegen werde deren Belassung im Irrglauben höchste Dankbarkeit zur Folge haben. Wie immer sein Herr befehle, er, Publius Petronius, erwarte seine Entscheidung untertänigst.

Weisheit des Caligula, sprechen wir von der Anmut der Kuh, aber worauf sich sonst berufen? Dass seine Statue mittlerweile demontiert war, würde er noch früh genug erfahren; und der Sanhedrin hatte Philon inzwischen ermächtigt, Caligula eine fürstliche Summe für den Widerruf in Aussicht zu stellen. Alles Weitere würde sich zeigen. Zurück in Antiochia verfielen wir in den nächsten Wochen in eine Art Rauschzustand. Nichts macht lebendiger als der bevorstehende Tod. Unsere Lieben waren längst in aller Heimlichkeit in Pompeii untergebracht. Ein Festbankett bei iudaeischen Familien jagte das andere, aber bei jedem Klopfen an der Tür erwarteten wir die Wache, den Centurio mit dem Hinrichtungsbefehl in der Hand.

Eines Tages im September des Jahres 793[38] stand Aaron vor unserer Tür. Sichtlich erregt berichtete er uns von den neuesten Vorfällen in Rom. Die gute Nachricht: Agrippa habe Caligula umgestimmt, der Tempel sei gerettet. Ein entsprechendes Schreiben an den Legaten müsse demnächst eintreffen. Das Geld der Iudaeer hat er natürlich genommen. Die schlechte Nachricht: Caius will den Freitod des Legaten, aus irgendeinem Grund zögert er aber mit der Abfassung des Befehls. Und: Gerüchte sind im Umlauf, dass in Rom heimlich an einer neuen Statue gebaut werde. Caligula will – so hört man – die Sache im nächsten Frühjahr selbst in die Hand nehmen.

Hier endet mein Bericht über die Ereignisse in Iudaea. Mich selbst zog es nach der vorläufigen Beilegung der Krise unaufhaltbar nach Rom. Warum Caius mit dem Todesbefehl zögerte, hast Du, Decimus, sicher durchschaut. Um es mit einem seiner eigenen Sprüche zu sagen: *Soll er den Legaten doch hassen, wenn er nur die Euphratlegionen fürchtet.*[39]

Bis zur überraschenden Ermordung Caligulas lebten ich und mein Onkel in Antiochia in angespannter Ruhe. Das Frühjahr rückte näher und eine Laune Stiefelchens konnte uns, so gut wie alle anderen, sowieso jederzeit treffen. Im Übrigen, lieber Decimus, hat man es irgendwann satt, ständig Angst zu haben. *Vale*

Giton

Vielleicht hat dieser eigenwillige Gott der Iudaeer doch seine schützende Hand über uns gehalten. Nicht dass ich viel von den Göttern halte, aber das, was danach passiert ist, hat mich schon verblüfft: Im darauffolgenden Frühjahr erhielt unser Senator tatsächlich den Befehl Caligulas, in den Freitod zu gehen. Aber der Brief musste ganz schön lange auf dem Postweg liegen geblieben sein. Denn als er ankam, war Gott Caius bereits tot. Seit vier Wochen, erschlagen von seinen eigenen Leuten.[40]

Der Alte Mann

Die wichtigsten Quellen für diese Ereignisse stammen von zwei iudaeischen Gelehrten und Historikern, Philon von Alexandria und Ioseph ben Matthias, dem späteren Flavius Iosephus. Dieser berichtet darüber in seinem *Jüdischen Krieg*[41] und den späteren *Jüdischen Altertümern*,[42] jener in seinen ebenfalls griechischen Schriften *Gegen Flaccus* und *Über die Tugenden und das Amt eines Botschafters bei Caius*[43]. Beide Chronisten geben nur teilweise Auskunft über das Handeln des Legaten. Der Bericht Philons gilt heute jedenfalls als der genauere und glaubwürdigere als die an manchen Stellen widersprüchliche Darstellung des Iosephus. Auf der Seite der römischen Historiker wird zunächst einmal eine Lücke in den *Annales* des Tacitus schlagend. Die Bücher VII–X, die wohl der Herrschaft Caligulas gewidmet waren, fehlen vollständig. Wie er die Ereignisse geschildert hat, ob er sie überhaupt erwähnt hat, wissen wir nicht. Allzu gut dürfte Tacitus nicht informiert gewesen sein, denn in den *Historiae* schreibt er, dass die Iudaeer damals zu den Waffen gegriffen haben und der Aufstand erst mit dem Tod Caligulas sein Ende gefunden hat.[44] Andere Historiker, wie etwa Sueton oder Cassius Dio, ignorierten die Standbildgeschichte zur Gänze. Bis zum Ausbruch des Iudaeischen Krieges wird Rom das Iudaeertum mit Unverständnis und Ignoranz behandeln.

Abgesehen von einigen anti-iudaeischen Schriften, wie etwa von Cicero[45] und wenigen ebensolchen Maßnahmen, wie unter Tiberius[46], verhielt sich Rom eher passiv. Im Allgemeinen schritt man gegen eine allzu starke Ausbreitung iudaeischer Gemeinden außerhalb ihrer Heimatprovinzen ein, dortselbst vermied man peinlich jede Einmischung in innere Angelegenheiten.

Aber der innere Widerspruch, in dem die Iudaeer zum *Imperium Romanum* standen, war unauflösbar. In ein Reich, das als Welterklärung jeden Aspekt des Lebens und die gesamte Natur divinisierte – das bildlich darstellte, wie es Götter vermenschlichte und Menschen vergöttlichte –, konnte sich das Volk des einzigen unsichtbaren Gottes nicht eingliedern. Ihre sogenannten Privilegien waren nichts anderes als die grundlegenden Voraussetzungen, unter denen sie innerhalb der Grenzen des *Imperium* existieren konnten. Dennoch oder gerade deshalb erregten sie den Neid ihrer Nachbarn. Iudaeer durften einen Tag später ihre Steuern zahlen, falls der Termin auf den Sabbat fiel; sie mussten keine Hilfstruppen stellen, da der Dienst mit ihren Ruhegeboten und Speisevorschriften unvereinbar war; in Iudaea war die Errichtung von Tempeln, Bildsäulen, Statuen und dergleichen untersagt; selbst Kleinmünzen ohne Porträt des *Imperator* wurden produziert.[47] Aber über all dem schwebte der Widerruf: Der Gnade oder Ungnade des *princeps* war man ausgeliefert.

Grund genug für Aegypter, Syrer und – zu ihrer Schande – Griechen, in diese Richtung aktiv zu werden. Hass macht erfinderisch, das mosaische Volk wurde als entlaufene aegyptische Sklaven, Eselsanbeter oder Leprakranke diffamiert. Man erfand Gräueltaten, wie die genannte jährliche rituelle Schlachtung eines Griechen, unterstellte den Iudaeern die Kastration der Männer und die Beschneidung der Frauen. Die heikle Frage nach der Göttlichkeit des *princeps* und dessen Verehrung durch die Iudaeer wurde mit Penetranz thematisiert, ebenso das von Petronius erwähnte, unvermeidbare Fernbleiben der Iudaeer von gemeinschaftlichen Festen. Denn dieses für den Rest der bekannten Welt anstößige Verhalten bildete die für alle sichtbare Basis der Hetzkampagnen.

Damit nicht genug: Auf der Gegenseite störten iudaeische Fanatiker immer wieder den ohnehin prekären Frieden. Unbeeindruckt von der politischen Unmöglichkeit der Unabhängigkeit, ungeachtet des vorhersehbaren Ausgangs eines Krieges gegen Rom, stilisierten die Zeloten jede echte oder eingebildete

Kränkung ihres Glaubens bedenkenlos hoch, inszenierten Proteste und Volksaufstände.

Wie der Legat von Syrien in dieser Situation vorging, erregt Bewunderung; Verblüffung hingegen die Einigkeit, mit der jene Tausende in der Ebene von Ebron gewaltlos Widerstand leisteten. Ihr Bund mit Gott war in höchster Gefahr, doch wo sonst die geringste Beleidigung Steine fliegen ließ, rührten sich weder Zunge noch Hand. Waren die Fanatiker zu Hause geblieben? Wohl kaum. Hatte man sie also ruhiggestellt? Offenbar. Aber wie man dieses Kunststück zuwege gebracht hat, weiß ich nicht.

Nur dem Legaten und seiner Verzögerungstaktik ist es zu verdanken, dass der von Agrippa bewirkte Widerruf nicht zu spät kam. Philon von Alexandria spricht in seiner Version der Geschichte von einem tiefen Verständnis des Statthalters Petronius für das Iudaeertum, ohne darauf näher einzugehen. Er übergeht bestimmte Details der Ereignisse, insbesondere die Rolle des Neffen des Statthalters. Und das, obwohl dessen Interesse für die Werke Philons, etwa für das *Leben Moses*, die Ursache für jenes tiefere Verständnis bildeten. Philon wusste, seine Feder hatte das Schwert besiegt. Warum er das verschweigt und woher er das überhaupt wissen konnte, wird im nächsten *Liber* klar werden.

Aus den uns bekannten Fragmenten der *Satyrica* ist keine besondere Kenntnis des Iudaeertums ableitbar, der Autor berührt es meist nur flüchtig. Einige Namen sind semitischen Ursprungs, beispielsweise Trimalchio, Habinnas und Bargates; der Giton der Dichtung mokiert sich bei einer Gelegenheit über die Beschneidung.[48] Den deutlichsten Bezug bildet eine petronische Variante des Urteils Salomons. Erneut soll Unteilbares geteilt werden. Nur droht das Schwert diesmal keinem unschuldigen Säugling, sondern dem Lustknaben Giton. Seine beiden Liebhaber streiten sich wieder einmal um ihn. Der eine, Ascyltus, hat bereits zum Streich ausgeholt und scheint wild entschlossen, den Knaben in zwei Hälften zu teilen, dem tritt Encolpius in der Rolle der »wahren Mutter« entgegen. Siegesgewiss nimmt er Ascyltus' Vorschlag an, den Knaben zwischen seinen Liebhabern wählen zu lassen – und erlebt prompt eine seiner typischen Niederlagen: Der Bengel entscheidet sich für Ascyltus![49]

Auf der Ebene nahe Ebron siegten noch einmal Verantwortungsbewusstsein und Mäßigung. Der Legat verhinderte die Schändung und Zerstörung des Tempels Salomons. Mehr als seiner eigenen Zeit den Frieden zu sichern, konnte er nicht tun. Der dem Konflikt zugrunde liegende Widerspruch blieb bestehen. Dreißig Jahre später – aus den Zeloten waren inzwischen Sicarier, Messermänner, geworden – bekommen römische Ignoranz und iudaeischer Fanatismus ihre Entscheidungsschlacht. Im Jahr 70 u. Z. fällt Hierosolyma, der Tempel Salomons wird zerstört, halb Iudaea stirbt oder gerät in Kriegsgefangenschaft. Der mosaische Glaube ist nicht länger anerkannte, sondern nur noch unter Auflagen geduldete Religion im *Imperium*. Der Widerspruch wurde beseitigt, die Diskussion beendet. Rom wird offiziell anti-iudaeisch, Tacitus resümiert: *Dort bei den Iudaeern ist alles unheilig, was bei uns heilig ist; andererseits ist bei ihnen gestattet, was wir als Gräuel betrachten.*[50]

LIBER VI

So das fünfte der Bücher bildet,
die auf uns gekommen sind

Die Fabeln, deren Name schon auf den Vortrag
fiktiver Vorgänge verweist, wurden entweder
allein zum Vergnügen der Hörer oder auch
zum Zwecke nützlicher Ermahnung aufgebracht.
Sie schmeicheln dem Gehör wie die Komödien,
die Menander und seine Nachahmer zur
Aufführung gebracht haben, sie sind voll von
fiktiven Abenteuern Verliebter – eine Thematik,
in der sich Petron vielfältig versucht hat, in der
wir auch Apuleius gelegentlich bewundernd
sein Spiel treiben sehen.
Diese ganze Gattung der Fabeln richtet sich allein
auf das Vergnügen der Hörer; der philosophische
Traktat verweist sie darum fort aus seinem
Heiligtum, hinweg zu den Wiegen der Ammen.[1]

Ambrosius Theodosius Macrobius
Commentarii in Somnium Scipionis (um 400 u. Z.)[2]

Giton

841 a. u. c. [88 u. Z.], Roma

Einfangen, wie mit dem Stecken den quirligen Reifen, muss ich jetzt, ihr Leser, meine Geschichte, da sie einen Hüpfer macht, ihr steter Lauf womöglich klappernd zum Erliegen kommt. In Gang bringen müsst ich sie dann erneut, und fraglich ists, ob ich euch, Leser – zu Recht verstimmt ob solcher Kapriolen – dann noch fangen könnt.

Nun gut, Schilfrohr,[3] sei mein Stecken: Den Brief, den ihr gerade gelesen habt, schrieb mein Herr nach dem Tod Caligulas, seine nun folgenden Notizen sind teilweise noch aus der Zeit davor. Begeben wir uns also zurück in den Herbst des Jahres 793. Nachdem unser *Imperator* die Errichtung seines Standbildes widerrufen hatte, hielt es meinen Herrn nicht länger in Antiochia. Günstige Winde sollten ihn, so hoffte er, schnellstmöglich zu Modesta und seinem Sohn bringen.

Der Senator gab seinen Segen und ein ungewöhnlich großes Bündel an guten Ratschlägen dazu. Wir murmelten Zustimmung – dann umarmte er mich! Da war mir klar, was er fürchtete. Er nahm von uns Abschied. Der eigenwillige Legat von Syrien sah sich in den Büchern des Caligula[4] stehen und wollte nur noch eines: dass es ihn allein träfe.

Petronius

November 793 a. u. c. [40 u. Z.], Roma

Eos,[5] rosenfingrige, nie tauchtest du ein härteres Schicksal in sanfteres Licht! Gleich in der Früh gingen wir zu ihrem ehemaligen Herrn. Hier der Kaufvertrag, hier ihre Freilassung, hier die Bestätigung vom Magistrat, hier ihre Eintragung in die Bürgerlisten und hier die Summe, die wir ihm für seine Mühen schuldig seien. Alles da, alles korrekt. Und jene, die er zu hüten hatte? Weg! Modesta, vielmehr die freie Bürgerin Publia Petronia Modesta, habe die meiste Zeit des Jahres recht ausgeglichen gewirkt. Erst die Nachricht von der bevorstehenden Ankunft des Kindsvaters habe sie sichtlich beunruhigt. Eines Morgens, vor ungefähr zwei Wochen, sei sie dann gegangen. Sein gutes Zureden habe nichts genützt, eine Freie könne er nicht festhalten. Dreckskerl!

Auch Aarons Leute sind ratlos. Ich fürchte, sie ist klug genug, um zu wissen, weshalb sie beim ersten Mal gefunden wurde. Aber warum ist sie davongelaufen?

Pompeii

Fische stinken. Sie stinken vom Kopf, sie stinken in der Mitte und sie stinken am Schwanz; desgleichen am Bauch, nicht weniger am Rücken; sie stinken zerlegt, und sie stinken im Ganzen; sie stinken vorne und natürlich stinken sie hinten. Wenn es etwas nicht gibt, dann einen nicht stinkenden Teil eines Fisches. Garumfabrikanten stinken nicht. Deren Teilhaber auch nicht. Ich profitiere von vergorenen Fischresten. Nennt von mir aus andere menschliche Taten gewaltig, diese ist es wirklich.

Überrannt sähe sich Troia, am ersten Tag,
von Heerscharen kriechender, krabbelnder
und fliegender Feinde.
Entnervt gäbe Leonidas das Vaterland auf,
von den Pfoten und Mäulern maunzender
Gegner böse zerkratzt.
Selbst Hercules hinge verzagt die Keule herab,
inmitten des Trippelns und Schwirrens des dreisten Getiers.

Garum machen ist ruhmlos, es braucht wahre Helden. Eines dieser dreckigen Gewerbe, unwürdig eines Römers; mir scheint es ein rechtschaffeneres zu sein als manches andere. Hat man sich an die Bedingungen erst einmal gewöhnt, sieht man nur Menschen, die arbeiten. Die *Scauri*[6] legen mir die Bücher vor. Ein Karpfen der Vater, der Sohn ein Hecht. Will das Geschäft vergrößern. Hat Ideen, braucht Geld. Ein andermal, Umbricius.

Lucia, Tante Vitellia und Helenus wohlauf. Langweiliges, behütetes Landleben. Hübsches Haus haben die *Scauri*, im Westen der Stadt, weitab von der Fabrik. Die Meinen gut untergebracht, als entfernte Verwandte der Hausherrin. Heiratspläne. Ein andermal, liebe Tante.

Der Alte Mann

In meiner Kindheit und Jugend war jeder Restaurantbesuch untrennbar mit der Präsenz einer bestimmten flüssigen Speisewürze verbunden. Sie stand ganz selbstverständlich auf dem Tisch, neben Salz und Pfeffer; im Dorfwirtshaus, aber auch in der gehobeneren Gastronomie. Wir verwendeten sie nur im äußersten Notfall. Das lag an den Erzählungen unserer Nachbarin, einer Bäuerin, die halbtags in einer der Fabriken des Herstellers arbeitete. Es gab dort riesige Lagerhallen, in denen sich Hühnerköpfe und -beine bis zur Decke häuften. Regelmäßig fuhr ein Bagger mit seiner Schaufel in den Haufen, hob so viel wie möglich davon heraus und fuhr damit zu einem großen

Mahlwerk, in das er die Köpfe und Beine, so wie sie waren, mitsamt ihren Schnäbeln und Krallen hineinschüttete. Die meisten Ratten konnten rechtzeitig von der Baggerschaufel abspringen. Die Produktion von Garum verlief möglicherweise hygienischer, war aber ebenfalls nichts für schwache Nerven. Man verwendete dafür zumeist die Köpfe und Flossen von Fischen, manchmal, für kostspielige Varianten, auch hochwertigere Teile. Diese packte man in Gefäße, ließ den Inhalt in der Sonne gären und filtrierte die dabei entstehende Flüssigkeit. Garum diente als Würze für praktisch jedes Gericht, auch für Fleischgerichte, wurde jedoch, im Gegensatz zu seinem modernen Pendant, nicht nachträglich eingesetzt, sondern während des Kochvorganges. Es war äußerst beliebt und im gesamten Römischen Reich erhältlich, zu unterschiedlichen Preisen und Qualitäten.

Petronius

Cousin Turpilianus getroffen. Kann meine Zeit nicht versitzen. Ziemlich umtriebig, platt, mit einem Hang zum Vulgären. Kein Wunder, dass er sich ständig mit seinem Vater streitet. Wo dieser Grundsätze hat, hat er Projekte. Kann man ihm vertrauen? Die Tante sagt nur Gutes über ihn. Turpilianus war bei ihnen in Pompeii, hat Hausrat aus Cumae herbeigeschafft, alles, was sie zum Leben brauchen. Geschickt und unauffällig. In dieser Sache einer Meinung mit dem Vater; Stiefelchen schlage wild um sich, besser unsichtbar bleiben. Macht Karriere, ist schon Quaestor. Zuletzt interessiert ihn doch noch eines – mein Erbe! Sagt mir ins Gesicht, dass sein Vater zu gutmütig sei und er deshalb alle Positionen prüfen wolle. Hab ihm Abschriften schicken lassen, soll er daran ersticken!

Von Modesta keine Spur. Philon ist in der Stadt. Möchte ihn treffen. Denke, ich werde im Frühjahr nach Massilia gehen, ein bis zwei ruhige Jahre ununterbrochener Studien. Nicht lockt mich die Ehe, nicht das *Imperium*.

December 793 a. u. c., Roma[7]

Er hat sich überfressen. Der Geier mästet sich am blutenden Rom. Testamente, in denen er nicht bedacht wurde, erklärte er für ungültig. Jetzt, da ihn viele Bürger als Erben eingesetzt haben, nennt er sie Witzbolde, weil sie noch am Leben seien, und schickt ihnen vergiftete Speisen. Widernatürliches mischt sich mit Abscheulichem. Minucius hatte viel zu berichten. Vergewaltigte Senatorenfrauen, ein Bordell am Palatin, in dem die römische Jugend missbraucht wird; Väter, die der Ermordung ihrer Söhne zusehen müssen; Sklaven, die, ihre abgehackten Hände um den Hals gehängt, zwischen den Gästen herumlaufen müssen. Selbst seine Günstlinge lässt er auspeitschen. Er ließ eine Brücke von Puteoli nach Baiae bauen, nur zu dem Zweck, das Meer zu Pferd überqueren zu können. Roms Getreideversorgung unterblieb, da die meisten Schiffe für die schwimmende Konstruktion verwendet wurden. Seit letztem Herbst wittert er überall Verschwörungen. Manche gab es, andere wohl nicht. Herbeigesehnt wird sein Tod von vielen, nur schielt jeder voll Hoffnung auf den anderen. Er weiß davon; als er zu einer Versammlung gebeten wurde, hat er auf sein Schwert geklopft und geschrien: »Ich komme schon, und das kommt mit mir.« Der – wie er sich selbst nennt – *optimus maximus Caesar* lebt in offener Feindschaft mit dem Senat; die Bürger fürchten ihn; selbst die *plebs* hat seine Launen schmerzhaft kennengelernt und die Legionen hat er Muscheln sammeln lassen.[8]

Ianuarius 794 a. u. c. [41 u. Z.], Roma

Ein Tag so sinnlos wie der andere. Lass mir Huren kommen, besaufe mich. Wälze mich in Selbstekel. Minucius macht nicht mehr mit. Ein paar Streifzüge durch die *subura*, wie in alten Zeiten. Sinnlos. Aus und vorbei. Ich lebe wie ein Schwein; doch fühle ich darin etwas Richtiges. Mittlerweile. Bestrafe ich mich? Wofür?

Giton hat sich von mir abgewendet. Bin im Rausch über ihn hergefallen. Er hat mich angewidert weggestoßen. Andere

Diener für meine Orgien. Ein syrischer Knabe: glatte, stramme Haut, dunkles Haar, schlank, große, mädchenhafte Augen, die einen traurig ansehen. Hab ihn wieder verkauft.

Nüchtern sein: die Zeit zwischen Aufstehen und Badengehen. Die lästigsten Angelegenheiten erledigen. Dann Besäufnis, Rausch und Besinnungslosigkeit.

Giton

Das hat harmlos angefangen. Unsere Rückkehr in die *subura*, als Abwechslung gedacht, brachte nur alte Erinnerungen. Minucius gab sich alle Mühe, meinen Publius aus seinen trüben Gedanken zu reißen. Doch die alten Zeiten wollten nicht wiederauferstehen. Dann kamen die Orgien daheim, der erwähnte Vorfall und danach fast jeden Tag das Gleiche.

Todeinsam und ziellos war er, und machte sich in seinem Suff noch einsamer. Viele alte Freunde und Bekannte aus den Zeiten am Marsfeld waren nicht mehr aufzufinden. Einige waren Caius' Irrsinn zum Opfer gefallen, die meisten jedoch entweder mit ihren Ämtern beschäftigt oder von ihren Eltern außer Landes geschickt worden. Minucius, angewidert, ging irgendwann; ich hielt, nach jener Nacht, ebenfalls Abstand, und Silanus war noch immer in Gallien.

Es war zum Verzweifeln. Seit unserer Rückkehr nach Rom schritt mein Publius von einem Fehlschlag zum nächsten. Die versuchte Annäherung an seinen Cousin und Modestas Unauffindbarkeit waren nur der Anfang. Auch seine Jugendfreundin Marcia lehnte jeglichen Besuch kategorisch ab und der von ihm so geschätzte Lehrer Cornutus weigerte sich, ihn zu unterrichten. Mein Herr hatte ihm unvorsichtigerweise verraten, dass er im Frühjahr nach Massilia gehen werde. Daraufhin hatte dieser gemeint, die paar Monate würden sich nicht auszahlen. Wer bei ihm etwas lernen wolle, müsse schon wenigstens ein Jahr bleiben. Damit hatte er natürlich recht, aber für meinen Herrn war das die letzte Ablehnung, die ihn endgültig aus der Bahn geworfen hat. Und über alledem schwebten die Messer des

Caligula. Ich sah ihn kaum noch und überlegte verzweifelt, wie ich ihn da herausreißen könnte.

Heute weiß ich, dass hier erstmals ein weiterer Charakterzug meines Publius zum Vorschein kam. Oft zu den erhabensten Gedanken und vor allem Taten fähig, verfiel er unter bestimmten Umständen nicht einfach in Mutlosigkeit, sondern stürzte in einen Abgrund und wurde statt zum Höchsten zum Niedrigsten fähig.

Petronius

Bin aufgestanden. Habe mich im Spiegel gesehen. Ein anderer Mensch. Fort war die Verzweiflung, fort die Angst und die innere Qual. Von einem Tag auf den anderen. Gestern wäre ich beinahe in Tränen ausgebrochen, als mein Blick während der *cena* zufällig auf den leeren Platz neben mir fiel. Heute bin ich ruhig. Eigenartig. Mein Schmerz ist bei mir, aber er beherrscht mich nicht mehr. Meine Sorgen sind da, aber sie quälen mich nicht. Bin ich froh, dass das vorbei ist! Auch wenn ich nicht verstehe, warum.

Erst wollte ich sie alle rausschmeißen, die Huren, Musikanten und Gaukler, die ich zu mir nach Haus genötigt hatte. Schlafend lagen sie verstreut herum, dort, wo es sie hingestreckt hatte. Manche entblößt, andere befleckt, zerlaufene Schminke, verrutschte Perücken, ein Gestank wie in der Arena. Dein Werk, Petronius. Gefällts? Hab sie ihren Rausch ausschlafen lassen. Giton.

Ianuarius 794 a. u. c., 8 Tage vor den *calendae* [24. Januar 41 u. Z.], Roma

Unser alter Bär ist *Imperator*. Gestern kam die Haushälterin vom Markt gerannt; Soldaten, Bürger und Gerüchte wirbelten durch die Stadt: Caius Caesar ist tot, ermordet im Circus. Niemand will daran glauben, man fürchtet eine Falle. Wir rüsteten uns. Verkleideten uns als einfache Leute, eiserne Ringe, unauffällige Kleidung. Zwei bedeutungslose Städter. Hinüber zum Circus

Maximus. Dort wurde es gefährlich. Großer Aufruhr vor dem Zugangstunnel. Einige Praetorianer halten die germanische Leibwache zurück, die den Mord an ihrem Herrn rächen will. Tote liegen herum, teils Mitverschwörer, teils Unschuldige aus dem Umfeld des *princeps*, wie sich später herausstellen sollte. Andere Soldaten suchen, ohne rechten Nachdruck, nach Verschwörern. Als dann schließlich Caius unbedeckt aus dem Tunnel getragen wird, jubeln plötzlich die Massen wie aus einem Hals auf. Ein geistesgegenwärtiger Senator stellt sich auf einen Karren und ruft laut über den Platz: »Hätte doch ich ihn getötet!« Da versiegte die Mordlust der Germanen und die Soldaten beruhigten sich.

Heute erfuhr ich, dass die Mörder des Caius, Chaerea und Lupus an ihrer Spitze, währenddessen zum Palast geeilt waren und dort weitergewütet hatten. Der *princeps* war von ihnen regelrecht zerfleischt worden, sie hatten seinen Unterkiefer gespalten, Brust und Nacken mehrfach durchstochen, sein Gemächt zu Brei zerhackt. Jede einzelne dieser Wunden hatte er sich redlich verdient. Aber auch seine Frau Caesonia wurde von ihnen mit dem Schwert niedergehauen, und seine Tochter, noch kein Jahr alt, an den Beinen gepackt und mit dem Kopf gegen die Wand gedroschen. Von den Bediensteten, die sich schützend vor die Wehrlosen stellten oder nur im Weg standen, blieben nicht viele übrig. So besudelten sich unsere Befreier am Ende selbst.

Niemand wusste, was die Praetorianer vorhatten. Rufe wurden laut, das gesamte verhasste Geschlecht der Iulier sei auszurotten. Auf dem Heimweg sahen wir wilde Horden, darunter auch Bürger und Senatoren, die Statuen Caligulas niederrissen. Soldaten suchten nach Günstlingen und Verwandten des Erschlagenen. Gesindel rottete sich zusammen, in der Hoffnung auf Plünderungen. Wir sicherten unser Haus und warteten ab.

Bote und Brief, mit Bitte um sofortige Antwort: Consul Sentius,[9] im Auftrag des Senats, fragt an, ob sich der junge Petronius in der Lage sehe, Auskunft darüber zu geben, wie sein geschätzter Onkel auf die Entwicklung der Ereignisse reagieren werde.

Ja, freilich, mein geschätzter Onkel, nicht etwa der geschätzte Oberkommandierende der Euphratlegionen. *Daheim Löwen, auswärts Füchse*:[10] Der Bote wartet. Soll Brief und Antwort wieder mitnehmen. Ich bin zwar jung, aber nicht dumm.

Publius Petronius Niger an Cnaeus Sentius Saturninus
Mit Freude sehe ich, dass dem Senat nicht einmal die Rückkehr des wohl unwichtigsten Römers in seine Heimatstadt entgangen ist. Ich hatte natürlich viele Gespräche mit meinem Onkel, wenige hingegen mit dem Legaten von Syrien. Auch fehlt es mir, gerade erst dem Knabenalter entwachsen, an Wissen und Erfahrung für die von Dir gewünschte Einschätzung. Das Einzige, was ich sicher über meinen Onkel weiß, ist, dass er sich stets rechtmäßig verhält. Da nun Missverständnisse oft aus den harmlosesten Vorfällen entstehen, möchte ich dem Senat und Dir nicht vorenthalten, dass Euer Brief und eine Abschrift meiner Antwort bei nächster Gelegenheit im Tempel der Vesta hinterlegt werden. *Vale*

Sie tagen, mit großer Geste, nicht in der Curia Iulia, sondern im Tempel des Iuppiter am Capitol.[11] *Libertas*[12] ist die Parole – die Rückkehr zur *res publica*. Stunden vergehen – nichts kommt vom Senat. Plötzlich die *salutatio*[13] in der Nacht: Wir grüßen den *Imperator*, Tiberius Claudius Caesar! Die Praetorianer hatten den alten Bären auf ihre Schilder gehoben, die Senatoren von der Last ihrer Entscheidung befreit. Ausrufer in allen Teilen der Stadt, Eidleistung der ersten Legionen und Magistrate. Das Zentrum der Machtlosigkeit hatte sich wieder einmal selbst übertroffen, die Verfechter der *libertas* zerredeten ihren Tag.

Ianuarius 794 a. u. c., Roma

Philon hat geantwortet. Freut sich sehr, will mich sobald wie möglich sehen.

Über die ersten Autoren. Von Publius Petronius Niger

Als ich nach längerer Abwesenheit aus Syrien nach Rom zurückkehrte, hatte ich das Glück, dortselbst einen bedeutenden Mann, Philon von Alexandria, vorzufinden. Dieser iudaeische Gelehrte, einer der größten seines Volkes, war mit der griechischen Kultur ebenso vertraut wie mit der eigenen und selbst die römische hatte für ihn nichts Fremdes. Ich lud ihn zu mir ein, er sagte sofort zu. Denn nicht weniger war es, was er von mir, als ich von ihm erfahren wollte. Wir tauschten zunächst unsere Berichte über die Geschehnisse der letzten Zeit aus. Philon war damals der Delegationsleiter einer Gesandtschaft aus Alexandria gewesen, dessen iudaeische Bevölkerung schwere Not litt. Ich interessierte mich vor allem für seine Einschätzung des Caius und die Geschehnisse in Rom während meiner Abwesenheit; er wiederum wollte alles über die Statue des Caligula von mir erfahren. Fremd kam mir sein Blick auf mein Rom dabei vor, aber zugleich erfrischend und entlarvend. Wie wenig kritisch wir doch die eigene Lebensart betrachten! Ob es ihm bei meinem Bericht über Iudaea ebenso ergangen ist? Vielleicht, aber eine andere Angelegenheit war ihm deutlich wichtiger:

PHILON: Was gäbe ich darum, in der Ebene nahe Ebron dabei gewesen zu sein. Petronius, du hast diesen Brief an deinen Freund Silanus erwähnt, könnte ich davon eine Abschrift haben?

PETRONIUS *(zögert)*: Ich weiß nicht recht, warum?

PHILON: Ich denke daran, irgendwann über diese Ereignisse und meine Zeit in Rom zu schreiben. Da könnte ich deinen Augenzeugenbericht gut gebrauchen.

PETRONIUS: Verstehe. Aber in diesem Brief stehen Dinge, die unsere Feinde gegen uns verwenden könnten. Wie immer man über Caius Caesar denken mag, in der Sache haben wir Befehle verweigert, und uns mit euch, den Aufrührern, verbündet.

PHILON: Ich habs befürchtet! Da hat man einmal einen brauchbaren Zeugen, dann will der den Mund nicht aufmachen. Je näher man der Gegenwart kommt, desto mehr wird verheimlicht. Und mit der Wahrheit gefährdet der Historiker nur sich und jene, über die er schreibt. Also sucht er die entferntere Vergangenheit *(lacht)*, wie ich mit meinem *Leben des Moses*. Aber im Ernst: Ich brauche deinen Brief, damit ich die Ereignisse richtig beurteilen kann.

PETRONIUS *(lacht)*: Nicht unbedingt. Du weißt ja:

Der einst ein Leichenredner war, ist jetzt Historiker.
Und beweist im neuen Amt sein altes Können.
Nur sagt er jetzt nichts Schlechtes über Lebende.[14]

Das galt Velleius Paterculus,[15] der sich mit seinen *Historiae* bei Tiberius einschmeicheln wollte. Es passt aber genauso gut auf meinen ehemaligen Lehrer, Valerius Maximus.

PHILON: Ich kenne diese Lobhudeleien. Die kleinen Gauner bestechen den Richter, die großen den Historiker.

PETRONIUS: Eben. Aber ich glaube sowieso nicht, dass die sogenannte Wahrheit immer ans Licht kommt, dafür hat sie manchmal zu verschlungene Wege zu gehen. Sind dir Titus Labienus und Cremutius Cordus bekannt? Beide legten kritische Betrachtungen der jüngeren Geschichte vor, der eine unter Augustus, der andere unter Tiberius. So viel Liebe zur Wahrheit konnte nicht ungestraft bleiben, beider Werke wurden öffentlich verbrannt und verboten, beide nahmen sich daraufhin das Leben.[16] Aber ausgerechnet der Geisteskranke, von dem wir gerade befreit worden sind, brachte sie wieder in Umlauf. Nur deswegen haben sie sich erhalten, wegen einer Laune Caligulas.[17]

PHILON: Auch diese hatte ich schon in Händen. Seit ich in Rom bin, habe ich bedauerlicherweise viel Zeit.

PETRONIUS: Wie steht es also mit der Geschichtsschreibung? Du sagst, wenn ich dich recht verstehe, über die jüngere Vergangenheit könne man nicht schreiben. Man hat die Augenzeugen, Dokumente und Aufzeichnungen, aber es ist zu gefährlich. Die entferntere Vergangenheit wiederum ist zwar ungefährlicher, aber es mangelt an zuverlässigen Überlieferungen. Der Historiker, wenn er leben will, kann also nur schweigen oder fabulieren.

PHILON: Nein, er kann auch Vorsicht walten lassen, ohne gleich Lügen zu verbreiten! Und deswegen, junger Petronius, brauche ich, verzeih, ich muss darauf zurückkommen, deinen Brief. Du warst dabei, wen könnte ich sonst fragen? Eines Tages wird man über diese Ereignisse berichten können, ich hoffe, noch zu meinen Lebzeiten, und dann will ich weder schweigen noch fabulieren müssen.

PETRONIUS *(erheitert)*: Dich kann man nicht von deinem Ziel abbringen. Gut, angenommen, ich gebe ihn dir, was passiert dann?

PHILON: Das weiß ich nicht. Ich weiß ja nicht, was drinsteht. Aber bitte, eines kann ich dir sagen: Ich werde weder deine noch meine Grabrede verfassen. Sollte ich über meine Gesandtschaft in Rom und die Ereignisse in Iudaea schreiben, dann werde ich das auf eine Art und Weise tun, die jenen, an denen mir etwas liegt, keinen Schaden zufügt. Mit anderen Worten: Bestimmte Begebenheiten oder Kommentare werde ich wohl unterschlagen. Im Übrigen musst du mir zugestehen, dass ich Geschichte schreiben will, nicht Fabeln. Kurz, du wirst mir vertrauen müssen.

PETRONIUS: Schon gut, schon gut, du kannst ihn haben. Und verzeih, wenn ich dich verärgert habe.

PHILON: Hast du nicht. Und, junger Petronius, sei unbesorgt: Schriften von uns Iudaeern finden ohnehin immer weniger Beachtung. Ein Sturm wurde abgewendet, schönes Wetter ist das noch nicht.

PETRONIUS: Wie geht es jetzt eigentlich mit deiner Gesandtschaft weiter? Hast du schon mit Claudius reden können?

PHILON: Nein, aber ich hoffe, dass uns der neue *Imperator* freundlicher aufnehmen wird als sein Vorgänger. Bis jetzt fühlten wir uns wie eingesponnen in ein Gewebe aus Lügen

und Täuschungen. Die einen waren ausgesprochen höflich zu uns, die anderen ignorierten uns. Man trug uns Gerüchte zu, oft nur, um zu sehen, wie wir darauf reagieren. Zur Sache kam niemand. Unsere Gesandtschaft ist bis dato ein Fehlschlag. Seit über einem Jahr sitze ich hier. Ich hatte zwei Audienzen, eher sollte ich sagen Erniedrigungen, bei Caligula, die nichts gebracht haben. Wir wurden lediglich vorgeführt, als exzentrische Spinner, zum Gaudium seiner Klientel. Und wenn er uns dann mit seinen Spitzfindigkeiten aus der Fassung gebracht hatte, ließ er uns stehen wie *nasse Füchse*.[18]
Was ich unter Caligula erlebt habe, spottet jeder Rechtlichkeit. *Iustitia* hat Rom verlassen, das ist auch, denke ich, der Grund, warum es in der Stadt so viele Statuen von ihr gibt. Brachte ich berechtigte Argumente vor, wie zum Beispiel, dass der Praefect von Alexandria kein Recht hatte, die Iudaeer als Kriegsgefangene zu behandeln, dann wechselte man das Thema, um am Ende des Gesprächs, wie nebenbei, zu erwähnen, dass jener Praefect ohnehin entfernt worden sei. Dem ist tatsächlich so, nur hat das an den Zuständen nicht viel geändert.

PETRONIUS: Unter Claudius sollte es dir besser ergehen. Ich kenne ihn gut. Wenn es dich interessiert, ich wüsste, wie du ihn gnädig stimmen könntest.

PHILON: Bitte, ich bin für jede Hilfe dankbar.

PETRONIUS: Claudius liebt Bücher über alles. Dabei haben es ihm besonders die Geschichtsschreibung und die Grammatik angetan. Mein Rat wäre, besorge dir ein seltenes griechisches Werk zu einem dieser Themen und überreiche es ihm bei eurer ersten Begegnung. Er wird sich sicher darüber freuen.

PHILON: Das werde ich tun, danke! Was meinst du, sollte ich ihm auch meine eigenen Werke überreichen?

PETRONIUS: Ja, aber nicht bei der ersten Audienz. Mach ihn neugierig, erwähn deine Schriften und gib sie ihm, wenn er dich danach fragt. Noch etwas: Wenn seine Frau Messalina anwesend ist, dann vermeide Vorträge über Sittsamkeit und Anstand. Derlei Reden sind ihr zuwider und Claudius ist ihr hörig. Also hüte deine Zunge. Sonst bist du tot, bevor du weißt, warum.

PHILON: Dessen bin ich mir bewusst. Weißt du, seit ich in Rom bin, bewache ich meine Zunge wie meinen ärgsten Feind. Gerade weil ich gegen tausend Geschwätzigere zu kämpfen habe.

PETRONIUS: Gegen Apion, nehme ich an.

PHILON: Ja, aber auch gegen andere, die gekonnter Gerüchte verbreiten und deshalb gefährlicher sind.

PETRONIUS: Eines habe ich bis heute nicht begriffen: Was veranlasst eigentlich Apion,[19] was die Griechen, all diese herabsetzenden Schriften gegen euch in Umlauf zu bringen? Was ist die Ursache für diese Feindseligkeiten?

PHILON: Erstens einmal, wer uns ein Feind sein will, der findet seine Gründe: Da wäre unser Bund mit Gott, den die Welt nicht versteht, unsere Abgeschlossenheit gegenüber anderen Kulturen oder Einflüssen, nicht zuletzt unsere Privilegien. Aber wenn ich dich recht verstehe, fragst du nach der ersten Ursache dieser Feindseligkeit, und zu dieser haben wir leider selbst beigetragen. Vor hunderten von Jahren war meine Heimatstadt Alexandria noch ein echtes Zentrum der Gelehrsamkeit. Alles Wissen der Welt sollte an einem Ort – dem Museion – vereint werden. Das Museion zog Gelehrte an, es sammelte Bücher und füllte seine Bibliotheken. Es muss ungefähr in der Zeit der 127sten Olympiade[20] gewesen sein, da erfuhr der damalige Herrscher, Ptolemaeos Philadelphos,[21] von einem Buch, das noch nicht im Bestand vorhanden war, aber dennoch von hoher Bedeutung schien. Es handelte sich um das Buch der Iudaeer, *Tora* genannt, oder die *Fünf Bücher des Moses*, ein uralter Text über die Anfänge der Menschheit und ihr weiteres Schicksal. Einladungen wurden ausgesprochen, mit der üblichen Großzügigkeit der Ptolemaeer, iudaeische Gelehrte folgten dem Ruf. Abseits vom Lärm der Stadt, im Turm der Insel Pharos, machten sie sich ans Werk. Getrennt voneinander übersetzten sie das Buch der Iudaeer in die griechische Sprache. Als man ihre Texte miteinander verglich, stimmten sie bis auf das letzte Wort überein. Ein Wunder war geschehen. Bis vor Kurzem war dieser Tag in Alexandria noch ein Festtag, mein Volk versammelte sich mit Andersgläubigen auf Pharos und feierte den Tag, an dem unser Wissen in die Welt trat.

PETRONIUS: Wie außergewöhnlich! Der Mensch feiert die Vermehrung seines Wissens, nicht irgendein Gemetzel oder eine Eroberung. Das lässt einen hoffen. *(lacht)* Freilich, für uns Römer ist das nichts. Wir wissen schon alles.

PHILON: Ich weiß. Jedenfalls, Alexandria und sein Museion dienten noch einem anderen Zweck. Wie von seinem Gründer verfügt, sollte griechische Kultur und Lebensart in der Welt verbreitet werden. Zu diesem Zweck hatte man sich kurzerhand zur ältesten Kultur der Welt erklärt, aus der alle anderen bestehenden Kulturen entstanden seien und rechtfertigte damit die Graecisierung derselben. Auf den ersten Blick schien unsere *Tora* – oder vielmehr die *Septuaginta*, wie sie in ihrer griechischen Version genannt wurde – dieses Postulat zu bestätigen; den Gelehrten Alexandrias begegneten in unserem Buch wohlbekannte Geschichten, wenn auch in abgeänderter Form: über die Entstehung der Welt und dessen Schöpfer, über die ersten Gesetze und deren Verschriftlichung; über die große Flut und über allgemein beachtete Gebräuche, wie etwa die Spende der ersten Früchte an die Götter. All das nahm man mit Interesse zur Kenntnis; etwas anderes, das bei näherer Betrachtung immer deutlicher wurde, mit Beunruhigung: Unser Buch war offenbar viel älter als die ältesten griechischen Aufzeichnungen. Und nicht nur das, auch unsere Kultur schien viel älter zu sein als die griechische. Katastrophe! Wer dieses Faktum logisch zu Ende dachte, musste zu dem Schluss kommen, dass die Kultur der Griechen auf jener der Iudaeer basierte und die Griechen nicht das älteste Kulturvolk sind, wie sie es so gerne von sich behaupten. Nichts hätte die Erben Alexanders mehr gegen uns aufbringen können; wir hatten sie – ohne es zu wollen – an ihrer empfindlichsten Stelle getroffen. Natürlich suchten sie nach Gegenargumenten in unserem Buch, aber fanden nur weitere Ärgernisse. Es war unser Gott gewesen, der Moses, und nicht etwa Minos[22], als Erstem Gesetze verkündet

hatte. Nicht Solon[23] verschriftlichte erstmals die Gesetze, um die Willkür zu beenden, und machte sie öffentlich auf Tafeln bekannt, sondern dieses lästige aegyptische Findelkind. Wer das Buch Genesis liest, muss sich fragen, ob es nicht die Grundlage für die Platon'sche Vorstellung von den Göttern und der Entstehung der Welt gewesen sein könnte. Ohne es zu wollen, erklärten wir den Meister des Dialoges zu einem Schüler von Iudaeern.
Uns waren diese Fragen egal, den Griechen nicht. Mehr noch, mancher Weise war persönlich beleidigt. Man versuchte, das Alter unserer Kultur zu vermindern, ohne Erfolg. Aegyptische und phoenicische Schriften beweisen, dass unsere Kultur fast tausend Jahre vor dem Troianischen Krieg entstanden ist. Und hier wurde erstmals ein fundamentaler Unterschied zwischen Iudaeern und Griechen offenbar. Wir hatten weder darum gebeten, unsere Weisheit offenbaren zu dürfen, noch liegt uns etwas daran, die angeblich älteste Kultur zu sein. Im Gegensatz zu den Griechen wollten und wollen wir der Welt unsere Lebensart nicht aufdrängen, nichts liegt uns ferner als die griechische oder römische Idee der Umgestaltung der Welt nach eigenem Vorbild. Die *Tora* ist die göttliche Wahrheit, die dem auserwählten Volk zuteilgeworden ist. Wir wissen, dass der Rest der Welt anderer Auffassung ist, aber daran können wir nichts ändern. Wir hatten nur unser Buch übersetzt. Wir verwiesen auf die wohlwollenden Aussagen griechischer Philosophen über Iudaeer, machten geltend, dass Theophrastus und Aristoteles uns ein Volk von Philosophen nannten.[24] Aber, wie Horaz bemerkte: *Griechen kennen, außer der Ruhmsucht, keinerlei Ehrgeiz.*[25] Wir könnten gar nicht so wichtig oder so alt sein, da die ältesten griechischen Historiker über uns schweigen. Was für ein Argument! Behaupten wir etwa, die Griechen existierten nicht, weil sie in unseren Schriften nicht vorkommen? Der Ton wurde rauer. Meine Landsleute schimpften über die »Diebstähle der Griechen«, über ihre Arroganz und Ignoranz, aber auch das brachte uns nichts Gutes ein. Griechische Schmähschriften

erschienen: In erster Linie wurden Moses und der Auszug aus Aegypten zum Angriffspunkt. Man fragte, was das für ein stumpfsinniges Volk gewesen sei, das für eine Reise von maximal vierzig Tagen ganze vierzig Jahre gebraucht hatte; wie blöd oder orientierungslos deren Anführer gewesen sei, dass er nicht einmal den Weg von Aegypten nach Iudaea finden konnte. Einige vermischten eine spätere, historisch verbürgte Vertreibung von leprakranken und krätzebefallenen Aegyptern mit dem viel früheren Auszug der Iudaeer. Sie meinten, uns damit vernichten zu können. Denn erstens wurden wir durch diese Lüge zu Aegyptern, zweitens zu Ausgestoßenen, und drittens verminderte man damit das Alter unseres Volkes um etliche hundert Jahre.

Zäh hielt man fest, an Erfundenem und Falschem, vermischt mit Wahrem[26] und schrieb es nieder. Fama breitete ihre Schwingen aus, flog von Stadt zu Stadt, und mit dem Griechentum schließlich nach Rom. Wenn du mich fragst, wäre es besser für uns gewesen, der Einladung des Ptolemaeos nicht zu folgen. Insgesamt haben wir uns damit nur geschadet. Heute müssen wir uns ständig gegen die Verleumdungen zur Wehr setzen – diese lesen die Menschen! –, wohingegen die Bücher des Moses so gut wie vergessen sind.

PETRONIUS: Mag sein, aber wer hätte so eine Entwicklung vorhersehen können? Wie stehts mit dir, glaubst du daran, dass deine Kultur die älteste ist?

PHILON: Nein, sie hat zwar eine höhere *antiquitas*[27] als die griechische, davon bin ich überzeugt, aber alles andere sind nur Meinungen. Unser Buch ist die von Gott offenbarte Wahrheit, das legt eigentlich nahe, dass Teile dieser Wahrheit schon früher erkannt worden sind. Ein Hinweis darauf sind die Berichte über die große Flut, die sich auch bei den Babyloniern finden. Und überhaupt, was ist denn dabei, dass sich einige alte griechische und iudaeische Schriften ähneln? Unser Gott hat den Menschen als einziges Lebewesen nach seinem Ebenbild erschaffen, damit ist nicht die äußere Gestalt gemeint, sondern der dem Menschen gegebene Verstand. Des Menschen Denken ist jener Teil, in dem er Gott ähnlich ist. Also kann auch ein Grieche einen vernünftigen Gedanken haben.

PETRONIUS: *(lacht)* Die werden sich bei dir bedanken! Aber im Ernst: *Fama ist rascher zur Stelle als jedes andere Übel.*[28] Und im Lauf gewinnt sie an Kraft wie an Größe. Wer waren jene, die diese Gerüchte verbreiteten?

PHILON: Es waren etliche, denn *so viele Federn sie am Leib hat, so viele Münder hat sie.*[29] Die Wurzel allen Übels, soweit ich das nachvollziehen konnte, liegt in aegyptischen Geschichtsbüchern, die unseren Auszug entweder falsch oder verzerrt darstellen. Diese Quellen benutzten dann die Griechen. Eine der ältesten griechischen Verspottungen der Iudaeer fand ich hier in Rom: Der Historiker Agatharchides von Cnidos[30] machte sich – just zu der Zeit, als sein Land die Freiheit verlor – über unsere Sabbat-Gebräuche lustig. Ungefähr zur gleichen Zeit stellte uns der Grammatiker Lysimachos von Alexandria[31] in seiner Streitschrift als die zuvor erwähnten Leprakranken und Krätzebefallenen dar. Nach Rom war es dann nur noch ein kleiner Schritt. Im siebenten Jahrhundert eurer Stadt beispielsweise lauschten zwei Knaben – Marcus Tullius Cicero und Iulius Caesar – andächtig ihrem Lehrer, Apollonius Molon[32], der uns, wie aus seinen Schriften hervorgeht, aus tiefstem Herzen gehasst haben muss. Und heutzutage krächzt Fama wieder von den Dächern meiner Heimatstadt herunter, neben Apion ist es vor allem Chaimeron[33], den ich ansonsten sehr schätze, der aber bei jeder Gelegenheit die Lügen des Lysimachos wiederholt. Übrigens, Apion ist kein Grieche, er wäre gerne einer und tut immer sehr griechisch, in Wahrheit ist er Aegypter und nicht einmal aus Alexandria, sondern aus dem Wüstenkaff Oasis!

PETRONIUS: So schön die Wahrheit uns erscheint, für die meisten ist sie ziemlich reizlos. Der Mensch hat keine Lust auf sie, er hört lieber Gruselgeschichten; wie die von dem Griechen, der im Tempel von Hierosolyma ein Jahr lang gemästet wird, um dann von euren Priestern rituell geschlachtet zu werden.

PHILON: Siehst du! Die kennst du! Eine der tausend Lügen des Apion. Trotzdem, sein Geschreibsel ist nicht das eigentliche Problem, sondern die Schriften der anerkannten Gelehrten, die ich dir genannt habe. Das Gift wandert: von den Aegyptern zu den Griechen und von dort zu den Römern. Ich schreibe dagegen an, aber alle meine Bemühungen sind wirkungslos. Wie manche Gifte, wenn sie erst einmal in einen Körper eingedrungen sind, nicht mehr ausgeschieden werden können, so bleibt die Iudaeerfeindlichkeit in jedem Volk, das davon befallen ist.

PETRONIUS: Aber trotz allem, was du mir berichtet hast, das ist doch nur ein Gelehrtenstreit! Ich kann mir kaum vorstellen, dass die *plebs* ihren Hass auf dein Volk aus den Schriften des Molon bezieht.

PHILON: Nein, natürlich nicht. Die allermeisten Aufstände, wie auch die Vertreibungen, denen wir in griechischen oder römischen Städten ausgesetzt waren, haben ihren Grund in der Enge der Städte. Unsere Gemeinden tendieren, wie die der anderen auch, zur Vergrößerung, das gefällt vielen nicht. Aber wir sind angreifbar, weil wir uns am gesellschaftlichen Leben der Stadt nicht beteiligen können. Unser Glaube verbietet uns die Anerkennung anderer Gottheiten und die bildliche Darstellung von Göttern, Menschen und Tieren. Deshalb gehen wir nicht in den Circus, nicht zu den Spielen, wir gehen nicht ins Theater und nehmen auch nicht an öffentlichen Festen teil. Die Leute nennen uns ungesellig, geheimnistuerisch, arrogant, und sie vermuten, dass wir etwas zu verbergen haben. Wir sind die Sonderlinge in jeder Stadt, in der wir uns niederlassen, und mit unserer Übersetzung der *Tora* haben wir uns noch angreifbarer gemacht. Unsere Gegner wissen jetzt, oder können nachlesen, wo sie uns am empfindlichsten treffen können. Ein Beispiel ist Iamnia.

PETRONIUS: Was, könnte man jetzt fragen, ist es, das den Philosophen von anderen Menschen unterscheidet? Doch wohl, dass er bereit ist, für seine Überzeugung zu sterben. Das ist der Haken am »Volk von Philosophen«.

PHILON: Das ist uns mitgegeben, oder, wenn du so willst, auferlegt worden, dass wir uns in dieser Hinsicht von allen anderen Völkern des Erdkreises unterscheiden. Städte ziehen viele Völker an, insbesondere Hafenstädte, aber wir fallen auf. Unser Land ist klein, daher gehen wir hinaus in die Welt. Wir sind das auserwählte Volk, daher unterscheiden wir uns notwendigerweise von allen anderen Menschen. Unser Gott ist der Eine und Einzige, den der Mensch nicht erfassen kann, daher ist er unzerteilbar und kann auch nicht dargestellt werden.

PETRONIUS: Und eure Schriften sind die ältesten.

PHILON: Ja, was sollen wir denn tun? Wir können nichts dafür, dass alle anderen Überlieferungen, wie es scheint, jüngeren Datums sind. Wenn du mich fragst, es kann durchaus sein, dass es ältere Aufzeichnungen gegeben hat als die unseren. Nur sind die inzwischen verloren gegangen.

PETRONIUS *(lachend)*: Das ist also der Kern eurer *antiquitas*. Ihr wisst nicht mehr, vom wem ihr abgeschrieben habt!

PHILON *(ebenfalls lachend)*: Mag sein. Wenn sich niemand mehr bestohlen fühlt, keine Zeugen und keine Erinnerungen existieren, dann entsteht Eigentum. Gedanken werden zu geistigem Eigentum, Länder zu materiellem. Und manchmal entsteht daraus ein *Imperium*.

PETRONIUS *(lacht auf)*: Wir sind die Meisterdiebe! Kein Volk verwertet seine Beute besser. Wir erobern nicht, wir romanisieren. Das ist ein Vorgang, bei dem der Räuber den Beraubten von der Wohltätigkeit seines Raubes überzeugt.

PHILON: Na, uns konntet ihr bislang nicht davon überzeugen. Aber sag mir, woher kommt diese spöttische, um nicht zu sagen respektlose, Haltung deinem Vaterland gegenüber?

PETRONIUS: Zum einen: Dieses Vaterland hat mir – so jung ich bin – bereits zu viele Freunde und Bekannte ermordet, als dass ich es rückhaltlos bewundern könnte. Vielleicht wird das jetzt besser, unter Claudius. Zum anderen: Meine *gens* ist eigentlich sabinisch, zumindest sagt man das. Das heißt, wir waren schon hier, bevor es Rom gegeben hat. Für uns

Petronier ist die *Aeneis* keine Gründungslegende, sondern vielmehr die Geschichte unserer Eroberung.

PHILON: Soll das heißen, du siehst dich nicht als Römer?

PETRONIUS: Doch, doch, versteh mich nicht falsch, ich schätze und ehre die römischen Tugenden, aber für mich stehen sie nicht auf einem Altar. Ich behalte mir vor, meine *romanitas* aus dem Blickwinkel des Eroberten zu gestalten. Schau: Mein Siegel zeigt einen Mann, der mit Büchern unter dem Arm davonrennt. Das ist der legendäre Stammvater unseres Geschlechts. Petronius, der Sabiner. Er stahl vor hunderten Jahren angeblich die sybillinischen Bücher, die zum Heiligsten gehören, was Rom sein Eigen nennt. Dieser Dieb kam mir gerade recht, als ich darüber nachzudenken hatte, woran mich Rom erkennen soll.

PHILON: Verstehe. Mögt ihr uns unsere Frauen geraubt haben, wir haben euch eure heiligen Schriften gestohlen.

PETRONIUS: Genau. Wobei, mein ehemaliger Lehrer, Valerius Maximus sagt, Petronius und seine Kumpanen hätten nur die Inhalte an Fremde weitergegeben.[34] Egal. Die *Aeneis* ist für mich eine erbauliche *fabula*, wie sie sogar in Platons Staat gestattet gewesen wäre;[35] Gleiches gilt für meinen diebischen Vorfahren. Aber auf eines hat mich mein Onkel hingewiesen. Der Unterschied ist, dass wir Sabiner die römischen Tugenden angenommen haben, weil wir ihren Wert erkannt hatten, während bei den Kindern Aeneas' der Verdacht besteht, dass sie nur tugendhaft sind, weils der Vater gesagt hat. Ich frage mich, warum der Mensch, wohin man auch schaut, einen Helden braucht, um eine große Idee annehmen zu können. Warum kann er ihr nicht einfach beipflichten, wenn sie gut ist, ohne Epos mit Leid und Irrfahrt und letztendlichem Triumph?

PHILON: Was hast du dagegen? Du verhältst dich doch auch nicht anders. Dein Sabiner ist, wie du sagst, kaum historisch, aber du hast ihn in dich aufgenommen. Er ist dein Held, nach dem du deine Lebensweise richtest. Also lass deinen Landsleuten ihren Aeneas.

PETRONIUS: Verdammt! Du hast recht, ich bin genauso ein Kind wie alle anderen!

PHILON: Ja, aber das ist nur natürlich. Der Mensch braucht seine *fabula* wie das Pferd den Hafer.

PETRONIUS: Das Problem ist nur: Je höher wir Aeneas heben, desto ferner ist er einem Cnaeus oder Caius. Irgendwann lassen wir ihn da oben stehen und widmen uns ganz unbekümmert unseren Lastern.

PHILON: Mag sein, dass ein Übermaß an Bewunderung das Gegenteil von dem bewirkt, was der Bewunderte bewirken wollte. Wer strebt schon nach dem Unerreichbaren? Aber schau, auch wir Iudaeer glauben an unseren Helden Moses, obwohl wir uns mit dessen Ideen über Gerechtigkeit und Sittlichkeit zunächst ziemlich schwergetan haben. Deshalb hat er auch vierzig Jahre gebraucht, um aus wankelmütigen Sklaven das selbstbewusste Volk der Iudaeer zu machen. Andere Gründungslegenden mögen erfunden sein, aber, ob historisch oder nicht, sie erleichtern es den einfacheren Menschen, eine Idee anzunehmen. Und dafür brauchen wir unsere Schöpfer von Gründungslegenden, unsere *primi auctores*, die in Büchern festschreiben, wer wir sind und woran wir uns erkennen. So wird eine Horde zum Kulturvolk.

PETRONIUS: Was die Bücher des Moses betrifft, und die *Aeneis*, ja. Aber was soll man von der *Ilias* halten? Ist die etwa moralisch? Da wird doch nur aus Eigennutz gehandelt und gestritten.

PHILON: Was willst du? Das passt doch gut zu den Griechen.

PETRONIUS *(lacht)*: Stimmt! Nur frage ich mich manchmal, was das für ein erster Autor ist, den die Griechen da verehren. Kein Mensch weiß, wann er gelebt hat oder wo. Seine Herkunft, sein Stand sind unbekannt. In deiner Heimatstadt bezweifeln einige, dass er die *Odyssee* geschrieben haben kann. War er überhaupt Grieche? Wir wissen es nicht.[36] Aber auch der gewöhnlichste Grieche meint, seinen Homer zu kennen, und ist stolz auf ihn.

PHILON: Ja, freilich kennt er ihn. Wie sollte er ihm sonst vertrauen können? Er ist sein sicherer Gewährsmann. Der Grieche Homer mag ein Mythos sein, er ist jedoch ein zwingend notwendiger. Er ist das Fundament der *Ilias* und der *Odyssee*, ohne die kein Griechentum denkbar ist. Die *primi auctores* sind die eigentlichen Schöpfer ihrer Kultur, nicht die Helden, die sie besingen. Ob jemand, der eine Kultur begründet, ein Teil derselben ist, darf natürlich bezweifelt werden. Genau genommen war auch Vergil kein Römer;[37] aber ist das heute von Bedeutung? Ist die Sonne ein Teil des Menschen? Und kann der Mensch leben ohne sie? Genauso wenig kann man sich Griechen ohne Odysseus, Iudaeer ohne Moses oder Römer ohne Aeneas vorstellen. Wie gesagt, der Mensch braucht seine *fabula,* der Philosoph sieht die dahinterstehenden Ideen. Und es ist nicht einmal wichtig, woher Homer seine Ideen hatte; ob er nur etwas aufgeschrieben hat, was andere erzählt haben, oder selbst etwas Neues formuliert hat. Das mindert seine Leistung, wer immer er war, nicht im Geringsten. Wer von uns kann denn ernsthaft behaupten, dass er als Erster eine bestimmte Idee hatte? Wie oft habe ich mich schon in der Formulierung einer neuen Erkenntnis gesonnt, nur um dann festzustellen, dass sie von einem anderen stammt, dessen Werk ich irgendwann einmal in Händen hatte. Der ehrliche *auctor* beseitigt seine Eitelkeit und nimmt zur Kenntnis, dass er nur ein Glied in einer langen Kette von Denkern oder Dichtern ist.

PETRONIUS: Aber wer oder was ist dann, deiner Meinung nach, ein *auctor*?

PHILON: Einer, der ein neues Ganzes erschafft und Veränderung bewirken will.

PETRONIUS: Ein neues Ganzes – verstehe ich dich recht? Etwa wie Vergil die bekannten Geschichten über Aeneas zu einem Ganzen zusammengefügt hat?

PHILON: Genau. Die Teile sind ja nur verstreut herumgelegen, ohne tieferen Sinn.

PETRONIUS: So siehst du das also. Aber Vergil hat zweifellos Veränderung bewirkt, nicht nur danach gestrebt. Ist deine Definition nicht ein wenig bescheiden?

PHILON: Nein. Betrachte die Philosophen und ihr seit Jahrhunderten andauerndes Wirken. Wo ist die Veränderung?

Müssten wir nicht längst deutlich bessere Menschen sein? Wir sind es nicht, also wären, nach deiner Definition, weder Sokrates noch Aristoteles *auctores*. Nein, nein: Der *auctor* kann nur wollen, er kann nichts bewirken. Aber wie steht es mit dir? Schreibst du eigentlich?

PETRONIUS: Ab und zu, ja. Ich notiere, was mir wichtig ist, manchmal gebe ich dem auch eine Form. Aber ich habe noch kein Thema, es dient mir nur zur Entspannung. Was ich sehe, ist eine viel zu sklavische Orientierung unserer Literatur an den alten Zeiten. Rom regierte sich nacheinander als Volksversammlung, Königreich, Republik, Diktatur und zur Zeit als Principat; es blieb lebendig und gewann an Größe durch den Wandel. In der Literatur sind wir bei Vergil, Horaz und Ovid stehen geblieben und repetieren sie endlos, wenn wir nicht gerade die Griechen repetieren. Das sind keine Ketten von Gedanken, die sich da bilden, das ist nur der ausgetretene Pfad des Maultiers am Mühlrad.

PHILON: Was ist deine Lösung?

Noch rang ich in Gedanken mit einer Antwort, da drang plötzlich herzhaftes Schnarchen durch den Raum, wir sahen hin und erblickten in einem Winkel – von *Somnus*[38] friedlich hingestreckt – meinen schlafenden Diener Giton. Lachend erklärten wir ihn zum sicheren Gewährsmann für die Fortgeschrittenheit der Nacht und, anstatt ihn zu wecken, zum Beender unseres Dialogs, dessen wichtigere Teile ich hiermit festgehalten habe.

Giton

Philons Worte sollten meinen Publius noch jahrelang im Gedächtnis bleiben. Die Idee, aus verstreut oder auch nutzlos herumliegenden Teilen ein neues Ganzes zu erschaffen, gefiel ihm; er setzte sie später in seinen *Satyrica* mit wahrhaft diebischer Freude in die Tat um. Die Frage, wie er eine Veränderung bewirken könnte, machte ihm hingegen ordentlich zu schaffen. Noch waren ihm die Menschen nicht völlig unbelehrbar geworden, aber schon als er sich diesen Dialog notierte, betrachtete er die Philosophie und die sogenannte erbauliche Dichtkunst als mehr oder weniger wirkungslos.

Der Alte Mann

Es ist hinlänglich bekannt, dass Dichter, von Schöpfern ganz zu schweigen, unleidliche Zeitgenossen sein können. Sie wirken weniger durch ihren Charme als vielmehr durch ihr Werk. Jenes neue Ganze, das Apion, Agatharchides und wie sie alle hießen, erschaffen hatten, sollte tausende Jahre lang prägend bleiben. Offensichtlich hatten auch sie ihre Vordenker, aber sie gehören zu den *primi auctores* der Iudaeerfeindlichkeit, denn sie wollten Veränderung bewirken. Und sie hatten damit Erfolg. Tacitus beispielsweise wiederholt in seiner *Historiae* die Legende von den seuchenbefallenen Ausgewiesenen und bezeichnet sie als gottverhasst und faul.[39] Und als viele dieser Schriften in späteren Jahrhunderten wiederentdeckt wurden, lieferten sie so manchem Gelehrten die willkommene »historische« Grundlage. Ein Beispiel dafür ist John of Salisbury, der erwähnte Petronius-Kenner des 12. Jahrhunderts. Für ihn ist die Inferiorität der jüdischen Lehre und Kultur erwiesen: *Juden verlangen nach Zeichen, Griechen suchen Weisheit.*[40] Was Philon erkannte und was ihn entsetzte, wiederholt sich: Das Gift wird von einem der größten Gelehrten seiner Zeit verbreitet. Der Schüler Abaelards und Sekretär Thomas Beckets kann sich gar nicht genug an der Vernichtung der Christus-Mörder delektieren: *Sie wurden dafür von Unglück zermalmt, von Kriegen zertrampelt, und aus ihrem Heimatland verbannt, durch die Wucht göttlicher Entrüstung, sodass in der berühmten Stadt kein Stein mehr auf dem anderen geblieben war. Groß war die Drangsal dieses Volkes, dessen Herzen härter als Stein waren.*[41] Das einzig Neue an diesem und anderen judenfeindlichen Texten ist der Vorwurf, dass sie den Sohn Gottes ermordet hätten. Der Rest konnte abgeschrieben werden. Apions gemästeter Grieche – die Schlachtung eines Unschuldigen – wird zu einem der Stereotype der Judenverfolgung, das *von Krankheiten befallene und Krankheiten verbreitende Volk* zu einem anderen.

Zurück in die Antike: Die *Septuaginta* hatte schon zu Philons Zeiten viel von ihrer Bedeutung für die Iudaeer verloren. Teils angewidert von der Polemik der Gegner, teils skeptisch in Bezug auf die Richtigkeit der Übersetzung, wendeten sich die Iudaeer wieder ihren hebräischen Schriften zu. Dessen ungeachtet behandelt Philon die wundersame, wortgleiche Übersetzung der *Tora* durch zweiundsiebzig voneinander unabhängige iudaeische Gelehrte in das Griechische als historisches Faktum. Der Mensch braucht eben seine *fabula*, und diese wird, wie Giton schon vermutet hat, bei jedem Erzählen ein wenig größer. Den dieser Geschichte zugrunde liegenden Bericht, den Brief des Aristeus an Philokrates aus dem 2. Jahrhundert v. u. Z., verweist die heutige Forschung jedenfalls ins Reich der Legende. Ungefähr in Philons Zeit beginnt die zweite, bedeutendere Karriere der *Septuaginta* als früher Glaubenstext des jungen Christentums.

Philon von Alexandria arbeitete unentwegt an der Vereinigung hellenistischer und römischer Kultur mit der iudaeischen. Sein Ziel war die Anerkennung des Iudaeertums in der Welt als eigenständige Kultur, nicht dessen Überlegenheit oder höhere *antiquitas*. Umso härter müssen ihn entsprechende Vorwürfe getroffen haben. Philon, den wir nur aus seinen Schriften kennen, zeigt sich in seinem Dialog mit Petronius etwas kämpferischer und polemischer. Oasis war sicherlich kein Wüstenkaff, vielmehr florierende Handelsstadt; Alexandria galt auch zu seiner Zeit als Zentrum der Gelehrsamkeit. Möglicherweise hängt sein Unmut mit der Iudaeerfeindlichkeit einiger damaliger Gelehrter Alexandrias zusammen: Sowohl Apion als auch Chaimeron waren zeitweilig Vorsteher des Museion. Ersteren traf übrigens, wenn man sich der Meinung von Flavius Iosephus anschließen will, eine ebenso gerechte wie angemessene Strafe. In seiner Schrift *Gegen Apion* erzählt Iosephus mit unverhohlener Genugtuung von den letzten Tagen seines Feindes: Bei diesem, der zeitlebens die Iudaeer und deren Beschneidung verhöhnt hatte, bildete sich ein Geschwür an heikler Stelle. Die Beschneidung wurde unumgänglich. Die Operation brachte jedoch keine

Erleichterung, im Gegenteil, es entwickelte sich eine Gangrän. Apion starb unter schrecklichen Qualen an einer Blutvergiftung, sein verfaulendes Glied vor Augen.[42]

Was die *gens Petronia* betrifft, hielt Philon sein Wort und blieb diskret. In seinen die Vorgänge in Alexandria, Iamnia und Iudaea betreffenden Schriften unterschlägt er die Rolle Petrons und deutet die iudaeerfreundliche Gesinnung seines Onkels nur vorsichtig an.

War Petronius *auctor*? Hat er ein neues Ganzes erschaffen? Und Veränderung bewirkt? Die Frage nach der Originalität der *Satyrica* ist bis heute umstritten, jene nach seinem Einfluss auf die antike Literatur nicht weniger. War er der Schöpfer einer neuen Literaturgattung, gar der Urvater des Romans? Oder hatte er Vorbilder, setzte er nur eine im Entstehen befindliche Entwicklung fort? Die einzigen entfernten Verwandten der *Satyrica* in dieser Zeit sind die griechischen Liebesromane. Die meisten, die uns bekannt sind, entstanden allerdings erst etwas später, nur einer ist uns überliefert worden, den Petronius bereits gekannt haben könnte: Charitons *Kallirhoe*. Dieses Werk wirkt im Vergleich zu den *Satyrica* läppisch und eindimensional. Die Guten sind von ewig gleicher, einschläfernder Tugendhaftigkeit, die Bösen sind – man höre und staune – böse! Die Handlung ist dementsprechend vorhersehbar. Das gilt auch für die spärlichen Fragmente, die von anderen, vorpetronischen Liebesromanen erhalten geblieben sind: Es ist immer das Gleiche. Unsterblich ineinander verliebte Heroïnen und Heroen werden vom Schicksal getrennt und rennen sich einige hundert Seiten lang hinterher, um am Ende, man fasst es kaum, zueinander zu finden.

Damit ein neues Gericht angenommen wird, muss es schmecken. Petronius nahm dem griechischen Roman seine Dürftigkeit, er gab ihm Tempo, Witz und Niveau. Die stets flauen, ewig braven Liebenden ersetzte er durch ein quirliges bisexuelles Pärchen, die schwülstige Exotik der ausländischen Schauplätze durch die Absurdität des römischen Alltags. Seine Charaktere sind vielschichtig, die Handlung ist überraschend. Viel bleibt da an Ähnlichkeit nicht mehr übrig, im Gegenteil,

Petronius zerfetzt den griechischen Liebesroman, indem er seine Gestalt verwandelt: Die bedrängte Jungfrau wird zur vielstimmigen Flöte, auf der er – Pan gleich – sein Lied anstimmen kann. Insofern denke ich nicht, dass man von einer Nachahmung sprechen kann. Es sei denn, man ist der Meinung, James Joyce habe die *Odyssee* nachgeahmt.

Das in seinem Jahrhundert wahnhafteste Intermezzo, die kurze Herrschaft des Caius Caesar, endete in der Substanz, die es definierte: in Blut. Nie wieder sollte das Principat derart in Bedrängnis kommen, die Wiedereinrichtung der *res publica* in so greifbare Nähe rücken. Allein, es fehlte an der entschlossenen Tat; der Senat, bereits zu lange der Macht entwöhnt, griff nicht zu. Petronius reagierte geistesgegenwärtig, die Vestalinnen galten als unbestechlich, der Tempel der Vesta war der beste Ort für die Hinterlegung politisch brisanter Dokumente, wie auch von Testamenten und sonstigen Verfügungen.

Rom erlebt mit Caligula den ersten *Imperator*, der nicht divinisiert wird, den vielmehr, wenn auch nur inoffiziell, die *damnatio memoriae*[43] trifft. Statuen, Denkmäler und Inschriften wurden entfernt, die Nennung seines Namens tunlichst vermieden. Auf die offizielle Tilgung seines Namens und seiner Herrschaftszeit aus allen offiziellen Dokumenten und Berichten, kurz gesagt, die Auslöschung seiner Existenz, wurde aus dynastischen Gründen verzichtet. Sein Onkel Claudius war an die Macht gekommen, ein derartiger Akt hätte den Ruf der Familie beschädigt. Mit einiger Sicherheit darf man annehmen, dass eine private *damnatio* stattgefunden hat, dass der Vorname Caius auf die »schwarze Liste« des iulisch-claudischen Geschlechts gesetzt wurde. Jede *gens* führte derartige Listen, in denen unwürdige Vorfahren verzeichnet waren, deren Namen nie wieder verwendet werden durften.

Nun ist die Ironie der Geschichte – so wie die Launen Fortunas – bekanntlich ein viel strapaziertes Klischee. Gleichwohl war es unter allen Herrschern, die Petronius erlebte, einzig und allein der wahnsinnige Caligula, der *Imperator* werden wollte.

Tiberius hatte, als er zum Nachfolger Octavians bestellt wurde, seine diesbezüglichen Ambitionen längst aufgegeben und trat sein Amt erst nach einigem Zögern an; Claudius geriet durch blanken Zufall auf den Thron und Nero durch seine Mutter. Alle drei hatten ihre Berufung bereits gefunden, bevor sie *Imperator* wurden: Tiberius als Soldat und Feldherr, Claudius als Altphilologe, Nero als Dichter und Sänger.

Durch äußere Umstände und dynastische Zwänge in eine Rolle gedrängt, die sie nicht anstrebten, beschritten sie den einzigen Weg, der ihnen blieb. Sie imitierten die *persona* eines Herrschers – im ebenso unvermeidlichen wie leidigen Schatten des Vorbildes Octavian Augustus. Auf der »Bühne Rom« spielten sie – mal ausgepfiffen, mal beklatscht – den *Imperator*, anstatt es zu sein. Erst Vespasian sollte dieses Trauerspiel beenden.

»Sein oder Schein« – diese Frage war auch in der Antike eine viel diskutierte. Seneca wird gegen Ende seines Lebens von *dem obszönen Spiel des menschlichen Lebens* sprechen, *das uns Rollen zuweist, die wir nur schlecht darstellen.*[44] Es gehörte zu den Pflichten des antiken Menschen, diese zugewiesene Rolle auszufüllen; das forderten die Götter, die Philosophen und nicht zuletzt die Ahnen. Jeglicher Widerspruch, der sich dabei aus den persönlichen Neigungen des Betreffenden ergeben mochte, musste überwunden werden. Tiberius, Claudius und Nero spielten *Imperator*, nur Caligula nicht, der spielte Gott. *Die ganze Welt treibt Schauspiel*, das wussten alle, das wusste Petronius. Dennoch, in diesem Punkt unterscheidet sich seine Lebenszeit von allen anderen Epochen des Römischen Reiches. Er hat nie auch nur einen halbwegs vernünftigen Herrscher kennengelernt. Weder kannte er Augustus noch erlebte er Vespasian. Was er wahrnimmt, was er erkennen kann, ist ein jämmerliches, wenn nicht grauenerregendes Schauspiel, das ein *princeps* nach dem anderen vor seinen Augen aufführt. Petronius sieht schlechte Imitatoren, die sich der Lächerlichkeit preisgeben; von ihrem Wahn Getriebene, die sich den Untergang gleich selbst bereiten, und er sieht Verrückte, die fern jeglicher Realität agieren. Zeit seines Lebens stinkt der Fisch vom Kopf des *Imperium* und deshalb klingt dieser

Befund nicht von ungefähr wie eine Inhaltsangabe seines Werkes. Er bildet vielmehr die zwei dominierenden petronischen Sujets der *Satyrica*: »*Imitatio* und Identität«, »Wahn und Versagen«: Alles dreht sich in den *Satyrica* um diese beiden Themenpaare. Ob sich eine *persona* gerade selbst entlarvt, in ihrem Bemühen, mehr zu sein, als sie ist, oder aus blindem Eskapismus ins Verderben rennt, der Reigen der Verblendung dreht sich unaufhörlich weiter. In der Welt Petrons gibt es nur wenige, die sich selbst erkennen wollen, noch weniger, die sich selbst erkannt haben, und kaum einen, der dieser Erkenntnis entsprechend handelt.

Giton

Unsereins hatte seine eigene Art, die Thronbesteigung des Claudius zu kommentieren. Spottlieder, Wandsprüche, *epistulae*, sogar einen *mimus*, der auf die Ereignisse anspielte, sah ich. Es war aber auch zu komisch. Ich will ja nichts gegen unseren alten Bären sagen, er war ein durchaus liebenswürdiger älterer Herr, aber halt kein *Imperator*. Dazu passt die Geschichte, wie es Claudius am Tag der Ermordung Caligulas ergangen ist, die ich hier einfügen möchte. Sie ist mir nämlich bekannt und hat sich zweifellos genauso zugetragen, wie ich sie hier beschreibe:

Nachdem die Bluttat bekannt geworden war, befand sich Claudius in einer misslichen Lage. Die Verschwörer und andere Mordbanden waren unterwegs, um das iulische Haus auszurotten, so viel wusste er; von den Plänen des Senats und der Praetorianer hingegen nichts. Wohin flüchten? An wen sich wenden? Seine Diener hatten ihn alleingelassen, seine Höflinge waren auf und davon. Zitternd lief er durch den Palast, der schon nicht mehr ordentlich bewacht war. In seiner Not blieb er einfach, wo er war. Stunden vergingen. Ob seine Stottergebete die Ohren der Götter erreichten, ist ungewiss, wenn ja, noch ungewisser, ob sie von dem Gebrabbel auch nur ein Wort verstanden haben. Da hörte Claudius Waffen klirren und schnelle

Schritte. Schleunigst verbarg er sich, so gut es ging, in einer kleinen Nische hinter einem Vorhang. Schon rannte der Soldat heran, schon war er fast an dem Versteck des Claudius vorbei, da blieb er stehen.

Der Name dieses Soldaten war übrigens Cnaeus Gramonius[45] und da er Geschichte machen sollte, ist es nur gerecht, ein paar Worte über ihn zu verlieren. Cnaeus Gramonius war Praetorianer aus alter Soldatenfamilie. Sein Vater hieß Caius, also hieß er Cnaeus. Die *Gramoni* hießen seit jeher entweder Caius oder Cnaeus. Kräftig und treu war er, schnell im Handeln und langsam im Denken; also perfekt für das Militär. In den Palast hatte es ihn verschlagen, da die Praetorianer inzwischen eine Entscheidung gefällt hatten. In ihrem verständlichen Hang zum Principat waren sie zu dem Schluss gekommen, erst einmal aller am Leben befindlichen Mitglieder des iulischen Hauses habhaft zu werden, alles Weitere würde sich zeigen. Eine Abteilung Praetorianer, unter ihnen Cnaeus, wurde mit der Durchsuchung des Palastes beauftragt. Jedes Mitglied der *domus principis,* vor allem Claudius, sei unter Erweisung aller Ehrenbezeugungen anzuhalten und unter Geleitschutz in die Castra[46] zu bringen. Eile war geboten, nicht sollten Mörder den Rettern zuvorkommen.

Ein Schnaufen war es gewesen, das Cnaeus stutzig gemacht hatte, er wandte seinen Blick hin und her, wollte bereits weitereilen, da blieben seine Augen an dem Vorhang hängen. War der nicht ausgebeult? Und schlotterte er nicht? Nun hatte das Schnaufen in Wahrheit eher tierisch geklungen, aber – siehe da! – unter dem Vorhang lugten doch tatsächlich menschliche Füße hervor. In Schuhe gekleidet, wie man es erwarten durfte, genauer gesagt, in die zierlichen eines Philosophen. Cnaeus nahm sein Schwert etwas fester in die Hand und trat entschlossen näher. Mit einem Ruck zog er den Vorhang beiseite, erblickte die mächtige Gestalt des dringend Gesuchten, riss sich – Befehl ist Befehl! – den Helm vom Kopf und fiel auf die Knie. Besser gesagt, er versuchte es. Krachend schlugen ihre Schädel aneinander.

Nicht als Sicilien Enceladus begrub,[47]
nicht als Kronos in den Tartaros stürzte,[48]
hat es auf Erden jemals lauter gedonnert.

Claudius, einen grimmigen Soldaten mit erhobenem Schwert vor sich, war seinerseits schleunigst auf die Knie gefallen – oder hatte es versucht. Der eine rief »Gnade«, der andere »Erhabener«, und sie trafen sich auf halbem Weg nach unten. Taumelnd richteten sich beide auf, zum ohnehin getrübten Verstand auch noch in ihren Sinnen erschüttert – und probierten es gleich noch einmal.

Diesmal krachte es schon deutlich leiser – man hatte sein Gegenüber im Blick behalten –, aber einprägsam genug, um ihnen die Lust auf weitere Versuche zu nehmen. Also standen sie sich erst einmal ein Weilchen gegenüber, beäugten einander und rieben sich die Schädel. Ein Treffen zweier solcher Köpfe hat die Welt noch nicht gesehen. Aber man war sich nähergekommen und hatte Gemeinsamkeiten entdeckt. Cnaeus, den zitternden Claudius vor sich, zitterte inzwischen ebenfalls. Denn er hatte eine Ahnung, dass man diesen Vorfall, bei bestimmter, nicht unwahrscheinlicher Entwicklung der Dinge, als Majestätsbeleidigung betrachten könnte. Kurz, er fürchtete um seinen Kopf, jenen Leuchtturm seiner Wahrnehmungen, der, da selten benutzt, noch so gut wie neu war.

Aber ein guter Mann wird in Bedrängnis besser; etwas wie eine Idee, eine rettende Eingebung durchzuckte sein wirres Gemüt. Er trat einen Schritt zurück und sagte: »Ich zuerst, *Imperator*!«

Meine Frau sagt – und ich weiß es selbst –, wer das liest, wird jetzt meinen, ich hätte der *Apokolokyntosis* des verehrten Seneca nachgeeifert. Man hüte sich, voreilige Schlüsse zu ziehen, kann ich dazu nur sagen. Es wird sich noch herausstellen, wer da womöglich von wem abgeschrieben hat, oder, höflicher ausgedrückt, wer da von wem inspiriert wurde. Wie auch immer, mein Bericht ist die Wahrheit, er beruht auf einer zuverlässigen Quelle. Denn ich habe sie von Sosius, dem Fischhändler an der

Via Nava[49], und der weiß bekanntlich alles. Die *Apokolokyntosis* hingegen enthält nur Hirngespinste.

Seht her, ihr Bibliothekare – ich weiß, ihr werdet es nicht tun: Seneca hat das Ende dieses Herrschers besungen, ich dessen Anfang. Wems nicht passt, der bleibe beim Lob des Cato auf seinen Kohl. Die ganze Welt weiß, dass Cnaeus Gramonius einer der besten Freunde von Claudius wurde. Seine Idee war tatsächlich genial, denn, wie es sich ergab, war er der Erste, der ihn als *Imperator* angesprochen hatte. Ein saftiges Geldgeschenk war die Folge, Beförderung und schließlich vorgezogener Ruhestand, um Claudius bei dessen Trinkgelagen besser Gesellschaft leisten zu können. Cnaeus Gramonius musste nie wieder denken.

LIBER VII

So das sechste der Bücher bildet,
die auf uns gekommen sind

Der Deutsche ist beinahe des *presto* in
seiner Sprache unfähig: also, wie man
billig schließen darf, auch vieler der
ergötzlichsten und verwegensten *nuances*
des freien, freigeisterischen Gedankens.
So gut ihm der Buffo und der Satyr fremd
ist, in Leib und Gewissen, so gut ist ihm
Aristophanes und Petronius unübersetzbar.
Alles Gravitätische, Schwerflüssige,
Feierlich-Plumpe, alle langwierigen und
langweiligen Gattungen des Stils sind bei den
Deutschen in überreicher Mannigfaltigkeit
entwickelt (...)[1]

Friedrich Nietzsche
Jenseits von Gut und Böse (1886)

Petronius

Februarius 794 a. u. c. [41 u. Z.], Roma

Fortuna, dein Humor ist unübertrefflich. Du schlägst nicht zu, wenn sich dein Opfer ängstlich duckt. Du wartest, bis es aufschaut. Dort geht Caligula und alles atmet erleichtert auf; hier kommt Claudius, der Trottel – und schlägt zu. Ich hätts nicht besser inszenieren können. Armer Seneca.

Die liebe Gattin unseres neuen *Imperator* wusste, worauf sie zu achten hatte. Schließlich war sie schon die Dritte in dieser Position. Claudius' schweifendes Auge ruhte selten aber seit einiger Zeit allzu oft auf Iulia Livilla, die gerade aus der Verbannung zurückgekehrt war. Die Hochhackige[2] muss weg, beschloss Messalina und griff zum bewährten Hausmittel der höfischen Intrige: Anklage wegen Unzucht. Aber wen der Iulia ins Bett legen? Armer, lästiger Mahner Seneca: Ein trivialer Weiberstreit verblies dich in die Trostlosigkeit, nach Corsica wegen einer Frau, die du vermutlich nie gehabt hast. Oder wegen einer, die du nicht haben wolltest? Unersättliche Messalina. Wie dem auch sei.

Werde dich vermissen, habe mich gerne mit dir unterhalten, auch wenn wir oft unterschiedlicher Meinung waren.

Beklemmend: Der uns als Kinder immer liebenswert war, hat erstes Blut vergossen. Charea und Lupus wurden hingerichtet. Das ist rechtmäßig, das ist verständlich. Nicht konnte der Onkel über den Mord am Neffen, nicht der *Imperator* über den an seinem Vorgänger hinwegsehen. Aber Claudius? Unser schusseliger, plumper Claudius?

War bei Marcia. Durfte sie endlich besuchen. Jahrelang hatte sie jeden Kontakt mit mir abgelehnt. Jetzt auf einmal. Des Rätsels Lösung spazierte in Form ihres Sohnes herein. Ich bin Vater, schon wieder, und darf es, schon wieder, nicht sein!

Silanus ist in der Stadt. Sein Bruder Lucius[3] verlobt sich mit der Tochter von Claudius. Zwei Jahre ist die Kleine alt. Liebe auf den ersten Schiss. Glückwunsch! Rom ist wieder im Normalzustand.

Spiel, Octavius, nur zu Thalias leichteren Weisen trieb ich,
dem Spinnlein gleich anzettelnd ein dünnes Gewebe;
Spiel nur trieb ich; so sei das Gedicht denn Mücke geheißen.
Bleibt bei dem Scherz der Geschichte Verlauf nur völlig im Einklang,
acht ich keinen as *es wert, ob es Schnickschnack nenne der Neider.*[4]

Wir bringen den *Culex* heraus. Silanus übte die Handschriften, ich feilte am Text und dann lag er endlich vor uns, der Witz. Atrectus hat Recht gehabt. Die Art der Präsentation ist entscheidend:

Schon rannte Silanus aufgeregt zum Tempel des Apollon[5], schon zeigte er dem staunenden Bibliothekar einen brüchigen *Liber*. Er habe ihn in einem Stapel Dokumente seines Urgroßvaters Octavian gefunden; ein Werk namens *Culex*, offenbar von Vergil an diesen gesendet. Der Bibliothekar gerät in Erregung. Haben wir nun endlich ein frühes Werk des ersten Dichters Roms in Händen? Er holt sein Heiligtum hervor, die *Aeneis* aus der Hand des Meisters. Seine Augen weiten sich, so gleichen sich die Handschriften. Doch was ist das? Da, am Rand der letzten Kolumne, eine Notiz: »Witzig. Auf der Hälfte des

Anstiegs?«[6] hatte da jemand hingekritzelt, nur wer? Augustus wars, das sieht ein Blinder! Aufgeregt rennen Silanus und der Bibliothekar zum *Imperator*. Claudius, wie nicht anders zu erwarten, begeistert sich. Was ist zu tun? Veröffentlichen! Einblick in das schmerzlich vermisste frühe Schaffen des Großen: »Vom *Culex* zur *Aeneis* – Die Schöpfungsgeschichte Roms im Spiegel des Jugendwerks.« Claudius kann nur mit Mühe davon abgehalten werden, selbst einen philologischen Kommentar zu verfassen. Silanus empfiehlt, wie nebenbei, einen Buchhändler.

Erste Lesung im Haus der *Silani*. *Eine milde Sonne verschaffte ihm größere Zuhörerscharen.*[7] Claudius ist da, seine liebe Frau, so viele Höflinge und Patricier, wie das Haus fassen kann. Werde einigen Mitgliedern der *domus principis* vorgestellt. Agrippina, auch wieder da, mustert mich eindringlich. Andächtig lauscht Rom dem weitschweifigen Summen meiner Mücke. Das Wohlwollen des *Imperator* sichert den Verkauf. Atrectus ist selig.

Giton hat mir verziehen. Hatte mich nach meinem Wahn mehrfach bei ihm entschuldigt, trotzdem wahrte er Distanz. Jetzt ist er wieder der Alte. Der *Culex* hats bewirkt. Das gelehrte Rom liest, diskutiert und kommentiert derzeit nichts anderes. Giton staunt und lacht. Außerdem haben wir Lucia wieder, die uns alle entzückt. Unsere *familia* ist fast wieder vereint, nur mein Onkel ist noch immer in Antiochia.

Der Alte Mann

Für Seneca schien die Gefahr vorüber, als Caligula starb. Dieser wollte ihn aus dem Weg schaffen, wahrscheinlich hinrichten lassen, aus Neid über dessen Erfolge als Redner. Aber erst Claudius verbannte ihn, auf Betreiben Messalinas. Das eigentliche Ziel der Intrige – die mit dem Stoiker verbannte Iulia Livilla – starb bald darauf. Ihre Schwester Agrippina und sie waren gerade erst von den Pontinischen Inseln zurückgekehrt, auf die sie von ihrem Bruder Caligula verwiesen worden waren. Vermutlich weil sie nicht mit ihm schlafen wollten. Prinzessinnen haben es auch nicht immer leicht.

Einen geeigneteren *princeps* als Claudius hätte sich Petronius für seinen *Culex* nicht wünschen können. Wem, wenn nicht ihm, hätte man diesen Jux unterschieben können? Genial die Idee, einen handschriftlichen Vermerk des Augustus einzufügen. Die Redewendung *Auf der Hälfte des Anstiegs?* inszeniert bildhaft einen skeptisch-amikalen Herrscher, der sich fragt, ob dieser junge Dichter noch Besseres zusammenbringen wird. Befindet er sich noch im Anstieg zu dichterischen Höhen, wird er höher hinaufkommen oder war es das schon? Octavian Augustus – vielmehr Silanus und Petronius – dachten dabei an die Gipfel der Dichtkunst, den mächtigen Parnassos bei Delphi oder den Helikon in Booetien, wo einst Hesiod die Musen tanzen sah.

So weit, so gut. Wäre da nicht das lästige Faktum, dass der *Liber VII* an dieser Stelle endet. Mehr als diese wenigen Seiten sind nicht vorhanden. Und der *Liber VIII* beginnt mit dem Folgemonat desselben Jahres. Eine lückenlose Lücke, sozusagen. Sie nimmt einen bestimmten Raum ein – fast einen ganzen *Liber* –, aber keine oder kaum Zeit. Was könnte in dem fehlenden Teil gestanden haben? Dramatische Ereignisse im Zusammenhang mit dem Herrschaftswechsel? Könnte sein, aber welche? Alles Wesentliche, das bisher über diese Zeit bekannt war, wird in den vorliegenden Texten erwähnt oder gestreift. Eine längere Erzählung Petrons oder Gitons? Auch das wäre denkbar. Aber warum steht sie dann nicht da? Hat ein unbekannter Zensor etwas gestrichen, aus unbekannten Gründen? Ich weiß es nicht, auch die folgenden *Libri* enthalten keinerlei Hinweise auf eine an dieser Stelle fehlende Passage.

Aber eigentlich bin ich recht zufrieden mit dieser Lücke. Denn sie macht mir Platz für meinen Exkurs, den man eine Abschweifung nennen könnte, wenn er sich nicht so nachdrücklich in den Text hineinreklamiert hätte. Denn ein den *Hypomnemata* innewohnendes Problem will angesprochen werden: Es geht dabei um Diebe und Fälscher, um Hochstapler und Blender – um naive Gemüter, die in die Irre geführt werden sollen. Wohlan!

Der *Culex* – ein Jugendwerk des Petronius?

»Quid ergo«, inquit Eumolpus, »cessamus mimum componere? Facite ergo me dominum, si negotiatio placet.«[1]

Publius Petronius Niger
***Satyrica.* 65 u. Z.**

Giton, der Herausgeber und Kommentator der Petron'schen *Hypomnemata*, behauptet es; mehrere Passagen in diesen Notizen belegen es; dennoch, ob der *Culex* tatsächlich von Petronius geschrieben wurde, muss hinterfragt werden. Denn Giton, dem munteren Ergänzer der Notizen, ist ohne Weiteres zuzutrauen, dass er die entsprechenden Stellen in die Notizen eingebaut – sich einen Scherz erlaubt hat. In seinem Blickfeld, dem eines Zeitgenossen Martials, finden sich genügend Adressaten: dilettierende Nachmittagsdichter;[2] Ewiggestrige, für die nur ein toter Dichter ein guter Dichter ist;[3] Schöngeister, die zwar selbst nichts schreiben, aber an allem herummäkeln, was von anderen vorliegt.[4] Und er wäre mit einem derartigen Scherz nicht der Einzige gewesen. Im Werkbestand der Zeit wimmelt es von Fälschungen. Zum einen handelt es sich um »Ergänzungen« späteren Datums, wie die berüchtigten Iesus-Zeugnisse in Flavius Iosephus' *Jüdischen Altertümern*;[5] zum anderen wurden populären Dichtern nach ihrem Tod gerne weitere Werke untergeschoben, dazu zählt die Forschung heute den *Froschmäusekrieg*

---

1 *»Warum also«, sagte Eumolp, »zögern wir noch, einen* mimus *zu inszenieren? Macht mich also zu eurem Gebieter, wenn euch das Geschäft zusagt.« Satyrica,* 117, 4. *SAT* Holzberg

2 Martial, *Epigrammata,* I, 91; II, 77; III, 45.

3 Ibid., VIII, 69; X, 4.

4 Ibid., I, 110; VI, 60; IX, 97.

5 Sie entstanden wahrscheinlich im 4. Jahrhundert. Das sogenannte *Testimonium Flavianum* wird zu dieser Zeit erstmals zitiert.

Homers, die umstrittenen *Heroïdes* Ovids, die *Octavia* Senecas und eben den *Culex* Vergils.[6]

Aber auch die Autoren selbst verknüpften ihre Werke zuweilen mit bekannten Namen, wie der Fabeldichter Phaedrus, der sich in seinem Ersten Buch[7] als getreuer »Nach-Erzähler« der Werke des legendären Aesop präsentiert. Bei genauerer Betrachtung findet man deutlich weniger als die Hälfte seiner Gleichnisse in den aesopischen Fabelsammlungen oder anderen, früheren Kompilationen. Berühmte Namen verkaufen sich gut. Petronius selbst sollte »ergänzt« werden, sogar mehrfach. Die bekannteste Ergänzung ist jene von François Nodot, eines französischen Soldaten, der die zugrundeliegenden Manuskripte bei der Erstürmung von Belgrad 1688 entdeckt haben wollte. Immerhin düpierte er damit zunächst sogar die Académie Française.[8]

Es ist also nötig und sicher auch der Mühe wert, den *Culex* nach unabhängigen Indizien oder Beweisen für eine Autorenschaft Petrons zu untersuchen. Dieser Petronius ist uns vor allem durch sein Werk, die *Satyrica*, bekannt. In der folgenden Untersuchung beschränke ich mich weitgehend auf den Vergleich von Erzähltechniken, auf strukturelle und stilistische Gemeinsamkeiten von *Culex* und *Satyrica*. So besehen ist diese Arbeit nur eine Mücke. Aber auch diese können, unter Umständen, nützlich sein.

---

[6] Die *Vita Herodotea* nennt Homer als Autor der *Batracho*[*myo*]*machia*. Plutarch (*Moralia* 873F) nennt den Karer Pigres als Autor; die Stelle wird jedoch der Interpolation verdächtigt. Die Echtheit der *Heroïdes* ist Gegenstand aktueller Forschung. Die *Octavia* des Seneca bezieht sich auf Ereignisse, die nach dessen Tod stattgefunden haben, wie z. B. auf den Tod Neros.

[7] *Aesopus fand als erster diesen Stoff; den habe ich nun ausgeformt im Versmaß des Senars.* Phaedrus, *Fabulae,* I, Prolog.

[8] In der Neuausgabe von 1709 lässt Nodot das Dankschreiben des M. Charpentier, Präsident der Académie Française, abdrucken.

I. Zeitliche Einordnung

Giton legt die Abfassungszeit des *Culex* in die Jahre 38 bis 41 u. Z.; im Februar des letztgenannten Jahres wurde er, laut seinem Zeugnis, veröffentlicht. Die ersten Erwähnungen des *Culex* finden sich bei Martial, Lucan und Statius dem Jüngeren, durchwegs Dichter, die um dieses Jahr gerade erst zur Welt kamen.[9] Eine Erwähnung des *Culex* vor 41 u. Z. ist nicht bekannt,[10] der aktuelle Forschungsstand geht von einer Abfassungszeit in tiberisch-claudischen Zeiten aus.[11] Folgt man letzterer Einschätzung, müsste der *Culex* jedenfalls nach dem Tod des Augustus und vor jenem von Claudius entstanden sein, zwischen den Jahren 14 und 53 u. Z.

Die *Satyrica*, der Vergleichstext, wurden laut Giton zwischen 60 und 66 u. Z. geschrieben. Der *Culex* wäre demgemäß der frühere Text. Aber könnte es sich bei den Notizen Petrons nicht ebenfalls um eine Fälschung handeln? Von Giton, beispielsweise, oder von einem mittelalterlichen Schreiber mit viel Zeit und Phantasie? Durchaus. Im Folgenden beschränke ich mich daher auf die derzeit von der Forschung anerkannten *Satyrica*- und Petronius-Fragmente.

Was bleibt, ist dieser Petronius *Arbiter,* der übliche Verdächtige für die Erschaffung der *Satyrica*, der laut Tacitus um das Jahr 20 u. Z.[12] zur Welt gekommen sein muss. Zeitlich gesehen kommt dieser Petronius also als Autor des *Culex* in Frage. Lucans Zeugnis setzt das *Spiel zu Thalias leichteren Weisen* in die Zeit vor 60 u. Z., literaturkritische Analysen setzen es in die

---

9 Marcus Valerius Martialis: geb. zwischen 38 und 41 u. Z.; Marcus Annaeus Lucan: geb. am 03.11.39; Publius Papinius Statius: geb. zwischen 40 und 50 u. Z.

10 Die älteste Erwähnung ist die des Lucan: *Wie viel fehlt mir denn zum* Culex*?* Sueton, *Vita Lucani,* 1. Sie muss wohl vor dem Jahr 60 u. Z. gefallen sein, als er selbst noch jung und nicht anerkannt war.

11 Beispielsweise Conte 1999, S. 430–432; Von Albrecht (Hrsg.) 2000, S. 136; Holzberg (Hrsg.) 2005, Janka, S. 35.

12 Tacitus, *Annales*, XVI, 17 ff.

Zeit vor 53 u. Z. Der *Culex* ein Jugendwerk des Autors der *Satyrica*? Ließe sich das beweisen, dann wäre damit, unabhängig vom Zeugnis Gitons, auch der Hypothese von der Entstehung der *Satyrica* im 2. Jahrhundert u. Z. mehr oder weniger der Garaus gemacht. Denn aufgrund Lucans *terminus ante quem* müssten bis zum Anbruch des neuen Centenniums zumindest vierzig Jahre vergehen; denkt man an den taciteischen *Arbiter*, wäre dieser im 2. Jahrhundert u. Z. mindestens achtzig Jahre alt. Man imaginiere sich einen Greis, einen Methusalem gar, wie er schelmisch seine Satyrn auf den Papyrus setzt – wenn man das kann.

II. *Culex* und *Satyrica* – eine Einführung

Beim *Culex* handelt es sich um ein Epyllion, ein Miniatur-Epos, wie es als Kleindichtung seit den Zeiten Catulls in Rom beliebt war. Inhaltlich zitiert und parodiert der Text neben Vergil ausnahmslos Dichter aus der Zeit vor 38 u. Z. Als neoterisches Epyllion auf den Spuren Ovids fügt sich der *Culex* ebenfalls in die uns bekannte Entwicklung der römischen Dichtkunst ein.[13] Der Inhalt ist, kurz gefasst, der folgende: Ein Hirte wird von einer Stechmücke vor einem drohenden Schlangenbiss gerettet. Der Hirte hatte geschlafen, als sich die Schlange näherte. Die Mücke sticht den Hirten, da sie ihn nicht anders wecken kann. Dieser tötet die Mücke, entdeckt aber, wachgeworden, die Schlange und kann sich erfolgreich zur Wehr setzen. In der gleichen Nacht erscheint ihm im Schlaf die Mücke und beklagt sich über seine Undankbarkeit. Erst jetzt erkennt er ihre selbstlose Tat und errichtet ihr am nächsten Morgen ein prächtiges Grabmal.

Eines der auffälligsten Merkmale ist die Klage der Mücke. Ein nicht enden wollender Wortschwall eines winzigen Tierchens, umso lustiger, je pathetischer er ist. Er nimmt, zwischen

---

13 So auch Conte 1999, S. 136 f, S. 430 f.

Entwicklung und Auflösung des Dramas, stolze 173 Verszeilen,[14] also fast die Hälfte des Gesamttextes ein.

In der Wahl seines fiktiven Autors kommt es dem *Culex*-Dichter (*C*-D) auf größtmögliche Diskrepanz an. Nicht Ovid oder Horaz, sondern Vergil, der identitätsstiftende Dichter Roms, der Größte muss es sein, der über das Kleinste schreibt.

In seiner Zeit – wenn man den Erwähnungen trauen will – ist der *Culex* als echt gehandelt worden. Und das trotz der vielen parodistischen und außer-vergilischen Elemente, die leicht zur Aufdeckung der Fälschung hätten führen können.

Des Weiteren ist festzustellen, dass ausgerechnet die Mücke, ein denkbar unbedeutendes Tierchen, ein vorbildhafter Römer der alten Schule ist. Nicht nur beweist sie Mut und Opferbereitschaft, sondern sie beherrscht, wenn auch ein wenig weitschweifig, die Rhetorik, sie belehrt uns mit einem Tugendkatalog (*pietas, iustitia, fides*), dessen Einhaltung sie einfordert,[15] sie kritisiert die Griechen, die selbst in der Unterwelt das Streiten nicht lassen können,[16] und sie warnt vor Hochmut: [...] *daß Niemand,* [...] *über den Himmel hinaus sich schwänge.*[17]

Die *Satyrica* entsprechen keinem tradierten literarischen *genus*, wie es uns aus der Antike bekannt wäre; sie sind vielmehr ein feinsinniges Konglomerat aus Textsorten und Inhalten ihrer Zeit. Das Werk selbst war in seiner Zeit offenbar singulär. Die vorhandenen Fragmente enthalten die Abenteuer zweier Protagonisten: Encolpius und Giton. Sie durchreisen mit wechselnden Dritten im Bunde Campanien, ohne Plan und Ziel, ihren Launen oder dem Schicksal folgend. Abgesehen von zwei längeren

---

[14] Von insgesamt 412 Zeilen. Verwendet wird die Übersetzung des *Culex* von Wilhelm Hertzberg. Siehe Bibliographie, II. 2. Allgemeine Forschungsliteratur, Hertzberg 1856.

[15] (Vergil), *Culex,* 221–225.

[16] Ibid., 320–325.

[17] Ibid., 338 f.

Dichtungen und mehreren eingestreuten Erzählungen wird die Geschichte mit zahlreichen kurzen Verseinlagen garniert.

Kritik an der Rhetorik und an der Literatur der Zeit sind identifizierbar, unterschwellig wohl auch Gesellschaftskritik. Moralische Leitfiguren sucht man vergeblich; die *personae*, mit denen Encolpius und Giton zu tun haben, sind zumeist Blender und/oder den Sinnesfreuden ergeben.

Der *Satyrica*-Dichter (*S*-D) malt ein Bild, wenn nicht Gemälde eines ganz spezifischen *Imperium Romanum*, das im Widerspruch zu den hehren Idealen, dem Selbstverständnis Roms und dem der römischen Bürgerinnen und Bürger steht. Dabei fallen seine Helden immer dann am tiefsten, wenn sie sich als Vertreter dieser Ideale gerieren. Agamemnon verkauft sich, nachdem er die Käuflichkeit der Rhetoren beklagt hat;[18] Eumolpus sieht seine Armut als Schwester seiner Anständigkeit und bekennt sich sogleich ungeniert zur hinterlistigen Verführung eines unmündigen Knaben;[19] Encolpius sieht sich gerne in der Rolle der Helden Homers und Vergils und erlebt immer dann seine schlimmsten Debakel.[20]

III. Schwierigkeiten der Deutbarkeit

Wenn dies auch nicht einmal als Indiz für ein- und denselben Autor von *Culex* und *Satyrica* gewertet werden kann, so fällt doch auf, dass beide Werke – in der Rezeption durch spätere Generationen – vergleichbare Einschätzungen erfahren.

Wilhelm Hertzberg verwirft 1856 die These der *satura Culex*: *Man hört nirgend* [...] *das Klatschen der satirischen Geißel* [...] *In der That, wenn der Verfasser des* Culex *einen schlechten Epiker hat nachäffen wollen, so hat er es zu natürlich gemacht*. Ganz sicher ist er sich bei dieser Aussage selber nicht, kurz vor dieser Stelle

---

18 *Satyrica*, 5 und 26, 8.

19 Ibid., 84, 4 und 85–87.

20 Ibid., 81 und 82: Encolpius impersoniert zunächst den am Strand schmollenden Achill, dann den im nächtlichen Troia nach Feinden suchenden Aeneas.

schreibt er: *Aber freilich, die Schleichwege eines echten Schalks sind incommensurabel, und er könnte wohl ein so harmloses Gesicht machen, um den Unvorsichtigen desto gründlicher anzuführen.*[21]

Überhaupt hat der *Culex*, was seine Deutung und die dahinter liegenden Absichten des Autors betrifft, eine bewegte Karriere hinter sich: Was in der Spätantike als authentisches Scherzgedicht – *praeludere* oder *prolusio* – des jungen Vergil gegolten hatte,[22] wird bereits im Mittelalter vereinzelt zur Fälschung herabgestuft,[23] danach, während der Reformation, als Arbeit des erwachsenen Vergil betrachtet.[24] Im Klassizismus werden *die Mehrzahl der Verse als elendes Fabricat eines mittelalterlichen Mönches*[25] verdammt, um im Biedermeier – es wird immer kurioser – zum gefälschten, umgeschriebenen Posttext des 1. Jahrhunderts erklärt zu werden, der einen verlorengegangenen echten *Culex* des Vergil zu ersetzen suchte.[26] Die Forschung der Gegenwart bewertet ihn – mehrheitlich – als nicht-vergilisch, etwa als *keine Fälschung eines Erstlingswerkes mit Authentizitätsanspruch, sondern eine zur Enttarnung durch* lectores docti et scrupulosi *gedachte Impersonation des jungen Vergil.*[27]

Hertzbergs Ausführungen über den *Culex* und seinen Autor könnten ebenso gut den *Satyrica* gelten; Jankas Einschätzung

---

21 Hertzberg 1856, S. 19 f.

22 Im 4. Jh. u. Z. nennt Aelus Donatus einen 15- bis 17-jährigen Vergil den Verfasser des *Culex*. *Vita Donati*, 53–59, 67.

23 Vincent de Beauvais, ein Enzyklopädist des 13. Jh., ist der möglicherweise erste Zweifler: *Speculum historiale* 6.62: *»Von Vergil glaubt man, dass er nur drei Bücher veröffentlicht habe, wie es sich auch in seinem Grabgedicht zeigt, wo gesagt wird: ›Ich besang Weideland, Äcker, Führer‹. Damit wird auf drei hingedeutet:* Bucolica, Georgica *und* Aeneis. *Daher sind* Vergil über die Mücke *und* Vergil über die Aetna, *welche die aus Orléans zum Prahlen und zum Angeben herumzeigen, unter die apokryphen Autoren abzusondern.«*

24 Joseph Justus Scaliger im Jahr 1573. Siehe Holzberg (Hrsg.) 2005, Janka, S. 35.

25 Christian Gottlob Heyne, Zitat aus dessen Schrift über die Werke Vergils aus dem Jahr 1775. Aus: Hertzberg 1856, S. 11.

26 Karl Julius Sillig, 1832. Aus: Hertzberg 1856, S. 20.

27 Holzberg (Hrsg.) 2005, Janka, S. 66 f.

verweist auf einen gebildeten, subtilen Spötter, der zwar dem Vergil ein Scherzgedicht unterschiebt, aber den wahren Scherz mit der Leserschaft seiner Zeit treibt. Und nicht etwa zum *Culex*, sondern zu Petronius findet Lessing die folgenden Worte: [...] *diese Behutsamkeit, Original zu scheinen, entdeckt ihn.* [Er ist] [...] *Fuchs genug, seine Fußstapfen, die den Weg, welchen er hergekommen, verraten würden, mit dem Schwanze zuzukehren.*[28]

Könnte es sein, dass die Austauschbarkeit der Aussagen daher rührt, dass wir es mit ein- und demselben Fuchs zu tun haben? Dann müssten sich Übereinstimmungen finden lassen.

IV. Auf den Spuren der Füchse

Der *Culex* liegt als Gesamtwerk vor, die *Satyrica* nur in Fragmenten. Auf der Suche nach einem gemeinsamen Ausgangspunkt bietet sich der Abschnitt 89 der *Satyrica*, die *Troia Halosis*, an. Darin werden Laokoons Söhne und er selbst von monströsen Schlangen ermordet. Die Stelle steht klar in Bezug zu Vergil, zudem wird Troias Fall von Eumolpus besungen, einem fiktiven Autor.

Ausgehend von *Satyrica* 89 und der Schlangenattacke im *Culex* versuche ich nun anhand einer Rekonstruktion des konzeptionellen Weges, den die Autoren als Vergil-Fälscher bzw. -Nachahmer gegangen sein müssten, Übereinstimmungen in Vorgangsweise und Stil zu finden.

IVa. Die Vorlagen

Bucolica, *Georgica* und *Aeneis* – chronologisch geordnet durchwandert der *Culex* die Werke Vergils. So auch beim Herannahen und dem Angriff der Schlange. In *Georgica* 3. 415 bis 439 warnt Vergil den guten Hirten vor Schlangen, vor deren Vorkommen an Gewässern; auch davor, unbesorgt im Gras zu schlafen. Der Hirte des *Culex* hingegen macht exakt das, was man laut Vergil

---

[28] Gotthold Ephraim Lessing: *Laokoon oder Über die Grenzen der Malerei und Poesie.* 1766. Aus: Lessing 1899, S. 299.

nicht machen sollte. Die Attacke selbst erinnert an die *Aeneis*: Im Abschnitt II, 203 bis 225 kommen die Schlangen aus dem Meer heran, töten Laokoons Söhne und ihn selbst.

Der Dichter der *Troia Halosis*, Eumolpus, ringt in aller Offenheit mit Vergil. Mag Laokoon auch Schlangen zu Gegnern haben, dieser Dichter kämpft mit Worten, die der Passage (*Aeneis* II, 13–297) neuen Ausdruck verleihen sollen. Dem Meister sieht er sich dennoch verpflichtet: Die an anderer Stelle vorgetragene *ars poetica* des Eumolpus[29] bezeugt sein dichterisches Vorbild Vergil.

IVb. Metamorphosen

Der Dichter des *Culex* wird zum fiktiven Autor Vergil. Scheinbar brav transformiert er die genannten Vorlagen für seine Fälschung. Wenn nicht die Frage bliebe, wie konnte dieser junge Vergil, der nach eigener Aussage noch kein großes Werk begonnen hat,[30] aus seinem gesamten späteren Werk zitieren? Ein dichterischer Drahtseilakt, allein, diesem umtriebigen Autor genügt das nicht. Er jongliert mit ovidschen Themen, Bezügen zu Homer, Catull und Lucrez. Selbst der Kampf des Hirten mit der Schlange könnte seinen Prätext in Ovids Metamorphosen haben – in Cadmus' Kampf mit der Schlange des Mars.[31] Stilistisch gesehen »sitzt« der Text unbekümmert in der tiberianisch-claudischen Zeit mit deren Liebe zu Manierismus und Pathos.[32] Und wie jede artistische Darbietung endet auch der *Culex* mit einem Höhepunkt. Mit atemberaubender Ungeniertheit gestaltet der C-D sein Finale als Parodie auf das Mausoleum

---

29 *Satyrica,* 118.

30 (Vergil), *Culex,* 6–10.

31 Ovid, *Metamorphoseon libri,* III, 28–94.

32 *»Irr' ich nicht, so führt auch die metrische Anstoßlosigkeit und Glätte einerseits und der dunkelnde schwerfällige und hohl pathetische Stil anderseits von selbst auf eine Periode, die hier von Ovid, dort von Persius und Lucan begrenzt wird.«* Hertzberg 1856, S. 21.

Augusti – ein Bauwerk, das dem jungen Vergil unmöglich bekannt gewesen sein konnte.[33]

Der Dichter der *Satyrica* wird zum fiktiven Dichter Eumolpus, dem dilettierenden Epigonen. Seine Schlangen bewegen sich zunächst unverdrossen auf den Spuren Vergils, aber Eumolp, dieser »schön Singende«, geht *aus dem Großen ins Ungeheure; aus dem Wunderbaren ins Unmögliche.*[34] Nicht zuletzt deshalb bleibt sein Gebilde kalt. Dahinter baut der *S*-D – kaum zufällig – Bezüge zu den Dramen Senecas ein, wohl auch zu anderen Werken der Zeit, die wir nicht kennen, und hinterlässt zumindest eine erkennbare Spitze gegen Neros *Halosin Ilii*.

C-D und *S*-D schärfen ihre Lanzen, nicht ein Ziel, mehrere sollen getroffen werden.

IVc. Intentionen der fiktiven Autoren

Vergil empfiehlt sich (erstmals?) dem jungen Augustus mit einem Scherzgedicht. Dieses will auch Weltgedicht sein, es soll Octavian unterhalten, es lobt ihn. Ein Hinweis auf fehlende Geldmittel für größere Werke wird untergebracht.

Eumolpus will sein dichterisches Können unter Beweis stellen. Auch sucht er in diesem Moment die Aufmerksamkeit seines Zuhörers Encolpius zurückzugewinnen. Als Kontrast zu seinem Vortrag über die schnöde Tugendlosigkeit der Massen empfiehlt er sich als schöngeistiger Poet, den angeblich ein Bild vom Untergang Troias zu seinen Versen inspiriert hat.

---

[33] Das Mausoleum Augusti wurde im Jahr 28. v. u. Z. errichtet, als Vergil 42 Jahre alt war. *Terminus ante quem* für seinen *Culex* wäre das Jahr 42 v. u. Z., in dem er mit den *Bucolica* begann.

[34] Lessing 1899, S. 299.

IV d. Die Umsetzungen

Drei handelnde Figuren beherrschen den *Culex*. Den namensgebenden Helden als Vertreter klassischen Römertums habe ich bereits beschrieben. Zur Schlange komme ich weiter unten. Aber wie steht es um den Hirten? Der *Culex* liegt eingebettet in Verweisen auf Octavian Augustus. Das Prooemium widmet ihm das Werk; am Ende errichtet der Hirte ein Grabmal, das verdächtige Ähnlichkeit mit dem Mausoleum Augusti aufweist. Der Hirte setzt eine Inschrift auf das marmorne Grabmal: *Winziges Mücklein, es weiht nach Verdienst Dir der Wächter der Herden dieses Begräbnis hier als Dank für Lebensrettung.*[35] Ein »Tatenbericht«, wie er, wenn auch länger und in Bronzetafeln gesetzt, vor dem Mausoleum des gefeierten *princeps* zu bewundern war. Die Summe der Unstimmigkeiten beginnt ein stimmiges Ganzes zu bilden. Der Hirte tötet die Schlange, diese muss, folgt man Vergil, mit dem Beginn des Goldenen Zeitalters aussterben.[36] Den Inbegriff alles Bösen kann er allerdings nur aufgrund des Eingriffs der Mücke, des winzigsten und unbedeutendsten Römers, töten. Ohne diese Mücke wäre er selbst getötet worden. Ihr heroisches Opfer bemerkt er gar nicht oder hat es vergessen, er schreibt sich die Schlangentötung selbst zu. Danach setzt er sich erst einmal hin. Die ur-römische Mücke muss ihn erst an ihre Tat erinnern, im Zuge dessen ruft sie ihm, in wenig hoffnungsvollem Ton, die klassischen römischen Tugenden ins Gedächtnis. Währenddessen schläft dieser »Wächter der Herden« wieder einmal, so wie während der Hälfte der gesamten Erzählung.[37]

Nicht nur, dass der C-D eine Fülle von logischen und literarischen Stolpersteinen in den Text eingebaut hat, die die Fälschung schon zu seiner Zeit leicht hätten entlarven können, der

---

[35] (Vergil), *Culex,* 411 f.

[36] Vergil, *Eclogea,* 4, 24.

[37] Der Hirte schläft in 206 von 412 Zeilen. Abzüglich des Prooemiums in 55,5 Prozent der Handlung.

Culex enthält auch noch eine despektierliche Darstellung des Widmungsträgers. Dreister kann man nicht fälschen.

Der Dichter der *Satyrica* präsentiert mit der *Troia Halosis* eine willkürliche Reduktion des großen Stoffes auf bestimmte Effekte. Zunächst einmal fehlt Vater Aeneas, er ist zwar, wie es scheint, der Erzähler, wirkt aber wie ein Bote, der gehetzt vom Untergang Troias berichtet. Laokoon, ein weiterer großer Troer, ist schwach und hilflos. Er setzt, im Gegensatz zur *Aeneis*, zweimal erfolglos zur Entlarvung des Pferdes an und stirbt kampflos durch die Schlangen. Ein Troianer-Galopp, der nichts vom feierlich-gemessenen Gang der Erzählung Vergils hat. Eumolps epische Spannweite reicht immerhin von der Errichtung des Troianischen Pferdes bis zur nächtlichen Zerstörung der Stadt durch die Griechen. Stoff genug, könnte man meinen, dessen ungeachtet berichten volle 26 der insgesamt 65 Zeilen ausschließlich von der Schlangenepisode, weitere 7 gehören der Intervention Laokoons. In Halb- und Nebensätzen sprintet Eumolp durch das 2. Buch der *Aeneis*, bis er dort ist, wo er sein will: bei den Monstern. Und auch danach ist er mit wenigen Sätzen bei den nächsten Horror-Effekten, bei Mord und Zerstörung, beim Brand von Troia. Eumolp erzählt nicht nach, sondern benutzt die Vorlage zur Befriedigung eigener dichterischer Gelüste.

Beide Dichter gestalten ihre Texte, um etwas völlig anderes zu sagen, als auf den ersten Blick zu sehen ist. Beide verzichten dabei auf die »satirische Geißel«, sie legen ihre Meinung nicht offen dar, wenn auch aus unterschiedlichen Motiven. Der *S*-D gibt keine klare Auskunft, was man von der Dichtung Eumolps zu halten hat, die heroische Mücke ist gleichermaßen bewundernswert wie komisch dargestellt. Genauso achten die Autoren aber auf die plausible Gestaltung dieser Oberflächen. *Culex* und *Satyrica* »funktionieren« als amüsante Erzählungen; direkte Hinweise auf einen tieferen Sinn werden bewusst vermieden.

IVe. Intentionen des *C*-D bzw. *S*-D

Der Dichter des *Culex* gibt vor, Vergil zu sein. Wäre das seine einzige Intention gewesen, wäre er wohl vergilischer und plausibler vorgegangen. Hinter der erklärten Intention des fiktiven Autors Vergil steht die Intention des wahren Autors, die meiner Ansicht nach in der Gestaltung der *persona* des Hirten als Augustus-Parodie liegt. Der *Culex* präsentiert sich als ambivalentes Werk, dem selbst eine späte Echtheitsvertreterin parodistische Züge nicht absprechen kann[38], eines Autors, der weder überzeugend fälscht noch klar parodiert.[39] Man hat es hier, wie auch Janka meint, weniger mit einem simpel gefälschten Vergil als vielmehr mit einer parodistischen Impersonation des jungen Vergil zu tun – mit einer literarischen Gratwanderung, welche die Entlarvung bewusst mit eingeplant hat, ihr gelassen ins Auge blickt.

Die *Troia Halosis* des Dichters Eumolpus gibt vor, große Dichtkunst zu sein und die Gründungslegende Roms, den Anknüpfungspunkt der iulisch-claudischen Dynastie würdig darzustellen. Nicht von ungefähr folgt sie direkt auf einen Vortrag Eumolps über den bestehenden Verfall der Sitten und Wissenschaften. Hinter dieser erklärten Intention Eumolps steht die wiederum gänzlich andere Intention des *S*-D. Wie der *C*-D sein Werk zwischen Fälschung und Parodie in Schwebe hält, macht es auch der *S*-D – sein Eumolpus liefert Mittelmaß in beredter Vollendung; keinen dichterischen Bauchfleck, aber auch keinen Höhenflug. Unterschwellig entlarvt der *S*-D damit die mediokren Werke seiner Zeit, bespöttelt die Improvisationssucht und zeigt, wie leicht Werke dieser Art geschrieben werden können.[40] Eumolpus

---

38 Schmidt 1959, S. 1–15.

39 Gall 1999: *»Von einem Fälscher würde man wohl eher noch deutlichere Hinweise auf den Autor Vergil erwarten. Eine Vergil-Parodie könnte man sich in vielen Punkten krasser denken.«* Aus: Holzberg (Hrsg.) 2005, Janka, S. 66.

40 So auch Walsh 1968: *»Petronius is demonstrating how fatally easy it is to write tragedies like Seneca's.«* Aus: Habermehl 2006, S. 157.

hastet zu seinen Effekten, verweilt unnötig in diesen, auf der Strecke bleiben das menschliche Drama, die Emotionalität. Auf eine erzählende *persona*, mit der sich Leserinnen und Leser identifizieren könnten, wird verzichtet. Der *S*-D persifliert das Pathos damals gängiger Dramen, für uns erkennbar das des Seneca. Ob und auf welche Weise das Werk andere Troia-Dichter im Visier hatte, wie Lucan (*Iliacon*) und Nero (*Halosis Ilii)*, ist unbekannt. Aber wie hingeworfen steht die *Troia Halosis* in den *Satyrica* und endet exakt dort, wo die dichterischen Probleme Neros bekanntlich begonnen haben. Der Vortrag Eumolps wird von seinen Zuhörern durch Steinwürfe abgebrochen, just in dem Moment, in dem Troia Feuer fängt. Vom Brande Troias will keiner etwas hören.

Beide Autoren halten ihr Werk in Schwebe. Beide Autoren setzen sich Masken auf, mit denen sie harmlos genug erscheinen. In beiden Fällen liegt die Lösung des Scherzes darin, dass die fiktiven Autoren Vergil und Eumolpus scheitern. Das müssen sie. Ersterer, weil er nicht Vergil sein soll, letzterer, weil er nicht Vergil sein kann.

V. Intertextualitäten in *Culex* und *Satyrica*

Im Folgenden möchte ich einige spezifische Gemeinsamkeiten des *Culex* und der *Satyrica* hinsichtlich ihrer Erzähltechniken und Inhalte untersuchen.

Va. Die »komische Fallhöhe«[41]

Bei der redlichen Mücke ist es ihre physische Beschaffenheit selbst, die den Wortschwall und das hehre, pseudo-vergilische Pathos witzig macht. Selbstbewusst fordert sie die ihrer Tat zustehenden Ehren ein. Aber sie liefert auch eine scheinbar

41 Holzberg (Hrsg.) 2005, Janka, S. 54.

deplatzierte Neudeutung der Geschichte von Orpheus und Eurydike, sie ergeht sich in unnötigen Beschreibungen der Sünder im Tartaros, sie räsoniert weitschweifig über Griechen und Römer. Der äußere dichterische Zweck des Ganzen sind wohl die lichten Höhen, in die diese Mücke damit steigt. Trotz aller Lächerlichkeit inszeniert der *C*-D die Mücke jedoch als tugendhaften, gebildeten und redegewaltigen Römer.

In den *Satyrica* ist es ebenfalls die Distanz zwischen dem Wollen und dem Können der Protagonisten, die für die komische Fallhöhe sorgt. Nur liegen diesen Höhenunterschieden meist Wahnvorstellungen zugrunde. Encolpius hält sich wahlweise für Achilleus, Aiax oder Odysseus; Trimalchio meint, er sei ein gebildeter, kunstsinniger und selbstverständlich graecophober Römer; Eumolpus stilisiert sich zu einem neuen Vergil. Während der *Culex* mit seinem Anliegen siegt, scheitern die Protagonisten der *Satyrica* durchwegs, und das umso derber, je blinder sie sich von ihrem Wahn leiten lassen.

Vb. Die Konfusionen Trimalchios und des *Culex*

Sic notus Ulixes? – So kennt ihr Ulysses?[42] Stolz verweist Trimalchio mit dem berühmten Vergil-Zitat[43] auf sein Wissen über die Klassiker. Etwas später liefert er die Beweise: *Für Silbergerät interessiere ich mich mächtig. Riesenhumpen habe ich an die* [Lücke] *wie Kassandra ihre Söhne ersticht, und die Jungen liegen im Tod so da, als wären sie lebendig. Ich habe eine Henkelschale, die König Minos meinem früheren Herrn hinterlassen hat, wo Daedalus Niobe ins troianische Pferd einsperrt.*[44]

Diomedes und Ganymedes sind zwei Brüder gewesen. Deren Schwester war Helena. Die hat Agamemnon entführt und der Diana

[42] *Satyrica,* 39, 3. *SAT* Holzberg.

[43] Vergil, *Aeneis,* II, 44.

[44] *Satyrica,* 52, 1 f. *SAT* Müller/Ehlers.

eine Hirschkuh untergeschoben. So erzählt jetzt Homeros, wie Troianer und Tarentiner miteinander kämpfen. Natürlich hat der Mann gesiegt und seine Tochter Iphigenie dem Achill zur Frau gegeben. Deswegen ist Aiax wahnsinnig …[45]

Trimalchio verwechselt Kassandra mit Medea; Niobe mit Pasiphae, die von Daedalus nicht etwa ins Troianische Pferd, sondern in eine hölzerne Kuh eingesperrt wurde. Die Brüder der Helena sind Castor und Pollux, Diomedes und Ganymedes sind keine Brüder, Paris hat Helena entführt, Agamemnon jedoch Iphigenie nach Aulis gelockt, unter dem Vorwand, sie solle Achilles heiraten. Die Troianer haben natürlich nicht die Tarentiner bekämpft, Aiax ist nicht aus Eifersucht auf Achilles wahnsinnig geworden, sondern weil die Waffen des erschlagenen Achilles nicht ihm, sondern Odysseus übergeben wurden.

Trimalchio bringt die Dinge aber nicht irgendwie, sondern auf witzige Weise durcheinander, in einer Art von »höherem Blödsinn«. Nach Pausanias hat Kassandra Söhne mit Agamemnon, die später, wie Agamemnon selbst, erschlagen werden. Und bei den Tarentinern denkt Trimalchio möglicherweise an den Tarentinischen Krieg des König Pyrrhus, von dem er irgendwann einmal gehört hat.

Die Konfusion, in die der namensgebende Held des *Culex* verfällt, ist zwar wesentlich sympathischer, aber nicht weniger verwirrend. In ihrer Rede beschreibt die Mücke ihre Reise durch die Unterwelt, in die es sie nach ihrem Tod verschlagen hat, und diese Beschreibung ist, milde gesagt, schwer nachvollziehbar. Vor allem für einen Vergil-Fälscher, für den jenes Schattenreich, wie es im 6. Buch der *Aeneis* beschrieben wird und das ich im Folgenden kurz skizzieren möchte, doch naheliegend sein müsste: Zunächst hat man im Kahn des Charon den Styx zu überqueren. Dann steht man vor dem Höllentor, mit Cerberus als Wächter davor. Drinnen begegnet man Minos, dem Unter-

---

45 Ibid., 59, 4 f. *SAT* Müller/Ehlers.

weltsrichter, der den Seelen ihren Platz im Hades zuweist. Danach folgen die Trauergefilde, die den unglücklich Liebenden vorbehalten sind. Hat man diese Gefilde durchquert, betritt man den Sammelplatz der Heroen, von dem zwei Wege abgehen: links in den Tartaros, die Höllenburg, in der die Verdammten ewige Qualen erleiden, rechts in das Elysium, das friedvolle Refugium der Seligen. Drei Flüsse durchziehen den Hades: Der Feuerfluss, Phlegethon, umgibt den Tartaros; Eridanus durchströmt das Elysium; Lethe, der Fluss des Vergessens, liegt am äußersten Ende des Elysiums.

... mich zwingen die Manen, daß mit den Resten des Leibs ich Lethe's Fluten durchschwimme.[46] So beginnt die Beschreibung der Mücke von ihrem Gang durch den Hades. Größtmöglicher Unfug als wegweisender Einstieg in die Klage des Culex? Erstens: Warum sollten die Manen, ihre Vorfahren, sie zu so etwas zwingen? Das wäre schwerlich in deren Interesse. Lethe ist der Fluss des Vergessens. Die Manen hingegen wollen nicht, dass man sie vergisst. Sie wollen von ihren Nachkommen geehrt werden und verlangen von diesen ein tugendhaftes Leben. Wer Lethe durchschwimmt, hat keinerlei Erinnerung mehr an sein bisheriges Leben, erst recht nicht an seine Vorfahren. Zweitens: Das ist topographisch unmöglich. Die Lethe liegt am anderen Ende des Hades. Drittens: Warum muss sie schwimmen? Mücken, erst recht ihre Seelen, müssten doch fliegen können; sie, *das winzige Kind des Gewässers*,[47] fürchtet sich andauernd vor Flüssen oder dem Schwimmen, dabei sagt sie später selbst, dass sie durch die Unterwelt schwebt.[48] Im nächsten Satz befindet sie sich auf einmal vor dem Eingang zur Unterwelt. *Charon treibt mich als Beute fort.*[49] Aber unmittelbar darauf sieht sie Tisiphone, eine der Furien, die normalerweise den Tartaros bewacht. Erst dann, im

46 (Vergil), *Culex*, 212 ff.
47 Ibid., 181.
48 Ibid., 229 f.
49 Ibid., 214.

Hades, begegnet sie Cerberus. Danach ist sie schon wieder im Tartaros. Von den Verdammten geht sie über zu blutrünstigen Heroïnen und thematisiert daran anschließend einen Brudermord. Danach muss sie schon wieder schwimmen.[50] Diesmal durch den Eridanus, offenbar um in das Elysium zu gelangen. Einen Grenzfluss des Reiches der Seligen gibt es nicht, der Eridanus fließt durch dieses hindurch. Die folgenden Verse sind, was ihre räumliche Zuordnung betrifft, ebenso unklar. Einerseits müsste die Mücke im Elysium sein, andererseits sieht sie klagende Heroïnen, die man eher in den Trauergefilden vermutet hätte. Mit der Eurydike-Abschweifung beruhigt sich ihre Erzählung etwas. Daran anschließend beschreibt sie die Griechen, die vor Troia gekämpft haben. Auch diese sind nicht so selig, wie sie es in diesen Gefilden sein müssten, sie wirken zerstritten und missmutig. Die wahrhaft Seligen des Elysiums der Mücke sind, wie könnte es anders sein, die Römer, die den Höhepunkt ihrer Unterweltsbeschreibung bilden. Gegen Ende ihres Vortrages verfällt sie wieder in gröbere Konfusion. Sie muss zurück zu Minos, den sie aber an das Ufer des Phlegethon setzt. Wiederum fürchtet sie die Furien, von denen sie doch nichts zu befürchten hat.

Offenbar schwirrt diese Stechmücke ebenso planlos und wirr durch die Unterwelt, wie wir es von ihren lebendigen Artgenossen gewohnt sind. Aber letztere haben einen Plan, sie attackieren ihre Beute mit enervierender Hartnäckigkeit. Erstere ebenso, denn so witzig die Konfusion dieser Mücke sein mag, auch sie hat, meiner Ansicht nach, eine Absicht: ihre Anklage. Wer hat etwas vergessen? Der Hirte, und zwar die gute Tat der Mücke und seine Dankespflicht. Also thematisiert sie im ersten Satz den Fluss des Vergessens. Wer muss Tisiphone, die Mordrächerin, fürchten? Ebenjener, der, *von dem entsetzlichen Morde befreit*,[51] gerade schläft. Von welchem Mord, muss man an dieser Stelle fragen, sieht sie den Hirten eigentlich befreit? Meint sie

---

[50] Ibid., 258.
[51] Ibid., 212.

dessen drohende Ermordung durch die Schlange oder spielt sie auf sein mangelndes Gewissen an, das ihn von seiner Schuld am Tod der Mücke befreit hat? Die Antwort gibt sie selbst: *Da ich des Nächsten drohendes Schicksal sah, so ward ich, des eignen vergessend, gleichem Verhängniß zum Raub.*[52] Ihre Rede endet vor Gericht, bei Minos, den sie bedrohlich nahe an den Tartaros, an dessen Grenzfluss gesetzt hat. Unterschwellig erinnert sie damit an die Strafen, die Sündern in der Unterwelt drohen. Aber wer hat Minos, wer die Furien, diese Rächerinnen jeglichen Unrechts, zu fürchten? Wer ist der Angeklagte, die redliche Mücke oder der undankbare Hirte? *Ja von Leben und Tod vor Gericht dort Rechnung zu legen, zwingen die Furien mich mit grausam geschwungener Geißel.*[53] Beweint sie an dieser Stelle wirklich ihr Schicksal oder droht sie nicht vielmehr dem Hirten mit einer Aussage, die diesem schaden könnte? Seine Schuld könnte der Hirte nur durch Erfüllung seiner Dankespflichten sühnen, aber daran glaubt die Mücke in ihren Schlussworten nicht mehr.

Zusammengefasst ergibt sich der folgende Befund für Trimalchio und Culex: Trimalchio hat sich seine eigene Mythologie erschaffen, von deren Richtigkeit er felsenfest überzeugt ist. Auf einige seiner Gäste wirkt er damit höchst gebildet, andere wagen es nicht, ihm zu widersprechen. Aber der Dichter der *Satyrica* lässt Trimalchio nicht sinnlos schwadronieren, sondern auf hohem Niveau versagen. Nicht sein mangelndes Wissen wird kritisiert, sondern sein Bildungswahn, in dem er, ohne es selbst zu merken, von einer Verwechslung zur nächsten schreitet. Trimalchio ist ein rudimentär gebildeter Schwätzer, der da und dort etwas aufgeschnappt hat und diese Bruchstücke auf skurrile Weise neu verknüpft. Leserinnen und Leser waren eingeladen, die assoziativen Irrwege des Trimalchio zu entwirren, und hatten sicher (jedenfalls leichter als wir heute) ihren Spaß daran.

---

52 Ibid., 225 f.
53 Ibid., 374 f.

Der Dichter des *Culex* präsentiert eine gebildete, rhetorisch begabte und vor allem höfliche Mücke. Nur 28 von insgesamt 173 Zeilen ihrer Anklage[54] erheben direkte Vorwürfe. Ansonsten trägt sie ihre Anklage lieber bildhaft vor. Die Mücke hat sich ihre eigene Unterwelt konstruiert, die vor allem dem Zweck der Anklage dient. In halbwegs gerader Linie steigt sie auf, von den Verdammten des Tartaros über die schlimmsten Sünder und die zwiespältigen Griechen zu den tugendhaften Römern. Dort ist sie wieder ganz in ihrem Element. Neben den glorreichen Horatiern und Scipionen, neben Camillus, dem Retter Roms vor den Galliern, nennt sie vor allem Römer, die fürs Vaterland gestorben sind, persönliche Opfer gebracht haben oder kämpfend ihr Leben ließen.[55] Noch einmal reibt sie dem Hirten ihre Selbstlosigkeit unter die Nase, stellt sich, auch hier ohne das direkt auszusprechen, in eine Reihe mit heldenhaften und aufopferungsvollen Römern. Auch hier werden Leserinnen und Leser eingeladen, der Topographie wie den Gedankengängen der Mücke zu folgen und diese zu entschlüsseln.

Vc. Fröhliche Neukontextualisierungen

Unmittelbar vor der *Troia Halosis* erzählt Eumolp, wie er einst den Epheben von Pergamon verführte. Er versprach dem Knaben ein Pferd, sollte dieser sich ihm ganz hingeben. Dieses Versprechen wird er nicht einhalten; man hat also Eumolpus zu fürchten, wenn er Geschenke verspricht. Und so schnell wird aus der ruhmreichen List des Odysseus das nicht eingehaltene Versprechen eines alten Lüstlings, aus der tragischen Eroberung Troias ein hinterlistiges Eindringen ganz anderer Art.[56]

Es entbehrt nicht des Hintersinnes, wie der Dichter des *Culex* das Eurydike-Thema durch sein Mücklein vortragen und neu

[54] Ibid., 208–13, 221–229, 370–381.

[55] Ibid., 358–369.

[56] Mehr darüber in: Zeitlin 1971.

interpretieren lässt.[57] Wie kommt es überhaupt auf dieses Thema? Schweift es ab? Nein: Eurydike starb an einem Schlangenbiss, die scheinbare Abschweifung wird zur Anklage. So unterschwellig wie penetrant reibt die Mücke dem Hirten ihren Rettungseinsatz noch einmal unter die Nase. Und nicht einmal Orpheus hätte den Hirten aus der Unterwelt retten können; ist Orpheus für die Mücke doch ein verantwortungsloser Liederjan, der das gewonnene Glück für den Augenblick opfert. Von diesem Spiel mit hehren Themen und Texten – einem der Leitmotive der *Satyrica* – bietet auch der *Culex*, wenn auch auf begrenzterem Raum, eine ganze Menge. Die Griechen sind passé, so viel ist klar, aber mit der Entmystifizierung des vergöttlichten Herrschers wird nicht nur dieser selbst zurechtgestutzt, sondern meiner Meinung nach auch dem Rom der Abfassungszeit, des 1. Jahrhunderts u. Z., selbstgefällige Erstarrung unterstellt. Welcher Cato mahnt denn die alten römischen Tugenden ein? Eine Mücke, winzig und im Allgemeinen unbeachtet. Offen vorgetragen wird die Kritik nicht, der Leser hat selbst zu denken. Wie der *S*-D vermeidet der *C*-D die offene Anklage, im Falle des letzteren wohl zur Aufrechterhaltung des Echtheitsanspruches.

Mit den werkinhärenten Definitionen als Scherzgedicht[58] bzw. Jugendwerk[59] landete der *Culex* (wie die *Satyrica*) schon in der Antike bei der leichten Lektüre,[60] was vermutlich zum Erfolg des Schwindels in seiner Zeit beigetragen hat. Nachdem erste Zweifel an seiner Echtheit aufgekommen waren, ereilte den *Culex* dann in der Rezeption das gleiche Schicksal wie die *Satyrica*:

---

57 (Vergil), *Culex*, 266–291.

58 Ibid., 3: *Spiel nur trieb ich, so sei das Gedicht denn Schnake geheißen.*

59 Ibid., 8: *Später jedoch wird ernsteren Tons dir unsere Muße singen, …*

60 Martial, *Epigrammata*, XIV, 185: *Nimm die* Mücke *des wortgewandten Maro, Wissbegieriger, damit du nicht, wenn du die Nüsse weggelegt hast ›Waffen und Mann‹* [die Aeneis] *liest.*

Seine Einordnung in die *saturae* wurde, aus denselben Gründen, verworfen.

Vd. Düstere Haine.

Als in den dichteren Schatten der Hirt jetzt führte die Herde, wo er von fern sie gelagert erblickt in Deinem geweihten Hain, o delische Göttin, wohin einst rasend Agawé, Cadmus' Tochter, verfolgt vom nyktelischen Gott sich geflüchtet, blutig vom Mord und die Hände bedeckt mit entsetzlichem Frevel.[61]

Agawé, die Tochter des Cadmus, wurde von Bacchus in den Wahnsinn getrieben und zerfleischte daraufhin ihren eigenen Sohn. Ihr Vater Cadmus tötete die Schlange des Mars. Es ist ein gruseliger Hain, den der Hirte da mit seiner Herde aufsucht. Dabei ist er ausgesprochen glücklich, seinen Ziegen geht es gut, die Vöglein zwitschern, er spielt Flöte. Aber was sind das für Bäume?

Denn ganz vorn an der Halde des Thals erhoben sich luftig breite Platanen, es stand dazwischen der grausame Lotos – grausam, weil er entführt des bekümmerten Ithakers Freunde, die er verlockt gastfrei mit allzu süßem Genusse. Auch, die nach Phaetons Sturz vom Gespann gluthufiger Rosse Trauer um ihn, den Versengten, verwandelte, Helios Töchter denen die Arm' in den Stamm zartholziger Bäume verwachsen, gossen vom starren Gezweig ringsum weißschimmernde Schleier.[62]

Gleich nach der Platane, dem Inbegriff des gemütlichen Haines, kommt der »grausame« Lotosbaum, mit dessen Blättern die Gefährten des Odysseus in Trance versetzt wurden. Immer dichter werden die Schatten, die dieses Plätzchen, in dem Helios' Töchter in Pappeln verwandelt wurden, vorauswirft. Im Text setzt sich der Baumkatalog fort, zunächst mit dem

61 (Vergil), *Culex*, 107–110.
62 Ibid., 123–129.

Mandelbaum,[63] der Steineiche[64] und der dem Totengott geweihten Zypresse. Durchwegs Bäume, die unheilverkünden, mit dem Tod verbunden sind und/oder auf das traurige Schicksal von Liebenden hinweisen. Dann folgt die Eiche, ein guter Baum; er steht jedoch drohend als »schicksalskündend« im Text. Die Myrte, normalerweise ebenfalls positiv konnotiert, wird im Zusammenhang mit Myrine genannt, die, nachdem sie den Dienst der Göttin wegen eines Jünglings verlassen hatte, von Venus in eine Myrte verwandelt wurde. Nur zwei Bäume, die Fichte und die Buche, können als positiv konnotiert interpretiert werden.

In den *Satyrica* begegnet Encolpius einer schönen jungen Frau, die sich Circe nennt. Der Leser weiß längst, dass Encolpius ein Potenzproblem hat. Man verabredet sich in einem Hain:

Die edle Platane hatte sommerliche Schatten verbreitet, so auch die mit Beeren bekränzte Daphne und zitternde Zypressen und ringsum geschorene Pinien mit schwankendem Wipfel. Zwischen ihnen spielte mit ziellos streifenden Wellen ein schäumender Bach und plagte die Kieselsteinchen im klagenden Nass. Ein für die Liebe würdiger Ort! Zeugin ist die Waldbewohnerin Nachtigall und die Städterin Prokne, die um die Gräser flogen und um sanfte Veilchen und mit Gesang ihre Fluren ehrten.[65]

Auch dieser Hain lässt Böses ahnen. Seine Beschreibung beginnt, wie im *Culex*, mit der Platane, dem lauschigen Plätzchen, in diesem Fall für Liebende. Sodann wird der Lorbeer erwähnt, allerdings als Daphne: Jene Nymphe, die Apollon nicht liebt und, von dem Gott verfolgt, ihren Vater anfleht, er möge ihre

[63] Ibid., 130 f.: Phyllis denkt als Mandelbaum noch immer an den Treuebruch des Demophoons. Sie hatte sich gekränkt den Tod gegeben und war in einen blattlosen Mandelbaum verwandelt worden.

[64] Ibid., 138: … *Steineichen mit schwärzlichem Schein* …: Dem Pan geweiht, Unglücksbaum.

[65] *Satyrica*, 131, 8. *SAT* Holzberg.

reizende Gestalt verwandeln, worauf sie zu einem Lorbeerbaum wird. Auf diesen Baum folgt, wie im *Culex*, die Zypresse, in diesem Text ist es eine »zitternde«, der Dichter erinnert an das traurige Schicksal des Cyparissus.[66] Danach beschreibt er eine »geschorene« Pinie. Aufgrund der Verwendung von *tonsae* (geschoren, gestutzt) ist wohl an Cybele und Attis zu denken. Da Cybele Liebe ohne Geschlechtsverkehr von Attis forderte, entmannte sich dieser, verblutete und wurde in eine Pinie verwandelt. Zuletzt flattern Schwalbe und Nachtigall vorüber; mit der Nennung der Prokne steht die grausame Geschichte von Prokne, Philomela und Tereus im Raum.[67] Wahrlich kein geeigneter Platz für Liebende, sogar der Bach (»das Nass«) klagt.

Es kommt, wie es bei all dem Schwanken und Zittern kommen muss: Encolpius versagt[68] wieder einmal, Demütigungen und Verspottungen durch Circe folgen.

Daphnes Schicksal – eine versuchte Vergewaltigung – eröffnet die Liebelei im Hain der *Satyrica*. Mit Cyparissus, dem Gefährten Apollons, thematisiert der Dichter zum einen Trauer, zum anderen jedoch die Knabenliebe, die Circe als den Grund für Encolpius' Versagen bei ihr betrachtet. Der Tod und die Unterwelt kommen Encolpius häufig in den Sinn, wenn er mit seiner Impotenz hadert, so auch kurz nach dieser Stelle.[69] Denkt man bei der geschorenen Pinie an Cybele und Attis, ste-

---

[66] Dieser, ein Gefährte Apollons, schließt enge Freundschaft mit einem wilden Hirschen. Als er ihn aus Versehen tötet, bittet er die Götter, ihn von seinem Leid zu befreien, und sie verwandeln ihn in eine Zypresse (griechisch: kyparissos).

[67] Siehe *Petronica*, II, S.62.

[68] Die entscheidenden Zeilen sind zwar einer Textlücke zum Opfer gefallen, allerdings ist kurz darauf (*Satyrica*, 132, 2. *SAT* Holzberg) von *offenkundigen Kränkungen* der Dame die Rede.

[69] In *Satyrica,* 132, 10 sieht er sich durch seinen schlappen Penis in die Unterwelt hinabgezerrt. Das daran anschließende Poem enthält ein wörtliches Zitat aus der Begegnung von Aeneas mit Dido in der Unterwelt (Vergil, *Aeneis*, VI, 469 f.). Später, in *Satyrica* 140, 12, wird ihn Merkur, *der die Seelen hinunter und wieder zurückzuführen pflegt*, (*SAT* Holzberg) von seiner Impotenz heilen.

hen Keuschheit und Entmannung zwischen den Zeilen. Erstere ist Encolpius aufgrund seiner Impotenz aufgezwungen, letztere zieht er nach dieser Stelle ernsthaft in Erwägung.[70] Die schaurigen Schwestern Prokne und Philomela, als Zeugen an dem *für die Liebe würdigen Ort*, sind die sprichwörtliche Faust aufs Auge.

Beide Texte folgen dem gleichen dramatischen Aufbau, die Dichter tauchen ihre Haine im Nu in ein unheimliches, verhängnisvolles Licht. Trauer und Tod werden thematisiert, dräuende Gefahren lauern im Hintergrund. Gleichzeitig verweisen die Beschreibungen in beiden Fällen auf die folgende, im Falle der *Satyrica* teilweise auch auf die vorangegangene Handlung.

Mord und Schlangen werden im *Culex* durch Agawé und Cadmus evoziert; der Schlaf des Hirten durch den Lotos; sein Treuebruch gegenüber der Mücke durch den Mandelbaum; die Zypresse steht für Tod und Unterwelt; die Myrine schließlich gemahnt an die Strafe für Treulosigkeit.

VI. Resumee

Culex

Die Abfassung eines *Culex* zeigt auch, wie gering der Autor die kritische und dichterische Kompetenz seiner Leserschaft eingeschätzt hat. Sieht man des Weiteren die Anklage der Mücke als Kommentar zur Rhetorik, nimmt man die Vergil-Parodie, die Klage über den Verfall der Sitten und die unterschwellige Griechen-Kritik hinzu, erkennt man Themen, die auch der Dichter der *Satyrica* behandelt.

Octavian Augustus wird als pflichtvergessene Schlafmütze präsentiert. Die Taten anderer, wahrlich tugendhafter Römer, ohne die er verloren wäre, vergisst er leicht oder bemerkt sie erst gar nicht. Für welchen tugendhaften Römer, der da übergangen wurde, die Mücke stehen mag, lässt sich nicht sagen,

[70] *Satyrica*, 132, 8. *SAT* Holzberg.

vielleicht stellvertretend für viele. Aber das klassische Herrschervorbild »Wächter der Herden«[71] errichtet brav das Grabmal für die tugendhafte Mücke. Eine noble Geste, könnte man meinen, wären da nicht diese architektonischen Ähnlichkeiten mit dem von Octavian selbst initiierten und errichteten Mausoleum Augusti. Je erhabener der Hirte Octavian das Mückengrabmal gestaltet, desto peinlicher erscheint sein eigenes. Fazit: Der Wächter der Herden reißt das Mausoleum Augusti ab, indem er ein wohlverdienteres errichtet. Subtil untergräbt der *Culex* somit den Augustus-Mythos sowie augusteische Werte unter dem Deckmäntelchen, diese zu preisen.

Troia Halosis, Satyrica

Die *Troia Halosis* zeigt nicht nur, wie tot das dichterische Befahren des ewig gleichen Weges ist, sondern auch, wie hohl es inzwischen klingt, wenn sich die Römer auf ihren ersten Dichter und die *Aeneis* berufen. Troia ist längst gefallen, Aeneas ist nicht da und Laokoon ist schwach. Alles ist nur noch Phrase. Zwar ist Trimalchio ein neureicher Protz, doch stehen diesem keine Idealisten gegenüber, deren geistige Überlegenheit diesen Prahlhans entlarven könnte, sondern nur Blender und Wahnhafte. Bildung ist in den *Satyrica* keine Zierde, sondern Mittel zum Zweck des Betrugs, den Selbstbetrug mit eingeschlossen. Auch die Frage nach echtem Römertum zieht sich durch die vorhandenen Fragmente. Eine Antwort darauf gibt uns Trimalchio. Er pflege seine *romanitas*, wie er stolz erklärt: Er habe seine griechischen Flötisten angewiesen, lateinisch zu blasen.[72] Römische Ideale, wie etwa die von der Mücke eingeforderten *pietas*, *iustitia* und *fides*, dienen in den *Satyrica* allenfalls dem Opportunismus der Protagonisten. Sie werden benutzt, nicht gelebt. Einzig

71 Hirten, die zu Herrschern wurden, waren in der Antike u. a. Oedipus, Moses und David.

72 *Satyrica,* 53, 13. *SAT* Holzberg.

Lichas wirkt in den überlieferten Fragmenten etwas tugendhafter, dieser stirbt jedoch.

Subtil untergraben die *Satyrica* somit die Werte der iulisch-claudischen Dynastie sowie die Dichtkunst ihrer Zeit, vielleicht auch jene Neros, unter dem Deckmäntelchen, diese zu repräsentieren.

In beiden Fällen zielen die Autoren auf eine Enttarnung ihrer Texte durch die Rezipienten. Indem sich die Schöpfer des *Culex* und der *Satyrica* zurücknehmen, gestatten sie es ihren Leserinnen und Lesern, selber zu denken. *C*-D und *S*-D legen ihre Spuren aus und kehren diese wenig genug mit dem Schwanze zu. Beide Füchse fordern ihre Rezipienten auf höchst kunstvolle Weise auf, unter die Oberfläche zu schauen. Wenn es denn zwei gewesen sind.

Zu guter Letzt: Auch ein Petronier hätte Grund gehabt, sich über die Undankbarkeit Octavians zu beklagen: Jener C. oder P. Petronius Niger, der Feldherr, der die aethiopische Candace besiegte. Dessen Erfolg schreibt sich Augustus in seinem Tatenbericht, eingraviert in die bronzenen Säulen vor dem Mausoleum Augusti, selbst zu,[73] ohne den wackeren Petronier zu würdigen. Vielleicht sind es also die Manen des *Satyrica*-Dichters, die den *Culex* dazu zwingen, Dank und Ehrung beim »Wächter der Herden« einzufordern? Doch wie heißt es so schön? Mücken haben heißt eitlen Träumen nachhängen. So sagt Petronius *Arbiter*.[74]

---

[73] AUGUSTUS, *Res gestae,* 26.

[74] Petronius-Fragment X, Fulgentius 52.: *alucinare dicitur vana somniari, tractum ab alucitis, quos nos conopes dicimus. sicut Petronius Arbiter ait »nam contubernalem alucitae molestabant.«* Aus: *SAT* Müller/Ehlers, S. 364 f.

LIBER VIII

So das siebente der Bücher bildet,
die auf uns gekommen sind

What interests me is ... to work as an archaeologist does, when he assembles a few potsherds or pieces of masonry and reconstructs not an amphora or a temple, but an artefact in which the object is implied. [...] his artefact suggests more of the original reality, in that it adds an indefinable and resolved amount to its fascination by demanding the participation of the spectator. Are not the ruins of a temple more fascinating than the temple itself?

Federico Fellini
Aus: Zanelli (Hrsg.), *Fellini's Satyricon* (1970)

Petronius

Martius 794 a. u. c. [41 u. Z.], Roma

Stille, fragil wie in einem Hühnerstall, breitet sich zögernd im Raum aus, ein Auge stets bei der Tür. Antrittsbesuch der *domus* beim *Imperator*, erster Auftritt unserer Lucia bei Hof. Es ging der Juwelier, es kam der Friseur, der Schneider war ein Dilettant, und wo, bitte, bleibt der Parfumhändler? Unsere Frauen sind ausgeflattert, auf der Suche nach Schuhen. Stille, du flüchtige, jetzt ist dein Moment.

Ihr Liebreiz liegt in ihrer Fröhlichkeit. Sie ist nach ihrer Mutter geraten, klein, mit einem sehr weiblichen, dennoch wohlproportionierten Körperbau. Schwarze Haare, eine etwas dunklere Hautfarbe, parthische Augen. Sie lacht gerne, sie lacht viel, und sie geht, wie der Specht fliegt. Macht nichts, Hofdame will sie ohnehin nicht werden. Unser neuer *princeps*, zwei Köpfe größer als Lucia, begrüßt sie mit gespielt finsterer Miene, dröhnt ihr entgegen: »Wen nennst du jetzt einen schrecklichen alten Bären?« Lucia fällt auf die Knie, fast in Ohnmacht, stammelt Entschuldigungen. Claudius gerät wieder einmal in heillose Verwirrung, Messalina kaut wieder einmal irritiert am Daumen.[1] Bemerkenswert: Sie sieht selbst dann gut aus, wenn sie nicht gut aussieht; er sieht, selbst wenn er gut aussieht, nicht gut aus. Aber es war ein reizvoller Schwächeanfall unserer Lucia; sie erhebt sich mit jugendlicher Grazie am Arm des *Imperator*. Claudius ist beflissen, will seinen Schnitzer gutmachen, schmiedet Pläne für uns. Mein Onkel wird spätestens Ende des Jahres aus Syrien zurückberufen, Heiratskandidaten für Lucia, Ämter für mich. Ich kann mich herausreden.

Giton

Nach der erfolgreichen Präsentation der Mücke verließen wir Rom in Eile. Mein Publius sah seine letzte Gelegenheit für die heiß ersehnten Studien in Massilia gekommen. Immerhin war er bereits achtzehn Jahre alt – soll heißen: für die Pflichten des Lebens längst überfällig.

Der Alte Mann

Was war eigentlich aus Athen geworden, dem Hort antiker Philosophie und Weisheit? Als Studienort scheint es dem jungen Petronius erst gar nicht in den Sinn zu kommen. Die Antwort ist, bereits im 1. Jahrhundert u. Z. besuchte man Athen aus den gleichen Gründen, aus denen wir es heute besuchen: zur Besichtigung der Überbleibsel einstiger Größe. Ein Niedergang hatte stattgefunden, zwei Faktoren hatten ihn herbeigeführt: An erster Stelle stehen die Verwüstungen während der Kriege gegen Rom und der gewaltige »Brain-Drain«, der bald nach der Eroberung einsetzte. Ein Exodus von Wissenschaftlern, Akademikern und Künstlern begann, von dem sich *das leere Athen*[2] nicht mehr erholen sollte. Gerade die jüngeren, geistig beweglicheren Griechen erkannten die Zeichen der Zeit und gingen nach Rom oder begaben sich anderenorts in die Dienste der neuen Machthaber. Zurück blieben die Älteren und Trägeren, darunter etliche, die selbst nach der Plünderung der Stadt durch Sulla[3] noch meinten, diese dahergelaufenen Barbaren verachten zu können. Zweitens ruhte man sich in Athen schon länger auf seinen Lorbeeren aus, und das ist bekanntlich nicht die Stelle, an der sie getragen werden sollten. Studenten kamen nach wie vor, aber man sonnte sich im Ruhm längst vergangener Tage und meinte, damit der Aufrechterhaltung desselben Genüge getan zu haben. In Massilia arbeitete man unterdessen eifrig an seinem guten Ruf als antike »Universitätsstadt«, mit einem zeitgemäßeren Lehrplan und einer, nicht nur geographisch, größeren Nähe zu Rom.

Petronius

September 794 a. u. c., Massilia

Das Unmögliche, das wahrscheinlich ist, verdient den Vorzug gegenüber dem Möglichen, das unglaubwürdig ist.[4] Mehrfach gewarnt, rissen die Troianer auch noch Teile der Stadtmauer weg, um das Pferd in die Stadt zu bringen. Das ist der Dichtung eigene Logik. Was, wenn sie mit gesunder Skepsis ein Feuer unter dem Pferd entzündet hätten? Um vieles möglicher, aber innerhalb der Erzählung unwahrscheinlich. Und es wäre nur eine grauenerregende, aber keine jammervolle Wendung im Gang der Dinge gewesen. Ein erzählerischer Sturz in banale Vernunft. Gerade die zahlreichen Warnungen und Vorzeichen verlangen es, sie machen es erst wahrscheinlich, dass sich die Troianer ihren Untergang selbst bereiten. Die *personae* des Homer leben in ihrem Mythos, sie leben in einer eigenen Welt. *Ach, ihr Troianer, die ihr Rosse liebt.*[5]

Aber ist das noch Nachahmung des Lebens? Das ist es. Wir sehen sie vor uns, Griechen und Troianer, lebendige Menschen, die wir verstehen. Der Auslöser der Tragödie und der meisten tragischen Wendungen in der *Ilias* ist nicht mehr als ein Fehler, so wie es Aristoteles einfordert.[6]

Eine Gratwanderung. Da die Wirklichkeit des Lebens, dort das Unmögliche. Erstere bewirkt die Erkennbarkeit, letztere das Vergnügen. Weiche ab von dem schmalen Pfad und du wirst profan oder phantastisch.

Aristoteles verlangt nicht von uns, dass wir ein zweiter Homer oder Aristophanes werden, er verlangt nicht einmal, dass wir es diesen gleichtun sollen. Wer hätte das gedacht? Das Problem unserer Dichtkunst ist, dass wir uns von Aristoteles entfernt haben. Was er verlangt, ist *mimesis*, Nachahmung des Lebens, der Menschen, nicht des Schriftwerks, der Dichter. Jene ist die Übertragung der realen Welt in eine poetische, diese nur die *imitatio* von Bildern, die andere gemalt haben. Die Dichtkunst verkommt zur Dekoration.

Woher dieser Niedergang? Ist der Verlust der Freiheit schuld?[7] Fehlt der Nährboden, sind wir durch Unterdrückung geistlos geworden? Aber Philodemus sagt, die Demokratie sei die schlechteste aller Regierungsformen und deshalb die bevorzugte der Rhetoren.[8] Wenn also die Freiheit sowohl das Höchste wie auch das Niedrigste im Menschen hervorzubringen vermag, dann hat sie mit dem gegenwärtigen Niedergang nichts zu tun.

Die *personae* sind das Problem. Kann ich denn über Odysseus schreiben, ohne an Homer zu denken? Kann ich mein Publikum einen Homer vergessen lassen? Allein die Verwendung der gängigen Heroen ruft zwangsläufig nicht den Heros, sondern bestimmte Dichtungen in Erinnerung. Und an diesen wird das Werk gemessen. Nicht als eigenständige Schöpfung, sondern als Nachahmung. Selbst wenn man entlegenere Stoffe wählt, fragt unser belesenes Rom doch sofort, von wem man das hat.

Die zweite Gratwanderung. Philon sagt, wir alle stünden in einer Reihe mit früheren Denkern. Wiederhole ich nur, was schon andere gesagt haben, komme ich nicht von der Stelle. Springe ich zu weit, verliere ich meine Leser. Ich bevorzuge Letzteres: Mögen einige auf dem Weg durch meine Texte am Zeilenrand liegen bleiben, dahingerafft von meinen Worten; im Krieg gegen das Banale sind Verluste unvermeidlich.

Der Alte Mann

Die Dichtkunst beschäftigt Petronius auch in Massilia. Er entwickelt erste eigene Ideen, ausgehend von drei wiedererkennbaren Texten: der *Poetik* von Aristoteles, *De arte poetica* von Horaz und der Schrift *Vom Erhabenen* eines unbekannten Autors.

Petronius

Falle hier nicht weiter auf. Kein Gaffen auf den blonden Römer. Genügend gallische Studenten. Massilia ist schön und – Iuppiter sei Dank! – nicht so sittenstreng, wie Plautus es andeutet.[9] Es hat einen Hafen, und in den Gärten oberhalb der Stadt eine bemerkenswerte Statue. Der heilige Holzstamm, ein Priapus, der halb von der Natur, halb von Menschenhand geschaffen wurde. Ein alter Baum mit zwei Stämmen war irgendwann abgestorben oder durch einen Sturm vernichtet worden. Aus dem Hauptstamm modellierte der Künstler den Körper, aus dem fast gleich dicken Nebenstamm, der knapp über dem Boden aus dem anderen herauswuchs, seinen Penis. Sein Eigentümer betrachtet ihn bewundernd, erhobenen Kopfes.[10] […]

[…] die hat wahrscheinlich in der Rhetorik ihre Berechtigung, aber nur selten in der Dichtkunst. Das kann nur der wagen, der den Genius der Alten wirklich erfasst hat. Sonst hat dieser Dionysios von Thessalonike recht. Die allzu ausgefeilte Rede wirkt geziert und kann nicht wahrhaft erhaben sein. Erhabenes ausdrücken mit einfachen Worten oder auch mit Andeutungen ist jedenfalls schwerer als mit Pomp.

Zügelung: ja, bitte. So viele Steinchen kann man gar nicht mit sich führen, um all die Dichter abzuwehren. Wer kennt diese Deklamatoren nicht, die meinen, ihre im Rausch herausgespienen Worte wären dem wohlabgewogenen, ausgearbeiteten Text vorzuziehen? *Nur kunstvoll sich fügende Folge vermag es, ob auch der Alltagssprache entnommen, die Worte zu adeln.*[11] Die dritte Gratwanderung. […]

[…] Wie würde es einem Menschen ergehen, der stets das Unmögliche für gegeben hält, also im Mythos und im Epos lebt? […]

[…] Postumius Terentianus lehrt Rhetorik. Angenehm, nicht […] sie sind stämmig und fast immer gleich […]

[…] Diese verfluchte *ambubai*[12] lässt nicht die Finger von meinem Giton, […]

Der Alte Mann

Mäusefraß. Verdacht auf Nestbau. Vielleicht Ratten. Etliche der vorliegenden Pergamente sind so stark zerfressen oder zerfetzt, dass kaum Worte übrig geblieben sind. Die Natur als blinder Zensor der Vergangenheit.

Petronius

[…] Die Wellen trieben ihr Spiel mit den Leichen am Strand. Ein Sturm toste in der Nacht über die Stadt. Nachschau. Was übrig blieb von jenen, die den Hafen nicht fanden […] umschlungen am Mast, wie Liebende, die der Tod nicht […]

[…] Giton will die Freiheit, besteht darauf. Alles wegen der käuflichen Haut.[13] Wie kann er nur so blind sein? Biete ihm eine Wette an. Er übergibt Pannychis sofort sein ganzes *peculium*. Zur Verwahrung, da er meine Rache fürchte. Bleibt sie dann noch bei ihm, bekommt er die Freiheit und den zehnfachen Betrag von mir dazu. Läuft die Aethiopierin mit seinem Geld davon, wie ich vermute, bleibt er Sklave und ist pleite. Bin mir sicher, ich gewinne. Giton […]

[…] Auch sie empfiehlt man als Liebesmittel […]

[…] Du wirst es nicht glauben, unser guter alter, mit Scheiße beworfener Aedil hat es schon wieder getan. Diesmal hat er sich, ohne zu zögern, *die Axt gleich selbst ins Bein gehauen.*[14] Meinte lautstark bei Tisch in der *domus principis*, das fehle noch, dass ein Philologe *Imperator* werde. Die Stille, die folgte, hätte man eleusinisch nennen können,[15] wäre sie nicht von Entsetzen hervorgerufen worden. Der nächste Morgen sah Vespasian wieder einmal auf dem Weg nach Cosa zu seinen Landgütern.[16] Wie geht es dir in Massilia? Ich folge Caius [...]

Der Alte Mann

Die meisten dieser Seiten sind derartig beschädigt, dass sich gar kein Sinn mehr ergibt. Aus den vorhandenen Fragmenten lässt sich Folgendes schließen: Bei dem erwähnten, ansonsten unbekannten Dionysios von Thessalonike könnte es sich um den Autor der bislang einem »Pseudo-Longinus« zugewiesenen Schrift *Vom Erhabenen* handeln. Mit einiger Skepsis betrachtet Petronius einen der Wege zum »Erhabenen«, wie ihn Dionysios empfiehlt. Die Nachahmung der großen Dichter und Schriftsteller von einst: *So strömen vom Genius der Alten wie aus heiligem Quell geheimnisvolle Einflüsse in die Seele ihrer Bewunderer.*[17] Was die feine Ausarbeitung eines Textes betrifft, folgt er offensichtlich Horaz. Improvisationslust und Dilettantismus, besonders in den gebildeten Schichten, waren Plagen seiner Zeit. *Dichtern sollte stets das Recht auf Freitod gewährt sein,*[18] vermerkt der Genannte bissig in seinem Buch über die Dichtkunst. Wie heute die Gouachen der Hausfrau lauerte der poetische Vortrag des Gastgebers hinter jeder Einladung, bereit, die Wehrlosen anzufallen. Die »dritte Gratwanderung« ist die zwischen manieristischem und banalem Stil.

Was die restlichen Überbleibsel betrifft: Sein zukünftiger Held Encolpius, wird so ein Mensch sein, *der stets das Unmögliche für gegeben hält, also im Mythos und im Epos lebt.* Postumius Terentanius ist der uns überlieferte Adressat der Schrift *Vom Erhabenen.* Vom Schiffbruch und der Liebe Gitons wird später noch die Rede sein. Der letzte Absatz ist wohl der Rest eines Briefes an Petronius, vielleicht von seinem alten Kumpel Silanus. Vespasian ist wieder einmal in den Fettnapf gestiegen, diesmal bei Claudius, wird aber auch mit dieser Beleidigung ungestraft davonkommen. Mehr noch, ein Jahr nach diesem Vorfall ist er Legionslegat von Germanien; bei der darauffolgenden

Eroberung Großbritanniens erhält er aufgrund seiner militärischen Leistungen die Insignien eines Triumphators. Jahre später, während Neros Griechenlandtournee, wird er bei dessen Darbietungen regelmäßig einschlafen – trefflicher kann man diesen *princeps* nicht beleidigen. Dennoch, Vespasian wird lediglich aus dem Gefolge Neros entfernt. Und als bald darauf der Iudaeische Krieg ausbricht, erhält er das heikle Oberkommando, sein letztes Amt vor der Herrschaft über das *Imperium*.

Petronius

Wenn es stimmt, was Aristoteles sagt, dass die Dichtkunst philosophischer und ernsthafter ist als die Geschichtsschreibung, wieso findet man dann so viele Dilettanten in jener und so wenige in dieser? Weil die Dichtkunst das Allgemeine behandelt, die Geschichtsschreibung hingegen das Besondere. Wenn ich beschreiben will, was Alkibiades getan hat oder was ihm zugestoßen ist, dann muss ich mich zuvor darüber informieren. Um wie viel leichter ist es da scheinbar, von unerfüllter Liebe zu singen?

Ich will das Unmögliche beschreiben, das vor unseren Augen stattfindet. Ich will zur Sache reden, nicht rhetorisch. Reinigen, nicht bezaubern. Gehen wir davon aus, dass die Mythen ausgeschöpft sind. Woher also die Charaktere und die Handlungen nehmen? Aus dem Leben? Ist das Leben nicht so widersprüchlich wie das Gemälde des Horaz? Die Schwierigkeit, ein Alltagsgeschick glaubhaft zu zeigen. Nicht als Komödie, nicht als griechisches Liebesgeschichtchen. Jener Färber und sein fauler Sohn. Pannychis, Giton, Umbricius Scaurus, Ganymedes und all die anderen? Vorsicht. Auf der anderen Seite wartet schon die Krankheit unserer Zeit. Die Jagd nach der Neuheit des Gedankens, nach dem Neu-Sein um des Neu-Seins willen.

Mein *Culex* ist nichts als *imitatio*, höher hinauf komme ich vorerst nicht. Will ich auch nicht, solange ich es nicht kann. *Die kraftvolle Fähigkeit, erhabene Gedanken zu zeugen, ist die erste und mächtigste Quelle der Dichtkunst.*[19] [...]

Der Alte Mann

Der letzte Rest vom Mäusefraß. Gerne hätte man mehr über Petronius' frühe Gedanken zur Dichtkunst erfahren. Dieser letzte erhaltene Absatz befasst sich noch einmal mit Aristoteles, Horaz und Dionysios. So gesehen muss man den längst zu Staub zerrieselten Nagetierchen fast dankbar sein, dass sie ihn unberührt ließen. Schmeckte euch die Tinte nicht?

Auch die *Satyrica* enthalten eine »Dichtkunst«; die darin enthaltenen Lehren fordern geradezu dazu auf, sie den kanonischen Texten zur antiken Poetik gegenüberzustellen. Sie stammen von Eumolpus, Petronius' erfolglosem Dichter, der die Erstürmung des Helicon auf seine Art angeht: *Wir hörten ein seltsames Gemurmel und unter der Kajüte des Kapitäns ein Jaulen wie von einem Raubtier, das ausbrechen will. Wir gingen also dem Geräusch nach und fanden Eumolp, wie er dasaß und auf ein riesiges Pergament Verse warf.*[20] Das Schiff geht gerade unter, dennoch müssen sie den Tobenden von seinem Pergament wegzerren. Nicht Überlegung, lernen wir, führt auf den Gipfel, sondern Raserei. Das präzisiert er später, bevor er *seines Dranges Wurf*, einen Bürgerkrieg, vortragen wird: *Denn nicht die geschichtlichen Ereignisse sind in Verse zu fassen – das machen weit besser die Historiker –, sondern durch Abschweifungen, das Eingreifen der Götter und die sich in den Einfällen ausdrückende wundersame Verzückungsqual muss ein frei gestaltender Geist dahinstürmen, so dass eher die prophetische Offenbarung eines ekstatischen Geistes in Erscheinung tritt als die bezeugte Glaubwürdigkeit einer gewissenhaften Aussage, …* [21] Dem, würde Giton sagen, ist nichts hinzuzufügen.

Mit dem Gemälde des Horaz kann nur der Anfang seines Werkes *De arte poetica* gemeint sein, den ich hier abschließend einfügen möchte: *Haupt eines Menschen und Nacken des Pferdes zusammenfügen: Tät' dies ein Maler, schüf dazu Flügel mit schillernden Farben, Glieder von überall her, daß unten ein schwärzlicher Fischleib, hässlich zu sehen, doch oben ein herrliches Weib sich uns zeige. Könntet ihr da beim Betrachten das Lachen verbeißen, o Freunde?*

Mit diesem Vergleich beschränkt Horaz die Freiheiten der Dichtkunst. Dichtung muss ein (organisches) Ganzes sein. »Was ist ein Ganzes?« fragt Aristoteles. *Ein Ganzes ist, was Anfang, Mitte und Ende hat.*[22] Es bleibt abzuwarten, inwieweit ich dieser Anforderung nachkommen kann. Mir läuft die Zeit davon.

Ganz kurz – es ist längst fällig – noch ein Wort in eigener Sache: Es ist mir aufgrund des Umfangs meines Fundes unmöglich, gebührend auf all die von Petronius genannten Schriftwerke und Autoren einzugehen. Ich kann sie nur dort beleuchten, wo sie im Zusammenhang mit den *Hypomnemata* stehen, wo ich andernfalls Leserinnen und Leser in Finsternis herumtappen ließe. Die eben genannten Verfasser von Büchern über die Dichtkunst verdienten es zweifellos, ausführlicher betrachtet zu werden. Aber allein der *mimesis*-Begriff des Aristoteles wäre ein Buch für sich. Also muss ich mich beschränken und meine Leserschaft sich begnügen: mit kurzen Streiflichtern, die hoffentlich das Nötigste erhellen. Wer mehr über den einen oder anderen antiken Autor erfahren will, dem stehen heutzutage viele Wege offen. Ich empfehle für ein derartiges Unterfangen das gute alte Buch – mit einem Einband und Seiten aus Papier dazwischen –, weil es die nötige Verlangsamung mit sich bringt, die so unverzichtbar für das Verständnis ist.

Übrigens ist *das Verderben der Begabungen unserer Generation die Oberflächlichkeit, in der wir alle – wenige ausgenommen – dahinleben.*[23] Das kommt einem bekannt vor und ist, genau aus diesem Grund, ziemlich beruhigend. Denn wer hier die Oberflächlichkeit seiner Mitmenschen beklagt, ist Dionysios von Thessalonike, am Ende seiner Schrift *Vom Erhabenen*, vor rund zweitausend Jahren. Offenbar sind wir inzwischen zwar nicht wesentlich schlauer, aber auch nicht wesentlich dümmer geworden. Alles ist gut.

Giton

[…] von seinem Sohn keine Spur. So verschwand Modesta abermals, kaum dass mein Publius sie wiedergefunden hatte. Die Frauen, sie machten uns beiden damals gehörig zu schaffen. Beide waren sie uns davongelaufen, wenn auch aus verschiedenen

Gründen. Ihm seine Modesta, mir meine Pannychis. Die Hure. Wochenlang lief ich mit peinlich betretener Miene herum. Mein Publius war zwar zartfühlend genug, diskret zu schweigen, als meine Geliebte, von deren vortrefflichem Charakter ich so felsenfest überzeugt war, plötzlich spurlos verschwand, aber das machte meine Niederlage nicht kleiner. Eine Komödiantin war sie gewesen; mir gegenüber liebenswert und beinahe die Tugend selbst, aber hinter meinem Rücken ein Habicht. Sehr viel später sollte ich erfahren, dass sie ihre Flucht aus der Sklaverei schon lange geplant hatte. Sie hatte nur noch auf den Achsenschmierer[24] gewartet, der sie mit dem nötigen Geld versorgt. Über 4000 Sesterzen, meine gesamten Ersparnisse, waren ihr offenbar genug. Was ich für Pläne mit ihr geschmiedet hatte! Freikauf, Gründung eines Hausstandes, Kinder, früher oder später die Aussöhnung mit meinem Publius, wenn er sie erst richtig kennengelernt hätte ... Dümmer als in Liebesdingen kann man nicht sein. Meine Frau lächelt.

Petronius

October 795 a. u. c. [42 u. Z.], Roma

Lucia geht den Weg der Frauen. So unvermeidlich es ist, mir ist dabei nicht wohl. Seit ihrem ersten Auftritt am Palatin wird sie umschwärmt. Viele rechnen sich Vorteile aus, ist doch ihr Vater ein guter Freund des *Imperator*.

Endlich wieder ein fröhlicher Abend. Lucius Vitellius hat uns besucht. Die beiden Statthalter von Syrien an einem Tisch. Mein Onkel lebt auf. Alte Geschichten – zwei verdiente Männer Roms schwelgen in Erinnerungen. Der einzige Misston sein Sohn Aulus,[25] einst Lustknabe des Tiberius, dann Liebkind Caligulas, jetzt treibt er es – wie die halbe Stadt – mit Messalina. *Um wie viel einfacher ist es doch, den Schwanz zu bemühen als den Verstand.*[26]

Mein Onkel wird alt. Untertags liegt er herum, beginnt oft schon in der vierten Stunde zu trinken. Die Untätigkeit bekommt ihm nicht. Zweifle manchmal an seinem Urteilsvermögen.

Meine Tante meint, da sei nichts zu machen. Was soll denn ein Mann in seinem Alter tun, der das ganzes Leben lang dem *Imperium* gedient hat? Gefreut hatte sie sich auf die ruhigen Jahre. Reisen, Gesellschaften geben, Kunst und Literatur. Einmal und nicht wieder reisten sie – natürlich nach Griechenland. Mein Onkel war die ganze Zeit schlecht gelaunt und müde. Seit der Rückkehr sitzt er nur noch herum und will niemanden sehen. Außer Claudius und dessen Würfelrunde, die er fast jeden Tag besucht. Noch mehr Wein. Er hört schlecht, die Leute lachen, wenn er unpassende Antworten gibt. Das erträgt er nicht.

Seneca hat mir geschrieben. Bittet um ein gutes Wort bei Claudius. Sinnlos, sagt mein Onkel. Wo Freigelassene und Frauen regieren, sind Stoiker unerwünscht.

December 795 a. u. c., Roma

Ein weiterer der *Silani* ist der Willkür zum Opfer gefallen. Decimus ist in Trauer. Erst Marcus Silanus durch Caligula, jetzt Caius Appius[27] durch Messalina. Er verweigerte sich ihr, sie rächte sich auf ihre Art. Schon lief Narcissus erregt zu Claudius, im Traum habe er gesehen, wie er, der *princeps*, von Appius erschlagen worden sei. Angst ergriff da Claudius, hinrichten ließ er Appius. Allmählich wird er mir unheimlich.

Lucia ist verliebt. In den Aulus, den von aller Welt *spintria* genannten Vitellier!

Zu Deinem Anus passt Du, Aulus, gut.
Beide gebt ihr euch gern verschlossen,
beide steht ihr den Mächtigen offen.

»Du bist gemein! Seit er mich kennt, ist er ein anderer Mensch.« Lucia ist beleidigt. Was man ihrem Aulus vorwerfe, habe er nur wegen seinem Vater gemacht. Sie glaubt ihm jedes Wort, dem verdammten Schönling. Es ist zum Verzweifeln. Der Arschgefickte, Messalinas kleiner Liebling, wurde von seinem Vater Lucius als

Heiratskandidat für unsere Lucia ins Gespräch gebracht. Seitdem liegt Messalina Claudius damit in den Ohren, und dieser bearbeitet meinen Onkel.

Der Alte Mann

Unsere Brücke in diese weit entfernte Zeit hat wieder alle Planken. Die löchrigen Stellen liegen – vorerst – hinter uns. Der erste datierte Text setzt im October 42 u. Z. ein, Petronius ist von seinen Studien in Massilia nach Rom zurückgekehrt und muss miterleben, wie sein Onkel allmählich wieder zum Kind wird. Auffallend ist, dass Petronius den Beginn seiner Ämterlaufbahn wie auch den Ehestand nach wie vor hinausschiebt. Der *cursus honorum*[28] kann ab der Volljährigkeit begonnen werden, der mittlerweile Neunzehnjährige wäre längst alt genug für die ersten vorsenatorischen Posten in Militär und Verwaltung und genießt höchste Protektion, aber »redet sich heraus«. Ein bemerkenswertes Detail, galt es doch als besonders ehrenvoll, die senatorischen Karrierestationen Quaestur, Praetur und Consulat im jeweiligen Mindestalter (oder darunter) zu absolvieren. Sein zukünftiger Schwager Aulus Vitellius ist da ein anderes Kaliber. Nennt man den Ehemann der Cousine überhaupt Schwager? Ich weiß es nicht. Stammbäume, familiäre Konstellationen verwirren mich regelmäßig zutiefst. Ich komme aus einer kleinen Familie und habe keine Kinder. Wie auch immer.

Wir nähern uns schon wieder einer Lücke. Wie diese zustande kam, ist unklar. Eifrige Nagetierchen waren es diesmal nicht. Doch liegen zwischen der vorigen Episode und der folgenden sieben Monate. Hat Petronius nichts notiert, Giton nichts kommentiert? Möglich. Ebenso möglich, dass einige Pergamente verlorengegangen sind. Oder jener mittelalterliche Kopist einen Teil der Texte nicht abgeschrieben hat. So ist das mit diesen Brücken in die Vergangenheit, man weiß nie, ob man wirklich alle Planken hat.

Ich nutze die Lücke, um etwas kundzutun. Ich leide nicht nur, wie schon seit jeher, an Anämie, sondern vielmehr an

Leukämie im Endstadium. Die Ähnlichkeit der Symptome hat die Diagnose verhindert. Erst einige beunruhigende Schwächeanfälle haben genauere Untersuchungen zur Folge gehabt. Sechs Monate bis ein Jahr. Ich befinde mich im Wettlauf mit dem Sensenmann. Einer von uns beiden wird sein *finis* als Erster setzen. Daher sei es mir erlaubt, mein Nachwort gleich hier und jetzt einzufügen. Dann wäre das auch erledigt und belastet mich nicht länger. Und ist erst ein Verlag gefunden, findet sich auch die passende Stelle. Denn Verleger, so versichert man mir, wüssten, wohin sie ein Nachwort zu setzen hätten. Na dann!

Nachwort des Herausgebers

In Tim Burtons filmischer Deutung von *Alice im Wunderland* fragt der verrückte Hutmacher die Heldin: »Was haben ein Rabe und ein Schreibtisch gemeinsam?«, um später selbst zu antworten: »Ich habe nicht die leiseste Ahnung.« Fragt man hingegen Altphilologen, wird man feststellen, dass diese bessere Antworten parat haben als verrückte Hutmacher. Gelangweilt ob der Leichtigkeit der Frage werden sie einem zu Beginn ihrer Ausführungen hinraunzen, dass sowohl Raben als auch Schreibtische Füße hätten; aber nur damit keiner glaubt, sie hätten das Augenfälligste übersehen. Eingehendere Betrachtungen brächten weitere Gemeinsamkeiten ans Tageslicht: Die Schwanzfedern des Raben eignen sich zum Schreiben, was zumeist – denkt man an das benötigte Tintenfass, das Messer zum Schärfen des Federkiels und den zeittypischen Papierbogen – an einem Schreibtisch stattfindet (manchmal auch auf dem Rücken eines Bediensteten, wenn einen das Büro bei der Fuchsjagd oder anderen außerhäuslichen Vergnügungen eingeholt hat). Des Weiteren ist der Rabe in der nordischen Mythologie der Vogel des Wissens: Hugin und Munin, die Raben Odins, sind – in aller gebotenen Kürze – etwa »Gedanke« und »Erinnerung«; der Rabe steht also symbolisch für das Wissen, was man schlankerhand auch vom Schreibtisch behaupten kann. Das Gleiche könnte man natürlich auch von der Brille behaupten, aber wenn man jetzt anfinge, alle Gemeinsamkeiten von Raben und Brillen aufzuzählen, käme man nie ans Ende.

Jeder denkende Mensch kann Gemeinsamkeiten in Dingen finden, die nichts miteinander zu tun haben, das ist die Crux der Deutung antiker Texte: Wer sich über längere Zeit mit dieser Materie beschäftigt, bekommt ein Sensorium für Zusammenhänge, beginnt zu stöbern, sucht diese an den entlegensten Stellen und mutiert allmählich zu einer Art von gelehrtem Trüffelschwein. Dabei entdeckt er zwar keine überbewerteten Pilze, dafür jedoch Parallelstellen, Intertextualitäten, Urtexte und Epigonales sonder Zahl. Das Problem dabei: Das brave Schwein findet seine Trüffeln, der redliche Philologe oft nur Schwammerln, und selbst diese werden von seiner Kollegenschaft häufig genug als ungenießbar bewertet.

Meine Erläuterungen unterliegen dem oben Gesagten, schlimmer noch, sie sind die Deutungen eines Amateurs. Ich bin der Seehund, der die Trüffeln finden will. Wenn also Du, geduldige Leserin, und Du, gelassener Leser … (Pardon, aber ich muss mich kurz unterbrechen: Ich will mit diesen Adjektiven niemandem etwas unterstellen. Aber dies ist das Nachwort, es sollte am Ende meines Buches stehen, und all jene, die es bis dorthin geschafft haben, verdienen meine Anerkennung. Allen anderen, die gerne »von hinten« lesen, oder sonst irgendwie zufällig auf diese Seite gekommen sind, sage ich: Schlagt eine andere auf, diese ist nicht repräsentativ!) Wenn also Du, nachsichtige Leserin, oder Du, tapferer Leser, meinst dass ich falsch liege, dass man die vorliegenden Texte anders deuten kann beziehungsweise muss, dass ich Wesentliches aus dem Umfeld der Zeit übersehen oder falsch verstanden habe; kurzum: mir Dein *non sequitur* entgegenschleuderst — dann gut!

Die antike Welt hat vielleicht nie existiert, aber wir haben sie ohne Zweifel geträumt,[29] sagte Federico Fellini 1970 zu Alberto Moravia. Die sogenannte Renaissance begann mit weißen Marmorstatuen, mit Griechenland als Wiege der Demokratie – produktive Missverständnisse, die Großes hervorgebracht haben. Jede Deutung ist immer auch ein Traum. Sie sieht zunächst etwas, das nicht existiert, das nur in der Vorstellung der deutenden Person vorhanden ist. Es ist ein irrationaler und kreativer Sprung, der die Faktenlage hinter sich lässt und hinter sich lassen muss, um getan zu werden und zu Ergebnissen zu kommen. Anders gesagt, man muss sich die Akropolis erst bunt denken können, bevor man sie auf Farbreste untersucht. *Der einzige Weg, in die historische Kausalität einzudringen, ist der Weg des Künstlers, ist das schöpferische Erlebnis*. Unentwirrbar, um bei Egon Friedell zu bleiben, ist diese historische Kausalität, sie hat so viele lose Glieder, dass sie den Charakter des Kausalen verloren hat. Der Mensch kann in der Betrachtung von Historischem gar nicht anders, als seine eigene Geschichte mit einzubringen. Das ist der einzig gangbare Weg. Sein Assoziationsspektrum, mit dem er auf die Vergangenheit blickt, ist der individuelle Filter, der seiner Persönlichkeit bestimmte Zusammenhänge eröffnet und ihn damit inspiriert. Die Fakten haben dabei etwa die gleiche Funktion wie unsere Erlebnisse im Wachzustand für den Traum. Dieses Verfahren der Geschichtsforschung ist naturgemäß fehleranfällig. Aber es ist leichter korrigierbar als eines, das sich selbst auf den Sockel einer angeblichen Objektivität stellt. *Und vor dem Papyrusfund, der jedes Datieren und Klassifizieren endgültig Lügen straft, müssen schließlich alle, die antike Texte zu erklären versuchen, gewaltige Angst haben,*[30] formulierte es einer der namhaftesten Petronius-Forscher unserer Zeit mit der Ironie, die seinem Forschungsgebiet entspricht. Fehler und Missverständnisse sind nicht nur unvermeidbar, sie sind notwendig, weil sie inspirieren, weil sie widerlegt werden können, oder ganz einfach deshalb, weil sie uns erfreuen, wie etwa der *David* Michelangelos.

Petronius

Iulius 796 a. u. c. [43 u. Z.], Roma

Welchen Titel ich unseren Anstrengungen der letzten Monate geben soll, weiß ich nicht. Niederschreiben will ich sie, um meinem Ärger Luft zu machen, und meiner Enttäuschung. So sorgfältig geplant, mit so viel Zuversicht habe ich meine Zeit noch nie vergeudet. Aber *es darf doch niemand widerwilligen Göttern trauen,*[31] und so fanden wir uns eines Tages im Mai auf einem wellenumspülten Stein wieder, am Ziel unserer Pläne, wenn auch nicht unserer Wünsche.

Giton tobte. Wie lange sollen wir in dieser Ödnis, die den Namen Insel nicht verdiene, noch herumhocken? Seien wir etwa die Verbannten? Der, dem dies galt, war unser Gastgeber Seneca, dieser verwarf gerade die tausendste Version eines Briefleins, dessen Vollendung wir abzuwarten hatten.

Verschwörer waren wir geworden. Wie konnten wir da überhaupt hineingeraten? Als mich die Urheber der ganzen Angelegenheit erstmals darauf ansprachen, hielt ich es für eine gute Idee – auf Corsica angelangt kam mir das Ganze nur noch aberwitzig vor.

Alles begann im Februarius des Jahres. Iulia Agrippina, die Cousine von Claudius, hatte dessen Zuneigung gewonnen, nur dachte sie nicht daran, seine Geliebte zu werden. Gemeinsam mit dem mächtigen Höfling Polybius plante sie den Sturz Messalinas. Im Zuge dessen wollte Agrippina unbedingt Seneca aus der Verbannung zurückholen. Sie sprach viel von der Notwendigkeit einer moralischen Autorität in Rom; vielleicht hatte sie ein persönliches Interesse, ich weiß es nicht. Die Frau ist undurchschaubar. Doch war die Rückkehr des Seneca die Sorge des Polybius, er fürchtete seinerseits die Verbannung, sollte dieser Verächter der Freigelassenen, der ihn zudem persönlich hasste, erneut an Einfluss gewinnen. Und ganz abgesehen von Agrippinas Einfluss auf Claudius – wäre Messalina erst beseitigt, stünde einer Begnadigung Senecas ohnehin nicht mehr viel im Wege. An diesem Punkt wandte sich Agrippina an mich und legte mir ihren Plan vor. Aus ihrem Mund klang alles sehr einfach: »Fahr nach Corsica, überrede Seneca, Polybius zu schreiben. Beruhigt er ihn und gelingt die Entmachtung Messalinas, hole ich ihn aus der Verbannung zurück. Du bist jung und unverdächtig, du bist der ideale Bote. Und übrigens: Hört Claudius erst auf mich, musst du die Verheiratung deiner Cousine mit Aulus Vitellius nicht mehr fürchten.« Damit hatten sie mich munteres Fischlein im Netz.

Unsere Reise war mühsam, die ungewohnte Verkleidung, die damit verbundenen Demütigungen, die Lasten, die wir zu tragen hatten, all das dämpfte meine Stimmung und ließ mich unsere Ankunft herbeisehnen. Wie sehr sollte ich mich täuschen! Keine Arbeit, keine Plage kann schlimmer sein als die Verdammung zur Untätigkeit. Wir durften nicht auffallen, also mussten wir im Haus bleiben, im beengten Quartier eines Verbannten. Der war auch keine große Hilfe. In den ersten Tagen ging es noch, alles, was wir ihm über Rom berichten konnten, interessierte ihn. Aber nachdem dieser Gesprächsstoff ausgeschöpft war, widmeten wir uns – was sollten wir sonst tun – allerlei philosophischen und politischen Diskussionen und erlebten einen anderen Seneca. Rechthaberisch, verbohrt, sich in Monologe hineinsteigernd, kurz gesagt, von Tag zu Tag wurde er unerträglicher. Was die Einsamkeit aus einem Menschen machen kann! Er, den ich als humorvollen, gewandten Redner kennengelernt hatte, war zum Nörgler und Schwätzer geworden. Seine einzige Freude war das Schreiben, und die hatten wir ihm vergällt. Was die Notwendigkeit besagten Briefes betraf, zeigte er sich bald einsichtig, nicht hingegen bei dessen Abfassung. Fast täglich geriet er in Wut, *mit Langschild und Beinschiene*[32] mussten wir jeden einzelnen Absatz erkämpfen. Das Talent zur Schmeichelei hat ihm Calliope[33] nicht verliehen.

Giton

Unglückseliger, eben noch prangest Du mit Haaren,
schöner als Phoebus und die Schwester des Phoebus.
Doch nun glatter als Erz oder die runde
Gartentrüffel, die das Regennass hervorbrachte,
fliehst Du und fürchtest Dich vor den lachenden Mädchen.[34]

Was mein Publius nicht erwähnt, ist, auf welche Weise Seneca benachrichtigt werden sollte. Ich kam mir vor wie ein Schaf. Mit Durchsuchungen war beim Besuch eines Verbannten zu rechnen, ein konspiratives Schreiben daher unmöglich. Aber Seneca musste sich sicher sein können, dass wir, seine Ratgeber, von

Agrippina geschickt worden waren. Polybius wars, der die Idee hatte, einen alten Trick der geheimen Übermittlung von Botschaften zu verwenden: Einem Sklaven wurde der Kopf glatt geschoren, die Botschaft in die Kopfhaut eintätowiert und der Sklave abgeschickt, sobald die Haare nachgewachsen waren. Feine Sache, ich war's ja gewohnt, geschoren zu werden, und in ihrer Güte verwendeten sie bei mir nur schwarzen Purpur, haltbar genug für ein paar Monate. Niemand sonst wusste davon. Für die *familia* war es ein Abstecher nach Massilia – aber wir fuhren nur bis Populonia.[35] Dort verkleideten wir uns als Sklaven des Caesennius[36], die dem Verbannten Wein und Leckereien bringen und ihm einige Zeit beim Kopieren von Schriften helfen sollten. Caesennius war informiert, Agrippina hatte sein Einverständnis eingeholt, während wir auf meine Haare warteten. Mein Publius wurde zum gallischen, ich zum aegyptischen Sklaven, in Hinblick auf eine möglicherweise nötige Kopfbedeckung.

Folge meinem Rat. Das sagt dir das Mädchen, dem du einst den Regenbogen erklärt hast.[37] So stand es auf meinem Schädel, das las Seneca, nachdem mir derselbe erneut rasiert worden war. Seneca erinnerte sich sofort. Ein kleines Mädchen hatte ihn vor vielen Jahren mit der typischen Ernsthaftigkeit eines Kindes gefragt, woher der Regenbogen komme. Er hatte ihm mit der gleichen Ernsthaftigkeit das Wesen der Lichtbrechung erklärt. Die Neunjährige[38] mit der markanten Nase bekam große Augen. Gespannt verfolgte die zweite Tochter des Germanicus seine Ausführungen, stellte manche unerwartete Frage und ließ den jungen Mann nicht gehen, bevor sie alles verstanden hatte.

Der Plan war inzwischen einfacher geworden. Polybius' Bruder war verstorben, er selbst bekanntlich für die Bittschriften an den *Imperator* zuständig. Unser Rat, vielmehr jener Agrippinas: Seneca solle eine – auf den ersten Blick unverdächtige – Trostschrift an Polybius verfassen, die jedoch geeignet ist, dessen Ängste zu beseitigen. Die Aussicht des Entkommens war eine große Verlockung, die Preisgabe seiner stoischen Prinzipien ein ebenso großes Hemmnis. Auch wenn ich ihn damals verflucht habe, beneidet habe ich ihn nicht.

Petronius

Warten. Gitons Haare wachsen schnell, aber nicht schnell genug. Schwarzer Purpur ist hartnäckig. Unser Gastgeber flucht und schwitzt und schmeißt mit dem Schreibzeug um sich. Aber wir können ohnehin nicht abreisen, solange Teile der Inschrift sichtbar sind. Nur einmal sah ich Seneca in dieser Zeit noch lachen. Das war, als Giton ihm seine kleine Satire über die Thronbesteigung des Claudius vortrug. Wir werden sie zu gegebener Zeit herausbringen. Die Zeit verging und ich fürchtete um Lucia. Was Messalina will, bekommt sie. Und mein Onkel ist schwach.

Der Alte Mann

Ad Polybium de consolatione: Die Schrift, die Seneca am stärksten den Ruf eines Opportunisten eingetragen hat. Wer forscht, findet oft das, was er nicht sucht: Irrelevant für die Deutung der *Satyrica* entdeckt man an dieser Stelle der *Notizen des Petronius* die wenigstens teilweise Ehrenrettung eines großen Mannes, zumindest eine Erklärung für diesen, seinen so unwürdigen Brief.

Verweilen wir also kurz bei dieser Intrige. Claudius' Regentschaft stand auf unsicheren Beinen. Schon bald nach seiner Machtergreifung gab es die erste Verschwörung, weite Kreise der römischen Aristokratie waren gegen ihn. Auf der Suche nach Verbündeten und um die Verwaltung des Reiches in ordentlichere Bahnen zu lenken, entdeckte Claudius die Freigelassenen. Sie wurden »seine« Beamten, ihm direkt unterstellt, an der Spitze von teils vergrößerten, teils mit mehr Machtbefugnissen ausgestatteten Ministerien oder Staatssekretariaten für Finanzen (*a rationibus*), für die imperiale Post (*ab epistulis*) und andere. Polybius bekleidete die Ressorts *a libellis* und *a studiis*, für Bittschriften sowie für wissenschaftliche Angelegenheiten. Der Treue dieser Administratoren durfte sich Claudius sicher sein: Freigelassene konnten nicht einmal im Traum daran denken, selbst *Imperator* zu werden; und der Sturz des Herrschers wäre der ihre gewesen. Roms Patrizier und Roms Legionen sollten sich noch lange über diese »Sklavenherrschaft« empören.

Iulia Agrippina hatte einiges Interesse an einem Sturz Messalinas. Ihre Schwester war dieser schon zum Opfer gefallen, sie selbst wollte, wie sich noch zeigen wird, hoch hinaus. Das entsprechende Interesse des Polybius, ursprünglich ein Günstling Messalinas, lässt sich nicht mehr ausmachen. Sein Ressort *a libellis* hat wohl für Konflikte mit ihr gesorgt, vielleicht hatte er auch den befohlenen Beischlaf satt, den diese von jedem Mann, den sie gerade wollte, einforderte. Einige Jahre später wird auch er ihr zum Opfer fallen und hingerichtet werden.

Lucius Annaeus Seneca kannte Iulia Agrippina, wie die übrigen Mitglieder der *domus principis,* schon länger. Sein bereits erwähnter Zugang zu höchsten Kreisen seit den Tagen Caligulas hatte die üblichen zweischneidigen Auswirkungen gehabt. Eine Bewertung jener Anklage wegen Ehebruchs erübrigt sich, sie hatte sich zu dieser Zeit schon längst als ebenso probate wie zynische Methode zur Beseitigung von lästigen Gegnern etabliert. Die Karotte, die man dem auf den *Felsblock*[39] Verbannten – beim Namen nennt Seneca die Insel nie – vor die Nase hielt, war groß. Nicht einen, gleich zwei mächtige Fürsprecher könnte er mit diesem Brief gewinnen. Polybius, den für ihn zuständigen höchsten Beamten, und, wenn die Verschwörer erfolgreich wären, Agrippina, eine Frau, deren Intelligenz und Tatkraft ihm bekannt waren. Was, wenn er jetzt nicht handelte und der Sturz Messalinas gelänge? Was, wenn die Verschwörer scheiterten? Hatten sie überhaupt Erfolgsaussichten? Oder war das Ganze doch nur eine perfide Falle? Er wusste es nicht. Er hatte kaum Zugang zu Informationen, konnte die politische Lage nicht beurteilen. Er konnte nur mitmachen, auf Gedeih und Verderb, oder die Chance verstreichen lassen. Aber auch über Seneca hing das Damoklesschwert aller Verbannten jener Zeit: Herrscher, die das mit einer Hinrichtung in Rom verbundene Aufsehen vermeiden wollten, exilierten ihre Gegner zunächst, um sie später, ohne lästige Zeugen, an einem entlegenen Ort töten lassen zu können.

Also handeln! Sich bücken hieß das, als Freigeborener vor dem unfrei Geborenen, den just diese schändliche Stellung nach oben gebracht hatte! Seneca ließ sich darauf ein, wenn auch unwillig, und beruhigte Polybius, sagte ihm – notwendigerweise verklausuliert –, dass dieser nichts von ihm zu befürchten habe, sollte ihm die Rückkehr nach Rom gestattet werden. Gleich am Anfang seiner Trostschrift findet sich eine vielsagende Passage. Nach einigen Gedanken über die Vergänglichkeit von Menschen und Menschenwerk kommt er zur Sinnlosigkeit der Trauer an sich, schränkt jedoch sogleich ein: *Ich werde selbst jetzt noch irgendwo in diesen bei eigenem Jammer leergeweinten Augen etwas finden, was fließen kann, wenn es nur für Dich gut ist. Was zögerst Du? Klagen wir gemeinsam – oder besser: Ich will Deine Sache zu der meinen machen …*[40] Welche Sache? Die Trauer um den Bruder des Polybius oder die geplante Verschwörung? Im Grunde unwichtig, denn entscheidend ist, dass er ihm einen Bund anbietet. Im Folgenden wendet sich Seneca gegen die Göttin Fortuna, wirft ihr vor, dass sie in ihrer Heimtücke die eine schwache Stelle des Polybius, die Bruderliebe, entdeckt habe und fährt fort: *Wohl als einzigen von denen, die ich in der* domus principis *mächtig sah, kenne ich ihn als Mann, dessen Freundschaft zwar allen Nutzen bringt, aber noch mehr Freude.*[41] Seneca bietet seine Freundschaft an und verheißt ihm in der Folge Unsterblichkeit. *Ewiges Andenken versprach ihm der Ruhm seines Genies.*[42] Selbst dann, wenn Fortuna ihm das Leben nähme, würde das literarische Werk des Polybius und somit Polybius selbst ewig leben. Nur die launische Fortuna also muss Polybius – wie jeder Mensch – fürchten, ihn, Seneca, offensichtlich nicht. Gegen Ende seines Briefes hält er, in Bezug auf die Studien des Polybius, noch einmal fest: *Du jedoch brauchst Deinen Lebensstil nicht zu ändern, da Du Dich ja gerade für diejenige Lieblingsbeschäftigung entschieden hast, die am ehesten das Glücksgefühl erhöht und am leichtesten Unglück lindert.*[43] Redet Seneca hier wirklich nur von Literatur oder doch von der Intrige, der weitaus verbreiteteren Lieblingsbeschäftigung von Höflingen?

Giton

Es wurde unerträglich. Wir klebten aneinander wie reife Datteln. Dort der unwillige Poet mit hochgezogenen Schultern und weit aufgerissenen Augen, hier wir, die nicht einmal mehr wagten, ihn anzuschauen. Mein Publius legte Seneca eines Abends wortlos ein kleines Gedicht auf den Schreibtisch:

So pflegen auch Glieder Bauchwinde einzuschließen,
die, zutiefst eingedrungen, mit Schlägen ihren Weg aufwühlen,
wenn sie dazu drängen, wieder abzuziehen, zu entweichen,
und bevor nicht lauwarmer Schweiß dem schlaffen Körper entrinnt,
lässt der kalte Schauder, der in den angezogenen Knochen herrscht,
nicht nach.[44]

»Was soll das?«, ereiferte sich der Beschenkte, »leide ich etwa an Blähungen?« »Ja«, antwortete mein Herr, »an geistigen. Deine Unentschlossenheit ist der giftige Odem, der in deinem Leib aufsteigt und deinen Verstand benebelt. Sie drückt und quält dich, umso mächtiger, je länger du zögerst. Und wie bei jeder Blähung gibt es nur einen Weg, die Anspannung zu beseitigen. Also lass die Worte fahren, lass es unten tönen, lang und befreiend, von stinkenden Winden getragen. Wenn du das nicht willst, dann lass es bleiben. Aber bedenke, selbst jener, der dich verbannt hat, erlaubt diese Art der Befreiung. So oder so, in spätestens zwei Wochen reisen wir ab.«

Der Alte Mann

Der *Bauchwind* ist eines dieser Bruchstücke ohne Zusammenhang, eines der aus unterschiedlichen Quellen stammenden Petronius-Fragmente, wie beispielsweise auch der *Papagei* im zweiten der hier vorliegenden Bücher. Während letzterer aufgrund Gitons Zeugnis als Teil der *Satyrica* identifiziert werden kann, ist diese drückende Blähung offensichtlich eine Gelegenheitsdichtung Petrons. Als Nummer 473 der *Anthologia Latina* bildete sie einen dieser kleinen Fußabdrücke, die die *Petronica* in den Zeitläufen hinterlassen haben. Wir werden noch weiteren begegnen. *Petronica*? Giton wird seinen *Tatenbericht des Publius Petronius Niger* demnächst so nennen; ein wesentlich besserer Titel, wie ich meine, weshalb ich ihn hier vorwegnehme.

Der *princeps* Claudius soll das Furzen bei Tisch erlaubt haben, da er angeblich tatsächlich befürchtete, dass das Zurückhalten von Bauchwinden zu bleibenden geistigen Schäden führen kann. Eine Anregung, die Petronius in seinen *Satyrica* dankbar aufnehmen wird.

Petronius

Am Ende wurden sie fast gleichzeitig fertig. Unendliche sechs Wochen nach unserer Ankunft knallte mir Seneca seinen Brief auf den Tisch und stapfte wortlos in den Garten. Nach kurzer Durchsicht sah ich, dass mein oft wiederholtes Argument Wirkung gezeigt hatte. Schmeicheln müsse er so oder so – also wenn schon, dann gleich richtig; mit Halbherzigkeiten sei hier nichts zu erreichen. Sein Zähneknirschen wird wohl noch in Rom hörbar gewesen sein. Aber gut, wir waren unserer Verpflichtung als Censoren seiner Unterwerfung ledig; mit Gitons Haaren reisebereit, flüchteten wir mehr, als dass wir gingen. Armer Seneca, vor dem wir unsere Freude nicht verbergen konnten!

Beinahe hätte uns das Schicksal doch noch einen Streich gespielt. Auf der Überfahrt nach Populonia zogen plötzlich dunkle Wolken auf. Winde wie Peitschenhiebe setzten ein, die See bäumte sich auf, als wollte sie uns verschlingen. Unser Kapitän und sein Steuermann waren erfahrene Männer, aber die Passagiere gerieten in Panik, beteten zu den Göttern und kramten aus ihrem Gedächtnis allerlei Aberglauben hervor, mit dem der Sturm zu besänftigen sei. Wir selbst sahen uns schon kalt und leblos an irgendeinem Strand liegen, hingeworfen zwischen Schiffstrümmern, wie jenen, die wir seinerzeit in Massilia erblickt hatten. Schließlich, nachdem eine heimtückische Woge das Schiff in gefährliche Schieflage gebracht hatte, beschlossen die Passagiere, wir alle müssten Neptun sofort unsere Haare opfern.[45] Sollten wir auf diese Weise doch noch Verdacht erregen oder gar entdeckt werden? Gitons Haupt wäre nach wie vor sichtbar, wenn auch unleserlich beschriftet gewesen. Wie sollten wir das erklären? Leicht konnte die panische Menge in uns die Magier oder Frevler sehen, die den Sturm hervorgerufen hatten, und uns zur Sühne über Bord werfen. Bliebe uns dieses Schicksal erspart, müssten wir immer noch an den Hafenbehörden vorbei. Schon lief man von hier nach dort, um ein Rasiermesser zu suchen, schon zerrte man uns wie alle anderen zur Schur, da flaute der Sturm plötzlich ab, so schnell, wie er gekommen war.

Zurück in Populonia warfen wir die verhassten Kleider ab, reinigten uns, schickten noch schnell eine Botschaft an Agrippina und stürmten die nächste Hafentaverne. Alle Mädchen waren schön, jeder Wein ein Opimier,[46] jedes Liedchen eine Arie. Stunden später wies uns Betrunkenen ein strahlender Mond den Weg ins Quartier, dort fielen wir übereinander her. Zu viel hatten wir gemeinsam durchgemacht, plötzlich lagen wir uns in den Armen und unsere Münder vereinigten sich wie von selbst zu zärtlicher Erkundung. Wir streichelten und küssten uns lange, doch glitten wir nicht von einem Rausch in den nächsten. Nüchterner wurden wir, immer spielerischer unsere Liebkosungen, bis wir schließlich beide lachen mussten. Nur noch absurd erschien uns plötzlich der Gedanke, wir könnten ein Liebespaar sein. So löste sich unsere Tändelei in Nichts auf, unsere Freundschaft hingegen festigte sich.

Giton

Dem ist nichts hinzuzufügen.

Petronius

Stolz betraten wir Rom. Fast platzten wir, die wir keiner Menschenseele von unserem Erfolg berichten konnten. Daheim erwartete uns der erste Keulenschlag. Lucia hatte Venus ihre

Puppen gegeben![47] Mein Onkel hatte dem Druck des Claudius nicht standgehalten, gedrängt von diesem und seiner verliebten Tochter war Lucia in die *domus* des Aulus Vitellius eingegangen. Alles umsonst. Der einzige Lichtblick war, dass sie in freier Ehe[48] verbunden worden war, somit nicht der *potestas* ihres Gatten unterstand.

Der nächste Keulenschlag: Agrippina wünschte unsere Anwesenheit, versöhnt hatte sich Polybius mit Messalina, diese stand fester in der Macht als je zuvor und reichte Senecas Brief herum. Seht her, ein Stoiker! Ich beschloss, mich nie wieder für Intrigen herzugeben. Nichts hatte ich erreicht, nur einen Freund dazu überredet, seinen Namen zu beflecken!

LIBER IX

So auf kuriose Weise den *Liber I* der *Satyrica* enthält
und das achte der Bücher bildet, die auf uns gekommen sind

Unnötig, euch Meister lateinischer Sprachkunst zu preisen: Cicero, Livius, Vergil […] und dich, *Arbiter*, der in den Gärten von Massilia dem heiligen Holzstamm Ehre zollte als einem Ebenbild des Priapus vom Hellespont.

Sidonius Apollinaris
Carminis XXIII. (5. Jh.)[1]

Giton

841 a. u. c. [88 u. Z.], Roma

Marcus Valerius grüßt seinen lieben Giton
Wie geht es Dir, Freund? Ich hoffe, gut. Ich selbst bin rastloser als je zuvor – in der Stadt gereizt, am Land ideenlos. Doch auch ohne das lärmende Diktat der tausend Stimmen – mein neues Buch nimmt Formen an. Zu Deiner Frage Dein Werk betreffend. Nimm keine Rücksicht auf Deine Leserschaft. Wer beleidigt sein will, den wirst Du beleidigen. Wir wissen, wer Petronius war – in der Erinnerung anderer ist er nur ein Gefolgsmann Neros, leichtfertiger Schöpfer von allerlei Gefälligem oder, mehr noch, von verruchten Vergnügungen. Mach weiter mit Deinem Buch, wer wäre ich, es Dir auszureden? Eines Tages mag es veröffentlicht werden können – bei mir hat es fünfzehn Jahre gedauert, bis ich mich mit meinen Schriften wieder an die Öffentlichkeit gewagt habe. Den Preis kennst Du. Die Hand, die mich schützt, schlägt; wen oder was, ist immer schwerer vorhersagbar.[2] Auch mich kann sie eines Tages niederstrecken. Schreibe also weiter; bedenke nur das eine: die Unbeschwertheit Deines derzeitigen Lebens. Ich beneide Dich darum: Ein wohlhabender Mann Roms, mit einem einträglichen Geschäft, einer lieben und klugen Frau, entzückenden Kindern und einem wunderbaren Freundeskreis. All das riskierst Du, gerätst Du erst in den Blick der Mächtigen. Wen kritisiert er mit seinen Schriften, wird man fragen, woher hat er all sein Geld, was bildet sich dieser dahergelaufene Freigelassene ein? In literarischer

Hinsicht sieht es für Dich nicht wesentlich besser aus: Hat Dein Werk Erfolg, bekommst Du zu Deinen Lesern die Neider – sie nennen sich Kenner – gleich dazu. An keiner Rolle hängt ihr Name,[3] aber sie wissen, was Literatur ist. Die werden herummäkeln, Deinen Darstellungen widersprechen, Deinen Stil, Deine Kunst bemängeln, kein Ende werden ihre klugen Ausführungen über Dein Werk finden. Bleibt Dir der Erfolg versagt, wirst Du es leichter haben, dann bist Du nur blamiert. Von dem Pfau wird man reden, der singen wollte.[4] Noch das Harmloseste, was Du erwarten darfst. Immerhin, in diesem Fall ist Dein Leiden nach etwa einem Monat vorbei. Dann zieht die Meute weiter und hetzt den Nächsten.

Mein Rat wäre: Füge einen Teil der *Satyrica*, am besten den *Liber I*, in Dein Buch ein. Dann kennen sich Deine Leser besser aus. Ich weiß, Du willst das nicht, Du sagst, das ist nichts Neues, wer die *Satyrica* lesen will, kann sie sich beim Händler kaufen. Da hast Du recht, aber mach es Deinen Lesern nicht so schwer. Sollen sie sich wirklich, damit sie Dein Buch verstehen, noch ein anderes besorgen müssen?

Wie immer Du Dich entscheidest, wir sehen uns in ein oder zwei Monaten, meine neuesten Werke sind so gut wie fertig. Ich freue mich schon darauf, sie Dir zu präsentieren, sobald ich wieder in Rom bin. *Vale*

Satyrica

Eine *fabula liberata* von Publius Petronius Niger

Liber I

»Was ist das für ein Buch, das du mir gibst? Ein neuer Odysseus vielleicht, siegreich im Kampf gegen die Götter, oder ein Aeneas gar?«

»In gewisser Weise ja, aber lustiger.«

»Eine Satire also?«

»Vorsicht. Daheim wär sie im Land der Satyrn. Kann sein, sie springt dich an, kann sein, sie hüpft davon.«

»Eine Komödie?«

»Nein, denn Plautus gab uns Griechisches in römischem Gewand, ich geb dir Römisches in griechischem Gewand. Es geht um uns und nicht um sie, die uns mit ihrem Stift erobert haben wollen. Mein Stift ist römisch und Römer sinds, die ich bekämpfe, in Prosa wie in Versen.«

»Ich hab dich: menippisch ists.«

»Ja, aber ebenso ist es *milesia* und *fabula*. Es hat von jeder Gattung etwas, aber nichts allein von einer.«

»Ja, aber, wo leg ich es ab in meiner Bibliothek, wo passt es hin?«

»Passts nicht in deinen Geist, passts auch nicht ins Regal. Was längst verfasst, in neue Worte fassen, ist mir zu abgedroschen.«

»Ach so? Verzeih, ich dachte, so was wärs.«

»Im Gegenteil. Sag ich nur das, was andere gesagt, sag ich nichts, so schön ich es auch sagen mag. Wie masturbierend hebt so einer – erfüllt von seinem Vorbild – seinen Stift; wie dieser besudelt er am Ende das, was er verehrt. Vielen ist dies Zweck genug, nur Mittel ist es mir zu meinem. Denn Dichtung spricht, sie faselt nicht. Sucht das Wort den Gedanken und nicht der Gedanke das Wort, suchst du vergeblich in den Worten nach Gedanken. Pathetisch kreißt der Wahn und gebärt mit Schwulst Versagen. War doch neu, was Maro tat und neu des Naso Werke.[5]

Also merk auf: Der Stoff ist neu und alt zugleich, mein Stil ist Flickwerk, aber fein. Die Handlung weist aufs Epos hin, doch findet sich kein Held. Und römisch sind meine *personae*, dem Namen nach hingegen Griechen. Von diesen hab ich das Gerüst, von ihrer *fabula*, der läppischen, für mein Haus, welches beständiger. Solide ists durch Vielfalt, Granit setz ich auf Marmor feingefügt, und nehm den Stein, der mir gerade passt.«

»Ich gebs auf. Wofür, bitte, ist das Ganze gut?«

»Für neue Wege, für schmale Pfade, unbegangen.[6] Beerdigen will ich das Alte, zertrümmern die Kopisten, in Schriftwerk wie *romanitas*. Selbst Esel gehen nur am Mühlrad stets im Kreis. Ich bin Petronius, kein Papagei. Genug, verborgen ist mein Hieb, damit er umso härter trifft. Hast du mein Buch gelesen, dann schau dich im Spiegel an, vielleicht verstehst dus dann. Den Hinweis geb ich dir: Was des Encolpius Irrtum ist, ist auch der unsere.«

Und was mich gerettet hat, das kommt am Schluss. Doch hübsch der Reihe nach, von Anfang an. Ich bins, Encolpius, der euch davon berichten will. Genauer gesagt, ich wars und bins nicht mehr. Was meinen richtigen Namen betrifft, das ist – verzeiht – das eine, das ich euch verschweige. Der Grund dafür wird klar sein, hab ich erst alles andere berichtet. Als der »am Busen Ruhende« wurde ich geschlagen, ausgepeitscht, davongejagt und ausgelacht. Ich war Sündenbock, Kettensträfling und Sklave – verfolgt wähnte ich mich von einem rächenden Gott – und doch erhabener als die meisten Menschen um mich herum. Am Ende steht meine Heimkehr, wie es sich gehört, doch bedurfte es einiger Änderung in mir, um diese zu ermöglichen.

Es kam der Tag, da ich aus meinem Traum erwachen sollte. Wir waren gerade, nicht ohne Verluste, den wütenden Crotonern entkommen und erreichten, nach tagelanger Wanderung, das gute alte Puteoli. Ausgelaugt fielen wir in die nächste Schenke, die uns heruntergekommen genug aussah, und bestellten Wein. Zum Reden war uns nicht zumute, noch immer sahen wir unseren Freund Eumolpus umringt vom Pöbel Crotons. Wein und Essen taten das ihrige, allmählich blickten wir wieder etwas lebendiger drein, da fiel mir ein alter Mann auf, der uns dem Anschein nach schon länger beobachtet hatte. Seine Worte waren es dann, die den Wendepunkt für meine lange Irrfahrt bilden sollten, an deren Ausgangspunkt ich euch jetzt zurückführe.

Alles begann Jahre zuvor, daheim, in Forum Iulii[7]. An einem regnerischen Tag im Maius marschierte ich bestens gelaunt zum Arbeitszimmer des Vaters, den ich seit dem letzten Frühling nicht mehr gesehen hatte. Ein weiteres Jahr meines Studiums der Rhetorik in Massilia, von beinahe dreien, war verstrichen. Bisher hatte ich eher meine Möglichkeiten erforscht, mehr mein Inneres studiert, als Vorlesungen besucht; aber ein Entschluss war gefasst, und ich kehrte heim, um den Vater davon zu unterrichten. Denn ich wusste nun, was ich mit meinem Leben anfangen wollte. Der Rubicon war überschritten. »Heute«, so dachte ich, »löse ich unseren Konflikt, heute beginnt mein neues Leben.«

Betrieb doch der Vater zu meiner steten Beschämung ein Gewerbe, und nicht nur irgendeines, sondern das stinkendste, ungezieferwimmelndste und niedrigste Gewerbe, das man sich nur vorstellen kann. Garum produzierte er – zugegeben, mit großem Erfolg –, aber warum nicht gleich Gerber sein, oder Leichenbestatter? Sind wir nicht Römer? Sind wir Provinzialen? Hatten wir einst Kreide an den Füßen,[8] dass wir uns täglich die Hände schmutzig machen, Sklaven antreiben, mit Kunden und Lieferanten feilschen und noch dazu am Stadtrand leben müssen? Fische, so nennen uns die Leute hinter unserem Rücken und rümpfen die Nasen. Andere dirigieren ihre Verwalter vom Schreibtisch aus, wir wühlen in Eingeweiden. Durch kluge Berechnung verdiente der große Cato in wenigen Tagen mehr als mein Vater im ganzen Jahr.[9] Und was tut der? Läuft mit aufgeschürzter Tunika jedem *as* hinterher. Sicher, beträchtlichen Wohlstand und Unabhängigkeit hatte er uns damit erarbeitet, aber, wie ich meinte, zu einem inakzeptablen Preis. Oft schon hatte ich ihn davon überzeugen wollen, dass auch wir endlich wie Römer leben sollten. »Warum verkaufst du nicht deinen Betrieb«, fragte ich ihn ein ums andere Mal, »warum erwirbst du nicht Ländereien oder Handelsschiffe, sodass wir unser Geld auf gut römische Art verdienen?«

Er lachte dann immer nur böse und meinte in etwa: »Erstens, mein hochnäsiges Söhnchen, ich verdiene unser Geld, nicht du; zweitens, in einem profitablen Gewerbe, dessen Verpöntheit gewisse Vorteile hat. Schiffe können untergehen, Ländereien durch Stürme verwüstet werden. Auf tönernen Füßen steht, drittens, deine so wohlriechende *romanitas*.« Langsam zweifle er daran, dass ich sein Sohn sei. Dem, der verachtet, was ihn nährt, sei ein schlimmes Ende vorbestimmt, das solle ich bedenken. So stand es zwischen uns, nur Unverständnis war es, was uns verband.

Nun war es an mir, all das zum Besseren zu wenden. Nicht der naive Jüngling, der einst nur widerwillig nach Massilia gelassen worden war, kehrte heim, sondern ein ausgebildeter Rhetor mit zwingenden Argumenten auf seiner Seite. Der Dichtkunst würde ich mich widmen, so viel stand fest. Lassen wir den Vater bei seinen Fischen, wir steigen höher hinauf; mag jener Reichtümer anhäufen, unsterblich ist allein das Wort. Einem vernünftigen Kompromiss konnte er sich nicht verweigern. Alles, was er dazu beitragen musste, war, mich auch in Zukunft finanziell zu unterstützen, sodass ich, frei von existenziellen Zwängen, etwa ein zweiter Ovid oder vielleicht Vergil werden konnte. Ein Leichtes für ihn, schließlich hatte er mich bisher unterstützt, also warum nicht auch weiterhin?

Als ich eintrat, las der Vater gerade einen Brief, den er, kaum dass er mich erblickte, mit einer merkwürdig künstlichen Geste vor sich auf den Tisch warf. Im Höhenflug meiner wohlvorbereiteten Rede, die mir schon auf den Lippen lag, achtete ich nicht darauf. Da wollte ich noch eine Wendung glätten, dort mich noch beeindruckender emporschwingen; entrückt in meinem Vortrag, maß ich weder seiner ernsten Miene noch seiner frostigen Begrüßung irgendeine Bedeutung bei. Doch schon seine ersten Worte sollten mich in tiefste Verwirrung stürzen.

»Nun, Sohn, oder sollte ich sagen, *Encolpius*?«, hob er mit bedeutsamer Pause an. »Das sind ja schöne Dinge, die mir dein Freund Ancylus[10] da mitteilt.«

Flatternd und strampelnd fiel ich aus den Wolken meiner Imagination herab in ein Meer der Verzweiflung.[11] Ancylus, dieses Rabenaas: Mein Studienkollege des abgelaufenen Jahres und – wie ich dachte, mein Freund – ein Verräter! Was hatte er meinem Vater hinterbracht? Dieses? Jenes? Nein, alles natürlich! Ein heuchlerischer Blender, schlimmer noch, eine käufliche Hure. Wie hatte ich seine Großzügigkeit bewundert, wenn mein Beutel wieder einmal leer war und er mich abends freihielt! Daher also das Geld, daher das Interesse für meine Person. Doch war der erste Hieb, den mein Vater mir versetzt hatte, der härtere gewesen. *Encolpius* hatte er mich genannt. Mein, leider nicht unverdient erworbener, Spitzname, den man mir in Massilia angehängt hatte. So ärgerlich das an und für sich war, dass diesen Namen nun der Vater kannte, war schlicht eine Katastrophe. Welche Schlussfolgerungen er daraus gezogen hatte, bedurfte keines Nachdenkens.

Wie betäubt stand ich eine Weile da, hörte kaum, was der Vater schrie, der jegliche Beherrschung verloren hatte. Schließlich – ich hatte mich ein wenig erholt – versuchte ich es mit Gegenwehr.

Doch lachend nahm Fortuna mir
in höchster Not die Eloquenz,
die sie mir gnädig einst gegeben.

Weg war sie, desgleichen jede Logik; so sehr ich auch an meiner Sache festhielt, die Worte, sie folgten nicht.[12] Jedes Mal, wenn ich jetzt nach ihnen griff, wichen sie zurück.[13] Was ich in etwa sagen wollte, war, dass er doch froh sein müsse, wenn aus seinem unbestreitbar stinkenden Gewerbe große Dichtkunst durch das Wirken seines Sohnes entstehe; folglich aus Profanem zu gutem Ende Erhabenes erblühen könne. Die ganze Familie werde, auf diese Weise, nicht nur von einem Makel gereinigt, sondern zugleich emporgehoben, in kultiviertere Höhen. Zu meinem Unglück brachte ich das Ganze so ungeschickt und wirr hervor, dass die von mir erwartete Wirkung nicht nur ausblieb, sondern sogar den Zorn des Vaters hervorrief. Einen Narren habe er großgezogen, einen, der nicht wisse, wie gut es ihm gehe, der das väterliche Erbe nicht respektiere, der also schauen solle, wie er allein in der Welt zurechtkommt.

Nichts ist wirkungsloser als ein sich stets verhaspelnder Rhetor, nichts lächerlicher als ein nach Worten ringender Poet. Ein Wort gab das andere, und kurz danach fand ich mich, von meinen Habseligkeiten umgeben, vor unserer Haustür wieder: hinausgeschmissen, enterbt, wutschnaubend. Mein neues Leben hatte begonnen.

Als ich mir mit meinem letzten Geld eine schäbige Unterkunft verschafft hatte, bedachte ich meine Lage.

»Einverstanden, es war vielleicht unklug, so verächtlich vom Broterwerb des Vaters zu sprechen. Aber was hätte ich tun können? Ancylus, dieser Verräter, hat mich vernichtet, nicht eigene Unfähigkeit. Wie ist es also? Erstens: Ich brauche Arbeit. Das, was ich gelernt habe, reicht ohne Weiteres zum Hauslehrer, natürlich nur vorübergehend. Und zweitens: Hatte nicht auch Vergil bei seinem ersten und einzigen Auftritt als Rhetor kläglich versagt?[14] Ist es also in Wahrheit nicht ein glückverheißendes Vorzeichen? Auf also, frisch gewagt, beweise der Welt, was du kannst! Und den Spöttern zum Trotz nenne dich ab nun ›Encolpius‹. Warum nicht? Sogar der große Diogenes ließ sich als ›Hund‹ bezeichnen; Odysseus nannte sich ›Niemand‹, als er dem Zyklopen ins Auge schaute. Also bitte. Und hab ich mir meinen Dichterruhm erst erkämpft, wird auch Encolpius ein Name sein, bei dem keiner mehr grinst, der nur noch in Ehrfurcht genannt – was sage ich! –, der in heiliger Scheu gemurmelt wird!«

Am nächsten Tag ging ich in die Stadt und versuchte mein Glück auf dem Marktplatz. Bedingt durch meinen jahrelangen Aufenthalt in Massilia durfte ich darauf hoffen, dass mich kaum jemand erkennen würde. Ein plausibles Geschichtchen hatte ich mir zurechtgelegt, und was mir mein Vater beim Hinauswurf nachgeschmissen hatte, reichte für passende Gewänder. Meine Erkundigungen ergaben ein paar Familien, die einen *grammaticus* suchten, und führten mich schließlich zu einem weitläufigen Haus in der Nähe des Forums.

Der Hausherr, ein älterer, bemerkenswert gutaussehender Mann, empfing mich neugierig. »Wie kann es sein«, fragte er, »dass sich jemand freiwillig Encolpius nennt? Oder bist du etwa ein Freigelassener?« »Nein, *domine*«, antwortete ich ein wenig verärgert, »ich bin frei geborener Römer, was ich dir, wenn du darauf bestehst, auch beweisen kann. Ich habe meine Gründe, mich für einige Zeit mit diesem verächtlichen Namen zu belegen. Im Übrigen möchte ich ihn als am ›Busen der Musen ruhend‹ verstanden wissen, wenn es genehm ist.« Er lachte und sah mich durchdringend an. Dann sagte er: »Höre also, Encolpius, wenn das dein Name sein soll, ich bin, wie du weißt, Acmon[15], ehemals Centurio der achtzehnten Legion, jetzt im Ruhestand, ausgezeichnet mit dem Graskranz[16] für die Rückführung der Überlebenden aus der Varusschlacht. Neben meinen Ländereien besitze ich einige florierende Bordelle in der Stadt. Mir geht es gut, das kann ich, ganz ohne Übertreibung, sagen, wenn ich auch sonst ein bescheidener Mensch bin. Überhaupt prahle ich nicht gerne mit meinem Erfolg, wiewohl ich behaupten darf, dass ich mir alles selbst erarbeitet habe …« So ging es noch eine Zeitlang, und ich fragte mich schon, ob ich nur zu seiner eigenen Verherrlichung ins Haus gebeten worden war. Schließlich setzte er mir auseinander, dass er einen Lehrer für seine zwei halbwüchsigen Kinder suche. Der jüngere, ein Knabe namens Tenerus,[17] mache große Fortschritte in der öffentlichen Schule und benötige Förderung, die ältere Schwester, Thetis,[18] erwarte der Ehestand, in den sie eine angemessene Bildung mitbringen soll. Ob ich mich dieser Aufgabe gewachsen sehe? Selbstverständlich. Ich verwies auf meine Studien und gab ihm ein paar Kostproben meiner Kenntnisse.

»Eines noch, Encolpius«, fügte er hinzu, »Finger weg von meinen Kindern! Der Letzte, der sich an ihnen vergreifen wollte, hatte vor zwei Wochen seinen Auftritt im Circus! Ich hoffe, du bist keiner von denen, die sich gerne an Knaben vergehen.«

»Sei unbesorgt, Acmon«, antwortete ich, »meine Befriedigung, wie immer sie geartet sein mag, kann ich mir, wie du dir denken kannst, leicht woanders beschaffen. Und im Notfall wende ich mich an einen deiner Betriebe.«

Er sah mich forschend an, fast schien mir sein Blick begehrlich. »Nun gut, Encolpius, ich sehe schon, du lässt dich nicht gerne ausfragen. Wie dem auch sei, deine Jugend und dein Aussehen sprechen für dich. Die alten Böcke sind die Gefahr. Die Jungen haben es nicht nötig, hilflosen Kindern nachzustellen. Und du meine Güte, Knabenliebe, ich lebte ja zu meiner Zeit selbst in Zeltgemeinschaft.«[19] Mit dieser letzten, verblüffenden Feststellung erhob er sich nicht ohne Eleganz, bestellte mich für den übernächsten Tag ins Haus und verabschiedete sich höflich.

Ich muss jetzt kurz auf mein Aussehen zu sprechen kommen. Denn es war nicht nur die Untätigkeit gewesen, die mich in Massilia von Studienerfolgen abgehalten hatte. Wenn jeder Blick, dem man begegnet, eine Einladung ist, wird die Zeit zum Arbeiten knapp. Ob ich es als Segen oder Fluch bezeichnen soll, ich weiß es nicht, aber ich befand mich damals in meinem neunzehnten Lebensjahr und war, ohne Übertreibung, von auffallender Schönheit. Schlank, mittelgroß und noch immer kaum behaart, glattwangig wie ein Vierzehnjähriger, erregte ich Aufmerksamkeit, wohin ich auch ging. Zudem, es ist ein wenig peinlich, muss ich noch ein weiteres körperliches Merkmal erwähnen, das Staunen und Neid, aber vor allem Begehren erregte, bei allen, die es an mir sahen oder davon wussten. Tatsache ist, man applaudierte ihm im Bad; naiv wie ich war, schmeichelte mir sogar diese Ehrung. Noch hatte ich nicht erkannt, dass all diese Akte der Bewunderung nur meinem Aussehen oder gar nur diesem Teil von mir galten. Im Gegenteil, ich gab mich freudig hin und nahm all jene, die genommen werden wollten. Und so groß ihre Erwartungen auch gewesen sein mochten, größer war, was Encolpius ihnen geben konnte. Das blieb nicht unbemerkt und, wie gesagt, nicht ohne Folgen.

Einige Zeit später hatte ich mich gut im Haus des Acmon eingerichtet. Ich bewohnte ein recht ansprechendes *cubiculum*, unterhielt die *familia* bei der *cena* und ging meiner Tätigkeit nach. Tenerus, der Sohn, war einer dieser trockenen Streber, die es im Leben normalerweise weit bringen. Alles, was man ihm aufgab, erledigte er uninspiriert, aber fehlerlos. Dann starrte er einen so unangenehm an, dass man nie wusste, ob er wütend war oder gelobt werden wollte. Wie man sich an dem vergreifen konnte, war mir rätselhaft. Ganz anders die Tochter, Thetis! Ich musste an mich halten, als ich sie das erste Mal sah. Durch ihre Jugend schimmerte bereits eine göttliche Üppigkeit hindurch, die, voll ausgereift, jeden Mann in den Wahnsinn treiben würde. Naturblond, groß, der Blick venerisch, die Augen blau. Meine Dienste beschränkten sich bei ihr auf die Vermittlung von oberflächlichen Kenntnissen in allerlei Wissensgebieten und eine fundiertere Ausbildung in Poesie und Dichtkunst. Einen Musiklehrer, offensichtlich schwul, hatte sie auch. Unnötig zu erwähnen, dass alle meine Unterrichtsstunden unter den wachsamen Augen ihrer Amme vonstattengingen.

Hast Du kein Dach über dem Kopf?
Nährt man Dich nicht und gibt Dir Wein?
Findest Du nicht stets Befriedigung,
wann immer Du sie suchst?
Du Narr, was fehlt Dir denn?
Nichts, das ist ja das Problem.

Schon bald hielten mich Träume wach. Meine Muse, das war sie, da gab es gar keinen Zweifel. Warum sonst brachte ich als Dichter nichts zustande? Reichlich Zeit dafür hatte ich ja. Zudem sah sie mich schon seit einiger Zeit wie eine Nascherei an, was jenen Teil von mir in unübersehbare Bewegung versetzte. Ich gewöhnte mir an, vor den Unterrichtsstunden selbst für Entspannung zu sorgen, aber auch das half nicht viel. War ich doch in dem Alter, das sich öfter erhebt als der streitbarste Senator.

Nun ist es deutlich einfacher, verheiratete Frauen oder Männer, selbst Knaben, zu erobern als behütete Mädchen. Sei es in einer diskreten Mietwohnung oder im Bordell, nach einem Trinkgelage oder beim Sportunterricht, irgendeine Gelegenheit findet sich für jene Willigen, aller Wille jedoch kaum Gelegenheit für diese. Mehr als ein paar flüchtige Küsschen und Berührungen hatte es bisher noch nicht gegeben. Und als ob die Wachsamkeit der gesamten *familia* nicht schon genügt hätte, stand noch ein weiterer Cerberus zwischen uns, Nireus,[20] ihr Kitharoede, der allen Männern ein Weib war, aber keinem Weib ein Mann.[21] Ich lachte zunächst über diesen affektierten Tugendwächter, das verging mir bald. Niemals war ich härterer Abweisung in weicherem Tonfall begegnet. Unverdächtig von Natur, unbestechlich durch seinen Herrn stand er als Bollwerk zwischen uns.

Nun, wer höchste Gipfel erreichen will, muss gewundene Wege gehen. Mein Weg, so entschloss ich mich, sollte über

Metis[22], die persönliche Dienerin meiner Angebeteten, führen. Sie war eine von denen, die uns der Norden gebracht hatte: rotblond mit grünen Augen, von verheißungsvoll munterer Art. Nachdem ich sie reichlich mit süßen Worten und kleinen Aufmerksamkeiten verwöhnt hatte, bat ich sie eines Tages, ihrer Herrin einen Brief von mir zu überreichen. Offenbar hatte sie nur darauf gewartet, denn lachend meinte sie: »Schreiben willst du ihr? Ich dachte, du willst etwas anderes. Aber bitte, wenn das dein Verlangen ist, mich solls nicht kümmern.« Stotternd wollte ich mich ob dieser Dreistigkeit empören, da unterbrach mich das kleine Luder sogleich. »Höre also, du Encolpius, wenn das dein Name ist, ich habe in den letzten Tagen etliche Wutausbrüche meiner Herrin ertragen müssen. Haarbürsten wurden mir an den Kopf geworfen, mit Nadeln sticht sie mich; sei also gewiss, sie kann dich kaum erwarten. Um des lieben Friedens willen bin ich bereit, dir zu helfen. Aber erst muss ich wissen, ob du auch gut genug für meine Herrin bist. Nicht Naschwerk, nicht Geschwätz, nur Leistung kann mich gnädig stimmen. Man sagt, du bist gut ausgestattet, also bitte sehr, gib mir eine Probe deines Könnens. Ich versichere dir, hat es der Vorkosterin geschmeckt, darfst du dich erhobenen Hauptes deiner Königin nähern.« Sprachs und ging. Wie vom Donner gerührt blieb ich zurück.

Was mir vor einigen Wochen ein Leichtes gewesen wäre, schien mir jetzt unmöglich. Göttliche Fügung hatte mich zu Thetis geführt, göttlich musste unsere Vereinigung sein. Gerade diese sollte ich profan entweihen? Der Kloake entstiegen den Tempel betreten? Lange haderte ich mit mir, suchte nach anderen Möglichkeiten. Keine fand ich außer der, Nireus, den Cerberus, milde zu stimmen und zugleich meine Untreue auf einen minder wichtigen Körperteil zu beschränken. Nur war es fraglich, ob dieser wegen einer Liebesnacht seine Aufsichtspflichten vergäße. Nein, was Metis forderte, musste gegeben werden. Selbst Hercules war schließlich einmal Stallarbeiter gewesen.[23] So schändlich ihre Forderung war, so überzeugend schien ihr Angebot. Und lag nicht der Listenreiche selbst, nur aus Sehnsucht nach Penelope, bei Circe, Calypso und Nausicaa?[24]

Also fügte ich mich und verabredete unser Treffen für die kommende Nacht, die den Vorteil hatte, dass der Hausherr in Geschäften verreist war. Erst lange nachdem alle Tätigkeit im Haus erloschen war, holte sie mich aus meinem *cubiculum* ab. Im flackernden Licht der Lampe gingen wir durch das schlafende Haus, verdutzt stellte ich fest, dass wir nicht zu ihrem Quartier, sondern zu den Badegemächern eilten.

»Ja willst du denn jetzt noch baden?«, fragte ich Metis. »Nein, aber mir ist heute nach einem großen Kampfplatz zumute.« Im schummrig beleuchteten Bad nahm ich die Umrisse einer gewaltigen Liegestätte aus. Metis zog mich auf den von Kissen und Decken belegten Platz zu sich herunter und ich kam allmählich zu der Erkenntnis, dass dieses Opfer nicht so schwer war, wie ich gedacht hatte. Leicht entzündete sich meine Leidenschaft an der Hellhäutigen, die da lächelnd unter mir lag, die rosigen Wangen von ihrem feinen Haar umwölkt. »Nun gut, kleine Intrigantin«, durchzuckte es mich, »gleich wirst du wissen, was es heißt, mich zu erpressen!« Ich schob meine Hand unter ihren zuckenden Hintern und senkte mich auf sie herab. Doch plötzlich, wie von Geisterhand bewegt, wuchs neben mir eine verhüllte Gestalt aus dem Lager, zeigte nicht sofort das Gesicht, sondern gab erst eine Schulter, dann Brüste preis.[25] In ruhigem Zug enthüllt, schälte sich endlich, nackt und gierig ihre Lippen leckend, niemand anders als Alcmene[26], die Hausherrin, heraus! Schon hatte sie mein Glied gepackt, schon führte sie es an ihren Mund, da fiel ich vor Schreck aus dem Bett. Alle Spannkraft verließ mich in einem Augenblick, Metis lachte schallend, ihre festen Brüstchen bebten: »Encolpius, du Narr, beruhige dich, es ist alles in bester Ordnung! Auch meine Herrin möchte dein Talent kennenlernen. Und bei dir reicht es ja leicht für zwei, also wappne dich und menge dich mit denen, die dieses Bad erschaffen hat.«[27] Ich kippte den nächstbesten Becher Wein hinunter; rasend überschlugen sich meine Gedanken. Da saß sie, diese stille Hüterin des Hauses, und sah mit Belustigung auf mich herab. Das Luder von Dienerin musste sein eigenes Nebengeschäft mit ihr vereinbart haben. Schlagartig erkannte ich, dass ich in der Falle saß, gefangen in meinen eigenen Winkelzügen. Jedes weitere Zögern konnte Fragen aufwerfen, also kippte ich noch einen Becher und überließ mich meinem Schicksal. Zu zweit taten die beiden alles, um mich wieder aufzurichten, und das gelang ihnen schnell. Alcmene war, den Göttern sei Dank, noch gut in Form, ein wenig üppig, jedoch glatthäutiger als es ihrem Alter entsprochen hätte. Und die dralle Metis war ohnehin wie geschaffen für das Liebesspiel. Immer neue Positionen erfanden die Lüsternen, leckten sich gar gegenseitig, während ich eine bediente. Ihrer Geilheit war nicht leicht beizukommen, zeitweise befürchtete ich sogar, mein Werkzeug könnte abgewetzt werden, so stark wurde es benutzt. Aber der Teil hielt stand,[28] gerade meine immer wieder aufschäumende Wut kam mir dabei sehr zu Hilfe. Ob von oben oder unten, von vorn oder hinten, ich rammelte die beiden Weiber durch, bis sie endlich erschöpft in die Kissen sanken und auch ich mich zur Ruhe begeben durfte. Als der Sieger verließ ich mit dem ersten Morgenlicht die Arena, in der ich mich verloren hatte. War ich meinem Ziel nähergekommen? Und wenn ja, um welchen Preis?

Iuppiters Sohn machtest Du Dir zum Diener,[29]
einen Stier nahmst Du Dir zum Mann.[30]
Nichts ist Dir, Weibertücke, unmöglich,
Deine Schamhaare könntest Du glätten!
Weibertücke, pervers wie Du
wird das Gewand Deines Richters sein![31]

Noch am gleichen Tag lauerte ich Metis auf: »Miststück, wo bleibt die Einlösung deines Versprechens? Sprich, du Inbegriff von allem, was infam ist!«

»Deinen Lohn sollst du erhalten, keine Sorge.« Gelassen musterte sie mich mit ihrem spöttischen Blick. »Etwas Geduld wirst du brauchen, aber ich verrate dir jetzt ein gut gehütetes Geheimnis; eines, das deinen Wunsch in Erfüllung gehen lassen wird. Nireus befällt, du wirst es nicht glauben, ab und zu das Verlangen nach einer Frau – nicht etwa nach einem Mädchen, die sind vor ihm sicher – sondern nach einer reiferen Alters. Und dreimal darfst du raten, wer ihm dieses Bedürfnis befriedigt, du hast sie kennengelernt. Nach den Berechnungen meiner Herrin müsste es demnächst wieder so weit sein.«

»Ja, weiß deine Herrin denn, was ich mit ihrer Tochter vorhabe?«, platzte ich, ohne zu denken, heraus. »*Mecastor*,[32] bist du naiv, natürlich nicht! Ich habe Alcmene gestern mitgenommen, weil sie von ihrem Mann vernachlässigt wird und mir dankbar für jede Vergnügung ist. Wie dem auch sei, sobald Acmon wieder geschäftlich unterwegs ist, wird Nireus sie besuchen, da kannst du drauf wetten; somit sind die beiden beschäftigt und ich stehe dir ja nicht im Weg. Also bitte, was sagst du jetzt?«

Ich zählte die Tage, sie wurden mir lang. Eine Woche dehnte sich vor mir bis zur Erfüllung meiner Wünsche dahin, da ergab sich ein neues Ärgernis. Der *pater familias* hatte sich seit längerem angewöhnt, bis weit in die Nacht mit mir zu disputieren und zu trinken. Dabei wurde er in letzter Zeit immer vertraulicher. Bald durfte ich am Ehrenplatz beim Essen neben ihm liegen, bald sprach Acmon, wenn wir allein waren, von nichts anderem als den schönen Tagen seiner Zeltgemeinschaft beim Militär, bald tappte er mich mit zärtlichen Fingern ab. Ich wies ihn ab, so verliebt er auch tat, doch Metis hinterbrachte mir, dass er seine bevorstehende Geschäftsreise verschieben wolle. Es war zum Haareraufen. Wem musste ich noch dienen, bevor ich der Liebe dienen durfte? Reitet als nächstes der Haushund an mir auf? Aber seis drum, dachte ich schließlich, wozu eine Festung verteidigen, die schon gefallen ist? Also verabreichte ich ihm eines Nachts das, wonach er sich sehnte. Er musste schon in seiner Soldatenzeit ein williger *pathicus* gewesen sein, so ausdauernd schrie und stöhnte er unter mir, doch ich ließ nicht ab, bis er in meinem Griff zerfloss. Und tatsächlich, nachdem Acmon meine volle Härte zu spüren bekommen hatte, widmete er sich wieder seinen Geschäften, die ihn endlich ins entfernte Puteoli[33] befahlen.

Nie hat eine *familia* sehnlicher auf die Abreise des Vaters gewartet, nie verlogenere Tränen vergossen. Das Glück war, wie es schien, auf unserer Seite. Denn erstmals sollte ihn sein Sohn begleiten, sein Vater wollte ihn allmählich in die Geschäfte einführen. So bockig, wie Tenerus sich in letzter Zeit benommen hatte, war mir das nur recht; womöglich wäre mir der lästige Knabe noch in die Quere gekommen. Mühsam beherrschten wir unsere Züge beim Abschied, heuchelten Kummer und Sorge, wie bei längeren Reisen üblich, die doch immer von Gefahren begleitet sind.

Kaum war die Nacht hereingebrochen, kam Bewegung in das stille Haus. Ein leises Klopfen unterrichtete mich darüber, dass Metis vor meiner Tür stand und Nireus zu Alcmene gefunden hatte. Ich ließ sie ein, gemeinsam warteten wir noch ein Weilchen. Bald hörten wir Seufzer und unterdrückte Schreie – die beiden waren beschäftigt.

An der Hand der Erzkupplerin Metis erreichte ich das Gemach meiner Nereïde und trat ein. Schüchtern, die Decke bis zum Kinn gezogen, starrte sie mich mit ihren großen Augen an. Ich setzte mich zu ihr, wollte sie beruhigen, doch kaum war die Tür hinter mir ins Schloss gefallen, warf sie die Decke zurück und bedeckte mich mit ihrem nackten Leib und einem wahren Schauer von Küssen. Nun war es an mir, zu vergehen und nichts mehr zu hören. Ihr Götter, was für Wonnen genoss ich! Wie sie sich wand unter meinen Liebkosungen, wie sie sich hingab, ihrem Ersten und wie ich mir schwor, ihrem Einzigen! Wieder und wieder erforschte ich ihren Körper. Ich hing an ihren Rundungen, stets Neues an ihnen entdeckend, ließ sie durch meine Hände gleiten, jede Berührung eine rätselhafte Erkenntnis, die nur aus einem Grund existiert. Ich liebkoste die herrlichen Stellen an der Innenseite ihrer Oberschenkel, erforschte ihren Schoß, durchdrang ihn mit meiner Zunge und meinem Glied und *wurde unsterblich in ihrer frischen Blüte*.[34] Sie tat mir Gleiches, entrückt und unersättlich, nicht zaghaft, nicht mit mädchenhafter Scheu, stürmisch voranschreitend eroberte sie Bezirk um Bezirk meines Körpers. Nicht war ihr nach einem leichten Sieg. Den härtesten Widerstand, einen Gegner, kein Opfer suchte sie. Gemeinsam feierten wir meine Niederlagen, die köstlichunvermeidlichen. Wie oft ich mich wieder gegen sie erhob, vermag ich nicht mehr zu sagen.

Was ist die Liebe doch für ein Wunder! Welches Interesse entfacht sie an dem Körper der Geliebten! Was ist schon, nüchtern betrachtet, an Gliedmaßen, an einem Gesicht oder Brüsten dran? Tausende Frauen gibt es, die an uns vorüberziehen, genug von ihnen der eigenen ähnlich. Und doch, es interessiert uns nicht. Und wenn eine ein Ebenbild unserer Geliebten wäre, sähen wir sie doch nur überrascht, aber nicht sehnsuchtsvoll an. Was also macht, um ein Beispiel zu nennen, den Unterarm der Geliebten so reizvoll? Ist er einzigartig? Die Wahrheit ist, der von der Scheuermagd sieht genauso aus; diesen streicheln wir nicht hunderte Male, ohne genug daran zu finden. Nüchtern betrachtet hat unser Gutsverwalter einen ähnlichen Nabel wie unsere Geliebte. Küssen wir diesen wieder und wieder? Erforschen wir die flaumige Behaarung seines Bäuchleins? Normalerweise nicht. Selbst wenn sein Nabel dem unserer Geliebten gleich wäre, hätte er nichts von uns zu befürchten. Wir lieben ihn nicht, daher ist sein Nabel nur ein Nabel. Wie anders in der Brandung Cytherias. Der kleinste Wimpernschlag ist ein Ereignis, jede Armbewegung, jedes Schütteln der Haare eine Offenbarung. Nicht können wir uns sattsehen an einer Nase, einer Taille oder gar den Augen. Nicht können wir uns sattfühlen, streicheln eins aufs andere Mal einen warmen Oberschenkel, eine Schulter oder einen Knöchel. Und dann – arbeiten wir uns erst weiter vor – welche Gärten an unbekannten Freuden betreten wir da, über die doch jede Frau verfügt. Minerva verlässt den Raum, kopfschüttelnd; Venus senkt sich herab – besonders wird, was gewöhnlich ist, einzigartig, was allgegenwärtig.

Ein Krachen, grobe Hände packen mich beim Genick und an der Hüfte, werfen mich vom Bett. Aus dem Augenwinkel sehe ich einen grinsenden Tenerus. Acmon reißt mich auf die Füße, stößt mich auf den Gang, zerrt mich unter Hieben und Rufen zum Schlafgemach seiner Frau. Weit reißt er die Tür auf und kommt gerade noch rechtzeitig, um den nackten Hintern von Nireus zu erblicken, der sich eiligst von den gespreizten

Schenkeln Alcmenes erhebt. Acmon brüllt auf wie ein zu Tode getroffener Bär und schleudert mich gegen eine Wand. Mit einem Satz ist er bei Nireus, die Sinne schwinden mir, ich sehe gerade noch, wie er ihn in die Höhe reißt und mit einem schrecklichen Faustschlag fällt.

Als ich wieder zu mir komme, sehe ich Acmon auf dem Bett sitzen, zu seinen Füßen Thetis und Alcmene, weinend und zitternd, die Brüste entblößt. Überall stehen Diener herum, selbst vom Gang dringt ihr Getuschel zu mir. Acmon ist regungslos, wie betäubt hockt er da, die Hände vor dem Gesicht. Einmal berührt seine Frau seine Knie, er schlägt ihr mit dem Handrücken ins Gesicht, fegt sie weg, sie bleibt schluchzend liegen. Irgendwann später erhebt er sich, holt Luft aus einem Abgrund und blickt wie ein von den Toten Auferstandener um sich. Dann geht er auf mich zu. Ich raffe mich auf, drücke mich an die Wand, schon landet seine Faust in meinem Magen. Ich krümme mich und werde in Position gestellt für einen Hieb ins Gesicht. Hart landen die Schläge des ehemaligen Soldaten, aber so dosiert, dass sie mich nur peinigen, nicht zerschmettern. Wie der Schmied seinen Hammer setzt er seine Fäuste, bis das Werkstück in der Form ist, die ihm gefällt. Abermals verlassen mich meine Kräfte, da zerrt er mich an sein Gesicht, Worte dringen an mein Ohr: »Sei gewiss, ich bin das freundlichste Wesen, das du noch zu sehen bekommst. Für dich ist es der Circus, und wenn ich damit meinen Ruf verliere! Weg mit ihm, sperrt ihn ein, morgen soll ihn die Wache abholen!«

Von dem, was danach geschah, weiß ich nichts. Irgendwann später wurde ich mir meiner Umgebung bewusst. Ich war, soweit ich das feststellen konnte, in einer Abstellkammer gelandet, stockdunkel, umgeben von allerlei Gegenständen, eingesperrt hinter einer offenbar massiven Tür. Mehr konnte ich nicht ertasten, jede Bewegung bereitete mir erhebliche Schmerzen. Mit diesen wird es bald vorbei sein, quälend wiederholte sich dieser Gedanke in meinem gefolterten Geist. Plötzlich klopfte es, eine Stimme rief meinen Namen. Ich krächzte eine Antwort heraus, da öffnete sich die Tür. Metis stand vor mir, eilte auf mich zu und half mir auf die Beine. Ich muss sie so fassungslos angestarrt haben, dass sie von sich aus mit Erklärungen loslegte. »Alcmene ists, die dich durch mich befreit. Höre, Encolpius, viel Zeit für Erklärungen habe ich nicht. Acmon hat sich betrunken und schläft wie ein Toter. Die Dienerschaft fürchtet seinen Zorn, allen Mitwissern drohte er mit der Arena. Deshalb gehorchen sie jetzt seiner Frau, die die Übeltäter aus dem Haus schaffen will, bevor der Morgen graut. Nicht dass sie dir noch wohlgesonnen wäre, aber sie will Schlimmeres verhindern und denkt, sind die Hauptschuldigen erst fort, wird sie ihren Mann schon irgendwie besänftigen.« »Wie geht es Thetis?«, brach es aus mir heraus. »Beim Iuppiter, komm jetzt und rette dich! Wie es ihr geht, wird sie dir selber sagen.« Wir hasteten durch das Haus, ich humpelte mehr als dass ich lief, aber mit jeder Bewegung schien sich mein Körper zu entkrampfen, allmählich konnte ich mich leichter bewegen.

Schon stieß mich Metis in einen Raum, schon stand ich vor meiner Göttin, deren einstiger Glanz zerflossen war. Sie erschrak noch mehr, als sie mich sah, unterdrückte einen Schrei und strich vorsichtig über mein zerbleutes Gesicht. *Wie war dir damals, Thetis, bei solchem Anblick zumute?*[35] Noch bleicher, noch zerfurchter wurde dein Antlitz, du umarmtest mich schweigend. *Ruchloser Amor, wozu zwingst du nicht Menschenherzen?*[36] Auf höheren Befehl hin mussten wir uns trennen. Keine Frist wurde uns gewährt, uns in unseren Kummer zu fügen. Metis drängte zur Flucht, ich stammelte etwas von Wiederkehr, von ewiger Treue, und schon stolperte ich meiner Retterin nach, dem Ausgang des Hauses zu, aus dem Tod ins Leben zurück.

Ich schwor mir, nie wieder mein Aussehen zur Erreichung meiner Ziele einzusetzen. Du, meine Schönheit, was hast du bewirkt? Und du – ja, ich rede von dir, du mein Penis –, was hast du mir erkämpft? Dem Tod war ich mit knapper Not entronnen, ein Flüchtling war ich nun, und, wenn Acmon es wollte, ein Gesetzloser. Nie wieder würde ich Blicken oder Einladungen folgen, mich allen und jedem bedenkenlos hingeben. Hinfort, ihr Äußerlichkeiten! Weg, Eitelkeit und Gefallsucht! Was liebt man denn daran, dass einen ein Mensch begehrt? Doch nur, dass man gefällt. Ist das Liebe? Wohl kaum. Liebe ist Erkenntnis von innerer Schönheit, beständig ist solche Liebe, denn sie geht nicht nach vergänglicher Jugend. So wie der erhabene Gedanke das Wort unsterblich macht, gibt innere Schönheit der äußeren Bestand. Helicon, ich bin bereit, hast du mir bis jetzt mein Thema verwehrt, meine Liebe zu Thetis entwand es dir.

Ich sinnierte bereits vor mich hin, wie ich dieses Abenteuer in erhabene Zeilen kleiden könnte, da trat, als wir bereits im *atrium* waren, eine Gestalt aus dem Dunkel. »Encolpius, Verfluchter, wage es nicht, an mir vorüberzugehen.« Vor Schreck erstarrt erkannte ich Nireus. »Möge Priapus dir nehmen, womit er dich bedacht hat, Unflat, der du mich vernichtet hast. Weißt du Träumer überhaupt, dass man uns verraten hat? Nichts weißt du! Tenerus wars, der kleine Scheißer. Und weißt du, warum? Weil er es satthatte, dass es alle im Haus miteinander treiben, nur er von niemandem geliebt wird. Ich habe ihm ja ab und zu die Gefälligkeit erwiesen, aber seit du da warst, wollte er nur noch dich. Du Narr, dem ganzen Haus hast du es besorgt, nur ihm nicht; als ob es darauf angekommen wäre!« Ich war sprachlos. Freilich, manchmal hatte ich tatsächlich den Eindruck, dass mir der Knabe Avancen machte, aber ich dachte immer, dass ich mir das nur einbilde.

Staunend hörte ich dem durchgeprügelten Nireus zu. Tenerus, unauffällig und schweigsam, hatte alle Liebschaften im Haus ausspioniert. Tenerus hatte seinen Vater überredet, ihn auf Geschäftsreise mitzunehmen, und uns auf dem Weg nach Puteoli verraten. Tenerus hatte – oh, Rachsucht! – seinem Vater nur von meinem bevorstehenden Angriff auf die Tugend seiner Tochter erzählt. Dass Acmon auch jemanden im Bett seiner Frau vorfinden würde, verschwieg er ihm. Alle, die ich geliebt hatte, sollten ihre Bestrafung erleiden, auch der Vater! Tisiphone, Megaera, Alecto, seht hin. Nie hetztet ihr Übeltäter ausdauernder als dieser Knabe die Seinen! Lernt, ihr Furien. Aus etwas so Geringem wie Eifersucht hat dieser Knabe seine Mutter, seinen Vater, seine Schwester, kurz, seine gesamte Familie vernichtet;

in sich gekehrt, mit seinem kalten, fischigen Blick. Acmon, wovor warntest du mich? Gefährlicher wars, sich nicht an dem Knaben zu vergehen!

Die rosenfingrige Eos begrüßte meine Rettung aus diesem abgründigen Haus. Ich befühlte meinen Reisebeutel; Metis, zuletzt fürsorglich, hatte mir etwas Proviant und Geld mitgegeben. Ich beschloss, als erstes Ziel das Plebeierviertel im Westen der Stadt anzusteuern, um dort die nächsten Schritte zu erwägen.

In den folgenden Tagen trieb ich mich am Stadtrand herum, hin- und hergerissen zwischen meiner Sehnsucht nach Thetis und meiner Angst vor Verfolgung. Irgendwann hielt ich es nicht mehr aus und begab mich zurück ins vertraute Massilia. Nach bewährter Manier versuchte ich mein Glück als Hauslehrer. Wenig Erfolg war mir dabei beschieden, waren doch Lehrer in dieser Stadt reichlich vorhanden. Am Ende musste ich mir mein Überleben mit jener unsäglichen Tätigkeit sichern, der ich so wortreich abgeschworen hatte. Notgedrungen, halb verhungert hatte ich mich mit einer älteren Schankwirtin namens Albucia[37] eingelassen. Diese gewährte mir Unterkunft und Nahrung im Gegenzug für kleinere und größere Gegenleistungen. Dienstags und freitags, pünktlich zu Sonnenuntergang, diente ich Albucia. Ein Arrangement, das mir umso lästiger wurde, je länger es währte. Keine Ausnahme duldete meine Kommandantin, denn sie liebte, wie sie mir unaufgefordert mitteilte, das Nachgefühl meines Schwanzes beim Arbeiten in ihrer Taverne. Oft fragte ich mich, wie es mir als unauffälliger junger Mann ohne begehrenswerte Attribute ergangen wäre. Mein Aussehen hatte mich wieder einmal gerettet und es machte mir das Überleben leicht – zu leicht, möglicherweise.

Was ich alles versuchte, um dieser schändlichen Situation zu entkommen, ich weiß es nicht mehr. Ob auf den Schulen oder in den Bibliotheken der Stadt, die ich sämtlich auf der Suche nach Arbeit aufsuchte, die Antwort war immer die gleiche. Magistrate und Behörden, bei denen ich es als Schreiber probierte, lehnten ab; Buchhändler fragte ich nach einer Anstellung als

Kopist, die schüttelten den Kopf. Zudem war in der Stadt eine Seuche ausgebrochen, die vor allem in den Vierteln der Plebeier grassierte, was mich ziemlich beunruhigte. Denn abgesehen von jenen, die darin den Zorn der Götter sahen, schrieben die einen diese Plage der ungesunden Luft zu, die anderen verunreinigtem Wasser. Von beidem bot das Viertel, in dem ich lebte, reichlich. Schon fragte ich mich, ob der Vater nicht doch recht gehabt hatte, schon erwog ich meine Heimkehr, da stürzte ich, wie später noch so oft, vom Missgeschick ins Glück, wenn auch nur in ein vermeintliches.

Genervt von meiner Erfolglosigkeit kehrte ich eines Abends in meine Unterkunft zurück. Gleich wurde ich angeschrien. »Wo warst du, Herumtreiber, seit Stunden warte ich auf dich!«

»Hast halt warten müssen, alter Nachtscherben.[38] Ich warne dich, noch ein Wort, und ich zeig dir meine Zähne.«[39]

»Ach so, in Ruhe gelassen werden will der feine Herr. Aber mein Essen nimmt er und Quartier. Sag mir, Milchbubi,[40] hältst du mich für blöd?«

Gegen alle Vernunft brach es aus mir heraus. »Nein, Schnarcherin,[41] blöd bist du nicht«, entgegnete ich eisig, »aber hässlich bist du! So hässlich, dass man dich nur bei absoluter Finsternis besteigen kann. Und auch dann nur mit knapper Not. Selbst der Harpyien Gekreische ist wohltönender als deine Lustschreie. Diese verbirgt kein Dunkel, auch nicht, wie sich deine Krötenhaut anfühlt, und diese runzligen Lappen, die du Brüste nennst. Also sei dankbar, wenn ichs dir ab und zu besorge!« Weder folgten darauf Tränen noch Schweigen; unerschüttert, derber noch als ich, gab sie mir zurück. Ein wahrer Hagel von Flüchen und Haushaltsgegenständen begleitete meine Flucht in die Freiheit und, wieder einmal, Ungewissheit.

Es war noch früh am Abend, also ging ich zurück in die Taverne, aus der ich gekommen war. Dort unterhielt ich mich mit einem, dem es ähnlich ging wie mir. Lynceus[42] war sein Name, ein Student aus Griechenland, ebenso wie ich auf der Suche nach Stellung und Ansehen. Nach wenigen Bechern waren unsere Mittel erschöpft, wir beschlossen, unser Gespräch in den nahen Gärten fortzusetzen. Die Jägerin[43] erhellte die Nacht mit ihrem vollen Umfang, Lynceus resümierte: »Es ist nun an dem, dass wir zwei – du in der Dichtung, ich in der Philosophie – zwar unbestreitbar weit über all jenen, die uns umgeben, stehen, doch Nutzen erbringt uns das keinen. Ja, in den alten Zeiten, da wären wir schon längst von einer interessierten Gesellschaft in den uns zukommenden Stand versetzt worden. Bei der Weite und Tiefe unserer Bildung, bei unserem strebenden Geist und nicht zuletzt bei unserem Aussehen wären wir gewisslich Schüler eines Sokrates oder Platon gewesen. Heute verkennt man das Talent, schon gar nicht fördert man es. Die Welt stellt sich blind, gefällt sich in Frivolitäten und leichtfertiger Halbheit. Unsereins will den Dingen auf den Grund gehen, will tiefer blicken, um höher zu steigen, doch gilt wahre Erkenntnis nichts. Übrigens, Encolpius, ich habe einen Vorschlag, wie wir unserer momentanen Notlage entkommen könnten. Diese Gärten bieten Möglichkeiten für schnelle Entlohnung, sind sie doch dem Priapus geweiht.«

»Hast du mich deshalb hierhergebracht?«, entgegnete ich verärgert. »Ich will nicht schon wieder das tun, was mir bisher nur Ärger eingebracht hat.«

»Was willst du sonst tun? Hier, mein Lieber, zahlt man für einen guten Penis, ich für meinen Teil werde diese Gelegenheit wahrnehmen und morgen essen. Wie, mein gelehrter Freund, stellst du dir deine nächsten Schritte vor? Sollen sie vom Klange klimpernder Sesterzen begleitet sein, wirst du deine Dünkel abstreifen müssen. Oder beruft man dich morgen mit Pomp zum Aedilen, was du mir, aus welchem Grunde immer, bis jetzt verschwiegen hast?« Sein flaschenhohles Gerede[44] dröhnte mir schon in den Ohren, aber in diesem Punkt hatte er recht. Ich trat beiseite, denn ich musste mir Erleichterung verschaffen, zu einem riesigen, abgestorbenen Baumstumpf. Mit beständigem Guss wässerte ich diesen ehrwürdigen Ahnen des Gartens, da schrie Lynceus hinter mir auf: »Encolpius, bist du verrückt geworden? Du pinkelst Priapus an!« Er wurde lästig, also schwenkte ich meinen Strahl herum. »Was faselst du da? Das ist doch nur ein

Baum.« Schnell sprang er zur Seite. »Hast du Kürbisse vor den Augen? Schau hin, kennst du denn nicht die Statue des Priapus?« Tatsächlich, an der Vorderseite des vermeintlichen Baumes lagen Opfergaben, überragt vom Ebenbild des Lampsacers. Ich hatte ihm früher kaum Beachtung geschenkt, dieser ganze Götterkram war für mich sowieso nur Aberglaube, aber ich erschrak. Der mächtige Strunk, der Priapus Massilias stand vor mir, befeuchtet von meiner Pisse.

Ich ließ mir nichts anmerken, schüttelte ab und trat zu Lynceus. »Jetzt schau nicht so entsetzt, ich glaube nicht an diese ganzen Geschichtchen. Und wenn schon, das da ist Priapus, nicht Neptun oder Minerva. Was könnte mir der schon antun? Begreif es doch:

Götterglaube entstand aus Angst bei den Menschen,
als Blitze jählings fuhren vom Himmel,
den Maenalus' Flammen zerstörten, Feuer den Athos ergriff;
er entstand, weil wandernd die Sonne tauchte und wiederum stieg,
das Mondlicht schwand und von Neuem leuchtete,
weiter ein Sternenmeer den Himmel bedeckte,
Jahreszeiten genau mit den Monaten kamen und gingen.
Mächtiger wurde die Sucht; bald trieb Verblendung die Bauern,
dass sie die Erstlingsfrüchte der Ceres brachten als Spende,
Bacchus mit Traubengirlanden bekränzten,
als Hirten von Pales Segen erflehten und Schutz.
In der Tiefe verwaltet Poseidon alle Gewässer,
Minerva regiert die Läden am Markte.
Wer seine Wünsche erreicht, die Welt verschachert –
sie alle eilen sofort um die Wette, sich eigene Götter zu bilden.«[45]

»Vieles können die Götter bewirken«, murmelte Lynceus betroffen, »und gerade dir könnte Priapus einiges antun. Hast du denn keine Angst vor seinem Fluch, fürchtest du nicht seinen Zorn? Komm, bitte ihn um Verzeihung, morgen besorgen wir Opfergaben.« Eifrig zupfte er an meinem Gewand und warf so besorgte Blicke auf den über uns stehenden Priapus, dass ich den schon länger erwogenen Verzicht auf seine Gesellschaft in die Tat umsetzte. Ich wünschte ihm daher eine gute Nacht und ging, da rief er mir nach: »Dann werd doch gleich Sündenbock, wenn dich gar nichts erschüttern kann.«

Sowie die Morgensonne den Dächern zulachte,[46] erkundigte ich mich zu dieser mysteriösen Aussage und wurde prompt fündig. Die lieben, abergläubischen Bürger Massilias boten dem, der die Rolle eines Sündenbockes[47] übernahm, Kost und Logis für ein Jahr, alle Zerstreuungen – innerhalb vernünftiger Grenzen – mit eingeschlossen. Sie dachten, dass sie auf diese Weise den Zorn ihrer Stadtgötter, die ihnen die *pestilentia*[48] geschickt hatten, abwenden könnten. Ich schmunzelte über diesen Glücksfall. Ein volles Jahr mit allen Annehmlichkeiten! Zeit genug für meine Dichtkunst, Zeit, meinen Weg zu finden. Freilich, am Ende würden sie mich, mit allen Flüchen der Stadt beladen, davonjagen, aber meine Güte, was konnte mir das schon anhaben. Wenn die guten Bürger daran glauben wollten, war das ihre Sache, ich wollte ohnehin nicht ewig in Massilia bleiben.

Mochte Apollons Zorn die Stadt getroffen haben, die keusche Artemis grantig sein, bei ihren nächsten Durchgängen sahen sie mich, wie ich friedlich unter ihnen weilte. Die *Timuchoi*[49] von Massilia hatten mich mit offenen Armen aufgenommen. Insbesondere Pylades[50], Dreierrat der Fünfzehn,[51] entwickelte geradezu väterliche Sympathien für mich. Dem makellosen, gelehrten Jüngling erfüllte er gerne die eine Bedingung, die dieser stellte:[52] Nicht war es meine Absicht, meine Familie zu entehren; mein wahrer Name durfte daher nicht bekannt werden. Meine Pflichten bis zur rituellen Austreibung waren wenige. Wenn ich ausging, erschien ich im Ornat des *pharmakos*[53] Massilias: den Lorbeerkranz auf dem Haupt, die Fichtenzweige in der Hand.[54] Diener umgaben mich, voran schritten Ausrufer, meine Bestimmung verkündend. Einmal im Monat hatte ich an einem Umzug teilzunehmen, bei dem ich fast wie eine Gottheit geehrt wurde. Man führte mich auf einem offenen Wagen durch die Stadt, angekettet an einem Pflock, wie es meiner Rolle entsprach. Auch das war nur ein Ritual – weder schmerzten noch behinderten mich diese Ketten. Das Volk stand auf der Straße und sang Paiane[55], einige übergaben mir Spenden, die ich freundlich entgegenzunehmen hatte. Mehr wurde von mir nicht erwartet. Es war belustigend und beeindruckend zugleich. Die Bürger Massilias senkten ihr Haupt vor dem strahlenden Jüngling, der den Zorn der Götter für ihr Wohlergehen auf sich nahm. Zwar beteten sie dafür, dass diese mich, das Opfer, als Sündenbock annähmen, aber betrauerten mein weiteres Schicksal, das, beladen mit allem Sündhaften und Schlechten der Stadt, nach ihrer Ansicht nur ein entsetzliches sein konnte. Mir war das so viel wie dem Kahlkopf der Kamm.[56] Ich wohnte am höchsten Punkt der Stadt, hoch über den schädlichen Miasmen des Hafenviertels, in einem Nebengebäude des Tempels der Artemis. Ebenso rein wie die Luft war alles andere; ich bekam jedwede Speise, die ich verlangte, hatte Diener und Gesellschafter.

Es war mir, als ob ich, der so lange und auf vielerlei Weisen Stößen und Schlägen ausgesetzt gewesen war, nun in die richtige Richtung geschubst worden wäre. Ich stand frühmorgens auf, rüstete meine Gedanken für die Strecke, die vor mir lag, und duldete niemanden bei mir als meine Göttinnen, die mir vorangingen. Sah ich *Lycoris* lächeln, war ich froh; kam ich nicht weiter, fand ich Rat bei *Delia* oder *Corinna*.[57] Ob der Stift stockte oder nicht, jedem Tag rang ich ein paar Zeilen ab. Die Monate vergingen, meine *Thetis* wuchs, meine Zuversicht mit ihr. Aber wie sie präsentieren? Mit Pylades sprechen, eine Aufführung verlangen? Irgendwie war mir nicht danach zumute. Nein, ich beschloss, den nächsten Umzug zu nutzen. Aus dem Nichts wollte ich die Herzen meiner Zuhörer berühren, ihre unverfälschten, spontanen Reaktionen erleben.

Als wir uns an jenem Tag auf dem Forum einfanden, ich wie immer auf meinem Wagen, gebot ich der Menschenmenge Schweigen und sprach: »Bürger von Massilia, ich habe die Zeit, die ihr mir geschenkt habt, nicht unnütz verbracht. Verse habe ich geschmiedet, in Gedenken an eine unglückliche Liebe. Eine Elegie über Vereinigung und Trennung, Glück und Schmerz. Wie steht es, Bürger, leiht ihr mir euer Ohr?« Ein Raunen ging über den Platz, die Priester und die Fünfzehn tauschten verwunderte Blicke. Schließlich stieg Pylades zu mir auf den Wagen und sprach: »Die Höflichkeit gegenüber dem, der für uns den Zorn der Götter auf sich genommen hat, soll unser Handeln bestimmen.« Mittlerweile war die Seuche im Abklingen, die Massilier nahmen deswegen an, dass ein Teil dieses Zorns bereits auf mich übergegangen war. »Mit Wohlwollen und Respekt wollen wir dich, Encolpius, also anhören. Schweigt, Bürger, Encolpius, sprich!«

So betrat meine *Thetis* das Licht der Öffentlichkeit. Ich trug meine Verse vor, vielmehr, sie brachen aus mir heraus. Ich vergaß alles um mich herum, lebte in den Bildern, die ich geschaffen hatte. Die Zeit stand still, ich war blind und taub geworden, für den Platz, für die Menschen, für den Wind und die Sonne. Doch halt! Was war das gewesen? Ein Geräusch, eine Art Gackern, hatte mich aus meiner Konzentration gerissen. Ich schaute auf, starrte verblüfft in mein Publikum. Amüsierte Gesichter schauten hierhin und dorthin, nur nicht auf mich. Argwöhnisch trug ich weiter vor. Die Menge beruhigte sich, ich kam zu einer der herzergreifendsten Stellen in meinem Werk, setzte zu der alles entscheidenden Zeile an, da prusteten gleich mehrere heraus. Zutiefst beleidigt unterbrach ich, starrte mahnend in das Gewoge der Köpfe, setzte erneut an — da rollte auch schon, wie zurückgestaut, die Welle ihres Gelächters über mich hinweg. Ausgelassen, den Satyrn gleich wieherten sie mich mit tränenüberströmten Fratzen an, ihre Leiber bebten, manche stützten sich auf ihren Nachbarn, andere krümmten sich wie unter Schlägen. Wütend drehte ich mich zu Pylades um und erwischte ihn, über das ganze Gesicht grinsend, bei beschwichtigenden Gesten. »Ältester, was soll dieser Unfug?«, herrschte ich ihn an. Es gelang ihm nicht mehr, sein Lachen zu beherrschen. »Du armer Mensch, ich wollte doch nur helfen!« Ernst oder mit gespieltem Ernst wandte er sich seinen Massiliern zu: »Ihr braven Bürger, senkt euer Haupt! Seht den Fluch der Götter, den armen Encolpius hat er getroffen. Er, der ein Dichter … «. Ein olympischer Ausbruch übertönte seine Worte. »Das ist nicht zum Lachen!«, donnerte er den Enthemmten entgegen, die daraufhin tatsächlich verstummten. »Habt Mitleid, bedauert diesen armen jungen Mann, dem Apollon nicht nur die Kunst genommen, sondern zudem verblendet hat. Denn anders ist das, was uns da zu Ohren gekommen ist, nicht zu erklären. Weint, ihr Bürger, kniet nieder und erbebt vor dem Fluch des Goldäugigen[58]!«

Nachdem wir den Ort meiner Niederlage verlassen hatten, bedankte ich mich bei Pylades, dass er diesen *ungeweihten Pöbel*[59] so einfallsreich beruhigt hatte. Er sah mich mit bedrückter Miene an. »Ich wollte, es wäre so, mein armer Encolpius. Aber selbst ich konnte kaum an mich halten. Ein Fluch hat dich getroffen, so viel steht fest. Ich habe dich als gebildeten, redegewandten Mann kennengelernt, das war nicht von dir, was wir da gehört haben. Der Musenführer[60] selbst hat dir diese lächerlichen Sätze in den Mund gelegt, um dich zu vernichten.« Tausend Widerworte eilten zu meiner Zunge, indes, auf dieser stand ein Rind.[61] Gefangen in Betroffenheit brachte ich keinen Ton heraus und senkte stumm den Kopf. Wir verbrachten den Rest des Umzugs in tiefem Schweigen, ich erreichte mein Quartier und versank ins Grübeln.

Das mit dem Fluch war natürlich Unsinn. Logisch betrachtet gab es nur zwei Möglichkeiten: die äußeren Umstände oder mein Werk. Lange prüfte ich diese Möglichkeiten. Wieder und wieder las ich meine Elegie, was war daran auszusetzen? Freilich, ein wenig pathetisch war sie schon, aber das verlangt die Sache. Kann man nüchtern Leidenschaft beschreiben? Ja, klar, genauso, wie wir uns mit Vernunft verlieben. Wie wir der in Frage kommenden Person erst einmal das Maul aufklappen und ihre Zähne kontrollieren, sie dann niederbeugen und mit kundigen Fingern Gemächt und Schenkel prüfen. Genug, wenden wir uns den Umständen zu. Eine *plebs* hat gelacht, also bitte. Ist diese doch seit jeher zur Überwindung ihrer begrenzten Weltsicht unfähig. Schon gar nicht, wenn sie unvorbereitet mit Erhabenem konfrontiert wird. So musste es sein. Aber auch die Priester, die Fünfzehn und die Bürger von Stand hatten sich vor Lachen gebogen. Auch du, Pylades! Noch einmal prüfte ich mein

Werk. War da ein Fehler, und wenn ja, wo? Plötzlich erstarrte ich. Da! Natürlich! Thetis, sie wars! Die lebendige, realistische Thetis. Vielmehr – es muss gesagt werden – die platte, profane Thetis. Gehemmt hatte sie die vorwärtsstürmende Kraft meiner Poesie durch die Banalität ihrer Existenz. Ist Dichtung nicht Imagination, Phantasie? Mochte ich sie als Göttin betrachtet haben, das konnte nur ich verstehen, aber sonst niemand. Nicht ihr Ebenbild hätte ich beschreiben dürfen, sondern eine idealisierte Thetis. Besser noch, eine nicht existente Thetis; eine, für die die echte so viel ist wie der Marmorblock für die Statue. Meine Liebe hatte mich zu Fall gebracht. Wie konnte ich meine erhabenen Gedanken an einen so gewöhnlichen Menschen knüpfen? Allmählich wurde ich ein wenig böse auf Thetis. Etwas interessanter hättest du schon sein können. Der Kampf macht die Eroberung, der leichte Sieg rührt keine Lyra. Nächtigte ich etwa auf deiner Türschwelle oder peinigtest du mich mit kalter Abweisung? Angeschaut habe ich dich, und du hast dich hingelegt. Wo, bitte sehr, ist da das Drama? Thetis, Thetis, was hast du mir angetan?

Beruhigt, wenn auch verärgert wegen meiner untauglichen Muse, ging ich schlafen. Am nächsten Tag machte ich mich unverdrossen an die Überarbeitung meines Werkes. Doch seltsam, wie in Stein gehauen stand mein peinliches Geschreibsel auf einmal vor mir. Änderte ich nur ein Wort, wurden gleich etliche Zeilen unbrauchbar. Und so oft ich etwas neu formulierte, landete ich nach einer Weile wieder bei meinem alten Text. Um einen unbefahrenen Kurs zu setzen, im Meer meiner Gedanken, zerfetzte und verbrannte ich ihn daraufhin; doch nahm ich mir damit die Richtung. Steuerlos trieb ich danach umher, jedes Mal, wenn ich endlich ein, zwei schwankende Worte auf das neue Blatt gesetzt hatte, fürchtete ich, sie wären die gleichen oder ähnliche wie zuvor. Nie wurde mein Geist stärker herabgedrückt als in diesen Tagen, wie gelähmt ruhte mein Stift in meinem Schoß, als ob es sich nie wieder erheben wollte. Schon begann ich an meinen Überzeugungen zu zweifeln, schon erwog ich ein Bittgebet an Apollon, da beschloss ich, angewidert von meiner Haltlosigkeit, die Dichterei vorerst einmal sein zu lassen. Wer sich selbst untreu wird, der ist verloren. Und wahre Inspiration, das hatte ich erkannt, findet sich nicht in Betten.

In den folgenden Wochen bemerkte ich eine Zunahme der Spenden, die Stadt hatte offenbar Mitleid mit dem gefallenen Poeten. Speziell die Frauen überhäuften mich mit Gaben. Der Dreierrat war zufrieden. Schließlich waren die Spenden willkommene Einnahmen. Daher durfte ich auch nichts davon behalten, ausgenommen Lebensmittel, soweit ich sie verzehren konnte.

Eines Tages – ich war gerade auf dem Weg zurück in mein Quartier – erhob sich ein Tumult in meiner Nähe. Ich ging hin, man machte mir Platz, da hörte ich eine wohltönende Stimme: »Retter der Stadt, rette mich!« Ein Knabe, zerzaust, vom Straßendreck beschmutzt, wand sich im Griff seiner Häscher. Ich trat näher: »Was«, fragte ich, »wirft man dem Knaben vor?« »Ich habe nichts getan, Herr, ich schwörs!«, sprudelte es aus ihm heraus. Ich wandte mich an die Wache. »Beim Stehlen haben wir ihn erwischt, *pharmakos*, und quer über den Markt gings, bis wir dieses Wiesel fangen konnten.« »Bist du Römer?«, wandte ich mich an den Missetäter. »Ja, Herr, Marcus Scribonius[62], Freigeborener aus Pisae.« Er gefiel mir. Zwischen den Fetzen seiner Tunica blinkte ein unbehaarter Alabasterleib hervor. Trotz seiner Notlage blickte er mich gelassen an, posierte fast in den Händen der Wache. »Meine Freunde nennen mich Giton«, setzte er mit einem treuherzigen Augenaufschlag hinzu. Ich bat die Wache um einen Moment Geduld und nahm Pylades, der mich begleitet hatte, zur Seite. »Du weißt, ich bin bis jetzt in meinen Wünschen mäßig gewesen. Erlaube mir, diesen Knaben in meine Obhut zu nehmen. Der entstandene Schaden kann sicher leicht beglichen werden.« Zu meiner Überraschung stand eben dieser in erstaunlichem Missverhältnis zum Diebesgut, aber auch die wütenden Eigentümer all der umgeworfenen Warenkörbe und verwüsteten Marktstände zogen irgendwann befriedigt ab. Freudigen Schrittes eilten wir zu meiner Unterkunft, meine staubige Beute vergnügt die ihre, eine Hühnerkeule, mampfend.

Erst in der Ungestörtheit meiner Räume zog ich nähere Erkundigungen ein. »Einer der *Scriboni* also, etwa aus dem patricischen Teil der *gens*?« »Nein, Herr, aus dem plebeiischen, oder genauer gesagt, nicht einmal das. Mein Vater ist ein Freigelassener des Caius Scribonius von Pisae, er ist von Beruf Schuster, mit vollem Namen Caius Scribonius Gitonis. Bei meiner Volljährigkeit wählte ich seinen Sklavennamen zu meinem *cognomen*[63], was ihm gar nicht gefiel.«

»Wie ungewöhnlich. Was hat dich dazu veranlasst?«

»Also erstens ist das mein richtiger Vatersname, und zweitens find ich ihn lieb. Siehst du etwa einen Marcus Scribonius in mir, Schuster wie sein Vater, der genauso früh aufsteht wie er, hart arbeitet, einen Dreck verdient und den Mächtigen Goldstaub in den Hintern blasen darf? Ich nicht; in dem Moment, in dem ich meinen Siegelring hatte, bin ich auf und davon. Und dann: Jeder will doch heutzutage mehr sein als er ist. Ich bin zum Schein lieber etwas weniger, da lebt es sich gemütlicher. Ich bin Giton. Nicht der Vormittag der Plagen, ich bin der Nachmittag des Bades, die Unterhaltung nach der *cena*. Von mir aus nenne mich die Fliege, die Ameise bin ich sicher nicht.«[64]

»Eine interessante Lebensweise, wenn es denn eine ist. Wie hast du dir das vorgestellt?«

»Das ergibt sich, da bin ich flexibel. Behaglich will ich leben, ob als Ganymed oder Endymion, ist mir ganz gleich.[65] Wenn ich darf, bleibe ich erst einmal bei dir. Sag mir, Encolpius, was hat es auf sich, mit diesem Amt, das du innehast?«

Wir redeten lange, und ich fand Gefallen an diesem kecken Bürschlein. Mochte er von niedriger Herkunft sein, mochte sein Vater Leder geklopft haben, ich sah – fürs Erste jedenfalls – darüber hinweg. Er war auch allerliebst anzusehen. Ein schwarzer Wuschelkopf mit großen Unschuldsaugen, betont durch mädchenhaft lange Wimpern; schlank und gut gebaut, nicht muskulös, nicht weichlich, nur etwas kleiner als die meisten Männer. Und noch heute staune ich darüber, wie unverblümt er mir bei unserer ersten Begegnung sein raffiniertes Wesen offenbarte und wie schnell ich das alles wieder vergessen hatte, als ich mich in ihn verliebte. Glaubte ich Giton zu lenken, lenkte er mich. Seinen Opfern ließ er, sofern er sie mochte, immer eine Möglichkeit zur Flucht. Ergriffen sie diese nicht, waren sie selber schuld. Ich kann ihm bis heute nicht böse sein.

Ein paar Tage später war wieder einmal der monatliche Umzug fällig. Giton wollte in der Rolle meines persönlichen Dieners daran teilnehmen. Ich staunte: »Du, der du das Arbeiten scheust wie die Damen die Satire,[66] willst niedere Dienste leisten?« »Sollen doch die anderen von mir denken, was sie wollen«, entgegnete er, »ich bin neugierig und von deinem Wagen aus habe ich den besten Überblick.« Bisher hatte sich seine Tätigkeit in Essen und Schlafen erschöpft, ich war dementsprechend gespannt, ob er dieser Anstrengung gewachsen sein würde. So leicht war es auch wieder nicht. Man musste sich stundenlang durch die Stadt fahren lassen, freundlich nicken, winken und lächeln und durfte sich nicht anmerken lassen, dass man gerade vor Langeweile stirbt. Nun, Giton kümmerte sich zunächst um die Vorbereitung, inspizierte sogar den Wagen und verhielt sich auf unserer Fahrt wie ein gelernter Kammerdiener. Ob Schweißtuch, Wasser oder einen Happen zwischendurch, Giton hatte es parat. Er nahm die Weihegaben entgegen, verstaute sie sorgfältig und hatte für jeden Spender ein freundliches Wort. Am Ende wunderte ich mich, wie ich bisher ohne ihn ausgekommen war.

»Bekommst du nach deiner Austreibung eigentlich einen Lohn für deine Dienste?«, fragte er mich am Abend. »Nein, nur ein bisschen Weggeld«, antwortete ich. »Wieso interessierst du dich dafür?« »Nur so, ich dachte, wenn wir nach deiner Zeit als Sündenbock zusammenbleiben wollen, müssen wir ja von irgendetwas leben.«

Inzwischen hatte ich ihn ins Herz geschlossen, aber wollte mir nichts anmerken lassen. Abgesehen von den vielen kleinen Gefälligkeiten, die er mir erwies, hatte sich herausgestellt, dass Giton ein hervorragender Gesprächspartner war. Irgendwie, irgendwo – auf seiner Flucht oder davor – hatte er sich eine beträchtliche Bildung angeeignet, die er subtil in seine Reden einbaute.

»Ach, es wird uns schon irgendetwas einfallen«, entgegnete ich hastig.

»Wenn du erlaubst, Encolpius«, kam es zurück, »ich hätte da eine Idee. Hast du gesehen, wie viele Spenden ich eingesammelt habe? Ich wüsste, wie wir einiges davon beiseiteschaffen könnten.«

»Bist du verrückt! Wenn sie uns erwischen, stürzen sie uns vom Felsen.«

»Lass mich nur machen. Ich habe ein Versteck im Wagen gefunden, dass keiner kennt. Und wenn, dann erwischen sie mich, du musst ja nichts davon gewusst haben. Also keine Sorge, dass es dir ergeht wie den Sündenböcken früherer Zeiten.«

Er schenkte mir nach und erhob sein Glas auf das Wohl der gütigen Massilier, die uns so reichlich mit Gaumenfreuden versorgten. Ich ließ mir den Themenwechsel gefallen, aber ich war in Sorge, denn meinen Kameraden plagten Mücken,[67] das war offensichtlich. Unsere Musiker gaben ein Ständchen aus *Murmurco*,[68] Giton tanzte leichtfüßig dazu und sank dann, einer Nymphe gleich, neben mir auf das Lager. In der süßen Nähe des anderen lauschten wir den Klängen. Die Nacht brach herein, die Musiker gingen. Mich, der ja immer dem zärtlichen Amor gehorsam ist, führte Giton in ein elysisches Feld.[69] Spielerisch übertrat er die Grenzen zwischen Freunden und Liebenden. Wein trank er von meinen Lippen, züngelnd stieß er nach und fand mich bereit. Ich erschauerte, als ich seinen Leib nackt unter mir liegen sah. Kein entstellendes Mal wies er auf, kein Härchen sah ich, das den marmornen Glanz seines Leibes hätte stören können. Blassblau mäanderten feine Adern um die rosigen Gipfel seiner Brüste. Er warf den Kopf zurück, gespannt wie ein Bogen bot er sich an, ein paar Löckchen wiesen mir den Weg zu seinem Schoß. Als ich ihn umdrehte, dachte ich, ein Mädchen läge unter mir. Ihr Bildhauer, zertrümmert eure Epheben! Nie saht ihr einen anmutigeren Rücken, nie eine schlankere Taille, die nur endet, um Himmlischerem Platz zu machen! Zwei milchige Backen erhoben sich da in strammer Rundung, von festen Säulen aus Alabaster getragen. Er nahm mein Glied überraschend leicht in sich auf und genoss mich mit einer

Meisterschaft, die seinen jungen Jahren widersprach. Mal spornte er mich an, mal verzögerte er gekonnt. Spielerisch, wie es seine Art war, trieb mich dieser zarte Knabe über das, was dem Menschen an Freuden möglich ist, hinaus.

»Tief fällt, wer hoch steigt?«
Nie fällt, wer immer nur kriecht!
Findet allein mich der Tag,
bleibt doch bei mir die Nacht.

»Du, Brüderchen, das mit den Spenden«, tönte es mir im Halbschlaf ans Ohr, »lass es mich doch versuchen. Jetzt, da wir zusammen sind, müssen wir an später denken.« Ich murmelte Unverbindliches und sank in tiefen Schlaf. So erwarb ich mir mit neunzehn Jahren, aus eigenem Entschluss, und, wie ich später feststellen sollte, auf meine Kosten, Giton, durch den ich meinen Geist, der von der Herrschaft der Thetis bedrückt war, befreite.[70]

Als ich am nächsten Tag erwachte, war Giton nicht da. Ich erkundigte mich bei der Dienerschaft und erfuhr, dass er bereits vor Tagesanbruch zum Markt gegangen war. Seit wann ist Giton Frühaufsteher, dachte ich noch, da spazierte er schon bei der Tür herein und warf mir triumphierend einen Beutel Münzen auf den Tisch. »*Wenns getan ist, verstehts auch der Narr.*[71] Verzeih, Brüderchen, aber das ist, was uns der letzte Umzug eingebracht hat. Siehst du jetzt, was ich meine?«

Der kleine Gauner hatte schon beim ersten Mal Beute gemacht! Nichts hatte ich davon bemerkt und stand vor vollendeten Tatsachen. Im Zwielicht der Morgendämmerung, wenn sich die Marktaufseher noch die Augen reiben, hatte Giton einen Händler gefunden, der keine Fragen zur Herkunft der angebotenen Objekte stellte. Ich schimpfte eine Zeitlang mit ihm, mehr zu meiner Ehrenrettung als aus Empörung, dann ließ ich mir von ihm alle Einzelheiten der Plünderung schildern. Seine Vorgangsweise erwies sich als durchdacht, wenn auch dreist. Jedoch, nicht an der Vergrößerung des Profits bemessen sich *wirkliche und dauernde Vorteile für den Menschen,*[72] sondern an der

Verkleinerung der Gefahr. »*Wer sich*«, ermahnte ich Giton, »*gegen die von der Umwelt dargebotenen Güter richtig verhält, der macht überhaupt keinen schrankenlosen Gebrauch von der sich bietenden Gelegenheit, ohne Maß und Qualität abzuschätzen. Vielmehr zieht er überall die Linie seiner Bedürfnisse nach der Richtschnur der Vernunft.*[73] Lass mich deine Tat in geordnete Bahnen lenken und sie damit zu unserer machen.«

Der Zeitpunkt war jedenfalls günstig. Hatten die Drei zu Anfang die Ablieferung der Gaben noch penibel überwacht, waren sie jetzt, da ich mir noch nie etwas zu Schulden hatte kommen lassen, ziemlich nachlässig geworden. Man überreichte mir bei vielen Gelegenheiten Spenden, etwa bei meinen Ausgängen, aber die Leute kamen auch zu mir ins Haus. Die Entscheidung über unsere Handelsware fällte ich zugunsten kleiner und profitabler Gegenstände, wie Gold, Silber und Juwelen. Aber selbst den Nachlässigsten unter unseren Aufsehern entgingen diese nur selten. Glänzende Objekte sahen sie, glänzende Objekte mussten sie bekommen. Als guter Kaufmann investierte ich das von Giton bereitgestellte Kapital in allerlei vergoldeten und versilberten Plunder, ähnlich den Wertgegenständen, die gespendet wurden. In Gitons Kleidung und Beutel nähten wir kleine Taschen ein, die Erhaschtes oder Ausgetauschtes geräuschlos aufnehmen konnten. Dabei verhielten wir uns weniger dreist als Prometheus und ließen immer ein paar saftige Stücke in den Opfergaben, nicht nur Haut und Knochen.[74]

Unser Geschäft lief gut, bis Giton mich eines Tages auf einen goldenen Becher aufmerksam machte. »Haben wir den nicht schon vor zwei Wochen verkauft?« Ich betrachtete den Becher kurz. Solche Gaben waren selten, ohne Frage, aber kamen vor. Ich zerstreute Gitons Bedenken und dachte mir nichts dabei. Ein paar Tage später lag der Becher erneut auf unserem Tisch. Verhüllt war er mir bei einem Spaziergang in die Hand gedrückt worden, von einer ebenso verhüllten Frau. Diesmal gab es keinen Zweifel. Fein gearbeitet stand er wieder vor uns, den wir gerade erst verkauft hatten; ein geschmackvoll ausgeführtes Rätsel, des Pittheus[75] würdig. War uns jemand auf die Schliche gekommen?

Aber warum ließ uns derjenige oder diejenige nicht verhaften? Wer war diese verhüllte Frau, welche Rolle spielte sie dabei? War es wirklich derselbe Becher? Der blinkte nur spöttisch, wenn wir in fragend anstarrten, und verweigerte jegliche Auskunft.

Zur Sicherheit warteten wir ein paar Tage mit dem Verkauf der Beute, Giton besuchte den Markt am Abend und nicht wie sonst frühmorgens. Den Becher verkaufte er bei anderer Gelegenheit, nächtens und unter Preis, verkleidet als Diener eines ausländischen Herrn in Geldnot. Einige Tage später erhielt ich einen Brief:

Tryphaena aus Tarent grüßt Encolpius, den Sündenbock Massilias
Gestatte einer durchreisenden Dame, Deine Bekanntschaft zu machen. Dein Ruf hat mein Ohr erreicht. Wenn es Dir genehm ist, besuche mich morgen in meinem Domizil, im Haus des Dialysos[76]. Meine Neugierde soll Dein Schaden nicht sein. *Vale*

Die Abwechslung war uns willkommen. Wir gaben dem Boten unsere Zustimmung mit und fuhren am nächsten Tag aufs Land. Das Haus des Dialysos erwies sich als komfortable Villa am Meer mit eigener Anlegestelle, in der die Yacht unserer Gastgeberin ankerte. Der Eigentümer, erzählte unser Kutscher, ließ öfters Freunde und Bekannte darin wohnen, da er selbst nur selten da war und nicht wollte, dass die Diener träge werden. Die Dame des Hauses empfing uns höchst charmant, reichte uns ihre Wangen zum Begrüßungskuss und gab sich von unserem Auftreten und Aussehen entzückt. Nach einigem Geplauder, bei dem ihr Auge – öfter, als mir lieb war – auf Giton fiel, begaben wir uns in ihre Gemächer, wo bereits eine festliche Tafel gerichtet war. Ihren Tricliniarchen und die Diener schickte sie fort, wie Freunde würden wir uns selbst bedienen. Unter weiteren Scherzen und Nichtigkeiten legten wir uns zu Tisch, wo sich unsere schöne Gastgeberin darin gefiel, wie ein Vögelchen von einem Thema zum nächsten zu flattern. So verging uns die Zeit recht angenehm, da zuckte Giton auf einmal neben mir zusammen. Ich sah ihn kreidebleich werden, mit zitterndem

Finger wies er auf einen Gegenstand auf der Tafel, der, als ich ihn bemerkte, auch mir das Blut gefrieren ließ. Der Becher, das Rätsel, stand glänzend vor Tryphaena! Da verhärteten sich ihre Züge und mit blitzenden Augen erhob sie ihn auf uns: »Dreimal habe ich diesen gegeben, dreimal zurückgekauft! Bei dem Preis habe ich ein Recht auf Aufklärung über die Wanderungen meiner Spende. Was ist, ihr Früchtchen,[77] hat es euch die Rede verschlagen?«

Giton sprang auf, räumte dabei die halbe Tafel ab und stürzte sich kopfüber zu Füßen der Dame.[78] »Gnade, Herrin! Nicht Bosheit, nur Not trieb uns zu dieser Untat«, rief er flehentlich. Ich überlegte nicht lange, sondern tat es ihm gleich. Gebeugten Hauptes knieten wir vor der Erzürnten und nässten den Boden mit falschen Tränen. Tryphaena gefiel das Schauspiel offenbar, gelassen ließ sie uns Unterwürfige eine Weile zappeln.

»Steht auf, ihr Strolche!«, rief sie endlich lachend und klatschte – amüsiert oder uns befehlend? – in die Hände. »Ich bin nicht eure Vernichterin. Ich wollte nur wissen, wie Leute aussehen, die so dreist und unbedacht mit Diebsgut umgehen.«

Uns blieb nur die Flucht nach vorne. Tryphaena forderte einen vollständigen Bericht: *Wer wir seien und woher von den Menschen und wo die Stadt unserer Eltern;*[79] weiters, wie wir uns kennengelernt, wie wir unsere Raubzüge durchgeführt hätten, was uns dazu bewogen habe, und was sonst noch die Neugierde dieser Undurchschaubaren zu fragen eingab. Wir verbrachten den ganzen restlichen Tag bei ihr. Sie gab sich wieder lieb und flatterhaft, aber es war klar, dass sie uns in der Hand hatte.

Schließlich bot sie uns an, sie auf ihren weiteren Reisen zu begleiten. Ihr Weg führe sie als Nächstes nach Rom, dann nach Baiae, danach werde man sehen. Ich lehnte zunächst ab, da sie mir schon die ganze Zeit allzu vertraulich mit Giton herumtat, doch ein mahnender Blick desselben ließ mich die Ablehnung in vage Unentschiedenheit umformulieren.

Kaum waren wir aus dem Haus, fauchte ich Giton an: »Du Luder, was fällt dir ein? Der Viper[80] machst du schöne Augen? Ist das die Treue, die du mir geschworen hast?«

»Was, bitte, hätte ich denn machen sollen? Zu Sklaven hat uns unsere Unbedachtheit schon gemacht, soll sie uns auch noch vor Gericht bringen? Da ist es allemal besser, wir sind ihr gefällig, und retten, was zu retten ist.«

Seine zwingende Logik beruhigte mich, mehr noch, ich nahm mir seine Worte zum Vorbild für mein weiteres Verhalten. Ohnmächtig sah Amphitryon seinen Bund von einem Mächtigeren gestört, ohnmächtig hatte ich Tryphaenas Intervention zu ertragen. Bald nach unserem ersten Besuch bei ihr wiederholte ich diesen allein und machte von meinem leidigen Talent Gebrauch. Das schamlose Weib musste nicht erst lang erobert werden. Doch so wenig ich ruhte in ihrem Schoß, die Gefahr bannte ich damit nicht. *Verfluchte Gier nach Gold,*[81] die uns solch verhängnisvolle Gunst eingebracht hatte! Immer öfter wurde auch Giton in die Villa des Dialysos bestellt, ich hütete mich, Fragen zu stellen. Mochte ich auch zerspringen vor Eifersucht, seine Antwort wollte ich nicht hören. Allmählich neigte sich die Zeit meines Daseins als Sündenbock dem Ende zu, misstönender, als ich mir vor Kurzem noch gedacht hatte. Schon sehnte ich den Tag herbei, an dem ich aus der Stadt gejagt werden würde und wir dem Machtbereich dieses bösen Weibes endlich entfliehen konnten.

Unser Plan war, bis zum Erscheinen Tryphaenas, einfach gewesen: Nach meiner Austreibung sollte ich mich zunächst zu einer Wegkreuzung vor der Stadt begeben. Vereinbarungsgemäß würde ich dort von den Dienern der Drei erwarten werden, mit sauberen Gewändern und meinem Weggeld. Ganz in der Nähe der Stadt befindet sich ein verlassener Hain. Einst verehrte man dort barbarische Götter, opferte blutig Menschen; heilige Scheu lässt die Massilier diesen Ort meiden. Mitten in dieser Ödnis aus Baumstümpfen und Zypressen steht eine Tempelruine, beklemmend selbst ihre Reste[82] – diese wählte ich als Treffpunkt mit Giton. Seine Aufgabe sollte es sein, unsere Beute aus der Stadt zu schaffen, da mir das während der Austreibung sowieso unmöglich sein würde. Von dort aus wollten wir uns nach Nicae begeben. So weit, so gut, aber wie sich Tryphaenas, die sich so unerwartet bei uns eingenistet hatte, entledigen?

»Und wie«, fragte ich Giton, »selbst vorausgesetzt, uns gelänge die Flucht, ihrer Rachsucht entkommen? Wenn unser Vögelchen erst zum Habicht wird,[83] will ich mich nicht in greifbarer Nähe befinden.« »Genau das«, antwortete Giton, »habe ich mir auch schon gedacht. Wir müssen außer Reichweite sein, bevor sie unser Entweichen entdeckt. Prüfe, was mir eingefallen ist: Wir erklären uns zum Schein mit ihrem Vorschlag einverstanden. Gerne wollen wir mit ihr auf Reisen gehen und treffen brav alle Vorbereitungen, die dafür nötig erscheinen. Am Vorabend deiner Austreibung bringen wir die meisten unserer Habseligkeiten an Bord ihres Schiffes, unsere Beute mit eingeschlossen. Das soll Tryphaena glauben, in Wahrheit wickeln wir Blei und die Reste unserer Tauschware in Lumpen ein, tun das Ganze in einen Beutel und nähen diesen, wie Leute, die auf ihr Hab und Gut bedacht sind, mit einem starken Faden zu. Da du dich nach deiner Austreibung in der Stadt nicht mehr blicken lassen kannst und sie sich mit einem Ausgestoßenen nicht sehen lassen sollte, verabreden wir mit ihr einen Treffpunkt an der Küste. Der Strand westlich der Stadt, in der Nähe ihres Hauses, ist dafür gut geeignet. Dort soll ihr Beiboot bereitstehen, am Tag deiner Austreibung, das uns an Bord holt. Beruhigt durch das vermeintliche Pfand wird sie darauf eingehen.«

»Und weit im Osten, auf unserem Weg nach Nicae werden wir bereits sein«, ergänzte ich begeistert, »wenn Tryphaena – nach vergeblichem Warten – den Beutel auftrennt und ihre vollständige Niederlage auf das Schiffsdeck plumpsen sieht.« Wir machten uns sogleich ans Werk.

Mein großer Tag kam. In aller Frühe brachte man mich nackt, nur mit den Insignien des *pharmakos* geschmückt, zum Hafen. Dort wartete eine riesige Volksmenge, die tiefstes Schweigen bewahrte. Auf den Stufen einer mit Fichten und Lorbeerzweigen drapierten Tribüne wartete der Priester und geleitete mich hinauf. »Encolpius«, hob er dramatisch an, »der du ein Jahr lang im Überfluss gelebt hast, lege nun ab Kranz und Reiser[84] und lege an das Büßergewand, zum Zeichen, dass diese Zeit vorüber ist.« Donnernd wiederholte die Menge: »Deine Zeit ist vorüber!« Erschrocken von der Wucht des Rituals tat ich, wie mir geheißen, und legte die mit Pythons bemalte Tunika[85] an. »Sündenbock, nimm an den Myrtenkranz[86] und knie nieder zum Zeichen, dass du alles Unreine, alle Sünden, alle Schuld, die die Stadt auf sich geladen hat, nun aus freiem Willen[87] auf dich nimmst.« »Alles Unreine, alle Sünden, alle Schuld!«, dröhnte es von der Menge, der Stab des Priesters berührte dazu jedes Mal meinen Rücken. Dann legte er die Hand auf mein Haupt und deklamierte:[88] »Artemis, Apollon, seht! Alles, was euren Zorn erregt hat, ist nun in diesem Mann. Verfolgt in Zukunft ihn, verschont die Stadt. Sündenbock, steh auf und flüchte!«

Der Weg, den ich zu nehmen hatte, ist dem *pharmakos* seit jeher vorgeschrieben: Er führt in Schleifen hinauf durch die Stadt zum Kastell, wo ihn die Bürger von Stand, die *Timuchoi*, die Fünfzehn und die drei amtierenden Stadtregenten erwarten. Als Letzte, auf dem Wehrgang über dem Tor der Stadt, stehen die Priester, die mit verhüllten Häuptern[89] noch einmal alles Üble der Stadt auf den Sündenbock herabwünschen.

Siehe! Ich rannte los, ungeschützt lief ich durch die erregte Menge, die mich mit Zweigen der Feige und Meerzwiebeln peitschte[90] und mit allerlei Unrat bewarf. Am Anfang gelang es mir noch, der einen oder anderen Attacke auszuweichen, aber bald war ich dafür zu müde und sah auch keinen Sinn mehr darin. Schweißüberströmt, zerkratzt, bedeckt von Kot und faulen Früchten rannte oder stolperte ich meinem Ziel entgegen. »Sündenbock, flüchte!«, skandierten sie zu Peitschenschlägen, wenn ich langsamer wurde. »Alles Unreine!«, riefen sie im Chor, während sie mich bewarfen. Nahezu blind taumelte ich endlich meinem Ziel entgegen, den Weg konnte ich nicht verfehlen, er war gesäumt von meinen Peinigern. Pylades sah und hörte ich nicht, doch tat es mir weh zu wissen, dass auch er mich jetzt verfluchte. Noch einmal bedeckte mich ein Hagel an Flüchen und Wurfgeschossen, dann war ich draußen. Ich fiel erschöpft zu Boden, hinter mir krachten die Flügel des Tores zusammen. Die Stadt hatte mich ausgetrieben.

Nachdem ich wieder zu Atem gekommen war, wischte ich mir den gröbsten Dreck ab und machte mich auf den Weg zu meinem ersten Treffpunkt. Die Diener waren recht freundlich, sie hatten Wasser mitgebracht, ich konnte mich säubern und stärken und blickte bald wieder frohgemuter drein. Mit meinem Weggeld und in sauberen Gewändern begab ich mich munteren Schrittes zu jenem düsteren Hain.

Giton war nicht da. Ich wartete, erst unbekümmert, dann sorgenvoll. Stille lag über diesem Ort, selbst die Vögel schienen ihn zu meiden. Mit dem schwindenden Licht traten bleiche Gestalten hervor, verwitterte Götterstatuen, belebt von meinen bösen Ahnungen.[91] Tröpfelnd verrann mir die Zeit des Wartens, bildete Pfützen der Entmutigung unter mir. Ein Flüstern erhob sich in meinem Geist, ein Verdacht, den ich mit immer schwächer werdenden Kräften bekämpfte. Da! Was war das? Lachend erlöste mich eine helle Stimme! Ich schrak auf, aus einem Traum, starrte mit großen Augen auf totes Holz und modrigen Stein. Noch manchen Streich spielte mir meine Hoffnung, bis sie in der Morgendämmerung zerfloss. Im harten Licht der Sonne begab ich mich auf eine freudlose Erkundung. Mögen Erblindete sich einreden, es sei Nacht; mich Blinden hatte die Nacht sehend gemacht. Diesen Jüngling hatte mir keine Artemis genommen,[92] geschweige denn entführt. Unerkannt erreichte ich das Haus, in dem Tryphaena gewohnt hatte, und wartete, bis ein Diener erschien. Wo die Dame sei, die hier residiert habe, fragte ich ihn. Fort sei sie, seit gestern in der Früh, erwiderte dieser ohne Umschweife. War ein Knabe bei ihr? Ja, ein auffallend hübscher Bengel. Wohin? Nach Rom, per Schiff!

Giton

841 a. u. c. [88 u. Z.], Roma

Wer nach einem Rat fragt, sucht oft nur die Bestätigung für das, was er bereits entschieden hat. Und ist irritiert, wenn er das Gegenteil zu hören bekommt. So erging es mir, als ich den Brief meines Marcus Valerius las; dennoch konnte ich mich dem überlegenen Wissen dieses Ratgebers nicht verweigern. Denn von uns beiden ist mein Martial zwar der Jüngere an Jahren, aber der Ältere an Worten. Und mit der Zeit ist er zum guten Gärtner meines Buches geworden. Er stutzt die Triebe in meinen Sentenzen, schlägt Schneisen durch den Wildwuchs meines Satzbaus und tilgt das Unkraut, wo immer ich es sprießen ließ.

Möge diese Kostprobe der *Satyrica* viele dazu bringen, sich auch die restlichen *Libri* zu besorgen. Ich sage, es lohnt sich. Die besten Ausgaben, bimssteingeglättet und in Purpur gehüllt,[93] hat, wie schon seit jeher, Atrectus, Sohn des Atrectus. Am Argilentum, gleich gegenüber Caesars Forum, wo die *papyri* an den Pfosten flattern – dort ist sein Laden, dort schau hin!

LIBER XV

So das neunte der Bücher bildet,
die auf uns gekommen sind

Leibnitz[1] a Madame la princesse
Louise de Hohenzollern. Hannovre 25. Fevr. 1702:

On fit un festin dernièrement à la Romaine, qui devoit représenter celui du celèbre Trimalcion, dont Pétrone a fait la description. Le Trimalcion moderne était Mr. le Raugrave et sa femme Fortunata était representée par Mdelle. de Poelnitz qui disposoit toutes choses, comme l'ancienne Fortunata dans la maison de son Trimalcion.[2]

Ludwig Friedlaender
Petronii Cena Trimalchionis (Leipzig 1906)

Der Alte Mann

… verborgen ist mein Hieb, damit er umso härter trifft. Als mir nach und nach klar wurde, was in diesem *Liber IX* Gitons so lange auf seine Entdeckung gewartet hatte, konnte ich es zunächst kaum fassen. Ich stand da *wie der Ziegenbock im Erbsenfeld,*[3] was in etwa dem heutigen »Ochs vorm Scheunentor« entspricht, nur dass die antike Redewendung in meinem Fall die zutreffendere war. Denn der Ochs glotzt das Tor lediglich blöd an, durch das er durchzugehen hat, während ich vor Glück erstarrt war wie jener Ziegenbock, ob der Fülle des köstlichen Futters, das sich vor mir ausbreitete.[4] Manchmal findet man das, was man sucht. Von dem Ganzen, dessen Mitte teilweise und dessen Ende gar nicht vorhanden ist, gibt es jetzt den Anfang. Den *Liber I* der *Satyrica*. Dieses Erbsenfeld hat es in sich. Setzt man den ersten Schritt hinein, steht man sogleich im saftigsten Grün. Petronius spricht zu uns. ER, der seinen Standpunkt stets verschleiert oder verbirgt, richtet persönliche Worte an seine Leserschaft. So wie das damals üblich war in einem *prooemium*, dem zeittypischen Manifest des antiken Autors, in dem dieser mitteilt, warum er sein Buch geschrieben hat, wer es lesen sollte oder wofür es gut sein soll. *Was ist das für ein Buch, das du mir gibst?* Die Antwort auf diese Frage hat fast zweitausend Jahre auf sich warten lassen.

Sag ich nur das, was andere gesagt, sag ich nichts, so schön ich es auch sagen mag. Petronius attackiert den Literaturbetrieb seiner Zeit, erschafft sich sein eigenes literarisches *genus*, ein Mischwerk aus allen Textsorten, so wie es ihm gefällt: *Granit setz ich auf Marmor feingefügt, und nehm den Stein, der mir gerade passt.* Es ist der Versuch einer Befreiung aus den engen Grenzen der antiken literarischen *genera*. Die *fabula liberata*. Damit dürfte die These von den *Satyrica* als epigonaler Text erledigt sein. *Wie masturbierend hebt so einer – erfüllt von seinem Vorbild – seinen Stift; wie dieser besudelt er am Ende das, was er verehrt.*

Nicht nur den Literaturbetrieb sieht Petronius am Ende, sondern auch die römische Gesellschaft: *Beerdigen will ich das Alte, zertrümmern die Kopisten, in Schriftwerk wie romanitas.* Die überkommenen Wertvorstellungen, etwa des Cicero oder Cato des Älteren, haben seiner Generation nichts mehr zu sagen. *Selbst Esel gehen nur am Mühlrad stets im Kreis.* Wie aber stellt sich diese Gesellschaft für Petronius dar? Der Römer Encolpius hat die Fesseln der Realität abgestreift. Mit den Worten *Denn entweder bin ich kein Mann und nicht frei, oder …*[5] stürzt er mitten in der Nacht mit gezogenem Schwert auf die Straße, um Rache zu üben wie weiland Aeneas im brennenden Troia. Selbstverständlich scheitert er. Dieser junge römische Bürger ist ein Träumer, der seine Wahnvorstellungen lebt; er ist selbstgefällig und faul, den Werten der Alten ergeben. Das Handwerk und die im Leben stehenden *libertini* verabscheut er, selber bringt er nichts zustande. Er wirkt entwurzelt und ziellos, immer sind die anderen schuld, nie er selbst. Dabei ist seine Dichtkunst *imitatio* – seine Elegie schustert er offenbar aus Gallus, Tibull und Ovid zusammen. Den prächtigen *mimus*, den seine Erlebnisse im Haus des Acmon abgeben, übersieht er oder ignoriert ihn. Seinen fleißigen Vater verachtet er, den teils unmenschlichen Kapitalismus des älteren Cato bewundert er. Encolpius ist auf der Suche nach sich selbst. Damit er sich findet, muss er erst alles verlieren, wodurch er sich definiert wähnt. Sein Dichterwahn ist ihm gerade genommen worden, folgen werden seine Potenz, wohl sein Mythenwahn und zuletzt seine veraltete *romanitas*, erst dann kann er geläutert heimkehren.

Was des Encolpius Irrtum ist, ist auch der unsere. Petronius sah die Umwälzungen seiner Zeit, die auf eine erstarrte Gesellschaft trafen. Das Alte funktionierte nicht mehr – das Neue war noch nicht da. Rom hatte abzustreifen, wodurch es sich definiert wähnte, und sich neu zu (er)finden. Er selbst glaubte offenbar kaum noch daran, worauf der Verfallsgeruch, den seine römische Welt verströmt, hindeutet. In der Tat, in seiner Zeit stinkt der Fisch vom Kopf. Bis zu seinem Tod erlebt Petronius nur Sadisten, Dummköpfe und Wahnsinnige als Herrscher. Nichts scheint sich jemals zu ändern. Wofür also moralische Lektionen, wofür predigen? Inszenieren wir lieber das Schelmenstück, wie es sich vor unseren Augen entfaltet. Lieber der Gesellschaft einen Spiegel vorhalten, auch wenn sie diesen nicht zur Kenntnis nimmt.

Tatsächlich ermöglichte erst die Krise des Vierkaiserjahres den längst überfälligen Wandel. Endlich, fünfundfünfzig Jahre nach Augustus, drei Jahre nach dem Tod Petrons, ergreift ein Mann die Macht, der sowohl willens als auch fähig zum Regieren ist.[6] Vespasian zieht in den Palatin ein, an seiner Seite eine, die man dort schon lange nicht mehr gesehen hatte: die Vernunft. Dieser *Imperator* versteckt sich nicht hinter hohlen Phrasen – die längst tote Fiktion der *res publica* beerdigt er gleich bei Amtsantritt. *De iure* verliert damit der freie, selbst- und mitbestimmende römische Bürger seine Macht, *de facto* hat er sie längst verloren. Regeln ersetzen bei Vespasian Heucheleien, Leistung ist seine Parole, nicht Herkunft. Der erste Flavier herrscht allein und absolut – seinen Palast lässt er zeitlebens unbewacht.

Das 2. Jahrhundert sieht dann immer großzügigere Bürgerrechtsverleihungen. Aber erst Caracalla macht Anfang des 3. Jahrhunderts alle Einwohner des *Imperium* zu römischen Bürgern und beseitigt damit die unerträgliche rechtliche Trennung zwischen *cives*, *peregrini* und *libertini*. Die Absurdität der geltenden Standesunterschiede bringt der Freigelassene Hermeros am Tisch Trimalchios zum Ausdruck. Erregt gibt er dem frei geborenen Griechen Agamemnon Bescheid, warum er als Sklave gedient habe: *Weil ich mich selbst in Sklaverei begeben habe und lieber römischer Bürger als zur Kopfsteuer verpflichtet sein wollte.*[7] So unglaubwürdig die Aussage klingen mag, sie trifft den Kern des Problems. Auch hier zeichnet Petronius eine erstarrte Gesellschaft, die nicht imstande ist, einen produktiven und signifikanten Teil der Bevölkerung vorbehaltlos anzuerkennen. Trimalchio durfte keine Votivbauten oder Thermen errichten, keine Feste für die Bürger veranstalten, obwohl er das wahrscheinlich gerne getan hätte. Bis zum Edikt des Caracalla löst man die ständig auftretenden Konflikte von Fall zu Fall, verweigert sich einer Gesamtlösung.

Petronius' Themen waren nicht neu. Das mussten sie auch nicht sein. Manche waren, wie bereits erwähnt, Klassiker: Im *Liber I* etwa Fortuna, die die Pläne der Menschen durchkreuzt, oder der konfliktstiftende, störende Dritte, der die Liebenden entzweit; und nicht zuletzt des Menschen Wahn, dem das Versagen treuer folgt als Sancho Pansa seinem Herrn. Andere Themen drehten sich um beliebte Metaphern seiner Zeit, wie etwa den Schiffbruch, der oftmals für das Scheitern des Menschen stand. Aber mitten in seiner leichten *fabula* geht es auf einmal um Fragen der Gesellschaft und Philosophie, wie die Frage nach der Rolle, die der Mensch im Leben zu spielen hat, oder jene nach der Freiheit desselben. Es sind die ewig gleichen Fragen, mit denen das Menschlein seit jeher zu kämpfen hat. Petronius lässt die Spinner antworten, die Gescheiterten, die Blender. Seine Philosophen sind Narren, über deren Antworten man – zu Recht – lacht. Aber woraus besteht deren Narrheit? Aus den Leiden der Zeit, in der Petronius lebte. *Ubique naufragium est.*[8] Überall ist Schiffbruch, die Klage jedoch nur noch Pose.

Ich habe es, glaube ich, schon einmal erwähnt: Es wird schlimmer, bevor es besser wird. Vom *Liber X* bis zum *Liber XIV* fand ich nicht einmal einen Schnipsel, geschweige denn eine Seite. Wie beim fehlenden dritten Buch dürfte dieser Teil schon dem Kopisten nicht mehr zur Verfügung gestanden haben. Die letzten Notizen – im *Liber VIII* – stammen aus dem Jahr 43 u. Z.[9], das im folgenden beschriebene Gastmahl fand im Jahr 49[10] statt. Der junge Petronius hat – so viel geht aus dem folgenden Abschnitt hervor – in diesen fünf bis sechs Jahren seine ersten Ämter durchlaufen, vermutlich auch die Quaestur. Nur wo, wie und wann, davon erfahren wir herzlich wenig.

Giton

Iulius 802 a. u. c. [49 u. Z.], Roma

Das Gastmahl des Petronius. Von Publius Petronius Giton

Als Lucius Annaeus Seneca aus seinem Exil auf Corsica zurückkam, lud ihn mein Herr zu einem Gastmahl ein, von dem ich jetzt berichten möchte. Durch Hörensagen ist schon genug überliefert worden. Ich will es jetzt mit dem Rohr auf dem Papyrus festmachen, so gut ich das kann, treu und wahrheitsgemäß meine Erinnerungen an die Gespräche und Geschehnisse wiedergeben.

Wem die Wahrheit allein nicht Argument genug für die Lektüre ist, den überzeugen vielleicht die Gäste dieses Symposions, die ich, in der Reihenfolge ihres Eintreffens, vorstellen werde. Später kam noch ein weiterer Gast hinzu, uneingeladen, so wie das seine Art ist. Der wird sich selber vorstellen.

Ich dirigierte gerade die letzten Vorbereitungen, als ich den Türsteher Meldung machen hörte und mein Herr zum Eingang eilte. »Nun, Giton, willst du nicht den begrüßen, auf den du so sehnlich gewartet hast?«, erschallte es aus dem *atrium*. Ich rannte hin, da stand er vor mir, gebeugt, grau, schmunzelnd über die Aufregung, die er verursachte. Der greise Phaedrus, dessen Fabeln mir seit jeher schwere Zeiten leichter und gute besser gemacht hatten. Er, sichtlich erheitert, bot mir die Wange zum Kuss, doch wagte ich mich nur bis zu seinen Händen vor. Ein Räuspern meines Herrn riss mich aus meiner Seligkeit, es standen bereits zwei weitere Gäste da. »Darf ich vorstellen, Phaedrus, dies sind Servilius Nonianus[11], der berühmte Historiker, und sein Schützling Aules Persius Flaccus[12], ein vielversprechender junger Dichter.«

Man stellte sich einander vor, das Flackern im Blick des Knaben, als sich Phaedrus als Freigelassener präsentiert hatte, entging mir nicht. Mein Publius wollte den hochbetagten Phaedrus nicht länger stehen lassen, also bat er zu Tisch und meinte, Seneca und Demetrios müssten ja demnächst eintreffen.

»Die«, entgegnete Nonianus, »sind schon da. Ich darf melden, sie stehen vor der Tür und streiten sich.«

»Tatsächlich? Sollte man eingreifen?«

»Wenn du mich fragst, nein. Als ich kam, warf Seneca Demetrios gerade einen *as* hin, wohl im Glauben, es handle sich um einen dieser lästigen Bettelphilosophen. Demetrios, der sich nur seine Sandalen gerichtet hatte, rannte ihm mit der Münze in der Hand nach und rief dabei mit gespieltem Eifer: ›Herr, ihr habt etwas verloren, Herr, ihr habt etwas verloren!‹ Seneca, sichtlich verärgert, drehte sich um und herrschte den Frechling an: ›Nichts habe ich verloren!‹ Demetrios, unbeeindruckt, erwiderte: ›Doch. Entweder dies oder etwas anderes. Denn wer dem gibt, der nichts braucht, ist zumindest aufdringlich, wenn nicht ignorant. Er hat also entweder seine Manieren oder seinen Verstand verloren. Aber ich will nicht voreilig sein. Diese Münze fiel vor mir zu Boden, als du vorübergingst. Aus welchem Grund? Ich weiß es nicht. Gestatte mir also, herauszufinden, was du verloren hast.‹ Bevor ich lachend eintrat, hörte ich gerade noch, wie Seneca Demetrios fragte, wer er denn sei, dass er solche Reden führe. Ich nehme also an, die beiden machen sich gerade miteinander bekannt und werden sich bald zu uns gesellen.«

»Nur gut«, erwiderte Petronius, »dass sie nicht nebeneinanderliegen. Du verzeihst übrigens, Nonianus, ich überließ den Ehrenplatz dem Heimkehrer, obwohl er von geringerem Rang ist als du.«

Nonianus hatte keine Einwände; unter Scherzen und Mutmaßungen über das, was vor der Tür vor sich gehen mochte, legten sich die Gäste zu Tisch. Ich nahm meinen Platz hinter meinem Publius ein. *In medio* lagen Nonianus, sein Schutzbefohlener neben ihm, *in summo* einstweilen nur Phaedrus, der so taktvoll war, sich in die Mitte zu legen, um Demetrios die Wahl zwischen dem ehrenvolleren und dem bequemeren Platz auf der *clinē* zu lassen.

Der Alte Mann

Reden die Menschen anders miteinander, wenn sie liegen? Ich glaube, schon. Wer ernste Dinge mit einem geliebten Menschen zu besprechen hat, der sollte sich, so das Wetter schön ist, mit ihm oder ihr auf eine Wiese legen. Ich verspreche, das Gespräch wird angenehmer verlaufen als in einem Kaffeehaus oder daheim. Allgemein bekannt ist, dass Diskussionen anders verlaufen, je nachdem, ob die Gesprächspartner einander gegenüber sitzen oder nebeneinander. Wie steht es diesbezüglich mit antiken Gastmählern? Die Teilnehmer lagen – zumeist quer – auf ihren *clinēs*, die großen Betten mit einer Lehne am Kopfende ähnlich waren. Im Normalfall bot jede dieser Liegen ausreichend Platz für drei Personen; bei ausgelasseneren Veranstaltungen – von denen die *Satyrica* berichten – konnte es zu einer dichteren Belegung kommen. Teilnehmerinnen, sofern zugegen, war es an und für sich nicht erlaubt, bei Tisch zu liegen; die Regeln der Sittsamkeit forderten ihnen eine sitzende Position ab. Aber egal, ob diese Regel in der Praxis befolgt wurde, wer lag, der stützte sich mit dem linken Arm auf, vielleicht auf einen Polster, oder benützte die Lehne, sofern sie vorhanden war, und aß oder trank mit der rechten Hand. Aus Emotionen entstehen Körperhaltungen, aus Körperhaltungen Emotionen. Wer eine wütende Antwort gibt, reckt Kopf und Schultern vor; wer sich entspannen will, lehnt sich zurück und verschränkt die Hände hinter dem Kopf. Auch das Liegen entspannt; und es ist, im Vergleich zu einer sitzenden Position, keine Haltung, aus der heraus man sich sofort in einen Kampf stürzen könnte. Die Tatsache, dass sich die Gesprächspartner in dieser Position nur die Köpfe und nicht den gesamten Oberkörper zuwenden können, und dass unterstreichende Gesten auf den rechten Arm und die Schultern beschränkt sind, erschwert den Aufbau wie auch den Ausbruch von Aggressionen. Vielleicht sollte man Politiker nur noch liegend miteinander reden lassen.

Zurück zum vorliegenden Text: Dem antiken Menschen genügten die wenigen darin enthaltenen Hinweise, um ihm ein genaues Bild davon zu vermitteln, wer wo gelegen hat. Offenbar wollte der Erzähler Giton, dass wir die Sitzordnung kennen, daher halte ich es für angebracht, diese zu rekonstruieren. Wie aus dem Text hervorgeht, nahm die Gesellschaft auf drei Liegen Platz. Diese bildeten ein an drei Seiten geschlossenes Quadrat. Zwei der Liegen lagen sich gegenüber, links und rechts von dem freien Platz in der Mitte, auf dem die Speisen aufgetragen wurden. Die dritte Liege, *medio* genannt, bildete den Kopf, oder, wie der Name andeutet, die Mitte der Tafel und lag der offenen Seite des Quadrats gegenüber. Sie war für die Ehrengäste reserviert. Der Platz links auf ihr, von der offenen Seite aus gesehen, war für den wichtigsten Gast vorgesehen. Der Platz des Hausherrn wird im Text nicht eigens erwähnt; er ist festgelegt, auf jene *clinē*, die links von *medio* im rechten Winkel zu dieser steht. Der Gastgeber liegt auf dem obersten Platz, somit gleich neben dem Ehrengast. Die restlichen Plätze auf dieser Liege, *imus*, wurden frei gehalten, sie waren für die *familia* reserviert, beispielsweise für die Ehefrau, die sich, nachdem sie den Pflichten der Bewirtung nachgekommen war, zu den Gästen gesellen durfte, für andere Familienmitglieder oder für den Leibdiener des Gastgebers. *In summo*, also auf der Liege rechts von *medio*, dem Gastgeber gegenüber, nahmen die restlichen Gäste Platz. Auch hier war der oberste Platz, der den Ehrengästen am nächsten war, der ehrenvollste. Der unterste Platz war hingegen der bequemste, da sich dort die Lehne der *clinē* befand.

Giton

Schon betraten der Kyniker und der Stoiker gemeinsam das *triclinium,* schon sahen sie sich von allen angestarrt, da rief

Demetrios: »Ja, was? Glaubt ihr, wir hätten uns die Köpfe eingeschlagen?« Selbst Seneca musste daraufhin lachen, alles sprang noch einmal auf, barfuß begrüßten sie den aus der Verbannung Heimgekehrten, der meinte, das sei der Ehre zu viel.

Dann ergriff mein Herr das Wort: »Liebe Freunde, jeder von uns kennt Gastmähler, die durch das Diktat des Hausherrn zum Dienst an diesem werden. Regeln und kuriose Einfälle gehören dazu, wie auch lange Reden. Wir feiern heute die Rückkehr unseres Seneca, der acht Jahre lang vom Leben Roms abgeschnitten war. Dem gilt es abzuhelfen, mit vereinten Kräften. Damit jeder sagen kann, was er denkt, habe ich uns von einer lästigen Sorge befreit. Keiner von denen, die uns heute bedienen, versteht auch nur ein Wort Latein, mit Ausnahme meines treuen Giton, dessen Vertrauenswürdigkeit du, Seneca, als Erster bestätigen wirst. Das eine haben wir gemeinsam: Wir sind Männer des Wortes, oder werden es bald sein, wie unser junger Freund Persius hier. Einige von uns schreiben, andere nicht, wie – soweit ich weiß – du, Demetrios. Du, Nonianus, genießt die Zuneigung des *princeps*; du, Phaedrus, die des Volkes. Jeder von uns hat etwas zu sagen, ob nun dir, Seneca, oder sonst jemandem an diesem Tisch. Dass jeder dazu Gelegenheit habe, das sei, gestattet, die Regel dieser *cena*.«

Während sich noch alle damit einverstanden erklärten, wurde die *gustatio* aufgetragen, mit den ersten Happen und beiläufigen Gesprächen löste sich die Stimmung unter den Gästen, von denen sich die meisten zum ersten Mal begegneten. Schließlich fragte Seneca meinen Herrn, was er von der Verschwörung und dem Ende Messalinas zu berichten habe.

»Wie immer in solchen Angelegenheiten«, begann dieser, »gibt es nur wenige Informationen aus verlässlichen Quellen – eines aber kann ich mit Sicherheit sagen: Es war keine Verschwörung. Claudius hat daran geglaubt, selbstverständlich, und seine Freigelassenen haben es im Nachhinein so dargestellt, zur Vermehrung ihrer Macht. Glaubt man diesen, dann diente Messalinas Allianz mit Silius von Anfang an der Machtergreifung, ihre Hochzeit mit ihm der Verrechtlichung seines

Anspruchs auf den Thron. Was für ein Unsinn! Sind wir etwa Lydier, dass bei uns die Königswürde im Bett der Königin erkämpft werden könnte?[13] So tief sind wir doch noch nicht gesunken. Mir erzählte die Cousine des Silius, Silia Marcia, die ich seit Jugendjahren kenne, eine andere Geschichte. Am Anfang war er, der designierte Consul, nur einer ihrer Liebhaber, von denen Messalina viele hatte, wie du weißt. Claudius stellte sich blind, weder wollte er die von ihr veranlassten Hinrichtungen bemerken, noch ihr lasterhaftes Treiben. So fand Silius zunächst ein perverses Vergnügen daran, es fast schon unter den Augen des *princeps* mit dessen Frau zu treiben, aber dann entdeckte er in ihr – du wirst es nicht glauben – eine Frau von Charakter. Er verliebte sich in sie, und, was wohl noch stärker verblüfft, sie verliebte sich in ihn! Silius eroberte Messalina. Die Schöne, deren Waffe bis dahin ihre Schamlosigkeit gewesen war, lag ihrem Liebhaber zu Füßen. Rom rieb sich die Augen. Hatte sie ihren vorherigen Liebhaber, den Schauspieler Mnester, noch mit der Peitsche in ihr Bett getrieben, betrat nun eine *matrona*[14] die Bühne: treu, anhänglich, ihrem Silius in Liebe ergeben.«

»Entschuldige«, warf Seneca ein, »aber das kann ich wirklich nicht glauben. Messalina soll nicht geplant haben, Claudius durch Silius zu ersetzen?«

»Aber nein! Für eine Verschwörung braucht es Verbündete, Mächtige, die – schnelles und entschiedenes Handeln vorausgesetzt – ihren Teil für die erfolgreiche Machtübernahme leisten. Wen, bitte, hatten die beiden auf ihrer Seite? Die Praetorianer? Oder Turrianus, den Praefecten der Getreideversorgung? Claudius' *procuratores*, Narcissus, Callistus, Pallas oder wenigstens ein paar Legionskommandanten? Keinen von diesen, stattdessen – ich weiß nicht, wem von den beiden ich die Ehre des Erstgenannten geben soll – einen gewissen Calpurnianus, seines Zeichens Praefect der Brandwache, und Sulpicius Rufus, den Leiter der Gladiatorenschule. Dazu ein paar Ritter und Senatoren, die dumm genug waren, um an ihrer Hochzeitsfeier teilzunehmen. Wenn das eine Verschwörung gewesen sein soll, dann war es eine höchst dilettantische.«

»Aber warum hat sie dann diese Hochzeit inszeniert? Wofür das Ganze, wenn nicht für die Herrschaft?«

»Marcia sagt, die beiden hatten schon zu viele Grenzen überschritten. Sie, die mächtige Ehefrau des *princeps*, die an seiner Stelle herrschte; er, aus altem Adel, von beeindruckendem Auftreten und Geisteskraft – für diese beiden gab es keinen Weg zurück. Silius und mehr noch Messalina – darin echte Römerin – forderten ihr Schicksal heraus, begingen ihre Hochzeit öffentlich vor Zeugen, damit der Sache ein Ende gemacht werde, so oder so. Sie hatten zwar Hoffnung auf eine Entscheidung zu ihren Gunsten, dass sich etwa, nach vollzogener Tat, die Gegner des Claudius hinter ihnen sammeln würden, aber trugen selbst nichts dazu bei. Im Gegenteil, anstatt Verbündete um sich zu scharen, veranstalteten sie eine wilde Orgie. Ein Winzerfest, bei dem der Wein in Strömen floss, mit rasenden Bacchantinnen und Frauen, in Tierfelle gekleidet – sie mit dem Thyrsosstab, er mit Efeu im Haar. Sie tanzten und tranken wie Rasende, die Nacht verging, während Claudius noch untätig in Ostia saß. Sind das Verschwörer? Wie Todgeweihte wirken sie auf mich, die ein letztes Mal das Leben feiern. Unmäßig? Ja. Zügellos? Selbstverständlich. Aber erhobenen Hauptes!

Claudius, der Unwissende in dieser Stadt, *die alles weiß und nichts verschweigt*,[15] verzagte, endlich wissend, ob dieser Neuigkeiten. ›Ja bin ich denn jetzt noch *princeps*?‹, soll er gefragt haben. Leicht hätten echte Verschwörer seine Verwirrung nutzen, mit Dreistigkeit den Sieg erringen können. Doch kam aus Ostia Nachricht, die Praetorianer und Praefecten stünden entschlossen hinter Claudius. Die Festgäste oder, wenn man unbedingt will, Verschwörer flüchteten und wurden nach und nach von den heranrückenden Truppen aufgegriffen. Silius, festgenommen, verteidigte sich nicht, sondern verlangte eine schnelle Hinrichtung; andere Beteiligte oder Beschuldigte versuchten es mit Geständnissen und Ausreden. Mnester, in seinem letzten, und viele sagen, besten Auftritt, beklagte sich bitter über die Ungerechtigkeit seines Schicksals. Messalina schließlich wurde auf Befehl des Narcissus getötet.«[16]

»Nicht unverdient, jedenfalls!« Seneca, der bis dahin ruhig zugehört hatte, hielt es nicht länger aus. »Genug von dieser Hure. Wenden wir uns der Gegenwart zu. Das nächste Weiberregiment hat begonnen, und gleich mit einem Mord.«

»Das«, erwiderte mein Publius, »würde ich so nicht sagen, und bedenke: Die du eine Mörderin nennst, hat dich heimgeholt.«

»Das hat sie und dafür bin ich ihr dankbar. Aber sie ist mir ein bisschen unheimlich in ihrer energischen Art. Wie soll ihr Tölpel von Ehemann gegen sie bestehen? Wenn er noch nicht einmal Messalinas Hinrichtung befehlen konnte. Unheilvoll ist der Einfluss der Frauen auf diesen *princeps*. Unheilvoll wird seine Regentschaft bleiben.«

»Ich kenne Claudius seit meiner Kindheit. Trotz all seiner Fehler finde ich ihn immer noch sympathisch. Bedenke, er hat Britannien erobert und das *Imperium* um sechs Provinzen erweitert. Er lässt den Hafen von Ostia ausbauen, Rom bekommt weitere Aquaeducte und Fernstraßen. Selbst die Verwaltung ist besser organisiert als früher, seit seine Freigelassenen die Ämter innehaben.«

»Und all die Morde und Verbannungen, die er oder seine Weiber verursachen? Ich will ja nicht von mir reden, aber was sagst du dazu? Du bist mit einem *Silani* befreundet.«

»Die *Silani* ertragen ihr Schicksal in Würde. Decimus sieht es als den Preis, den seine *gens* für ihre herausragende Stellung bezahlt. Marcus Silanus starb, weil er ein besserer Redner als Caligula war, Appius Silanus, weil er nicht mit Messalina schlafen wollte. Jetzt hat es seinen Bruder Lucius erwischt. Sicher, Agrippina hat ihn verleumdet und ihn damit in den Freitod getrieben, alles nur, weil er der Vermählung ihres Sohnes mit Octavia im Weg stand. Das ist widerlich, zweifellos, aber ein Mord ist das nicht.«

»Kein Mord, dass ich nicht lache! Zu Tode gehetzt hat sie ihn mit ihren Diffamierungen! Gemeine Gerüchte hat sie verbreitet, öffentlich behauptet, er habe Inzest getrieben. In den Dreck hat sie diesen Mann gezogen, seine unschuldige Schwester noch dazu!«

»Schon gut, schon gut, ich gebe dir in allem recht. Aber sag mir, wie wirst du dich jetzt verhalten? Ich habe gehört, Agrippina wünscht dich als Lehrer ihres Domitius[17]?«

Da mischte sich Demetrios ein: »Ja, das interessiert mich auch. Sag, willst du nicht lieber Körbe flechten?«[18]

»Danke, Demetrios, nein, Körbe werde ich nicht flechten. In ein Flechtwerk begebe ich mich, das ist mir klar, sollte ich dieses Angebot annehmen. Ich habe mich noch nicht entschieden. Ich bat Agrippina um Aufschub, da ich so lange Zeit weg war. Wie liegen die Dinge? Agrippina hat ihren Sohn für das höchste Amt bestimmt, davon dürfen wir ausgehen. Seine Adoption durch Claudius ist nur noch eine Frage der Zeit. Messalina war nur geldgierig, diese Frau will Macht. Gäbe es diese Möglichkeit, dann regierte sie als erste *mater patriae* Roms. Ich bin ihr zu Dank verpflichtet. Darf ich undankbar sein? Und könnte das nicht ebenso lebensbeendend sein wie die Annahme dieser Aufgabe? Was, andererseits, könnte ich bewirken? Leiden wir nicht schon die längste Zeit unter unfähigen oder unwilligen Herrschern? Was, wenn der nächste *princeps* ein nach allen Regeln der Philosophie geschulter Mann wäre?«

»Tu nicht so«, rief Demetrios, »nicht nach allen Regeln, nach deinen wird er, wenn überhaupt, gelehrt werden.«

»Was wäre so schlimm daran? *Iustitia, pietas, fides* – sind das nicht Tugenden, die einen *princeps* leiten sollten? Aber ich bin mir ohnehin nicht sicher, ob es das ist, was ich Domitius beibringen soll. Ich glaube, Agrippina denkt eher an Rhetorik und alles, was ihrem Sohn bei der Herrschaft nutzen könnte.«

»Immerhin«, meldete sich auch Nonianus, »der erste römische *Imperator* wäre er, den ein großer Philosoph lehrt.«

»Danke, Nonianus, aber die Frage bleibt, kann der Philosoph, so groß er sein mag, etwas zum Besseren wenden?«

»Wenn, dann nur für sich selbst und für niemand anderen«, antwortete Demetrios. »Erkenntnis kann nicht gelehrt werden, nicht einmal die profanste. Du kannst einem Kind tausendmal sagen, es soll nicht in die Flamme greifen, erst wenn es sich verbrannt hat, hat es die Erkenntnis. Der Beweis dafür ist, dass es danach nicht mehr hineingreift. Wie kann ich es dann lehren, gerecht zu sein? Entweder es hat erkannt, dass Gerechtigkeit etwas Gutes ist, dann muss ihm das niemand beibringen. Erkennt es das nicht, sagt es nur brav auf, was der Lehrer gesagt hat. Bestrafungen, selbst wenn sie gerecht sind, nützen auch nichts, lehren sie doch nur die Idee der Gerechtigkeit, nicht jedoch die Anerkennung der Richtigkeit des Prinzips. Nimm den jungen Domitius. Wird er sich selbst erkennen? Ja, wie denn? Und wenn ja, wen interessierts? Ich glaube nicht, dass man ihn gefragt hat, was er werden will. Das Dilemma, in dem er sich befindet, hat einer meiner Vorgänger, Teles von Megara, präzise formuliert, freilich ohne es selbst zu bemerken. Nur der wahrhaft Gerechte, so postulierte er, ist gut, nicht der gerecht Scheinende, und er verwirft generell die Idee, dass man vorgibt, etwas zu sein, was man nicht ist. An anderer Stelle meint er, der gute Mensch sei verpflichtet, die Rolle zu spielen, die ihm das Schicksal zugewiesen habe.[19] Bravo, Teles! Ich muss also meine Rolle spielen. Und wie, bitte sehr, mache ich das, ohne mich zu verstellen?«

»Indem ich nichts dem Schicksal überlasse«, entgegnete unser Ehrengast pikiert, »indem ich mir Tugenden erarbeite. Gesundheit, Reichtum, Familie: All das kann dem Menschen vom Schicksal gegeben oder genommen werden, die Tugend aber nicht. Sie ist sein sicherer Besitz, der ihm Gleichmut und Kraft verleiht. Der Weise, schließlich, hat sie bis zur Vollkommenheit vermehrt, er ist innerlich frei und unerschütterlich. Deshalb kann er jede Rolle spielen, die ihm das Schicksal auferlegt hat, und seine Pflicht erfüllen.«

»Gut, stellen wir fest: Der Weise schafft das«, warf da mein Publius ein, »aber was sollen wir weniger Vollkommene von Teles lernen? Ich finde seine Sätze hohl. Nimm statt des Gerechten einen Säufer, der auf einmal seiner Trunksucht widersteht und nichts mehr trinkt. Der ist nur scheinbar nicht mehr trunksüchtig, in Wahrheit sehnt er sich nach einem Rausch. Sollte man ihn einen schlechten Menschen nennen? Sollte man ihm sagen, dass ihm das Schicksal die Rolle des Säufers zugewiesen hat, die er als guter Mensch zu spielen hat? Oder, dass er ein schlechter Mensch ist, weil nur der wahrhaft Abstinente, nicht aber der abstinent Scheinende, gut ist? Das ist doch Unsinn!«

»Also mir wäre ein *princeps*«, bemerkte Phaedrus, »der nur gerecht scheinen will, genug. Wenn ich auch, da mich in euren Kreisen kaum jemand beachtet, bisher nicht von Tod oder Verbannung bedroht war, so leidet die Masse der Bevölkerung doch unter der Willkür der Herrschenden. Ich erinnere an jenen Brückenbau Caligulas, der in Rom eine Hungersnot verursachte, seine willkürlichen Hinrichtungen der *plebs*, oder an die Gier seiner Steuereintreiber, wenn er wieder einmal kein Geld hatte. Mir ist es gleich, ob Pallas der Sohn eines Sklaven ist, seit er die Steuern einhebt, wissen wir vorher, was wir zu zahlen haben. Mir ist es gleich, was die Frauen des Claudius treiben, seine Bautätigkeit ernährt viele meiner Freunde. Was glaubt ihr, hätte die Bewohner von Tridentum und Umgebung die Wiedererlangung ihres Bürgerrechts, als es in Zweifel gezogen wurde, unter Caligula oder Tiberius gekostet? Claudius hingegen gewährte es ihnen kostenlos, da sie es seit vielen Jahren im guten Glauben anwendeten.[20] Kurzum, unsereinem ist es egal, aus welchem Motiv ein Herrscher das Richtige macht, solange er es nur macht.«

Erstmals erhob da der junge Persius zögerlich das Wort: »Verzeiht, wenn ich mich einmische. Ich verstehe deinen Standpunkt, Phaedrus, aber die Crux an gespielter Gerechtigkeit oder Tugend ist doch, dass sie jederzeit durch das Schicksal beseitigt werden kann. Während die wahre Tugend standhaft bleibt, egal welchen Schlägen sie ausgesetzt ist. Bist du, Seneca, nicht das beste Beispiel dafür? Hast du nicht unerschütterlich auf Corsica ausgeharrt, ohne deine Prinzipien zu verraten?«

»Mein junger Freund.« Während mein Publius und ich ein Schmunzeln nicht unterdrücken konnten, antwortete Seneca Persius mit beispielhafter Selbstbeherrschung: »Deine Meinung von mir ist schmeichelhaft, aber nicht unbedingt richtig. Kein Tag verging in diesem steinernen Grab, an dem ich nicht Messalina oder Claudius in Gedanken erwürgt habe. Einmal träumte ich, sie besuchten mich, ich fiel sie an wie ein Wolf und zerfleischte sie. Und glaube mir, in diesem Traum genoss ich jeden ihrer Schmerzensschreie. So, mein junger Freund, sah meine Unerschütterlichkeit aus. In all meiner Weisheit weiß ich lediglich, dass ein Abstand besteht zwischen dem, der ich sein sollte, und dem, der ich bin: ein Mensch, voll von Fehlern und Affekten.«

»Wessen Seele kennt denn keine Saturnalien?«, warf da Nonianus ein. Er hatte unsere Unruhe bei der Frage seines Schützlings bemerkt und wechselte das Thema. »Das ist des Menschen Los. Der Herr im Haus seiner Seele mag ihr vernünftiger Teil sein, doch Triebe und Leidenschaften sind aufmüpfige Diener.[21] Um auf Agrippina und Domitius zurückzukommen: Ich bin auf der Seite von Phaedrus. Möge ein Herrscher lediglich gerecht scheinen wollen, das genügte schon. Aber ich gehe noch weiter und sage, das *Imperium* existiert nicht wegen, sondern trotz seiner Caesaren. Selbst Caius konnte die Verwaltung nur missbrauchen, aber nicht beseitigen. Ich, als Freigeborener, finde es beschämend für unseren Stand, dass unser Herrscher nur ehemaligen Sklaven vertrauen kann; an deren Ämterführung kann ich nichts Falsches finden. Dein Problem, Seneca, ist weitaus größer. Möge Domitius deine Lehre leben, möge er die Rolle akzeptieren, die ihm seine ehrgeizige Mutter zugewiesen hat, die Frage ist: Wird er es sein, der regiert? Vielleicht solltest du Agrippina unterrichten, die du uns als Mutter des Vaterlandes in Aussicht gestellt hast.«

»Noch ist der Knabe lediglich zwölf Jahre alt und, nach erstem Anschein, seiner Mutter ergeben. Wen wunderts? Ich denke, ich könnte ihn zumindest zu einem Mann machen, der selbstständig denkt und handelt und sich damit vom Einfluss seiner Mutter befreit. Im Moment kenne ich noch nicht einmal seine Neigungen. Schritt für Schritt muss ich vorgehen. Nehme ich den Posten an, dann werde ich dem Knaben Domitius ein Lehrer sein, nicht mehr und nicht weniger. Zu deiner Frage, Nonianus. Ich fürchte, diese Frau ist unbelehrbar. Aus mehreren Gründen: erstens ist sie eine Meisterin in ihrem Metier, zweitens konsequent, drittens mächtig. Agrippina überlässt nichts dem Zufall, im Gegenteil, ihre Taten folgen wohldurchdachten Plänen. Erinnert euch: Was widerfuhr ihr, als Messalina durch den Mord an Polybius das Vertrauen der *procuratores* des Claudius verloren hatte, ihre Macht erstmals einen sichtbaren Riss aufwies? Sie wurde Witwe, völlig überraschend. Und schon damals sagten manche, ihr Ehemann sei an einer Vergiftung gestorben. Das war kein Zufall, die Dame hatte sich in Stellung gebracht wie ein guter Feldherr – von einer lästigen Bindung befreit und zugleich durch Erbschaft ein Vermögen erlangt. Kaum dass Messalina beseitigt war, umgarnte sie Claudius. Frontal, mit dem, was ihr die Natur an Argumenten gegeben hat, und von der Flanke, durch den *procurator* Pallas und den Consul Vitellius. Eine kuriose Allianz, zweifellos mit dem Geld ihres verstorbenen Mannes erkauft. Und so geht es weiter: Der Onkel kann die Nichte nicht heiraten? Schau hin! Ein Gesetz wird geschaffen, das es erlaubt. Was gestern Blutschande war, ist heute rechtens. In Position muss ihr Sohn gebracht werden, mit einer würdigen Verlobten? Vitellius denunziert Lucius Silanus, von dem wir schon gesprochen haben. Kaum verheiratet, widmet sie sich dem Nächsten auf der Liste – Britannicus – und drängt ihn fort von seines Vaters Seite. Demnächst wird dieser ihren Sohn adoptieren, womit Domitius der ältere Bruder des Britannicus wäre.[22] Diese Frau kennt keine Hindernisse. Wen sie nicht überreden kann, den besticht sie, wen sie nicht bestechen kann, den setzt sie unter Druck, wen sie nicht erpressen kann, den beseitigt sie.«

»Und trotzdem begibst du dich in ihre Dienste?«

»Erstens, noch habe ich mich nicht entschieden. Zweitens, es wird mir wahrscheinlich nichts anderes übrig bleiben. Drittens, ich könnte viel bewirken.«

»Womit wir wieder bei dem Kind wären, das in die Flamme greift«, meldete sich Phaedrus. »Wird man es lehren können oder wird es sich verbrennen? Es gibt noch eine dritte Möglichkeit, Demetrios. Das Kind, das die Erkenntnis schmerzt, greift noch einmal hinein und zerquetscht den Docht mit seinen Fingern. Meinst du wirklich, dass Erkenntnis aus nichts anderem entstehen kann als aus eigener Erfahrung? Instinktiv meiden wir den Schmerz, aber auch die Wahrheit schmerzt zuweilen. Das Kind erkennt nicht, dass die Ursache seines Schmerzes sein eigener Fehler war, es hält die Flamme für böse. Eine falsche Wahrnehmung, die zu einer falschen Erkenntnis führt. Willst du es in diesem Irrtum belassen?«

»Das nicht, aber Erkenntnis ist ebenso wenig das Aufsagen der Lehren anderer. Erkenntnis kann nur im Menschen entstehen; natürlich kann man den Menschen lehren, dagegen habe ich nichts, aber zumindest der letzte Schritt, die Annahme der Lehre, muss durch den Schüler erfolgen. Die Gründer meiner Schule sagten, Tugend sei erlernbar,[23] das ist Jahrhunderte her. Ist der Mensch ein so langsamer Schüler? Nein, sicher nicht. Er will einfach nicht.[24] Das unbelehrte Kind hingegen wird, wenn es klug ist, irgendwann merken, dass es im Dunkeln sitzt, wenn es die Flamme auslöscht. Lass es mich anders versuchen: Wir Kyniker erzählen zur Untermauerung unserer Lehre gerne Witze. Wisst ihr, warum? Weil bei einem gut erzählten Witz die Pointe nicht verraten, sondern dem Zuhörer suggeriert wird. Der Erzähler achtet darauf, dass er die letzte logische Verknüpfung verschweigt, die für das Verständnis entscheidende Schlussfolgerung dem Zuhörer überlässt. Der lacht, teils weil es lustig war, teils jedoch aus Freude über die eigene Erkenntnis. Deshalb erzählen wir Witze, denn das, was ich selbst erkannt habe, merke ich mir besser, und erzähle es da ich es lustig finde, gerne weiter. Zuletzt: Witze sind kurz, ganz im Gegensatz zu moralischen Traktaten, bei deren Vortrag zwar auch viele nikken, aber aus anderen Gründen.«

Lachend wandte sich mein Herr unserem Ehrengast zu: »Merk dir das, Lucius, erzähl in Zukunft Witze! Vergiss die ganze Moralphilosophie, überhaupt deine philosophischen Schriften, das sagt dir Demetrios.«

»Genau«, rief dieser vergnügt, »denn die, die deiner Meinung sind, brauchen sie nicht, und die, die es nicht sind, lesen sie nicht.«

»Aber junge Menschen brauchen Führung«, hielt Persius dagegen, »wie sollen sie sonst wissen, was richtig oder falsch ist?«

»Indem sie richtig leben«, Demetrios war voll in Fahrt, »alles verachten, was sie an der Erlangung von Weisheit hindert. Besitztümer, Verpflichtungen, ein Übermaß an Bildung sind nichts als unnötige Lasten auf dem Weg zur Erkenntnis.«

»Du machst es dir leicht!«, warf da Nonianus ein. »So einer wie du kann doch nur deshalb bequem leben, weil es andere gibt, die die Ordnung aufrechterhalten. Frag deinen Gastgeber. Selbst er, der auf Ämter nicht versessen ist, hätte sich doch beinahe – korrigiere mich, wenn das nicht stimmt –«, wandte er sich an meinen Herrn, »als *triumvir* mit dem jungen Vitellius geprügelt, oder etwa nicht?«[25] Mein Publius nickte widerwillig. »Na, bitte. Wer Ämter hat, der hat auch Feinde. Und nur wer nichts ist und nichts besitzt, muss sich nicht fragen, wie er mit Macht und Reichtum richtig umgehen soll.«

»Gestehen wir Demetrios seine Lebensweise zu«, mischte sich Seneca, der einen überraschten Blick auf meinen Publius geworfen hatte, besänftigend ein, »und bleiben wir beim Thema. Persius, du hast vorhin gesagt, dass die gespielte Tugend vom Schicksal jederzeit beseitigt werden kann. So ist es, weil sie nie vorhanden war. Zwar gibt es, wie ich schon sagte, nichts, was uns das Schicksal nicht nehmen könnte. Aber wahre Tugend ist erarbeitbar, nur mit ihr können wir dem Schicksal trotzen. Ich schreibe, weil nicht jeder Philosoph sein kann. Schon gar nicht kann jeder alle seine Besitztümer abwerfen. Natürlich nütze ich nicht jedem, den ich ermahne; aber ich werde mehr Menschen nützen, wenn ich viele ermahne.[26] Deshalb schreibe ich. Mögen diese nur das beherzigen, was ich ihnen nahelege, mögen sie nur ein paar Schritte mit mir gehen auf dem endlosen Pfad zu sittlicher Vollkommenheit. Wer wäre denn nicht durch Hinweise und Gedanken anderer zu eigener Erkenntnis gekommen? Nenn sie von mir aus angelernt, nenn sie unfertig – bessere Menschen sind sie trotzdem.«

»Die wären auch so zu ihrer Erkenntnis gekommen.« Demetrios war nicht willens, seinen Standpunkt aufzugeben. »Es ist die Last ihrer Besitztümer, diese Kotze des Glücks,[27] die sie nicht klar denken lässt. Du bist durstig? Trink Wasser mit der hohlen Hand! Du willst einen Becher, du willst Wein trinken? Schon stillst du nicht mehr deinen Durst, sondern nur deine Begierden. Die Gier ist die Heimat aller Übel,[28] sie verwirrt den Menschen so sehr, dass er verblödet und deshalb die Schriften anderer lesen muss.«

»Mit eurer Erlaubnis«, schallte es vom Jüngsten auf der Stoiker-*clinē*, »ich glaube, ich kann hier als Mittler dienen. Einerseits gibt es viele Unbelehrbare, bei denen nützen weder Schriften noch Lehren, da gebe ich dir, Demetrios, recht. Verzeiht, wenn ich das sage, aber die meisten Menschen leben, so wie ich das sehe, wie Viecher. Dumpf und träge, stumpf in der Wahrnehmung, nur bedacht auf ihre unbedeutende Existenz. Ich rede nicht von der *plebs*, die gar nicht anders kann. Viel schlimmer sind die, die anders könnten, aber nicht wollen. Die nur zum Amusement Philosophie oder gar Dichtkunst treiben, nach dem Bad und vor der Hure.[29] Ich wollte, es wäre so, dass diese Unbelehrbaren nichts lesen würden, wie du gesagt hast. Leider ist das Gegenteil der Fall, für diese Gelehrigen ist alles Schriftwerk eine üppige *cena*, aus der man sich herauspickt, was man will. Zur Vorspeise vielleicht ein wenig Seneca, gestern hatte ich Platon, nehmen wir heute Epikur, ein Happen Lucretius, zum Nachtisch Fabeln, was Leichtes, verzeih Phaedrus, nach all der schweren Kost. Triffst du sie, dann nimm dich in Acht. Gerne kotzen sie dir alles ins Gesicht, was sie zuvor verschlungen haben. Aber es gibt auch andere. Natürlich, das kluge Kind wird den Nutzen der Flamme früher oder später erkennen und den Fehler bei sich selbst suchen. Aber wofür so viel Zeit verschwenden? Warum es nicht gleich fördern und es lehren, damit es sich Höherem zuwenden kann? Das sind die anderen, und zu denen zähle ich mich, mit Verlaub. Die sich ehrlich bemühen, die Fülle der vorhandenen Erkenntnisse zu verstehen und davon zu profitieren. Ich will nicht, auf mich allein gestellt, zum Denker werden, der als Greis bei den Erkenntnissen eines Sokrates anlangt, ich will Sokrates jetzt lesen und meine Schlüsse daraus ziehen. Dafür brauche ich Schriften und Lehrer, bei allem Respekt, Demetrios.«

»Wer sagt dir, dass du dich Höherem zuwendest, wenn du die Schriften anderer liest? Hast du dich noch nie durch eine dicke Rolle gekämpft, um festzustellen, dass du Glasscherben zugehört hast?[30] Das nenn ich Zeitverschwendung. Wer gab dir diese Rolle? Dein Lehrer, bei dem du froh sein kannst, wenn er bloß Zeitverschwendung ist.«

Da lachte Persius hell auf wie der Knabe, der er damals noch war. »Iuppiter, Guter! Demetrios, du hast es getroffen, ich muss dir schon wieder recht geben. Du kannst es ja nicht wissen, aber weißt du, wer mein Lehrer war? Der berühmte Palaemon, der eitle Tropf.«

»Erzähl, erzähl!«, rief auch mein Herr belustigt, »wie ist es dir mit ihm ergangen?«

»In Wahrheit gar nicht schlecht. Er weiß viel, allein, er versteht nichts. Er ist, wie Aristoteles sagen würde, nur dem Vermögen nach weise, aber nicht der Wirklichkeit nach.[31] Sein Wissen ist ein gut gearbeitetes Netz, mit dem er viele Fische aus der Tiefe heben könnte. Das weiß er auch. Aber er wickelt lieber einen Stein hinein und erschlägt damit einzelne im flachen Wasser. Nichts wird jemals zwischen ihn und seine Bücher treten.[32] Und dann seine Gefallsucht. Ich hatte als reines Kind Prunkreden zu halten, über Catos Tod und dergleichen, damit er sein Werk – mich, den dressierten Papagei – meinen Vormündern präsentieren konnte. Ich kam mir so lächerlich vor; mit Öl habe ich mir die Augen bestrichen, um nicht rezitieren zu müssen.[33] Und man musste sich vor ihm in Acht nehmen. Er ist noch immer der Meinung, dass Knabenliebe die reinere Liebe ist.«

»Weil er es bei deinem Sokrates gelesen hat.« Es war erstaunlich. Zwei erfahrene Stoiker lagen am Tisch, dazu ein junger Mann, der diese Philosophie kurz darauf zu seiner machen sollte, aber Demetrios behauptete das Feld. »Da hast du deine Schriften. Palaemon tut, was ihm gerade in den Schwanz kommt,[34] und er rechtfertigt sich mit Sokrates, der dies als den himmlischen Eros bezeichnete. Das hat er sich, wie du sagtest, herausgepickt, weil es ihm gerade passte, klar. Aber vernebelt nicht ganz allgemein der Blick auf die Autorität den

Blick auf die Flamme? Überstrahlt wird die Wahrheit vom Glanz berühmter Namen, vor allem bei denen, die nicht selber denken wollen.«

Inzwischen entfernten die Diener die Reste der Vorspeisen und trugen die *cena* auf. Alle griffen herzhaft zu, selbst unser Kyniker ließ es sich schmecken. Allerdings wählte er nur einheimische Gerichte, beäugte skeptisch das wenige Exotische, das unsere Tafel zu bieten hatte. Die Keule eines Pfaus erregte schließlich seine Aufmerksamkeit, mahnend erhob er diese gegen den Gastgeber: »Sag mir, Petronius, sollte uns dieser Vogel, weil er so schön war, besser schmecken? Oder sollten wir von dem Luxus, den du uns bietest, beeindruckt sein?«

»Weder noch«, antwortete mein Publius schmunzelnd, »diesen Vogel hatte man mir aufgeschwatzt, als Zierde meines Gartens. Nun, seine Pracht entfaltete er, doch kreischte er gellend zu den unpassendsten Zeiten. Dies zudem nach einiger Zeit immer häufiger und länger, als ob es ein Weibchen zu erobern gelte. Eine Zeitlang hofften wir, er sähe irgendwann die Sinnlosigkeit seines Handelns ein, zumal kein Pfauenweibchen antwortete, geschweige denn, erschien. Aber nein, der Vogel, darin manchem Menschen ähnlich, ignorierte die Wahrheit, die ihm seine Wahrnehmungen ja recht zuverlässig zu erkennen gaben, und verblieb in seiner Meinung. Ein Fehler, der diesen Pfau an einer für ihn wesentlichen Erkenntnis hinderte: dass er besser geschwiegen hätte.«

»Da sieht man es wieder«, so Nonianus mit Blick auf Seneca, »Vernunft ist die Fähigkeit zur Selbsterkenntnis.«[35]

»Richtig«, kam es aus vollem Mund zurück, »der Pfau hatte nicht erkannt, dass er gegessen werden kann.«

»Mögen ihn also unsere Zungen, Gaumen und Mägen wahrnehmen und er uns zuletzt doch noch erfreuen. Denn was dieser Vogel den Ohren geboten hatte, war von den Augen nicht mehr wettzumachen. Ich habe ihn nicht an meine Tafel gebracht, um dich zu beeindrucken, Demetrios, sondern um das Nützliche mit dem Angenehmen zu verbinden. Angenehm ist uns, dass er jetzt Ruhe gibt, nützlich, dass er uns nährt. Und ich sage dir, Demetrios: Erkenne den Pfau! Mit all deinen Sinnen. Gesehen und gehört hast du sicher schon etliche, jetzt kannst du einen schmecken und diese Wahrnehmung jenen, die du bereits hattest, hinzufügen.«

Demetrios, der wie alle anderen lachen musste, verzehrte daraufhin das Streitobjekt, wischte sich sorgfältig den Mund und sprach: »Danke, Petronius, ich habe deinen Pfau erkannt! Er ist ein zähes Hendl von eigenartigem Geschmack. So unnütz dieses Wissen zweifellos ist, es bringt mich zum zuvor Gesagten. Was blieb von ihm, beraubt seines schillernden Gefieders? Nur ein Huhn, und er war doch ein Pfau. Wie verhält es sich da mit unseren verehrten Vordenkern? Steht nicht die Pracht ihrer Namen einer unvoreingenommenen Bewertung im Weg? Sollten wir deren Aussagen nicht ebenso rupfen, zerteilen und ohne Ansehen ihrer Person verkosten? Erkenntnis muss voranschreiten, sie wird behindert durch alte Irrtümer, am ärgsten, wenn diese von erhabenen Namen formuliert wurden.«

»Erstens, mein lieber Demetrios«, Seneca wurde allmählich ungehalten, »das wird getan, auch wenn du es nicht glauben magst. Und zweitens, wir können nicht mehr, als unser Bestes geben. Mögen wir Irrtümer formulieren, mögen sie widerlegt werden. Anders kommen wir nicht vom Fleck. Es ist schon schwer genug, sich so klar auszudrücken, dass man richtig verstanden wird. Ein Beispiel: Alle Welt glaubt, ich selbst sei dieser Weise, den ich in meinen Schriften beschreibe, ich sei derjenige, der seine Philosophie lebe. Nein, das bin ich nicht und das tue ich nicht, wie bereits erwähnt. Und ich kann das noch so oft in meine Schriften darlegen, es wird einfach ignoriert. *Ich bin nicht weise und werde es nie sein.*[36]

Persius, deine Unbelehrbaren sind mir bestens bekannt. Ich seh sie übers Forum paradieren, mit meinem *De ira* unterm Arm. Ihre Blicke huschen hin und her, obs hoffentlich jemand bemerkt. Warum? Weil mich der gebildete Trottel, der jetzt regiert, gelobt hat. Aber, Persius, die lesen nicht, die schauen im besten Fall hinein, genug, damit sie mitreden können, oder gebens dem Hauslehrer, der ihnen gleich ein paar wirkungsvolle

Zitate herausschreiben soll. Nicht dass sie mein Werk missachten, nein, sie verbringen Stunden damit. Wie hingeworfen muss es auf dem Tisch liegen, wenn sie jemand besucht, der Titel stets zurechtgerückt, in hart erarbeiteter Natürlichkeit.«

Phaedrus, der den Ausführungen eine Zeitlang mit ironischer Distanz gefolgt war, ergriff das Wort: »Solche Leser sind mir bisher erspart geblieben, und das wird, denke ich, auch so bleiben. Denn in meinen Fabeln erkennt der Leser nicht mich, sondern sich selbst, besser gesagt, sein Leben und seine Nöte. Daher ist es ihm auch herzlich egal, ob das ein Caius, ein Iulius oder eben ein Phaedrus geschrieben hat, und ob sich dieser für weise hält oder nicht. Literatur ist noch etwas anderes als geistige Höhenflüge, dramatische Analysen und Traktate. *Der stets gespannte Bogen bricht*.[37] Ich schreibe leicht und werde verstanden. Literatur ist auch Unterhalterin, Gefährtin, und ja, sie darf der Entspannung dienen. Diese *plebs*, die gar nicht anders kann, ist nicht so viehisch, wie du glaubst, Persius, sie ist schwach, sie kann die Verhältnisse nicht ändern, sie muss sich damit abfinden, sie braucht viel zum Überleben, nicht zuletzt Humor.«

Schon wollte Persius etwas erwidern, da kam ihm Seneca zuvor: »Verzeih, Persius, aber ich wollte Phaedrus schon die ganze Zeit etwas fragen. Sag mir, seit wann schreibst du Fabeln? Ich muss zugeben, ich habe noch nie etwas von dir gehört.«[38]

»Schon seit fast zwanzig Jahren. Mein *Liber I* erschien im Jahr, als Seianus hingerichtet wurde, das – wenn ich mich recht erinnere – das siebzehnte des Tiberius war. Aber es wundert mich nicht, dass ich in deinen Kreisen unbekannt bin. Ich habe kein Interesse daran, es ist mir auch zu gefährlich. Und ich will niemanden belehren, ich löse lieber sattsam bekannte Tatsachen des Lebens in heiteren Geschichten auf. Wie in meiner Erzählung über den Bauer und den Esel, die Feinde heranrücken sehen. Aber vielleicht ist so etwas zu trivial für diesen Kreis.«

»Nein, nein, ich bitte dich, erzähl!«, so oder ähnlich schallte es von allen Seiten, da ließ sich Phaedrus nicht länger bitten.

»Also gut. Ein Bauer und sein Esel sehen eine feindliche Armee heranrücken. Der Bauer wendet sich schleunigst zur

Flucht, der Esel bleibt stehen. Da ruft der Bauer: ›Esel, was ist, siehst du nicht den Feind? Wir müssen fliehen!‹ Darauf der Esel: ›Bevor ich mit dir fliehe, sag mir bitte: Glaubst du, der Feind wird mir mehr als die zwei Säcke auf den Rücken schnallen, die ich jetzt für dich trage?‹ ›Nein, nein‹, erwidert der Bauer hastig, ›sicher nicht.‹ ›Warum‹, fragt der Esel, ›soll ich dann vor ihm fliehen?‹[39]

Ich bin der, der das Kind tröstet, das sich in der Flamme verbrannt hat. Ich gehöre zu dem großen Teil der Bevölkerung des Römischen Reiches, der den Philosophen zumeist verachtenswert erscheint, so wie den Dichtern lächerlich.«

»So siehst du das?« Seneca staunte. »Das scheint mir übertrieben.«

»Übertrieben?! Das sagst du, der du mich nicht einmal kennst, geschweige denn etwas von mir gelesen hast? Mir ist schon klar, für dich sind meine Fabeln Kinderkram! Sie erziehen nicht zur *virtus*, daher sind sie Zeitverschwendung. Aber genug von mir, reden wir von den Tausenden, die ihr Brot mit ihrer Hände Arbeit verdienen. Was sagt dein Marcus Tullius dazu?[40] Schmutzig nennt er sie, der Narr! Wer fertigte den Stift, wer die Tinte, wer den *Liber*, ohne die er seine seltsame Weisheit gar nicht hätte niederschreiben können? Der Geldwechsler ist ihm ein Gräuel, der Bankier ein ehrenwerter Mann. Weißt du, ich habe keine Ahnung, wie man in euren Kreisen lebt, ich wünschte nur, so mancher aus eurem Stand würde sich, was uns betrifft, gleichermaßen zurückhalten. Ist denn nur der ein echter Römer, der frei geboren ist und Ländereien besitzt?«

»Nein, nein«, stotterte Seneca, »ganz und gar nicht. Und was Fabeln betrifft: Ich finde, wenn sie feinsinnig erdacht sind, können sie durchaus erbaulich sein …«

Nicht mehr wars als ein Schnauben, das er erntete – hilflos blickte er zu meinem Herrn, der dem Ganzen mit Belustigung gelauscht hatte.

»Trags mit Fassung, guter Lucius, ich selbst bin schon vor Jahren gleichermaßen korrigiert worden. Ich habe dir ja von Silanus und mir erzählt, und unseren Besuchen bei zahlungskräftigen Freigelassenen. Nun, eines Tages lagen wir bei einem, der ganz anders war. Ein zurückhaltender, fast schon distanziert wirkender Mann, der seine ehrliche Freude, uns, Silanus und mich, zu sehen, dennoch nicht verbergen konnte. Er dort, dein Zensor, war dabei, so lernte ich ihn kennen. Ich legte mit meinen üblichen Frechheiten los, fragte den Gastgeber mit geheuchelter Anteilnahme: ›Wie kann es sein, dass ein so großer Mann wie du in einem so kleinen Haus wohnt?‹ Das Haus war beileibe nicht klein, nur nicht so riesig wie die labyrinthischen Behausungen seiner Standesgenossen, die wir bis dahin kennengelernt hatten. In Wahrheit war es angemessen, seine Einrichtung solide und geschmackvoll, aber das hatten wir in unserem jugendlichen Leichtsinn ignoriert. Da antwortete Phaedrus mir, der alte Feingeist: ›Weißt du, junger Ritter, unser Gastgeber hält es klein, denn er wünscht es sich von wahren Freunden voll.‹[41] Kein Granatapfel hätte es daraufhin mit der Farbe unserer Köpfe aufnehmen können; wie Buben saßen wir Hochmütige da. Wir stammelten Entschuldigungen und hörten für den Rest der *cena* ihm und unserem Gastgeber zu.«

Persius, schon längst unruhig ergriff die Stille, die den Worten meines Publius folgte: »Verzeih mir, Phaedrus: Ich habe über deinen Vorwurf nachgedacht. Du hast recht, ich kenne die *plebs* nicht. Viehisch sind für mich alle – gleich welchen Standes –, die blind durch die Welt gehen in ihrem Wahn. Ich meinte nur, dass die *plebs*, da sie viel arbeiten muss, schwerlich die Zeit findet, sich selbst zu erkennen. Aber das Feld überlasse ich dir. Soll jeder das tun, was er kann. Mich beschäftigen die Philosophen sowie die Oberflächlichkeit und der Hochmut meines Standes und anderer, die, ohne das Geringste darüber zu wissen, jene lächerlich machen. Zudem glaube ich, dass mir das Talent, derart leichte und lehrreiche Geschichten zu erzählen, wie du es gerade getan hast, fehlt. Für mich ist das Wort ein wildes Tier, das, losgelassen, hierhin und dorthin rennt, Gedanken aufscheucht und andere zerfetzt. Es zu zähmen fällt mir schwer. Um in deinem Gleichnis zu bleiben, ich erkenne ein wenig von der Flamme, aber ich kann sie noch nicht beschreiben.«

»Wem geht es nicht so?«, kam ihm mein Publius zu Hilfe. »Wie könnte es auch anders sein? Unsere Sinne können immer nur einen Teil der Wahrheit erkennen. Die Iudaeer berichten von dem Tanz einer gewissen Salome. Gehüllt in sieben Schleier lässt sie sämtliche im Zuge ihres Tanzes fallen. So nackt tritt uns die Welt nicht entgegen. Jegliche Sinneswahrnehmung verhüllt immer ein letzter Schleier – und sei er noch so dünn –, der deren Zuverlässigkeit verhindert. Wie steht es da mit unserer Fähigkeit zur Selbsterkenntnis? Auch sie müsste mit den Sinnen beginnen. Ich muss mich also zunächst einmal wahrnehmen können. Kann ich das? Kann ich mein Gesicht sehen? Nein. Dazu brauche ich einen Spiegel, wie im Übrigen auch für meinen Hintern. Was ich sehe, ist nur ein Abbild, das noch dazu seitenverkehrt ist. Ich scheitere also bereits an etwas so Profanem wie der vollständigen und richtigen Wahrnehmung meines Körpers. Wie könnte ich da mein inneres Wesen, meine Seele vollständig und richtig wahrnehmen, geschweige denn erkennen?«

»Mit meinem Sinn für das Richtige«, kam es prompt von Seneca, »mit meinem Gefühl für Tugend. Ich kann das Gute vom Bösen unterscheiden – meinen Charakter und meine Lebensweise danach richten.«

»Natürlich. Aber du weißt:

Jeder riecht alles, nur nicht sich selbst,
gewohnt ist die Nase des Leibes Gestank.
Drum sag mir, Freund,
wie riecht mein Charakter?«[42]

»So ist es«, rief Demetrios lachend. »Dein Irrweg, Seneca, ist deine Eitelkeit. Aus Eigenliebe hast du dir selbst etwas hinzugefügt, das dir jetzt im Weg steht. Überall reicht man deine *Libri* herum – was nützt dir das? Ruhm macht aus dir keinen besseren Menschen. Ruhm verleiht deinen Worten nur ein höheres Gewicht, nicht höhere Wahrhaftigkeit. Du hast gesagt, wenn ich viele mahne, werde ich mehr Menschen nützen. *Ich sage, wer sich selbst nicht kennt, kann mit den Menschen nicht umgehen.*«[43]

»Ja, wie?«, staunte der Angesprochene. »Ich bin offenbar in eine Höhle von Akademikern[44] geraten. Wenn wir schon von Irrwegen reden, das ist ja wohl der schlimmste überhaupt. Nein, nein, ich weiß, was ich weiß, und das schreibe ich nieder.«

»Ja, sicher«, mein Herr ließ nicht locker, »aber siehst du nicht, dass deine Worte fast schon zwangsläufig anders verstanden werden, als du es wolltest?«

»O je, was soll das jetzt wieder?«

»Pass auf: Bist du der Meinung, dass du den Auftrag ›Erkenne dich selbst‹ vollständig erfüllt hast?«

»Nein, selbstverständlich nicht. Auch ich habe mich – nach wie vor – von meinem Wahn und meinen Fehlern zu befreien.«

»Gut. Deine Selbsterkenntnis ist also – wie bei praktisch allen Menschen – mangelhaft. Wie ist das mit deinen Lesern? Haben die dich richtig erkannt?«

»Nein, natürlich nicht, wie gesagt, sie bilden sich eine Vorstellung von mir, und halten diese für Seneca.«

»Wer also ist Seneca? Der, den wir erkennen, oder der, als den er sich selbst erkennt? Beide Vorstellungen sind fehlerhaft. Es gibt zwei Senecas, je nachdem, ob man Seneca ist oder nicht. Welcher ist der richtige? Deine Schriften sind Annäherungen, über deren Stärken und Schwächen du Bescheid weißt. Diese kennt deine Leserschaft nicht, sie liest den Seneca, den sie sich in ihrer Vorstellung gebildet hat, wie du selbst gesagt hast. Es gibt also jedes Buch von Seneca zweimal, denn so, wie du es geschrieben hast, wird es nicht gelesen. Welches ist das richtige?«

»Das wird posthum entschieden!« Nonianus, der den Dialog amüsiert verfolgt hatte, ergriff das Wort. »Solange Menschen wie Seneca oder Demetrios leben, können sie noch immer etwas tun, das im Widerspruch zu dem steht, was sie bisher getan haben. Sind sie erst einmal tot, ist dieses lästige Hindernis beseitigt. Dann kommen wir Historiker und legen sie ein für allemal fest. Auf ein Bild, das meistens noch falscher ist, aber dafür Bestand hat. Insbesondere dann, wenn auch ihre Freunde und Verwandten gestorben sind. Der Tod der Zeitzeugen ist das Fundament der historischen Wahrheit. Was also ist

Geschichtsschreibung? Eine Beschreibung der Flamme, nachdem diese erloschen ist.«

»Ich hätte zwar nicht gedacht, dass ich heute noch vor Gericht stehen werde«, unser gebeutelter Ehrengast kehrte erfrischt auf den Kampfplatz zurück, »aber bitte. Es mag ja sein, dass manche meiner Taten eitel wirken, dass einige meiner Erkenntnisse mangelhaft sind. Na, und? Ich habe das Rüstzeug, nützlich zu sein, daher ist es meine Pflicht, mein Wissen zum Nutzen aller einzusetzen. Natürlich, *für manche sind es nur Worte, die ihr Ohr erreichen,*[45] aber sollte ich deswegen jeden Gedanken immer weiter zerfleddern, nur weil er falsch verstanden werden könnte; mich hinlegen und in quälenden Haarspaltereien ergehen; dem aufgeblähten Geist nichts anderes als Zweifel entfahren lassen?«

»Das meine ich auch!« Jetzt war es an Persius, sein Plädoyer zu halten. »An den Taten messe den Menschen. Was ist die Tat des Schriftstellers? Das geschriebene Wort. Wer im Möglichen verreckt, kann nichts erschaffen. Halt deine Nase in den Wind, stich in See, setz dich dem Sturm aus. Oder bleib am Strand, wo die nächste Welle deine Spuren auslöscht.«

»Danke, Persius«, griff mein Publius sofort ein, »du hast vollkommen recht. Ich will auch nicht unseren Lucius kritisieren, sondern nur etwas diskutieren, was mich bewegt. Lass es mich so sagen: Formulierung von Erkenntnis wäre die einfachste Sache der Welt, gäbe es dabei nicht zwei Probleme: den Autor und seinen Leser. Jener will klar ausdrücken, was er nicht ganz verstanden hat; dieser versteht nicht ganz, was klar geschrieben steht. Ist also der Nutzen, den ich meinem Leser geben will, wirklich der, den er daraus zieht? Sieht er die Schönheit, freut er sich an der eleganten Wendung? Lernt er etwas, gewinnt er an Erkenntnis? Mal so, mal so, möchte ich meinen. Es hängt davon ab, wonach er sucht.«

»Immerhin könnte man deinem Leser, Publius, empfehlen, dort Nachschau zu halten, wo er mit größerer Wahrscheinlichkeit fündig wird, dem einen empfiehl die Dichter, dem anderen die Philosophen.«

»Ganz und gar nicht, mein lieber Persius, das ist nicht die Lösung, sondern das Problem! Die Dichtkunst leitet ihre Wahrheit aus ungesichertem Wissen ab, etwa aus Mythen, Gleichnissen oder schlicht Erfundenem. Während ihre einzelnen Teile einer kritischen Betrachtung oft nicht standhalten und das auch gar nicht müssen – sie dürfen falsch sein! –, liefert das gelungene Werk eine überzeugende Aussage. Die Philosophie hingegen leitet ihre Wahrheit aus begründbaren Annahmen ab – über die Natur der Dinge, die Tugend, das richtige Leben. Gestützt auf festem Grund, in ruhigem logischem Fortschreiten entstehen aus diesen Annahmen bestimmte Schlussfolgerungen und aus diesen die Lehre, die uns freilich nur dann überzeugen kann, wenn wir ihren Schlussfolgerungen glauben. Die Dichtkunst schafft Wahrheiten, die aus Meinungen bestehen; die Philosophie schafft Meinungen, die aus Wahrheiten bestehen.«

»Anders gesagt, jene sind in ihren Annahmen fehlerhaft, diese in ihren Schlussfolgerungen. Dem fügt der Leser seine eigenen Fehler hinzu. Und da fragt ihr euch noch, warum ich nichts niederschreibe!«, fuhr Demetrios dazwischen. »Deine Schriften, Seneca, sind das beste Beispiel. Claudius hat deine Schrift *De ira* gelesen und sie gelobt. Er hat sogar eingestanden, dass er selbst dafür anfällig ist, sich vom Zorn zu undurchdachten Entscheidungen verleiten zu lassen. Aber hast du seither eine Veränderung in seinem Verhalten bemerkt? Natürlich nicht. Es gibt also noch eine vierte Möglichkeit. Das Kind erkennt die Flamme aufgrund deiner Lehre und ignoriert sie daraufhin.«

»Erkennt die Flamme – dass ich nicht lache! Claudius ist doch zur Selbsterkenntnis unfähig.«

»Da muss ich dir widersprechen«, wandte sich mein Publius an den aufgebrachten Seneca. »Er kennt seine Schwächen und Unzulänglichkeiten ganz genau. Das Problem ist: Der einzige Weg, auf dem er sich mit seinem Leben in Einklang brächte, ist ihm versperrt.«

»Welcher, bitte, sollte das denn sein?«

»Sein Rücktritt selbstverständlich. Claudius säße tausendmal lieber wieder in seinen Bibliotheken als auf dem Capitol. Nein, wenn du einen suchst, der sich tatsächlich nicht selbst erkennt und das auch nie tun wird, dann bleib bei unserem Palaemon, der ist Beispiel genug.«

»Ich sehe das genauso«, ergänzte Nonianus. »Claudius ist lediglich schwach, er weiß, dass ihn die richtigen Leute zum Falschen überreden können, nur kann er sich nicht dagegen wehren. Palaemon hingegen muss man nicht erst überreden, der lebt in seinem Wahn, selbstbewusst und höchst erfolgreich noch dazu.«

»Bitte, können wir zum Thema zurückkommen«, kam es da vom kopfschüttelnden Phaedrus. »Mir ist dieser Palaemon lästig. Wir Freigelassene dürfen uns dauernd die Kapriolen von seinesgleichen vorhalten lassen, obwohl es nur wenige von uns gibt, die sich derart schamlos benehmen. Genug davon. Du, Petronius, hast vorhin gemeint, die Dichtkunst leite ihre Wahrheit aus Mythen und Gleichnissen ab. Kannst du mir sagen, was du zur Dichtkunst zählst? Schließlich hast du sie von der Philosophie unterschieden, die doch ebenso mit Gleichnissen und geschliffenen Worten agiert.«

»Richtig, meine Unterscheidung bezog sich mehr auf die Einordnung des Werkes als auf dessen Inhalt. Denn nur, wer nichts zu sagen hat, dichtet nicht. Selbst der Bericht eines Steuereintreibers ist Dichtkunst, da sich dieser darin gut darstellen möchte. Du sagtest vorhin, Demetrios, der Name des Autors verneble uns mitunter den Blick auf die Wahrheit. Es ist noch viel schlimmer. Allein durch die Zuordnung eines Werkes zu einem bestimmten literarischen *genus*, betrachtet man es als ernstzunehmend oder leicht. Der Traktat fordert vom Leser Denken ein, der *mimus* entbindet ihn von dieser Pflicht. Und ist der unvoreingenommene Blick erst einmal genommen, werden Banalitäten leicht für gescheit gehalten, und Profundes für bedeutungslos. Wahrheiten findest du auch an Latrinenwänden, Meinungen füllen Bibliotheken. Andererseits liest der, der sich nicht belehren lassen will, keine Moralphilosophie, obwohl ihm das vielleicht guttäte. Wenn ich ihn belehren will, dann muss ich meine Lehren zu ihm bringen, in einer Form, die er annimmt.

Ein Beispiel: Für die Iudaeer ist ihre Gründungslegende, das Buch Moses, Geschichte. Ein Volk zieht aus ins Ungewisse, begibt sich auf eine lange Irrfahrt und erreicht schließlich das ihm von seinem Gott verheißene Land. Das kommt unsereinem bekannt vor, nicht zuletzt, weil auch dieser Moses als Vater seines Volkes bezeichnet wird. Aber für die meisten Römer ist die *Aeneis* ein Epos oder ein Mythos, jedenfalls nicht Teil unserer Geschichtsschreibung. Man könnte also sagen, wir Römer erkennen uns in einer Meinung, die Iudaeer erkennen sich in einer Wahrheit. Macht das einen Unterschied in Bezug auf die Wirkung dieser Werke? Nicht den geringsten! Beide Bücher machen ihre Völker zu dem, was sie sind, jene zu Iudaeern, uns zu Römern. Entscheidend ist, dass die Erkenntnis in einer Form verbreitet wird, die angenommen wird.«

»Warum wollt ihr denn immerzu belehren?« Phaedrus kam aus dem Kopfschütteln überhaupt nicht mehr heraus. »Freude, Entspannung, Ablenkung – ja, selbst Ablenkung! – von den grimmigen Sorgen, die die Menschen quälen, ist das nicht Nutzen genug? Ich beruhige die Menschen lieber; ab und zu streue ich ein paar Körnchen meines geringen Wissens ein und bin zufrieden, wenn da und dort ein Same aufgeht.«

»Wir sollten uns alle an dir ein Beispiel nehmen, Phaedrus«, eilte Nonianus dem Aufgebrachten zu Hilfe, »der du weniger willst und wahrscheinlich mehr erreichst als wir, die wir so heiß bemüht sind, den Menschen zu unterrichten und zu formen.«

»Richtig, mir gefällt ja auch die Vorgangsweise von Demetrios, der nicht predigt, sondern Witze erzählt.« Mein Publius wandte sich erneut an Seneca: »Ich gehe noch weiter. Unser Naso sagte, *so lässt Kunst nicht sehen die Kunst.*[46] Ich sage, lass Belehrung nicht sehen die Belehrung. Wir sollten unsere Überzeugungen so in Worte fassen, dass wir unsere Leserschaft zu ihnen hinführen, aber dieser die letzte entscheidende Schlussfolgerung überlassen.«

»Aber woher willst du wissen, dass deine Leserschaft das tut, weiters, dass sie die richtige Schlussfolgerung zieht?«

»Das weiß ich nicht, Lucius, aber das macht nichts, im Gegenteil. Wir haben uns vorhin darauf geeinigt, dass es vollkommene Erkenntnis nicht gibt. Ist es daher nicht besser, unserer

Leserschaft nur einen Schubser zu versetzen? Denk an Lucretius und seine feinen, runden Partikel, aus denen unser Geist bestehen soll. Stoßen wir sie an, setzen wir sie in Bewegung, sodass sich neue Gedanken formen, auch wenn wir uns nicht sicher sein können, welche Gedanken das sein werden. Bedenke: Die Hand, die den Zeigefinger erhebt, schwächt sich selbst. Denn nur, wenn sie geschlossen bleibt, bildet sie eine Faust.«

»Sollte man sich demnach wie ein Orakel ausdrücken? Ich denke, nicht. Das kann schlimme Folgen haben, das sagen uns die Griechen«, entgegnete Persius. »Und wenn der Mensch, wie du meinst, ohnehin nur das liest, was er erwartet, dann sucht er im Amüsanten nicht nach Weisheit, das heißt, deine Körnchen fallen auf unfruchtbaren Boden.«

»Und damit«, resümierte Seneca, »jagt der Hund seinem Schwanz hinterher. Willst du, mein Publius, keine Erwartungshaltung erwecken, musst du ein Werk erschaffen, das in kein literarisches *genus* passt. *Hühnermilch*,[47] wenn du mich fragst. Wie willst du das zuwege bringen, was sollte das sein und vor allem, wer sollte es lesen? Nein, da bleibe ich bei meiner Kunst, so anzweifelbar sie sein mag.«

»Und du, mein lieber Lucius, machst damit das, was Philosophen seit Jahrhunderten machen. Mit dem Ergebnis, dass die meisten Menschen Philosophie als unnütz, wenn nicht als gefährlich betrachten. Dich hat es schon erwischt, ein anderer aus deiner *familia*, Cornutus, wandelt seit Jahren am Rand der Verbannung entlang und ist doch einer unserer größten Lehrer. Du änderst die Menschen nicht, deine Lehre prallt von ihnen ab wie Regen von ihrem Körper. Ihre Haut wird gerade einmal feucht und trocknet schnell. Vergiss nicht, Lucius, der Leser ist ein Dieb: Er stiehlt dir das, was ihm gefällt, und unterschlägt den Rest.«

Viel wurde bei dieser *cena* besprochen, vieles davon war nebensächlich. Nicht *von den Eiern bis zu den Äpfeln*[48] lege ich sie deshalb vor, sondern beschränkt auf ihre bemerkenswerten Gänge. Mögen die Krümelsammler[49] seufzen, ich weiß, es ist im Geiste meines Publius. Er sagte immer: »Man muss begreifen, dass das Ziel der langen Rede dasselbe wie das der kurzen ist.«[50] Diesen Rat habe ich beherzigt, als guter Parfümeur, der es versteht, eine Essenz zu bilden.

Inzwischen war es Nacht geworden. Während ich mir zuvor noch Notizen gemacht hatte, saß ich nun entspannt auf der Liege meines Herrn und lauschte den zwanglosen Plaudereien. Die Ordnung hatte sich aufgelöst, Persius fragte meinen Publius über Cornutus aus; Demetrios und Seneca beschnupperten einander wie alte Hunde; Phaedrus und Nonianus unterhielten sich über die jüngst aufgekommene Modetorheit der Pergamentbüchlein, die bei den Damen so beliebt geworden war.

Plötzlich, es muss um die achte Stunde[51] gewesen sein, entstand Aufruhr an der Tür. Erregten Diskussionen folgten Schreie und Gerumpel, und da torkelte der, den wir wohl heraufbeschworen hatten, in das *triclinium*: Quintus Remmius Palaemon, in ganzer Pracht, besoffen wie ein Cappadocier. Hinter ihm stolperte sein Gefolge herein, dazwischen unsere Diener, denen mein Herr mit einem Wink Einhalt gebot. Bevor er noch ein Wort an den Uneingeladenen richten konnte, brach es aus diesem schon heraus: »Langeweiler, alle! Holzköpfe!« Fast hätte ihn die Wucht seiner Worte umgeworfen. »Verderben meinen Lieblingsschüler! Lass ich nicht zu. Aules, mein Süßer, komm zu deinem Meister!«

Der junge Persius wurde totenbleich, indes, Palaemons unsteter Blick kreiste bereits um ein anderes Opfer.

»Wen haben wir denn da? Sag, Weicher, bist du deinem *dominulus*[52] da seine Arschfotze?« Jetzt war es an mir zu erstarren. Nieder plumpste Palaemon neben mir, hoch schossen Wein- und Bocksgestank. Gierige Hände voran, trat ein fettiger Kussmund aus der Dunstwolke heraus. Ich befreite mich strampelnd aus seiner Umarmung, rammte ihm dabei, wie zufällig, meinen Ellenbogen ins Gesicht, sprang auf und schrie: *»Domine, salve me!«* Mein Publius ließ sich nicht lange bitten. Gleich riss er den Blessierten in die Höhe, gleich zog er ihn nah an sich heran: »Besoffene Schwuchtel, noch so etwas und meine Dienerschaft prügelt dich durch wie einen Hund!« Der Raum geriet in Bewegung. Dort bildete das wankende Gefolge des Palaemon die eine Mannschaft, hier machten sich die Diener meines Herrn zum Kampf bereit.

»Genug! Jeder bleibt, wo er ist!«, brüllte mein Herr. »Du, Palaemon, setz dich. Sofort!« Jeglicher Widerstand erlosch ob der Kraft seines Befehlstons. »Du, Damas, bring Wasser und Tücher, versorge ihn. Ihr«, wandte sich Petronius an die Diener und Klienten des Eindringlings, »setzt euch irgendwo hin, geht oder verlasst den Raum. Aber gebt Ruhe, dieser Streit ist beendet.« Diese, ohnehin schwer betrunken, stierten verständnislos umher und ließen sich nach und nach, wo sie standen, zu Boden gleiten. Leise, aber schneidend erklang die Stimme des jungen Persius: »Ein Schwein bleibt ein Schwein, auch wenn man es freilässt.«[53]

»Arrogantes Pack, was glaubt ihr, wer ihr seid?« Palaemon, den mein Hieb ernüchtert hatte, verzichtete auf die Dienste des Damas und richtete sich auf: »Ein Haufen Klugscheißer, wenn ich das richtig sehe. Keine Flötenweiber, keine Akrobaten – schöne Feier! Was habt ihr die ganze Zeit gemacht? Hochtrabend geschwätzt, möchte ich wetten.«

»Wir haben, auch wenn dich das nicht interessieren wird«, erwiderte mein Publius, »zuletzt über den Nutzen der Literatur gesprochen.«

»Ihr? Ihr habt doch keine Ahnung davon. Schau sich das einer an: Hungerleider, Oberlehrer und Philosophen. Ich habe Schüler, feine Knaben mit reichen Eltern, die mich bezahlen, damit ich den süßen Bengeln Bildung gebe. Ich hab Grundstücke zusammengekauft, bei Nomentum, daraus mach ich Weinberge, dass ihr vor Neid zerplatzt.«[54]

Alles lachte brüllend.

»Oh ja, bitte Palaemon, lad uns ein fürs nächste Jahr, zur Verkostung.«

»Markier den Tag mit einem dicken Glücksstein.«[55]

»Was heißt mit einem, mit tausenden!«

»Lacht nur. Ihr werdet schon sehen. Das Land war billig, der Weingärtner, den ich dazu gekauft habe, teuer. Parmeno,[56] he, Parmeno, was hat der letzte Weinberg gekostet?«

Einer seiner Diener grunzte.

»Parmeno, aufstehen!«, brüllte sein Herr. »Sag' sofort, was der Weinberg gekostet hat!«

Dieser sprang auf, nahm Haltung an und leierte das Befohlene herunter: »Weinberg bei Nomentum, rund achtzig Joch Anbaugebiet, zwei Meilen südwestlich der Stadt, an der Straße nach Crustumerium. Gekauft am dritten Iulius, im Jahr des Caius Pompeius Longus Gallus und des Quintus Veranus, dem neunten des *Imperator* Claudius.[57] Kaufpreis 90.000 Sesterzen. Davon 70.000 bar bezahlt. Für den Rest wurde der Ephebe Hyacinthus[58], bei dem sich schon erster Bartflaum zeigt, als Sachwert übertragen.«

»Und der Weingärtner?«

»Sthenelus[59], Freigelassener, vormals erster Weingärtner des Marcus Lucinius Rufus[60] von Massilia. Beauftragt am ersten Iulius, im Jahr des Caius Pompeius Longus Gallus und des Quintus Veranus, dem neunten des *Imperator* Claudius. Honorar im ersten Jahr: 50.000 Sesterzen.«

Seinen Pflichten enthoben, fiel das lebende Geschäftsbuch in sich zusammen, zurück in Hypnos' Arme.

»Was sagt ihr jetzt? *Hosen will ich tragen*,[61] wenn das keinen Profit bringt. Und ihr? Hat einer von euch denn auch nur einen *as* mit seinem Geschreibsel verdient? Meine Lehrbücher brachten mir meine Schüler, meine Schüler mein Vermögen, das nenn ich Nutzen der Literatur. Ich kenn das Gefasel vom wahren Reichtum. Nennt mich einen Sklaven meiner Gelüste, ich befriedige sie mir, anstatt sie neidisch kleinzureden. Ich sag euch was. Ich ficke gerne meine Schüler, das weiß jeder. Nicht, weil ich muss, sondern weil ich kann. Ich könnte mir jeden Lustknaben leisten, darum gehts nicht. Aber diese strammen Ärschlein bearbeiten und dann noch von deren Eltern dafür bezahlt werden, das macht mich geil! Die schicken mir ihre Söhne, obwohl sie wissen müssten, was ich treibe. Wer handelt da unmoralisch?

Soll ich aus denen bessere Menschen machen? Da wär ich ein Idiot. Die Welt ist schlecht, das ist ihre beste Eigenschaft. Hat man das erst begriffen, geht alles ganz leicht. Ich hab zehn Millionen gemacht und auf die Philosophen gepfiffen.«

»Gestattet, ihr Herren!«, rief ich – kühn in meiner lodernden Wut – dazwischen. »Gestattet, wenn ich, der beleidigte Sklave, dem ehemaligen antworte. Eine Antwort von euch wäre sowieso unter eurer Würde. Und sollte euch meine Rede nicht genügen, könnt ihr sie später immer noch ergänzen.«

Von unseren Gästen blickten mich alle, bis auf den schmunzelnden Seneca, staunend an.

»Gut, wenn niemand Einwände hat«, mein Publius blickte in die Runde, »dann bitte, enthebe du uns dieser lästigen Pflicht.«

»Als einer aus dem gleichen Stand wie du«, begann ich, »verstehe ich deinen Zorn.« Palaemon riss die Augen auf und schüttelte verblüfft den Kopf, fand jedoch kein Widerwort. »Man sieht es immer noch, du warst einmal, vor vielen Jahren und etlichen Gelagen, ein hübscher, schlanker Knabe. Und wie das bei den meisten von uns eben so ist, wird dich dein Herr vergewaltigt haben, jahrelang, bis zum ersten Barthaar, das du sehnlichst erwartet hattest. Dann wirst du, sobald du dazu imstande warst, seine Ehefrau bestiegen haben. Die übliche Rache, die dich kaum befriedigt haben wird. Heute, in neuem Stand und neuem Reichtum, könnte deine Seele Frieden gefunden haben, jedoch – wir sehen es deutlich – dem ist nicht so. Du sagst, du fickst diese Knaben, weil du es kannst, ich denke, da gibt es einen anderen Grund. Der eine braucht ja Spiegel, um sich zu erregen, der andere Krüppel, du – da bin ich mir sicher – brauchst patricische Knabenärsche. Du glaubst, du rächst dich damit, doch schadest du dir nur selbst. Du schöpfst Wasser mit einem Sieb. Denn du kannst noch tausend Knaben schänden, deinen Spott ausgießen – kübelweise – über ihre Väter und ihre Mütter; aber es wird der Tag kommen, an dem du nicht mehr ficken kannst. Was wirst du dann machen? Erkenntnis ist nicht nur Welterklärung, Erkenntnis ist das Erlangen von Gelassenheit. Die ruhige Seele kennt keinen Wahn, keine schädlichen Begierden.

Sie bewegt sich unerschütterlich. Wie dem Mühlstein sind ihr Kränkungen so viel wie ein paar Steinchen im Mahlgut. Sie zermalmt sie im Augenblick und geht weiter, unberührt. Deine Seele wird von diesen Steinchen gestochen, bei jedem Umlauf, sie konnte sie bis heute nicht zermalmen. Deswegen sage ich dir, Palaemon: Du fickst keine Knaben, du wirst noch immer gefickt! Und das ist, bei deinen Geistesgaben, bei deinen Möglichkeiten, nur traurig.«

Applaus folgte, wie ich berichten darf, meinen Worten, nur Palaemon blieb still. Er lag ruhig an der Lehne seiner *clinē*, wie in Gedanken versunken. Da rutschte langsam seine Hand von seinem Gesicht, hinter der er es – wir dachten, in Betroffenheit – verborgen hatte. Sein Kopf fiel nach hinten, sein Mund öffnete sich und erfüllte den Raum mit Schnarchen. Gelächter erhob sich in der Runde.

»Bravo, Palaemon«, ließ sich Demetrios vernehmen, »man kann auch neben der Flamme einschlafen und auf diese Weise unbelehrbar bleiben. Und, Giton, deine Worte bedürfen keiner Ergänzung.«

So sehr mir Demetrios' Anerkennung und die der anderen, die seinen Worten folgte, wohltat, es ärgerte mich doch, dass mein Kontrahent bei meiner Rede eingeschlafen war. Während Palaemon und seine Kumpanen ihren Rausch ausschliefen, ergingen sich unsere Gäste, wie auch mein Publius, in allerlei pointierten Witzeleien, die ihre Becher in Bewegung hielten. Gut, dachte ich, der Wein wird sie wagemutig machen. Schon blickte sich die Nacht nach den Sandalen um, schon taten unsere Gäste gleiches, da kam das Gespräch wieder auf unseren schnarchenden Eindringling und was man mit ihm machen solle. Gleich ergriff ich die Gelegenheit. »Ich, *domine*, hätte da eine Idee.« Denn wie Persius gesagt hatte: Ein Schwein bleibt ein Schwein …

Ich trommelte die Dienerschaft zusammen: Palaemon war Junggeselle, also könnte man ihn verheiraten. Eine passende Auserwählte, das wusste ich, lag in der Küche für ihn bereit, gehäutet und ausgenommen. Diese ließ ich eiligst mit den Insignien der Braut ausstaffieren, wie auch Palaemon, der noch immer auf seiner *clinē* lag, mit jenen des Bräutigams. Nicht rissen wir ihn damit aus seinem Schlaf, nicht bemerkte er gewisse Manipulationen, die ich an seinen Gewändern vornahm.

Kurze Zeit später verfolgte Eos mit runden Augen einen ungewöhnlichen Hochzeitszug, der fröhlich auf dem Vicus Tuscus einherschritt. Unsere Dienerschaft gab ihr Bestes: Mädchen gingen der *clinē* mit Weißdornfackeln voran, zwei Zofen amtierten als Flötenbläserinnen, Ausrufer verkündeten: »Hochzeit feiert Palaemon – der große Rhetor, der geliebte Lehrer!« Dieser lag schlafend auf seiner *clinē*, neben seiner Braut – der Sau. So zogen wir, die ganze Tischgesellschaft – selbst Phaedrus ließ es sich nicht nehmen – den Frischvermählten hinterher, sangen Lieder, wünschten ihnen Kinder, riefen *tallassio*,[62] bis wir schließlich unser Ziel – den Tempel der Venus Genetrix – erreicht hatten. Unterwegs hatte ich noch schnell ein Stoffschweinchen für die Braut gebastelt – auch sie sollte, wie alle braven Mädchen, Venus ihre Puppen geben können. Die Träger stellten die Liege vor dem Tempel ab und ich positionierte die Puppe vor dem Tor. Dann belohnten wir unsere Diener für die nächtlichen Anstrengungen und gaben ihnen für den Tag frei. Das und unsere wiederholte Ermahnung, niemandem davon zu erzählen, schien uns ausreichend, damit sich die Geschichte in Windeseile in der ganzen Stadt verbreitete. Wir zogen uns auf die Stufen der Basilica Argentaria zurück und nahmen voller Erwartung unsere Plätze ein.

Schon bald kamen die ersten Passanten vorbei. Ob Handwerker, ob Klienten, sie rieben sich die Augen, starrten ungläubig auf Schwein und Mann, die da nebeneinander auf der *clinē* lagen. Palaemon, mit Thyrsosstab und Blumenkranz, hielt brav, durch Iunos Band gehalten, die rechte Klaue seiner Braut. Diese, in feuerrotem Schleier und weißen Gewändern, lag ihm zugewandt auf der Seite, wie Frauen oft bei ihren Männern ruhen.[63] Die Weißdornfackeln flackerten, die Passanten rätselten. Bald stupsten sie das Brautpaar an, bald betrachteten sie die Venusgabe, bald umkreisten sie die *clinē*. Ein Betrunkener wollte unter dieselbe schauen, kam aus dem Gleichgewicht und torkelte Kopf voran gegen die Tempelmauer. Phaedrus lachte Tränen, doch ging er, unter Hinweis auf sein Alter, bald nach Hause. Auch Nonianus und Persius bedankten sich nach einiger Zeit für alles und folgten ihm nach. Wir restlichen Zeugen – Seneca, Demetrios, mein Publius und ich – hatten es uns auf den Stufen bequem gemacht und warteten entspannt auf das Ende unseres Scherzes.

Schon floh die Dämmerung vor der ersten Stunde, schon kitzelte Sol die Fußsohlen des Bräutigams, alsbald den Bauch und endlich das blaurot geäderte Vorgebirge seiner breiten Stirn. Da wälzte er sich schwer herum, direkt an die Zitzen seiner Angetrauten.

»Gleich«, meinte Demetrios, »wird er eine Wahrnehmung haben.«

Ein Zucken ging durch den Leib des *grammaticus*, dann erschütterte ein Schrei das morgendliche Forum.

»Und nicht nur das, mein lieber Demetrios«, kam es von Seneca, »seine Wahrnehmung ist richtig, sie wird ihn möglicherweise zu einer Erkenntnis führen.«

Palaemon sprang von der *clinē*, seine Tunica fiel von ihm ab, wie ich es geplant hatte. Nackt und wirr stand er vor dem Tempel der Venus, bekränzt als Bräutigam. Wild stierte er hierhin und dorthin, entdeckte uns, wir winkten und lachten. Einen Schritt nur machte er in unsere Richtung, da beendete die Tunica an seinen Füßen seinen Sturmlauf. In diesem Moment öffneten sich hinter ihm die Tore des Tempels, die Priesterin trat heraus und erstarrte erst einmal. Dann hob sie die Schweinspuppe auf, ging bemerkenswert gelassen zu der Liege, betrachtete das Dargebotene kurz und näherte sich Palaemon. Der hatte sich inzwischen wieder erhoben, sie tippte ihm auf die Schulter, er drehte sich schlenkernden Gemächts herum. Wuchtig landete die Venusgabe im Gesicht des Freigelassenen. Wie man den Octopus auf Steinen weichprügelt, so schlug ihm diese resolute Dame die Puppe eins ums andere Mal um die Ohren.

»Nur fürchte ich«, bemerkte mein Publius, »es wird ihm die Erkenntnis keine Lehre sein.«

Die Venusgabe war in Fetzen, nun hagelte es Ohrfeigen, Hiebe und Tritte. Endlich erhaschte der schwer Bedrängte ein paar Reste seiner Tunica und flüchtete, nein, flog aus dem Wirkungskreis der Dame, von unserem stürmischen Applaus begleitet.

Knallende Türflügel markierten den Abgang derselben, noch einmal blinkten die wippenden Pobacken Palaemons in der Morgensonne, dann verschwanden auch sie hinter einer Ecke. Die Bühne war leer. Das Schlusswort übernahmen unsere Philosophen.

»Mag der Weg zur Erkenntnis flach und lang, mag er steil und kurz sein,[64] für manche ist er nicht zu finden.«

»Wahn und Leidenschaften überwuchern ihn.«

Mit Hochgefühl und – wie zum Ende jeder gelungenen Vorstellung – Bedauern verabschiedeten wir uns voneinander. Daheim angekommen, weckten wir das restliche Gefolge des Palaemon und teilten ihnen mit, dass ihr Herr inzwischen zu Hause angekommen sein müsste.

Jetzt, Leser, erheb dich von deinem Sitz und strecke deine Glieder! Klatsch, pfeif, – mach, was du willst, – leb wohl![65]

LIBER XVII

So das zehnte der Bücher bildet,
die auf uns gekommen sind

La Contre-Critique de Petrone ou Reponse aux Observations sur les Fragments trouvés à Belgrade en 1688.

Cedant arma toga. Je prends donc la plume, pour vous faire connoître que vous avez entrepris un ouvrage au-dessus de vos forces. Si vous aviez consulté Petrone avant que de former ce dessein, vous y auriez trouvé de quois vous intimider, & vous faire rentrer en vous-même. Ecoutez de quelle maniere il parle aux gens comme vous. *Ingens opus quisquis attigerit, nisi plenus litteris, sub onere labetur.* Voilà votre portrait; mais vous avez voulu tout hazarder, & par une entreprise téméraire, vous avez osé attaquer un ouvrage que tous les Sçavans lisent avec plaisir, & dont les plus célébres Académies de France sont l'eloge.[1]

François Nodot, *Petrone*, Latin et François, Traduction Entiere, Nouvelle Edition, Amsterdam (1709)

Der Alte Mann

Man kann *Die Pest* von Albert Camus als Abenteuergeschichte über den Ausbruch und die Bekämpfung einer todbringenden Seuche lesen. Das kann man und das darf man auch, denn erstens ist diese Erzählung dafür spannend genug geschrieben und zweitens findet sich kein konkreter Hinweis auf jene mit diesem Werk untrennbar verbundene Interpretation als Metapher auf die Entstehung und Verbreitung totalitärer Ideologien. Die Leserschaft ist frei. Sie darf sich aus Büchern das mitnehmen, was sie darin findet. Camus hat sein Werk nicht deswegen deutungsoffen gestaltet, weil er sich nicht klar genug ausdrücken konnte. Auch wird er die interpretatorische Arbeit nicht deswegen seiner Leserschaft überlassen haben, um selbsternannten Welterklärern, wie etwa Gymnasiallehrerinnen und -lehrern Gelegenheit zu geben, eine staunende Jugend erleuchten zu können. Weder wollte Camus die Schulmeister in Beschäftigung halten, noch hoffte er auf deren Intervention für die Interpretation seines Werkes. Was macht ein Autor, der die letzte Schlussfolgerung seiner Leserschaft überlässt? Er ehrt diese, indem er ihr sein Vertrauen ausspricht. Und er entlässt sie in die Freiheit der Bildung eigener Gedanken, denn er weiß als Philosoph, dass nur diese von echtem Wert sind.

Die antiken Philosophen hatten ein gespaltenes Verhältnis zur Dichtkunst. Stoiker, wie Seneca, erkannten sie nur insofern an, als sie von erbaulicher Natur war. Und seine Schriften zeigen, dass ihm die Idee einer selbstständig denkenden Leserschaft fremd war. Egal, worüber er schreibt, ob über Naturphänomene oder Moralphilosophie, alles wird bis ins Detail erklärt und festgeschrieben. In seinen moralischen Traktaten lässt er denn auch *keine Gelegenheit vorbeigehen, prächtige und, wenn man den rhetorischen Stil einmal zugeben will, wirklich köstliche Beschreibungen zu machen.*[2] Seneca hatte einen langen Atem und kannte nur eine Wahrheit. Epikur gestattete es dem Weisen immerhin, ins Theater zu gehen, er *sei schaulustig und genieße wie jeder andere mit Augen und Ohren die dionysischen Spiele.*[3] Sein berühmtester römischer »Schüler«, Lucretius, setzte die epikureische Lehre in geschliffene Verse, meinte jedoch, sich dafür rechtfertigen zu müssen:

Herb erscheint auch unsere Lehre allen,
denen sie nicht im Ganzen entfaltet wurde,
zurückschrecken lässt sie das Volk.
Darum mein Wunsch, Dir meine Gedanken
in wohlklingendem Gesang nahezubringen,
gleichsam versüßt mit dem Honig der Musen.[4]

Kyniker, wie Demetrios, standen ohnehin in der Tradition ihrer Vordenker, von denen etwa Antisthenes postulierte: *Wer vernünftig geworden ist, der gibt sich nicht mit Lesen und Schreiben ab, damit er nicht von Unwesentlichem abgelenkt wird.*[5] Der berühmteste Vertreter seiner Lehre, Diogenes von Sinope, formulierte es so: *Nur durch Gedanken werden Städte gut gebaut und gut ein Haus, nicht durch Geträller und Gesang.*[6] Das klingt wie eine Verdammung der Musik und Dichtkunst, ist jedoch typisch kynischer Witz. Denn Diogenes verwendet hier ein Zitat – aus der *Antiope* des Euripides.

Gleich welcher Lehre sie anhingen, die antiken Philosophen standen alle vor demselben Problem, das einige von ihnen auch erkannt hatten: Die Wahrheit steht nur solange im Gegensatz zur Dichtung, bis sie formuliert werden muss. Sie waren Dichter, ob sie das nun zugeben wollten oder nicht. *Eine gefällige Rede ist eine Schlinge aus Honig,*[7] kritisierte Diogenes die Rhetorik. »Und deine Sentenz«, hätte Platon vielleicht erwidert, »ist ein klebriges Paradoxon.« Stoiker, Epikureer und Kyniker schenkten einander, was die dichterische Höhe ihrer Ausführungen betrifft, nichts. Sie unterschieden sich hauptsächlich in ihren Lehrmethoden. Während der Stoizismus den Menschen ändern wollte und entsprechende Gebote formulierte, war es die Absicht der Epikureer, diesen zu heilen. Medizin ist, was hilft, also war für sie der poetische Ausdruck als therapeutisches Mittel erlaubt. Der Kynismus hingegen wollte den Menschen befreien, seine Methoden waren die Provokation und der Widerspruch. Als gut-kynische Übung galt beispielsweise, am Marktplatz die Statuen anzubetteln, da man Menschen begegnen werde, die noch gefühlloser sind als diese.[8] Ihre kritische Distanz zu jeglichem Schrifttum hinderte die Kyniker nicht daran, in ihren Schriften und Sentenzen durch fundierte Bildung und dichterische Brillanz zu bestechen. Sie warteten nur auf den, der sie darauf ansprechen würde. Aber sie theoretisierten weniger, sie erzählten Geschichten, Satiren und Witze. Sie waren jene Philosophen, die in ihren Ausdrucksformen am ehesten den Fabeln des Dichters Phaedrus nahekamen.

Als multireferentielles Werk enthalten die *Satyrica* selbstverständlich einige Kommentare zur Philosophie. Trimalchios Bildungswahn etwa ist von kynischem Witz; dieser wird von dem Ballast an Unfug, den er für Wissen hält, nicht nur bedrückt, sondern geht unter – ertränkt vom Schwall seiner eigenen Worte.

Deutlich epikureisch sind die *Satyrica* beispielsweise in ihrer Kritik am Götterglauben. Nur ein Protagonist der existierenden Fragmenten ist überzeugend in seiner Gottesfurcht, der als abergläubisch gestaltete Lichas. Der Stoizismus schließlich findet keinerlei Erwähnung in den *Satyrica*, die als wohlmeinend betrachtet werden könnte. Das ist wenig überraschend, Predigen ist nicht die Sache dieses Buches, Lustfeindlichkeit schon gar nicht.

Mit Ratschlägen beginne, mit Beispielen ende.[9] Große Rhetoren wie Seneca hatten dafür Sammlungen von *exempla* in ihrer Bibliothek.[10] Etwa die bereits erwähnten *Facta et dicta memorabilia* des Lehrers Maximus oder — Fabelbücher. Umso verblüffender ist es, dass Seneca Phaedrus nicht gekannt haben will, boten dessen Fabeln doch eine reiche Auswahl an jenen Beispielen, mit denen jede wohlformulierte Rede zu enden hatte. Der Punkt ist, seine echte, oder vielleicht auch nur vorgetäuschte Unkenntnis illustriert den heuchlerischen Umgang, den das Bildungsbürgertum mit der sogenannten leichten Literatur pflegte. Man schmähte sie wortreich, aber benutzte sie regelmäßig.

Veranstaltete Petronius dieses Gastmahl, um Seneca von seinem Engagement bei Agrippina abzuhalten? Seine Gästeliste spricht dafür. Demetrios, Phaedrus und er selbst hatten unterschiedliche Motive für ihre kritische Distanz zu Herrschern jeglicher Art. Aber in einem waren sie sich einig: Man sollte der Macht fernbleiben. Petronius konnte es, so er das tatsächlich wollte, nicht verhindern, dass sich Seneca in das Flechtwerk begab, das ihn am Palatin erwartete, aber er bewirkte dennoch etwas Gutes. Etwas, das sein treuer Giton wohl als »Großtat meines Herrn« bezeichnet hätte: Er stiftete Freundschaften. *Was ist ein Freund? Eine Seele in zwei Körpern.*[11] Der junge Persius wird sich die Ausführungen seines Gastgebers über Cornutus merken und einige Monate später dessen Schüler werden. Die beiden werden bis zum Tod von Persius unzertrennlich bleiben. Und Petronius machte Seneca mit Demetrios bekannt. Deren Freundschaft wird sich zwar erst nach dem Sturz Senecas entwickeln können, aber auch diese wird, solange sie währen durfte, eine innige sein.

Zu guter Letzt möchte ich noch auf eine Randbemerkung Gitons eingehen, denn sie verdient es, beleuchtet zu werden: Er erwähnt die *Pergamentbüchlein, die bei den Damen so beliebt geworden waren*. Die *Modetorheit*, wie er sie nennt, wird sich durchsetzen; gemeint ist der *Codex*, das gebundene Buch, wie wir es kennen. Denn es hatte gegenüber der Buchrolle, dem *Liber*, entscheidende Vorteile: Es war handlicher und es konnten Vorder- und Rückseiten der Blätter beschriftet werden. Pergament war zwar etwas schwerer als Papyrus, aber der Umfang der Publikation reduzierte sich um die Hälfte. Als Geschäftsbuch war der *Codex* schon lange in Verwendung, aus naheliegenden Gründen. Pergament war haltbarer als Papyrus, wer auf korrekte Buchführung Wert legte, wollte seine Geschäftsbücher nicht ständig abschreiben lassen. In die römische Literatur hingegen zog der *Codex* erst im 1. Jahrhundert u. Z. ein. Seinen Weg nahm er über die Kleindichtung, da man anfangs noch nicht die technischen Möglichkeiten hatte, allzu viele Seiten zu binden. Gegen Ende des 1. Jahrhunderts dürfte er bereits breite Verwendung gefunden haben. Martial empfiehlt das Pergamentformat[12] als Begleiter für Reisende, an anderer Stelle beschreibt er einen *Codex* der Werke Vergils.[13]

Petronius

Martius 805 a. u. c. [52 u. Z.], Cumae

Publius grüßt seine liebe Lucia
Wenn es Dir gut geht, bin ich zufrieden, mir geht es gut. Ich fühle mich wohl, hier in Cumae, im Haus steht alles zum Besten. Ich denke, ich werde jetzt, nach meinem Militärdienst, noch einige Zeit hierbleiben – das Wetter wird von Tag zu Tag schöner. Wie geht es unserem kleinen Lucius? Verachtet ihn sein Vater immer noch wegen der Verstümmelung, die ihm die Geburtshelferin beibrachte?[14] Ich hoffe, nicht. Schreib mir bitte bald. Selbst wenn ich nach Rom zurückkehre, werde ich das Haus Deines Mannes kaum aufsuchen. Ich kann mir zwar nicht vorstellen, dass er mich noch weniger leiden kann als ich ihn –

aber möglich ist es immerhin. Schreib mir, wenn er Dir weh tut. Seit Deine Eltern, die mir die meinigen so liebevoll ersetzt haben, tot sind, müssen wir füreinander da sein. Zu meiner Zeit als Militärtribun ist nicht viel zu sagen. Ich konnte meine Vorgesetzten beeindrucken, ohne mich sonderlich anzustrengen. Gallia Lugdunensis[15] ist kalt und unkultiviert.

Man hüte sich vor Giton! Wenn es etwas Böseres gibt als ein böses Weib – Du verzeihst –, dann ist das unser lockenköpfiger Freund. Wir gingen gerade in Puteoli an Land, da schrie er auf und wurde bleich wie der Tod. Ich folgte seinem starr ausgestreckten Arm und sah nichts, was diese Reaktion erklärt hätte – nur ein Schaugerüst, auf dem Sklavinnen standen. Er packte mich beim Arm und zischte: »Erkennst du sie nicht? Dort steht Pannychis, die Hure!« Ich konnte ihn nur mit Mühe in die nächste Taverne drängen, sonst wäre er wohl sofort auf sie losgegangen. Dort beruhigte ich ihn und gebot ihm, zu warten, weil ich – den die dunkelhäutige Gazelle fast nie gesehen hatte – zunächst einmal den Händler ausfragen wollte. Nach einer kurzen Begutachtung ließ ich mir Pannychis – sie wars tatsächlich – für die nächsten zwei Stunden reservieren und ging zurück in die Taverne. Giton, dessen Zorn eiskalter Berechnung gewichen war, empfing mich mit grimmiger Vorfreude. Nachdem er sich meiner Unterstützung versichert hatte, spazierten wir – wie von ungefähr – an dem Verkaufsstand vorbei. Wie tat er freudig überrascht, wie zuckte sie zusammen, als er »Pannychis« rief und: »Was machst du denn hier?« Da arbeitete es in dem Gesicht der Heuchlerin, da zwang sie ihre vor Entsetzen starren Züge in ein falsches Lächeln, voll der Hoffnung ob Gitons freundlicher Begrüßung. Doch diese ließ er ihr nicht lange. Flugs sprang er auf das Gerüst, griff ihr grob zwischen die Beine und rief dem Händler zu: »Was soll die Hure kosten?« Der blickte zu mir, ich nickte, er nannte den Preis. »Teuer, teuer, das muss ich mir genauer ansehen«, meinte Giton und schälte die Bebende aus ihrem Gewand. »Na, Miststück«, fragte er sie leise, »freust du dich, mich zu sehen?« Sie brachte kein Wort heraus, Giton untersuchte sie seelenruhig weiter, keine Rundung, keine Körperöffnung blieb verschont. »Warum«, wandte er sich dann gelassen an den Händler, »ist diese Ausreißerin nicht gebrandmarkt?«[16] Da brach Pannychis zusammen, fiel vor Giton auf die Knie und flehte ihn an, sie nicht zu verraten. Alles könne er mit ihr machen, nur das nicht. Als wir den Hafen verließen, stand Pannychis immer noch auf dem Gerüst. Giton hatte sie nicht gekauft, aber ein kleines Vermögen dafür ausgegeben, dass Pannychis ein Jahr lang täglich dort stehen musste, egal bei welchem Wetter, egal, wie es ihr ging.

Kennst Du so unseren Giton? Kalt sah ich ihn grinsen, als die Zitternde ihre Strafe auf sich nahm, um der Entstellung zu entgehen, und er mit dem Händler den Vertrag errichtete. Ich konnte nicht umhin, ihn deswegen zu tadeln. Grausamkeit, unnötige Härte habe er in unserer *domus* jedenfalls nicht gelernt; und schon gar nicht liege sie in seiner Natur. »Wenn du wüsstest, Herr«, war seine Antwort, »was mir diese Natter vorgegaukelt hat von ewiger Liebe und dass ich der Mann ihres Lebens sei. Wegen ihr hätte ich beinahe mit dir gebrochen; ihr war es egal, ob sie mein Leben zerstört! Hauptsache, sie ergaunert sich ein paar tausend Sesterzen. Nein, ich bin nicht grausam, ich zerstöre nicht ihr Leben, ich nehme ihr etwas von ihrer Schönheit, die auch anderen gefährlich werden könnte. Nach einem Jahr in praller Sonne, strömendem Regen und Kälte wird sie weniger bezaubernd aussehen. Und übrigens: Wenn ich etwas in unserer *familia* gelernt habe, dann, dass eine Strafe nicht unbedingt vollzogen werden muss, um zu wirken. Jetzt lass ich sie eine Zeit lang schmoren, in ein paar Monaten sehen wir weiter.«

Schicke mir bitte den *Aeneas* des Pomponius Secundus,[17] unseres Triumphators in Germanien. Mir scheint, alle Welt beschäftigt sich zurzeit mit Tragödien. Hat Seneca inzwischen seinen *Oedipus* herausgebracht? Du weißt, was ich von diesem hehren Maskenspiel halte, aber ich bin doch neugierig, was daraus geworden ist. Ich sah Seneca schon auf Corsica daran feilen.

Gibt es noch eine Stelle am Palatin, die nicht durch Agrippina besetzt wurde? Hat sie schon auf dem Thron Platz genommen oder regiert sie noch hinter dem Vorhang?[18] Erzähl mir alles!

Das Wichtigste zuletzt: Ich werde bald heiraten! Es hat sich nicht mehr vermeiden lassen. Claudius bevorzugt mich im *cursus honorum* und will das auch weiterhin tun. Nächstes Jahr werde ich Praetor und, ich hätte dann gefälligst, wie er sich ausdrückte, ein Eheweib vorzuweisen. Sie heißt Cnaea Scribonia und ist die Tochter des Proculus, das ist der größere der beiden Scriboni-Brüder[19] – du weißt schon, die Zwillinge, die immer alles gemeinsam machen. Offenbar auch diese Tochter; es ist jedenfalls lästig, von zwei Vätern verhört zu werden, was man denn nun mit seinem Leben anfangen wolle. Egal, ob sie nun Castors oder Pollux' Kind ist oder beider, Cnaea ist mir noch die liebste unter den in Frage kommenden Kandidatinnen und auch recht niedlich mit ihren sechzehn Jahren. Einladungen folgen, sobald der Termin vereinbart ist. Pass auf Dich auf, ich umarme Dich und den kleinen Lucius! *Vale*

Giton

Die Gebrüder Scriboni wird man heute vielleicht nicht mehr kennen, aber die waren ein drolliges Gespann. Den Spitznamen Castor und Pollux erhielten sie, weil ihre Unzertrennlichkeit nur noch von der Unterschiedlichkeit ihres Aussehens übertroffen wurde. Der größere, Proculus, war jedenfalls ein Mann, hinter dem andere Männer verschwanden, wie etwa sein Bruder Rufus, der von zarter Gestalt war. Natürlich zerrissen sich die Spötter das Maul über die beiden: Nicht nur im Aussehen und Gebaren, nein, auch in ihrer Abstammung seien sie den Dioskuren gleich.

Während wir im kalten Gallien unseren Dienst am Vaterland verrichteten, hatte Agrippina ihre Gefolgsleute in etliche Positionen bei Hof gehoben und untergrub die Stellung jener, die sie nicht beseitigen konnte. Ihr Liebhaber Pallas erhielt Ehrung über Ehrung, während Narcissus von ihr geschmäht wurde, wo und wann immer sie nur konnte. Wieder vereint wurden die Praetorianer unter einem von ihr empfohlenen Praefecten, alle Erzieher des Britannicus aus ihren Ämtern entfernt und durch ihre Leute ersetzt. Claudius' schweifendes Auge, einst umflattert von willig dargebotenen Reizen, ging zunehmend ins Leere, nachdem Agrippina die Darbietungen seiner emsigsten Verehrerinnen Lollia Paulina und Calpurnia ein- für allemal beendet hatte.

Der Alte Mann

Das Phänomen der zweieiigen Zwillinge konnte man sich in der Antike nicht vollständig erklären. Die Mythologie interpretierte sie als Kinder zweier verschiedener Väter. Castors Vater war Tyndareos, der des Pollux war Zeus. Gleiches galt für Hercules und Iphikles; hier sind Zeus beziehungsweise Amphitryon die Väter.

Die Feindschaft zwischen Narcissus und Agrippina entstand nach dem Tod Messalinas. Bei der Wahl der neuen Ehefrau für Claudius unterstützte Narcissus die Bewerbung der Aelia Paetina, die schon einmal mit Claudius verheiratet gewesen war, Pallas jene der Iulia Agrippina.[20]

Lollia Paulina war eine Mitbewerberin um die Hand des Claudius gewesen. Sie wurde im Jahr 49 u. Z.[21] von Agrippina der Zauberei angeklagt, in der Folge in die Verbannung geschickt und zum Selbstmord gezwungen. Laut Tacitus wurde Calpurnia von Agrippina »ins Verderben gestürzt«,[22] sie kehrte aber später an den Hof zurück.

Im Text wurden soeben etwa zwei Jahre übersprungen, die Giton wohl im fehlenden *Liber XVI* zusammengefasst hatte. Der vorliegende *Liber XVII* präsentiert übrigens einen neuen Kopisten. Seine Handschrift ist kleiner als die seines Vorgängers und er setzt die Zeilen dichter aneinander, was mir erhebliche Mühe bereitet. Ich frage mich, wer diese Abschrift in Auftrag gegeben hat. War es vielleicht ein durchreisender Liebhaber antiker Schriften, wie beispielsweise Poggio Bracciolini, der als erster Wiederentdecker der *Satyrica* gilt? Dieser schrieb am 28. Mai 1423 aus Rom an einen anderen Sammler antiker Schriften, Niccolò Niccoli, nach Florenz: *Es ist mir aus Köln Buch XV des Petronius Arbiter herbeigeschafft worden, das ich soeben, als ich daher reiste, abschreiben ließ. Schicke mir, ich bitte Dich, die Bucolica des Calpurnius und den kleinen Teil des Petronius, welchen ich Dir von*

Britannien aus geschickt habe.[23] Der Tag verdient es, festgehalten zu werden. Er markiert den Beginn der Rekonstruktion des »Petronius«, wie man die *Satyrica* damals nannte. Aus verstreuten Fragmenten wird mit der Zeit ein stellenweise zusammenhängendes Ganzes entstehen.

Petronius

Maius 805 a. u. c., Roma

Modesta ist und bleibt wie vom Erdboden verschluckt. Es ist zum Verrücktwerden. Ich habe zwei Söhne, keinen von beiden darf ich sehen. Habe Marcia besucht. Endlich wieder einmal. Die honigsüße Zeit, die wir hatten. Immer, wenn ich nervös werde, rede ich Unsinn. Erinnerte sie an mein Gedicht, mit dem ich sie erobert hatte. Sie lachte mich aus: »Was du dir wieder einbildest! Schon als ich dich zum ersten Mal sah, wollte ich mit dir ins Bett gehen. Hingehalten habe ich dich nur aus einem Grund: Für den Fall, dass ich von dir schwanger werde, was ich mir übrigens von ganzem Herzen gewünscht hatte. Deshalb habe ich bis eine Woche vor der Hochzeit gewartet. Dein Brief war süß, ich habe ihn heute noch, aber was meine Hingabe zu dir betrifft, bedeutungslos.« Ich verbiss mir die naheliegende Frage. Modesta, Marcia – die Frauen, die ich will, bekomme ich nicht. Dafür eine, die ich nicht will.

Iulius 805 a. u. c., Roma

Hast du zuvor einen Tag gebraucht, um an dein Ziel zu gelangen, brauchst du jetzt drei. Bist du früher überall pünktlich erschienen, hast du dich jetzt dauernd zu entschuldigen. Eheleben.

October 805 a. u. c., Roma

Petronius grüßt seinen Silanus
Ich könnte Dir, wenn ich wollte, von den erfolgreichen Bauwerken unseres *princeps* berichten. Von der Via Claudia Augusta, beispielsweise, auf der Barbaren endlich schneller nach Rom

gelangen, oder von all den Abzugsgräben und Dämmen, mit denen er dem göttlichen Tiber die Freiheit genommen hat. Aber ich will nicht. Ich weiß, wie anstrengend Bildungsreisen sein können, daher erzähle ich Dir lieber vom Lacus Fucinus.[24]

Claudius hat es ja wirklich nicht leicht. Nach all den guten Bauwerken, die mit Würde, aber ohne Pomp eröffnet worden waren, beschloss er, wenigstens einmal, ausnahmsweise, das wohl größte seiner Bauprojekte mit einer denkwürdigen Feier zu eröffnen. Die Zahlen sind wahrlich beeindruckend: Elf Jahre lang gruben sich etwa dreißigtausend Arbeiter durch den Berg, der der Entwässerung des Sees im Wege stand. Du kennst die Tunnel von Cumae und Neapolis – sie sind nichts im Vergleich zu diesem Durchstich. Auf sage und schreibe vier Meilen bohrte man sich durch den Berg, der diese Untergrabung seiner Person geduldig ertrug.

Eos, die rosenfingrige, staunte jedenfalls nicht schlecht, als ihr eines Morgens halb Rom entgegenkam. Hatte das stolze Volk seine Heimat aufgegeben? War es vertrieben worden aus der Stadt, durch Feind, Pest oder Beben? Nichts dergleichen. Claudius lud zur *Naumachia*[25] anlässlich der feierlichen Entwässerung des Fuciner Sees. Neunzehntausend Verbrecher sollten an diesem denkwürdigen Tag im Maius festlich ertränkt oder niedergemetzelt werden. Der ganze See war eingesäumt von Stegen und Wällen, die mit Soldaten besetzt waren. Auf den Hügeln rund um den See tummelten sich *plebs* und *patricii*. Letztere auf Tribünen rund um die des *princeps*, erstere auf gerodeten Fluren, die von Wegen durchzogen waren. Man sah Verkaufsstände, Imbissbuden, Tänzerinnen, herumziehende Händler, Friseure, Parfumhändler, Juweliere, Menschen, die von hierhin nach dorthin gingen oder eilten, und natürlich so gut wie alle käuflichen Damen Roms. Diese hatten ihre Stellung auf den Gipfeln der Hügel bezogen, in der Nähe der dort befindlichen Latrinengruben. Viele bewunderten die weise Voraussicht des Baumeisters Narcissus, der unsere Nasen damit vor einer üblen Belästigung bewahrt hatte, während andere über den mühevollen Anstieg fluchten. Einige meinten hingegen, wenn sich ein Herrscher von seinem Unterleib lenken lasse, dann wundere es nicht, dass Huren und Scheißhäuser ganz oben stünden. Den halben Berg hatte man mit Schächten durchhauen, die ganze Umgebung gerodet und für die Arbeiten und das Fest zugerichtet. Selten noch sah ich die Natur stärker dem Willen des Menschen unterworfen, doch noch war sie nicht besiegt.

Triremen und Verurteilte, Soldaten, Senat und Volk harrten der Ankunft des *Imperator* und seiner Angehörigen, deren Tribüne den Schleusentoren am nächsten lag. Meine Frau und ich saßen im hinteren Bereich der imperialen Loge, wirklich gute Plätze, wenn mir meine Frau auch allzu sehr damit beschäftigt war, anerkennende Blicke einzufangen. Aber glaube mir, eher bändigst Du den Kalydonischen Eber als eine Sechzehnjährige bei ihrem ersten Auftritt bei Hof. Lucia und ihr *spintria* waren natürlich auch da. Seit sein Hintern behaart ist, macht er auf anderem Weg Karriere, war schon mit dreiunddreißig Jahren Consul, er gehört zur Würfelrunde des Claudius, der auch mein Ziehvater angehörte. Endlich vernahmen wir schwere, rhythmische Schritte hinter uns, das Warten hatte ein Ende, die Leibgarde marschierte in die Loge ein. Während man auf den Hügeln noch freudig die Vorboten begrüßte, blickten wir erwartungsvoll in den Mittelgang. Doch was kam da daher? Kein herrschendes Haus, vereint in der Macht; vier Menschen warens – nur der Bezeichnung nach eine Familie: Voran schritt das Ehepaar, einander fremd von Natur aus; hinter ihnen die Söhne, Brüder, verfeindet durch die Willkür der Eltern. Trompeten erklangen, als sie heraustraten vor die Augen des Volkes. Claudius in seiner Feldherrenuniform wirkte, wie immer, als wollte er sich entschuldigen; aber das war egal, ihn schaute ohnehin niemand an. Agrippina glänzte, in einem Gewand, der Maßlosigkeit parthischen Hochmuts würdig: in einem aus purem Gold gewirkten Mantel. Die Königin zeigte sich ihrem Volk — mit der Genugtuung, dem Stolz und dem Kalkül einer erfolgreichen Viehzüchterin. Minutenlang stand sie so da, die Hand zum Gruß erhoben, während ihre Herde ihr zuschrie. Da drehte sie sich um, nahm ihren Sohn beim Arm und präsentierte auch ihn, den jüngsten Erwachsenen Roms,[26] den jubelnden Menschen.

Claudius blinzelte, zerrte seinerseits Britannicus nach vorn, und eh sichs dieser versah, stand er in seiner Knabentoga vorn. Agrippina war zufrieden und nahm ihren Platz ein – Claudius nicht, der setzte sich nur hin.

Die Naumachie lief insgesamt gut, soll heißen, nachdem sie einmal in Gang gekommen war. Claudius sorgte, wie so oft, für Verwirrung. Als ihm aus neunzehntausend Kehlen das »Heil Dir, *Imperator*, die Todgeweihten grüßen Dich!« von den Schiffen entgegenschallte, antwortete er: »Oder auch nicht.« »Ja, wie?«, dachten da die Verurteilten, »hat er uns jetzt begnadigt?«, und schauten den *Imperator* mit großen Augen an. Claudius rannte daraufhin auf der Tribüne hin und her, stampfte wütend mit dem Fuß auf und schrie sie an: »Kämpft endlich, jetzt kämpft doch endlich!«, bis sich der Veranstalter seiner erbarmte und einfach den silbernen Triton, der den Beginn des Kampfes mit seinem Horn signalisierte, aus dem See aufsteigen ließ. Mehr als sechzig Schiffe und ihre Besatzungen gingen endlich aufeinander los und metzelten einander nieder, so gut sie konnten oder wollten. Das Publikum bemängelte einige Verurteilte, die ihr Leben ohne rechte Begeisterung hingaben; es wurde besänftigt durch den finalen Beschuss der Zögerlichen durch Bogenschützen und die Versenkung der Triremen durch *ballistae* vom Ufer. Nachdem der letzte Übeltäter sein Leben der Schaulust geopfert hatte und nur noch Trümmer und Leichen auf dem See schaukelten, kam der große Augenblick. Trompeten erschallten erneut, der *Imperator*, die *Augusta* an seiner Seite, trat vor, das Tuch in der Hand. Kaum dass es den Boden berührt hatte, öffneten sich die Schleusentore mit einem Krachen, der See geriet in Bewegung, das Wasser floss ab, und es floss weiter ab. Von allen Seiten jubelte man Claudius zu.

Danach passierte eine Zeitlang gar nichts. Sicher, man konnte dem abfließenden Wasser zusehen, aber diese Wanne war zu groß, als dass sich ihr Pegel bald gesenkt hätte. Den Menschen war es egal. Solange Claudius für ihr leibliches Wohl sorgte, solange es Theateraufführungen, Gaukler und Sänger gab, waren alle glücklich. So verging der Tag in heiterem Müßiggang, und erst als der Schatten des durchbohrten Berges schon lange über dem Schleusentor lag, rief sich der vermeintlich Besiegte ins Gedächtnis zurück. Das Wasser stockte. Etwas Land und Bewuchs waren inzwischen sichtbar geworden, aber die so mühevoll erarbeitete Strömung war weg. Still lag der See, bildete spöttisch konzentrische Kreise. Agrippina, die bereits im Begriff gewesen war, zu gehen, schickte einen Boten an das Schleusentor und rief Narcissus zu sich. Ich sah sie mit gedämpfter Stimme erregt diskutieren, bis der Bote mit heraushängender Zunge zurückkam. Irgendetwas hatte den Abzugskanal verlegt. Der Wasserstand des Sees lag gleichauf mit dem des Kanals. Vielleicht hatte die Wucht des eindringenden Wassers den Kanal verschlammt oder er war von Trümmern der Naumachie verlegt worden, vielleicht war er einfach nicht tief genug gewesen. Das Wasser stand jedenfalls. Narcissus schwitzte, Agrippina schimpfte auf ihn ein, stach ihn immer wieder mit dem Zeigefinger in die Brust, da erklang von den Ufern Gesang:

»Ein gold'nes Gewand
für das bisschen Schlamm.
Ein kreißender Berg
für eine goldene Maus.«[27]

Agrippinas Herde war die Blamage nicht entgangen. Narcissus, dessen Spottlust ihn eines Tages noch ins Verderben stürzen wird,[28] konnte ein Grinsen nicht unterdrücken, da wurde die Besungene kreidebleich und trat ganz nah an ihn heran. »Noch in diesem Jahr fließt das Wasser aus diesem See ab oder es wird dein Leben sein, das verrinnt. Wage es nicht, noch einmal zu versagen!« Während der Bedrohte noch wie vom Donner gerührt dastand, war Agrippina auch schon weg, der *Imperator*, die Söhne, der Hofstaat trabten in Verwirrung hinterher.

Narcissus tat alles, um das Unternehmen doch noch in einen Erfolg zu verwandeln. Darüber vergingen Monate, aber vor Kurzem war es dann so weit. Alle, die mussten, und alle, die wollten, versammelten sich ein zweites Mal bei diesem aufmüpfigen See. Diesmal fand die Eröffnungszeremonie nicht im Talkessel, sondern am Ausfluss des Kanals, zwischen dem Berg und dem Lirisfluss, statt. Dennoch richtete man auch auf dem See Gladiatorenkämpfe aus. Möglicherweise lag Agrippina daran, den Ort des Geschehens im Falle eines Scheiterns schneller verlassen zu können.

Festliche Tafeln säumten die Einfassung des Abzugskanals, das Volk – nie träge, wenn kostenlose Freuden geboten werden – war in Scharen gekommen. Unsereiner wie auch der Hof hatten eigene Tafeln an höherer Stelle. Wie zuvor stieg die Spannung mit dem Herannahen der Öffnung der Schleusentore. Frostige Scherzworte zerschellten an freudlosen Lachern, die Stimmung war angespannt. Endlich kündeten Fanfarenklänge und Fahnenschwenker auf den Hügeln vom Öffnen der Tore. Schwach klang Jubel herüber, dann senkte sich Stille über die Festgäste. Minutenlang warteten wir, bis ein Grollen und Tosen hörbar wurde, das zunahm und allmählich von einem Vibrieren des Bodens begleitet wurde. Unruhe ergriff Narcissus, er sprang nach vorn, blickte ängstlich zur Tunnelöffnung, da stürzte eine schäumende Wand aus dieser hervor, zerschmetterte das Tunnelportal und die Einfassung des Kanals, riss in einer tosenden Mischung aus Wasser, Erde und Steinen alles mit sich, was ihr im Weg stand. Wie aufnahmefähig sind doch die Sinne des Menschen, wenn sein Leben bedroht ist. Als ob ich tausend Augen, Ohren und Nasen gehabt hätte, fraßen sich Unmengen an Bildern, Geräuschen und Gerüchen in mein Gedächtnis, die ich in dieser kurzen Zeit unmöglich wahrgenommen haben konnte. Das Wasser stieg rasend schnell, schon peitschte uns die Gischt der herausstürzenden Wogen, schon riss es Menschen, die uns ihre Hände entgegenstreckten, mit sich. Da überwand ich die Starre meines Entsetzens, packte meine Frau und flüchtete mit allen anderen auf höher gelegenes Gelände. Schreie, Krachen und das Brausen des Wassers begleiteten uns, wir stürmten den Berg hinauf, Herrscher, Diener und Höflinge, von der Natur in den gleichen Stand versetzt. Nach ewig scheinenden Minuten eines panischen Anstieges wagte ich es, mich kurz umzudrehen, und sah das Wasser in beruhigender Distanz unter mir. Vorsichtig prüfte ich den Grund, denn auch dieser hatte sich unter den Schlägen der Sturzflut bewegt und blieb schließlich stehen. Noch immer schäumte das Wasser aus dem Berg, ruhiger jetzt, doch was hatte es bewirkt? Das Tunnelportal war weg, wie auch die steinerne Einfassung des Kanals. Ein klaffendes Maul blickten wir an, mit einer weit heraushängenden Zunge aus Wasser, die sich erst in weiter Ferne in das ihr bereitete Bett legte. Fort waren Menschen, offenbar hunderte, fort waren die Tafeln, die Aufbauten, die Lasttiere, fort war ein Teil des lieblichen Hanges und was ihn bis dahin – vor diesem, eine Ewigkeit währenden, Augenblick – bedeckt hatte. Dort erkannte man die Trümmer eines Karrens, dort einen an einem Felsen zerschmetterten Menschen, während der neugeborene Fluss gleichgültig rauschte. Alle standen wir betäubt da, suchten in der Menge nach bekannten Gesichtern, sammelten uns, einer den anderen nach seinen Lieben fragend. Nicht so Agrippina. Wasser- und dreckbespritzt, in zerfetzten Gewändern ging sie wie eine Furie auf Narcissus los. Dieser, erstaunlich geistesgegenwärtig, organisierte bereits Hilfsmaßnahmen; sie schrie ihn an, warf ihm ihren zerbrochenen Stöckelschuh an den Kopf und befahl ihn in schrillsten Tönen zu sich. Er zuckte zusammen und drehte sich wütend um. Ob sie denn nicht mit ihrem Gekeife warten könne, es gebe im Moment Wichtigeres zu tun. Das war, wie Du dir denken kannst, Silanus, die falsche Antwort. Sie stürzte mit gezogenen Krallen auf ihn los, augenscheinlich bereit, ihm die Augen auszukratzen; da richtete er sich auf, die rechte Hand in Abwehr ausgestreckt, und brüllte sie an: »*Phreneticissima!*[29] Hast du heute nicht genug Tote gehabt? Sollen wir uns zerfleischen, anstatt den Verletzten zu helfen? Ersäuf mich, erschlag mich, kreuzige mich, von mir aus, aber nicht jetzt!« Claudius wackelte aufgeregt herbei, zog seine Frau am Arm, da ließ sie sich widerwillig wegführen, nicht ohne im Gehen einen ganzen Schwall von Vorwürfen auszuspeien. Auch dieses würdige Schauspiel blieb, da es öffentlich aufgeführt wurde, nicht ohne Folgen. Unter den Höflingen machte ein Vers aus der *Aeneis* die Runde:

Narcissus, *um Dich klagt der Hain der Angitia,*[30]
um Dich der Fucinus mit seinen kristallklaren Wassern,
um Dich die schimmernden Seen.[31]

Und unter den Marsern[32] erklang bald ein Liedchen ähnlichen Inhalts:

Angitia, hilf!
Der *procurator* wurde gebissen.
Angitia, schnell!
Die giftigste wars aller Nattern.

Nur noch Stunden trennten Narcissus von seinem Gang in den Hades; dessen waren wir uns sicher. Zurück in Rom klagte ihn Agrippina denn auch der Bestechlichkeit an, der Unterschlagung von Geldern und der schlampigen Planung. Das ganze Unternehmen sei nur deswegen gescheitert, weil Narcissus mehr mit Stehlen als mit Arbeiten beschäftigt gewesen sei. Er selbst reagierte kaum auf diese Vorwürfe und reiste eine Woche später zurück an den See. Viele wollten wissen, dass er hinfahre, um sich am Ufer des Sees die Pulsadern zu öffnen, oder um sich zu ertränken. Sein Testament läge jedenfalls vor, mit Britannicus als wichtigstem Begünstigten. Dann kam Narcissus zurück und verlangte eine Anhörung vor dem Senat, im Beisein des *Imperator*. Seine Rede war glänzend, hier ein paar Auszüge mit den wichtigsten Passagen:

[…] *Man kann den Menschen nur für das zur Verantwortung ziehen, was er getan hat. Nichts anderes verlange ich von euch, Ehrwürdige Väter.* […]

Dieses Unternehmen war in seiner Art neu, sein Gelingen daher ungewiss. Mein Fehler war es, dem princeps *von einer feierlichen Eröffnung dieses Projekts nicht abgeraten zu haben. Dafür übernehme ich die volle Verantwortung. Ich war zu überzeugt vom Erfolg, um die Konsequenzen eines öffentlichen Misserfolges für das Herrscherhaus zu bedenken.* […]

Ich bedauere es auch, nicht energischer gegen die Laune einer Frau angekämpft zu haben, die sich hartnäckig weigerte, an einen Ort zurückzukehren, an dem sie angeblich eine Niederlage erlitten hatte. Ein Umstand, der zu der fatalen Auswahl des Festplatzes führte. [...]

Was die beharrlich vorgetragenen Beschuldigungen der Bestechlichkeit und Unterschlagung betrifft, genügt mein Wort, dass sie frei erfunden sind, freilich nur wenigen. Ich bitte daher den Senat, eine Untersuchungskommission einzurichten, die die Vorwürfe prüfen soll. Als Leiter dieser Kommission möchte ich einen Mann vorschlagen, dessen Eignung selbst meine ärgsten Feinde nicht bestreiten werden, da er ja selbst zu ihnen gehört: Marcus Antonius Pallas. Ehrwürdige Väter! Ihr fragt euch jetzt vielleicht, wofür ich die Verantwortung übernehme. Darauf antworte ich: Für das Gelingen des Unternehmens! Während manche in Rom Gräuelmärchen über das Scheitern dieses ambitionierten Vorhabens unseres princeps *verbreiteten, bin ich hingefahren und habe die Fakten in Augenschein genommen. Der Fuciner See wurde in seinen Ausmaßen um die Hälfte verkleinert. Der Abfluss funktioniert, der Pegel des Sees bleibt konstant. Fischer aus den umliegenden Gemeinden erkunden bereits die richtigen Stellen für feste Anlegeplätze; Bauern prüfen das neu gewonnene Land; auf den Straßen, die wir für die Bautätigkeit schufen, herrscht geschäftiges Treiben. Die Schäden durch die Sturzflut sind geringer als angenommen. Das Tunnelportal muss neu errichtet werden, ebenso die Kanalmauern, und dann gibt es im Tunnel selbst noch ein paar nötige Reparaturen durchzuführen. Die Kosten dafür – an diejenigen gerichtet, die mich der Bereicherung beschuldigen! – übernehme ich als verantwortlicher Bauleiter. [...]*

Lasst mich noch ein paar Worte zu übertriebenen Erwartungen sagen. Ich weiß, es wurde immer wieder gesagt, wir, unser gütiger Herrscher und ich, sein Diener, wollten den See trockenlegen. Was für ein Unsinn! Wer wollte denn einen so fischreichen See wie den fucinischen vernichten? Sinn und Zweck des Projektes war von Anfang an eine Verkleinerung des Sees und vor allem die Regulierung seines Wasserstandes, die eine dauerhafte Bewirtschaftung des Gebietes möglich machen sollte. Dieses Ziel ist erreicht worden, Ehrwürdige Väter, der Lacus Fucinus wurde dem Willen Roms unterworfen.

So weit die Rede des Narcissus. Auch bei dieser Gelegenheit zeigte sich wieder – so peinlich das ist! – die Überheblichkeit von einigen, die sich so gern *ingenui* nennen. Narcissus ist klug, gebildet und kompetent, das hat er oft genug bewiesen. Trotzdem glauben viele seiner Gegner immer noch, sie könnten ihn wie irgendeinen hilflosen Diener mit ein paar aus der Luft gegriffenen Vorwürfen zu Fall bringen. Nimm den Fall mit dem Hain der Angitia. Da hieß es bei der Präsentation des Projektes, das sei typisch für einen Freigelassenen, dass er – für einen ohnehin fragwürdigen Eingriff in die Natur – bedenkenlos altehrwürdige Kultstätten opfere, an denen ihm, dem Fremden, natürlich nichts liege. Errichtet wurde, in gelehrter Weitschweifigkeit, ein stolzer Turm von Vorwürfen, nur das Fundament untersuchte man nicht. Der Tempel der Göttin befindet sich zwar in der Nähe des Tunnels, aber in sicherer Entfernung. Und er erfreute sich – weit davon entfernt, gefährdet oder abgerissen zu werden – während der Bauarbeiten regen Besuchs, da es in dieser Gegend tatsächlich vor Schlangen wimmelt. Keiner der Kritiker hatte sich die Mühe gemacht, hinzufahren und sich die Sache anzusehen – sie hatten alles nur vom Hörensagen –, und mussten sich dann wie Schulbuben von einem Freigelassenen korrigieren lassen.

Was gibt es sonst Neues? Cnaea ist noch immer nicht schwanger, dafür habe ich ständig tratschende Frauen im Haus. Sie gibt Gesellschaften, teils mit Dichterlesungen! Ich flüchte, so oft ich nur kann. Andererseits ist sie eine gute Haushälterin, sie führt mit Freundlichkeit und Strenge. Neigungen zu übertriebenem Luxus konnte ich bislang nicht entdecken, sie kleidet sich mit unaufgeregter Eleganz. Ich frage mich nur, ob ich mir nicht einen kleinen *Polsterspecht*[33] eingefangen habe – sie wetzt mir ihren Schnabel auf zu vielen Lagern. Warten wir's ab.

Derzeit bin ich – so wie Du – zwischen den Ämtern,[34] dem Hofleben gehe ich, soweit möglich, aus dem Weg und kümmere mich um meine Güter und Beteiligungen. Schreib mir, wie es Dir in Griechenland ergeht. *Vale*

Giton

In dieser Zeit kam Pannychis zu uns ins Haus. Nach einigem Hin und Her willigte mein Publius ein und ich fuhr mit einer Vollmacht in der Tasche nach Puteoli. Ich weiß schon, das klingt jetzt wieder brutal, aber die Sommermonate auf dem Emporium hatten ihr gutgetan. Eine feine Linie entlang der Mundwinkel verriet eine gewisse Nachdenklichkeit, der lauernde, begehrliche Blick war einem bescheideneren gewichen. Natürlich vertrauten wir ihr nicht, aber da sie ihre Arbeit zuverlässig verrichtete und niemandem Anlass für Beschwerden gab, verblasste allmählich die Erinnerung an die alte Pannychis. Sie hieß übrigens in Wirklichkeit Callidrome[35]. Eines Tages – ich hatte mir angewöhnt, ab und zu mit ihr zu schlafen – erzählte sie mir, als wir ermattet beieinanderlagen, ihre wahre Geschichte. Mit vierzehn Jahren wurde sie an ein Bordell verkauft, in dem sie bald für spezielle Dienste bekannt werden sollte. Es gab eine ganze Reihe älterer Herren, deren Fähigkeiten die Erfüllung ihres Verlangens nicht mehr ohne Weiteres zuließen. Jene waren sozusagen eingeschlummert und mussten durch stärkere Reize als die gemeinhin ausreichenden geweckt werden. Der Bordellbesitzer erkannte bald die der Gestalt der jungen Aethiopierin innewohnenden Möglichkeiten. Sie war von ungewöhnlicher Schönheit, hochbeinig, schlank, aber für eine Frau fast schon athletisch gebaut. Also staffierte er sie mit einer Augenklappe aus, hüllte sie in die Montur einer Feldherrin, und schon stand Königin Candace da. Mancher wollte sie ihm Kampf erobern, manchen belebte ihre widerwillige Unterwerfung, aber allen verhalf diese Maskerade zum Sieg. Und natürlich – das verstand sich bei ihrer Hautfarbe von selbst – hatte sie auch die gefesselte Andromeda[36] zu geben, die, je nach Lust des Kunden, entweder vom Meeresungeheuer angefallen wurde oder sich Perseus hinzugeben hatte. Irgendwann ist sie dann davongelaufen. Danach trieb sie sich jahrelang herum, sei es als Gefährtin eines Gönners, sei es als Schankmädchen, Tänzerin oder Flötenbläserin. Ihr Leben glich dem eines wilden Tieres – immer sprung- beziehungsweise fluchtbereit.

Witterte sie Gefahr, rannte sie davon, ergab sich eine günstige Gelegenheit, schlug sie zu. Und im Notfall hatte sie ihre Schönheit bisher noch jedes Mal gerettet. So viel vorerst zu Pannychis.

Hast Du, Leser, schon die *Punica* unseres Silius Italicus[37] zur Hand genommen? Falls ja, dann weißt Du, was ich mit meinem Buch nicht erreichen will. Mag dessen Epos eines Tages dem Po gleichen, wie er sich lang und breit dahinwälzt; mein Buch soll ein Gebirgsbach sein, der sprudelnd talwärts läuft, mal selbstgeschaffene Becken füllt, mal über Steine gluckert, mal Sturzbach ist. Momentan habe ich mich dazu entschlossen, ihn eine Zeitlang im Geröll versickern zu lassen. Wir stehen sozusagen am Rande einer kleinen Lichtung im Gebirgswald, von moosbedeckten Flusssteinen gebildet, zwischen denen dieser Bach verschwunden ist. Er verströmt sich gerade in alle Richtungen, die ihm die breite Fläche bietet, und schimmert nur noch da und dort hervor. Libellen schwirren hin und her, Tupfer von Licht sprenkeln den Halbschatten, den die umstehenden Bäume werfen. Stille breitet sich aus. Was ist passiert? Nicht viel für die nächsten zwei Jahre, und das ist der eine Grund, warum ich sie überspringen möchte. Bestimmte andere, deutlich interessantere, Ereignisse lauern schon darauf, hervorzusprudeln.

Also: Im Jahr 806 der Stadt[38] wurde mein Publius zum Praetor[39] ernannt und sah sich erstmals von einem Dienst herausgefordert. Er war in die Rechtssprechung berufen worden, und natürlich genoss er es, die Lügen, die ihm bei Gericht aufgetischt wurden, mit fein gesetzten Worten zu entlarven. Alles gut und schön, aber für eine Erzählung taugen diese Amtsstubengeschichten nicht. Ich kam auch ordentlich dran, neben meiner Tätigkeit als Privatsekretär war ich irgendwie in die Rolle eines Vermittlers zwischen unseren Bediensteten und der Herrin des Hauses gedrängt worden. Unser Polsterspecht hatte gewisse Vorstellungen, was die Bewirtung seiner Gäste betraf, und pochte auf deren Umsetzung. Wir hatten mittlerweile drei Köche, alle am Rand der Verzweiflung. Die gute Haushälterin, wie sie mein Herr – durchaus zu Recht, das muss ich sagen – nannte, konnte verdammt anstrengend sein.

Im Jahr darauf trat er seinen Dienst als Statthalter der Provinz Bithynia an. Das hatte zur Folge, dass wir zum ersten Mal, seit wir uns kannten, getrennte Wege gingen. Denn die erste Sorge eines neuen Statthalters ist die um seine Güter daheim. Wer sollte sie in seiner Abwesenheit verwalten? Wer – auf gut Lateinisch gesagt – würde am wenigsten stehlen? Natürlich fiel seine Wahl auf mich. Ich blieb in Rom und wurde *maiordomus* des Publius Petronius Niger, mit allen Vollmachten ausgestattet, mir zur Seite Lucia als römische Bürgerin. Und wie immer bei längeren Aufenthalten in der Fremde nahm er seine Notizen der letzten Zeit mit.

Bei seiner Rückkehr nach Rom im Jahr 809 der Stadt[40] reiste er zunächst von Nicomedia nach Ephesus. Auf dem Weg dorthin blieb einer der Transportwagen mit einem Achsbruch liegen; das darin befindliche Gepäck musste letzten Endes mit einem späteren Schiff aus Ephesus nachgeschickt werden. Dieses kam nie in Ostia an, weder die Besatzung noch die Passagiere wurden jemals wiedergesehen. Nach Ansicht von Seeleuten ging es in einem Sturm unter, der zur fraglichen Zeit in der Gegend wütete. Vier Mitglieder unserer *familia* fanden dabei den Tod. Hylas,[41] Cario,[42] der gutmütige Hüne Epathatextorigus sowie Petronia Megiste,[43] einst Kindermädchen, dann, nach ihrer Freilassung, Haushälterin beim Senator und meinem Publius. Lachend saß sie auf dem zusammengebrochenen Karren und meinte zum Abschied, die kleine Pause werde ihr guttun und wenn es gar nicht anders gehe, könne sie ja Epathatextorigus allein nach Hause tragen. Sie stand, soweit ich weiß, in der Mitte ihres fünften Lebensjahrzehnts, respektiert und geliebt von allen im Haus.

Das ist der andere Grund, warum ich die Erzählung hier versickern lassen will. Ich war in Bithynia nicht dabei und die Notizen, in denen mein Herr seine Praetur und Statthalterschaft beschreibt, hat das Meer verschlungen. Wovon also berichten? Das Einzige, was sich aus dieser Zeit erhalten hat, sind die Briefe, die ich aufgehoben habe. Mögen einige wenige davon genügen, um diese ruhige Zeit nicht unerwähnt zu lassen.

Petronius

Maius 807 a. u. c. [54 u. Z.], Nicomedia

Petronius grüßt seinen Giton
Als ich feierlich in meinem Amtssitz in Nicomedia einritt,[44] stürmte sogleich eine aufgeregte Schar von Bürgern auf mich zu. Während ich mich von wild schreienden und gestikulierenden Menschen umzingelt sah, hatte ich größte Mühe, mein Pferd im Zaum zu halten. Meine Frau dachte zuerst, ich sollte ermordet werden, so ungestüm gingen die Leute auf mich los. Wir flüchteten uns in meinen Amtssitz, besorgt darüber, welche Gräueltat einen derartigen Aufstand verursacht haben konnte, und staunten, als wir den Grund erfuhren, nicht schlecht. Ein Käsehändler war vor einiger Zeit verstorben! Da es schon bei seinem Begräbnis zu Tumulten kam, verfügte der Magistrat, dass die Testamentseröffnung bis zur Ankunft des neuen Statthalters verschoben werden sollte, dessen Urteil sich alle zu unterwerfen hätten. Ich dachte mir, »schön und gut, aber darf ich vorher vielleicht noch pissen gehen?«, und ließ sie alle von den Wachen davonjagen. Ihre Frechheit vergalt ich ihnen, indem ich vierzehn Tage bis zur ersten Anhörung verstreichen ließ. In der Zwischenzeit blieb ich nicht untätig und fand Erstaunliches. Dieser Moukaporis[45] war offenbar ziemlich reich gewesen – er lieferte sogar an den Hof – und es gab zwei Parteien, die das Erbe für sich reklamierten, lautstark, unter Einsatz von bezahlten Unruhestiftern. Die eine, bestehend aus den Zeugen des Testaments, verteidigte zu meiner Verblüffung nicht etwa eigene Ansprüche, sondern jenen unseres *princeps* auf das Vermögen des Verblichenen. Dieser habe das so in seinem Testament verfügt, da er ohne Erben verstorben sei. Die andere Partei, hauptsächlich Anwälte, scharte sich um einen jungen Mann, einen angeblichen Sohn des Händlers, ihm wie aus dem Gesicht geschnitten, der durch die Fälschung des Testaments um sein Geburtsrecht gebracht worden sei. Nun, der Auftritt Ersterer, allesamt Geldverleiher, wollte mir zu so viel Rechtschaffenheit nicht passen. Wann sah man je goldbedeckte Hände um das

Gemeinwohl ringen? Beim Sohn handelte es sich um einen vorgeblichen Bastard, dessen Vergangenheit jegliche Begünstigung durch seinen Erzeuger ausschloss. Er war nichts weiter als ein übler Zuhälter, offenbar ein Werkzeug seiner Rechtsbeistände. Aber warum wollten die einen die Einverleibung des Vermögens durch das *Imperium* bewirken, während die anderen ein Testament anfochten, das sie noch gar nicht kennen konnten? Die Antworten fanden sich. Ich ließ das Testament vor der Verhandlung, im Beisein von unabhängigen Zeugen, öffnen. Aufgrund bestimmter Informationen war ich mir inzwischen sicher, eine Fälschung vor Augen zu haben. Beweisen konnte ich sie nicht, das fragliche Dokument entstammte der Hand eines Meisters, der nicht die kleinste Formvorschrift außer Acht gelassen hatte. Du brauchst aber nicht glauben, mein lieber Giton, dass mich dieses Problem lange belastet hätte. Im Gegenteil, seit mich der Vorsteher der Gemeindekassa von Nicomedia besucht hatte, konnte ich den Gerichtstag kaum erwarten.

Ich eröffnete die Sitzung mit den üblichen Floskeln und verlas sodann das Testament, in dem der wackere Moukaporis, sehr zur Freude der einen Partei, sein Vermögen tatsächlich dem *Imperium* vermachte. Wenn auch – welch durchsichtiges Lügengespinst! – unter der Bedingung, dass zuvor seine Schulden bei Skylax[46] und anderen Geldverleihern der Stadt beglichen werden müssten. Während die vermeintlich siegreichen Erbschleicher jubelten, tobten die Unterlegenen. Ich wartete ab, bis sie sich abreagiert hatten, und ergriff dann das Wort:

»Selten noch habe ich Menschen gesehen, die mehr Aufwand für weniger Gewinn getrieben haben, selten noch Menschen, die ihre Intelligenz und Tatkraft einem schändlicheren Unternehmen gewidmet haben. Ihr, die ihr euch jetzt siegreich wähnt, kommt mir mit einem Testament, das *keine drei Feigen wert ist!*[47] Glaubt ihr denn, ich wüsste nicht, dass ihr es gefälscht habt?« Ein Aufschrei folgte, wie alle Schwindler empörten sich die Erbschleicher mit Vehemenz. Ich redete sie einfach nieder: »Ja, es ist gefälscht, die Sachlage lässt keinen anderen Schluss zu, wenn ich auch keine Beweise dafür habe. Aber die brauche ich nicht. Freilich: Nachdem ihr euch einmal entschlossen hattet, als Testamentszeugen aufzutreten, wart ihr zu feige oder zu durchtrieben, um euch als Erben einzusetzen. Also habt ihr die Schuldscheine erfunden und auch diese gefälscht. Durch euer selbstloses Eintreten für die Rechte des *princeps* konntet ihr auf die sofortige Begleichung der Schulden hoffen, Wucherzinsen und eine Belohnung für vorbildhafte Tugendhaftigkeit inbegriffen. Warum aber fanden sich keine Abschriften dieser Schuldscheine in den Archiven des Verstorbenen? Keine Eintragungen über die Eingänge? Weil das Geschäft erst kurz vor dem Tod des Händlers abgeschlossen wurde, sagt ihr. Ich sage, weil es nie existiert hat. Irgendwie ist euch die Gegenseite auf die Schliche gekommen – ich nehme an, das warst du, dessen Name keine Erwähnung verdient«, wandte ich mich an den Anführer der Anwälte, »und hast daraufhin dieses verkommene Subjekt aus seinem Loch gezerrt. In der Hoffnung, dass die Fälschung durch den Einspruch zu Tage käme und das Gericht – ich, der mit den örtlichen Umtrieben unvertraute Neuling – zu Gunsten des offenbar Betrogenen entscheiden werde. Fein ausgedacht, kann ich nur sagen.« Im Saal brach daraufhin ein Aufruhr los; ich gab den Wachen das Signal zum Einschreiten und fuhr fort: »Ihr habt alle nur Wind gefangen. Hättet ihr euch – so wie ich – über die tatsächlichen Verhältnisse des Moukaporis erkundigt, wäre euch viel Zeit, Mühe und Schande erspart geblieben. Sicher, er hatte keine Familie, aber Freunde, Bekannte und Bedienstete. Habt ihr euch nie gefragt, warum so ein schwerreicher Mann kein Testament hinterlassen hat? Ich schon. Weil er keines machen musste. Das«, ich zückte einen Sesterz, »ist, was euer Käsehändler seinen Erben hinterlassen hat. Er hatte finanzielle Probleme, die er sorgfältig geheim hielt. Spekulationsgeschäfte mit Schiffsladungen, die ihn um sein Vermögen brachten. Kurz vor seinem Tod entschloss er sich zu einer letzten, hoch riskanten Spekulation und nahm dafür einen Kredit bei der Gemeindekasse auf. Auf die Diskretion dieses Kreditgebers konnte er vertrauen, wenn auch für hohe Zinsen und die Verpfändung seines gesamten Besitzes als Sicherheit.[48] Mit dem Geld erwarb er die

Eigentumsrechte an der Flotte eines Fernhändlers und der gesamten Ladung, die damals schon seit Wochen überfällig war. Nun – sie ist bis heute in keinen Hafen des *Imperium* eingelaufen. Nach Bewertung aller Besitztümer und Barschaften des Verblichenen und nach Abzug seiner Schulden bei der Gemeinde von Nicomedia verbleibt als Rest genau das.« Ich schnippte die Münze zu den Geldverleihern und kam zum Schluss: »Du, Skylax, und deine Kumpanen, ihr habt eure Zeit vergeudet, ihr habt meine Zeit vergeudet. Heute kommt ihr noch mit dem Leben davon. So viel Glück werdet ihr in Zukunft nicht mehr haben. Was dich«, wandte ich mich an den Zuhälter, »du Sohn des Moukaporis, und deine Rechtsbeistände angeht: Ihr habt euch selbst ans Kreuz genagelt. Wie eure Gegner hat euch die Gier blind gemacht. Den Stein in der Ferne habt ihr gesehen, über den, der vor euch lag, seid ihr gestolpert. Habt ihr euch nie gefragt, warum dieser Moukaporis kein einziges Kind gezeugt hat? Nie verheiratet war? Ich schon. Weil er in seinem Leben nie bei einer Frau gelegen hat! *Das* kann ich beweisen. Falls dir, Zipoites[49], also etwas an einem schnellen Tod liegt, dann erleichtere dein Gewissen jetzt.« Der verschlagene Kerl brach daraufhin zusammen und legte ein vollständiges Geständnis ab. Ich hielt mein Wort, ihn erlöste die Lanze des Soldaten, sobald er ans Kreuz gehängt worden war, seine Anwälte bettelten bald um dieselbe Gnade. Auf meinen ausdrücklichen Befehl hin blieben sie hängen, bis sie ihre Seelen von selbst ausgehaucht hatten.

Was gibt es sonst zu berichten? Die Residenz des Statthalters ist komfortabel, ich suche dennoch ein kleines Landhaus, in das ich mich, so oft es eben geht, zurückziehen kann. Wie geht es Dir in Rom? Wie geht es Lucia? Schreib mir bald. *Vale*

Augustus 807 a. u. c., Nicomedia

Petronius grüßt seinen Giton
Cnaea wird immer unleidlicher. Die Stadt gefällt ihr nicht, die Menschen auch nicht, sie langweilt sich. Mir fehlt Rom genauso, aber ich habe meine Arbeit und meine Interessen. Ihr einzi-

ges Interesse gilt der höfischen Gesellschaft. Vielleicht tue ich ihr damit Unrecht. Das Hauptproblem ist, dass sie noch immer nicht schwanger ist. Ich bin überzeugt, sie wäre eine gute Mutter und fände ihr Glück darin. Oft genug habe ich sie beim Umgang mit Kindern beobachtet. Wie sie aufblüht, wenn sie Säuglinge hätscheln darf oder mit Kindern spielt! Auch ich sehne mich nach Kindern, und an mir kann es – wie du weißt – nicht liegen. Ich fasse mich in Geduld, aber wenn sich nicht bald die üblichen Zeichen einer geglückten Empfängnis einstellen, muss ich mit ihr reden. Uns verbindet nichts, außer dass wir gut miteinander auskommen; sie ist – dafür bin ich ihr dankbar – keine Xanthippe. Aber es ist für beide schwer, wenn die Freuden des Ehelebens nach Pflicht schmecken. *Vale*

Giton grüßt seinen Publius
Pomponius Secundus ist gestorben. Wir erleben den seltenen Fall eines ehrenvollen, natürlichen Todes. Das ist derzeit nicht vielen vergönnt, selbst wenn sie tugendhaft gelebt haben. Agrippina hinterlässt ihre Handschrift. Du erinnerst Dich an Statilius Taurus[50], dessen Park ihr so ausnehmend gut gefallen hat? Er war nicht so zuvorkommend, ihr seinen Besitz gleich zu schenken, also klagte sie ihn der schwarzen Magie an und zog seinen Besitz ein. Dieselbe Anklage traf jetzt Domitia Lepida, dabei hat die Dame gar keinen Park. In Rom munkelt man von Eifersucht, und von einem Vorzeichen, das das Ende der Ziehmutter Neros und ehemaligen Herrin des Narcissus angekündigt habe. Ein Bienenvolk hat sich zu Beginn des Jahres auf dem Capitol niedergelassen, und bei denen, so geht die Rede, gebe es ja auch nur eine Königin.[51] *Vale*

Petronius grüßt seinen Giton
Ich denke ernsthaft über einen Rückzug aus dem politischen Leben nach. Meine Statthalterschaft läuft gut, die Leute mögen mich, ich kann auf einige Verbesserungen des Gemeinwohls verweisen. Aber ich habe es satt, einem Trottel zu dienen. Als Kind fand ich ihn ja lustig, das Lachen ist mir inzwischen

vergangen. Ich weiß, ich weiß, hinter allem Üblen steckt Agrippina, aber er ist, beim Hercules, der *Imperator*! Nonianus hat recht. Das *Imperium* gedeiht nicht wegen, sondern trotz seiner Herrscher. Ich will da nicht mehr mitmachen. Es ist meine Arbeit, es war und ist die Arbeit anständiger Menschen, die diese Scheusale im Amt hält. Mögen sie nun Tiberius, Caligula oder Claudius heißen. *Vale*

Petronius grüßt seinen Giton
Von dem, was mir neulich im Stadtrat passiert ist, muss ich Dir erzählen. Nachdem wir die täglichen Angelegenheiten besprochen hatten, führte man mich in einen Nebenraum und präsentierte mir ein ehrgeiziges Bauprojekt. Südöstlich der Stadt liegt ein See, in seiner Nähe ein Fluss, der ins Meer führt. Und, Du wirst es schon erraten haben, man plant einen Kanal, der den See mit dem Fluss verbinden soll, zur Regulierung des Wasserstandes und für einen Schiffsweg bis zum Hafen von Nicomedia. Ich habe offenbar so entsetzt dreingeschaut, dass mich die Stadtväter fragten, ob mir unwohl geworden sei. Ich erklärte ihnen lachend, dass es momentan der schlechteste Zeitpunkt sei, in der *domus principis* um Gelder für einen Kanalbau zu bitten. »Warum? Wieso?«, bestürmte man mich. Ich erzählte ihnen von der kürzlich erfolgten Blamage und erklärte ihnen so viel von den Machtverhältnissen am Palatin, wie mir ohne Gefahr möglich schien. Sie sollten das Projekt besser zu einem späteren Zeitpunkt einreichen. Man spricht nicht vom Kreuz im Haus des Gekreuzigten. *Vale*

Der Alte Mann

Das nicomedische Kanalprojekt wurde entweder erfolglos in Angriff genommen oder bis in die Zeit des Statthalters Plinius des Jüngeren, der Bithynia von 109 bis 111 u. Z.[52] verwaltete, verschoben, wie dessen Korrespondenz mit *princeps* Traian zeigt.[53] Verzögerungen dieses Ausmaßes waren nicht ungewöhnlich. Das Projekt zur Entwässerung des Fuciner Sees lag bereits

Augustus vor, der es ablehnte. Er wurde erst im 19. Jahrhundert trockengelegt. Dabei entdeckte man auch die Reste des antiken Tunnels und Kanals.[54] Diese verfielen schon bald nach der Eröffnung, *wegen des Hasses seines Nachfolgers*,[55] wie Plinius der Ältere es ausdrückt. Nero zeigte gleich mit seinem Amtsantritt diese atemberaubende Leichtfertigkeit im Umgang mit dem Staatsvermögen, die seine Regentschaft kennzeichnen sollte. Er hasste Claudius und ließ daher ein Großbauprojekt, das hunderte Millionen Sesterzen gekostet haben muss, bewusst verfallen.

Erbschleicherei war eine beliebte Form der Erwerbstätigkeit – Martial hatte einiges dazu zu sagen. Erst eine Testamentsreform Neros[56] brachte Verbesserungen. Sie sah vor, dass der Schriftführer eines Testamentes nicht zu den Begünstigten zählen durfte. Weiters durften auf den ersten zwei Wachstafeln des Testaments nur der Name des Erblassers und die Unterschriften der Zeugen stehen. Sämtliche Tafeln mussten gelocht und mit einer Schnur miteinander verbunden werden, sodass keine weiteren eingefügt oder eine bestehende entnommen werden konnte, ohne dass dies Spuren hinterlassen hätte. Die Enden der Schnur mussten versiegelt werden.

Domitia Lepida war eine Tante Neros, die ihn in der Zeit der Verbannung seiner Mutter bei sich aufnahm. Wie engagiert sich diese Tante um Nero kümmerte, ist ungeklärt; laut Sueton bestimmte sie einen Friseur und einen Tänzer zu seinen Lehrern.[57]

Giton

November 807 a. u. c., Roma

Giton grüßt seinen Publius
Iss in der nächsten Zeit keine Pilze! Es könnte Dir übel ausgelegt werden. Nach dem Tod des Claudius und der Thronbesteigung Neros sickern allmählich erste Berichte durch. Du weißt, ich habe meine Quellen. Das Wichtigste vorab: Er wurde vergiftet. Agrippina war in den letzten Wochen davor immer nervöser geworden. Nach der Pleite am Fuciner See und dem

erfolglosen Versuch, Narcissus zu stürzen, hatte ihre Macht über Claudius Risse bekommen. Dieser verbrachte auf einmal mehr Zeit mit Britannicus, offensichtlich auf Betreiben des Narcissus. Gleichzeitig entschlüpften ihm in trunkenem Zustand abfällige Bemerkungen über seine Frau. Er habe genug davon, ständig an den Verbrechen seiner Frauen gemessen zu werden.

Offensichtlich ist jedenfalls, dass der Anschlag lange und sorgfältig vorbereitet wurde. Agrippina wartete nur auf den richtigen Moment und hatte das Jagdwild so eingekreist, dass es keine Möglichkeit des Entkommens mehr fand. Eine gewisse Locusta, derer sie sich schon bei der Vergiftung ihres zweiten Ehemannes bedient hatte, bereitete das Gift. Halotus, Claudius' Vorkoster selbst, mischte es in ein Pilzgericht. Bei Claudius, der wie immer betrunken war, löste das Gift sofort einen starken Durchfall aus – vor den Augen der Gäste und Diener! Statt ihn wegzubringen, rief Agrippina nach Xenophon, dem Leibarzt des *princeps*, vorgeblich aus Sorge um ihn, in Wahrheit, da wohl das meiste Gift durch den Leib des Claudius hindurchgefahren war. Dieser diagnostizierte eine schwere Magenverstimmung, der man am besten durch sofortiges Erbrechen abhelfen könne. Die Feder, die er zu diesem Zweck in Claudius' Kehle einführte, war mit einem starken Gift bestrichen. Claudius erbrach sich sofort, erst danach trug man ihn aus dem Speisesaal in sein Schlafzimmer. Ob sie ihn dann noch ein drittes Mal vergifteten oder ob das Gift seines Leibarztes wirkte, weiß ich nicht. Sein Todeskampf soll Stunden gedauert haben und ebenso qualvoll wie entwürdigend gewesen sein.[58] Auch deshalb finde ich die Satire eines uns wohlbekannten *Anonymus*, die ich Dir mitschicke, geschmacklos. Aus einem anderen Grund ist sie verdammenswert, aber den will ich Dir nicht nennen. Das musst Du selber lesen, ich war sprachlos! *Vale*

Petronius an Seneca

Dreckskerl Seneca! Oberhure des Palatin! Was fällt Dir ein, den Namen meines Ziehvaters so in den Schmutz zu ziehen! Hat Dir Deine neu gewonnene Macht den Verstand geraubt? Wie kannst Du es wagen, einen der besten Männer, die das *Imperium* jemals gesehen hat – meinen Onkel! –, einen Saufbruder zu nennen? Und komme mir bitte nicht damit, Du hättest die *Apokolokyntosis* nicht geschrieben, ich kenne Deinen Stil, Verdammer des Zorns! Stoiker, von wegen, Du bist nichts weiter als ein rachsüchtiger Emporkömmling! Das kann mir egal sein, nicht aber, dass Du meinen Ahnen beleidigt hast – ohne jeden Grund! Von dem Dienst, den ich Dir erwiesen habe, ganz zu schweigen. Nimm zur Kenntnis: Wir sprechen uns noch, sobald ich wieder in Rom bin. Unsere Freundschaft ist hiermit beendet. *Vale*

Giton grüßt seinen Publius
Agrippinas Macht hat eine neue Höhe erreicht. Obwohl es genug Zeugen für die Vergiftung von Claudius gab, obwohl man an jeder Ecke geschliffene Sentenzen über Pilzgerichte hören kann, gibt es weder eine Untersuchung noch eine Anklage. Die frischgebackene Mutter des *Imperator* hatte es nicht einmal nötig, die von ihr gedungenen Mörder zu beseitigen. Sie stillte ihre Mordlust an anderen, beseitigt wurden Iunius Silanus[59] und Narcissus. Diesen traf es nicht unerwartet, er kam dem Befehl zur Selbsttötung mit Würde nach. Jener wird sich wohl bis zuletzt gefragt haben, warum man ihn vergiften musste. Bestelle unserem Decimus mein aufrichtiges Beileid zum Verlust seines Bruders. Die Stadt ist verrückt geworden und ich muss leider berichten, unser Seneca mit ihr. Weder zeigte er Beunruhigung noch Verwirrung, während die Dinge ihren Lauf nahmen. Er wirkte vorbereitet. Ganz ehrlich, ich bin überzeugt, dass er in den Mord an Claudius eingeweiht war. Vom Moment der Vergiftung bis zur Kür des neuen *princeps* lief alles wie ein gut geplantes Schauspiel ab. Kein Mitverschwörer fiel aus der Rolle, die ihm Agrippina zugedacht hatte. Seneca jedenfalls tat – ob eingeweiht oder nicht – das Seine dazu. Abgesehen von seiner Satire hat er auch die Trauerrede auf Claudius, die Nero den Senatoren vorzutragen hatte, so hinterlistig abgefasst, dass diese mitten in der Rede zu lachen anfingen. Bei allem, was man dem alten Bären vorwerfen kann, ich finde das abscheulich. *Vale*

Seneca grüßt Petronius
Es tut mir aufrichtig leid, dass ich Dich und Deinen Onkel so beleidigt habe. Ich habe diese Satire in einer Nacht hingeworfen, noch im Rausch der Befreiung von Claudius, der mir so übel mitgespielt hat. Ich weiß, das ist keine Entschuldigung, aber ich habe einfach nicht nachgedacht. Bitte besuche mich, sobald Du nach Rom zurückgekehrt bist! *Vale*

Petronius grüßt seinen Giton
Nach dem, was ich aus Rom höre, hast Du wahrscheinlich recht mit der Einschätzung unseres ehemaligen Freundes. Hat er uns auf Corsica etwas vorgespielt? Und hat er jetzt seine Maske fallen lassen oder hat er sie gerade erst aufgesetzt? Wir wissen es nicht. Fest steht, wir können ihm nicht mehr vertrauen. So fassungslos mich diese Erkenntnis macht: Er sieht aus wie ein Verschwörer, er benimmt sich wie ein Verschwörer, er redet wie ein Verschwörer. Also muss dieser große Stoiker, wie immer er das mit seinem Gewissen in Einklang gebracht hat, wohl einer der Verschwörer gewesen sein. *Vale*

Der Alte Mann

Und dies hat man als sein letztes Wort unter den Menschen vernommen, nachdem er einen ziemlich kräftigen Ton aus jenem Körperteil hatte entfahren lassen, mit dem er leichter zu reden verstand: »O je, ich glaub', ich hab' mich vollgeschissen.«[60]

Lucius Annaeus Seneca der Jüngere pisst auf die rauchende Asche des verstorbenen *princeps* Tiberius Claudius Caesar Augustus Germanicus. Derselbe Seneca, der später *dieses obszöne Spiel des menschlichen Lebens, das uns Rollen zuweist, die wir nur schlecht darstellen,*[61] beklagen wird, verunglimpft in der *Apokolokyntosis* lustvoll die körperlichen Unzulänglichkeiten eines Verstorbenen. Hämisch, auf gemeinste Weise rechnet der Gekränkte mit dem Toten, der sich nicht mehr wehren kann, ab. In diesem Fall decken sich unsere Moralvorstellungen mit jenen der damaligen Zeit. Auch für das Rom Petrons war ein derartiges Verhalten eigentlich undenkbar. Eine *damnatio*, wenn auch inoffiziell, wie bei Caligula, war die eine Sache. Das konnte man machen: Entfernung der Standbilder, Verbot einer Leichenfeier, Tilgung des Namens etc. Aber Claudius wurde divinisiert, zu Recht, muss man hinzufügen. Selbst seine schärfsten Kritiker konnten nicht umhin, seine Bautätigkeit zu loben: *Er hatte eher große und zweckdienliche als viele Bauten errichten lassen.*[62] Seine Verwaltungsreformen wurden stillschweigend übernommen und die Eroberung Großbritanniens ließ sich ohnehin nicht kleinreden. Trotzdem werden die meisten Römer über diese *Apokolokyntosis* herzlich gelacht haben. Claudius war eine Witzfigur, die sich mit Blut befleckt hatte. Niemand weinte ihm eine Träne nach, alles blickte auf den strahlenden Jüngling, der ihm nachfolgen sollte. Geschickt baut Seneca den Thronfolger Nero in die *Apokolokyntosis* ein. Die Parzen staunen: Die Wolle, aus der sie den Lebensfaden Neros spinnen, wird ihnen unter der Hand zu Gold, der Faden wird fast von selbst immer länger! *»Nehmt nichts davon weg, ihr Parzen«, sprach Phoebus, »er soll eines irdischen Lebens Zeitmaß besiegen; er, mir ähnlich an Aussehen, ähnlich an Schönheit, in der Kunst des Gesangs und im Klang der Stimme mir ebenbürtig.«*[63] Und so weiter und so fort.

Das Problem, das bei Petrons *cena* angesprochen wurde, wird akut. Der Name des Autors verdunkelt zuweilen den Blick auf das Werk. Da wir wissen, dass dieses Werk von Seneca ist, suchen wir Entschuldigungen für den großen Denker. Also weg mit dem Autor, blenden wir ihn aus! Lesen wir die *Apokolokyntosis* »ohne Seneca«, als das einzig bekannte Werk eines ansonsten unbekannten Autors. Die Schatten schwinden – ins Licht tritt deutlich das schriftstellerische Talent dieses *Anonymus*, aber noch viel deutlicher der pietätlose, von Moral unbelastete Schmeichler, der sich wohl Belohnungen oder gar Ämter erhofft hat; man erkennt die verlogene, gemeine Seele.

Wer ist dieser Seneca? Er verstößt nicht nur gegen die Prinzipien seiner Schule, sondern gegen jedes Gespür für Menschlichkeit. Und er schleimt sich beim neuen *princeps* ein, indem er das an ihm lobt, was er dem Schüler Nero angeblich austreiben wollte: dessen fatale, für einen *Imperator* gänzlich unpassende Neigung zur Sanges- und Dichtkunst!

Einen Rechtsbeistand kann Claudius nicht finden. Schließlich tritt Publius Petronius vor, ein alter Saufbruder von ihm, ein Mann, der die Claudius-Sprache meisterhaft beherrschte, und beantragt Beratungsfrist. Wird nicht zugelassen.[64] Von welchem Teufel wurde Seneca da schon wieder geritten? Fiel ihm in dieser angeblichen Nacht wirklich kein anderer ein, den er an diese Stelle hätte setzen können? Oder war es die Rache dafür, dass es der Senator seinerzeit abgelehnt hatte, sich für ihn einzusetzen? Seneca überschreitet jedenfalls eine weitere Grenze. Je höher die Ideale sind, die ein Mensch anstrebt, desto tiefer ist offenbar sein Fall, wenn er sie abstreift. Der Damm ist gebrochen. Wer den einen Toten schmäht, kann auch den anderen abwatschen und verliert dabei jegliches Maß und Ziel.

Eines noch, bevor ich schweige: Dank meiner olympischen Sicht auf die vorliegende Überlieferung darf ich verraten: Seneca hat sich verirrt, in einem ihm unbekannten Land.

Giton

Petronius grüßt seinen Decimus

Mit Bestürzung erfuhr ich von dem weiteren Unglücksfall, der Deine *domus* getroffen hat. Hart ist es, wenn entfernte Verwandte aus dem Leben gerissen werden, um wie viel härter, wenn der eigene Bruder zugrunde gerichtet wird! Wer kannte einen gütigeren, harmloseren Menschen? Wer einen liebenswerteren, friedfertigeren? Er war nicht zum Regieren geboren, sehr wohl jedoch zum treuen Gefolgsmann. Eine Tugend, die man selten findet und die gerade Herrscher schätzen sollten, vor allem, wenn sie mit Verstand und Sorgfalt einhergeht wie bei Deinem Bruder. So werde ich ihn in Erinnerung behalten: als einen Mann, dem man unbesorgt jedes Amt anvertrauen konnte, und als den gütigen Familienvater, den zuverlässigen Freund. Der Spott, dem er manchmal ausgesetzt war, trifft seine Spötter, die zu eingebildet waren, um Qualitäten zu erkennen, die sie selbst nicht besitzen. Was ist über jene zu sagen, die ihn aus dem Leben rissen? Wie könnte man einem *Silani*, was das betrifft,

Trost spenden? Es ist diese Dynastie von Mördern, die im Wissen um die eigene Unzulänglichkeit jeden beseitigt, der ihr nur irgendwie gefährlich werden könnte. Ich habe beschlossen, mich sobald wie möglich aus allen Ämtern zurückzuziehen. Der Zeitpunkt ist ideal. Ich war der Günstling von Claudius, mit Nero verbindet mich nichts. Da ich mit Seneca gebrochen habe und Agrippina seit meinem corsischen Abenteuer geflissentlich aus dem Weg gegangen bin, wird meine Statthalterschaft ohnehin bald beendet sein. Ein weiteres Amt wird man mir nicht anbieten und für das Consulat bin ich noch viel zu jung. Also kann ich, ohne dass mein Rückzug Fragen aufwerfen könnte, Privatier werden. Und ich gedenke das so lange zu bleiben, bis sich die Verhältnisse entscheidend geändert haben. Weder will ich der Diener eines machtgierigen Weibes sein, noch der eines willenlosen Jünglings. Offen gesagt, ich sehe unsere Welt an einem Abgrund stehen. Seit ich denken kann, werden die Tugendhaften verfolgt und ermordet, die Heuchler und Hetzer in Ämter gesetzt. Das wird sich so bald nicht ändern und kann nur, früher oder später, in den Untergang führen.

Wie Du siehst, stehe ich gerade an der Schwelle zu einem neuen, mir selbst noch unbekannten Leben. Alles zerbricht rund um mich, selbst meine Ehe ist ein Teil dieses Scherbenhaufens. Du kennst das böse Sprichwort: *»Die Ehefrau muss man lieben wie rechtmäßig erworbenen Besitz.« Nicht immer aber möchte ich meinen Besitz lieben.*[65] Ich betrachte ihn mit gelassener Zufriedenheit, meistens ist er mir gleichgültig. Genauso ist es mit Cnaea. Wir wollen beide Kinder, bekommen aber keine. Ich glaube nicht, dass es an mir liegt, sie glaubt nicht, dass es an ihr liegt. Bleibt, sich zu trennen. Ihre Mitgift gebe ich ihren beiden Vätern – du weißt – zurück. Sie wird bald ihre Heimreise antreten. *Vale*

Petronius an Seneca

Ich nehme Deine Entschuldigung zur Kenntnis. Aber wenn Du Dich in Deinem Alter noch so von Affekten hinreißen lässt, dann frage ich mich, was Du gelernt hast, und vor allem, was Du die Menschen lehren kannst. Verzeihen kann ich Dir nicht. *Vale*

LIBER XVIII

So das elfte der Bücher bildet,
die auf uns gekommen sind

O the wonderful recesses in the toilet! To them I owe my knowledge of Boccaccio, of Rabelais, of Petronius, of *The Golden Ass*. All my good reading, you might say, was done in the toilet. (…) For what is it enables the classics to live at all, if indeed they be living on and not dying as we and all about us are dying? What preserves them against the ravages of time if it be not the salt that is in them? When I read Petronius or Apuleius or Rabelais, how close they seem! That salty tang! That odour of the menagerie! The smell of horse piss and lion's dung, of tiger's breath and elephant's hide. Obscenity, lust, cruelty, boredom, wit. Real eunuchs. Real hermaphrodites. Real pricks. Real cunts. *Real banquets!* Rabelais rebuilds the walls of Paris with human cunts. Trimalchio tickles his own throat, pukes up his own guts, wallows in his own swill.[1]

Henry Miller
Black Spring, A Saturday Afternoon (1965)

Giton

841 a. u. c. [88 u. Z.], Roma

Aussehen allein genügt nicht, auch darf eine, die entzücken will,
nicht – wie so viele – sich selbst gefallen.
Wort, Witz, Spiel, grazile Replik und Lachen siegen;
die strahlendere Natur bewirkt's.
Gestalt nimmt an, wofür man Kunst verbraucht.
Und nackter Liebreiz – ohne Wille dahinter – vergeht.[2]

Das hat eine Frau geschrieben. Versteh mich, Leserin, jetzt bitte nicht falsch. Ich weiß, dass Frauen dichten können. Aber das ist von einer ganz besonderen Frau. Ohne dass sie es beabsichtigt hätte, ohne dass ihr das je in den Sinn gekommen wäre, beschreibt sie sich in diesem Gedicht selbst. Das ist die ganze Tiberia. So wie sie war. Ein Tag fand sie an der Seite meines Publius und es schien, als ob das schon immer ihr Platz gewesen wäre. Man kann das keine Eroberung nennen. Etwas, von dem er gar nicht gewusst hatte, dass es ihm fehlt, war plötzlich da.

Bis es so weit ist, vergeht noch etwas Zeit. Momentan hockt mein Herr noch in Nicomedia, ziemlich allein, ziemlich gelangweilt.

Iunius 808 a. u. c. [55 u. Z.], Nicomedia

Giton grüßt seinen Publius
Der neueste Tratsch: Unser flaumbärtiger *princeps* hat eine Geliebte! Die erste, die ihm nicht von der Mama ausgesucht worden ist. Agrippina spuckt Gift und Galle. Man könnte meinen, sie wäre des Bettes ihres Sohnes verwiesen worden. Aber je mehr sie schimpft über diese Freigelassene, diese Küchenmagd, und was ihr sonst noch einfällt, desto weniger erreicht sie. Acte steht treu zu ihrem Geliebten und gewinnt durch ihre aufrichtige, natürliche Art. Das ist nicht das einzige Problem der »besten Mutter«[3]. Seneca und der Kommandant der Praetorianer, Burrus, unterbinden ihre Herrschaftsgelüste, ihr Geliebter Pallas ist bei ihrem Sohn in Ungnade gefallen, zudem hält dieser unangenehme Reden, wie etwa, dass in Hinkunft nicht mehr die Willkür Einzelner regieren werde.

Schreib mir bitte, was ich Umbricius Scaurus antworten soll. Er möchte sein Unternehmen weiter vergrößern und bittet um Kredit oder Beteiligung. Einzelheiten dazu findest Du anbei. Ansonsten steht auf Deinen Gütern alles zum Besten. Marcia lässt Dich grüßen, ihr Mann ist kürzlich überraschend verstorben. Sie lässt fragen, wie es Dir geht und wann Du wieder nach Rom kommst. Zum Schluss eine absurde Neuigkeit: Die Brüder Scribonius lassen Dich ebenfalls schön grüßen! Oder, wie sie sich ausdrücken: »Allein das Schicksal, nicht böse Absicht oder Handeln, hat diese Verbindung unserer beider Häuser beendet; eine, von der wir hoffen, dass auch Du sie bei Gelegenheit erneuern möchtest. Wie immer Du, Petronius, in dieser Angelegenheit zu entscheiden geruhst, wir bleiben Dir in angenehmer Erinnerung verbunden.« Man kann förmlich hören, wie der eine den Satz beginnt und der andere ihn beendet. Schreib Du ihnen bitte. *Vale*

Lucia grüßt ihren Publius

Bist Du gerade beschäftigt? Hast Du viel zu tun? Dann leg diesen Brief weg. Keine Sorge – worüber ich Dir berichten muss, ist in Wahrheit nichts Ernstes. Nichts, was Du sofort wissen müsstest; vielmehr verlangt das, was ich zu erzählen habe, nach einer gelassenen Stimmung. Bade also erst, mach es Dir auf Deiner bevorzugten *clinē* bequem, nimm ein Glas Wein. Bist Du so weit? Gut. Giton bat mich, Dir zu schreiben. Der arme Kerl ist vollkommen verzweifelt. Er hat eine große Dummheit gemacht und wollte sie Dir schon längst gestehen, aber hat es einfach nicht geschafft. Die Sache ist die: Er ging vor ein paar Wochen mit Pannychis auf den Markt – die beiden hatten wieder ein bisschen zueinander gefunden –, sie wollten Lebensmittel einkaufen und sich an den ausgelegten Waren erfreuen. Da stürzte plötzlich ein Mann auf Pannychis zu, packte sie grob beim Arm und begann lauthals nach der Wache zu rufen. Giton seinerseits warf sich dazwischen und brüllte den Fremden an, während Pannychis am Boden hockte und ihr die Tränen nur so über das Gesicht liefen. Nach viel Geschrei und Gerangel stellte sich heraus, dass es sich bei dem Fremden offenbar um ihren ehemaligen Herrn handelte, dem sie seinerzeit davongelaufen war. Lautstark forderte er Bestrafung und natürlich Schadenersatz, während sich immer mehr Menschen um die beiden Streitparteien versammelten. Giton tat sein Bestes, den Mann zu beruhigen, er versprach ihm großzügige Entschädigung, wenn man nur weiteres Aufsehen vermeiden könne. Am Ende vereinbarten die beiden ein Treffen am nächsten Tag. Pannychis wurde einstweilen, in Begleitung von je einem Diener der beiden Streitparteien, in einer Mietwohnung untergebracht. Danach kam Giton zu mir. Am nächsten Tag wurden uns von diesem Fremden Dokumente vorgelegt, die ihn als Inhaber der Callidrome – wie sie damals geheißen hatte – auswiesen. Da war nichts zu machen. Als der Fremde Gitons Bestürzung sah, forderte er die unverschämte Summe von 50.000 Sesterzen für den Verzicht auf seine Rechte. Er stellte seinen Verdienstentgang in Rechnung, sodann die Kosten seiner Suche nach ihr, ihren Kaufpreis und schließlich seinen Verzicht auf eine angemessene Bestrafung der Ausreißerin. »Na gut«, dachte ich mir, »ich hab auch schon Würfel gespielt«, und schickte Giton aus dem Raum. Dann machte ich dem Kerl klar, dass mir, der rechtmäßigen Vertreterin der Interessen des jetzigen Eigentümers, nichts an dieser unnützen Sklavin liege. Sein Anspruch auf sie sei offenbar rechtens, unserer jedoch ebenso. Als gute Verwalterin müsse ich die Rechte des derzeitigen Eigentümers wahren, ich könne dessen Hab und Gut nicht einfach verschleudern. Kurzum, die Eigentumsfrage müsse bei Gericht geklärt werden, das verlange meine Sorgfaltspflicht. Ob er sie dann stigmatisieren wolle oder nicht, sei seine Sache; Geld gebe es in keinem Fall. Wie ich es erwartet hatte, scheute er vor dem Gang zu Gericht zurück und betrat lieber den Marktplatz. Forderungen und Angebote flogen hin und her, mit viel Empörung und bitterbösen Vorwürfen. Schließlich einigten wir uns – wie alle guten Kaufleute – auf das, was wir beide kurz zuvor noch als inakzeptabel bezeichnet hatten. 12.000 Sesterzen – viel Geld –, doch Giton hatte mir in seiner Angst freie Hand bis 10.000 Sesterzen gegeben. Du kennst mich. Wenn Geld – was ohnehin selten der Fall ist – zum Seelenfrieden der Menschen beitragen kann, dann sollte man es dafür ausgeben. »Geschafft!«, dachten wir jedenfalls alle, nachdem Pannychis am späten Nachmittag in Dein Haus zurückgekehrt war. Unsere Gerettete war überglücklich. Den ganzen Abend lang bewirtete sie Giton und mich, sie tanzte und sang für uns und sprang herum wie ein fröhliches Kind. Am nächsten Morgen war sie weg. Was für eine Schauspielerin! Und was für eine eigenwillige Frau! Lies, was sie Giton zum Abschied geschrieben hat:

Callidrome grüßt ihren Giton
Danke für alles! Ich habe mich bemüht, aber dieses ruhige Leben ist nichts für mich. Vergeude Deine Zeit nicht damit, nach mir zu suchen. Und schimpf nicht zu viel über mich. So viel habe ich Dir gar nicht vorgegaukelt. Ganz ehrlich: Von allen, die ich betrogen habe, von allen, die ich noch betrügen werde, wirst Du mir immer der Liebste bleiben. *Vale*

Sei also bitte nicht zu streng mit Giton. Das meiste von dem Geld hat er ja auch diesmal selbst bezahlt. Wenn Du es wünschst, ersetze ich Dir, was er sich von Deinem Geld geborgt hat. Bedenke jedoch, wie gewinnbringend er Deine Güter bis jetzt verwaltet hat! Lach über die ganze Geschichte. Nimm sie als *mimus*, unser *rusticus*[4] Giton ist auch ohne Deinen Tadel oder Spott schon zerknirscht genug. *Vale*

Petronius grüßt seinen Giton
Es ist entschieden. Ich komme nächstes Frühjahr zurück nach Rom. Mein Nachfolger ist bereits bestellt. Frag Scaurus, ob die Sache warten kann, bis ich zurück bin. Ich würde das gerne persönlich mit ihm besprechen. Falls irgendwelche Reparaturen in Cumae nötig sind, erledige sie bitte jetzt. Muss nicht das Dach wieder einmal in Ordnung gebracht werden? Kümmere Dich darum. Sobald ich meine förmliche Entlassung erhalten habe, möchte ich die meiste Zeit des Jahres dort verbringen. Übrigens, Giton: Jeder Mensch darf einmal irren, du hingegen – sei unbesorgt – darfst zweimal. *Vale*

Er hat es natürlich nicht lassen können. Andererseits hat er mich nach seiner Rückkehr nie wieder darauf angesprochen. Lassen wir also dieses Jahr hinter uns. Abgesehen von meiner Blamage gibt es ohnehin nichts Wesentliches mehr zu berichten. Die Leiden des ehrlichen Chronisten. Meine Frau lächelt.

Petronius

Aprilis 809 a. u. c. [56 u. Z.], Roma

Seneca getroffen. Ausflüchte, Rechtfertigungen. Der Mord an Claudius? Nicht seine Idee. Silanus? Bedauerlich. Dick ist er geworden. Glaubt, Nero zu einem der größten Herrscher Roms machen zu können. Der Mord an Britannicus? Ein notwendiges Übel. Noch habe er, Seneca, sein Ziel nicht erreicht. Es war eben Pech, dass sein Schüler Herrscher wurde, bevor er ihn auf den rechten Weg habe bringen können. Aber er arbeite daran und es könne nicht mehr lange dauern, zumal, da Agrippina jetzt entmachtet sei. Klar, sein Ruf leide unter diesen Ereignissen, aber dieses Opfer müsse er eben für Rom erbringen. Und schon bald werde man all das nur als bedauerliche Ausrutscher am Beginn einer glänzenden Herrschaft betrachten. Er glaubt das wirklich!

Maius 809 a. u. c., Pompeii

Besuch bei Scaurus. Verblüffend, wie erfolgreich seine Produktion läuft. Mittlerweile das profitabelste Unternehmen, an dem ich beteiligt bin. Gier kennt er nicht. Er zieht eine Erhöhung meiner Anteile einem Kredit vor. Warum? Keine Schulden. Wird allmählich ein bedeutender Mann in der Gegend. Habe zugestimmt. Ein besseres Geschäft gibt es nicht.

Sie hält mich nicht für einen Philosophen. Aber sie habe die Fragen in meiner Seele gesehen. Was soll man dazu sagen? Oder zu dem, was sie mir geschrieben hat?

> ***Der Blinde.*** Eine *fabula* von Tiberia Scaura
>
> *Zwei junge Männer liebten ein Mädchen. Der eine der beiden war von frühester Kindheit an blind, und das war fast das Einzige, was ihn von dem anderen, seinem besten Freund, unterschied. Beide waren wohlgeratene junge Männer, klug, gebildet, vermögend. Diese drei verbrachten viel Zeit miteinander, denn jeder von ihnen liebte die beiden anderen, ohne dass sie es einander verheim-*

licht hätten. Nur ein Schatten fiel manchmal auf ihre sorgenfreien Tage: das Wissen, dass dieser Zustand nicht ewig währen konnte. Das Mädchen war zu einer jungen Frau geworden; die Eltern mahnten ihre Entscheidung ein, als eine, wie sie betonten, die anderen Töchtern gar nicht gewährt werde. Eines Tages erlitt sie einen schweren Unfall: Als sie, was sie gerne tat, wieder einmal an einer verborgenen Stelle im Meer baden ging, wurde sie von einem Schwarm Quallen attackiert. Beinahe wäre sie von dem Schmerz und der Panik überwältigt worden; dem Ertrinken nahe, konnte sie sich gerade noch ans Ufer retten. Ihre Wunden heilten schnell, wie leichte Verbrennungen, die keine Narben hinterlassen. Allerdings blieb ihre Haut überall dort, wo sie von den Nesselfäden der Quallen berührt worden war, rotbraun verfärbt, besonders in ihrem bis dahin so lieblichen Gesicht. Keinen Gedanken verschwendete die einstmals Schöne darauf, ihr Unglück dem blinden Freund zu verheimlichen. Sanft führte sie seine Hände über ihr Gesicht, lehrte ihn, die um eine Winzigkeit rauere Haut zu ertasten, die einen weiteren hässlichen Fleck in ihrem Gesicht anzeigte.

Beide jungen Männer schworen feierlich, sich durch dieses Unglück nicht von ihrer bisherigen Absicht abbringen zu lassen. Zuerst ging das Mädchen zu dem Sehenden und frage diesen, warum er sie denn jetzt noch heiraten wolle. Der redete viel von innerer Schönheit und der Vergänglichkeit der äußeren, doch entlockte sie ihm nach einiger Zeit, dass er sich irgendwie verpflichtet fühle. »Nun gut«, antwortete sie ihm, »ich erkenne an, dass du glaubst, dich edel verhalten zu müssen. Und ich denke, dass du tatsächlich im guten Glauben handelst, das Richtige zu tun. Doch liegt mir nichts daran, aus philosophischen Gründen geheiratet zu werden. Ich möchte geliebt werden und nicht womöglich – wie mir deine Worte andeuten – das lebende Beispiel für die Größe deiner Tugend sein.« Der so Gescholtene fühlte sich vollkommen falsch verstanden, doch nützte ihm das nichts, die einstmals Schöne ging zum Blinden. Dieser war ein, zwei Jährchen älter als sein sehender Freund und entsprechend klüger, also ließ er bei seiner Antwort kein Barthaar sehen[5] und sagte frei heraus: »Dass ich dich schon lange liebe, das weißt du. Mein Herz gehört dir, das bedarf keiner Begründung. Aber da wir uns

jetzt in einer besonderen Situation befinden, sage ich dir: Ich bin der bessere Mann für dich, denn für meine Augen wirst du immer so schön bleiben wie an dem Tag, an dem wir uns kennenlernten.«
Das schien der Umworbenen das einfachere und menschlichere Argument zu sein, also wurde sie seine Frau.
Merke: Mit Philosophie gewinnt man Erkenntnis, keine Frauen.
Aber die Geschichte ist noch nicht zu Ende. Inzwischen hatte sie auf dem Olymp einigen Ärger verursacht. Iuno lag ihrem Gatten schon seit Wochen mit den dreien in den Ohren. Dass er sich an der Sittsamkeit dieser Sterblichen ein Beispiel nehmen könne; die kämpften geradezu darum, das Richtige zu tun, während er doch, wenn überhaupt, nur für das Gegenteil kämpfe. Iuppiter, der sich diesen Aspekt seiner Göttlichkeit keinesfalls nehmen lassen wollte, beschloss, solche Tugend auf die Probe zu stellen, und gab dem Blinden die Sehkraft zurück.
Da geschah, was keiner der beiden frisch Vermählten erwartet hatte. So sehr sich der ehemals Blinde auch bemühte, den Anblick seiner Frau zu akzeptieren, so sehr er seine Liebe zu ihr beschwor, es gelang ihm nicht. Im Gegenteil, er zuckte jedesmal, wenn sie ihm unverhofft vor die Augen trat, zusammen. Das hielt die junge Frau natürlich nicht lange aus, also trennten sie sich, wenn auch beide darüber tief bekümmert waren.
Davon hatte ihr verschmähter Verehrer erfahren und ging – siehe da! – schnurstracks zu seiner einstmals so schönen Freundin. Schleunigst warf er sich ihr zu Füßen, gestand ihr seine Eitelkeit wie auch seine Liebe. Nicht Pflichtgefühl, nicht Philosophie, Amor selbst habe ihn herbeigerufen. Auf eine Weise sehe er, was ihr die Quallen angetan hätten, auf eine andere Weise jedoch nicht. Das könne keine Leistung der Vernunft sein, das müsse Liebe sein.
»Du bist nach wie vor ein Philosoph«, sagte die Angesprochene. »Immerhin, du argumentierst jetzt etwas besser. Aber zeig mir lieber, wie du küsst.« Und da seine Taten viel mehr als seine Worte von Hingabe sprachen, ließ sich die Entstellte erweichen. »Einen Besseren werde ich nicht finden«, dachte sie. »Dem da muss ich nur noch eine feinere Redeweise angewöhnen, ansonsten ist er recht ordentlich.« Und so wurden die beiden ein glückliches Paar.

So, jetzt ist die Geschichte aus, und all jene, denen es ein Bedürfnis ist, dass Liebesgeschichten in vollkommenem Glück enden, dürfen sich gerne dazuträumen, dass die Flecken im Gesicht der Frau mit den Jahren verblassten.
Was aber, Freund, sollst du daraus lernen? Zunächst, nur nebenbei, dass die Zurschaustellung von Tugend gegenüber den Mächtigen gefährlich ist. Was, an Neuem, fragst du? Zum einen: Die eigene Tugend ist manchmal ein Wahn, der durch Blindheit hervorgerufen wird. Zum anderen: Vergiss das Gerede über innere und äußere Schönheit. Nur wer den ganzen Menschen erkannt hat, kann ihn wahrhaft lieben.

Achtzehn Jahre ist sie alt. Unverheiratet. Verehrer hat es genug gegeben. Der wachsende Reichtum des Vaters zog viele an, ebenso viele ihre lebendige Art. Keiner überlebte länger als einige Wochen. Entweder Tiberia wollte ihn nicht oder der Kandidat flüchtete vor ihrer spitzen Zunge. Als ich sie fragte, ob sie meine Frau werden wolle, erwiderte sie barsch: »Ja, sicher, wer sollte dich denn sonst nehmen?« Bevor ich mich davon erholen konnte, flog sie auch schon in meine Arme und küsste mich stürmisch.

Sie hat das schönste Gesicht, das ich jemals gesehen habe. Mögen andere ihre Püppchen schön finden, nichts Kindliches formt diese Pracht. Hohe Wangenknochen prägen ein ausdrucksstarkes Oval. Kluge, große Augen, schwarz und tief, eine markante, jedoch weibliche Nase, ein rundes, leicht gespaltenes Kinn. Schwarze Haare, die, unter einem goldenen Haarnetz, ihre Stirn umkränzen könnten, aber meistens in alle Richtungen herumfliegen. Klugheit, Neugierde und Lebenslust blicken dich forschend an; es ist diese Art von Gesicht, das dir inmitten einer Menge, quer durch einen Raum, entgegenleuchtet. Sieht sie dich an, fühlst du dich eingeschüchtert und zugleich erhoben, suchst nach dem Wort, dem Akt, der ihrer Erscheinung angemessen sein könnte. So wie ihr Verstand manchen Männern zu mächtig ist, ist auch ihre Gestalt ein wenig kräftiger, als es der Geschmack unserer Zeit erlaubt. Ihr Vater war wirklich gutmütig. Sie hat schwimmen gelernt – und sie kann reiten! Als Kind schlich sie sich immer zu einem Pferdezüchter in der Nähe und saß schon bald fröhlich hoch zu Ross. Nie werde ich unseren ersten gemeinsamen Ausritt vergessen. Nachdem wir die Stadt in einer Sänfte verlassen hatten, kamen wir bald in eine menschenleere Gegend, wo sie, so oft sie konnte, ihre Reitübungen absolvierte. Ich kam aus dem Staunen nicht heraus. Schwenk und Galopp, Halt und Gruß absolvierte sie mit der Selbstverständlichkeit eines altgedienten Ritters. Scherzend fragte ich, ob sie denn auch das Bogenschießen und den Schwertkampf beherrsche; sie rümpfte die Nase und meinte, für Waffen habe sie sich nie interessiert. Aber ihre von Natur aus etwas üppigere Gestalt wurde durch diese Übungen sowohl straffer als auch prägnanter. Friedliche Minerva, gelehrte Venus, *meherculem*, ich liebe dich!

Giton

Ich muss mich da kurz einmischen. Verliebtere Töne bringt mein Publius nicht zustande, und bevor irgendjemand meint, Tiberia wäre so eine Art Klotz gewesen, muss ich von ihrer schlanken Taille, ihrem ausnehmend schönen Hals und ihren geraden Schultern sprechen. Eine anmutigere Frau als Tiberia hab ich nie gesehen. Sie bewegte sich mit der Eleganz einer Raubkatze; sie kannte gar keine unschöne Haltung oder Bewegung. Und wenn er da von ihrer kräftigeren Gestalt spricht, dann ist damit nur gemeint, dass sie nicht eine von denen war, die gleich beim ersten Stupser umfallen. Sie zeigte mir einmal den Griff, mit dem sie als Kind freche Buben überwältigt hatte. Es ist ganz einfach, man braucht dazu nicht viel Kraft. Man packt einfach den Daumen seines Gegenübers, biegt ihn zu der Beuge seines Ellenbogens hin, und schon wird der Kontrahent – ob er will oder nicht – in die Knie gehen. Ein alter Trick, sagt meine Frau, sie kannte ihn natürlich auch.

Petronius

Verblüffung, Freude, Erleichterung – Sorge. Wie viele Affekte doch in wenigen Augenblicken über das Gesicht eines Menschen huschen können. Umbricius Scaurus rief seine Frau herbei und verkündete ihr die glückliche Nachricht. Die beiden schauten mich an wie ein Fabeltier; man konnte sehen, wie sie ihre Fragen hinter ihren Zähnen zurückhielten. Schließlich schickten sie nach ihrer Tochter, und die löste die angespannte Situation. Sie hängte sich einfach bei mir ein, gab mir einen Kuss auf die Wange – wie süß sie sich dabei auf die Zehenspitzen stellt! – und fragte ihre Eltern: »Das hättet ihr nicht gedacht, was?« Wir heirateten noch in demselben Monat.

Iunius 809 a. u. c., Cumae

Tiberia erobert Cumae im Sturm. Es gibt keinen Diener im Haus, keinen Händler am Markt, der ihr nicht zu Füßen liegt. Ihre manchmal zu spöttische Zunge ist einem klugen Charme gewichen, sie wirkt wie ein Mensch, der endlich am Ziel seiner Reise angelangt ist. Mir geht es genauso.

»Das ist doch das Einzige im Leben, was wirklich interessant ist. Dass man das versucht, was man sich nicht zutraut. Wenn der Mensch nur das macht, was er ohnehin schon kann, dann wiederholt er sich, und das ist – unser Liebesakt ausgenommen – auf Dauer langweilig.« Halb lag sie, halb saß sie auf dem Sofa in meinem Arbeitszimmer; lässig hingestreckt, die dunklen Leuchtfeuer ihres Geistes auf mich gerichtet. Tiberia hat mich zum Schreiben gebracht. Seit ich sie in das Geheimnis des *Culex* eingeweiht habe, ist ihr Vertrauen in meine literarischen Fähigkeiten unerschütterlich. Sie sieht schon das fertige Meisterwerk – ich noch nicht einmal eine Idee. Ich dachte zuerst an kurze Satiren, zur Übung, sie widersprach: »Was du wirklich willst, ist etwas Großes erschaffen. Also mach das! Schreib über das, was dich bewegt, was du erkannt hast, was du sagen willst! So wie in deinen Notizen. Die Gedanken sind schon da. Das heißt, wir haben die Bienen, die schwirren schon herum, aber sie haben noch keinen Honig gemacht. Und wir haben noch kein Gefäß, in das wir ihn gießen können. Denk an deinen *Culex*. Was stellt den Honig dar in diesem Werk? Dein tapferer Mückerich. Was das

Gefäß? Der heroische Ton deiner Dichtung, der diesen kleinen Helden so amüsant in sich aufnimmt. Also setz dich hin, überleg dir etwas, beginn! Du hast die Zeit, du hast den Verstand und du hast eine scharfe Kritikerin an deiner Seite, die – nebenbei bemerkt – die Liebenswürdigkeit in Person ist.« Worauf dieses muntere Geschöpf so angsteinflößend zu schielen begann, dass an Arbeit nicht mehr zu denken war.

Der Alte Mann

Eine Tiberia Scaura oder Scaura Petronia, wie sie nach ihrer Eheschließung genannt wurde, ist uns als Dichterin unbekannt. In diesem ersten Jahrhundert unserer Zeitrechnung gab es wahrscheinlich viele römische Dichterinnen, überliefert worden sind uns allerdings nur zwei Verszeilen einer gewissen Sulpicia. Martial erwähnt sie voller Respekt und setzt ihre Dichtung in das für ihn typische, präzise Licht: *Wer ihre Gedichte richtig einschätzt, muss wohl sagen, dass keine frivoler ist; muss wohl sagen, dass keine ehrbarer ist.*[6] Leider ist das fast schon alles, was wir über sie wissen. Zahlreiche Wandgemälde in Pompeii zeigen Frauen in Dichterpose – den *stilus* leicht an die Unterlippe gelegt, den Blick verträumt in die Ferne gerichtet.[7] Wie viele von ihnen Lesenswertes zustande brachten, wie viele der dilettierenden Oberschicht angehörten, die sich zu allen Zeiten gerne den Anstrich der Intellektualität gibt, ist nicht bekannt.

Tiberias Gedicht über die Schönheit, das am Anfang dieses Kapitels steht, ist bisher als Petronius-Fragment betrachtet worden. Irgendwer hat es irgendwann abgeschrieben, jemand, der den Kontext entweder nicht beachtete oder ihn nicht kannte.

Petronius

Die Meisterin der sanften Pfote. Habe mir ihre Fabel noch einmal durchgelesen. Subtile Anspielungen. Wir hatten kurz zuvor über diese lächerlichen Übungsfälle im Rhetorikunterricht gesprochen. Zart knüpft sie daran an, indem sie ihre Fabel mit so einem moralischen Dilemma beginnen lässt. Wollte sie mich an das erinnern, was wir an diesem Tag noch besprochen hatten? Ich hatte ihr von meinem Rückzug vom Hof berichtet und dabei meinen ehemaligen Freund Seneca erwähnt. Und selbstverständlich bin ich der Sehende, der sich eine feinere Redeweise angewöhnen muss, aber sonst recht ordentlich ist. Der Humor meiner Frau. Wehe mir, wenn ich sie darauf anspreche!

Der Alte Mann

Petronius beginnt. Noch steht kein Titel da, noch hat keiner seiner detailliert gezeichneten *personae* die *tabula* oder den *papyrus* betreten. Auch ihn dürfen wir uns jetzt in klassischer Dichterpose vorstellen. Übrigens, die meisten Wandgemälde zeigen den gelehrten Mann mit einer Papyrusrolle unter dem Kinn, die Frau mit einer *tabula* in der Hand. Ob man damit der Frau die leichte, offenbar noch unfertige Kleindichtung zuweisen wollte, dem Mann aber das große, vollendete Werk?

GITON: Also ehrlich, allmählich geht mir der Alte Mann mit seinen Belehrungen ziemlich auf die Nerven!
AUTOR: Wie bitte?
DER ALTE MANN: Frecher Lümmel, was bildest du dir ein?
AUTOR: Ruhe! (*An seine Leserschaft*) Wer immer Sie sein mögen: Wenn Sie das jetzt lesen, dann ist es passiert:

Der Albtraum des Autors oder
Wenn die *personae* auf die Barrikaden gehen

ist nicht mehr abzuwenden. Aber das Ganze ist nur halb so schlimm, wie es klingt. In Wahrheit passiert auf den folgenden Seiten nichts. Sie können sie ohne weiteres ignorieren. Oder – das wäre mein Vorschlag – nutzen Sie die gewonnene Zeit des Nicht-Lesens sinnvoll. Beispielsweise könnten Sie wieder einmal mit Ihrem Mann oder Ihrer Frau reden, oder Sie holen sich ein Bier oder Chips; vielleicht müssen Sie woanders hin. Es ist wurscht, denn die folgenden paar Seiten enthalten tatsächlich nichts, was Sie – egal, unter welchem Gesichtspunkt betrachtet – kümmern müsste. Keine Information, keine dramatische Wendung, von der Sie wissen sollten, nur Füllmaterial für eine Pause, wie man sie von anderen Medien kennt.

GITON: Was faselt der da? Wer ist das?

PETRONIUS: Na, wer?

DER ALTE MANN: Giton, du Zwiebelkopf[8] – unser Herr Autor ist's! Das ist doch klar. Sie, Herr Autor, ich bitt' Sie, untersagen's diesem Schwadroneur da seine Auslassungen und Dazu-Dichtereien. Für mich als Mann der Wissenschaft ist es eine Qual, nie zu wissen, ob ich an der Nase herumgeführt werde …

GITON: Krümelsammler! Was glaubst du, wer du bist? Die Quelle, aus der du deine Belehrungen schöpfst, bin immer noch ich. Wenn sie dir zu bitter ist, dann such dir doch eine andere.

DER ALTE MANN: Mit dir red' ich nicht. Herr Autor, was fällt Ihnen ein, mich so frauenfeindlich darzustellen? Ich fordere Sie hiermit auf, diese unsäglichen Stellen zu tilgen!

AUTOR: Sonst noch Wünsche?

PETRONIUS: Was mich betrifft, nein. Du bist der Autor, der Schöpfer, wir deine Schöpfung. Also bitte, schick uns die Sintflut, heb uns in den Himmel, mir ist es gleich. Im Übrigen befinden wir uns offenbar in einem Traum. Und dieser ist noch dazu ein Traum innerhalb eines anderen Traums. Denn wie du dir mich erträumt hast, in deinem Buch, das verfolgt dich bis in den Schlaf, bis in diesen Traum, in dem wir uns jetzt befinden. Ein doppeltes Hirngespinst also, aber falls dir das hilft, dazu kann ich etwas beitragen:

Wenn uns mit schwirrenden Schemen ein Traum die Sinne umnebelt,
schickt kein Gott ihn im Tempelschlaf, kein himmlisches Wesen.

GITON: Warum hab ich immer die schwachen Sentenzen? Ich kann genauso eloquent wie mein Herr sein.

AUTOR und PETRONIUS (*gleichzeitig*): Nein, kannst du nicht!

AUTOR: Du bist der Volkswitz, die Bauernschläue. Du bist der Plauderton mit den erbaulichen Metaphern. Du wirkst nicht durch Epigramme, sondern durch deine einfache, liebenswerte Art.

GITON: Na, danke. Das hab ich gebraucht.

DER ALTE MANN: Ich, für meinen Teil, bin ausgesprochen unzufrieden mit meiner Rolle in Ihrem Buch. Nicht nur, dass ich die ganze Arbeit hatte und wie es scheint, ungewürdigt sterben werde, zeichnen Sie mich auch noch als mürrischen alten Deppen.

AUTOR: Woher denn, du drückst dich eben genauer aus, mag es mancher langatmig finden, das passt schon. Oder legst du Wert darauf, dem Unwissenden zu gefallen, der Menge zu schmecken?

PETRONIUS: *Nein, wir schaffen ihn selbst.*
Umfängt den ruhenden Körper sanfter Schlummer
und schweben in freiem Spiel die Gedanken,
hält uns das Tagesgeschehen bei Nacht noch im Bann.

DER ALTE MANN: Schön, dass Sie mit mir per Du sind, Herr Autor, ich bin's mit Ihnen nicht! Jedenfalls so lange nicht, bis ich einen meiner Bedeutung entsprechenden Platz bekommen habe. Sie haben das nicht zufällig noch vor?

AUTOR: Das geht dich gar nichts an, was ich mit dir mache. Angenommen, ich lasse dich jetzt sterben, was willst du dagegen tun?

DER ALTE MANN: Das würden Ihnen die Leser nie verzeihen – ich weiß, dass manche auf meiner Seite stehen.

AUTOR: Sollen wir darüber abstimmen lassen?

PETRONIUS: *Wer als Krieger Mauern bestürmt*
und Städte zu Schutt brennt ohne Erbarmen,
der schaut Waffen, gewonnene Schlacht und gefallene Helden,
schaut das flutende Meer vergossenen Bluts auf der Walstatt.

GITON: Gar nichts kann er machen, der Staubwedel. Da bleib ich gern der Plauderer, wenn wir dafür den alten Zausel loswerden.

DER ALTE MANN: Unreifer Knabe, kein Mensch würde dein Geschwafel ohne mich verstehen!

AUTOR: Während ihr sinnlos herumstreitet, habe ich die Abstimmung durchführen lassen. Hier das Ergebnis: Hundert Prozent sind für ein Weiterleben des Alten Mannes.

DER ALTE MANN: Hundert Prozent! Von wie vielen Stimmen?

PETRONIUS: *Wer vor Gericht plädiert,*
der sieht Paragraphen und Forum,
sieht voll Angst die Tribüne gesäumt von lärmender Menge.
Schacherer bergen ihr Geld und finden vergrabene Schätze.
Jäger durchpirschen den Wald mit der Meute, …

AUTOR: Von einer. Ich habe entschieden: Du darfst leben, deinen Beitrag leisten. Der Beschluss ist rechtskräftig, die Sitzung ist geschlossen.

DER ALTE MANN: Tyrann!

AUTOR: Na endlich! Jetzt hast du es begriffen. Ich allein bin es, den alle dafür verantwortlich machen werden, was in diesem Buch steht. Eurem zur Unzeit erwachten Geltungsbedürfnis stehen Fragen der Komposition, des eigenen Anspruchs, der vertretenen Thesen und Hypothesen, der Lesbarkeit – kurz: unendlich viele Aspekte – gegenüber, die allesamt wichtiger sind als euer Ego.

GITON: Sagt der, der seit Jahren nichts weiterbringt.

PETRONIUS: *… sein sinkendes Fahrzeug bringt*
der Schiffer an Land oder hält es im Sterben umklammert.
Dirnen schreiben dem Freund, ihre Gunst verschenkt die Geliebte, …

DER ALTE MANN: Vergräbt sich in seinen Büchern, anstatt zu schreiben.

PETRONIUS: … *selbst der Hund hängt bellend im Traum an den Fersen des Hasen.*[9]

AUTOR: Ich gebe euch immerhin das Recht, mich einen Tyrannen zu nennen, einige von euch sollten das zu schätzen wissen. Und seid beruhigt: Ich werde dieses Buch nicht abschließen, bevor nicht jeder von euch, an einem würdigen Platz, …

DER ALTE MANN (*unterbricht*): Hört, hört!

AUTOR: … genau das macht, was ich will!

DER ALTE MANN: Faschist!

GITON: Schnösel! Aber, was ist das? Was passiert mit uns?

DER ALTE MANN: Wir lösen uns auf!

GITON: Wie Schatten, die im Licht zerfließen!

PETRONIUS: Kommt, ihr Nebel, gehen wir, unsere Zeit ist um, das Spiel indes geht weiter.

Der Alte Mann

So viel zu diesem wirren Traum, den ich neulich hatte. Zu welch wilden Sprüngen der menschliche Geist doch imstande ist! Wer war dieser Autor, und wer – zum Teufel! – dieser alte Mann? Sollte ich das gewesen sein? Irgendwie schon, aber das ist ja lächerlich … Phantasmen, geboren aus Überanstrengung. Deswegen berichte ich davon. Es möge anderen eine Warnung sein: Wenn man zu viel mit den Toten redet, dann kommen sie einen besuchen. Höchste Zeit zu flüchten; ich bin aufs Land gefahren und habe meinen Neffen besucht.

Petronius

Augustus 809 a. u.c., Cumae

Meine Muse, mein Licht, mein Leben. Ein Winzling wächst in dir heran, der seine Anwesenheit nur durch Zeichen verrät. Unbekanntes Wesen, weißt du, was du uns bedeutest? *Schweig, Zunge, da hast du Brot.*[10] Sie opfert im Tempel der Iuno Lucina,[11] mit gelöstem Haar, ich spende brav. Was deine Liebe von dir wünscht, das erledige ohne Murren.

October 809 a. u. c., Cumae

Goldene Tage. Mein *Liber I* ist beinahe fertig. Mein Plan nimmt Formen an. Nemo, römischer Odysseus,[12] setz die Segel. Wohin es dich treiben wird, weiß dein Schöpfer nicht. Du weißt es ja selbst nicht. Tiberia findet den Namen nicht gut. Dass mein Held eine Irrfahrt zu bestehen habe, werde aus der Handlung hervorgehen, da müsse man nicht gleich mit dem Namen darauf hinweisen.

December 809 a. u. c., Cumae

Laevia[13] ist zu uns ins Haus gekommen. Tiberia klagte in letzter Zeit immer wieder über Schmerzen. Sie kann sich kaum noch bewegen, obwohl es dafür noch viel zu früh ist. Hoffentlich kann ihr ihre Mutter helfen.

Ianuarius 810 a. u. c. [57 a. u. c.], Cumae

Petronius grüßt seinen Decimus
Hilf mir, Freund, ich flehe Dich an. Ich fürchte um meine Frau und um das Kind, das sie trägt. Die Ärzte und die Hebammen, die sie untersucht haben, sagen alle das Gleiche. Das Kind liegt schlecht. Man müsse hoffen, dass es sich noch dreht. Wenn nicht, dann bliebe nur noch, es ihr aus dem Leib zu schneiden! Wenn Du einen wirklich guten Arzt kennst, dann schicke ihn bitte sofort zu mir. Geld spielt keine Rolle. Antworte mir, so schnell Du kannst. Die Zeit drängt. *Vale*

Giton

Februarius 810 a. u. c., Cumae

Silanus schickte uns ein Ehepaar, das sich seine ärztliche Tätigkeit auf naheliegende Weise aufgeteilt hatte. Sie, deren immenses Wissen über alle Beschwerden und Krankheiten, die Frauen betreffen, offensichtlich war, flößte uns Hoffnung ein, er assistierte ihr mit Rat und Tat.[14] Es war alles umsonst. Es kam der schwärzeste Tag. Man könne nicht länger warten, meinten beide. Tiberia, die liebliche – unsere unglaublich lebendige Tiberia –, musste aufgeschnitten werden. Die Gefahr war zu groß geworden. Wenn man jetzt nicht handle, stürben mit Sicherheit beide. Mit dem Eingriff könnten wahrscheinlich das Kind und vielleicht auch die Mutter gerettet werden. Lucia und ich standen meinem Publius bei, sie war, als sie von den Ereignissen erfuhr, sofort nach Cumae geeilt. Wir konnten ihn zunächst überreden, dass er mit uns das Haus verließ. Doch schon nach kurzer Zeit zog es ihn zurück. Ich will nicht reden, von dem, was wir dann erlebten. Es zerriss uns allen das Herz. Nach einer Ewigkeit rief uns Säuglingsgeschrei in den Behandlungsraum. Tiberia lag in einer Ohnmacht. Blut überall. Sie wachte noch einmal kurz auf. Fragte nach dem Kind. Eine Tochter. »Nennt sie Publia.« Mahnte ihren Geliebten: »Beende, was du begonnen hast!«, und ließ nicht locker, bis er es ihr versprochen hatte. Dann starb sie. Ein paar Wochen später starb Publia. Sie war immer schwächer geworden, bis sie schließlich ihr winziges Köpfchen zur Seite legte und verschied.

Hier ruht die Tochter
des Publius Petronius Niger,
die ihre Augen für immer schloss,
kaum, dass sie sie geöffnet hatte.
Ihre Mutter Tiberia ging ihr voran,
scheuchte weg die leblosen Schatten,
dass nichts die Kleine erschrecke,
auf ihrem Weg in die trüben Gefilde.
Vale, Publia, *vale*, Tiberia!
Mein Leben ist mit euch zerbrochen,
richten wird's mir der Tod.[15]

Damals starb etwas in meinem Publius. Etwas, das schon immer schwach gewesen war und das Tiberia kurz zum Leben erweckt hatte: einfache, fast schon kindliche Freude. Wie staunten wir alle, wenn sich Herr und Herrin vergnügt durch das Haus jagten oder lautes Kreischen aus dem Arbeitszimmer erschallte. Die leichte Kälte, mit der er alle Menschen, mich eingeschlossen, behandelt hatte, war verschwunden gewesen. Sie kam verstärkt zurück. Nach Tiberias Tod lebte er nicht mehr mit den Menschen, sondern nur noch unter ihnen, als kalter Beobachter. Berührte ihn doch einmal etwas, dann zeigte er das nicht.

Die nächsten Wochen hielt ich ihn in einem Zustand der ständigen Trunkenheit. Ich hatte alle Schwerter, Dolche und Messer, soweit möglich, eingesammelt und in einer Kammer versperrt, zu der nur ich den Schlüssel hatte. Die Diener hatten strengste Anweisung, keine Schneidwerkzeuge herumliegen zu lassen. Ich ließ die Küche absperren, wenn sie nicht benutzt wurde, und für die restliche Zeit bewachen. Ich bewachte meinen Publius, und wenn ich nicht konnte, achteten Lucia und Laevia auf ihn, die noch bei uns geblieben waren. Dennoch war mir klar, dass wir ihn auf Dauer nicht davon abhalten konnten.

Ihr Götter, warum habt ihr das getan? Warum habt ihr meinem Herrn Tiberia genommen? Was hat er, was hat sie, was hat die kleine Publia euch getan? Die Götter schweigen. Das können sie am besten.

Es kam ein Tag im Martius, der führte mich nach Rom. Lucia musste zurück zu ihrem Mann, der ihre Rückkehr immer drohender eingefordert hatte; ich hatte dringende Angelegenheiten im Stadthaus zu erledigen. Wenn es eine Gottheit gibt, die überhaupt willens ist, Gutes zu tun, dann kann das nur Fortuna sein, mit einer ihrer Launen. Ich saß am Abend in einer Taverne, auf ein paar Gläser Wein, da kamen zwei Frauen herein, die mich nicht bemerkten. Die eine schien mir bekannt, ich sah genauer hin, es war Modesta! Unfähig, meine Überraschung zurückzuhalten, rief ich quer durch den Raum: »Modesta, du?« Sie erschrak, sprang auf zur Flucht – und setzte sich wieder hin. Resignierend winkte sie mich zu sich. Wir redeten die halbe Nacht. Ein paar Tage später reisten wir gemeinsam nach Cumae. Im Gepäck hütete Modesta ein trauriges Geheimnis, das sie meinem ohnehin geprügelten Herrn offenbaren musste. Trotzdem hegte ich die Hoffnung, dass sie ihn aus seiner Trauer herausreißen könnte.

Am Ende kam es so, wie ich es mir erhofft hatte. Betrunken wie er war, erkannte er sie nicht gleich, sie umarmte ihn und murmelte in sein Ohr. »Ich bins, deine Culebonia.« Er schaute sie an, dann hielt er sie lange umfangen, fragte schließlich: »Wo ist mein Sohn?« So schonend wie möglich erklärte sie ihm, dass sein Sohn, den sie Publius genannt hatte, schon vor vielen Jahren verstorben sei. Er zuckte nur kurz zusammen, wie ein Faustkämpfer bei einem weiteren Hieb. Sie blieb in dieser Nacht bei ihm, und in den folgenden. Einige Tage später brachte sie ihm die Urne mit den sterblichen Überresten seines Sohnes. Wir hatten sie in Rom aus dem *columbarium* bei der Porta Latina[16] geholt, für den letzten Gang zur Grabstätte seiner Ahnen. Die beiden gingen alleine in die Nekropole von Cumae und setzten ihren Sohn neben Tiberia und Publia bei. Modesta berichtete mir, dass er hemmungslos geweint hatte. Ich nahm das als ein gutes Zeichen, denn es war das erste Mal gewesen. Und mit der Zeit machte sich der gute Einfluss Modestas auf ihn deutlicher bemerkbar. Er trank weniger, redete wieder mehr mit uns, vor allem mit Modesta. Sie brachte ihn auch dazu, Cumae zu verlassen. Dieser Ort, an dem ihn jeder Winkel an Tiberia erinnerte, war nichts für ihn. Oft genug sahen wir ihn über einem belanglosen Gegenstand in Tränen ausbrechen, fast täglich saß er stundenlang an den Grabmälern seiner Lieben.

Ich muss jetzt ein bisschen von Modestas Leben erzählen. In Rom wohnte sie an einigen Tagen der Woche bei uns, an den restlichen in ihrem Haus nahe dem Hafen von Ostia. Sie erzählte mir, wie es ihr seit damals, vor achtzehn Jahren, ergangen war. Als mein Publius mit seinem Onkel nach Syrien ging, ahnte sie bereits, dass sie schwanger war. »Warum«, fragte ich sie, »hast du nichts gesagt?« Sie habe nicht den Mut dafür gefunden, antwortete sie, trotz aller Zuneigung habe sie mein Publius immer ein wenig spöttisch und herablassend behandelt. Und was konnte sie, die Sklavin, von ihm erwarten? Als sie dann von Aarons Leuten aufgespürt wurde, war sie zunächst überglücklich: Über die Sorge, mit der dieser Sohn eines Senators nach ihr suchen hatte lassen; über die Liebe und seine Sehnsucht nach ihr, von denen seine Briefe sprachen; über ihre Freilassung und Aufnahme in die *domus* der *Petronii*, das alles hatte sie mächtig beeindruckt. In ihren Träumen sah sie sich schon als rechtmäßige Ehefrau ihres strahlenden, blonden Patriciers. Aber es waren gerade diese Träume gewesen, die sie zur Flucht getrieben hatten. Was, wenn nur ein goldener Käfig auf sie wartete? Einer, dem sie nicht leicht entrinnen konnte, in Antiochia oder in einem anderen fremden Land? Was, wenn er sie verstieße, ihr den Sohn nähme? Also nutzte sie die Freilassung, schnappte sich das Geld, das man ihr zur Verfügung gestellt hatte, und lief davon. Eigentlich nur, um alleine und in aller Ruhe über alles nachdenken zu können. Doch dann brach der Winter herein und der kleine Publius wurde krank. Keine ärztliche Behandlung half, keine Pflege, ein Fieber hielt ihn gepackt und ließ ihn nicht mehr los. Seit damals fühle sie sich schuldig am Tod ihres Sohnes. Wäre sie nicht davongelaufen, hätte ihn das Fieber wahrscheinlich nicht erwischt. Dieser unverscheuchbare Gedanke hatte der fröhlichen Modesta die Mundwinkel nach unten gezogen und ihr harte Falten aufgeprägt. Die Schönheit ihrer Jugend war einer herbstlicheren gewichen, das füllige, dunkelblonde Haar durchzogen frühe graue Strähnen.

Nach dem Tod ihres Sohnes nahm sie zunächst alle möglichen Arbeiten an, einfache, niedrige Dienste am Markt oder in Tavernen, es war ihr gleichgültig, solange sie dabei nicht viel denken musste. In Massilia hatte sie es dann immerhin bis zu einer kleinen Garküche gebracht. Als mein Petronius sie damals entdeckte, flüchtete sie noch am selben Tag aus der Stadt. In Ostia verdingte sie sich zunächst als Weberin in einer Schiffswerft; dort fiel sie der Eigentümerin der Werft bald durch ihre Klugheit auf. Diese machte sie zu ihrer Aufseherin und später zur Teilhaberin an der Werft. Im Jahr seines fünften Consulats, als in Rom eine Hungersnot herrschte, förderte Claudius bekanntlich den Schiffsbau[17] und verhalf den beiden damit zu einem recht ordentlichen Vermögen. Die Eigentümerin – die ältere Dame, in deren Begleitung ich sie entdeckt hatte – erwarb sich damals zusätzlich das *ius liberorum*[18]. Verehrer Modestas hatte es in all den Jahren reichlich gegeben, ab und zu gewährte sie einem für kurze Zeit ihre Gunst. Aber sie blieb allein, dachte an ihre Schuld und träumte von ihrem Caius.

Wir zogen zurück nach Rom, in ein neues Leben. Eines, von dem wir nur wussten, dass es ein ärmeres sein würde. Auch deswegen hatte ich vor unserer Abreise diskret mit Marcia Kontakt aufgenommen.

Petronius

Aprilis 810 a. u. c., Roma

Ich bin tot. Sehe sie alle, wie sie mir helfen wollen. Sie wuseln um mich herum. Sie interessieren mich wie der Ameisenhaufen den Wanderer.

Ab und zu darf ich meinen Sohn sehen, mit ihm sprechen. Ein gnädiger Gott hat seine Haare etwas dunkler werden lassen. Einundzwanzig Jahre alt ist er jetzt. Ein prachtvoller Bursche. Strebsam, intelligent, der ganze Stolz seiner Mutter. Wollte ihn adoptieren. Marcia ist strikt dagegen. Ihr verstorbener Mann sei nicht der Klügste gewesen, aber ein liebevoller und treusorgender Ehemann. Zeit seines Lebens habe er den Boden, auf dem sie wandelte, angebetet. Sie werde es nicht zulassen, dass das Andenken an diesen Mann grundlos beschmutzt werde. Ich musste mich fügen. Appius hat Geschwister, eine Familie, er ist glücklich, er braucht mich nicht. Im Gegenteil, wenn ich das Geheimnis seiner Vaterschaft aufdecke, schade ich ihm.

Giton

Wie der stete Tropfen den Stein aushöhlt, so zermürbten wir die Schale, in die sich mein Herr verkrochen hatte. Er kam allmählich wieder zu sich. Es tat ihm gut, seinen inzwischen erwachsenen Sohn zu sehen. Und im Unglück zeigen sich die wahren Freunde. Silanus und Minucius Thermus, Demetrios und Nonianus besuchten ihn, sooft sie konnten. Er wiederum besuchte häufig Persius und Cornutus, die inzwischen unzertrennlich geworden waren. Flüchtige Bekannte schickten Briefe, alte Nachbarn aus Kindheitstagen standen plötzlich vor der Tür. Und einer, von dem wir das nie erwartet hätten, kümmerte sich besonders um meinen Publius. Das Erste, was uns von ihm – schon in Cumae – erreichte, war ein Brief, eine lange Trostschrift, das war nicht zu ändern, so war er, Seneca, eben. In Rom schaute er fast täglich einmal herein, plauderte mit meinem Publius über den neuesten Tratsch in der Stadt oder bei Hof, über Theaterbesuche und Literaturkränzchen. Seine Belehrungen ließ er weg, ganz bewusst. »Ich streue eine Spur von Ködern aus«, meinte er einmal, »die deinen Herrn, so er ihnen einmal zu folgen gewillt ist, in das Leben zurückführen sollen.«

Die Monate vergingen und mit vereinten Kräften kehrte mein Publius tatsächlich in eine Art von Leben zurück. Nur wussten wir nie genau, ob er damit wirklich zufrieden war oder ob er uns etwas vorspielte, um uns unsere Sorgen zu nehmen.

Diese wurden nicht geringer, denn er nahm immer mehr Einladungen an, gab selbst immer mehr Feste und schlief bis lang in den Tag hinein. Und er trank nach wie vor viel zu viel. Ich sprach ihn einmal darauf an, er antwortete mir freundlich, aber bestimmt: »Mein lieber Giton, ein für allemal: Du und all die anderen, ihr habt mich vom Freitod abgehalten, und inzwischen bin ich euch dafür dankbar. Dennoch ändert das nichts daran, dass ich innerlich gestorben bin. Der Tod hat für mich nicht nur keinen Schrecken, sondern tatsächlich keine Bedeutung mehr. Ich renne ihm nicht nach, aber ich meide ihn auch nicht. Sollte er zu mir kommen, werde ich ihn begrüßen. Bis dahin lass mich mein Leben führen, wie ich es kann. Im Moment gefällt mir dieses bunte Treiben, da es mich ablenkt. Belasse es dabei.«

Was hätte ich noch vorbringen können? In seiner Abwesenheit hatte ich gelernt, seine Güter zu verwalten, also verwaltete ich sie auch weiterhin. Das wusste er ganz genau.

Iulius 810 a. u. c., Roma

Petronia Vitellia grüßt ihren Publius
Ich lasse mich scheiden. Die Sache ist beschlossen. Vitellius hat endlich eingewilligt, Lucius in meine Obhut zu übergeben. Der Preis dafür ist ein Großteil meines Vermögens. Kannst Du mir für die erste Zeit aushelfen? Nur so lange, bis ich ein paar Güter verkauft habe. *Vale*

Publius grüßt seine Lucia
Verfüge über mein Geld. Kümmere Dich nicht um Verkäufe. Komm nach Rom und sage mir, wie viel Du brauchst. Ich leg dem *spintria* die Summe auf den Tisch. Dann kann er nichts mehr einwenden. Ich traue dem Kerl nicht. Wir sollten das so rasch wie möglich erledigen. *Vale*

Der Alte Mann

Kinder verblieben bei Scheidungen grundsätzlich in der Obhut und *domus* des Vaters. Petronia hatte *sine in manum conventione* geheiratet, das heißt, ihr Ehemann hatte keinen Zugriff auf ihr Vermögen. Der junge Lucius musste von seiner eigenen Mutter adoptiert werden, um ein Petronier werden zu können. Fortan hieß er deshalb Lucius Vitellius Petronianus, oder kurz Petronianus, wie ihn Sueton nennt,[19] der diese Begebenheit kurz erwähnt.

Giton

Ich habe den jungen Petronianus nur ein paar Mal gesehen. Ein scheuer und unsicherer Knabe, der sichtlich unter seiner Entstellung litt. Sein Vater liebte ihn nicht, obwohl dieser eigentlich ganz hübsche Bub nichts dafür konnte. Der ungeschickte Griff einer Hebamme hatte ihm bei der Geburt ein Auge genommen; aber Missgunst und Gier des Vaters nahmen ihm das Leben! Kaum dass die Tinte auf dem Scheidungsvertrag trocken war; kaum dass die Geldbeutel geliefert worden waren, wurde er von seinem eigenen Vater ermordet. Als er das Haus von Vitellius – *Auswurf und Schandfleck!* – endgültig verlassen wollte, bat ihn dieser zu sich. Er möge mit ihm einen letzten Becher Wein trinken, auf die einvernehmliche Trennung, als würdigen Abschied — und gab seinem Sohn Gift! Danach behauptete dieser Hund, Petronianus habe in Wahrheit ihn vergiften wollen und nur der Tausch der Becher habe ihn im letzten Moment davor bewahrt.

Lucia raste vor Wut und Verzweiflung. Wir mussten sie im Haus einsperren, sonst hätte sie Vitellius mit dem Dolch in der Hand attackiert. Und das war nichts im Vergleich zum Zorn meines Herrn. Hätte Vitellius nicht am selben Abend die Stadt verlassen, dann wäre ein Kampf unvermeidlich gewesen. Den fürchtete ich, denn der *spintria* war – trotz seiner Abartigkeit – ein hervorragender Soldat und Schwertkämpfer. Man könne den Rechtsweg wenigstens versuchen, gab ich zu bedenken, und beging damit einen fatalen Fehler. Unsere Anklage wurde abgewiesen. Vitellius war unantastbar geworden, Liebkind des *Imperator* Nero, des dritten Herrschers in Folge, bei dem er sich als Parasit eingenistet hatte. Wir hatten es uns lediglich noch schwerer gemacht, an ihn heranzukommen. Vitellius ging, nachdem er nach Rom zurückgekehrt war, nur noch in Begleitung von Wachen aus.

Danach nahm mein Publius von niemandem mehr einen Rat an – schon gar nicht von mir. Er soff wie ein Loch und quälte die arme Lucia mit seinen Rachephantasien. Geduldig hatte sie sich seine Tiraden anzuhören, er klammerte sich an sie, trieb sie zur Verzweiflung. Und schwafelte er nicht davon, wie er Vitellius umbringen werde, dann schrieb er – so seltsam das klingen mag –, aber auf eine verbissene, getriebene Art, die ich von ihm nicht kannte. Niemand durfte seine Arbeiten lesen, niemand ihn danach fragen.

Endlich, es war im October oder November, legte er mir sein neues Werk vor. Ich war entsetzt. Drei *Libri* hatte er verfasst, eines düsterer und abgründiger als das andere. Es wimmelte von Verbrechen, Lastern und Gemeinheit. Die widerlichsten *personae* feierten Triumphe, die Tugendhaften starben durch deren Hand oder sinnlos durch Zufall. »Und das«, fragte ich ihn, »soll vierundzwanzig *Libri* lang so weitergehen? Ist das dein Ernst? Wer soll das lesen? Wofür soll das gut sein?« Er gab nur wütend zurück, ich solle doch selber etwas schreiben, wenn ich es besser wisse. Ich erinnerte ihn an sein Versprechen. »Damit vollendest du nicht, was du begonnen hast. Wo ist der Witz, wo die Ironie, wo das Lachen? Das hätte Tiberia ganz und gar nicht gefallen!« Weiter kam ich nicht. Er schmiss mir mit einem Brüllen das Tintenfass an den Kopf, ich flüchtete, so schnell ich konnte.

Ich sah nur noch Tod und Vernichtung für alle von uns. Dieses entsetzliche Jahr schien noch immer ungesättigt zu sein von den Schicksalsschlägen, die es uns zugefügt hatte. Doch dann kam alles ganz anders. Zu den Saturnalien hatte mein Publius wieder einmal bis spät in die Nacht gefeiert, da drang plötzlich Lärm von der Straße herein, Musik, Johlen, Geschrei; ich schickte einen Diener, nachzusehen, was los sei. Der war umgehend zurück und berichtete, Aulus Vitellius sei draußen, mit einer Schar von Klienten, Patriciern und Musikern. So schnell konnte ich nicht schauen, da war mein Publius schon bei der Tür hinaus. Ich stürzte hinterher, einige Betrunkene stolperten mir nach. Zu spät.

Im Schein der Fackeln standen sich die beiden gegenüber, der *Auswurf und Schandfleck,* der bedenklich nüchtern wirkte, hielt sein Gefolge zurück; mein vom Schicksal zermürbter Publius, angetrunken wie er war, forderte ihn zum Kampf heraus. Auf einen Wink von Vitellius gab ihm einer von dessen Leibwächtern ein Schwert. Das ist das Ende, dachte ich, da gingen sie schon aufeinander los. Vitellius ließ sich Zeit. Er genoss es, seinen unterlegenen Gegner mit vorgetäuschten Paraden zu verwirren, zum Gelächter seines Gefolges. Meinen Publius hingegen ernüchterten diese Spielchen. Plötzlich kreischte

Vitellius überrascht auf, mein Herr hatte ihm eine kleine Wunde am linken Oberarm zugefügt. Schlag auf Schlag ging es dann, in grimmiger Attacke schlug Vitellius das Schwert meines Herrn zur Seite, führte seinen Hieb gegen dessen ungeschützte Flanke. Dieser brachte sein Schwert – mit einer grotesken Verrenkung – gerade noch vor seinen Leib, konnte den Treffer aber nur noch abmildern. Vitellius' Schwert schrammte über seine Rippen, Blut quoll hervor, mein Publius stürzte rücklings zu Boden. Sein Gegner sprang vor, schlug ihm das Schwert aus der Hand und holte mit beiden Händen aus – für den tödlichen Stoß. Ich sprang ebenfalls vor, wollte mich dazwischenwerfen, da riss ein anderer Vitellius mit sich zu Boden. Unser Decimus wars! Rittlings saß er auf Vitellius, den Dolch an dessen Kehle. Ich ergriff die Gelegenheit, rannte mit unseren Dienern zu unserem Herrn. Wir trugen ihn ins Haus, ich versorgte seine Wunden, schickte nach einem Arzt und postierte Wachen an der Tür. Was sich draußen noch zugetragen hatte, erfuhr ich erst am nächsten Tag.

Der Alte Mann

Vitellius, später für kurze Zeit *princeps* im sogenannten Vier-Kaiser-Jahr, ist eine dieser Ianus-Gestalten im *theatrum romanum*: privat zu jeder Gemeinheit und jeder Perversion fähig und willens – im Dienst für das Vaterland meist untadelig oder klug genug, um sich nicht erwischen zu lassen. Jeder wusste Bescheid über die zwei Gesichter des Aulus Vitellius, trotzdem machte er Karriere. Im Jahr 48 u. Z[20]. ist er bereits Consul, 60 und 61 Proconsul von Afrika, 68 Statthalter von Niedergermanien, wo er schließlich 69[21] von den Legionen zum neuen *princeps* ausgerufen wird.[22] Vor seiner Statthalterschaft bekleidete er vielleicht jene Ämter in der Stadt, von denen Sueton berichtet. Man verdächtigte ihn, Weihgeschenke aus Gold oder Silber aus den Tempeln gestohlen und gegen Kopien aus Zinn und Messing ausgetauscht zu haben, konnte ihm aber nie etwas nachweisen. So auch im Fall Petronianus. Der Würfelfreund Neros entging der Untersuchung der Angelegenheit, die angesichts eines Mordes am eigenen Sohn, an dem Enkel eines Senators, zwingend erforderlich gewesen wäre.

Giton

Um die Mittagszeit kam Decimus Silanus bei uns vorbei. Mein Publius hatte schwere Verletzungen erlitten. Zwei Rippen waren gebrochen, eine tiefe Schnittwunde musste genäht werden. Dazu kam, dass seine ganze rechte Seite von Abschürfungen übersät war, die das abgelenkte Schwert des Vitellius hinterlassen hatte. Die Gefahr einer Entzündung war hoch; der Arzt verordnete absolute Bettruhe und das regelmäßige Wechseln der Verbände und Reinigen der Wunden.

Fluchen konnte er schon wieder. Wir lagen im Arbeitszimmer meines Publius, in das er sich tragen hatte lassen. Silanus berichtete uns von seinen Unternehmungen der vergangenen Stunden. Nachdem er gesehen hatte, dass ich meinen Publius in Sicherheit gebracht hatte, ließ er Vitellius frei und postierte einige seiner Männer an unserer Tür. Heute Morgen spazierte er zum Haus des *spintria* und verlangte den Herrn zu sprechen. Dieser empfing ihn totenbleich und platzte gleich mit einem Schwall von Entschuldigungen heraus. »Du musst wissen, Petronius«, erläuterte Decimus die überraschende Wendung, »Vitellius ist im Grunde feig. Er hat nur mit dir gekämpft, weil er gewusst hat, dass er gewinnen wird. Bei mir kann er sich dessen nicht sicher sein; er hat Angst vor mir, auch weil ich weit über ihm stehe. Ich habe ihm in aller Ruhe seinen grausamen Tod beschrieben, sollte er es noch einmal wagen, dich anzugreifen. Mehr noch: Das gelte auch für den Fall, dass mein Freund Publius Petronius Niger unter ungeklärten Umständen zu Tode kommen sollte.« Vitellius flüchtete sich daraufhin in die Ausrede, er habe sich nur verteidigt. »Ja«, gab ihm Silanus zurück, »so wie bei Petronianus, nicht wahr?« Das genügte, der Ertappte versprach daraufhin alles, was Silanus von ihm hören wollte.

Petronianus allerdings, führte Silanus weiter aus, werde, zumindest vorläufig, ungerächt bleiben müssen. Der Kampf sei bereits Stadtgespräch, jeder Mordanschlag, auch durch gedungene Verbrecher, werde unweigerlich ihm oder seiner Cousine zur Last gelegt werden. Mein Publius solle, auch wenn es ihn hart ankomme, die Sache auf sich beruhen lassen; vielleicht ergebe sich einmal eine günstige Gelegenheit.

Es war die zweite große Niederlage, die mein Herr in seinem Leben einstecken musste. So wie bei Tiberius Gemellus, nur diesmal viel schlimmer, geriet er an die Grenzen seiner Möglichkeiten. Das Versprechen, das er Lucia gegeben hatte, konnte er nicht halten. Er hatte versagt, *nach Nadel und Faden,*[23] war schwerst gedemütigt worden.

So tief er dadurch gefallen war, ein Gutes hatte das Duell bewirkt: Eines Morgens fand ich von seinem schrecklichen Werk nur noch Fetzen vor. Ich räumte sie weg und legte eine Abschrift des *Liber I* der *Satyrica* auf seinen Schreibtisch.

Wochen vergingen, das neue Jahr begann, ohne weitere sichtbare Zeichen einer Änderung im Verhalten unseres Kranken. So muss ich ihn in seinem damaligen Zustand bezeichnen, ihn, der inzwischen am Leib gesundet war, in seiner Seele jedoch tief verletzt blieb. Im Februarius verkaufte Modesta ihr Haus in Ostia und erwarb ein Haus neben unserem. Eine Wand war schnell durchbrochen; ab sofort lebten wir wie eine große Familie zusammen. Modesta hatte ihre Anteile an der Werft verkauft, um fortan für ihre einstige große Liebe da sein zu können. Ich konnte Publius überzeugen, diese Anteile zu kaufen. Ein gutes Geschäft, wenigstens. Dann traf er sich plötzlich mit Tuchhändlern und Schneidern, konsultierte Schuster, diskutierte Schnittmuster. Wir schüttelten nur noch den Kopf. Was daran denn wieder falsch sein solle, dass er sich neue Gewänder zulege, schnauzte er uns – fast schon gutgelaunt – an. Er hatte schon immer ein gutes Händchen bei seinen Kleidern gehabt, aber woher diese Leidenschaft auf einmal gekommen war, konnten wir uns nicht erklären. Abgesehen davon kehrte er mehr und mehr in sein altes Leben zurück. Er ging wieder aus und veranstaltete Feste, überließ mir die Verwaltung seiner Geschäfte, aber das war mir egal.

Wer kennt nicht das Gefühl, wenn er nach einem langen, trüben Winter endlich wieder von der Sonne berührt wird.

Wenn man erstmals wieder ihre Kraft spürt und weiß, dass die wärmere Jahreszeit nicht mehr fern ist. So ging es mir eines Nachmittages im Frühjahr, denn an diesem Tag kehrte die Sonne in unser Haus zurück. Ich ließ mir meine Überraschung wohl anmerken, als ich sein Arbeitszimmer betrat und Tiberias Porträt gegenüber an der Wand entdeckte. »Erschrick nicht, alter Freund«, meinte mein Publius gelassen, ohne den Kopf vom Papyrus zu heben, »freu dich, sie ist wieder bei mir.«

Das restliche Jahr gestaltete sich für uns – den Göttern sei Dank – so ereignislos, wie ich es mir nur wünschen konnte. Mein Publius genas allmählich, zärtlich umsorgt von seinen Frauen. Die Damen Modesta, Lucia und Marcia waren für ihn da, wenn er sie brauchte. Ansonsten ging man auf Zehenspitzen durch das Haus, wenn es hieß: Der Herr schreibt. Und was er da schrieb! Wie lachte das ganze Haus, wenn er uns die neuesten Abenteuer seines Encolpius und seines Giton – oh ja! – vortrug. Etwas von seiner Lebensfreude war zurückgekehrt. Nicht alles, aber Tiberia lächelte ihm zu.

Zu seinen Notizen kehrte er erst ungefähr ein Jahr später zurück, erst als er mit seinen *Satyrica*, wie er sie mittlerweile nannte, ein gutes Stück weiter war und ihn die Geschehnisse zu einer Eintragung inspirierten.

Petronius

Martius 812 a. u. c. [59 u. Z.], Roma

Nero, verwirrtes Milchbubi, was ist dir da eingefallen? Wenn wir Elefanten töten wollen, versuchen wir dann, sie zu zertrampeln? Reißen wir dem Löwen mit unseren Zähnen die Kehle auf? Was also machte dich glauben, du könntest eine Schlange vergiften? Die nächste Posse: *Agrippina* oder *Wie bringe ich meine Mama um, ohne dass es die Leute merken*. Erster Akt: Vergiftungsversuche, gleich drei an der Zahl. Zweiter Akt: Schiffsuntergang! Wieder nichts, die Alte kann schwimmen. Dritter Akt:

Stirb endlich, Mama! Schwerbewaffnete stürmen ihr Haus und rammen ihr das Schwert in den Leib. Geschafft! Seneca schreibt den Brief, mit dem sich Nero vor dem Senat für den Muttermord rechtfertigt.[24] Lucius, wie lange noch?

Der Alte Mann

Agrippinas Tod steht am Endpunkt einer langen Entwicklung, die mit dem Mord an Britannicus ihren Anfang nahm. Ab dem Jahr 55 u. Z.[25] verlor sie Schritt für Schritt den Einfluss auf ihren Sohn. Seneca und Burrus, denen diese Frau auf dem Thron missfiel, trugen wahrscheinlich dazu bei. Ausschlaggebend waren jedoch die Geliebten Neros: zunächst, wie von Giton kurz erwähnt, die Freigelassene Acte, später, ab dem Jahr 58,[26] Sabina Poppaea, seine zukünftige Frau. Agrippina, zum Herrschen geboren, wollte ihre Entmachtung nicht hinnehmen; ihr Sohn, den sie als ihren Platzhalter auf den Thron gesetzt hatte, wollte sich nicht länger bevormunden lassen. Keiner der beiden gab nach: Die inneren Kämpfe, die das Muttersöhnchen Nero mit sich wohl auszutragen hatte, bis es den Entschluss fasste, die Mutter zu töten, sind leider nicht überliefert. *Matricid*, der Muttermord, war das schlimmste Verbrechen, das die römische Antike kannte. Bei Agrippina kam hinzu, dass ihr Sohn ihr alles zu verdanken hatte. Und selbstverständlich blieb die Tat weder unbemerkt noch unkommentiert: *Nero, Orest, Alkmeon: alles Muttermörder* – Sprüche dieser Art zierten in den Wochen danach die Wände Roms. Schauspieler betonten das *Lebe wohl, Vater! Lebe wohl, Mutter!* in einer populären Atellane, sogar der eine oder andere Senator ließ – was durchaus lebensgefährlich war – seine Missbilligung erkennen.[27] Nero selbst entzog sich diesen Kommentaren und blieb noch wochenlang in Campanien.

Wenig bringt uns den Menschen Nero näher als das erwähnte Schiff, das er bauen ließ, um seine Mutter damit zu töten. Dieses muss eine bemerkenswerte Konstruktion gewesen sein; eine, die wohl nicht nur zufällig eine gewisse Ähnlichkeit mit antiken Theatermaschinen hatte. Der Rumpf wurde mit einer Mechanik ausgestattet, die ihn auf dem offenen Wasser auseinanderklaffen ließ. Das genügte Nero jedoch nicht. Den Plafond der Kabine Agrippinas ließ er mit gut getarnten Bleiplatten versehen, diese sollten noch vor dem Untergang des Schiffes auf die Ahnungslose herabfallen und sie zerschmettern. Zunächst scheint der Plan aufzugehen: Die Bleiplatten fallen tatsächlich herab. Doch dann stürzt das, was Nero als Unfall, als Tragödie inszeniert hat, in eine Posse. Die herabfallenden Platten verfehlen das Opfer – Agrippina bleibt völlig unversehrt – und töten ihren Auslöser! An Bord bricht das Chaos aus, Agrippina hingegen bleibt ruhig. Den verbliebenen Attentätern gelingt es nicht, die Mechanik im Schiffsrumpf in Gang zu setzen, daraufhin versuchen sie, das Schiff zum Kentern zu bringen. Auf der einen Seite sitzen die Attentäter auf der Bordwand und schaukeln das Schiff auf, auf der anderen Seite jene, die das verhindern wollen. Letztendlich kippt das Schiff zur Seite und versinkt. Doch wo ist Agrippina? Fort! Während ihre Mörder beschäftigt waren, war sie unbemerkt ins Wasser geglitten und schwamm längst auf das rettende Ufer zu.[28]

Laut Tacitus war es Seneca, der die Entscheidung für den letzten, erfolgreichen Anschlag herbeiführte.[29] Nach dem gescheiterten Anschlag mit dem Schiff fragte er Burrus, den Kommandanten der Praetorianer, ob diese nicht die Mordtat begehen könnten. Burrus lehnte ab, die Praetorianer seien der gesamten *domus principis* verpflichtet. Ein Freigelassener meldete sich, ein gewisser Anicetus, Kommandant der Flotte bei Misenum. So kam es, dass Agrippina, die letzte Ehefrau des Claudius, so wie ihre Vorgängerin Messalina von einem ehemaligen Sklaven getötet wurde. Sie starb, wie sie gelebt hatte, herrisch, stolz, unbequem. »Den Bauch triff!«,[30] rief sie ihrem Mörder zu und hielt ihm den entblößten Schoß entgegen.

Mit Agrippina verliert Rom einen seiner besten politischen Köpfe; ihr Agieren, soweit es aufgrund der Überlieferungslage beurteilbar ist, zeigt eine Pragmatikerin, eine konsequent handelnde, unerschrockene Frau. Ebenso klar erkennt man ihre Grausamkeit und Skrupellosigkeit. Dennoch, die meisten ihrer

Morde begeht sie aus Kalkül; sie ist keine Schlächterin, sie will klare Verhältnisse. Nur keine halben Sachen, das dürfte auch der Grund für die Ermordung des politisch harmlosen Appius Silanus gewesen sein. Offensichtlich konnte ein Trottel *princeps* werden, daher musste das »goldene Schaf«, wie ihn Caligula nannte,[31] sterben. Und nichts war leichter, als Claudius unter Einsatz von weiblichen Reizen umzustimmen. Also hatte, nach erfolgter Eheschließung, die Beseitigung der unterlegenen Bewerberinnen oberste Priorität. Weitere unternehmungslustige Damen werden mit der gleichen Konsequenz entfernt. Nicht dass sie Claudius ein Abenteuer missgönnt hätte, aber sie machte klar, dass sie bestimmt, mit wem ihr Mann ins Bett geht.

Bei dem Wenigen, was über Agrippinas politische Aktivitäten überliefert ist, fällt ein Urteil schwer. Laut Cassius Dio war sie die treibende Kraft hinter der Politik und den Reformen ihres Mannes;[32] Tacitus und Sueton schreiben diese Claudius zu, aber beide hätten sich eher die Zunge abgebissen, als einer Frau politisches Talent zu konzedieren. Agrippina sitzt vor den Augen des Volkes neben Claudius zu Gericht,[33] sie fährt mit dem Wagen auf das Kapitol[34] und ist als *Augusta* auf Münzen abgebildet.[35] Was hätte sie bewirken können, als Herrscherin Roms? Die Frage ist müßig, denn sie stellte sich damals nicht. Für das antike Rom war diese Idee undenkbar, ihre Umsetzung unmöglich. Selbst wenn man vom innenpolitischen Aufstand, den ihre Machtergreifung ausgelöst hätte, absieht: Die Perser hätten eine Frau auf dem Thron Roms als Einladung zum Sturmangriff verstanden. Das war der eine, der auslösende Fehler in der Tragödie dieses politisch klugen Kopfes: Er saß auf dem Leib einer Frau.

Ihr Sohn soll, nachdem ihm der Muttermord gemeldet worden war, die ganze Nacht wie verwirrt im Palast herumgelaufen sein.[36] Der Dilettantismus und die sinnlose Theatralik in der Ausführung sprechen jedenfalls Bände. Von diesem seelischen Knacks sollte sich das Muttersöhnchen nicht mehr erholen, vielmehr markiert diese Tat Neros den Beginn seines Ganges in den Wahnsinn.

LIBER XX

So das zwölfte der Bücher bildet,
die auf uns gekommen sind

IV. Magister Elegantiarum

Josiane s'ennuyait, cela va sans dire.
Lord David Dirry-Moir avait une
situation magistrale dans la vie
joyeuse de Londres.
Nobility et gentry le vénéraient.
Enregistrons une gloire de lord David,
il osait porter ses cheveux.[1]

Victor Hugo
L'homme Qui Rit (April 1869)

Petronius

Maius 813 a. u. c. [60 u. Z.], Roma

Ihr Jungfrauen, ihr kamt, um zu sehen, und saht, was ihr nicht sehen solltet. Waffen führten die Athleten mit sich, von verheißungsvoller Art. Fragtet ihr euch nicht in der Nacht – bebend in durchfeuchteten Laken –, was diese Lanzen vermögen? Stieß dieses Unbekannte gar in eure Träume vor? Ihr Ärmsten! Appetit hat man euch gemacht, gesättigt hat man euch nicht.

Der Nächste, den Fortuna zum Spaß auf den Thron gesetzt hat. Wäre er nicht so mordlüstern, könnte er einem leidtun; gäbe es einen Preis für Bemühen, gewänne er ihn zu Recht. Bemüht hat sich auch ein anderer, ein Neffe Senecas, hat mit seiner *declamatio*[2] auf Nero einen Preis gewonnen. Sympathisch, trotz seiner Lobhudelei und Großmäuligkeit. Hat interessante Pläne.

Giton

Mit den *Neronia* begann der Eintritt meines Herrn in jenes Labyrinth, aus dem er nicht mehr lebend herauskommen sollte. Der Weg hinein stand offen da – zumal den Dichtern –, den Weg hinaus fanden nur wenige. Noch hatte er die ersten Bücher seiner *Satyrica* nicht veröffentlicht, noch befand er sich in Sicherheit, aber die grausige Faszination, die schon in seinen Notizen zu den *Iuvenalia* erkennbar war, ließ ihn nicht mehr los. Neros dichterische Ambitionen hatten seine Neugierde geweckt. Der Abscheu vor dem Muttermörder verblasste allmählich, gab den Blick frei auf den verblendeten Menschen, der geradezu darum bettelte, literarisch gewürdigt zu werden. Nero hatte sich in sein Buch eingeschlichen.

Petronius

Man kann ihn nicht erfinden. Wie glücklich er ist, wenn er singt, in Schminke und weibischem Gewand. Wie er schwitzt und sich bemüht, wie die Augen strahlen, wie er lebt! Stoff für eine Komödie. Oder doch eine Tragödie? Egal. Dort der dichtende Herrscher, da seine Anhänger, die willfährig Beifall klatschen. Und obwohl er weiß, dass sie alle Heuchler sind, bittet er sie jedesmal wieder um ihre ehrliche Meinung. Er ist wie *die Maus im Nachttopf*.[3] Glatter noch als die Wand, die das Mäuslein nicht erklimmen kann, sind die Lügen, die er sich auftischen lässt.

Das kann nicht lange gut gehen. Das Geld, das Claudius erwirtschaftet hat, gibt er mit vollen Händen aus. Und wenn den Parthern klar wird, was für eine Tunte bei uns auf dem Thron sitzt, wirds richtig ungemütlich.

Der Alte Mann

Athleten bestritten ihre Wettkämpfe nackt, daher war den vestalischen Jungfrauen der Besuch derselben verboten. Neros Spiele enthielten Leichtathletik, Wagenrennen und Dichtervorträge. Vorbild war die griechische *Agone*, deren gymnische, hippische und musische Bewerbe er in seiner *Neronia* vereinte.

Ein weiteres Kapitel, der *Liber XIX*, fehlt in der mir vorliegenden Abschrift. Er enthielt wohl, neben den von Giton erwähnten Notizen Petrons zu den *Iuvenalia*[4] im Jahr 59 u. Z.,[5] auch die Ereignisse vom Mord an Agrippina bis zur ersten *Neronia* im Jahr 60. Die Überlieferung setzt mit Petrons Annäherung an den neronischen Hof ein; der junge *princeps* ist bereits viereinhalb Jahre lang an der Macht. Es wird Zeit, ihn vorzustellen: Einer Person wie Nero historisch gerecht zu werden, ist eigentlich unmöglich.

In Tusculum, der Heimat Ciceros, sah ich einmal eine antike Mauer, die vollkommen von den Wurzeln eines uralten Baumes durchdrungen war. Im Lauf der Jahrhunderte hatte sich das Wurzelwerk in der Mauer ausgebreitet, hatte Nährstoffe aus den Steinen und dem Mörtel in sich aufgenommen. Aber gleichzeitig hatte es die Mauer aufrecht gehalten, war ihr zur immer stärker werdenden Stütze geworden. Der Versuch, diese Repräsentanten der Vergangenheit voneinander zu trennen, hätte beide vernichtet. Ähnlich verhält es sich mit den Legenden, die Nero umranken. Sie sind so sehr Teil der Überlieferung geworden, dass sie ohne Verlust für die historische Wahrheit nicht mehr von dieser getrennt werden können. Nero wird zum Exemplum für das absolute Böse. Die römischen Historiker, in ihren alten, republikanischen Tugenden verwurzelt, schreiben ihm jede erdenkliche Untat zu; der gerade im Entstehen begriffene Glaube an die Göttlichkeit eines jüdischen Tischlersohnes wird in ihm den ersten Antichristen erkennen. Das Monster wächst in den Köpfen der Menschen, es wird mit jeder Beschreibung schreckenerregender. Was hat er getan, was wurde ihm zugeschrieben? Wer profitierte? Das Christentum muss ihm eigentlich dankbar sein, ohne ihn wäre es im Jahrhundert seiner Gründung historisch bedeutungslos. Ohne Nero gäbe es kein jammervolles Martyrium der ersten Christen, die Legende von der Kreuzigung des Apostels Petrus in Rom hätte nicht entstehen können. Ohne Nero gäbe es kein religiöses Argument, das Zentrum des christlichen Glaubens in Rom anzusiedeln.

Erkennbar sind einige bestimmende Merkmale im Verhalten des letzten Claudiers: Das erste ist ein positives, Neros Liebe zur Kunst. Diese darf und muss man als innig und ehrlich bezeichnen. Sie charakterisiert ihn, sie ist es, aus der sich die Tragödie seines Lebens entfaltet. Nero fördert die Künste und die Künstler, er richtet Dichter- und Sängerwettbewerbe aus, bei denen er anfangs noch bescheiden abseits steht. Von frühester Jugend an trainierte er seine Stimme, übte täglich auf der Kithara und konsultierte die Dichter. Man fragt sich, wie weit er es gebracht hätte als Musiker unbedeutender Herkunft.

Das zweite Merkmal, das das Wesen Neros kennzeichnet, ist seine bis ins Groteske gesteigerte Sucht nach Anerkennung. Mit der Ausrichtung der *Iuvenalia* im Jahr 59 treten erstmals die sogenannten *Augustiani* auf den Plan: Neros Entourage, junge römische Ritter, zum Zweck der Verherrlichung ihres Dichterfürsten zusammengetrommelt. Dieser tritt zunächst nicht vor dem gesamten Volk auf, sondern präsentiert sich nur der adeligen Gesellschaft. Missfallensäußerungen hat ein *Imperator* von diesem Publikum nicht zu befürchten, dennoch umgibt er sich, von seinem ersten Auftritt an, mit einer gekauften Claque. Ein schwacher Mensch tritt hervor. Einer, der sich nach ehrlicher Kritik sehnt, aber sie gleichzeitig fürchtet. Neros Lösungsansatz ist ebenso radikal wie feig: Er beseitigt die Zweifel an der Aufrichtigkeit seines Umfelds, indem er ihre Unaufrichtigkeit institutionalisiert.

Kommen wir zum dritten Wesensmerkmal dieses zerrissenen Menschen: Fast jeder, der ihm einmal etwas Gutes getan hat, wird von ihm früher oder später vernichtet. Er beginnt – nur konsequent, könnte man meinen – bei der Person, der die meisten Menschen zu Dank verpflichtet sein müssten: bei der Mutter. Aber handelte er wirklich konsequent? Oder war nicht vielmehr der Muttermord der Auslöser für das weitere Verhalten? Ursache und Wirkung sind nicht mehr auseinanderzuhalten. Aber ob Familienmitglieder, Berater, Freunde oder Geliebte, irgendwann erträgt er ihre Wohltaten nicht mehr und bringt sie um.

Nero hatte sich jedenfalls befreit, von der einzigen Person, die ihm seine Auftritte untersagen konnte. Seneca und Burrus, die zu dieser Zeit die Staatsgeschäfte führten, hinderten ihn zwar an der Ausübung seiner nicht standesgemäßen Leidenschaften, aber verbieten konnten sie dem *princeps* nichts. Im Gegenteil, sie waren auf sein Wohlwollen angewiesen. Nero ließ seine Berater regieren, er mischte sich nicht ein, aber nach der Beseitigung der Mutter beginnt er, Belohnungen für seine Zurückhaltung einzufordern. Er geht es langsam an. Zunächst fordert er nur einen Platz, an dem er seiner zweiten großen Leidenschaft, dem Wagenlenken, nachgehen kann. Eine Rennbahn wird, abseits neugieriger

Blicke, im vaticanischen Tal eingerichtet. Danach sucht er sich verarmte Adelige, lädt sie ein, auf der Bühne aufzutreten, gegen großzügige Belohnung. Das alte Gesetz, das jedem Patricier ab dem Ritterstand das Auftreten auf der Bühne verbietet, ist damit gebrochen. Dann erfindet er die *Iuvenalia*, ein Fest für die Jugend und für das Schauspiel, bei der jeder – gleich welchen Standes! – auf der Bühne auftreten darf. Was alle Welt tat, konnte ihm nicht länger verboten sein. Der Künstler Nero betritt die Bühne.

Giton

Ich muss mich ab sofort etwas ausführlicher zu Wort melden. Mein Publius war damals vor allem mit seinen Schelmen beschäftigt und pflegte seine Notizen nur sporadisch. Wir lebten recht friedlich, unterbrochen nur von den Festen, die mein Herr regelmäßig veranstaltete. Er erwarb sich allmählich einen Ruf als Mann von Geschmack, wozu seine Gewänder beitrugen, wie die Einrichtung seines Hauses, die weniger durch Prunk als durch Zurückhaltung auffiel. So standen bei uns im Garten nur wenige, exquisite Statuen, alle so platziert, als hätten sie sich selbst dort hingestellt. Teils wars seine Natur, teils baute er sich damit eine Festung. Mir war schon aufgefallen, dass sein neues Auftreten in der Öffentlichkeit eine gewisse Scheu hervorgerufen hatte. Die ganzen adeligen Tölpel wagten sich nicht mehr so unbekümmert an ihn heran. Von den Damen, die er sämtlich mit der gleichen freundlichen Herablassung behandelte, suchten sich die meisten bald einfachere Objekte der Zerstreuung. Ihm war das recht.

In unserem Viertel sprach man vom »Weiberhaushalt«, den ein gewisser Ritter führe, oder vielmehr sich selbst überlasse, wie manche wissen wollten. Aber Spott, der keine Nahrung findet, verkümmert. Auf die Gefahr hin, mich unbeliebt zu machen: Mein anfängliches Staunen über die Eintracht zwischen den drei Frauen war längst der Bewunderung gewichen. Lucia, Marcia und Modesta verband ihre Sorge um meinen Publius und ihre Zuneigung zu ihm. Selbst als er in diesem Jahr die Ehe mit

Marcia einging, änderte das nichts an unserem Zusammenleben. Marcia waren die vielen Mitgiftjäger lästig geworden, meinem Publius einige hartnäckige Damen; gemeinsam schüttelten sie sie ab, wie man Wanzen aus dem Bettzeug klopft.

Auf den Straßen wimmelte es von Dichtern. Glücklich, wer seinen Darm unter belanglosem Geplauder oder in Stille entleeren durfte. Andere, weniger unpassende Orte fand man von Poeten geradezu belagert vor. Die Zeit des Schweigens, die mit dem Tod Ovids begonnen hatte, ging damals zu Ende. Dreißig Jahre lang war kaum etwas Nennenswertes auf eine Rolle gesetzt worden. Waren es die erdrückenden Vorbilder gewesen? Oder die nicht vorhandenen Förderer? Ich weiß es nicht. Unser *Culex* hatte einige weitere Dichtungen von Vergil bewirkt, manche durchaus gelungen, manche belanglose Nachahmungen; sonst gab es ein paar halbwegs begabte Gelegenheitsdichter, hauptsächlich jedoch Lobhudler und Geschichtsschreiber, die man manchmal kaum voneinander unterscheiden konnte. Nur eine große Stimme hatte diese trübe Zeit, doch das gelehrte Rom beachtete sie nicht. Ich rede natürlich von Phaedrus. Der Philosoph der *plebs* starb im Jahr nach dem Gastmahl, das wir für Seneca veranstaltet hatten. Er verabscheute den Prunk, besonders in der Dichtung, er war bescheiden und nüchtern in seinen Ansichten, er schuf lateinische Sprachkunst in städtischer Kürze. Geehrt hat ihn die Stadt nie, auch nicht nach seinem Tod. So ist das mit den Freigelassenen! Wie oft hörte ich Seneca über Palaemon schimpfen. Keinem Menschen gebühre größere Verachtung als diesem Erdgeborenen[6]. Ja, freilich, und ihm dann sein Weingut abkaufen, über das wir uns seinerzeit lustig gemacht hatten. Palaemon hatte seine Spötter eines Besseren belehrt; Seneca musste ein Vermögen hinlegen, um in den Besitz des Gutes zu gelangen.[7] Strahlt ein ehemaliger Sklave hingegen römische Tugenden aus, wie Menschlichkeit, Humor und geistige Stärke, tut man so, als gäbe es ihn nicht.

Ein anderer Dichter, den mein Publius schon erwähnt hat, Pomponius Secundus, starb im Jahr der Machtergreifung Neros. Vielleicht war es für ihn ganz gut so, er war begabt.

Wenn ich ein Werk nennen soll, das den Anfang dieser neuen Zeit markiert, dann muss ich, ob es mir passt oder nicht, Senecas *Apokolokyntosis* nennen. Sie beendete die Langeweile – wie Neros Dichterwettbewerbe die Untätigkeit. Spätestens seit den Ehrungen, die die dem jungen Lucan, jenem „Neffen Senecas", zuteilgeworden waren, wollte ganz Rom mit dem Stift Karriere machen. Kurz: Wenn wir ausgingen, nahmen wir mehr Steinchen mit als früher und besuchten die wenigen ernstzunehmenden Dichterkreise, die damals entstanden, wie den des Cornutus.

Petronius

Warten auf Persius. Seine Satiren sind großartig. Bisschen wüst, aber neu. Er will noch daran feilen, bevor er sie herausgibt. Ich kann keinen Fehler mehr entdecken. Einiges sollte er abschwächen. Das sagen ihm alle, ist seine Antwort. Lucan schreibt an seinem fünften Buch, die ersten drei will er nächstes Jahr veröffentlichen. Kraftvolle Dichtung, schonungslos in der Darstellung der Kontrahenten. Was bewirkt sein Verzicht auf Eingriffe durch die Götter? Der Mensch ist selbst verantwortlich für seine Taten und seine Unterlassungen.

Seneca veröffentlicht seine Tragödien. Die von Pomponius waren besser. Er hingegen hastet von einer schauerlichen Szene zur nächsten. In seinem Bemühen, das Grauen zu steigern, fällt er ins Groteske. Wie sollte sich denn Oedipus die Augen herausgerissen haben? Hat er sich vorher die Nägel wachsen lassen? Oder verwendete er die Haarzange seiner Frau? Sollte Icarus jemals bei Seneca abstürzen, dann mindestens brennend, vom Pesthauch der Sonne vergiftet und von wenigstens drei fliegenden Schlangen attackiert.

Meine ersten Lesungen im kleinen Kreis verlaufen mit einem gewissen Erfolg. Man amüsiert sich über die *fabula*, versteht manche Anspielung. Das große Ganze wird nicht gesehen. Ich dachte es mir schon. Sie sind weder zur Einsicht noch zu einer Änderung ihres Verhaltens fähig.

Giton

Und mich schauten sie an wie ein nie gesehenes Tier. Mein Publius hatte sich bekanntlich mein Aussehen, meinen Namen und ein wenig von meinem Charakter für den Gefährten seines Encolpius geborgt. Nach einiger Zeit kam ich damit ganz gut zurecht. Gewissen Damen, die den erfundenen Giton im echten suchten, gab ich nach Kräften Bescheid.

Nun ist es nichts Ungewöhnliches, dass die *personae* von Erzählungen realen Personen nachempfunden sind. Was meinem Publius passierte, war ungleich verblüffender: Lange nachdem er seinen verträumten Helden erfunden hatte und noch bevor er die ersten Bücher seines Werkes veröffentlichen konnte, begegnete er diesem auf der Straße. Encolpius war ihm von der Rolle gehüpft: Talentfreie junge Männer stürzten sich in den Dichterwahn, jagten schwitzend entschlüpfenden Wörtern hinterher, anstatt vernünftigeren Beschäftigungen nachzugehen. Die reizendsten Mädchen der Stadt sahen sich von Armut bedroht; still lagen die Würfel in den Tavernen, neben leeren Weinbechern; selbst das Öl in Neros Gymnasion[8] wurde ranzig. Ganz so schlimm ist es natürlich nicht gewesen, aber auch ohne Übertreibung schlimm genug. Vor allem, da die jungen Männer weniger an Liebesgedichten werkelten als an hehren Epen. Troia brannte an allen Ecken und Enden der Stadt.

Der Alte Mann

Der Dichterkreis rund um den Stoiker Cornutus bestand hauptsächlich aus seinen Schülern. Der wichtigste unter diesen war Aules Persius Flaccus geworden, daneben trifft man auch den jungen, von Nero aus Athen zurückberufenen Marcus Annaeus Lucanus in dieser Runde, der gerade an seiner *Pharsalia* schreibt. In derartigen Kreisen sammelten sich die kritischen Zungen Roms, man darf sie sich jedoch nicht als abgeschlossene Zirkel vorstellen. Demetrios, der Kyniker, war ein enger Freund des ob seiner Tugend von allen verehrten Senators Thrasea Paetus; dieser wiederum war ein väterlicher Freund von Persius. Man unterhielt offene Häuser, besuchte einander, tauschte sich aus, ob man nun Stoiker, Epikureer oder Kyniker war. Vehement ist der Behauptung entgegenzutreten, es handle sich bei den Stoikern Roms um eine Oppositionsbewegung, gar eine republikanische. Das entspringt neuzeitlichem Denken und wird durch oftmalige Wiederholung nicht wahrer. Opposition, mit welchem Ziel denn? Mit der Wiedererrichtung der *res publica* war man schon nach dem Tod Caligulas kläglich gescheitert. Persius und Lucan waren Dichter, ihr Streben richtete sich gegen die Dekadenz in der Dichtkunst und in der Gesellschaft. Cornutus war Philosoph, Lehrer und Ratgeber, der eine ehrliche Antwort gab, wenn er gefragt wurde. Das Recht des Römers auf das freie Wort, auf die Ermahnung des Herrschenden, ist heiliger Bestandteil seiner *romanitas*, und nicht irgendeiner Philosophie. Sie impliziert die Pflicht des Herrschers, Kritik und selbst Spott zu ertragen. Davon machte man Gebrauch, dieses Recht forderte man ein. Mehr nicht.

Währenddessen setzte man in einer Villa in Baiae seine Worte deutlich entspannter auf die *tabula*. Hirtenidyllen prophezeiten nicht mehr das Goldene Zeitalter, sie feierten seinen Beginn. Jeder der griechisch benannten Schäfer entsprach – leicht erkennbar – einer Person bei Hof; die Themen waren ähnlich durchsichtig gestaltet. Die restliche Zeit vertrieb man sich mit dem Ballspiel und dem Vortrag auf der Kithara. Die Dichter um den aktuellen Hausherrn Caius Calpurnius Piso, wie etwa Calpurnius Siculus, verstanden sich als Epikureer, auch wenn sie die Lehre von *der reichlicheren Lebensweise* tendenziell großzügig auslegten. Man widmete sich seinem Vergnügen und schmeichelte sich bei Nero ein. Positiv zu vermerken ist, dass das Haus dieses Schöngeistes jedem mittellosen Dichter offenstand. Ungeachtet des Standes, ohne Gegenleistungen einzufordern, förderte Calpurnius Piso junge Poeten, sofern diese nur Begabung zeigten. Aber dann kam der Komet.

Petronius

Sein Licht verfinstert das Gemüt unseres *princeps*. Lautlos durchschlägt der feurige Wanderer die gläsernen Sphären, eine nach der anderen, so viele es auch sein mögen. Nicht hören wir Glas bersten, nicht regnet es Scherben herab, und doch ist er da, der Haarstern.

Der Alte Mann

Theorien zur Herkunft und Natur von Kometen gab es viele;[9] die Ansicht einiger Gelehrter, dass es sich um Sterne handle, die über den Himmel ziehen, vertrug sich jedoch schlecht mit der Theorie der himmlischen Sphären, an denen man sich alle Sterne und Planeten befestigt dachte.

Petronius

Die Wahrheit ist wie immer deutlich einfacher als diese wilden Himmelskonstrukte, die uns vorgesetzt werden: Auch Helios hat ab und zu einen Schnupfen, speziell wenn die Nächte, die er zu durchwandern hat, kalt sind. Und bei so einem göttlichen Nieser kann es schon passieren, dass der gereizten Nase eine feurige Rotzglocke entfährt und auf eine der Himmelssphären geschleudert wird. Dort rinnt der klebrige Batzen dann allmählich ab; deswegen sind Kometen meistens länglich und ziehen langsam über den Himmel. Und auch alle anderen Phänomene, die man an ihnen beobachtet hat, können so erklärt werden. Die unterschiedlichen Farben beispielsweise: gelblich, rötlich, grünlich, bläulich; wer hätte das nicht schon aus seiner Nase kommen sehen? Und so wie der Rotz niemals dieselbe Form oder Größe hat, so sehen auch Kometen jedesmal anders aus. Man sagt, Kometen erscheinen an allen Ecken und Enden des Himmels. Na, wer könnte denn – von einem überraschenden Niesen erschüttert – die Flugbahn seines Auswurfs steuern? Irgendwohin fliegt die Pracht und zieht, je nach Wölbung der Sphäre, auf der sie landet, mit mehr oder weniger Schwung in die Richtung, in die sie ihr Gewicht befiehlt, den feurigen Rotzschweif im Schlepptau.

Plautus[10] redet nicht mehr, er schweigt. Plautus geht nicht mehr aus, er bleibt daheim. Plautus empfängt keine Gäste mehr, sein

Haus ist verschlossen. Was hat Plautus getan? Hat er Nero nächtens verprügelt? Hat er bei dessen Vortrag gegähnt? Nein. Er hat ein gutes Beispiel abgegeben.

Giton

Persius grüßt seinen Petronius
Komm bitte heute nach dem Bad in das Haus des Cornutus. Es geht um die Angelegenheit, von der die ganze Stadt spricht. *Vale*

Bei Cornutus und Persius wartete schon ein enger Freund von Plautus, Musonius Rufus[11]. Er war tief besorgt. Das Volk in seinem maßlosen Aberglauben sei der Meinung, der Komet habe den Tod Neros angekündigt, wie es seinerzeit bei Claudius der Fall gewesen sei. Damit nicht genug: Das Ende Neros stehe offensichtlich bevor, wer also werde sein Nachfolger? Man kann keine noch so dumme Frage stellen, es finden sich immer Menschen, die sie mit der größten Ernsthaftigkeit diskutieren. Hier ließ ein Säufer sein lautstarkes Plädoyer für Verginius Rufus erschallen, dort breitete ein Wechsler seine Argumente für Decimus Iunius Silanus aus. Noch andere Namen wurden genannt, es ging zu wie auf der Rennbahn. Die größte Partei formierte sich für Rubellius Plautus, ihn traf das überzeugendste Argument: Er hatte noch nie die geringste Ambition in diese Richtung gezeigt!

Musonius Rufus kam zum Schluss: »Was können wir unternehmen, um ihn zu retten? Gestern wurde Neros Tafel von einem Blitz zerschmettert, seitdem redet man in den Tavernen und Märkten nur noch von Plautus. Und je mehr er sich zurückzieht, desto sicherer ist sich die *plebs* in ihrem Urteil. Unser *princeps* ist längst darüber informiert. Eine Anklage wegen Hochverrats ist nur noch eine Frage von Tagen.«

Cornutus wandte sich an meinen Publius: »Das, Petronius, ist der Grund, warum wir dich hergebeten haben. Wir sehen nur eine Möglichkeit, nämlich die, dass Seneca den *princeps* zu milden Maßnahmen gegen Plautus überredet. Hinwegsehen lässt sich auf dem Palatin über die Sache nicht mehr, das ist uns bewusst; ermöglichen könnte man vielleicht, dass die Reaktion der Unschuld des Betroffenen entspricht. Von uns kann keiner hingehen; wenn wir uns an Seneca wenden, weiß er schon vorher, was wir von ihm wollen. Bei dir wird er keinen Verdacht schöpfen, dein Anliegen wird ihn überraschen, gerade das könnte von Vorteil sein.«

Mein Publius übernahm diese Aufgabe beherzt und brachte sie bekanntlich zu einem guten Ende. Plautus ereilte die höfliche, aber bestimmte Bitte Neros, der Unruhe in Rom damit entgegenzuwirken, dass er sich vorübergehend auf seine Güter in Asia zurückzöge.

Aber so, wie das kleinste Steinchen, das man in einen See wirft, immer größere Ringe bildet, so hatte auch dieses Ereignis Auswirkungen, die erst später von Bedeutung sein sollten. Ab nun war mein Herr Seneca zu Dank verpflichtet; und auf dem Palatin war ein Name ins Gerede gekommen: Publius Petronius Niger.

Petronius

Maius 814 a. u. c. [61 u. Z.], Roma

Wie sagst du immer so schön, Lucius? Wir sind alle Sklaven. Aber nein, das sagst du gar nicht, du fragst: Sind wir nicht alle Sklaven? Du tändelst nur mit dem Gedanken, wie die gelangweilte Hausfrau mit dem Stallburschen.

Du sprichst von den Tugenden bestimmter Sklaven, hebst die edle Wesensart von einigen hervor, staunst, und stellst fest: Sie sind auch Menschen! Oh Wunder! Was sollten sie denn sonst sein? Giraffen?

Sind Sklaven dankbar dafür, dass wir uns freundlich zu ihnen herablassen? Nein. Sie sind schlau, sie wissen, dass wir Heuchler sind. Angst beseitigt Menschlichkeit, aber nur die volle Härte des Gesetzes kann die Angst beseitigen. Das braucht der Römer für seinen ruhigen Schlaf.

Wenn man bedenkt, dass viele Sklaven heutzutage freigelassen werden, sollte man besser fragen: Sind wir nicht alle Freigelassene? Welcher Sturm bräche los! Welche Entrüstung! Sie schmeißen sich an uns ran wie Zuspätgekommene in die Theaterloge, wollen von uns akzeptiert werden, womöglich auch noch geliebt, und, als ob das nicht schon peinlich genug wäre, streben sie auch noch danach, uns möglichst ähnlich zu werden. Sklaven hingegen stehen uns fern, in sicherer Distanz, da kann man unbesorgt Vergleiche stricken und schöne Worte für sie finden.

Giton

Wir, die Sklaven Roms, konnten uns damals von dieser Menschlichkeit überzeugen. Ein Sklave hatte seinen Herrn, den *praefectus urbis* Pedanius Secundus, erstochen.[12] Das alte silanische Gesetz wurde durchgesetzt, wonach in einem solchen Fall alle Sklaven des Haushaltes zu kreuzigen waren. An dem Aufstand des Volkes, den diese Grausamkeit auslöste, nahmen auch Modesta und ich teil. Wir umzingelten das Haus von Pedanius, sodass das Gesinde nicht abgeführt werden konnte. Eine Senatssitzung wurde anberaumt.

Petronius grüßt Seneca
In Deiner Schrift *De clementia* beschreibst Du die Macht des Herrschers: *Ein jeder kann das Gesetz brechen, um Menschen zu töten, niemand anderer als ich kann es brechen, um sie zu retten.*[13] Dich, den hervorragendsten Berater unseres Caesars, bitte ich heute, mach Deinen Einfluss geltend bei dem, der zu retten vermag. Sklaven dürfen bei einem Standbild des *princeps* Zuflucht nehmen. Um die vierhundert Menschen, das gesamte Gesinde des Pedanius, darunter Frauen und Kinder, umklammern die Beine Deines einstigen Schülers. Von allen bei Hof bist Du derjenige, der sie retten kann. Du hast das Ohr Neros, Du hast die Argumente, Du musst sie nur auf den Fall anwenden. *Der Weise unternimmt nichts, was er nicht machen sollte; er unterlässt es, nicht zu machen, was er unternehmen sollte.*[14] Solltest Du Bedenken haben, diese Aufgabe zu übernehmen, bedenke zugleich, Du selbst hast Dich erst kürzlich dazu verpflichtet: *Den Menschen zu nützen,*

befiehlt mir die Natur, ob sie nun Sklaven sind oder Freie, von hoher Abkunft oder freigelassen.[15]

Genug von Deinen Worten, auch mir sind – wie vielen anderen – die eigenen am überzeugendsten. Lass mich daher ein paar von diesen vorbringen, auf dass ich nichts unversucht gelassen habe, um bei Dir Gehör zu finden: Aristoteles unterschied einst zwischen Sklaven und Freien.[16] Wer ohne Herrn undenkbar ist, der ist von Natur aus Sklave. So wie die Seele der Herr über den Leib zu sein hat, so sind manche eben nur Leib und bedürfen einer fremden Seele, die sie anleitet. Sie sind zum Dienen geboren. Du wirst mir recht geben, dass man von solchen Sklaven nur wenige findet. Wie steht es mit den Sklaven des Pedanius? Sind sie zum Dienen geboren? Die meisten ja, aber nur dem Gesetz nach, da sie in ihren Stand hineingeboren wurden. Also sind sie, nach Aristoteles, keine Sklaven von Natur aus, sondern nur zeitweilig in Sklaverei befindlich. Menschen also, deren wahre Natur erst zu ergründen wäre, anstatt sie sämtlich, ohne weitere Fragen, in den Tod zu schicken. Und selbst, wenn wir sie als willenlose Werkzeuge ihres Herrn, also als Sklaven von Natur aus betrachten – woher hätten sie dann den Willen, den es zu einem Mord braucht? Wir verurteilen also entweder freie Menschen, die ohne Schuld zu Sklaven geworden sind, oder Unfreie, denen der Wille zur Tat von vorneherein fehlt.

Und so wie viele Sklaven sind, nicht nach ihrer Natur, sondern nur nach dem Gesetz; so sind viele unseres Standes keine Freien von Natur aus, sondern nur durch Geburt in Freiheit befindlich. Der eine ist Sklave des Geldes, der andere dient seinen Lüsten, der dritte unterwirft sich seiner Geltungssucht. Wem oder was diente Pedanius? Die Frage scheint mir berechtigt! Einer seiner Lustknaben hat ihn erdolcht. Und vierhundert Menschen sollen sterben, weil ihr Herr ein recht merkwürdiges Bedürfnis nach einer grotesk hohen Anzahl von Dienern hatte.

Ich will nicht so weit gehen wie manche, die sagen, Pedanius habe nur die Strafe für seine Schandtaten erlitten, aber bedenke trotzdem den Fall des Hostius Quadra. Dieser, nicht zufrieden damit, sich beim Geschlechtsverkehr jeder erdenklichen Besudelung hinzugeben, errichtete Spiegel rund um sein Lager, um beobachten zu können, wie seine *delicati* in ihn eindrangen. Einige dieser Spiegel vergrößerten die abgebildeten Teile, denn Quadra interessierte sich für jedes Detail. Er war ein höchst aktiver Passiver, der manche Szene seiner Schändung auf Leinwand verewigen ließ. Als er dann, wie nicht anders zu erwarten war, von einem seiner Lustknaben erstochen wurde, meinte selbst der göttliche Augustus, Hostius Quadra sei der Rache nicht würdig, und ließ die Sache auf sich beruhen.[17] Pedanius Secundus war sicherlich nicht ein solcher Lüstling wie Quadra, aber irgendetwas muss er seinem Sklaven angetan haben, dass er von ihm ermordet wurde. Wenn also Octavian den Mord am Wüstling ungestraft gelassen hat, dann, denke ich, könnte man die Strafe für den Mord an einem Menschen von zweifelhaftem Ruf auf die wahrhaft Schuldigen beschränken.

Mein Vorschlag ist, eine Untersuchung einzuleiten, die die wahren Schuldigen ermittelt, und vor allem die Gründe offenlegt, die zu diesem Mord führten. Das wäre nicht nur menschlich, es wäre auch viel eher geeignet, den Römern einen ruhigen Schlaf zu bescheren. Momentan beruft man sich auf das Gesetz, aber in Wahrheit hat man Angst, und diese ist ein schlechter Ratgeber. Was bewirken wir mit dem *exemplum*? Befreit es uns von der Angst? Natürlich nicht. Sklaven gibt es zahllose in Rom, wir werden nicht alle hinrichten können. Das Argument, soweit ich es verstanden habe, ist: Sie machen uns Angst, also müssen wir ihnen Angst machen. Ich sehe nicht, wie uns das helfen könnte. Angst führt zu Hass, irgendwann überwiegt letzterer, wie es auch jener *princeps*, der von allen gefürchtet werden wollte, am eigenen Leib zu spüren bekam. Und überhaupt: Welcher Mensch denkt an Konsequenzen, wenn die Mordlust in ihm hochsteigt?

Wenn Du mir also zustimmen kannst, dass es weder menschlich noch sinnvoll ist, das Gesinde des Pedanius samt und sonders hinrichten zu lassen, dann bitte ich Dich, unseren *princeps* zur Milde zu bewegen. Aus dem Senat hört man, auch an Legionen, die versagt haben, statuiere man Exempel. Jeder Zehnte werde, ob schuldig oder nicht, für das Versagen aller bestraft.

Der Vergleich hinkt, aber seis drum. Ist das Exempel nicht zu verhindern, dann bitte ich, es wie an Soldaten zu vollstrecken. Man sondere die Kinder, Greise und Geistesschwachen aus den Betroffenen aus, wähle jeden Zehnten und verschone den Rest. Der Abschreckung wäre damit Genüge getan.

Hier noch ein letztes, bildliches Argument, das Du selbst formuliert hast: Unser *princeps* ist die Seele des *Imperium,* welches sein Leib ist. Daraus erhellt, denke ich, wie nötig Milde ist. Denn wenn er andere schont, schont er in Wahrheit sich selbst.[18] *Vale*

Seneca grüßt seinen Petronius
Ich kann in dieser Sache nichts machen. Nero Caesar hat beschlossen, die Entscheidung dem Senat zu überlassen. *Vale*

In seinem Schriftwerk über Sklaven – das gilt auch für die später verfassten Werke – konnte ich viele schöne Worte entdecken; aber kein einziges Mal beschreibt er, wie er selbst mit meinesgleichen umzugehen pflegte. So viel zu Senecas Taten. Die Verurteilten schleppten ihre Balken unter schwerster Bewachung zur Via Appia. Die ganz kleinen Kinder erschlug man diskret im Verborgenen, alle anderen, bei denen man davon ausging, dass ihre Kreuzigung Entsetzen, nicht Abscheu, hervorrufen würde, ereilte der Vollzug des grausamen Gesetzes. Verwandte und Freunde schlichen sich nachts vor die Stadt, zu dieser Allee von Gekreuzigten, die tagelang von Seufzern und Stöhnen und Schreien – wenn Aasfresser am lebenden Fleisch rissen – erfüllt war. Schlaf ruhig, Rom!

Caius Calpurnius Piso grüßt seinen Petronius
Ein Freund blickt mich an aus den mir vorliegenden Zeilen. Willst Du nicht zu mir kommen und aus Deinem Werk vortragen? Ich bin mir nicht sicher, ob ich es richtig verstehe, aber ich finde es höchst amüsant. *Vale*

Persius grüßt seinen Petronius
Wie Du dem Volk auf das Maul geschaut hast, ist bewunderns-

wert. Und in Deinem Helden offenbart sich die ganze Hohlheit unserer Raben-Poeten[19]. Deines ist das Unausgesprochene – meines, unsere Römer wie junge Hunde mit der Schnauze in ihre eigene Pisse zu drücken. *Vale*

Atrectus grüßt seinen Petronius
Anbei das erste Exemplar der billigen Ausgabe der *Satyrica*. Erschrick nicht, ich musste beim Papyrus und bei den Kopisten sparen.[20] Aber sie verkauft sich gut. *Vale*

Agathurnus an Petronius
Jetzt ist mir klar, warum Du meine *Priapea* noch immer keines Urteils gewürdigt hast. Bedanke Dich wenigstens für die Idee, Du Eierdieb! *Vale*

Sabina Poppaea an Petronius
Deine *fabula* gefällt mir, sie kitzelt das Gemüt. Warum sieht man Dich nie bei Hof? Komm doch demnächst zu meinem Morgenempfang. Ich würde mich freuen. *Vale*

Cornutus grüßt seinen Petronius
Ich weiß genau, was Du bezweckst; es wird nur sonst kaum einer verstehen. Das ist ohnehin besser, Dichter haben schon für stumpfere Scherze geblutet. *Vale*

Musonius Rufus grüßt Petronius
Mit Bedauern nehme ich zur Kenntnis, dass es offenbar Dein Wunsch ist, dem Pöbel zu gefallen. Warum sonst dienst Du Dich ihm mit einer endlosen Reihe von dummen Späßen an? Wo soll das hinführen? Durch sechs *Libri* habe ich mich durchgearbeitet und habe festgestellt, dass sie nichts enthalten. Wie viel Nichts soll dem noch folgen? *Vale*

Petronius grüßt seinen Musonius
Mit Freude darf ich Dir mitteilen, es werden noch achtzehn *Libri* folgen. Die nächsten sechs sind so weit fertig; Dir, der Du

mich so dringend um sie bittest, schicke ich sie sofort. Verzeih, wenn es dem Nichts mitunter noch am letzten Schliff fehlt. *Vale*

Demetrios grüßt seinen Petronius
Soldat, wenn sich deine Waffe nur träge erhebt, dann lies ein wenig den Petronius. Dein wird ein großer Sieg sein. *Vale*

Atrectus grüßt seinen Petronius
Kannst Du nicht irgendwie dafür sorgen, dass ein Mitglied des Hofes Dein Buch lobt? Ich würde gerne auch die guten Ausgaben verkaufen. Unsere würdigen Bürger umschleichen Deine *Libri* wie eine Hure; unschlüssig, ob sie sie vögeln oder verachten sollen. *Vale*

Silanus grüßt seinen Petronius
Wo ich auch hinkomme, schnattern die Weiber von Deinen Liebesgeschichten. Mann, was Du ficken könntest, wenn Du nur wolltest! Wann erscheinen die nächsten *Libri*? *Vale*

Seneca grüßt seinen Petronius
Wie kann sich ein Mensch mit Deinen Geistesgaben solchen Possen widmen? Du fütterst die Müßiggänger, bestärkst sie in ihrem leichtfertigen Treiben. Läppischeres sah ich noch niemals kunstvoller formuliert. *Vale*

Petronius grüßt seinen Seneca
Ein jeder erlange, wonach's ihn verlangt. / Nicht eines ist's, das allen gefällt. / Dieser sammelt Dornen, jener Rosen.[21] *Vale*

Lucanus grüßt seinen Petronius
Kampfgefährte! Weiter so! Aeneas ist tot, es lebe Encolpius, der würdige Nachfahre der Hurenböcke und Zauderer, die in den Schmutz gezogen haben, was sie anders nicht beherrschen konnten. *Vale*

Petronius

Iunius 814 a. u. c., Roma

Er bohrt, er fragt nach, er gibt keine Ruhe. Du siehst seine *Augustiani*, du siehst seine Höflinge, und dann schaut er dich an, strahlend, mit leuchtenden Augen: »Sei bitte ehrlich, wie hat es dir gefallen?« Der Tod ist neuerdings ein Dichter. Hätte ich nicht mein Werk, das ich noch weiterführen will, ich hätte ihm Bescheid gegeben. Ich sagte ihm stattdessen, ich könne ihm jetzt nicht antworten. Warum? Weil ich momentan nicht den Dichter, sondern den *Imperator* vor mir hätte. »Ich sorge mich nicht darum, wie du meine Worte aufnähmest. Ich sorge mich darum, welche Wirkung meine Worte auf dein *Imperium* hätten. Es hat dich, im Fall des Plautus, erst kürzlich gezwungen – und du hattest tatsächlich keine andere Wahl –, einen Schuldlosen des Landes zu verweisen. Ein Wort am falschen Platz, vor so vielen Ohren, könnte einen weiteren, unnötigen Schatten auf deine Herrschaft fallen lassen. Das will ich dir nicht antun. Aus gutem Grund findet der Staatsrat hinter verschlossenen Türen statt; wie könnte eine ungleich wichtigere Sache in der Öffentlichkeit besprochen werden? Der Dichter in dir fordert meine ehrliche Meinung; lass mich dem Dichter antworten, unter vier Augen, fern von den Ohren Uneingeweihter.«

Die versammelten Gäste hielten den Atem an, Nero blinzelte, wandte seinen Blick von mir ab und brach – angesichts der Erstarrung seines Gefolges – in Gelächter aus: »Schau sie dir an, die *Zweigroschenköpfe*[22], wie sie sich ducken! Wie sicher sie sich sind, dass dein letztes Stündlein geschlagen hat. He, ihr *Hammel*[23], was denkt ihr von eurem *princeps*?«

Giton

Es war der Abend nach den Iden des Iunius gewesen, im Jahr 814 der Stadt[24], als Publius Petronius Niger – bald wird man ihn *Arbiter* nennen – das Labyrinth seines Minotaurus betrat und die

Tore hinter ihm zufielen. Ich schwitzte Blut und Wasser, als ich meinen Publius solche Reden führen hörte. Nero befahl ihn für den nächsten Tag zu sich, für ein vertrauliches Gespräch, oder, wie er sagte: »Heute hast du mir gezeigt, dass du weißt, wie ein Urteil zu verkünden ist. Lass mich morgen wissen, welches du über mich gefällt hast.«

Der Platz des Sklaven hat seine Vorteile, er hat den Überblick und bleibt selbst unbeachtet. Lucan, Lukillios, Calpurnius Siculus, Agathurnus – sie alle waren sprachlos, erblickten nie Gesehenes in ihren Bechern. Burrus und Seneca prüften die Qualität der Polsterung ihrer Lager, bis Poppaea eingriff und meinen Publius über sein Buch befragte.

Der Alte Mann

Und je ungehemmter seine Worte und Handlungen waren und ein gewisses Sichgehenlassen zeigten, umso willkommener nahm man sie als vermeintliche Ehrlichkeit auf. So liest sich das bei Tacitus, der sich in einer bei ihm seltenen Unschlüssigkeit genötigt sieht, *über Petronius* [...] *ein paar Dinge von früher her nachholen* zu müssen.[25] Schlau wird er aus dem *Arbiter* nicht; man merkt, er weiß einfach nicht, was er von ihm halten soll. Das ist bemerkenswert für jenen Historiker, der unser Geschichtsbild des antiken Rom gerade durch die atemberaubende Sicherheit seines Urteils geprägt hat. Bei Tacitus ist der Mensch gut oder schlecht. Charakterliche Entwicklungen kann es bei ihm nicht geben, menschliche Fehler und Schwächen darf es nicht geben. Wer sich einmal danebenbenimmt, hat »sein wahres Gesicht gezeigt«. Nur Petronius tanzt dem strengen Republikaner auf der Nase herum. Dieser hält sein Urteil in Schwebe, er wagt keines über den *Arbiter*.

Der Dichterkreis um Nero war sicher der bunteste Roms. Die Fördertätigkeit Neros war liberal, sie erstreckte sich nicht nur auf seine Vorliebe für alles Griechische. Für einen Augenblick blinkt das von vielen verkündete Goldene Zeitalter tatsächlich hervor.

Giton

Mein Publius war bald davon überzeugt, dass die meisten Gäste Neros den ganzen Tag nichts anderes taten, als über den Sentenzen zu brüten, die sie am Abend abfeuern wollten.

Petronius

»Glaubst du, du kannst mich behandeln wie eine deiner Huren?«

»Vorsicht, mein Täubchen, sonst behandle ich dich wie meine Ehefrau.«

»Was ist mit Doryphorus? Der schaut so grantig.«

»Kein Wunder! Er hat etliche Falten auf seinen Wangen entdeckt.«

»Komisch, ich kann keine erkennen.«

»Sie sind nicht in seinem Gesicht.«

»Apollon, göttlicher, wie kann ich es dir danken, dass ich die Gnade deiner Beachtung gefunden habe?«

»Bitte sag ihm, er soll sich in den Aetna stürzen.«

»Ja, dann stirbt er wenigstens wie ein Dichter.«

»Die dürren Knaben schickt man jetzt in die Stoiker-Schulen. Wenn sie dort nicht fett werden, ist alle Hoffnung vergebens.«

»Plautia hat weiße Haare bekommen.«

»Das macht nichts, dafür sind ihre Zähne schwarz.«

»Was fehlt mir noch zum Vergil?«

»Verstand, Fleiß, Talent – die Liste ist endlos.«

»Darf ich dir Corydon vorstellen? Bei Meliboeus stützt er die Ellbogen auf,[26] bei Meliboeus bläst er die Flöte.«

»Faenius geht es nicht gut, er ist in eine tiefe Spalte gefallen.«

»Und? Konnte er gerettet werden?«

»Nein, er hat sie geheiratet.«

Die eigentlichen Dichter hielten sich zurück. Sie hatten es schwer genug. Es gibt eine Sorte von Menschen, die sich an denen, die ihnen geistig überlegen sind, reiben müssen. Wie junge Hunde am Bein ihres Besitzers aufreiten, so fanden sie – die selbst *nur Nebel am Helicon sammelten*[27] – nichts befriedigender, als einen Fähigeren auf einen angeblichen Fehler hinweisen zu können. Da mischten sich diese Schwätzer unversehens in vertrauliche Gespräche ein. »Was? Das wundert mich, dass einer wie du das nicht weiß.« Oder: »Nein, mein lieber Flaccus« – sie wählten immer die intimste Anredeform –, »das könnte man besser formulieren.« Dann breiteten sie ihre obskure Gelehrsamkeit in plumper Vertraulichkeit aus und waren nur durch schlagende Worte vom Bein des Betroffenen abzuschütteln. Andere gabs, die waren gebildeter, aber sogar noch lästiger. Das waren jene, die nur diskutierten, um recht zu behalten. Wehe denen, die ihnen widersprachen oder anderer Meinung waren, wie es dem Menschen eigentlich gestattet sein müsste. Diese traf die Wucht verletzter Eitelkeit, sie wurden totgeschwatzt; und jeder Einwand verlängerte nur ihre Folter. Für ihren Triumph war diesen Besserwissern jedes Mittel recht. Fand einer einmal die Kraft und die Ruhe, um ihre Argumente zu widerlegen, griffen sie diesen persönlich an und wurden erst richtig unangenehm. Es gab nur zwei Möglichkeiten, ihnen zu entrinnen: Entweder man stimmte ihnen unverzüglich zu, ganz gleich, was sie daherredeten – was die meisten taten –, oder man hatte Glück und sie verschwanden mittendrin von selbst, um sich die Frisur zu richten.

So ist das halt. Wo es viel zu holen gibt, sind viele Parasiten. Dennoch war es für die Dichtkunst eine deutlich fruchtbarere Zeit als in den vielen Jahren zuvor. Calpurnius Siculus' Eklogen erfreuten sich zu Recht noch immer großer Beliebtheit, Lucans erste *Libri* der *Pharsalia* waren das Gespräch der Stadt, wie auch die *Satyrica* meines Herrn. Neue Worte lagen in der Luft, wir warteten – geduldig – auf Persius und lachten über die Epigramme des Lukillios.

Er, der feste Stahl der Tugend,
er, der allenthalben alle zurechtweist,
er, der mit Kälte kämpft und einen Bart trägt,
wurde erwischt. Wobei denn?
Es gehört sich nicht, das zu sagen.
Aber er wurde erwischt, als er Dinge trieb,
die Männer mit üblem Mund tun.[28]

Oh, Schande und Jammer![29] Musonius Rufus wurde gesehen. Er hat es vorgezogen, seinen Freund Plautus in *Asia* zu besuchen. Das versteht man.

Der Alte Mann

Diese Stellen berühren eine wesentliche Eigenheit des antiken Literaturbetriebs. Man publizierte seine Epen oder *fabulae* nicht als Ganzes, nach der Fertigstellung, sondern als einzelne Kapitel, sobald diese vollendet schienen. Das nahm dem Autor zwar die Möglichkeit der Überarbeitung früherer *Libri* – er konnte von dem einmal eingeschlagenen Weg nicht so einfach abweichen –, andererseits erweckte er damit zweifellos Neugierde und vermehrte vielleicht sogar seine Leserschaft. Lucans *Pharsalia* – in einem Zug gelesen – ist schwere Kost. So wurde dieses Werk aber nicht publiziert. Der Neffe Senecas veröffentlichte im Jahr 61 u. Z. die ersten drei *Libri* seines Bürgerkriegsepos, die vermutlich ein Viertel des Gesamtwerkes darstellten. Eine wesentliche Erleichterung für seine Leserschaft, die sich dem Vorliegenden in Ruhe widmen konnte, da mit der Fortsetzung nicht vor Ablauf eines Jahres zu rechnen war.

Es ist bezeichnend für den Hof Neros, dass die Kriege, die Rom in diesen Jahren führte, keine Erwähnung finden. Die Briten erheben sich gegen ihre Besatzer, zunächst mit Erfolg; gleichzeitig versuchen die Parther, Armenien zu annektieren. Paulinus Suetonius und Domitius Corbulo werden am Ende glänzende Siege erringen, jener durch die Niederschlagung des Aufstandes der Briten, dieser durch die Rückeroberung Armeniens.

Nero beunruhigten diese Kämpfe, deren Ausgang lange Zeit ungewiss war. Die schließlich erfolgenden Siege wird er als göttlichen Segen für seine Regentschaft sehen; die Männer aber, die ihm zu diesen Erfolgen verhalfen, als Bedrohung.

Zurück zur Dichtkunst. Manierismus macht sich breit. Senecas Tragödien wurden bereits vom *Arbiter* besprochen, es wundert nicht, dass der Barock seine Freude an ihnen hatte. Die Eklogen des Calpurnius Siculus galten und gelten noch heute als die besten ihrer Zeit, wenn wir auch wenige Vergleichsmöglichkeiten haben. Dennoch sind sie der Vergangenheit auf hoffnungslose Art verpflichtet. Es ist eine schwüle Idylle, in der die Dichter Corydon zu heißen haben, und ihre Förderer Meliboeus. Stilistisch kokettieren sie mit ihrem Vorbild Vergil, besser gesagt, mit Tityrus, wie dieser sich in seinen eigenen Eklogen nannte.[30] Ein weiterer Vertreter des Manierismus könnte zu jener Zeit bereits seinen *stylus* an die Lippe gelegt haben: Statius der Jüngere, dessen gleichnamiger Vater die Schule in Neapolis betrieb, die Petronius besucht hatte, entwächst um diese Zeit gerade seiner Kindheit oder ist bereits ein junger Mann; sein Geburtsdatum ist nur grob eingrenzbar. Vulcanus wird bei ihm *Mulciber*, der Schmelzer, heißen, Venus *Paphie*, nach einem der vielen Orte, an denen sie verehrt wurde, und so weiter und so fort. Die Verwendung entlegener Begriffe um ihrer Entlegenheit willen wirkt heute ziemlich ermüdend. Dennoch werden sich auch diese Dichter eines bedeutenden Nachlebens erfreuen dürfen. Über die sattsam bekannte Schäferpoesie späterer Jahrhunderte darf man hinweggehen; allemal erwähnenswerter ist, dass Statius der Jüngere in Dante Alighieris *Divina Commedia* den Rang des zweitbesten Dichters nach Vergil einnehmen wird.[31]

Petronius

Ianuarius 815 a. u. c. [62 u. Z.], Roma

Er fragt mich, welche Speisen er servieren lassen sollte; welche Musiker und Sänger meiner Meinung nach angebracht seien; ja selbst, in welchen Gewändern er erscheinen sollte. Ich durchschaue ihn. Er traut sich nicht, die eine Frage zu stellen, die ihn quält, deshalb zieht er mich in allen anderen Fragen zu Rate. Und wenn ich ihm etwa sage, dass Schnecken am besten seien, wenn man sie, wie Apicius rät, in Milch mästet,[32] ruft er strahlend aus: »Mein *Arbiter*, natürlich, wer wüsste es besser als du?« Sein Blinzeln, das diesen Worten unweigerlich folgt, verrät ihn. Er ist lästig, er hat mich zu seinem besten Freund auserkoren.

Giton

Zwei Tage vor den Kalenden des Martius erhielten wir Besuch von Seneca, der, obwohl sein Leib von Tag zu Tag unerschütterlicher wurde, sichtlich nervös war.

Mein Herr bat ihn in sein Arbeitszimmer, hieß ihn, es sich auf der *clinē* bequem zu machen, und nahm selbst hinter seinem Schreibtisch Platz. Auf ein Zeichen meines Herrn hin blieb ich im Raum und spitzte die Ohren. Er erwartete offenbar Bedeutsames, das er später mit mir besprechen wollte.

Nun, vieles von dem, was die beiden besprochen haben, wurde von den kommenden Ereignissen überrollt. Dennoch ist es mir in guter Erinnerung geblieben, und zwar aus den gleichen Gründen, die mich veranlassen, es hier wiederzugeben, so gut, wie ich eben kann.

Seneca breitete zunächst seine Sorgen aus. Sein Gefährte in der Lenkung Neros, Burrus, war schwer erkrankt und konnte seinen Amtspflichten kaum noch nachkommen. Der *princeps* entglitt ihnen. Er, Seneca, sei gescheitert. Den er zu einem großen Herrscher erziehen wollte, entziehe sich mittlerweile der gewöhnlichsten Vernunft.

SENECA: »Wenn wir im Rat zusammen sind, im engsten Kreis, verliert er immer öfter die Kontrolle über sich. Er schreit herum, dass er von Feinden umzingelt sei. Dieser oder jener – verzeih, wenn ich dir die Namen nicht nenne – wolle ihn ermorden. Er könne nachts nicht schlafen, man müsse etwas unternehmen. Dann tobt er gegen den Senat oder gegen Octavia, schreit Hasstiraden heraus, die jeder Vernunft entbehren. Burrus konnte ihn zum Schweigen bringen, und zur Vernunft, mit härtester Zurechtweisung. Aus irgendeinem Grund hatte er vor Burrus Respekt. Jetzt ist Burrus krank und wird, so fürchte ich, bald sterben.«

PETRONIUS: »Kennst du den Grund für diese Ausbrüche?«

SENECA: »Nein, das ist es ja gerade. Seine Herrschaft steht auf sicheren Beinen. Das Volk liebt ihn, es gibt nicht das geringste Anzeichen für eine Verschwörung. Er könnte sich jederzeit von Octavia scheiden lassen und seine Poppaea heiraten. Die einzigen wirklichen Gefahren, unsere Kämpfe in Britannien und Armenien, nimmt er gar nicht richtig wahr. Die ignoriert er am liebsten.«

PETRONIUS: »Er ist ein seltsamer Mensch. Ich glaube mittlerweile, er ist irgendwie krank. Seit ich ihm angeboten habe, mich mit ihm, von Dichter zu Dichter, auszutauschen, verlangt er mein Urteil, wie er es nennt, zu den trivialsten Dingen. Nur über seine Dichtkunst hat er seither nie wieder mit mir geredet. Ich verstehe es nicht. Er hat offensichtlich Angst vor meiner Meinung, aber wieso verweist er mich dann nicht vom Hof oder verbannt mich? Ich spüre, wie ich ihn irritiere, dennoch behält er mich in seiner nächsten Nähe.«

SENECA: »So ist das also! Und meine Hoffnung war, du könntest ihn stärker an seine Dichtkunst fesseln, sodass er durch die für ihn erfreuliche Beschäftigung seine Ängste verliert, jedenfalls ruhiger wird.«

PETRONIUS: »Tut mir leid, das kannst du vergessen. Ich halte ihn für einen zutiefst verunsicherten Menschen. Warum lässt er sich nicht scheiden? Weil er Angst hat – vor dem Urteil des Volkes. Was kümmert ihn das Volk? Genauso ist es mit seinem Kitharaspiel. So peinlich diese Auftritte sind, seine künstlerische Darbietung ist ganz in Ordnung. Das müsste er wissen. Woher also dieses unsichere Auftreten?«

SENECA: »Ich fürchte, das hat ihm seine Mutter eingeprügelt. Wegen ihr bin ich auch zu dir gekommen. Neuerdings spricht er mit ihr. Entsetzte Diener haben mir gestern davon berichtet. Er wandert nachts, vor sich hin murmelnd, im Palast herum. ›Wirst schon sehen, Mutter!‹ oder ›Du wirst dich noch wundern, Mutter‹ konnten sie verstehen, wenn er, ohne sie zu beachten, an ihnen vorüberging.«

PETRONIUS: »Iuppiter, Guter! Der nächste Verrückte! Was könnte man dagegen unternehmen?«

SENECA: »Ich weiß es nicht. Ich muss darüber nachdenken. Eines könntest du vielleicht versuchen, damit wir Zeit gewinnen. Sorge dafür, dass er seine Feste noch weiter ausdehnt als bisher. Je weniger er momentan zum Denken kommt, desto besser.«

Ja, das Pläneschmieden! Zuletzt hatte mein Publius sein Einverständnis erklärt. Ohne rechte Überzeugung, aber da er bei Nero ohnehin in der Falle saß, konnte er auch versuchen, ihn einzuschläfern.

Petronius

Martius 815 a. u. c., Roma

Der *spintria* ist wieder da. Er hat sich nicht geändert. Kaum aus Afrika zurück, kriecht er vor unserem Kitharoeden wie eine Schlange. Mit ihm zurückgekehrt sind die Prozesse wegen Majestätsbeleidigung, wie zu Caligulas Zeiten. Dachte, das hätten wir überwunden. Vitellius hetzt: Wer Nero verspottet, muss den Tod erleiden; Thrasea mahnt Angemessenheit ein; Verbannung, Vermögenseinzug sollten genügen.[33] Der *princeps* ist beleidigt.

Giton

Sextus Afranius Burrus, das Bollwerk der Tugend, starb ein paar Wochen später. Die neuen Praefecten wurden ernannt. Nero – dumm war er nicht! – hatte, in der Tradition des Augustus, zwei ernannt. Er wählte sie aus wie andere ihre Frauen.

Eine Manierliche zum Herzeigen, eine Lasterhafte fürs Bett. Über Faenius Rufus muss man nicht viele Worte machen. Ein tugendhafter, aber antriebsloser Mensch, der seine Ernennung seiner Beliebtheit beim Volk verdankte. Bemänteln sollte er die Verkommenheit seines Amtskollegen, mehr nicht. Ich war dabei, als Nero meinen Publius mit Ofonius Tigellinus bekannt machte.

»Mein lieber *Arbiter*, darf ich dir unseren neuen Praefecten der Praetorianer vorstellen, den guten Ofonius Tigellinus!«, rief dieser in seiner übereifrigen Art quer durch die Halle. »Ofonius, das ist Publius Petronius, von dem ich dir schon so viel erzählt habe.« Tigellinus musterte meinen Publius und rang sich seine Begrüßung mit gedehnten Worten ab: »Der *Arbiter*, ja, ja. Soviel ich weiß, so eine Art Richter in Geschmacksfragen, nicht wahr? Na, ist wohl besser so.« Sprach's und redete sofort wieder auf den *princeps* ein, als ob der ehemalige Praetor und Statthalter gar nicht vorhanden wäre.

Seneca grüßt seinen Petronius
Es ist entschieden, morgen biete ich Nero meinen Abschied an. Ich habe schon viel zu lange gezögert. Das Lager um Anicetus und Doryphorus, zu dem auch Vitellius gehört, hat mit Tigellinus seinen Anführer bekommen. Ich stehe allein. Gib acht, Tigellinus hasst dich von ganzem Herzen. *Vale*

Petronius grüßt seinen Seneca
Danke für die Warnung, mach dir keine Sorgen. Poppaea hält ihre schützende Hand über mich. Sie ist von meinen Possen fasziniert. Zu deinem morgigen Vorhaben rate ich Dir, bring dich in Sicherheit:

Denn es gibt nichts, das den Menschen nicht Nutzen brächte.
In misslicher Lage hilft, was sonst wertlos ist.
So drückt das rotgelbe Gold das sinkende Schiff hinab;
leichte Ruder hingegen tragen die Schiffbrüchigen.
Wenn die Kriegstuba ertönt,

ist Feindesschwert dem Hals eines Reichen nahe,
ein wertloser Rock hingegen braucht sich in einer
Barbarenschlacht keine Sorgen zu machen.[34]

Sag mir Bescheid, wie es dir ergangen ist! *Vale*

Der Alte Mann

Seneca überschrieb Nero seinen viel kritisierten Reichtum; von dreihundert Millionen Sesterzen wollen die Chronisten wissen, die der dankbare Schüler seinem Lehrer über die Jahre zukommen ließ. Die genaue Summe tut nichts zur Sache, es handelte sich jedenfalls um immense Vermögenswerte, bestehend aus Bargeld, Geschäftsbeteiligungen, Grundstücken und Immobilien, die den Stoiker zu einem der reichsten Männer seiner Zeit gemacht hatten. *Befiehl, dass mein Vermögen durch deine* procuratores *verwaltet, dass es deinem Eigentum zugeschlagen werde!,*[35] ruft Seneca dem *princeps* zu.

Dieser nimmt das Geschenk gnädig an, stößt sich aber an der unausgesprochenen Kritik, die das Rücktrittsgesuch seiner Meinung nach enthält.

Giton

Petronius grüßt seinen Seneca
Er weiß, dass er Dir viel zu verdanken hat. Das hat Dich gerettet, birgt jedoch Gefahren für die Zukunft. Er hasst Menschen, denen er dankbar sein muss. Du, Seneca, bist jetzt ein Freigelassener Neros. Dein Patron beobachtet Dich, Du hast einen missmutigen Herrn, der seinen Diener nicht einfach gehen lassen kann. Freigelassene tun im Allgemeinen gut daran, sich wie echte Römer zu benehmen; sprich, ihre Tugenden hervorzukehren und ihre Laster zu verbergen. Du solltest Dich, als der Nero Claudius Lucius[36], der Du jetzt geworden bist, genau umgekehrt verhalten. Gib Dich öffentlich Ausschweifungen hin, verbirg Deine Tugenden. Gib ein schlechtes Beispiel ab, wie ich! Nur so kannst Du überleben. *Vale*

Petronius

Seneca hat die Flecken auf der Seele seines Schülers erkannt, und den Wahn seines eigenen tugendhaften Opfers. Wolkig-unsicheres Geschick, wir schweben auf einer Geistesstörung, genannt Nero. Warum bringt er uns nicht einfach um? Jetzt bin ich die Maus im Nachttopf. Meinen Abschied vom Hof kann ich vergessen. Dennoch, dieses tolle Treiben hat etwas Faszinierendes. Käme jemals ein Herrscher an die Macht, mit der Absicht das *Imperium Romanum* in den Untergang zu führen, er könnte es nicht besser machen als Nero. Ich komme mir vor wie im Circus, und ich sitze auf dem besten Platz. *Io Saturnalia!* Die Lustknaben und die Eunuchen, die Lyraspieler und die Gladiatoren regieren. Das kann nicht lange gut gehen, wir werden alle Schiffbruch erleiden und, wenn sich nicht bald etwas ändert, das *Imperium* mit uns.

Ohne meinen Giton wäre ich verloren. Wie schemenhaft erscheinen mir meine Lieben, wenn ich ihnen in der Früh, erschöpft vom nächtlichen Treiben, begegne. Einfache Menschlichkeit erscheint mir grotesk, Freundlichkeit unwirklich.

Nero kam aufgeregt auf mich zu, mit einem merkwürdigen Beutel in der Hand. »Schau, was mein lieber Tigellinus für mich getan hat.« Komisch, dachte ich mir noch, wie erleichtert er wirkt, wie voller Tatkraft. Dann öffnete er den Beutel.

Tigellinus ist für einfache Lösungen. Zu Plautus in Asia schickte er den Eunuchen Pelagon und eine Centurie. Plautus wusste von den heranrückenden Mördern, zog jedoch den schnellen Tod einem Leben auf der Flucht vor. Er hatte Nero Angst gemacht wegen seiner Lebensweise; dessen anderes Opfer, Faustus Sulla, wegen seines Namens. Weitere Gründe hätte man schwerlich finden können, so träge wie dieser Nachfahre des Diktators in Massilia vor sich hin lebte. Tigellinus erledigte ihn persönlich, als sich dieser, völlig ahnungslos, zum Essen niederließ. Mühsam überredete ich Nero, die Köpfe an die Familien zurückzuschicken.

Giton

Wild zunächst, dann subtiler, begann mein Publius seine Erfahrungen in seinem Buch zu verarbeiten. Aber er konnte keine noch so große Tollheit erfinden, die nicht von der Wirklichkeit übertroffen wurde. Mochte es in der *domus principis* Mode geworden sein, sich die Köpfe seiner Feinde schicken zu lassen, Rom feierte den spendierfreudigen *princeps* und huldigte ihm durch andere Moden, die lächerlicher nicht hätten sein können. Schnittlauch in Öl, hörte man, isst Nero, um seine Stimme zu kräftigen. Kein Schnittlauch war plötzlich am Markt zu finden, es sei denn zu atemberaubenden Preisen. Die Dunstverkäufer hatten Hochbetrieb. Sand von indischen Küsten – ein anderes Gerücht – werde am Hof für gymnastische Übungen bevorzugt; gnädige Winde wehten ihn noch an demselben Tag nach Rom. Wäre Pannychis damals bei mir gewesen, wir hätten ein Vermögen gemacht.

Petronius

Maius 815 a. u. c., Roma

Der Kitharoede hat meine Strafgelder bezahlt. Musste er auch, er wollte schließlich, dass ich Consul werde. Seit dem Tod meiner Liebsten hatte ich den Senat kein einziges Mal besucht. Ich hörte einige Zähne knirschen, als ich meine erste Sitzung eröffnete.

Giton

Poppaea grüßt ihren Publius
Was ich nie wollte, ist eingetreten. Nero wird Octavia des Ehebruchs anklagen. Ich bin wütend geworden, hab ihn angeschrien, wann er sich endlich scheiden lässt, ob unser Kind als Bastard auf die Welt kommen soll, da ist er plötzlich ganz ruhig geworden und hat gezischt: »Es ist so, sie muss vernichtet werden.« Publius, mein Freund, hilf, er will sie als Ehebrecherin hinrichten lassen. Wenn das passiert, wird mich ganz Rom eine Mörderin nennen. *Vale*

SENECA: Laster, durch so viele Zeitalter angesammelt, fluten auf uns zurück: Ein schweres Jahrhundert bedrückt uns, in dem Verbrechen regieren, rasende Gesetzlosigkeit tobt, Wollust einer schändlichen Venus unverhohlen herrscht, Üppigkeit als Siegerin des Erdkreises unermessliche Schätze mit ehedem schon gierigen Händen zusammenrafft, nur um sie zu verschleudern.[37]

Kürzlich ist diese *Octavia* erschienen, eine Tragödie, angeblich von Seneca. Ich habe ein besonderes Regal in meiner Bibliothek, da kommen die Fälschungen hinein: Das Prunkstück ist der *Culex*, daneben die *Ciris*, die *Copa* und das *Moretum* unseres Vergils,[38] dessen Fleiß nach seinem Tod nicht nachließ. Dort, wo der Frosch-Mäuse-Krieg Homers tobt, dort erzählt jetzt Seneca vom Tod des Herrschers, der ihn überlebte. Freu dich, Lucius: Du liegst neben Homer und Vergil!

Petronius

Iulius 815 a. u. c., Roma

Die Dienerinnen Octavias werden gefoltert. Nero braucht den Beweis für das, was nicht bewiesen werden kann. Der Consul Petronius stimmt dem zu. Es ist ein rechtmäßiges Verfahren. Eine, gebrochenen Leibes, spuckt Tigellinus ins Gesicht: Reiner wäre die Scham ihrer Herrin als sein Mund.

Ihr untadeliger Lebenswandel stürzt sie ins Verderben. Halb Rom bestürmte mich, den *princeps* zu einer gütlichen Scheidung zu überreden. Ich habs versucht. Das sei nicht nur Heuchelei, das sei gerade die Verschwörung, schrie er mich an. Sie hetze die Leute auf, mit ihrem tugendhaften Verhalten, sie setze ihn in ein schlechtes Licht, dieser Auswurf der Hure Messalina. Zu den Lastern, die ihr von der Mutter mitgegeben worden seien, kämen die eines unbekannten Vaters hinzu. Ob denn niemand sehe, dass er das Opfer sei?

Das Gericht hat die Anklage abgewiesen. Nero tobt. Da die große Mehrheit der Zeugen unter Folter auf der Unschuld Octavias bestanden hatte und die Aussage des angeblichen Ehebrechers umso unglaubwürdiger wurde, je genauer man ihn befragte, konnte der Consul Petronius den Freispruch verkünden.

Giton

Ihr Verleumder, ein Flötenspieler namens Eukairos wurde gekreuzigt, was man allgemein als Wohltat empfand. Wir, die *plebs*, liebten Octavia, die den Frauen Roms als leuchtendes Beispiel voranging. Nero hatte keine Wahl mehr, nur noch scheiden lassen konnte er sich von ihr, wegen Unfruchtbarkeit, was lachhaft war. Zähneknirschend übertrug er ihr angemessene Entschädigungen und verwies sie nach Campanien. Uns schien es, als wäre die Sache damit doch noch halbwegs gut ausgegangen.

AMME: Deinen Mut richte der Mitbürger große Gunst auf.
OCTAVIA: Diese tröstet, doch erleichtert sie mein Leiden nicht.
AMME: Groß ist die Macht des Volkes.
OCTAVIA: Doch die des princeps *größer.*[39]

Der Alte Mann

Ofonius Tigellinus wird zum Henker Neros, er hat sich schon vor seinem Aufstieg in dessen Nähe herumgetrieben. Die genannte erste Anklage wegen Majestätsbeleidigung brachte sein Schwiegersohn Cossutianus Capito ein,[40] der erst durch Tigellinus' Intervention Senator geworden war. Die vorliegenden Texte weichen in einigen Details von den bekannten Chroniken ab. Laut Tacitus begleitete Musonius Rufus seinen Freund Plautus in die Verbannung. Oraler Geschlechtsverkehr erfreute sich in der Antike großer Beliebtheit, erwischen lassen durfte man sich dabei allerdings nicht.

Poppaea Sabina hat mit Petronius und Giton nahezu die einzigen ihr wohlgesonnenen Chronisten. Sie wird schon ein rechtes Luxusweibchen gewesen sein, von dieser Einschätzung befreien sie auch die vorliegenden Texte nicht. Ein weiterer – weniger standhafter – Ehrenretter in der Antike ist Ioseph ben Matthias, Flavius Iosephus, der sie im Unterschied zu ihren Geißlern persönlich kannte; er zeichnet das Bild einer mitfühlenden, der Gerechtigkeit verpflichteten Frau. In anderen Schriften verdammt er sie allerdings.[41]

Von den Kalenden des Maius bis zum Tag vor den Kalenden des September bekleidete Petronius das Amt des *consul suffectus*, des nachfolgenden Consuls eines Jahres. Schon mit der Praetur war er Mitglied des Senates geworden, des *Zentrums der Machtlosigkeit im Zentrum der Macht*. Senatssitzungen waren schlecht besuchte Veranstaltungen. Nero wollte ihm offenbar die Peinlichkeit ersparen, dass er, der als Consul den Vorsitz über das Gremium führt, als Erstes einmal das Strafgeld wegen Fernbleibens von demselben zu entrichten hat.

Petronius

Agathurnus veröffentlicht seine *Priapea* anonym. Es sei nicht die Zeit, in der ein Stoiker Derartiges vorlegen könne. Konnte ihn überzeugen, dass ich die Priapus-Episoden in meinem Buch schon lange geplant hatte und gewisse Ähnlichkeiten mit seinem Werk reiner Zufall sind.

Giton

Mit ihm erlebten wir den ersten vergnüglichen Nachmittag seit langem. Agathurnus, der witzigste Stoiker, den ich jemals kennengelernt habe, erzählte allerlei Geschichten aus seiner Tätigkeit als Arzt. Mein Publius erkundigte sich bei ihm zum Thema Impotenz – und siehe da – Agathurnus hatte viel dazu zu sagen! Es handle sich um eine gleichermaßen gewinnbringende wie rätselhafte Unpässlichkeit, ziehe man einmal alle Fälle ab, bei denen Alter, Krankheit oder Lebenswandel als Ursache feststellbar seien. Aber er hatte auch ein gutes Dutzend gesunder Männer erlebt, die von dem Leiden betroffen waren. Ein Fall sei ihm besonders in Erinnerung geblieben; es handelte sich um einen jungen Mann aus angesehener Familie, der ihn eines Tages aufsuchte. Da stand also diese Gesundheit in Person vor ihm:

An Kraft und Ausdauer ein Olympionike, bei der einen Übung, die seinem Alter die leichteste sein sollte, ein Versager. Er hatte bereits alle möglichen *stimuli* ausprobiert, meistens vergeblich, und wenn einmal doch, dann mit bescheidenem Erfolg. Gleichzeitig überfielen ihn regelrechte Anfälle von Manneskraft, die völlig überraschend auftraten und wieder verschwanden. Oft genug habe er schon den Wankelmut seines Gliedes verflucht. Zur Unzeit richte es sich auf, um dann, angesichts des eilends aufgesuchten Kampfplatzes, in sich zusammenzufallen. Ob er denn genügend Schlaf bekomme? Er schlafe tief und fest. Trinke er? Nur mäßig. Die Essgewohnheiten? Er vermeide Gelage, wie überhaupt jede Art von Völlerei. Agathurnus kam zu dem Schluss, dass also nur eine auf diesen Körperteil beschränkte, vorübergehend auftretende Lähmung die Ursache sein konnte.

Jetzt, da ich mir diesen Tag in Erinnerung rufe, muss ich ein Detail hinzufügen: So ungestört, wie ich ihn hier wiedergebe, konnte Agathurnus seinen Vortrag damals nicht halten. Mal prustete eine unserer Frauen heraus, mal entglitt meinem Publius oder mir der mühsam zur Schau gestellte Ernst.

Mit Lähmungen sei das aber, führte Agathurnus weiter aus, so eine Sache. Sie hätten so gut wie immer klar erkennbare, körperliche Ursachen. Immer seien Muskeln und Sehnen betroffen; egal, ob bei einem Schlaganfall, der sogar das halbe Gesicht schlapp herabhängen lasse, oder bei lahmen Armen oder Beinen. Anders bei dem durchaus sehenswerten Penis dieses jungen Mannes. Er war absolut gesund, Agathurnus konnte weder Verletzungen entdecken noch klagte der Patient über Schmerzen. Dennoch blieb dieser selbst bei freundlichster Ermunterung schlapp wie ein nasser Lederriemen. Wie gesagt, der junge Mann war kein Einzelfall, was ihn besonders machte, war das Exemplarische seines Falles. Nach bestem ärztlichen Wissen gab es bei ihm keinen Grund für dieses Versagen, nicht einmal Verdachtsmomente, denen man nachgehen hätte können, dennoch war es vorhanden. Der junge Mann flehte seinen Arzt an, wenigstens eine Erklärung für seinen Zustand zu finden, er sei nahe daran, verrückt zu werden. Schon der Gedanke an ein weiteres

Versagen mache ihm Angst. Diese Aussage brachte Agathurnus auf eine Idee. Er bat den jungen Mann um eine Urinprobe und befahl ihn für den nächsten Tag zu sich. Eine Möglichkeit gebe es noch, die müsse er genauer untersuchen. Kaum dass der bedrückte Träger des hinfälligen Gliedes gegangen war, schüttete Agathurnus den Urin weg. Der Geist ist Herr über den Körper. Was lähmt den Menschen ohne körperliche Ursache? Die Angst. Nur dass sie in diesem Fall keine Erstarrung zur Folge hatte, sondern Erschlaffung. Nicht dem Glied des jungen Mannes mangelte es an Standhaftigkeit, sondern seinem Geist. Das konnte auch die Erklärung für dessen schwankende Leistungsfähigkeit sein. Also galt es, den dahinterstehenden Willen zu heilen, nicht das Organ. Als Erstes mischte er eine völlig wirkungslose Arznei zusammen, die abscheulich genug schmeckte. Dann überlegte er sich, wie er dem jungen Mann die Angst nehmen könnte. Am nächsten Tag berichtete er ihm, was er im Urin gefunden hatte. Er habe ein Ungleichgewicht der vier Säfte festgestellt, das leicht übersehen werde und diese Unpässlichkeit verursacht habe. Die Therapie sei denkbar einfach. Die Arznei sei zweimal täglich einzunehmen; der von Krankheit befallene Körperteil müsse vorsichtig an seine ehemalige Leistungsfähigkeit herangeführt werden. Bewegung sei in dieser frühen Phase der Heilung schädlich, die besten Erfolge erziele man in einer entspannten Rückenlage, bei der man der Dame seiner Wahl die Arbeit überlasse. Von kühnen Vorstößen sei abzuraten, er solle den Sieg geschehen lassen, nicht ihn erzwingen.

Schon am nächsten Morgen kam der junge Mann freudestrahlend zu ihm und bestand auf einer fürstlichen Entlohnung. Medizin ist, was hilft, dachte Agathurnus, und verkaufte ihm noch eine Monatsration der Arznei. In der Folge setzte er diese Therapie bei ähnlich gelagerten Fällen ein; der selten ausbleibende Erfolg bestärkte ihn in seiner Meinung. Es ist wie bei Stotterern. Je mehr sie sich zwingen, desto weniger kommt dabei raus. Haben sie sich entspannt, sind sie zu flüssiger Rede imstande. Seine angebliche Diagnose war wie die Therapie eine Täuschung, die vor allem deshalb gelingen konnte, weil sie von diesem Organ gerne angenommen werde. Darauf habe bereits Diogenes verwiesen, als er auf der Agora masturbierte und ausrief: »Wenn man nur auch den Hunger stillen könnte, indem man sich am Bauch reibt.«[42] Er, Agathurnus, habe erkannt, dass sich der Penis durch Illusionen nicht nur sättigen, sondern sogar heilen lasse.

Petronius

Augustus 815 a. u. c., Roma

Sie stürmen durch die Stadt, reißen die Statuen der Poppaea nieder, feiern spontane Dankesfeste und belagern jubelnd den Palast. Volk von Rom, musst du wirklich jeden vernichten, den du liebst?

Giton

Noch mehr Sand aus Indien. Das Gerücht jagte durch die Stadt, Nero habe sich mit Octavia ausgesöhnt und Poppaea verstoßen! So unglaubwürdig das klingen mochte, man wollte es glauben und zog, das Lob des *princeps* singend, zum Palatin. Dieser verlor daraufhin vollends die Beherrschung und ließ die Menge von Soldaten mit dem Schwert auseinandertreiben.

> *NERO: O allzu lässige Hand meiner Soldaten und du, mein Zorn, allzu langmütig nach so großem Frevel! Warum hat nicht Bürgerblut die gegen mich entfachten Brände gelöscht, trieft nicht vom Mord an seinem Volke das leichenerfüllte Rom, das solche Männer hervorgebracht? Aber schon genügt es nicht mehr, Begangenes mit dem Tode zu bestrafen, Schwereres hat des Pöbels gottloses Verbrechen verdient. Und sie, der mich der Bürger Raserei unterwerfen will, die mir immer verdächtige Schwester-Gattin*[43]*, sie gebe endlich für meine Kränkung ihr Leben und lösche meinen Zorn mit ihrem Blut. Bald sollen die Häuser der Stadt in meinen Flammen zusammenstürzen, Feuer, Trümmer das schuldige Volk bedrängen und schimpfliche Not, grimmiger Hunger unter Jammern.*[44]

September 815 a. u. c., Roma

Petronius grüßt seinen Seneca

Über den Tod Octavias kann ich Dir nicht viel mehr sagen, als Du wahrscheinlich schon weißt. Seit ich Consul bin, ist mein Verhältnis zum *princeps* getrübt. In einem Punkt hast Du unrecht, nämlich Poppaea die Schuld an allem zu geben. Aber der Reihe nach, wie ich es erlebt habe. Nach den unbedachten Jubelfeiern des Volkes sah ich Nero einige Tage lang nicht, wie jeder andere, der ihm, was Octavia betrifft, widersprochen hatte.

Als ich dann zu ihm befohlen wurde, stürmte er sofort grimmig auf mich zu: »Die Hure ist entlarvt. Anicetus hats gestanden. Da staunst du, was? Ja, deinem *princeps* nichts glauben, dafür diesen Klötzen im Senat! Euch alle hat sie getäuscht, die Tochter der Hure, und mir die Liebe meines Volkes genommen. Dafür wird sie büßen!«

Wie Nero seinen ehemaligen Erzieher zu diesem Geständnis überreden konnte, ist mir ein Rätsel. Mit offenem Mund vernahm ich die *fabula*: Octavia habe gemeinsam mit Anicetus, dem Kommandanten der Flotte von Misenum, seinen Sturz geplant. Dafür habe sie mit dem Freigelassenen das Lager geteilt. Nero hatte aus dem Fehlschlag mit Eukarios gelernt und Anicetus intime Details über den Leib Octavias verraten. Weißt Du, wer mir das anvertraut hat? Poppaea, die Du für die Liederlichkeit in Person hältst. Natürlich, die Maßlosigkeit ihres Lebenswandels spricht gegen sie, aber ich kenne sie und ich weiß, dass dies das Einzige ist, weswegen sie zu Recht Tadel verdient. Sie spricht offen aus, was sie denkt. Das haben ihr viele als Unbedachtheit vorgehalten. Sie ist klug, sie hat eine scharfe Zunge. Aber ist es nicht verständlich, dass eine Frau von Stand die Verrechtlichung ihrer Beziehung zu dem Mann, den sie liebt, verlangt? Nichts anderes hatte sie verspottet als Neros unverständliche Weigerung, sich von seiner Frau scheiden zu lassen; nur im Zorn entfuhren ihr schmähende Worte gegen Octavia. Heute bereut sie das von ganzem Herzen. Aber hätte sie diesen Wahnsinn vorhersehen können?

Ich selbst beriet mich, sowie Nero mich entlassen hatte, mit Thrasea, Cornutus und einigen Senatoren. Aber unsere Köcher waren leer, die Mauern gefallen. Selbst ein weiterer Volksaufstand würde nur das Leben Octavias gefährden, was der letzte hinreichend bewiesen hatte. Das Spiel war ausgespielt. Im Gegenteil, wir sahen uns gezwungen, die Verbannung der Unschuldigen zu billigen, um nicht noch weiteres Unheil heraufzubeschwören. Als Geste des Missfallens würden Thrasea und ein paar andere den Senat vor der Abstimmung verlassen – keine gute Idee, wenn Du mich fragst –, aber es war ihnen nicht auszureden.

Man darf Nero nicht unterschätzen. Anicetus ging willfährig in die Verbannung nach Sardinien, Octavia wurde nach Pandateria geschickt, ihres Vermögens und der Entschädigungen, die sie zuvor erhalten hatte, beraubt. Nero hat sich nicht nur seiner Ehefrau entledigt, sondern auch des Mörders seiner Mutter. Anicetus irritierte ihn; warum, ist mir, nach dem, was Du mir berichtet hast, klar. Wer nächtens mit dem Geist der Mutter redet, will bei Tag nicht den sehen, der sie getötet hat.

Zwei Wochen später rief mich Poppaea – Nero und sie hatten inzwischen geheiratet – dringend zu sich. Ich fand sie in völliger Verzweiflung vor. Nero hatte sie zu einem festlichen *prandium* gebeten, er wollte ihr ein besonderes Geschenk machen. Nachdem sie es sich bequem gemacht hatte, enthüllte Nero sogleich ihr – wie er es nannte – Hochzeitsgeschenk: den abgeschlagenen, blutigen Kopf Octavias! Sie schrie entsetzt auf, wollte davonrennen, fiel, einer Ohnmacht nahe, auf ihren Platz zurück und starrte nur noch in die leeren Augen der Tochter des Claudius. Nero redete und redete währenddessen, er hatte ihre Reaktion gar nicht richtig bemerkt, sondern schilderte ihr die Details der Ermordung Octavias. So wenig Anstand habe sie gehabt, ereiferte sich Nero, dass man sie zum Sterben zwingen musste. Mit anderen Worten: Tigellinus hatte ihr keine Zeit für ein würdiges Ende gelassen. Nicht einmal die Gnade eines raschen Todes hatte man ihr gewährt, berichtete mir Poppaea unter Tränen, nein, man fesselte sie wie eine Verbrecherin, um ihr dann die Adern zu öffnen, ganz so, als ob man einen Freitod vortäuschen wollte. Zuletzt musste man sie in ein heißes Bad senken, da sie nicht schnell genug starb. »Wofür?«, schrie mich die Untröstliche an. »Wofür die ganze Folter, wenn jetzt verkündet wird, man habe eine Verschwörerin hingerichtet?«[45]

Ich war neulich wieder in Pompeii. Dort fand ich eine In schrift an einer Hausmauer: »Caesar: Der muss viele fürchten, den viele fürchten. Caligula: Sollen sie mich hassen, wenn sie mich nur fürchten. Nero: Ich fürchte, hasse, töte.« *Vale*

Der Alte Mann

Anicetus blieb in Sardinien, wo er viele Jahre später als wohlhabender Mann starb. Er hatte Nero große Dienste erwiesen, er konnte also froh sein, mit dem Leben davongekommen zu sein.

Giton

> *AGRIPPINAS SCHATTEN: Kommen wird ein Tag und eine Zeit, da für seine Verbrechen er das schuldige Leben hingeben muss, die Kehle den Feinden – verlassen, erniedrigt und alles entbehrend. Weh, wie ist meine Mühe, sind meine Wünsche zu nichts geworden! Wohin hat Raserei dich Verblendeten gebracht und dein Geschick, o Sohn, dass vor so großen Leiden der Zorn einer Mutter weicht, die durch dein Verbrechen unterging?*[46]

Nachdem man vom besten Wein getrunken hat, schmeckt auch ein guter wie Essig. Ähnlich ist es bei schmerzvollen Erfahrungen. Wenn die Tugend selbst einen qualvollen Tod erlitten hat, fällt es schwer, für das ebenso traurige Schicksal gewöhnlicherer Menschen Mitleid aufzubringen. Dennoch: Pallas und Doryphorus waren unschuldig. Letzterer hatte sich auf die Seite Octavias gestellt. Das überraschte nicht nur seinen ehemaligen Bettgefährten Nero, ich hörte auch Cornutus brummeln, man müsse neuerdings, beim Hercules, einem Lustknaben Respekt zollen. Nun, so ist das halt, mein lieber Lucius, man sollte Menschen nicht nach der Rolle beurteilen, die ihnen aufgezwungen wurde. Egal, ich meine, die beiden hätte es so oder so erwischt, sie waren einfach zu reich. Doryphorus erfuhr von einem geplanten Giftanschlag, daraufhin öffnete er sich die Pulsadern. Pallas, inzwischen ein Greis, empfing seine Mörder freundlich: »Da seid ihr ja endlich, ich wollte schon nachfragen, wo ihr bleibt.« Was immer der ehemalige Liebhaber Agrippinas verbrochen hatte, er starb einen würdigen Tod. Er hinterließ sein legendäres Vermögen zur Gänze Nero, damit, wie er spitz im Testament vermerkte, nicht noch jemand anderer zu Schaden käme.[47]

Petronius

November 815 a. u. c., Roma

Die eigenwilligste Stimme Roms ist für immer verstummt. Aules Persius Flaccus, auf dessen Satiren wir so lange gewartet hatten, ist an einem Magenleiden verstorben. Eine große Hoffnung ist Asche geworden. Er sah seine Satiren als Fingerübungen an, als Vorbereitung für größere Werke; jetzt ist er nicht einmal mehr mit seinem Erstling richtig fertig geworden.

Ich muss mich beeilen. Ohnehin habe ich dem widersprochen, der keinen Widerspruch duldet. Es ist seltsam, morgen kann uns ein Dachziegel auf den Kopf fallen, dennoch meinen wir, wir hätten das Leben vor uns. Ich habe mein Leben hinter mir, das muss ich mir jeden Abend sagen, und prüfen, was ich bisher erreicht habe.

LIBER XXI

So das dreizehnte der Bücher bildet,
die auf uns gekommen sind

Jener erhabeneren Gattung des Schreibens hat sich mit bestem Maßhalten, jedoch mit schändlichstem Inhalt Petronius Arbiter in seinem *Satyricon* bedient, das auf ein und demselben Scheiterhaufen mit seinem Autor hätte brennen sollen, denn es hat kein anderes Licht mehr verdient.

Jakob Masen
Übungshallen für den römischen Stil Köln (1659)[1]

Petronius

Ianuarius 816 a. u. c. [63 u. Z.], Roma

Decimus Iunius Silanus Torquatus, Nachfahre des großen Augustus, und Publius Petronius Niger, Legat und ehemaliger Consul, haben das Schlafzimmer des Fürstenpaares unbewaffnet betreten. Morgenempfang bei Poppaea und Nero, den stolzen Eltern, die ihre neugeborene Tochter vorstellen. Selbst Freunde ersten Ranges werden nach Waffen durchsucht. Auch das ist neu.

Der Alte Mann

Noch ist man vom spätantiken Kniefall vor dem *Augustus*, wie er dann genannt werden wird, weit entfernt, noch darf man dem Herrscher stehend begegnen, aber das nach wie vor junge Principat entwickelt seine ersten Rituale. Das Lever Neros war bereits eine langwierige Angelegenheit. Er empfing die »Freunde« der *domus principis* abgestuft nach ihrer Bedeutung: die Freunde ersten Ranges, wie Petronius und Silanus, allein oder zu zweit im Intimbereich des Schlafzimmers; jene zweiten Ranges als Gruppe ebendort; die restlichen, untersten Ranges, gesammelt in einem öffentlichen Raum.[2] Weiters forderte das Zeremoniell dem *princeps* die Begrüßung von Würdenträgern und Vertrauten durch gegenseitigen Wangenkuss ab – ein Brauch, der Tiberius zutiefst zuwider war. Immerhin, noch durfte man den

Herrscher auf Augenhöhe begrüßen, in späteren Jahrhunderten wird man sich immer tiefer zu bücken haben. Der Kuss sinkt ab, erst zur Hand, und schließlich, mit dem Kniefall, zu der Gliedmaße, die sich in dieser Haltung von selbst anbietet.

Petronius

Februarius 816 a. u. c., Pompeii

Wir spürten die Erdstöße sogar in Rom. Nachdem erste Berichte besagten, dass es Campanien getroffen habe, reisten wir ab; Giton nach Cumae, ich nach Pompeii.[3] Der Tod hat die Stadt erobert. Die Häuser und die Menschen sind Schatten ihrer selbst. Triste Stille liegt über den Trümmerfeldern, gespenstische Wiedergänger verrichten Arbeiten mit ausdruckslosen Gesichtern. Eine Frau sitzt vor einem zusammengefallenen Haus, klammert sich an etwas Unkenntliches, ich trete näher; es ist die Hand eines Toten, die aus dem Ziegelhaufen ragt. Die Farben der Stadt sind zu Staub geworden. Schuttberge wachen eifersüchtig über ihr schmutziges, gelb-braunes Reich; auf den Straßen haben Leichen Posten bezogen, ihr starrer Blick unterdrückt den Aufstand der Lebenden. Wo einst lärmende Regsamkeit herrschte, sind alle Zungen und Leiber gelähmt.

Die *Scauri* wenigstens sind wohlauf, ihr Haus hingegen ist fast zur Gänze zerstört. Die Fabrik hat es weniger stark getroffen. Flache Holzbauten widerstehen Erschütterungen offenbar besser als mehrgeschossige Steinbauten. Ich konnte meinen Schwiegervater dazu überreden, meine Unterstützung anzunehmen. Wohl das Mindeste, dass ich das Haus wieder aufbauen lasse, in dem die Liebe, die ich verlor, zur Welt gekommen ist.

Bei Giton in Cumae. Weniger verheerende Heimsuchungen, dennoch schwere Schäden. Die Villa steht, ist aber in schlechtem Zustand. In Cumae empfängt mich die Bürgerschaft. Beteiligung am Wiederaufbau. Wasserleitungen, Zelte, Notquartiere. Unser Haus muss grundlegend renoviert werden. Wird wohl das ganze Jahr dauern.

Giton

841 a. u. c. [88 u. Z.], Roma

Sechzehn Jahre später wanderte ich fassungslos über eine steinerne Ebene. Der Boden erschien mir unnatürlich warm, das mochte Einbildung gewesen sein; kein Trugbild war, dass ich Pompeii unter mir hatte; begraben im verhärteten Auswurf des zornigen Berges. Ich konnte ungefähr bestimmen, wo das Haus der *Scaurii* gestanden haben musste; dort setzte ich mich hin und blickte mich um. Ich fühlte mich wie der letzte Mensch auf Erden. Nichts deutete darauf hin, dass hier einmal eine Stadt gestanden hatte, die Gesteinsschicht, die sie bedeckte, war mindestens noch einmal so hoch wie ihre höchsten Häuser. Kein Tier war zu sehen, kein Vogel flog vorbei, als meine Tränen den harten Boden netzten. Nur ein paar krautige Pflanzen erhoben kümmerlichen Einspruch gegen die Trostlosigkeit. Wie man das Wachs seiner *tabula* mit dem breiten Ende des Stiftes glättet, so hatten die Götter Pompeii getilgt.

Der Alte Mann

Das Erdbeben von Campanien, das auch Seneca in seinen *Naturales quaestiones* beschreibt, traf Pompeii und die umgebenden Ortschaften am härtesten. Der Wiederaufbau setzte umgehend ein, dennoch war er, als im Jahr 79 u. Z.[4] der Vesuv ausbrach, noch nicht vollständig beendet. Die Masse aus Bimsstein, Lava und Schlamm, in der Pompeii und Herculaneum untergingen, konservierte nicht nur die Überreste zweier antiker Kleinstädte und ihrer Bewohner, sondern auch den Bau- und Lebensstil, der in den sechzehn Jahren zwischen Erdbeben und Vulkanausbruch vorgeherrscht hatte. Der Zorn Neptuns oder Vulcanus', die man in der Antike gemeinhin für derartige Katastrophen verantwortlich machte, schuf, besonders in Pompeii, eine in Stein erstarrte Momentaufnahme dieser Zeit.

Petronius

Martius 816 a. u. c., Roma

Bassus[5] und Cornutus haben geliefert. Des Aules schneidendste Worte haben sie entfernt, dennoch, die Stadt ist entzückt. Sie feiert den zu früh Verstorbenen und seine gertenschlanke Muse. Sogar die selbsternannten Sprachkünstler spenden Lob; sie, die sonst bei Dichterlesungen wie Statuen dasitzen und weder Mund noch Hand regen.[6] »Ach, dass er noch lebte!«, seufzen sie – »Wie beredt könnte ich dann schweigen!«, denken sie.

> *[...] wenn ich schreibe und dann mal was Bess'res herauskommt (wann denn einmal? Fürwahr: ein seltener Vogel!), wenn gleichwohl was Bess'res herauskommt, dann graust es mich nicht vor dem Lob, und mein Inneres ist nicht hürnen. Jedoch, ich sträub' mich entschieden, dass von dem Guten das Höchste dein »Bravo« und »Hübsch« sein soll. Denn schüttle dies »Hübsch« nur gründlich, was stäke nicht alles darinnen? Ist hier nicht, von Nieswurz trunken, des Attius Iliade[7]? Nicht irgend elegische Verslein, verdauend diktiert von den Großen? Schließlich nicht alles auf Zitruslagern Verfasste? Ein Saueuter weißt du dampfend aufzutischen, weißt mit verschliss'nem Rock den schaudernden Freund zu erfreu'n; dann sprichst du: »Ich liebe die Wahrheit, so sagt über mich mir die Wahrheit.« Wie denn? Soll ich einmal? Possen treibst du, du Glatzkopf, indes dir dein hängender Fettwanst anderthalb Fuß vorn heraussteht!*[8]

Prophetische Worte. Genauso ist es gekommen. Seine größten Bewunderer sind nicht nur die unverdrossenen Vergewaltiger Calliopes – das hatte man erwartet. Nein! Auch der ganze Rest der Bande, die er in seinen Satiren kritisiert hat. Sie bevölkern die Lesungen seines Werkes, all die Sklaven ihrer Gier, ihrer Lüste oder ihres Wahns. Die Blödigkeit stinkt ihnen bei jedem »Bravo« aus dem Mund. Sie sind wie Affen, die sich in einem Spiegel sehen und ausrufen: »Was für ein Kretin!« Wie wäre er in Zorn geraten oder verzweifelt. Denn deutlicher, als er es getan hat, kann man Kritik nicht üben. Die *satura* hat ausgedient, auch sie ist zu einem Spektakel geworden.

Der Alte Mann

Zur Ehrenrettung des *genus satura*: Petronius, und vielleicht auch Persius, haben sich wohl etwas zu viel von ihr erwartet. *Satire is a sort of glass, wherein beholders do generally discover everybody's face but their own,*[9] wird es Jonathan Swift später auf den Punkt bringen. Dieser Defekt in der Reflexion ist ihr bis heute erhalten geblieben.

Giton

Wenn man mich fragt, etliche dieser Bewunderer haben ihn gar nicht richtig verstanden, sofern sie ihn überhaupt gelesen haben. Atrectus meinte, solche Autoren wünsche man sich als Händler. Ein feuriger, junger Dichter – dazu gutaussehend und gerüchteweise ein Gegner Neros – stirbt vor der Veröffentlichung seines lang ersehnten Erstlings: Sankt Profitikus,[10] wir danken dir!

Petronius

Aprilis 816 a. u. c., Roma

Die kleine Claudia ist überraschend verstorben. Nero, den die kürzliche Unterwerfung Tiridates' etwas gelöster gemacht hat, versinkt im Grübeln. Und natürlich gibt er seiner Frau die Schuld. Poppaea ist untröstlich. Die Kleine ist eines Morgens tot in ihrem Bettchen aufgefunden worden. Kein Leiden, keine Krankheit ging ihrem Tod voraus; als gesunden, von allen gehätschelten Säugling legte sie ihre Amme ein paar Stunden vorher zur Ruhe. Nero fürchtet den Zorn der Götter. Und wie immer in solchen Fällen muss ein sterblicher Schuldiger gefunden werden.

Giton

Lucius Calpurnius Piso grüßt seinen Petronius
Aus dem Gast meines Vaters ist der Begleiter meiner Mußestunden geworden. Mit Vergnügen las ich die weiteren sechs *Libri* Deiner *Satyrica*. Dazu eine Bitte: Könntest Du mir eine Abschrift Deines bisherigen Werkes zukommen lassen? Ich misstraue den Buchhändlern. Viele von ihnen veruntreuen das Wort, dessen sorgsamer Verwalter sie sein sollten. Deine Auslagen erstatte ich Dir, ich hätte nur gerne eine vom Autor beglaubigte Abschrift für meine Sammlung. Falls es Deine Zeit erlaubt, besuche mich! Im Moment sind meine Möglichkeiten aufgrund der Bauarbeiten zwar ziemlich eingeschränkt, aber die Bibliothek, die Du als junger Mann kanntest, hat sich ganz hübsch erweitert. *Vale*

Petronius

Maius 816 a. u. c., Herculaneum

Ich hause bei Piso auf einer Baustelle. Es ist herrlich. Das Wiesel hat der Maus freigegeben, unter Zusicherung einer Rückkehr am Ende des Jahres. Es ist so unendlich angenehm: Ein ehrliches Lachen, ein saftiger Fluch; wie lange habe ich so etwas nicht mehr gehört. Ich beneide die Arbeiter, sie haben Freiheiten, von denen unsereiner nur träumen kann. Wir essen reife Feigen, diskutieren Pläne. Pisos Villa wird prachtvoll, sicher die schönste in der Umgebung.

Er ist ungefähr im Alter Senecas, der letzte lebende Enkel des Schwiegervaters von Caesar. Bücher waren schon immer seine große Liebe, schon seit er als Knabe die Bibliothek seines Großvaters erkunden durfte. Von Ämtern hielt er sich stets fern, er wusste, dass er den Leistungen seiner Ahnen niemals gerecht werden konnte. Lieber widmete er sich seinem Klein-Alexandria, wie er es nennt. Zu Recht: Wo andere Reichtum, Titeln und Ämtern hinterherjagen, hetzt er Papyrusrollen, verfolgt sie über Stock und Stein, bis die Beute im Regal liegt. Der Umfang der Sammlung hat sich mindestens verdoppelt, seit ich sie das letzte Mal gesehen habe. Er beschäftigt zwei Bibliothekare und ein Heer von Schreibern. Seit einigen Jahren ist es sein Bestreben, die wieder erwachende römische Literatur – soweit sie ihm bedeutend genug erscheint – zu sammeln und zu erhalten; vollständig, in möglichst korrekter Form. Meine bescheidenen Bemühungen fanden ihr Plätzchen zwischen den Ehrfurcht gebietenden Stapeln Senecas und Lucans. *Meherculem,* haben die viel geschrieben! Wir verließen diesen Tempel des menschlichen Geistes durch das riesige *scriptorium*, in dessen Hauptraum Kopisten ihren stillen Kampf gegen die Büchermotte fochten. In den angrenzenden *cubiculae* fanden Lesungen statt. Einer der Schreiber trug das Abgeschriebene vor, während ein zweiter den Text der Vorlage mitlas. Ein teures, aber wirksames Verfahren, meinte Lucius, es kontrolliere sowohl die Texte als auch die Arbeit der Kopisten, da jede Abschrift von zwei daran unbeteiligten Schreibern kontrolliert werde.

Solange Du mit dreister Hand von meinem
Eigentum nichts pflückst,
magst keuscher sein als selbst die Vesta.
Wenn aber doch, wird diese Waffe meines
Bauches Dich erweitern,
dass Du selbst aus Deinem eigenen Hintern
kriechen kannst.[11]

Am Abend unterhielten wir die Arbeiter. Ich las aus meinem Werk vor, Lucius aus den *Priapea*, die er selbstverständlich auch schon hatte. Sie sind ein unbarmherziges Publikum. Sie lachen oder lästern in den Vortrag hinein, schlafen ein, gehen zu einer Hure, kommen später wieder, ganz wie es ihnen gefällt. Piso empfiehlt sie als Heilmittel gegen die Hybris. Die Kur sollte er Nero empfehlen. Man muss die Ehrlichkeit schätzen wie eine derbe Geliebte. Sie ist manchmal unangenehm, aber immer befriedigend.

Sentenzen zersplittern,
Pathos zerbröselt,
an dem festen Fels
des einfachen Wortes.

Der Alte Mann

Bevor Verwirrung entsteht: In dieser Überlieferung erscheinen zwei *Calpurnii*, die, wenn überhaupt, nur entfernt miteinander verwandt waren. Der eine, der eben genannte Lucius Calpurnius Piso, wohnt in Herculaneum; er lässt gerade jenes Gebäude renovieren, das als »Villa dei Papiri« im 18. Jahrhundert entdeckt werden wird.

Der andere, Caius Calpurnius Piso, wohnt in Baiae, das vom Erdbeben nur marginal betroffen war, und ist der bereits erwähnte Mäzen junger Poeten.

Giton

September 816 a. u. c., Roma

Poppaea grüßt ihren Publius
Ich habe einen Gast bei mir, der Dich unbedingt kennenlernen will. Er kommt aus Iudaea, ich will nichts verraten, aber ich sage Dir, so einen hast Du noch nicht gesehen! Besuch mich morgen früh. *Vale*

Poppaeas Iudaeer war ein rechter Streithansl, besserwisserisch und eingebildet. Aber der Reihe nach: Sein Land war in den vielen Jahren seit unserem Abenteuer nie richtig zur Ruhe gekommen. Immer wieder wurden Aufrührer nach Rom geschickt, zur Aburteilung oder als Geiseln. Unter dem *procurator* Marcus Antonius Felix hatte diese Maßnahme auch vier streitbare Priester getroffen, die seitdem, also seit fast fünf Jahren, in Rom gefangen gehalten wurden. Die Aufgabe des Ioseph ben Matthias[12] war es, die Begnadigung seiner Leute und deren Rückkehr ins Heimatland zu bewirken. Mögen Kulturen noch so verschieden sein, Menschen ähneln sich. So wie wir junge Rhetoren erleben, die, kaum dem Unterricht entsprungen, das Maul aufreißen, so kam auch unser Iudaeer direkt aus der Schule. Aber sein Gott war ihm gnädig.

Petronius

»Willst du ihn verführen?«

»Na klar, was glaubst du denn? Mir wird ganz heiß, wenn er mir von seinem strengen, aber gerechten Gott erzählt.«

»Darüber redet er mit dir?«

»Ich habe es ihm erlaubt. Er darf versuchen, mich zu bekehren.«

»Poppaea, du bist unverbesserlich!«

»Was denn? Willst du mir den Spaß verderben? Du solltest ihn sehen, mit seinem lodernden Blick, wenn er von der Sünde spricht, und unserer durch und durch verkommenen Stadt. Dann stell ich mir vor, wie er über mich herfällt und mich nimmt, hemmungslos – unfähig, sich noch länger zurückzuhalten.«

»Deine Künste in Ehren, aber glaubst du wirklich, dass du ihn dazu bringen könntest?«

»Ja, da bin ich mir sogar sicher. Weißt du, er ist ein Mann, den eine kleine Sünde nicht locken kann. Die Zwei-*As*-Dirne ist ihm egal. Ich hingegen bin in seinen Augen der größtmögliche Verrat an seinem Glauben und an seinen Prinzipien, den er begehen könnte. Ich bin die Oberhure. Das erregt ihn, das sehe ich ihm an.«

»Verstehe ich das richtig? Er könnte dich haben, obwohl du weißt, wie er von dir denkt?«

»Ja, warum nicht? Ich würde mich natürlich rächen, indem ich ihn in mich verliebt mache.«

»Verstehe. Es ist also nur noch eine Frage der Zeit, bis du mit ihm im Bett landest.«

»Aber nein, woher denn! Ich würde nie mit ihm ins Bett gehen. Ich stell's mir nur gerne vor. Es ist herrlich, in diesen Träumen zu schwelgen: Wie wir uns lieben und danach seinen strengen Gott um Vergebung anflehen; um in den nächsten Tagen erneut übereinander herzufallen. Ah, die Gewissensbisse, ah, die Qualen! Ich warne dich, Publius, nimm mir meinen Iudaeer nicht weg!«

Giton

Ioseph ben Matthias war bei günstigem Wind und gutem Wetter auf einem soliden Schiff aus Caesarea abgefahren. Mitten auf dem Meer, mitten in der Nacht, bei ruhiger See, versank es einfach. Ioseph erwachte und befand sich im nächsten Moment bereits im Wasser. Diejenigen, die dieses Unglück überlebt hatten, mussten die ganze Nacht schwimmen. Erst bei Tagesanbruch entdeckte der verbliebene Rest von ihnen einen Frachter, der sie schließlich rettete.

In Puteoli, dem Ziel des Frachters, der aus Cyrene kam, betrat der Gesandte des Synhedrions italischen Boden: mittellos, erschöpft, allein. Seine Begleiter waren ertrunken. Alles, was er noch bei sich trug, waren ein kleiner Geldbeutel und eine unleserliche Vollmacht seiner Auftraggeber. Er wusste es nicht, aber er war genau dort, wo sein Gott ihn haben wollte. Als er mit verhülltem Haupt durch die Straßen wanderte, sprach ihn ein Mann an. Es handelte sich um Aliturus[13], den bekannten Schauspieler, der in dem Fremden den Landsmann erkannt hatte.

Petronius

»Aber lass uns bei mir daheim weiterreden, ich habe ein kleines Haus in Baiae, dort können wir es uns gemütlich machen.«

»Gerne, aber sag mir, Aliturus, was bist du eigentlich von Beruf?«

»Schauspieler, und kein unbekannter.«

»Schauspieler! Ein Iudaeer Schauspieler! Ach, Schande und Frevel! Geh, geh weg, Abtrünniger, ich kenne dich nicht!«

»Spinnst du jetzt komplett? Hör mal, du Eselspriesterchen, ich kenne Nero persönlich, ich könnte dir helfen, aber wenn du dich so anstellst, dann kannst du von mir aus verrecken!«

»Du kennst den *princeps*?«

»Ja!«

»Das darf nicht wahr sein! Warte! Lass mich nachdenken … Ich bin erster Priester der Pharisaeer, ich dürfte nicht einmal mit dir reden, geschweige denn, dein Haus betreten … Aber wenn es Gottes Wille ist … Schließlich dürfen wir es auch schweren Sündern nicht verwehren, gottgefällige Taten zu verrichten … Gut, nun denn! Ich denke, es ist eine schwerere Sünde, der Rettung deiner Seele im Weg zu stehen, als mich durch den Umgang mit dir zu beflecken.«

Giton

Im ersten Moment wollte Aliturus ihm für die Frechheit eine aufs Maul geben, dann musste er lachen. Er hatte völlig vergessen, wie stur die Priester seines Volkes sein konnten. Ungefähr eine Woche später führte er ihn bei Hof ein; nach reiflicher Überlegung bei Poppaea und nicht bei Nero. Und kurz darauf war Ioseph bei uns zu Gast.

Petronius

»Nein, Ioseph, es hat nicht geregnet. Entschuldige, aber ich war dabei, das wüsste ich noch, auch nach so vielen Jahren. Giton, was sagst du, hat es geregnet an jenem Tag, nahe der Ebene von Ebron?«

»Nein, sicher nicht. Es war drückend heiß und wolkenlos, wie immer.«

»Das kann nicht sein. Alle Iudaeer, die ich gefragt hatte, berichteten mir, dass unmittelbar nach der berühmten Entscheidung deines verehrten Onkels ein Platzregen aus heiterem Himmel niedergegangen sei und dass daraufhin alle, auch ihr und viele eurer Soldaten, auf die Knie gefallen wären, vor dem sichtbaren Segen Gottes.«[14]

»Hübsche Geschichte, aber so hat sie sich nicht zugetragen.«

»Schade, dass dein Onkel nicht mehr lebt, er hätte mir wohl eine präzisere Auskunft geben können, du warst ja noch jung.«

»Ich habe dir eine präzise Auskunft gegeben! Und wenn du mir nicht glaubst, dann lies die Geschichte bei Philon von Alexandria nach … «

»Philon! Dieser abtrünnige Griechen-Iudaeer, dem ist doch nicht zu trauen!«

» ... den ich, wenn du gestattest, als einen der klügsten und gelehrtesten Männer deines Volkes kennengelernt habe. Übrigens, mein Onkel beurteilte die Menschen nach ihren Taten und Unterlassungen, nicht nach ihrem Glauben. Daran habe ich mir ein Beispiel genommen, und du tätest gut daran, dich ebenso zu verhalten!«

Giton

War Iosephs Reise schon eine Katastrophe gewesen, so hielt Rom noch weitere Enttäuschungen für ihn bereit. Jener legendäre Statthalter von Syrien, den er unbedingt kennenlernen wollte, war längst tot. Und als er mit heißem Herzen zu uns kam, in der Erwartung eines von tiefem Ernst und Tugend durchströmten Hauses, da traf er meinen Publius. Der notierte sich diese Dialoge; er dachte an eine dichterische Umsetzung, als Idee für die Zeit nach der Beendigung der *Satyrica*. Die Geschichte faszinierte ihn: Wäre Iosephs Reise glücklich verlaufen, hätten ihn seine Art und seine Reden in kürzester Zeit ins Verderben gestürzt; der Eingriff Fortunas oder seines unsichtbaren Gottes bewahrten ihn davor. Aber es war ein hartes Stück Arbeit, ihn von seinem Glück zu überzeugen. Denn, ohne selbst etwas dazu beigetragen zu haben, hatte er mittlerweile die drei mächtigsten Fürsprecher und Berater an seiner Seite, die er sich nur wünschen konnte: Aliturus, den von Nero hochgeschätzten iudaeischen Schauspieler; meinen Publius und Poppaea, die *Augusta* persönlich.

Noch härter war es, den Hengst, der uns da zugelaufen war, für seinen Auftritt bei Hof abzurichten. Immerhin, wir hatten Zeit. Poppaeas Warnung musste ernst genommen werden, sie war auf unserer Seite, nur ihr Spielzeug durften wir ihr nicht so schnell wegnehmen. Eine Zeitlang schnaubte er noch, scheute und biss ins Zaumzeug. Aber irgendwie tat er mir auch leid: Alles, was er sah, war Gotteslästerung für ihn.

Petronius

»Reden wir bitte über meinen Auftrag. Sag mir, was ich tun kann, ich habe den Eindruck, dass ich gar nichts zur Befreiung meiner Landsleute beitrage.«

»Bitte, gerne. Also erstens musst du zum Friseur, zweitens, deine Nägel gehören poliert und dein Bart gehört gestutzt.«

»Was?«

»Du brauchst neue Gewänder, Sandalen, Gürtel und so weiter … übrigens, hast du Geld?«

»Was, was? Nein, Geld habe ich kaum noch.«

»Dachte ich mir. Ich erledige das. Wenn wir Epaphroditus, Neros *procurator a libellis*, treffen, müssen wir wenigstens tausend Sesterzen hinlegen.«

»Wofür denn das?«

»Damit er deine Bittschrift bei sich hat, wenn Nero nach ihr verlangt.«

»Tausend Sesterzen! Dafür, dass der Mann seine Arbeit macht. Da schreitet der *princeps* nicht ein?«

»Du verstehst wirklich nichts vom Hof. Nero schreitet nicht ein, denn er profitiert davon. Alle seine *procuratores* und alle, die hohe Ämter bekleiden, müssen ihm einen erheblichen Teil ihres Vermögens testamentarisch vermachen. Bestichst du Epaphroditus nicht, schmälerst du die Einkünfte unseres Gebieters.«

»Oh, Babylon! Aber bitte, du wirst schon wissen, was du tust. Nur meine Haare lasse ich mir nicht schneiden.«

»Dann lass dich wenigstens frisieren!«

Giton

November 816 a. u. c., Roma

Poppaea grüßt ihren Publius
Nero hat Aliturus eine Gunst gewährt. Seine vier Landsleute wurden in ein sauberes Quartier überstellt. Es ist bewacht, aber kein Vergleich zu der Zelle, in der sie bisher schmachteten.
Vale

Damit beruhigten sich die Gemüter vorerst einmal. Mein Publius kehrte in sein Buch zurück, Ioseph freundete sich allmählich mit Aliturus an. Er ging mit ihm sogar ins Theater und vor allem: Er rannte nicht mehr mit verhülltem Haupt durch die Stadt, den Blick auf den Boden gerichtet, sodass man Angst haben musste, dass ihn die Stadtwache verhaftet, sondern benahm sich normal, so wie einer der vielen fremdländischen Besucher Roms.

Petronius

Februarius 817 a. u. c. [64 u. Z.], Neapolis

Staune, Welt – ein Künstler trat vor dich hin, sang von dem Königssohn, von dessen Urteil und von dem Brand, den er damit entfachte!

Kinder brauchen ihre Mütter, unser Kind, des Rockzipfels der seinen ledig, benötigte viele Mütter für seinen Auftritt: Uns Höflinge, die wir ihn beinahe ins Theater tragen mussten, seine hochbezahlten *Augustiani* und das von überall her zusammengelaufene Volk, das für seine Neugier mit stundenlangem Warten büßen musste. Hinein kamen die Menschen ungehindert, hinaus erst nach dem Auftritt Neros. Unser Kind verbrachte den Tag im Bad: Nein, essen möchte es nichts. Gut, gehen wir dann endlich? Bald, bald. Kaum auf der Bühne, hat es Hunger – wir speisen vor den Augen des Volkes! Endlich dürfen wir das Kind alleine lassen. Es ist nicht in bester Form. Terpnos[15] hats ihm gesagt: In der Früh hätte es essen sollen, auf keinen Fall unmittelbar vor dem Auftritt.

Neros Kunst berührt die Menschen. Bei einigen Frauen setzten die Geburtswehen ein, wehrhaften Männern schwanden die Sinne. Doch er wäre nicht Nero gewesen, hätte er nur die Gemüter der Menschen bewegt. Gaia selbst antwortete dem Sänger. Die Erschütterung der empfindsamen Göttin versetzte die Ränge ins Schwanken und die Menschen in Aufruhr. Nero sang unberührt weiter. Wir konnten das Theater gerade noch rechtzeitig räumen. Kaum, dass es leer war, fiel es in sich zusammen. Was für eine

Premiere! Übrigens, das schuldige Theater hat unter Tränen gestanden: dem Erdbeben habe es tapfer standgehalten; ob der Kunst Neros freilich sei es zusammengebrochen.[16]

Der Alte Mann

Nero trug in Neapolis – es war sein erster öffentlicher Auftritt – offensichtlich aus seiner Iliade vor. Hecuba, der Mutter von Paris, wurde bei dessen Geburt prophezeit, sie habe eine Brandfackel in die Welt gesetzt. In wie vielen Versen erzählte dieses Epos die Geschichte von der Geburt des Paris bis zum Brande Troias? Waren sie wirklich so schlecht? Es ist eine der bedeutendsten Lücken der antiken lateinischen Literatur: Vom Werk Neros ist nichts übrig geblieben, außer ein paar verstreut notierte Zeilen. Wie etwa jene, die Lucan geäußert haben soll, als er sein Geschäft auf der Toilette des Palatins besonders lautstark verrichtet hatte: *Man könnte es ein unterirdisches Donnern nennen*,[17] zitierte er fröhlich den *Imperator* – die auf dem Gemeinschaftsabtritt neben ihm sitzenden Höflinge flüchteten in Panik.

Petronius

Dieser hat seine eigene Theorie. Die Göttin habe ihm nicht gegrollt, im Gegenteil, sie habe ja verhindert, dass Menschen zu Schaden gekommen seien, indem sie das Theater erst nach seiner Darbietung einstürzen ließ. Blinzelte und stotterte mich damit an, und doch, ich hätt's ihm beinahe geglaubt! Ich bin schon wieder viel zu lange bei Hof, ich erkenne die Masken nicht mehr. Ein Schauspieler bin ich, unter Schauspielern. So entwöhnt von der Ehrlichkeit, dass ich nicht mehr weiß, wie sie aussieht. Für unseren *princeps* ist überall Bühne – muss überall Bühne sein! –, sein ganzer Hofstaat benimmt sich wie eine gut eingeübte Truppe. Wichtiger als eine Entscheidung, die er zu fällen hat, ist die Inszenierung derselben. Dabei spielt er so viele Rollen, dass er selbst nicht mehr weiß, wer er ist.

Wir nutzten die Gunst der Stunde. Unser Iudaeer hat seine Leute frei bekommen.

Giton

Nero zeigte sich gut gelaunt. Poppaea gab meinem Publius das verabredete Zeichen; der Moment, auf den wir gewartet hatten, war da: Ioseph ben Matthias konnte dem *princeps* vorgestellt werden und sein Anliegen vortragen. Noch wusste er nicht, dass er in diesem Stück nur eine kleine Rolle zu spielen hatte; es wurde ihm klar, als er seine Rede mit den Privilegien, die Iulius Caesar den Iudaeern gewährt hatte, beginnen wollte. Nero unterbrach ihn kurzerhand; er hatte nur das Stichwort gebraucht, keinen Monolog. »Danke, mein Lieber, danke! Deinem *princeps* sind die ruhmreichen Taten seines Vorfahren bestens bekannt. Epaphroditus, reich mir die Bittschrift.« Jetzt dämmerte es auch unserem Priester, dass die tausend Sesterzen gut angelegtes Geld waren. Epaphroditus eilte mit einstudierten Schritten zu seinem Herrn, zückte – siehe da! – das verlangte Schreiben und zog sich mit einer unnachahmlichen Mischung aus Gravität und Unterwürfigkeit wieder zurück. Nero studierte das Schreiben. In der Pose, in der er es hielt, konnte er unmöglich auch nur einen einzigen Buchstaben entziffern – das wussten alle! –, dafür bot seine Miene das Bild des gütigen Vaters, dessen Stirn sich zuweilen runzelt, wenn er von kleinen Verfehlungen seiner Kinder erfahren muss. In der Sache war die Entscheidung längst gefallen. Aliturus und Poppaea hatten ihn mehrfach, bei passender Gelegenheit, darauf angesprochen und ihn schließlich von der Begnadigung dieser in Wahrheit harmlosen Priester überzeugt.

»Ioseph ben Matthias«, die dramatische Pause war ausgeschöpft, »sag mir, wird es die Iudaeer glücklich machen, wenn ich diese Aufrührer begnadige?« »Selbstverständlich, Nero Caesar!« »Und wird es dazu führen, dass die ständigen Unruhen aufhören oder wenigstens nachlassen?« »Güte ist durch Dankbarkeit zu beantworten, das befiehlt uns unser Glaube.« »Und Gehorsam befiehlt euch das *Imperium*! Aber nichts für ungut, mein Lieber, nimm deine Gefangenen mit dir, ich wünsche euch eine sichere Heimreise!«

Daran war natürlich nicht zu denken. Poppaea forderte Dankbarkeit ein; gleichzeitig tat sie alles, um den freigelassenen Priestern das Leben in Rom so angenehm wie möglich zu machen. Die braven Gelehrten wurden von ihrer Gunst beinahe erdrückt, sie quartierte sie in einem luxuriösen Stadthaus ein – mit einem prächtigen Bacchus im *atrium*! Zu viel der Gnade – nach einigem Hin und Her landeten sie im iudaeischen Viertel der Stadt, wo sie bis zu ihrer Abreise blieben.

> *Lernt und erkennt, Elende, den Grund und das Wesen der Dinge: Was sind wir? Zu welcher Art Leben geboren? In welche Reihe gestellt? Wann und von wo umfahren wir sanft die Wende? Wo liegt das Maß für Besitz? Was ist zu wünschen erlaubt? Was der Nutzen des leidigen Geldes? Dem Vaterland und seinen Lieben – wieviel gilt's ihnen zu opfern? Wozu hat dich Gott berufen? In der Gesellschaft der Menschen auf welchen Platz gestellt?*[18]

Sechs Jahre später erhielt ich eine mögliche Antwort auf diese Fragen, von ihm, dessen Glaube, wie er einmal bemerkt hatte, der Philosophie der Stoiker ähnlich sei.[19] Ich stand inmitten einer jubelnden Menge, die den Triumph unseres Titus Flavius über die Iudaeer feierte. Als der siegreiche Feldherr und sein Gefolge an uns vorüberzogen, glaubte ich zunächst, meinen Augen nicht mehr trauen zu können. Ioseph ben Matthias, unser streitbarer Iudaeer, ging dort an mir vorüber, in der Gesellschaft der Freunde des Titus, plaudernd, lächelnd! Weder war er im Kampf gefallen, wie das jeder, der ihn kennengelernt hatte, erwartet hätte, noch war er einer der unzähligen Kriegsgefangenen. Ich dachte an einen Doppelgänger oder ein Trugbild, aber musste schließlich zur Kenntnis nehmen, dass ich keiner Sinnestäuschung zum Opfer gefallen war. Er war es tatsächlich, der da an mir vorüberspazierte, ein wenig behindert von symbolischen Ketten, die er zu tragen hatte, aber offensichtlich im besten Einvernehmen mit den Bezwingern seines Volkes. Kurz darauf erfuhr ich, was es mit den Ketten auf sich hatte: Vespasian empfing die Sieger, hieß den Ioseph ben

Matthias vor sich hinknien und ließ ihm die Ketten abnehmen. Der unbeugsame Freiheitskämpfer blieb am Boden zurück, was da aufstand, nannte sich Flavius Iosephus, durch Adoption in die *familia* des Herrscherhauses aufgenommen. Das Rätsel ließ mir keine Ruhe. Einige Wochen später besuchte ich diesen neuen Römer. Ich begegnete einem misstrauischen, verschlossenen Menschen. Auf alle meine Fragen hatte er griechische Antworten parat. Sein Werdegang war – das bekam ich aus ihm heraus – ungefähr der folgende gewesen: Nach seiner Abreise aus Rom hatte er sich bald den Aufständischen in Iudaea angeschlossen und wurde zu einem ihrer beherztesten Anführer. Als Rom seine Macht ausspielte, zog er sich in die Bergfeste Iotapata zurück, wo er für sein Volk und seine *gens* höchste Ehren anhäufte, indem er das Bollwerk monatelang tapfer verteidigte. Jede Attacke der Römer wurde zurückgeworfen, die Verluste der Angreifer waren beträchtlich. Ioseph bewies Erfindungsreichtum und Entschlossenheit. Die Römer stellten daraufhin ihre Angriffe ein und zogen einen Belagerungsring rund um die Festung. Iotapatas einzige Schwachstelle war die Versorgung. In der Festung gab es weder eine Quelle noch einen Brunnen und ihre Zugangswege konnten leicht blockiert werden. Währenddessen errichteten die Römer einen Damm, um die Mauer an einer bestimmten Stelle zu überwinden. Dieser wuchs langsam, später, als der Nahrungsmangel den Verteidigern immer mehr zusetzte, schneller. Eines Morgens stürmten die Römer schließlich die Festung; die bereits völlig entkräfteten Iudaeer wurden niedergemetzelt oder nahmen sich, angesichts der Lage, selbst das Leben. Ioseph rettete sich in eine Höhle, in der sich einige vornehme Iudaeer schon länger versteckt gehalten hatten. Aber auch dieses Versteck entdeckten die Römer bald und forderten die Insassen zur Kapitulation auf. Die eingeschlossenen Iudaeer hingegen wollten lieber in den Tod gehen als sich ergeben. Nur ihr Anführer hatte es sich inzwischen anders überlegt: Gott habe ihn nämlich auserwählt, teilte er seinen Glaubensgenossen mit, um von den kommenden Dingen zu künden; davon, dass Gott das iudaeische Volk fallengelassen habe und das nun alles Glück auf der Seite der Römer sei. Deshalb müsse er im Leben verharren, nicht als Verräter, sondern als Diener Gottes, der dessen Wort unter die Menschen bringe. Seine Gefährten, empört von solcher Feigheit, stellten ihn daraufhin vor die Wahl, entweder von ihnen erschlagen zu werden oder gemeinsam mit ihnen zu sterben. Angesichts dieser Bedrohung änderte Ioseph seine Taktik. Wenn man schon gemeinsam in den Tod gehen müsse, dann solle das Los entscheiden, wer als Nächster zu sterben habe. Dieser Vorschlag fand Zustimmung und wurde sogleich in die Tat umgesetzt. Jeder, den das Los getroffen hatte, bot sich dem Nächsten zum Todesstreich an. Und irgendwie schaffte es Ioseph, diese Ziehungen so zu manipulieren, dass er und einer seiner Mitstreiter als Letzte übrig blieben. Dieser hinderte ihn nicht mehr an der Ausführung seines göttlichen Auftrags; Ioseph, der Sohn des Matthias, konnte sich endlich dem Todfeind seines Volkes ergeben. Vielleicht hatten der Hunger, der Durst und die Erschöpfung bei ihm Wahnvorstellungen verursacht; trotzdem fällt es mir schwer, dafür und für das, was darauf folgte, Verständnis aufzubringen. Er wurde dem siegreichen Feldherrn vorgeführt, warf sich vor diesem zu Boden und prophezeite ihm den Aufstieg zum *Imperator*! Denn er, der Römer, sei niemand anderer als der von den Iudaeern erwartete Messias! Dieser, unser guter Vespasian, konnte selbst nicht glauben, was da vor seinen Augen passierte. Er hatte dem würdigen Gegner den ehrenvollen Tod durch das Schwert anbieten wollen, jetzt krümmte sich dieser wie ein Wurm vor ihm. Natürlich glaubte er ihm kein Wort, aber er entschied die Angelegenheit mit dem für ihn typischen Humor. Er versprach seinem Gefangenen die Freiheit, für den Fall, dass sich dessen Prophezeiung erfülle.[20]

Als mir Flavius Iosephus bei unserem Treffen gegenüberlag und mir wortreich von seiner Metamorphose berichtete, fragte ich mich, wo der Mensch, den ich seinerzeit gekannt hatte, geblieben war: Das Gewand seines Volkes war der Tunica gewichen, der Bart war sorgfältig gestutzt, die Haare römisch kurz. Vielleicht fragte er sich das manchmal selbst, mein Besuch war ihm offensichtlich verflucht unangenehm. Um meinen

Abschied zu beschleunigen, gratulierte ich ihm: »Weißt du eigentlich, Iosephus, dass du damit zu einem der berühmtesten Iudaeer geworden bist?« Nein, das wisse er nicht, wieso? »Moses hat für dein Volk den Weg in die Freiheit gefunden; du den zweifellos schwierigeren von Iotapata nach Rom.«

Petronius

Martius 817 a. u. c., Beneventum

Unser Sänger plant einen Feldzug: Ein Römer werde Griechenland mit der Kithara erobern.[21] Ein typisch neronisches Unternehmen: Die er mit seiner Kunst besiegen will, liegen längst vor ihm auf dem Bauch. Griechen: kriecherische Überbleibsel einstiger Größe.

Kann man einen noch verkommeneren Menschen als Tigellinus finden? Man kann. Der Praefect der Praetorianer hat seit ein paar Tagen anderes zu tun, als gegen mich zu intrigieren. Seine Sorge ist jetzt Vatinius, das neue Liebkind unseres *princeps*. Ein verkrüppelter Schusterlehrling, ordinär, verlogen und gemein.

Giton

Vatinius veranstaltete Fechterspiele in Beneventum, wir entdeckten ihn bei einem Spaziergang durch die Stadt. Tigellinus' offene Feindschaft beunruhigte meinem Publius schon länger, also beschloss er, sich bei Nero beliebt zu machen, indem er dessen Vorliebe für alles Abscheuliche befriedigte. Der *princeps* hatte Zerstreuung bitter nötig; es war ihm immer noch nicht gelungen, die richtigen Schiffe für seine Überfahrt nach Achaia zu finden. Mit diesen Schiffen war das so eine Sache: Die einen waren ihm zu klein, die anderen zu groß, diese zu ärmlich, jene zu protzig, kurz, er verzögerte wieder einmal. Also lud ihn mein Publius ein, die Gladiatorenspiele zu besuchen. Nero war entzückt. Gegen diesen Menschen, der wohl tatsächlich eines regennassen Tages wie ein Pilz aus der Erde geschossen war, nahm sich Tigellinus wie eine Jungfrau der Vesta aus. Fortan regierte der schamlose Possenreißer auf den Festen Neros, schob sich als dunkle Wolke vor die Gunst, in der sich der Praefect der Praetorianer bis dahin gesonnt hatte.

Decimus Iunius Silanus grüßt seinen lieben Publius
Jetzt hat es also auch mich erwischt. Man könnte es ausgleichende Gerechtigkeit nennen. Den liederlichsten Spross der *Silani* ereilt das gleiche ungerechte Schicksal wie seine rechtschaffenen Verwandten. Ich folge gewissermaßen der Tradition meines Hauses. Oder man könnte es so sehen: Nero hat bisher – im Unterschied zu Tiberius, Caligula, Claudius und Agrippina – noch keinen einzigen *Silani* zur Strecke gebracht. Das musste er nachholen. Was solls, *ich hab mehr Wein verschüttet, als andere im Keller haben.*[22] Feste, Reisen und Frauen haben mein Vermögen aufgezehrt, ich habe es genossen. Sollen die Leute von meinem verschwenderischen Leben denken, was sie wollen, es verschafft mir eine letzte Befriedigung: Das enttäuschte Gesicht Neros, wenn er mein Vermögen beschlagnahmt.

Du, mein Freund, weißt, kein Mensch, der einigermaßen bei Verstand ist, könnte mich für den Anführer eines Umsturzes halten. Wahr ist allerdings: Ich kenne Leute, die Leute kennen, die ernsthaft über eine Veränderung an der Spitze des *Imperium* nachdenken. Es gibt schon Berichte von Legionären, die ihren Sold nicht ausbezahlt bekommen. Ich glaube, Nero *besitzt nicht einmal mehr seine eigenen Haare.*[23] Ich weiß, dass Du jetzt an Rache denkst, oder dass Du Dich zumindest, angewidert von meinem Schicksal, vom Hof zurückziehen willst. Tu das nicht! Du bist einer der letzten vertrauenswürdigen Männer, die Nero noch an sich heranlässt. Sollten sich bestimmte Personen zur Tat durchringen, musst Du auf Deinem Posten sein. Wenn Du mehr darüber wissen willst, dann geh zu dem, der Dir diesen Brief geschickt hat. In meiner letzten Stunde bitte ich Dich: Wenn Du meinen Tod rächen willst, dann verbleib in der Stellung, die Du derzeit bei Hof innehast. Lass Dir nichts anmerken, im Gegenteil: Achte darauf, dass Du der Günstling dieses Verrückten bleibst. *Vale*

Giton

So starb Decimus Iunius Silanus Torquatus,[24] mit dem wir einst die *subura* durchstreift hatten. Der Brief wurde uns von einem Boten des Atrectus überbracht. Ich zog noch am gleichen Tag vorsichtig Erkundigungen ein. Man hatte Silanus' Diener und Freigelassene verhaftet, eine Anklage wegen Hochverrats war erhoben worden. Als Silanus sich die Pulsadern öffnete – unter dem wachsamen Blick der Praetorianer –, ging sein Arzt, der Decimus' Frau beigestanden hatte, aus dem Haus. Sie durchsuchten ihn nur oberflächlich, er war sich aber ziemlich sicher, dass ihm Tigellinus Spitzel hinterhergeschickt hatte. Also ging er zum Markt wie ein müßiger Spaziergänger und schlenderte an den Buchhändlern vorbei, ließ seinen Blick über die ausgehängten Blätter schweifen, bis dieser beim Laden des Atrectus an den neuesten Epigrammen des Lukillios hängen blieb.

Petronius

Rotbart:[25] Scheusal, Verrückter, Allerletzter unter den Menschen. Tigellinus: Mörder, Zuhälter. Turpilianus, Vitellius: Kriecher, Verleumder. Nein, ich bin nicht Caius. Ich schreibe keine Listen. Mit dem Umsturz wird das so bald nichts. Die Leute, die ich neulich kennengelernt habe, sind nur ein Haufen verärgerter Klienten, die ihrem Patron eins auswischen wollen. Erhabene Worte, aber keine Erhebung. Silanus, dein Wunsch ist mir Befehl, ich werde auch weiterhin *mit den Irren verrückt sein*[26] und die Rolle spielen, die mir das Schicksal zugewiesen hat. Aber nur für ein paar Großmäuler riskiere ich mein Leben nicht, so wenig mir daran liegt.

Giton

Von den Verschwörern wird noch früh genug die Rede sein. Silanus' Tod hatte nicht nur meinen Herrn entsetzt, sondern viele Leute, vor allem, da es wieder einmal jeden treffen konnte. Aber Nero, besser gesagt Rotbart, wie ihn mein Publius fortan nannte, und sein Zuhälter hatten damit noch weiteren Feind – direkt an ihrer Seite.

Petronius

Der junge Lucan hat Mut. Ich sah, wie das Gesicht unseres *ultimus*[29] immer länger wurde und – mit der Lesung des sechsten Buches – steinern. Die Mühe, die es ihn kostete, die erschrockenen Blicke seiner Höflinge an sich abprallen zu lassen!

> *Die Männer scheuten sich, Verbrechen zu begehen; ein Gefühl des Anstands hielt die Waffen des Wahnsinns zurück. Und sie gönnten dem Vaterland und der Verfassung, die sie gebrochen hatten, wenigstens einen Tag.*[27]

> *Paian, Herr der Wahrheit, vor dem die Himmlischen keinen kommenden Tag verborgen halten! Warum scheust du dich, das Ende, den Zusammenbruch des Römischen Reiches, die Ermordung von Führern, den Tod von Königen und die Vernichtung vieler Völker durch Italiens Katastrophe zu künden?*[28]

> *Denn dieses Zeitalter erfand all die verlogenen Worte, mit denen wir schon so lange unseren Gebietern schmeicheln; denn Caesar war entschlossen, um rechtmäßig die Macht auszuüben, die römischen Beile mit seinen Schwertern und seine Legionsadler mit den Ruten zu verbinden.*[30]

Rotbart presste sich im Gehen ein paar Worte ab: »Mag deine Kunst ihre Berechtigung haben, ich will das nicht beurteilen; aber ich sage dir, es missfällt mir, wie du über meine Ahnen sprichst.« Lucan sagte nichts, nur ein Grinsen war über sein Gesicht gehuscht, beim Wort »Ahnen«. Der Sohn des Ahenobarbus hatte es gesehen, tödlicher Hass blitze aus seinen Augen, als er sich umdrehte und ging.

Der Alte Mann

Caius Caesar mit seinem Spitznamen Caligula anzureden, war eine der Möglichkeiten, den Tod zu suchen; Nero an dessen leiblichen Vater Ahenobarbus zu erinnern, eine andere. Aber die

Wolken verdichteten sich über Nero, der nur durch Adoption zur Herrscherwürde gelangt war. Seinem Reich und ihm geht das Geld aus, seine Ausgaben sind den Einnahmen der Staatskasse weit voraus, an der er sich ungeniert bedient. Seine Regierungsmannschaft rekrutiert er, wenn nicht aus niedrigstem Gesindel, dann aus Opportunisten. Soll man die besten seiner Ratgeber nennen, landet man bei bedenkenlosen Karrieristen wie Vitellius und Turpilianus, die jeden verleumden, von dessen Fall sie sich Vorteile versprechen. Aber während diese wenigstens kompetente Administratoren sind, regieren am anderen Ende der Skala Mörder, Narren und Lustknaben.

Lucans *Pharsalia* ist Ausdruck des beginnenden Unmuts des Patriciats. Beschrieb er im ersten Buch den Bürgerkrieg noch als den hohen, aber gerechtfertigten Preis, den Rom für die glorreiche Herrschaft Neros zu entrichten hatte, ändert sich der Ton ab dem vierten Buch. Immer öfter fällt der Begriff der »Tyrannis« im Zusammenhang mit Iulius Caesar, dem Begründer der iulisch-claudischen Dynastie. Im sechsten Buch, dem letzten der Lesung, ruft eine Hexe einen Toten aus der Unterwelt zurück. Das Grauen beherrscht dieses Kapitel, das wohl die gedachte Mitte des Gesamtwerkes darstellen sollte; es prophezeit Untergang, Verrat und Tod. Im Elysium weinen die hehren Führer vergangener Zeiten um ihr geschändetes Rom, während die zu den ewigen Qualen des Tartaros Verdammten dem Gewaltherrscher applaudieren. Die Dynastie wird abgewatscht, Lucan, der Neffe Senecas ist ein Anti-Vergil. Dieser verknüpfte die Gründung Roms mit einer heldenhaften Vaterfigur; jener die Gründung des Principats mit dem Aufstieg eines skrupellosen Verräters – namens Iulius Caesar.

Giton

Seneca grüßt seinen Publius
Ich schicke Dir mit diesem Brief einen jungen Mann aus meiner Heimat. Er ist ein talentierter Dichter aus Bilbilis – nimm Dich seiner an, wenn Du kannst. Ich kann ihm nicht helfen. *Vale*

Damals begann die Pechsträhne unseres Marcus Valerius Martialis, dem das Schicksal übel mitspielen sollte. Als er zu uns kam, war er so glücklich, wie ein ehrgeiziger, junger Dichter nur glücklich sein kann. Zwei Jahre später nahm ich einen verängstigten, von Selbstzweifeln gequälten Menschen bei mir auf. Alle, die ihn unterstützt hatten, waren inzwischen entweder verbannt oder ermordet worden. War er – freilich, ohne es zu wollen – ein Uhu geworden, der allen, bei denen er sich niederlässt, Unglück bringt? Er war nur mit Mühe dazu zu überreden, von mir Hilfe anzunehmen. Aber der Reihe nach. Noch lachte uns die Sonne zu, wenn auch ein wenig blutbespritzt.

Petronius

Iunius 817 a. u. c., Roma

Arme Griechen. Sie müssen noch warten, bis sie sich vor ihrem Kitharoeden im Staub winden dürfen. Unser Künstler ist indisponiert, läuft mit einem Halstuch durch die Gegend. Das Erdbeben in Neapolis hat ihm mehr zu schaffen gemacht, als er zugeben will. Der Triumphzug des Sängers ist abgesagt, wir kehren zurück nach Rom.

Der *ultimus* erschauderte wie die Nymphe vor dem Glied des Priapus. Bleich wurde er, ein Tremor befiel seinen ganzen Körper, er musste von den Umstehenden gestützt werden. Nach Griechenland wars Aegypten gewesen, das er besuchen wollte.[31] Zuvor hatte er noch die Götter des Capitols aufgesucht, für sichere Reise und Heimkehr gebetet. Plötzlich, im Tempel der Vesta, der Anfall, von einem kalten Schweißausbruch gefolgt. Selbst Poppaea kann sich diese Angst, die ihren Mann so schlagartig erfasst hat, nicht erklären.

Tigellinus hat Vatinius besiegt. Der Zuhälter hat den Narren auf seinen Platz verwiesen, mit einer Seeschlacht, bei der nur eines untergegangen ist: meine kläglich-idealistische Vorstellung von einem Rom, wie es sein könnte. Es muss Tigellinus ein Vermögen gekostet haben, den See Agrippas in den Ort seines Triumphes zu verwandeln. An einem Ufer die Huren, am anderen die Patricierinnen Roms; jene zum Gebrauch durch die Festgäste dorthin bestellt, diese zum selben Zweck dorthin gezwungen. In der Mitte des Sees ein Floß für Rotbarts Tafel, von Schiffen gezogen, an deren Rudern ausschließlich Lustknaben saßen. Dem *ultimus* hats gefallen. Er hat keine Schandtat ausgelassen. Ehrbare Frauen müssen wieder damit rechnen, vom *princeps* oder einem seiner Kumpanen vergewaltigt zu werden. Bei solchen Römern ist man gerne Sabiner. Ich sorge mich um Marcia; Rotbart hat sie einmal gesehen.

Der Alte Mann

Das Gastmahl des Tigellinus fand auf dem Marsfeld statt, an einem künstlichen See, der von Marcus Vipsanius Agrippa[32] angelegt worden war, im Zuge der Entwässerung und Umwandlung des Sumpfgebietes in eine Parklandschaft. Auch Tacitus berichtet von einer Orgie nicht gekannten Ausmaßes.[33] Mussten sich Nero schon bisher tugendhafte Frauen hingeben, fand diese Demütigung nunmehr in aller Öffentlichkeit statt. Messer wurden gewetzt.

Giton

Iulius 817 a. u. c., Roma

Vom Brand der Stadt. Von Marcus Annaeus Lucanus

Rom, herrlicher Phoenix, dein Ende fandest du in dem Unglück, das an deinem Anfang gestanden hatte. Prachtvoll erhobst du dich aus der Asche Illions, doch was soll sich nun aus dir erheben? Mir fiel es zu, euch davon zu künden. Ach, Römer, wie gerne hätte ich euch Besseres berichtet!

Rauchfetzen treiben durch die verheerte Stadt, Rauchfetzen legen zerfasernde Schleier über verkohlte Leichen und verbrannte Fratzen,

deren geschwärzte Überbleibsel nichts als Qualen erkennen lassen. Dort picken Aasfresser an den Krusten der Leiber, bis rot-schwarz hervorbricht das tote Fleisch, in das sie gierig die Schnäbel senken. Wie Nebel schleicht der Rauch durch die verbrannte Stadt, er kann sich nicht trennen von der Verwüstung, die er als loderndes Feuer vollbracht hat. Er leckt an Ruinen, prüft die reglosen Körper, doch nichts Heiles oder Lebendes findet er mehr. Er hat alles verzehrt, was ihn nährte; gesättigt hat es ihn nicht.
Doch siehe! An manchen Bezirken ist das Feuer wie blind vorbeigerast; dort steht noch ein Turm und auf ihm ein Mann, weithin ist er sichtbar, weithin blickt er selbst, das ganze Ausmaß des Unglücks liegt ihm zu Füßen. Gelassen ruhen seine Augen auf den Leichen und Trümmern. Kein farbiges Mosaik vielförmiger Dächer bietet ihm Anlass zur Freude, kein Gemenge sich regender, bewegender Menschen; und doch freut er sich. Er sieht den Nutzen, der ihm aus der brach liegenden Krume dieses rauchenden Feldes erwachsen soll. Denkt er zurück an die Nacht vor sechs Nächten, als alles begann?
Der Wind regierte die dunkle Stunde, als ich, der zu Gast war bei Freunden, mit diesen von Schreien und Lärm vor das Haus gerufen wurde. Lodernd ragte ein Brand – nein – eine Feuersäule vor uns in den Himmel inmitten der Stadt; wie nah oder fern sie uns war, wusste niemand zu sagen. Da machte ein jeder sich auf, seine Lieben zu bergen und zu retten, was noch nicht verloren. Glücklich, die Brand und Wind auf ihrer Flucht im Rücken hatten, mich führte mein Weg beiden entgegen. Näher kam ich dem lodernden Sturm, erst bremsten Flüchtlinge meinen Lauf, dann Funken und fliegende Brände. Reisig von Dächern, Stofffetzen, Äste und Zapfen flogen mir brennend entgegen. Der Wind nährte das Feuer, und mir schien, das Feuer nährte den Wind. Schon hatte ich die äußerste Grenze meines Fortkommens erreicht – vom Ziel meines Strebens war ich noch weit entfernt –, schon wallten glühende Wolken Einhalt gebietend vor mir auf, da erkannte ich die Gefahr, in die mich meine Sorge geführt hatte. Retten musste ich mich selbst, nicht für mich traurige Gewissheit werden lassen, was für meine Liebsten noch ungewiss war.

Ich kehrte um, folgte dem Weg, der mir jetzt vom Feuer bestimmt war. Ich sah eine Frau, sie stand vor einem Haus und schrie; ich wollte sie mitreißen, sie wehrte sich mit wütenden Hieben. Da erblickte ich oben, in einem Fenster, ein kleines Mädchen, zitternd und völlig verängstigt. Die Mutter flehte sie an zu springen, die Kleine wagte es nicht. Plötzlich wuchsen Flammen hinter ihr empor, hüllten ihr Antlitz in eine Aura aus Feuer. Sie sprang und loderte auf wie eine Fackel, als sie der Mutter entgegenfiel. Diese fing sie auf und stürzte mit ihr zu Boden; neue Nahrung fand da der Verzehrer des Mädchens in der, die versucht hatte, ihm das Kind zu entreißen. Und gierig verschlang er das zappelnde Knäuel der brennenden Leiber.

Hilflos und unfähig, Hilfe zu leisten, rannte ich weiter; sah Menschen und Tiere, deren Not den Brand beförderte. Dort stürzte ein Mann brennend in eine Verkaufsbude; dort verschwand ein loderndes Tier in einem Haus. Fort stürzte ich; Rauch machte mir das Atmen schwer und meinen Blick verschwommen. Schwarze, verkrampfte Körper reckten mir von unten ihre Arme entgegen, luden mich grinsend ein, mich zu ihnen zu legen, während mich zertrampelte Frauen und Kinder in stummem Vorwurf passieren ließen.

Plötzlich, ich weiß nicht wie, gelangte ich auf das Forum, zum Tempel des Iuppiter Stator. Unversehrt stand er vor mir, da fiel es mir ein, ihn kurz zu betreten. Besser könnte die Luft in seinem Inneren sein, kühler der intakte Raum. Doch siehe: Aus dem Rauch trat, sich formend, eine Gestalt in den Torbogen: Romulus selbst wars! Drohend stellte er sich mir entgegen und sprach mit dröhnender Stimme zornige Worte: »Flieh, Unseliger, flieh aus der verfluchten Stadt! Nicht werde ich diesmal den Angreifer zum Stehen bringen,[34] *nicht diese Stadt retten, die ich gegründet. Meinen Bruder opferte ich für die Herrschaft von Recht und Gesetz. Ihn, der mit mir an den Zitzen der Wölfin hing, der mir lieb wie kein anderer war, ihn übergab ich der Strafe, damit keiner glauben sollte, er stünde über dem Gesetz.*[35] *Auch dieses Opfer habt ihr längst vergessen. Eure Gaben ekeln mich an. Leicht kommt euch über die Lippen, was ihr im Herzen nicht fühlt. Wer tritt denn noch für* iustitia *ein; wem fällt es ein, für eine gerechte Sache zu kämpfen? Wofür oder wogegen kämpft ihr, die ihr euch Römer nennt, überhaupt noch? Doch nur für euch selbst und für billigen Vorteil! Die Saat des Bürgerkriegs ist aufgegangen. Tot ist der Sinn fürs Gemeinwohl, tot der Sinn für Ehre. Romulus' Rom ist längst Asche und Rauch, was kümmert es mich, wenn seine Menschen und Häuser vergehen? Ist es doch hohl, eine kernlose Schale, die bei leichtestem Druck zerbirst!«*

Mit einem Fauchen wallte die Gestalt auf mich zu und zerfloss zugleich. Ich schrak hoch, wie aus dem Schlaf, und fand mich im Inneren des Tempels wieder. Hatte ich mich irgendwie dorthin geschleppt? Ich lag neben dem Altar. War mir der Sohn des Mars im Traum erschienen? Oder hatte er mich – in unerklärlicher Gnade – in den Tempel versetzt? So oder so, ich musste weg, der Tempel stand inzwischen in Flammen; ich rannte hinaus auf das brennende Forum und stand im Herzen des Brandes. Das Haus der Vestalinnen verging vor meinen Augen und über ihm der gesamte palatinische Hügel. Drüben loderte das Capitol, keine Hoffnung bot irgendeine Richtung. Ich stolperte los, vorbei an der Regia und am Tempel des vergöttlichten Iulius, an Castors und Pollux' Haus, die alle das Feuer verzehrte. Schon schien mir mein Ende gekommen zu sein, da sah ich den Stiegenabgang bei der Basilica Iulia. Nach unten! Ich stürzte die Treppe hinunter, über harten Stein und weiche Leiber, und erreichte mit letzter Kraft die Tunnel der Cloaca. Mit einem Stöhnen ließ ich mich in die widerliche Brühe fallen, empfand Dankbarkeit für die Kühlung, die mir das stinkende Rinnsal verschaffte.

Als ich um mich blicken konnte, sah ich andere Menschen. Manche irrten im Tunnel umher, die meisten lagen oder saßen stumpf da. Einer sprach mich an, wie es oben aussehe, ich schüttelte nur den Kopf. Ich erfuhr, dass die meisten von ihnen schon seit Stunden hier unten waren. Keine der beiden Richtungen des Kanals bot Aussicht auf Besseres; also blieb ich, wie die anderen, wo ich war, in ängstlicher Erstarrung. Meine Erschöpfung brachte mir gnädigen Schlaf; als ich erwachte, musste es Morgen geworden sein. Die Luft war etwas besser geworden, ich ging nachschauen, aber noch bevor ich die Treppe erreichte, kam mir die Hitze entgegen.

Ach, Rom, was bleibt von dir? Alles Hohe und Große schwindet in verzehrender Glut; deine niedrigsten Teile, finstere Höhlen, des Auswurfes voll, bleiben bestehen.
Mutlosigkeit ergriff mich; Tiere streiften unruhig umher, am Rande unserer traurigen Gruppe. Wir, die Besiegten, warteten; wie Kriegsgefangene, deren Los unentschieden ist, bis ihr neuer Herr erscheint und die einen zum Bergbau, die anderen auf die Galeere schickt. Ich schlief, ich träumte, der Tag verging, die Nacht, ich blieb, wo ich war, gelähmt von Hoffnungslosigkeit. Am nächsten Morgen ertappte ich mich dabei, einen Mann anzustarren; wie lange, weiß ich nicht mehr zu sagen. Mit leeren Augen glotzte ich ihn an, leer glotzte er zurück. Plötzlich zuckte ich zusammen, erkannte den Toten, dessen Blick ich erwidert hatte. Ich erhob mich wie einer, der eine schwere Last von seinen Schultern abschütteln muss. Ich taumelte, Schmerz durchzuckte mich. Aber ich wusste, wenn ich mich jetzt wieder hinsetze, stehe ich nie wieder auf. Wie ich die Treppe hinaufgekommen bin, weiß ich nicht mehr, nur dass ich plötzlich im verwüsteten Zentrum Roms stand.
Noch brannten die meisten Gebäude, doch konnte ich Wege finden, zwischen Hitze und Schutt. Erst ging ich ziellos dahin, dann blieb ich stehen. Wohin? Lange stand ich unentschieden da, mit größter Anstrengung zwang ich mich zu klaren Gedanken. Im Norden, das sah ich, wütete noch immer der Brand. »Der Tiber!«, schoss es mir ein. »Wasser!«, und auf dem Weg dorthin, beim Velabrum, vielleicht Nahrung. Ich stolperte los, den Vicus Tuscus hinunter, auf meinem Weg musste ich mir mein Ziel mehrmals in Erinnerung rufen, selbst diesen einen Gedanken konnte ich kaum festhalten. Ein Schuttberg versperrte meinen Weg. Ich erklomm ihn panisch, meiner versiegenden Kräfte bewusst. Oben stolperte ich weiter, bis mir ein neuer Schrecken jeden weiteren Schritt verbot. Vor mir, unter mir auf der Straße standen reglose Menschen, dicht aneinandergedrängt, erschlafft, tot. Langsam erschloss sich meinem entkräfteten Verstand die Tragödie, die hier stattgefunden haben musste. Eine Menge war hier entlanggelaufen, plötzlich war das Haus vor ihnen eingestürzt und hatte den Weg blockiert. Die Nachkommenden hatten die Voranlaufenden gegen den Schutt

gepresst, und im Moment des größten Gedränges musste wohl das Haus hinter ihnen eingestürzt sein. Nicht die Sünder des Tartaros, erstarrt zur Skulptur, hätten mir größeres Grauen einflößen können als diese in die Falle gegangenen Menschen. Sie hatten weder nach vorne noch zurückgekonnt und waren im Stehen, zwischen Schuttbergen und Mauern aneinandergepresst, erstickt. Dort sah ich einen, dessen Finger sich in den Augen seines Nachbarn verkrallt hatten, im vergeblichen Versuch, sich nach oben zu ziehen. Andere ragten aus der Menge heraus, nur um längere Qualen zu erleiden als die, auf denen sie standen. Kinder sah ich, verrenkten Leibes, auf den Schultern der Erwachsenen liegen, von schlaffen Armen und klaffenden Mündern umgeben. Grau war diese stille Versammlung, unversehrt vom Feuer, das ihnen eine Gnade gewesen wäre.

Endlich erreichte ich wieder die Straße, der Tiber war nah; da hörte ich ein Stöhnen aus einer Ecke und erkannte eine Frau, die dort lag. Ich eilte, so gut ich konnte, zu ihr hin; versprach ihr, zurückzukommen, mit Wasser und was ich sonst finden konnte und taumelte weiter.

Was war das? Durfte ich meinen Ohren trauen? Ich bog um eine Ecke und sah – inmitten flackernder Brände und rauchgeschwärzter Ruinen – einen gluckernden Brunnen! Danach fand ich in einem Laden eine Amphore Wein und ein paar unversehrte Happen. Mit diesen Lebensspendern eilte ich zu der Frau zurück. Ich sprenkelte Wein auf ihre Lippen und gab ihr dann Wasser. Sie kam allmählich zu sich, doch antwortete sie auf keine meiner Fragen, saß nur stumm da und verweigerte die angebotene Nahrung. Auf einmal schrie sie auf und rief unter Weinen: »Wehe! Die Göttin hat Rom verlassen. Im Feuer ist der Herd erkaltet, der Brand hat die ewige Flamme gelöscht!« Jetzt erst erkannte ich die Vestalin,[36] *und während sie schluchzte, berichtete ich ihr vom Ende ihres Tempels. Sie schüttelte nur müde den Kopf. »Lass es, Fremder, ich war dort. Ich sah das Ende unseres Kultes. Gib mir noch Wasser, oder besser, misch mir Wein, damit ich reden kann. Speise brauch ich nicht mehr.« Nachdem sie sich mit einigen kleinen Schlucken gestärkt hatte, reckte sie Kopf und Arme nach oben und schrie: »Oh, was haben wir getan? Wie viel Schuld haben wir auf uns geladen? Wird jemals die Göttin zurückkehren in das ihr geweihte Haus? Höre, Fremder, als wir den Brand bemerkten, der vom Palatin auf uns herabstürzte, eilten wir sofort zum Tempel. Keine Zeit war zu verlieren, schon züngelten die Flammen an den Säulen. Wir stürzten hinein, die Heiligtümer Roms*[37] *zu retten. Vorn rannte unsere Oberin, wir hinterher, da schoss ihr plötzlich das Feuer entgegen und sie fiel rücklings zu Boden, mit verbranntem Leib. Fast schwanden mir die Sinne, da durchdrang mich aus der glühenden Wolke die Stimme der Göttin: ›Ihr Weiber, was habe ich mit euch zu schaffen? Legt euch zu Männern, gesellt euch zu Satyrn, mir ist es gleich. Ich entbinde euch von meinen Diensten, wie mein Dienst für diese Stadt am heutigen Tage endet!‹ Da und dorthin zuckte die Wolke, setzte das Palladium*[38] *in Brand und zerschmolz das Gefäß der heiligen Flamme zu einem formlosen Klumpen. Weiter raste die Glut; und während sie sämtlich vernichtete Troiens Reliquien, brannten sich mir ihre Worte ein: ›Was zögert ihr noch? Glaubt ihr, ich bliebe hier, wo kein Heim und kein Herd ungeschändet bleibt? Wo Müttern und Töchtern Gewalt angetan wird? Wo Väter und Söhne für ihre Tugend ihr Blut geben müssen? O, Tochter Messalinas, du Blüte der Sittlichkeit; wie hätte ich noch dieser Stadt verbunden bleiben können, die dich ermordete? Einst, als Rom noch etwas auf Anstand und Sitte hielt, erlaubte ich es einem Mann, die Pfänder des Schicksals vor dem Feuer zu retten;*[39] *heute nicht einmal euch, meinen einstigen Dienerinnen. Rasende Flamme! Ich grüße dich. Keine Gottheit hat dich geschaffen, bist Menschenwerk nur, von einem, der seine Eingebungen göttlich nennt. Ersehnte Vernichterin! Du passt zu diesem Rom. Verschling jedes Haus; auch dieses, denn ich gehe fort. Meine Gunst hat der Stadt Bestand verliehen; meine Gunst hat die Stadt nicht mehr.‹ Polternd fielen Teile vom Dach auf uns herab; mich traf ein Balken an der Seite, meine Gefährtinnen flüchteten nach allen Richtungen. Ich schleppte mich irgendwie hinaus und in einen Keller, wo ich in Ohnmacht fiel. Heute wagte ich mich heraus, ich wollte noch einmal den Himmel sehen.«*

Die Vestalin sackte in sich zusammen, ich griff nach ihr, stützte ihren Kopf mit meinen Armen, da hob sie ihre Lippen an mein Ohr und röchelte, bevor sie starb: »Unglücklicher! Ich sterbe in Rom; lebe du, wenn du kannst, in Neropolis!«

Petronius grüßt seinen Scaurus
Anbei das Werk unseres Lucanus. Verwahre es sorgfältig, Rotbart hat sämtliche Exemplare beschlagnahmen und verbrennen lassen. Schon der Besitz ist strafbar, lass es nicht offen herumliegen.

Auf Deine Frage, wie ich den Brand von Rom erlebt habe, Folgendes: Mir geht es gut, *domus* und *familia* sind wohlauf, wir waren einige Wochen vorher nach Cumae übersiedelt. Mein Haus auf dem Aventin ist natürlich vollständig abgebrannt; die wenigen Diener, die sich dort befanden, sind rechtzeitig vor dem Feuer davongelaufen. Ich befand mich mit dem, den ich nicht länger ehren will, in Antium, als uns Boten von der Feuersbrunst berichteten. Der *ultimus* verblüffte uns alle – er reagierte so, wie man es von jemandem seines *cognomen* erwarten würde, mit Tatkraft und Weitsicht.[40] Wir staunten nicht schlecht. Er brach sofort nach Rom auf, in Begleitung der wichtigsten Amtsträger. Auch mir befahl er mitzukommen und fragte mich auf unserem Weg nach meinen Erfahrungen, die ich beim letzten Brand gemacht hatte. Ich berichtete ihm von den wichtigsten Maßnahmen meines Onkels; er machte sich Notizen und schickte fortwährend Boten und Melder in alle Richtungen. Noch bevor wir in Rom eintrafen, waren die folgenden Maßnahmen bereits in die Wege geleitet: Alle großen Gärten, auch die der *domus principis*, wurden für die Flüchtlinge geöffnet und – so wie das Marsfeld – für den Ansturm vorbereitet. In Ostia ließ er sämtliche Lebensmittelvorräte beschlagnahmen und für den Transport bereitstellen. Er schickte Erkundungstrupps in die Stadt, die ihm über Ausmaß und Verlauf des Brandes zu berichten hatten. Der Osten der Stadt schien weniger betroffen; dorthin eilte er und errichtete seine Kommandostelle im ehemaligen Palast des Maecenas. Zum einen, da es ein einigermaßen sicherer Aufenthaltsort zu sein schien, zum andern, da das Haus des Maecenas einen hohen Turm hatte, von dem aus man die ganze Stadt übersehen konnte. Ich will Dich nicht mit den ganzen Einzelheiten langweilen, nur so viel: Wir, sein Gefolge, tauschten so manchen verwunderten Blick über die schnellen und klugen Entscheidungen, die Rotbart traf. Die Brandwache und die Melder erklärten die inneren Bezirke für verloren, da der Wut dieser Flammen nicht beizukommen sei. Er schickte alle verfügbaren Männer aus, mit dem Befehl, sich so weit wie nur irgend möglich vorzuwagen und die Flüchtlinge in Richtung der sicheren Plätze zu leiten. Er befahl die Legionskommandanten zu sich und beauftragte sie mit der Errichtung von Lagern für die Bevölkerung. In dieser Nacht und während der nächsten Tage strömten die Menschen in die Anlagen, die von Brandwachen kontrolliert wurden und in denen schon am nächsten Morgen erste Hilfslieferungen eintrafen.

Viele Menschen sahen ihn damals auf dem Turm stehen, ebenso viele sahen seine Praetorianer mit Fackeln durch die Stadt laufen. Diese unbedeutenden Details und das Folgende bildeten die Grundlage für die Gerüchte, die später entstehen sollten: Nachdem sich das Feuer zwei lange Tage durch die Stadt gefressen hatte, traf er eine weitere bemerkenswerte Entscheidung. Er befahl das Einreißen ganzer Häuserzeilen, um damit Breschen von ausreichender Breite zu schlagen, die die Flammen stoppen sollten. Letzteres gelang erst am sechsten Tag, am Fuß des Quirinal, und auch nur, da der Wind inzwischen nachgelassen hatte. Dennoch hörte ich einige Bürger murren, dass deren Häuser – ihrer Meinung nach ohne Not – dem Erdboden gleichgemacht worden waren. Manche behaupteten gar, Rotbart habe sie abreißen lassen, da ihm die Verwüstung, die der Brand angerichtet hatte, noch nicht genug gewesen sei.

So viel zu den klugen Maßnahmen unseres Sängers. Beinahe hätte ich meine Meinung über ihn geändert, aber nach lang andauerndem vorbildhaftem Verhalten – er hielt fast eine Woche durch – folgten Taten von mehr als ausgleichender Dummheit. Eins ums andere Mal sprach er davon, wie sehr ihn der Anblick des Brandes inspiriert habe. Irgendwie schafft es Rotbart immer, sich die Axt ins Knie zu schlagen. Kein Mensch redete mehr von seinem energischen Einsatz der letzten Tage; alle wollten ihn auf Maecenas' Turm singen gesehen haben. Mit den Plänen für den Wiederaufbau verhielt es sich genauso. Von der Fülle der Brandschutzmaßnahmen, die er gemeinsam mit Feuerwehrleuten, Baumeistern und Architekten entwickelt hatte, redete niemand, alle hingegen von seinen Plänen für seinen gigantischen neuen Palast, die *domus aurea*. Und ja, unser *ultimus* spielte tatsächlich mit der Idee, die neue Stadt – seinen Plänen entsprungen – nach sich selbst zu benennen. Natürlich verbreitete sich auch dieses Gerücht.[41] Die Mauern füllten sich mit Sprüchen:

»Agrippina! Musstest du dir ein Beispiel an Hecuba nehmen?«

»Was ist ein Neropolitaner? Ein abgebrannter Römer.«

»Prometheus formte uns, Nero brannte uns.« [42]

»Nero hat nicht gesungen. Sonst wäre das Feuer verreckt.«

Der Sänger hätte der Held der Stadt werden können; mit seinem dummen Geschwätz und seinen maßlosen Plänen verhinderte er diese Wendung, als ob er es so gewollt hätte. Lucans Werk tat dann das Übrige.[43]

Was gibt es sonst noch zu berichten? Zurzeit wohne ich entweder in Tusculum oder bei Agathurnus auf dem Esquilin. In Rom herrscht das Chaos. Die Menschen leben in öffentlichen Gebäuden, in den Gärten oder am Marsfeld. Jedes Haus, das noch steht, ist voll von Gästen. Zu der ganzen Zerstörung kommt die Vernichtung tausender Urkunden hinzu, wie etwa Geschäftsbücher, Testamente oder auch Bürgerlisten. Besitz- und Schuldverhältnisse müssen geklärt, Erbschaftsangelegenheiten geregelt werden. Es wimmelt von Betrügern. Als ehemaliger Consul hat man mich in die Rechtsprechung eingebunden. Zum Schreiben komme ich derzeit nicht. Ich bin schon froh, wenn mein bisheriges Werk wiedererscheint. Du ahnst nicht, wie wenige Bücher es derzeit in Rom gibt. Alle öffentlichen und die meisten privaten Bibliotheken sind ein Raub der Flammen geworden, viele Schriften wohl für immer untergegangen. Verzeih dem Dichter, dass er Worten nachweint, wenn Menschen gestorben sind, aber mich bewegt dieser verlorengegangene Teil unserer *romanitas*. Ich frage mich auch, wie viele noch unbekannte Dichter bei diesem Brand gemeinsam mit ihren Werken zu Asche geworden sind. Damit Du mich besser verstehst: Denk an einen jungen Vergil, oder nein, besser, denk an Persius, dessen Satiren Dir so gut gefallen! Hätten Bassus und Cornutus sie nicht vor dem Brand veröffentlicht, es gäbe sie heute nicht. Denn beider Häuser sind vollständig abgebrannt. Beweinen wir die Unbekannten, wir wissen nicht, was wir mit ihnen verloren haben. Mein Werk ist mir übrigens vollständig erhalten geblieben, wenn auch ohne mein Zutun. Der vortreffliche Giton hat es gerettet. Er hat alle fertigen Abschnitte, alle Korrekturen kopiert und Abschriften nach Cumae bringen lassen. Die *Satyricon Libri* XVI bis XVIII werden nächstes Jahr erscheinen.

Eines noch: Ich fürchte um Lucanus. Er schimpft den ganzen Tag auf Nero, das Muttersöhnchen, wie er ihn nennt; und übersieht dabei völlig, dass er so gut wie ungestraft davongekommen ist. Er ist seiner Ämter enthoben worden und darf seine Werke nicht mehr veröffentlichen, aber was ist das gegen die Unterstellungen, die er verfasst hat? Welcher noch so gerechte oder milde Herrscher hätte eine derartige Schmähschrift anders als mit Tod oder Verbannung bestrafen können? Ihm ist das alles egal. Er schreibt verbissen an seinem Bürgerkrieg. Aus dem strengen Mahner ist ein wütender Ankläger geworden. *Vale*

Petronius

Der Wolf sprang das Kind an, fetzte ihm mit einem Biss den Kehlkopf heraus und grub seine Schnauze in das sprudelnde Blut. Ein Gekreuzigter pisste sich an, als er in Brand gesetzt wurde. Ich hörte ein paar Lacher, aber es waren dürftig besuchte Schauspiele.

Ich hatte den Widerwilligen aus seinem Haus gezerrt, ihn angeschrien, dass ich ihn wie einen Hund totprügeln würde, wenn er jetzt nicht mitkomme. Erst schleppte ich ihn in den Circus und dann in Rotbarts Gärten. Er beklagte sich fortwährend, ich hielte ihn vom Arbeiten ab, und dass er das nicht sehen müsse. Doch, mein lieber Marcus Lucanus, gerade du musst das sehen: Frauen und Kinder, die von wilden Tieren zerfetzt werden; Unschuldige am Kreuz, die mit Einbruch der Nacht zu lebenden Fackeln werden!

Giton

Kein Mensch hatte bis dahin Zweifel gehabt, dass die Feuersbrunst dem Chaos der Verkaufsbuden geschuldet war, von denen eine beim Circus Maximus in Brand geriet, um an den umstehenden reichlich Nahrung zu finden. Erst die unselige Schrift Lucans entzündete die Aufregung, die der Katastrophe die Untat hinzufügte. Mit ungeheurer Geschwindigkeit griff das Gerücht in der Stadt um sich, und es war ebenso schwer zu bändigen: Der *princeps* hat Rom angezündet, als Quelle der Inspiration für seinen Brand von Troia! Nero wurde immer nervöser, Schuldige mussten herbei. Er fand sie in einer Gruppe von iudaeischen Sektierern, die nicht einmal bei ihren eigenen Landsleuten beliebt waren. Die Hinrichtungen, die folgten, konnten selbst die *plebs* nicht lange begeistern, geschweige denn, sie von der Schuld der Verurteilten überzeugen. Es waren schlicht zu viele Brandstifter und zu viele von diesen waren Greise oder Kinder.[44]

Petronius

Irgendwann wird er an seinem Maskenspiel ersticken. Hatte Rom vor der Bestrafung der Brandstifter nur gemutmaßt, dass Rotbart der eigentliche Schuldige sei, war es sich nach diesem Gemetzel sicher.

Giton

Seneca grüßt seinen Publius
Falls Dich jemand fragt: Ich bin schwer krank und liege mit Gicht im Bett. Soll Nero doch die Provinzen und Tempel selber ausplündern. Ich weigere mich, daran mitzuwirken. *Vale*

Der Alte Mann

Man kann Lachs mit Erdäpfeln essen, oder mit Reis. Genauso ist es mit dem großen Brand von Rom: Mit Tacitus bleibt die Schuldfrage offen, mit Sueton war es Nero. Ganz zu schweigen von dem Fischgericht, das das später entstehende Christentum daraus gemacht hat. Auch ich könnte jetzt, wenn ich wollte, ausführlich werden und den Brand der Stadt von allen Seiten beleuchten; aber ich will nicht. Schon ein antiker Schriftsteller – schießt mich tot, ich weiß nicht mehr, wer es war! – kritisierte die Dichter, die nur schreiben, um ihr Wissen auszubreiten. Die mir vorliegenden Berichte verweisen den Brandstifter Nero jedenfalls in das Reich der Fabel, das soll genügen.

Von der hier wiedergegebenen Schrift Lucans, *De incendio urbis*, kannte man bisher nur den Titel. Meine fortschreitende Krankheit macht es mir jedoch unmöglich, auf diese Entdeckung näher einzugehen. Mögen andere die Schätze, die die *Petronica* enthalten, untersuchen; mir bleibt der Ruhm, sie gehoben zu haben.

Neros Geldnot wurde durch die Katastrophe weiter verschärft. Dem *Imperium* fielen zwar etliche verwaiste Vermögen zu, diese reichten jedoch bei weitem nicht aus, um den Wiederaufbau zu finanzieren; ganz zu schweigen von der *domus aurea*, dem monströsen Palast Neros. Tatsache ist, dass der Brand von Rom verheerende Auswirkungen auf das ganze *Imperium* hatte. Neros Versuch, Seneca in die Geldbeschaffung einzubinden, scheiterte. Aber auch ohne dessen Unterstützung wurden in jedem Winkel des Reiches gnadenlos Sondersteuern eingehoben und die Tempel jedes wertvollen Gegenstandes, jeder Statue beraubt.[45]

Petronius

Augustus 817 a. u. c., Campania

Wir ziehen durch die Lande. Nero ist bankrott. Er braucht kostenloses Quartier und Verpflegung. Wir sind die Heuschrecken, die Landhäuser der Patricier die Felder. Ist eines kahlgefressen, zieht der Schwarm zum nächsten. Wir vertilgen Vermögen; bei Rotbart muss alles vom Feinsten sein.

Bei Calpurnius in Baiae: »Sag mir, mein lieber Piso, findest du es eigentlich statthaft, dass du hier einen Hof unterhältst, der in jeder Hinsicht denjenigen unseres *princeps* imitiert?« Tigellinus, der Auswurf, weckte den Neid des Kitharoeden und hatte damit Erfolg.

»Es sind schwere Zeiten«, mischte sich Letzterer ein, »ich habe meine Fördertätigkeit unterbrochen, da meine Sorge jetzt allen Römern gelten muss. Nein, Tigellinus, ich muss dir widersprechen. Unser Piso kennt keinen Hochmut, keine Anmaßung – so etwas ist ihm fremd. Andere könnten das freilich so verstehen, ich sehe es nur als unbedachtes Verhalten.«

Rotbart war immer missmutiger geworden an diesem Abend. Zu offensichtlich war die ehrliche Zuneigung, die der Dichterkreis um Piso demselben entgegenbrachte, zu deutlich dessen Zurückhaltung und Bescheidenheit im Umgang mit ihnen. Piso wurde immer nervöser und trug, schlecht beraten, eine seiner Huldigungen an Nero auf der Kithara vor. Er hat eine kräftige Stimme.

Bei unserer Abreise das Urteil: Caius Calpurnius Piso habe seine Klienten zu entlassen, den Dichterkreis aufzulösen. Leicht kämen die Menschen auf die Idee, dass einer, der wie der *princeps* auftritt, selbst *princeps* werden wolle. Ob absichtlich oder nicht – es handle sich um Hochverrat. Piso ist vom Hof verbannt, Auftritte als Sänger – privat oder öffentlich – sind ihm untersagt.

LIBER XXII

So das vierzehnte der Bücher bildet,
die auf uns gekommen sind

Dans le temps que les fragments de Pétrone fesaient grand bruit dans la litterature, Meibomius, grand savant de Lubeck, lit dans une lettre imprimée d'une autre savant de Bologne: Nous avons ici un Pétrone entier; je l'ai vu de mes yeux et avec admiration: »Habemus hic Petronium integrum, quem vidi meis oculis, non sine admiratione.« Aussitót il part pour l'Italie, court à Bologne, va trouver le bibliothecaire Capponi, lui demende s'il est vrai qu'on ait à Bologne le Petrone entier. Capponi lui répond que c'est une chose dès long-temps publique. Puis-je voir ce Pétrone? ayez la bonté de me le montrer. Rien n'est plus aisé, dit Capponi. Il le mène a l'église où repose le corps de saint Pétrone. Meibomius prend la poste et s'enfuit[1].

Voltaire
Dictionnaire Philosophique, Abus des môts (1756)

Giton

841 a. u. c. [88 u. Z.], Roma

Muse, gib mir Kraft! Denn die, von denen ich erzählt habe, führt ihr Weg jetzt in den Abgrund. Lichtlose Gefilde liegen vor ihnen, die sie, unsichtbaren Gefahren zum Trotz, durchwandern werden. Die zehrende Angst umgibt die Menschen dort, tastet mit klammen Fingern nach Herzen; auf dem Boden knirscht die Saat der Zwietracht, bereit, unter ihren Schritten aufzuplatzen, und aus der Dunkelheit tröpfelt das Gift des Verrats. Alle wurden sie dahingerafft, und viele Unschuldige mit ihnen. Mein Publius folgte ihnen nach. Das Leben wies ihm eine Rolle zu, die er nicht ablehnen konnte.

Ehret die Schuldigen! Denn wer hätte damals nicht schuldig sein wollen? In dieser verkehrten Zeit, in der Treue Schande bewirkte, und Verrat Ehre.

Dabei war das Jahr so strahlend heraufgezogen. Noch wussten wir nichts vom Monat Neroneus, der auf uns wartete.

Petronius grüßt seinen Lucius Calpurnius
Demnächst wird sich ein gewisser Lucius Atrectus bei Dir melden. Er ist mein Buchhändler, sein Geschäft hat durch den Brand schweren Schaden erlitten. Nicht nur, dass sein Verkaufsstand mit dem Lager vollständig abgebrannt ist; auch die Kopien, die er in seinem Stadthaus verwahrt hat, gibt es nicht mehr. Sein ganzer Bestand an Büchern, den er sich in Jahrzehnten aufgebaut hat, ist vernichtet worden. Er braucht dringend zuverlässige Vorlagen; vor allem für jene Werke, die man nicht in jeder Schule findet. Ich habe ihm geraten, sich an Dich zu wenden; hilf ihm, bitte; er ist ein Buchhändler nach Deinem Geschmack. *Vale*

Lucius Calpurnius grüßt seinen Petronius
Atrectus war bei mir. Einige Werke konnte ich ihm gleich mitgeben, andere schicke ich ihm. Wann schickst Du mir Deine nächsten *Libri*? *Vale*

Petronius grüßt seinen Lucius Calpurnius
Ich fürchte, Du wirst Dich noch einige Zeit mit dem Vorhandenen begnügen müssen. Die letzten sechs *Libri* möchte ich auf einmal herausgeben. Derzeit arbeite ich am einundzwanzigsten; rechne nicht mit einer Lieferung vor Jahresende. *Vale*

Petronius

Ianuarius 818 a. u. c. [65 u. Z.], Roma

Besuchten Atrectus auf dem Marsfeld. Er hat ein riesiges Zelt errichten lassen, in dem seine Schreiber die Griffel schwingen. Der Bedarf an Büchern ist enorm. Martials Erstling wird ein anderer herausbringen. Atrectus ist schon zu lange im Geschäft, um einem enthusiastischen Jüngling jene Ehre zu erweisen, die dieser, angesichts seines Werkes, für angemessen hält. Aber er war so freundlich, ihn an einen Kollegen zu verweisen. Pollius[2] machts, der ist jünger und hungriger.

Giton

Der junge Marcus Valerius hatte sich gut bei uns eingelebt. »Wie wohl doch ein Täuberich dem Taubenschlag tut«, bemerkte mein Publius. In der Tat, unser Weiberhaushalt – zudem kürzlich verstärkt – hatte einen weiteren Mann im Haus bitter nötig gehabt. Und Martial war, wenn er nicht gerade an seinen Epigrammen arbeitete, der geborene Gesellschafter. Seinen bissigen Humor schätzten insbesondere Marcia und mein Publius. Aber auch Modestas Herz gewann er für sich. Er überraschte sie eines Tages mit einem gefühlvollen Epitaph auf ihren verstorbenen Sohn. Die arme Modesta, wir brachten sie nur selten zum Lachen; aber als sie die *tabula*, die ihr Martial gereicht hatte, an ihr Herz presste, sah ich ein von Tränen benetztes Glück in ihren Augen, das ich nicht mehr für möglich gehalten hätte. Die beiden hatten dann eine, wie sie meinten, heimliche Liebesaffäre, die für die ganze *familia* eine stille Quelle der Freude war. Modesta wollte nicht, dass ihr Publius etwas davon erführe; er wiederum tat so, als ob er es nicht bemerkte. Niemand neidete Modesta ihr spätes Glück mit dem jungen Mann;[3] wir alle freuten uns für sie und taten beflissen so, als ob wir blind und taub wären. Ruhige Zuneigung erfüllte das Haus. Es war jene kluge, reife Liebe, die weiß, dass sie sterblich ist, und daher den Augenblick genießen kann.

Petronius

Eine aithiopische Prinzessin betrat das Amtsgebäude, offenbar in Begleitung zweier Diener. Welche lästige Formalität die Dame zu erledigen hatte, konnten die Umstehenden nicht ausmachen, aber sie drehte deren Köpfe und weitete ihre Augen, als sie hoch erhobenen Hauptes an ihnen vorbeischritt. Callidrome hatte sich schön gemacht. Vor dem Magistrat konnte man ein Nachlassen des bunten Treibens feststellen, aber es schwirrten immer noch etliche Fliegen um die Brandlöcher in den Archiven. Auch uns hatten sie angezogen; es schien ein guter Zeitpunkt zu sein, um unserer neuen Rechnungsprüferin zu einem rechtmäßigen Stand zu verhelfen. Die Beamten waren sichtlich erleichtert: Endlich einmal ein unzweifelhafter Fall! Schon drehte ich sie einmal herum, schon gab ich ihr den obligatorischen Klaps auf die Wange und, siehe da: aus der Erzbetrügerin war eine Bürgerin geworden.[4] Allerdings geriet sie uns noch kurz ins Wanken, was nicht an ihren hohen Schuhen lag, vielmehr an den vor Ort vorhandenen Möglichkeiten. Dort die käuflichen Zeugen und die Advokaten, hier das Gesindel und die Dummköpfe. Willige Opfer, wohin sie auch schaute. Pannychis zögerte, Publia Petronia Callidrome ging. Vielleicht war es ihr größter Sieg.

Giton

Die Lust glitzerte in ihren Augen, das Raubtier, das leichte Beute witterte, war erwacht. »Denk nicht mal daran«, zischte ich ihr zu und zog sie am Arm weiter. Sie war kürzlich in unsere *familia* zurückgekehrt; wie, das erzähle ich gleich. Jedenfalls, nach dem Verlassen des Amtsgebäudes wandte sich mein Publius an uns, blickte der neuen Römerin fest in die Augen, und sprach zu mir: »Bevor ich es vergesse, lieber Giton, richte den Mitgliedern meiner *familia* bitte das Folgende von mir aus: Das Huhn, das ich hier beim Scharren erwische, dem drehe ich eigenhändig den Hals um!« Hüften können empört wackeln, stellten wir fest, als wir ihr lachend hinterhereilten.

Es war im October des Vorjahres in Cumae gewesen; ich saß an diesem ungewöhnlich milden Abend in unserem Garten, als mir ein Diener eine Frau meldete, die mich zu sprechen wünschte. Um diese Zeit, dachte ich mir, seltsam! Ich ließ bitten und erhob mich, um den späten Gast zu begrüßen. Fast fielen mir die Augen aus dem Kopf, als keine andere als Pannychis hereinkam. »Grüß dich, Giton«, sprach sie lächelnd und streckte sich auf einer *clinē* aus. »Steh nicht wie angewurzelt herum, setz dich zu mir, ich habe mit dir zu reden. Die Wachen kannst du auch später rufen.« Ich plumpste auf das Lager zurück und nahm als Erstes einen großen Schluck Wein. »Oberhure!«, brach es aus mir heraus. »Ich fasse es nicht, was willst du hier?« Sie lächelte mich an: »Nun, zunächst könntest du mir einen Schluck Wein anbieten.« Ich winkte einem Diener und instruierte ihn, sich mit einigen kräftigen Männern zu meiner Verfügung zu halten. »Noch einmal: Was willst du hier?« Sie wandte sich an den Diener, verlangte dreist, was ihr nicht angeboten worden war, und wartete gelassen, bis ihr der Mundschenk – auf mein Zeichen hin – das Glas gereicht hatte. Dann nahm sie einen Schluck und blickte mich an: »Ich will zu dir zurück.« Ich fuhr auf, sie unterbrach mich: »Warte! Schau, hier ist das Geld, das ich dir gestohlen habe.« Sie warf einen Beutel Münzen auf den Tisch. »Lass es mich bitte erklären. Es ist mir wirklich Ernst damit. Ich habe mich in deine Hände begeben, also gönne mir ein Stündchen deiner Zeit, bevor du eine Entscheidung fällst.« Überzeugend war sie schon immer gewesen, also hörte ich ihr zu. Sie hatte die letzten neun Jahre mit den abenteuerlichsten Betrügereien verbracht; wohlhabende Simpel wie mich um ihr Geld gebracht, einige Jahre gemeinsam mit dem Kerl, der sich als ihr ehemaliger Herr ausgegeben hatte, danach mit anderen. Dabei arbeitete sie sich in ihrem Handwerk nach oben, vom einfachen Liebesbetrug zu immer größeren Raubzügen. Sie hatte Schiffsladungen verkauft, die ihr nicht gehört hatten, war Erbschleicherin gewesen, hatte Geschäftsbücher gefälscht und einmal sogar in einer abgelegenen Gegend die Steuern eingehoben. »Na schön«, unterbrach ich schließlich ihren Vortrag, »wenn du so erfolgreich warst, was willst du dann von mir?« »Ich nehme an, du hast von der Getreidespekulation in Antiochia gehört, im vorigen Jahr.« Ich erinnerte mich. Eine schlechte Ernte hatte eine Verknappung bewirkt. Skrupellose Händler kauften daraufhin sämtliche Vorräte auf, derer sie habhaft werden konnten, und warteten in aller Ruhe ab. Die Preise schossen in die Höhe, zum festgelegten Tarif war nichts mehr zu bekommen. Als die Hungersnot ausbrach, kam es zu Aufständen mit mehreren hundert Toten.

»Meine damaligen Kumpanen und ich waren daran maßgeblich beteiligt. Wir saßen damals auf Speichern voller Getreide und hielten sie geheim, solange die Preise anstiegen. Nach dem Aufstand bin ich aus dem Geschäft ausgestiegen. Es macht mir Spaß, Naivlinge auszuplündern, aber ich fühlte mich entsetzlich dabei, am Tod so vieler Menschen mitschuldig zu sein. Nach und nach wurde mir klar, dass meine Zeit als Pannychis vorbei war. Bei den großen Raubzügen habe ich immer männliche Teilhaber gebraucht, und die waren meistens skrupelloser als ich. Ich kann nicht mehr in mein altes Leben zurück. Deshalb bin ich jetzt hier, mit einem Vorschlag. Ein Gutes hat das Leben, das ich geführt habe: Ich kenne jede Form von Betrug, ich kenne jede Manipulation, jedes unsaubere Geschäft, ich rieche es, wenn jemand Dunst verkauft, ich habe ihn oft genug an den Mann gebracht. Hier mein Angebot: Nimm mich in deine Dienste auf. Du bist der Gutsverwalter deines Herrn, du befehligst sicher eine Menge fähiger Diener, aber ich bin besser als die, ich kenne alle Schliche! Und nebenbei, ich bin eine ausgezeichnete Buchhalterin.« Ich lachte schallend: »Und sag mir, du Inbegriff der Untreue, soll ich dich dafür bezahlen oder willst du dir deinen Lohn lieber stehlen?« Sie schmunzelte und sagte: »Auch darüber habe ich mir schon Gedanken gemacht. Kennst du die Geschichte vom Huhn der Venus?« Ich verneinte zum Schein, weil ich mich fragte, wohin das jetzt wieder führen sollte, da legte sie auch schon los: »Nun, Iuno rühmte wieder einmal die Keuschheit, da ergriff Venus für die Lust Partei. Keuschheit möge ja für manche ganz nett sein, aber die Lust sei unwiderstehlich, da sie in der Natur aller Wesen liege. ›Deine Meinung‹, konterte Iuno. ›Mitnichten‹, gab Venus zurück, ›ich kanns beweisen.‹ Damit hatte sie natürlich alle Olympier neugierig gemacht. Am nächsten Morgen erschien Venus mit einem Huhn unter dem Arm und befahl es in den Zeugenstand. ›Sag mir, braves Huhn, wie viel Futter brauchst du, um satt zu werden?‹ ›Weiß nicht‹, antwortete das Huhn. ›Was du mir gibst, soll mir genügen, wenn ich nur ein wenig mit den Füßen scharren darf.‹ ›Angenommen, du sollst das Scharren unterlassen; wären in diesem Fall zehn

Scheffel Korn genug?‹ ›Mehr als genug, aber ein bisschen Scharren müsst' ich schon dürfen.‹ ›Wenn du aber das Scharren ganz und gar bleiben lassen sollst, wie viel Korn wäre dafür genug?‹ Da erklärte das Huhn mit Würde: ›Ganz ehrlich, selbst wenn mir dein Speicher offenstünde, ich scharrte doch.‹[5]

Ich, mein lieber Giton, bin wie dieses Huhn. Mir steht der Sinn nach einem ruhigeren Leben, dennoch nach einem Leben, das mit meiner Natur im Einklang steht. Das letzte Mal wurde mir bald langweilig bei euch, was ich sehr bedauert habe. Setzt mich als eure Verwalterin ein, als Buchprüferin oder Einkäuferin. Zumindest in den ersten Jährchen werde ich euch zu bemerkenswerten Einsparungen verhelfen. Ein wenig davon möchte ich für mich einstreifen, ohne euer Wissen, und ganz ehrlich: Ihr werdet es nicht einmal bemerken.«

Ich war baff. »Das ist dein Ernst, oder? Wir sollen deine Unterschlagungen einfach hinnehmen?« »Ja, sicher! Schau, ich werde dafür sorgen, dass euch niemand mehr betrügt, das wird euch eine Menge Geld bringen. Was kümmert es euch da, wie viel ich mir vom Ersparten einverleibt habe? Und nach den ersten Abrechnungen könnt ihr es euch ja noch einmal überlegen.«

Pannychis oder vielmehr Callidrome, wie sie ab nun wieder genannt werden wollte, hielt ihr Wort. Eine gnadenlosere Aufdeckerin von allerlei kleinen und großen Schwindeleien konnte es nicht geben. Manchmal mussten wir sie in ihrem Eifer bremsen – zur Wahrung des häuslichen Friedens. Ihre Freilassung war die Idee meines Publius gewesen. »Die Angst vor Bestrafung hat die Sklavin nie daran gehindert, davonzulaufen. Besser, sie hat etwas zu verlieren.«[6]

Einige Wochen später besuchte uns ein erschreckend abgemagerter Seneca. Er brachte beunruhigende Neuigkeiten mit, deretwegen er den Rat meines Herrn suchte.

»Seit einiger Zeit bemühen sich alle möglichen Leute um ein Gespräch mit mir. Sie schreiben mir Briefe, laden mich zu sich ein oder wollen mich besuchen. Andere lauern mir auf, wenn ich in Rom bin. Sogar bei Demetrios bin ich ihnen schon begegnet. Ich kann dir ihre Namen nicht nennen, aber ihr Anliegen ist immer dasselbe. Verhüllt oder unverhüllt werde ich gefragt, ob ich mich an einer Verschwörung gegen Nero beteiligen würde.«

»*Meherculem*, ich habs geahnt. Es musste ja so kommen. Aber wie könntest du ihnen helfen?«

»Das ist es ja gerade. Für einen Anschlag auf das Leben des *princeps* bin ich nutzlos. Nein, man versucht, sich meiner Gefolgschaft für die Zeit danach zu versichern. Ob ich unter einem neuen *princeps* oder unter einer neuen Herrschaftsform bereit wäre, an der Lenkung des *Imperium* teilzunehmen.«

»Das klingt alles ziemlich vage. Und übrigens, auch ich hatte letztes Jahr eine kurze Begegnung mit sogenannten Verschwörern. Sie schienen mir aber so unzuverlässig und planlos, dass ich die Versammlung verließ, bevor sie noch über Verfängliches reden konnten.«

»Tatsächlich? Na, ich werde auch nicht schlau aus diesen Anfragen. Es sind ziemlich viele, und ich bin mir nicht einmal sicher, ob sie alle voneinander wissen.«

»Das auch noch! Hast du überhaupt etwas Konkretes in Erfahrung bringen können?«

»Nein! Ein paar Namen sind mir bekannt, aber keinen von diesen könnte man sich als den neuen *princeps* vorstellen. Was schwerer wiegt, sie haben offenbar noch niemanden, der zur Mordtat bereit ist. Stattdessen streiten sie sich darum, wer unter der neuen Herrschaft welche Belohnungen erhalten soll.«

»Ich würde sie allesamt davonjagen. Und den einen oder anderen vielleicht sogar anzeigen. Warum solltest du dein Schicksal mit so unfähigen Leuten verbinden?«

»Weil ich das Monster erschaffen habe. Ich kann diese Verantwortung nicht zurückweisen.«

Sie redeten noch lange. Ich glaube nicht, dass Seneca tatsächlich einen Rat gesucht hat. Er wirkte wie jemand, der seine Entscheidung längst gefällt hatte und sie nur noch einmal mit einem Freund besprechen wollte. Er fühlte sich schuldig und sehnte sich nach einer Gelegenheit, den größten Fehler seines Lebens zu korrigieren.

Petronius

Februarius 818 a. u. c., Roma

Arme Poppaea. Sie hat es lange bei ihrem Sänger ausgehalten. Hat seine Launen hingenommen, seine Lüste, seine Wutanfälle. Selbst für seine Mordtaten hat sie irgendwo in ihrem Herzen einen Platz gefunden. Ich bin der Letzte, mit dem sie noch offen reden kann. Bei ihrem Ehemann hat sie damit aufgehört, als eine Freundlichkeit von ihr den Tod eines Menschen zur Folge hatte. Sie waren zu Besuch bei einem Höfling gewesen, Poppaea war von seiner Villa entzückt, und sagte leichthin zum Gastgeber: »Ein so schönes Haus hätt' ich selber gerne!« Am nächsten Morgen bekam sie es von ihrem Mann geschenkt. Er hatte den Eigentümer über Nacht enteignet, mit einer erfundenen Anklage, woraufhin sich dieser das Leben nahm.[7]

Jetzt ist sie am Ende ihrer Kräfte. Sie ist erneut schwanger und fragt sich, was für ein Wesen sie austrägt. Beim Volk ist sie verhasst, und sie fürchtet Verschwörungen. Ihr Frauenherzen! Wem schenkt ihr euch? Sie fragt sich, was mit ihr geschehen wird, wenn es so weit kommt. Wird man sie erschlagen, wie Caius' Frau Caesonia und deren Tochter? Mich schaut sie schief an, dann fleht sie mich an, nichts Unbedachtes zu tun – und vor allem, an ihrer Seite zu bleiben; ich sei ihr einziger Freund. Ich weiß nicht, was ich tun soll. Ich kann diese Frau nicht im Stich lassen.

Eine Warnung von ihr: Tigellinus liest meine Bücher. Sie hat alle achtzehn Rollen in seinem Amtszimmer gesehen. Er sucht nach Verfänglichem, da ist sie sich sicher.

Giton

Schritt für Schritt ging es auf den Abgrund zu. Die Blinden leitete der Sänger, der von einer Untat zur nächsten eilte, wohin er auch kam.

Petronius

Martius 818 a. u. c., Cumae

Diese fahrende Gauklertruppe namens neronischer Hof ist bei mir zu Gast. Bin ich froh, dass unser Haus viel zu klein für den Hofstaat ist. So wird man bei uns nur wenige Tage verweilen.

Der *ultimus* hat uns Marcia geraubt! Tigellinus überreichte ihr die Einladung. Der Zuhälter erpresst sie mit ihrem Sohn. Entweder sie nimmt an den privaten Festen Rotbarts teil oder man werde Mittel und Wege finden, um den Sohn für den Unwillen der Mutter büßen zu lassen.[8]

Giton

»Wenn du eine sichere Gelegenheit bekommst, ihn zu ermorden, dann bring ihn um! Aber nur in diesem Fall. Denn scheiterst du, bluten wir alle dafür.« Sie wusste, wovon sie redete. Es war längst unmöglich geworden, sich Nero bewaffnet zu nähern. Jeder Besucher, selbst die engsten Freunde, wurden durchsucht, seine germanische Leibgarde und sein Zuhälter bewachten ihn mit größter Sorgsamkeit. »Es ist immer noch besser, er schändet uns erwachsene Frauen, als unsere Töchter oder Söhne. Wir halten das aus, wir sterben nicht daran. Ich bitte dich, stirb auch du nicht wegen einer nutzlosen Tat.« Tapfere, duldsame Marcia. Nicht einmal in diesem Unglück galt deine erste Sorge dir, sondern deinem Publius, den du von unbedachten Taten abhalten wolltest.

Nero nahm sie mit sich. Er blieb noch ein paar Wochen in Campanien, bei Piso in Baiae, und kehrte dann zurück nach Rom. Wir folgten ihm. Ich sah die Mordlust in den Augen meines Herrn glühen; was dann passierte, sollte diese Glut verstärken.

Tage kamen, voller Angst und Verwirrung.[9] Ein dreiköpfiger Höllenhund wütete in der Stadt; Nero, Tigellinus und – zur Schande unserer *domus* – Petronius Turpilianus klagten an, verleumdeten und mordeten. Es begann am Morgen des Festes der Ceres. Soldaten rannten durch die Stadt, Verhaftete wurden abgeführt,

Ausrufer verkündeten die Schließung der Stadttore. Wir wohnten bei Agathurnus. Mein Publius machte sich sofort auf den Weg zum *princeps*; ein Fernbleiben wäre verdächtig gewesen.

Petronius

Aprilis 818 a. u. c., Roma

Es ist Nacht. Ich lebe. Mehr weiß ich nicht. Doch. Caius Calpurnius Piso ist tot, ein herzensguter Mensch; und andere, unter ihnen du, mein irrender Stoiker. Du wolltest die Welt verändern. Du hattest den Verstand, das Wissen und das Herz. Und du hattest die Gelegenheit. Einen wolltest du zu einem besseren Menschen machen und damit das *Imperium* in eine Blütezeit führen. Doch ehe du dich versahst, veränderte die Welt dich. Du hattest um den höchsten Einsatz gewürfelt, um deinen guten Namen, und den hast du verloren. *Die eigenen Fehler sind wie Träume. Man kann nur von ihnen erzählen, wenn man wach ist.*[10] Erst nach deinem tiefen Fall wurdest du mir zu einem lieben Gefährten. Du hast die Freundschaft von Demetrios gewonnen – was nur wenige von sich behaupten können –, hast andere Meinungen gelten lassen und wolltest nicht länger alle und jeden mit deiner Gelehrsamkeit erdrücken. Mögen andere behaupten, dein Tod sei nur das Ende deines tiefen Falls gewesen. Ich weiß es besser. Aus den Trümmern deines Seins wurdest du wahrhaft groß. *Vale*, Lucius Annaeus Seneca, *dein Salzfass ist rein.*[11] Durch Unglück hattest du zu dir zurückgefunden; hast deinen Weg beschritten, von dem dich auch der Tod nicht abbringen konnte.

Wie beginnen, was berichten? Rotbart empfing mich mit einer Flut von Namen; kreischte, spuckte sie heraus. Ein gewisser Natalis hatte frühmorgens den geplanten Anschlag auf ihn gestanden. Ich kannte ihn flüchtig von Calpurnius. Diesen, einen seiner engsten Freunde, hatte er verraten; darüber hinaus Seneca als einen der Verschwörer angegeben. Meine Verblüffung löste den nächsten Anfall Neros aus: »Was? Das glaubst du nicht? Da! Lies, was er erst kürzlich geschrieben hat!« Ich kannte die Stelle. Sie handelt von der Frage, ob man jemandem, der einem Wohltaten erwiesen hat, auch dann noch treu bleiben muss, wenn dieser ein schlechter Mensch geworden ist.

Der Alte Mann

Die angesprochenen Passagen entstammen offensichtlich der späten Schrift Senecas namens *De beneficiis*. Hier die wichtigsten Aussagen in aller Kürze:

> *Wenn er aber an Menschenblut nicht nur Freude hat, sondern sich weidet und an Hinrichtungen von Menschen aller Altersstufen seine unersättliche Grausamkeit auslässt, wenn er nicht aus Zorn, sondern in einem gewissen Wutrausch rast, wenn er vor den Augen der Eltern Kinder erwürgt, wenn er, mit einfachem Töten nicht zufrieden, Foltern anwendet, wenn er die zum Sterben bestimmten nicht nur verbrennt, sondern röstet, wenn seine Burg stets von frischem Blut trieft, dann reicht es nicht aus, diesem Menschen eine Wohltat nicht zu vergelten. […]*
> *Und wenn sein Seelenzustand gänzlich hoffnungslos ist, dann werde ich mit derselben Hand der Allgemeinheit eine Wohltat erweisen und sie ihm vergelten, da für Menschen dieser Wesensart der Tod ein Heilmittel ist und es für den das Beste ist, wegzugehen, der niemals mehr zu sich selbst zurückkehren wird.*[12]

Petronius

Es war sinnlos. Ich resignierte, Rotbart lachte hämisch: »Komm mit, du wirst dich wundern, wer uns noch ins Netz gegangen ist.« In der Folterkammer bestätigte sich meine schlimmste Befürchtung. Marcus Annaeus Lucanus lag in Ketten, geständig – er war schon beim Anblick der Instrumente zusammengebrochen. Claudius Senecio sah ich dort, den alten Freund des Kitharoeden, und Afranius Quintianus, einen stadtbekannten Knabenschänder, nebst anderen. Rotbart redete und redete. Jeder Einzelne hatte angebliche Beteiligte genannt, unser Lucan gleich etliche. Langsam wurde mir klar, dass in dieser

Verschwörung die Schuldigen von den Unschuldigen nicht zu unterscheiden waren.

Ich konnte der Woge der Verzweiflung, die auf mich einstürzte, nicht mehr standhalten; ich wollte nur noch weg, kehrte dem nach wie vor schwatzenden *ultimus* den Rücken zu und ging. Tigellinus rannte mir nach, hielt mich zurück. »Der *Arbiter* scheint ja sehr erschüttert. Man könnte meinen, er wäre einer der Verräter.« Aber als ich noch so dastand und ihn anstarrte, fühlte ich mich plötzlich in eine andere Zeit versetzt. Spatzen flatterten protestierend vorüber, eine Stimme flüsterte: »Man muss den Wolf bei den Ohren packen.« Ich riss mich los und schrie ihn an: »Dann töte mich doch! Ramm mir dein Schwert in den Hals, jetzt und hier! Ich bin schuldig, und wenn du mir nicht glaubst, dann frag Lucan, der nennt dir sicher meinen Namen.« Rotbart zuckte zusammen – der Dichter der *Pharsalia* hatte sogar seine eigene Mutter als Mitverschwörerin genannt – und griff beschwichtigend ein: »Lass gut sein, Tigellinus, der *Arbiter* hat mein Vertrauen.« Dann wandte er sich an mich: »Aber sag mir, Freund, wie sollten wir denn vorgehen?« Ich hatte gewonnen. »*Imperator*, die Schuldigen müssen bestraft werden, das ist selbstverständlich. Aber mancher hier versucht doch offensichtlich, sein Leben mit Verleumdungen zu retten. An Anklägern mangelt es nicht, wie ich sehe, wohl aber an Verteidigern. Lass mich diese Aufgabe übernehmen. Die Unbeteiligten müssen verschont bleiben. Das dient deiner Sicherheit. Denn mit einem Massaker an Unschuldigen schaffst du dir mehr Feinde, als du in den kommenden Tagen entdecken wirst.«

Mochte ich mich auch meines Ziehvaters würdig erwiesen haben, ich kämpfte auf verlorenem Posten. Selbst Acte, die sich sonst nie in die Politik einmischte, kam und versuchte, Rotbart zu beruhigen. Leider machte sie alles nur noch schlimmer. Sie wies ihn darauf hin, dass er sich in einem Stufenjahr befinde, dem gefährlichsten von allen, da es durch sieben teilbar sei. Zur Vorsicht wollte sie ihn dadurch mahnen und steigerte nur seine Angst.

Giton

Als uns der erschöpfte Heimkehrer am Abend davon erzählte, erbleichte Modesta und schrie auf: »Aber du doch auch! Oder etwa nicht?« Es stellte sich heraus, dass sie recht hatte. Nero war damals achtundzwanzig Jahre alt, ihr Publius zweiundvierzig. Modestas Gesicht wurde vor Angst ganz fahl, sie beschwor ihn, wenigstens in den nächsten Tagen daheim zu bleiben, aber das war natürlich unmöglich. Immerhin, mit behutsamen Worten und Respekt für das, was ihm ein Aberglauben war, schaffte er es, sie zu beruhigen. Er ging mit ihr am nächsten Morgen, in aller Frühe, in den Tempel des Saturnus, um diesem Opfer darzubringen.

Der Alte Mann

Die antiken Stufenjahre bezeichneten die Lebensjahre, in denen Menschen durch den ungünstigen Einfluss der Gestirne besonders gefährdet waren. Das galt für jegliches Alter, das durch drei oder neun teilbar war, besonders aber, wenn es durch sieben teilbar war. Denn die Sieben war schon für Pythagoras eine heilige Zahl gewesen, man teilte Lebensabschnitte nach ihr ein und, vor allem, man fürchtete die Bedrohung durch den siebenten Planeten, Saturn.

An dieser Stelle wird noch einmal kurz Neros Dauergeliebte Acte, erwähnt. Sie ist ein recht geheimnisvolles Wesen. Wir wissen von ihr nur, dass sie offenbar die ganze Zeit an Neros Seite geblieben ist. Nicht Agrippina, nicht Poppaea brachten es zuwege, dass Nero sich von ihr getrennt hätte. Ein paar Jahre später wird es diese treue Seele sein, die Neros Leichenfeier ausrichten lässt und ihn fürstlich, unter Aufwendung von zweihunderttausend Sesterzen, bestattet.

Petronius

Rotbart schrie, weinte und tobte den ganzen Tag. Erst jetzt, beim Licht der Öllampe, wird mir klar, was ihn so aufgewühlt hatte. Unser Bühnenheld war seinem eigenen Stück zum Opfer gefallen. Er war nicht an denen verzweifelt, die er ohnehin der Feindschaft verdächtigt hatte. Deren Entdeckung berührte ihn nicht. Bestürzt hatte ihn, jene in Ketten zu sehen, die er für seine engsten Freunde gehalten hatte. Rotbarts Wahn war zerplatzt. Die Masken waren gefallen.

Giton

Die Verschwörer scheiterten an der entsetzlichen Dummheit eines Beteiligten und zwar an dem Senator Flavius Scaevinus, einem liederlichen Menschen, dessen Gedankenlosigkeit den Untergang herbeiführen sollte. Am Vorabend des geplanten Anschlags kam Scaevinus mit von Sorgen zerfurchter Miene nach Hause und verlangte nach seinem Testament. Dann beauftragte er einen Diener, einen bestimmten Dolch zu schärfen, ein altes Erbstück der Familie. Seine Sklaven ließ er antreten, bestrafte die einen, gab anderen die Freiheit, kurzum: Er benahm sich wie einer, dessen letztes Stündlein geschlagen hatte. Als er dann noch Verbandszeug und blutstillende Mittel bereitlegen ließ, hielt das einer seiner Sklaven nicht mehr länger aus. Noch in der Nacht ging dieser Milichus, eingedenk des Schicksals der Vierhundert, zu den Servilianischen Gärten und verlangte, vorgelassen zu werden. Als Nero die Geschichte zu Ohren kam, ließ er Scaevinus verhaften. Dieser leugnete zunächst alles, dann erinnerte sich Milichus daran, dass sich sein Herr am Nachmittag mit Natalis getroffen hatte, zu einer anscheinend wichtigen Besprechung. Letzterer wurde herbeigeschafft und es ergaben sich erste Widersprüche aus den Aussagen der beiden. Nachdem man ihnen die Folterwerkzeuge gezeigt hatte, brach zuerst Natalis zusammen, dann Scaevinus. Jener benannte Senecio, Quintianus und Lucan; dieser wiederum hatte nichts Eiligeres zu tun, als Caius Calpurnius und Seneca anzuzeigen. Jeder Verhaftung folgte ein weiterer Schwall von Namen; jegliche Feigheit wurde von der eines anderen noch übertroffen.

Petronius

Während ich Verhörprotokolle studierte, erhielten wir die Nachricht vom Freitod des Calpurnius. Schon letzte Woche, bei ihm in Baiae, wo zwangloses Beisammensein die beste Gelegenheit bot, hatte man den Anschlag auf Rotbart durchführen wollen. Aber Calpurnius war plötzlich dagegen gewesen. Faselte etwas von der Heiligkeit des Gastrechts und der Befleckung seiner Ehre als Gastgeber. Du Freund der Musen! Verschwörer wolltest du sein, aber mit Blut bespritzen wolltest du dich nicht. Heute hatte er bereits am frühen Morgen von der Aufdeckung der Pläne erfahren. Der junge Lucanus und die anderen beschworen ihn, schleunigst einen Aufstand in Gang zu setzen. Noch könne man durch entschiedenes Handeln die Macht an sich reißen. Die Bürger gelte es aufzuwiegeln, Soldaten zu sammeln; und selbst wenn man versage, stürbe man erhobenen Hauptes. Zauderer Calpurnius, bist es bis zuletzt geblieben. Du gingst lieber nach Hause, zu Messer und Vergessen.

Ein Wortgefecht mit dem *ultimus*: »Ist das die Rechtmäßigkeit, die du mir zugesichert hast?« Ein Tribun der Praetorianer, ein gewisser Statius Proxumus, hatte einen Verhafteten eigenmächtig ermordet. Er verschleppte den designierten Consul zum Schindanger der Sklaven[13] und stach ihn mit dem Schwert nieder. »Was willst du? Plautius Lateranus war zweifellos schuldig!« »Na und? Sind wir so weit, dass sich Römer nicht mehr von ihren Lieben verabschieden dürfen? Dass sie nicht mehr in Würde sterben dürfen? Und abgesehen davon: Stört es dich gar nicht, dass er nicht einmal verhört wurde?« Mit dem letzten Hieb hatte ich getroffen.

Irgendwann in der Nacht berichtete mir Rotbart mit unverhohlener Freude vom Ende Senecas. Er ging dem Tod gefasst entgegen, der ihn seinerseits nur widerwillig zu sich nahm. Ein Trupp Soldaten war in Senecas Landhaus eingedrungen, um den Lehrer von dem Urteil seines Schülers zu unterrichten. Seneca öffnete sich daraufhin bereitwillig die Pulsadern, doch das

Leben wollte seinen ausgemergelten Körper nicht verlassen. Er öffnete sich weitere Adern an den Beinen und in den Kniekehlen – auch das brachte ihn dem Tod nicht näher. Er trank ein vorbereitetes Gift, selbst dieses blieb ohne Wirkung. Erst nachdem ihn seine Diener in eine Wanne mit heißem Wasser gelegt hatten, fanden seine Qualen ein Ende.

Ich bat Rotbart, mich für einige Stunden nach Hause zu entlassen, was er mir gewährte. Draußen, vor dem Haus, in den mir wohlvertrauten Gärten, rannten Soldaten hin und her, zerrten Gefangene hinter sich her. Ich dachte an das Wenige, das ich bewirkt hatte. Immerhin, alle Verdächtigen mussten lebend in das ehemals gastfreundliche Haus gebracht werden; alle Aussagen mussten protokolliert werden; befohlener Freitod oder Hinrichtung bedurfte der Genehmigung des *princeps*. Ich hatte den Fortgang der Ereignisse ein wenig verlangsamt; und hatte erreicht, dass man eine kleine Schar von Menschen vorerst unbehelligt ließ.

Giton

Marcus Servilius Nonianus war in jenem schwarzen Jahr verstorben, als Tiberia von meinem Herrn ging. Noch im Tod bewies er Weitsicht und Klugheit. Wir waren oft in seinem Haus gewesen – wenn man dieses prachtvolle Anwesen ein Haus nennen darf – und er wusste genau, dass es Nero mächtig nach dessen Besitz verlangte. Also vermachte er es ihm testamentarisch. Besser das Haus verlieren als die Tochter. Nero hatte nach dem Brand darin Quartier bezogen; es lag im Südwesten der Stadt, auf der Straße nach Ostia, und war vom Feuer verschont geblieben.

Petronius

Öllicht, sag mir, wie viele solcher Tage soll ich noch überstehen? Als ich heute Morgen in mein Amt zurückkehrte, hatte sich die Zahl der Verhafteten nur unwesentlich vermehrt. Die dafür feige genug gewesen waren, hatten bereits am Vortag alle erdenklichen Namen genannt. Die Schande wird an diesen

Römern haften bleiben, mehr noch, sie wurde ihnen unauslöschlich eingebrannt, durch das Beispiel einer Freigelassenen. Diese Epicharis war schon vor längerer Zeit in den Verdacht der Mitwisserschaft an einer Verschwörung geraten; man konnte ihr damals nichts beweisen, dennoch behielt man sie in Gewahrsam. Gestern hatte man sich an sie erinnert und sie gefoltert. Mehr ertrug sie als den Anblick der Werkzeuge; man spannte sie auf die Streckbank, marterte sie mit glühenden Eisen, doch Epicharis schwieg. Heute wollte man sie erneut verhören und fand sie tot vor. Mit ausgerenkten Armen und Beinen, unter unvorstellbaren Schmerzen, hatte sie es geschafft, aus ihrer Brustbinde eine Schlinge zu knüpfen und sich an der Lehne ihres Folterstuhls zu erhängen.

Um die Mittagszeit brach ein solcher Lärm aus, dass wir im ersten Moment dachten, Barbaren hätten das Haus gestürmt. Wir eilten zu der Quelle des Aufruhrs und entdeckten Rotbart, der die Einrichtung eines Zimmers zerschmetterte und in höchsten Tönen kreischte: »Verräter! Mörder! Alle!« Er brachte keinen einzigen Satz heraus, schlug wild auf alles ein, was ihm in den Weg kam, und schrie dabei wie ein angestochenes Schwein. Mitten im Raum stand Tigellinus, hängenden Kopfes, seines Schwertes beraubt. Rotbart fuchtelte damit vor seinem Gesicht herum, brabbelte Unverständliches und schlug ihn sogar – leider nur mit der flachen Seite der Klinge. Tigellinus ließ die Bestrafung widerstandslos über sich ergehen. Ich hielt Poppaea zurück. Diesem Tobenden durfte jetzt niemand zu nahekommen. Erst als er sich schluchzend auf ein Sofa warf, ließ ich sie zu ihm. Tigellinus war so eingeschüchtert, dass er mir alles in einfachen Worten erklärte: Ein weiterer Kreis von Verschwörern war entdeckt worden; diesmal in den Reihen der Praetorianer. An ihrer Spitze stand Faenius Rufus, der zweite Kommandant, beteiligt waren Tribunen und Centurionen. Kein Wunder, dass unser *ultimus* jegliche Beherrschung verloren hatte. Gleich zwei der Überführten waren erst gestern seine persönlichen Leibwächter gewesen!

Später rief er mich zu sich, schniefte wie ein kleines Mädchen, das seine Puppe verloren hat, und erklärte mich wieder einmal zu seinem besten Freund. Plautius Lateranus' schnelle Tötung war kein Zufall gewesen. Wie sich inzwischen herausgestellt hatte, gehörte sein Mörder, der Tribun Statius Proxumus, selbst zu den Verschwörern! Meinem Rat, versprach mir der Bebende, bleich und mit halb versagender Stimme, werde er in Zukunft wieder stärker zugeneigt sein; und Milde werde er walten lassen, wo dies möglich sei.

Giton

Partner bringen den Kohl nicht zum Kochen.[14] Ich hatte damals nicht mitgezählt, aber es mussten rund fünfzehn Personen gewesen sein, die an dieser Verschwörung beteiligt waren. Jene die, wie der arme Seneca, nur hineingezogen wurden, gar nicht mitgerechnet.

Petronius

Poppaea hat sich an meine Seite gestellt. Zwei Lager kämpfen jetzt um den Daumen Rotbarts. Hier entdecken Tigellinus und Turpilianus immer neue Feinde des Bühnenhelden, dort finden die *Augusta* und ich niedere Motive wie Angst, Geldgier oder Rachsucht. Rotbart kommt zu uns, beteuert, er wolle sein Versprechen der Milde einlösen. Die Nacht bricht herein in unsere verkehrte Welt. Statius Proxumus wird begnadigt! Jener, den er ermordet hatte, Plautius Lateranus, war ein Bär von einem Mann gewesen, unser Sänger hatte sich schon immer vor ihm gefürchtet. Ja, *Freundschaft entsteht, weil sie nützlich ist,* das wusste schon Epikur, auch wenn er empfiehlt, sie um ihrer selbst willen zu pflegen.[15] Soweit kommts noch! Natalis, der Nützliche, geht ebenfalls frei. Seine Verleumdungen haben Seneca in den Tod getrieben. Der Dank seines *princeps* ist ihm gewiss.

Rotbarts Ängste treiben ihn vor sich her, ein neues Schreckgespenst verfolgt ihn. Keiner der bisher Verhafteten kommt ernsthaft als neuer *princeps* in Frage. Nicht der verträumte Piso, nicht der biedere Rufus; beide haben weder die Herkunft noch das Ansehen, das dafür nötig wäre. Jene, die Rotbart aufgrund ihres Charakters oder ihrer Abstammung fürchtet, hält er seit gestern unter strenger Bewachung, soweit sie sich in Rom befinden. Freilich trieb die Feigheit manche Verhaftete dazu, deren Namen zu nennen; sie beschuldigten etwa Lucius Silanus, die Brüder Scriboni, Domitius Corbulo oder Verginius Rufus. An manche traut sich unser Bühnenheld nicht heran, bei anderen durchschaut selbst er die Motive ihrer Denunzianten. Aber er wittert einen unsichtbaren Feind. Damit hat er ausnahmsweise recht.

Eine neue Nachricht: Der Consul Vestinus wurde in seiner Badewanne ertränkt, vor den Augen seiner Gäste. Poppaea stellt Rotbart zur Rede. Er schreit sie an; der Consul habe sich feindselig verhalten, der Tribun Gerellanus nur seinen Befehl ausgeführt. Das werde jenen, die bei diesem Verräter zu Gast waren, eine Lehre sein. Ich beschwöre ihn, dieses Blutbad zu beenden. Wenn er jeden einigermaßen rechtschaffenen oder bedeutenden Mann töten lasse, dann werde er niemanden von der tatsächlichen Verschwörung überzeugen können. Rotbart gibt nach, erklärt die Untersuchung für beendet.

Dann nahmen die Hinrichtungen ihren Lauf: Schnell führte man die schuldigen Praetorianer – Faenius Rufus, Subrius Flavus, Sulpicius Asper und die übrigen Centurionen –, dem Schwert zu; Senecio, Scaevinus und Lucan wurden die Pulsadern geöffnet – trotz der zugesicherten Straflosigkeit! –, wie auch Quintianus und vielen anderen, die schuldig waren oder schuldig sein mussten.

Marcus Annaeus Lucanus, wie soll ich deinen Tod würdigen? Mit deinen Werken durftest du auf dieses Quäntchen Unsterblichkeit hoffen, das dem Menschen möglich ist; desgleichen mit deiner Absicht, das *Imperium* von seinem Entweiher zu befreien. Hättest du nicht bis zuletzt standhaft bleiben können? Er hat dir nur das Leben nehmen können, musstest du ihm deine Würde dazugeben? Marcus Annaeus Lucanus, nur deine Werke kann ich noch ehren.

Abermals verließ ich Rotbarts Residenz bei Nacht. Ich hatte um Entlassung aus dem ohnehin erledigten Dienst gebeten.

Meine Erschöpfung musste ich nicht vortäuschen. Öllicht, sag mir, was soll ich tun?

Giton

Acilia, die Mutter Lucans, Annius Pollo, Glitius Gallo, Verginius Rufus, Novius Priscus, Cassius Longinus, Scribonius Rufus und Scribonius Proculus, Cnaeus Domitius Corbulo, Lucius Silanus. Dir, Leser, mögen das nur Namen sein, doch lies sie mit Bedacht. Es handelt sich um jene Menschen, deren Leben mein Publius damals gerettet hatte. Er selbst konnte keinen Stolz darüber empfinden. Er warf sich vor, versagt zu haben. Wer hätte mehr erreichen können? Wer hätte dem Rasenden mehr als diese Leben entreißen können? Wer den Wortbrüchigen aufhalten können, wenn dieser nur noch dem folgte, was ihm seine umnachteten Sinne eingaben?

Und es gab noch etwas, das meinen Publius quälte: Er hatte Gelegenheiten gehabt, das Monster abzustechen. Er war öfters mit Nero allein gewesen, in zwei Fällen befanden sich Waffen in Griffweite. Ein entschlossener Hieb, und das wäre es gewesen. Er tat es nicht. Die Umstände verhinderten es. In diesen zwei Tagen war Tigellinus der mächtigste Mann von Rom. Die Tötung Neros hätte nur einen *princeps* von dessen Gnaden zur Folge gehabt, und ein Gemetzel unter den würdigeren Anwärtern auf die Herrschaft. Es waren diese Tage, die einen Plan in ihm entstehen ließen.

Danach warf Nero mit Verbannungen und Belohnungen um sich. Dieses Erdbeben hatte sein eigenes Theater zum Einsturz gebracht, es musste so rasch wie möglich wieder aufgebaut werden. Entfernt von seiner Bühne wurden Rhetoren, Philosophen und Bürger, darunter unser Cornutus. Teils verwies sie der Hass Neros aus ihrer Heimat, teils seine Gier nach deren Geld. Den Dank an die Götter für seine Rettung machte er zu einem großen Spektakel; Tigellinus und Turpilianus erhielten die Triumph-Insignien und er sprach weitere Begnadigungen aus. Seine Unruhe blieb.

Der Alte Mann

Ich denke, der ganze Text ist auch ohne meine Hinzufügungen halbwegs verständlich. In letzter Zeit erleide ich Schwächeanfälle, in kürzer werdenden Abständen. Eine Folge meiner Leukämie, die mich allmählich einholt. Ich habe noch gut zweieinhalb Kapitel vor mir, die ordentlich zu Papier gebracht werden wollen. Also möge man es mir verzeihen, wenn ich nur auf die Passagen bei Tacitus verweise, die von der Pisonischen Verschwörung berichten. Sie befinden sich im *Liber* XV seiner *Annales*, ab dem Abschnitt 48.

Die meisten derer, die Petronius damals retten konnte, wurden von Nero in den folgenden Jahren in den Tod getrieben oder ermordet. Er sollte noch zwei Jahre lang regieren, in einem Taumel aus Vergnügungen und Wahnsinnstaten, bis er sich, im Jahr 68 u. Z.,[16] von allen verlassen, das Leben nahm.

Petronius

Maius 818 a. u. c., Roma

Tiberia, verzeih mir, ich kann nicht mehr. Mein Witz ist in einem Meer von Blut ertrunken. Könnte ich meine Bücher doch zurückrufen! Mein geistreiches Spiel habe ich mit der Welt getrieben, zum Vergnügen meines Publikums. Feine Spitzen waren darunter, freilich, und kunstvolle Bloßstellungen. Bravo, Petronius! Deine Scherze treffen einen, der ihrer unwürdig geworden ist. Denn selbst im schärfsten Spott liegt immer noch ein Körnchen Anerkennung. Aber eigentlich war ich nicht einmal dazu fähig. Übel wird mir – bei der Gutmütigkeit meiner Witze über diesen Geisteskranken! Über seine menschlichen Schwächen habe ich mich ausgelassen, obwohl er weder menschlich ist, noch schwach. Eine Bestie verspottet man nicht, man erschlägt sie und tilgt die Erinnerung. Ich habe nichts anderes als Ratschläge für ihn ersonnen – wenn auch scharf gewürzte –, über die er sich, sofern er sie durchschaute, trefflich amüsiert hat. Aber einen Rat gibt man nur einem Freund.

Was war ich für ein Narr! Ich bin mit ihm nicht viel anders umgegangen als mit meinen Freunden und Weggefährten. Abermals bravo, Petronius. Wie elegant, wie geistreich hast du ihre Werke kommentiert! Jetzt trifft dein Scharfsinn ihre ausgebluteten Körper, sticht Menschen, denen selbst im Tod die geringste Gnade verwehrt wurde. Meine *Satyrica* widern mich an. Aus und vorbei. Achtzehn *Libri* habe ich in die Welt hinausgelassen. Das ist nicht mehr zu ändern. Den Rest verzehrt ein Kohlebecken.

Giton

Ich hatte einen heftigen Streit mit ihm, wollte ihn von seinem Vorhaben abbringen. In ein paar Jahren, argumentierte ich, werde niemand mehr eine Pietätlosigkeit in seinen Anspielungen erkennen. Ja, sicher, Seneca, Caius Calpurnius und Lucan waren tot, ermordet von Nero. Aber was spricht dagegen, die Kritik an Nero in den restlichen Büchern zu verschärfen? Und andere, die er sich vorgenommen hatte, lebten schließlich noch, wie etwa Palaemon, Labeo und Siculus,[17] ganz zu schweigen von den höfischen Stümpern. Nichts zu machen. Alle existierenden Abschriften der neuesten Kapitel hatten herbeigeschafft zu werden, auch jene aus meinen Privatarchiv. Ich fügte mich widerstrebend. Vom neunzehnten bis zum zweiundzwanzigsten Buch der *Satyrica* blieb nichts als Asche übrig. Heute mache ich mir manchmal Vorwürfe, dass ich ihm damals gehorcht habe. Andererseits bestand er darauf, dass diese *Libri* niemals bekannt werden durften. Ich musste ihm darauf mein Wort geben. Wenigstens durfte ich seine Notizen bewahren, wenn er sich diesen auch immer seltener widmete. Manche befreit der Akt des Schreibens – das habe ich inzwischen selbst bemerkt –, ihm hatte das Schicksal diese Möglichkeit genommen.

Der Alte Mann

One, Two, Three!, Billy Wilders unsterbliche Komödie über das geteilte Berlin, kam am 15. Dezember 1961 in die Kinos, unmittelbar nach dem Bau der Berliner Mauer. Der Film war ein gigantischer Flop. Manchmal zerbricht die Wirklichkeit den Spiegel, in dem sie abgebildet ist, und lässt die Kunst in Scherben zurück. Auch über Wilders Screwball Comedy konnte man erst Jahrzehnte später lachen.

Petronius hat seinen *Finis* unter die *Satyrica* gesetzt – Zeit, Bilanz zu ziehen. *Arbiter*, sag uns, wen trafen deine Lanzen? Diese Frage beantworten auch die *Petronica* nur unvollständig. Sein Eumolp ist einmal Nero, dann Seneca; sein Trimalchio einmal Palaemon, dann *Der Goldene*, zuweilen ebenfalls Nero. Zweifellos haben etliche andere seiner Zeitgenossen ihren Fußabdruck in den *Satyrica* hinterlassen, man denke nur an die krampfhaft gelebte *romanitas* des Trimalchio, aber deren Spuren führen, soweit wir sie überhaupt als solche erkennen können, ins Nichts. Die *Petronica* nennen uns nur die Themen, die ihn bewegten, Namen jedoch kaum.

Achtzehn *Libri* hat er verfasst und auch herausgegeben; respektieren wir den Autor und trauern wir den Kapiteln, die er vernichtet hat, nicht nach. Aber es wird einem weh ums Herz, wenn man an den verbliebenen Teil denkt, von dem das meiste im Lauf der Zeit untergegangen ist. Wen kümmerts, dass er die *Satyrica* unvollendet gelassen hat? Allemal, wir hätten diese achtzehn Bücher! Nach neuester Forschung besitzen wir nur noch die *Libri* XIV–XVII der *Satyrica*, selbst diese teilweise unvollständig. Ihr Kopisten, ihr Mäuschen, und du, grausame Zeit: Was habt ihr euch dabei gedacht?

Giton

Danach verfiel mein Publius in einen ähnlichen Zustand wie nach dem Tod Tiberias. Er absolvierte seinen Dienst bei Hof, legte, nach Hause gekommen, seine Maske ab, den Menschen darunter konnte ich kaum noch erkennen. Er redete wenig, notierte noch weniger. Schlag um Schlag ging das Morden in Rom weiter, doch er tat so, als kümmerte es ihn nicht. Daher muss ich, an seiner Stelle, von dieser Zeit berichten.

Nach der Verschwörung nahm Nero sein altes Leben wieder auf. Er war wie ein Blinder, der darauf besteht, es wäre Nacht.[18] Von den zum Tod Verurteilten sagten ihm einige ins Gesicht, was sie von ihm hielten. Mit ruhiger Sachlichkeit erklärten sie ihm, dass man ihn nur erschlagen könne; dass er ein Verrückter sei, ein Ungeheuer, dessen Tod sie als Dienst am *Imperium* verstünden. Nero, das mörderische Kind, erwiderte: »Das ist nicht wahr!« Er flüchtete zurück in seine Träume, benannte den Aprilis in Neroneus um und veranstaltete die zweite *Neronia*, ganz so, als ob es nach einer solchen Krise nichts Wichtigeres gäbe, als ein Wettsingen zu veranstalten.

Eines Abends kehrte er, schwer betrunken, von einer seiner berüchtigten Orgien heim und traf auf Poppaea, die ihm heftige Vorwürfe machte. Ob sie ihn beleidigt hatte oder ob er in diesem Moment den letzten Rest seiner Menschlichkeit verlor, ich weiß es nicht. Aber er trat der Schwangeren mit Wucht in den Bauch, Poppaea fiel stöhnend zu Boden. Sie sollte sich nie wieder erheben. Neros Tritt verursachte eine Fehlgeburt, Poppaea selbst verstarb am nächsten Tag.[19] Nero hatte sie von ganzem Herzen geliebt. Er hatte eine Frau erschlagen, die ihm ihr Leben lang die Treue gehalten hatte, die ihn noch liebte, als er es längst nicht mehr wert war.

Petronius

Jetzt hast du gesiegt, Milchbubi. Jetzt gibt es keine Mutter mehr, die du ermorden könntest. Und deinen lang ersehnten Sohn hast du tot in die Welt hinausgeschickt. Applaudiert, Bürger! Poppaea, ich habe keine Tränen mehr, um dich zu beweinen.

Giton

Wenn man mich fragt, ist Nero erst mit der Tötung Poppaeas endgültig wahnsinnig geworden. Danach beherrschte ihn jedenfalls der »vernunftlose Teil seiner Seele«, wie das schön heißt. Immerhin zeigte er nach der Pisonischen Verschwörung noch einige Reste verständlichen Handelns. Er hielt eine Rede im

Senat zur Rechtfertigung der Verurteilungen, legte die Beweise vor, kurzum: Es lag ihm etwas daran, die Öffentlichkeit von der Rechtmäßigkeit seiner Maßnahmen zu überzeugen. Nach Poppaeas Tod verfolgte und ermordete er unterschiedslos jeden Menschen, der ihm von seinen Leidenschaften diktiert wurde. Seiner Eitelkeit fiel Claudius' Tochter Antonia zum Opfer, weil sie ihn nicht heiraten wollte; seinem Hass der Consul Vetus und dessen Familie; seiner Angst Lucius Silanus, der Neffe unseres Decimus und zugleich einer der letzten seiner *gens*. Er starb, weil Nero in ihm einen Anwärter auf den Thron sah; Cassius Longinus verbannte er aus dem gleichen Grund. Rom duckte sich, wie unter Caius. Aber obwohl sich immer mehr Menschen angeekelt von ihm abwandten, fand sich doch ein ganzes Volk, das danach lechzte, ihn anhimmeln zu dürfen.

Iunius 818 a. u. c., Roma

Annius Vinicianus grüßt seinen Petronius
Dem Mann, der meinen Bruder vor dem sicheren Tod bewahrt hat, meinen Dank! Man hat mir von Deinen Bemühungen während der Pisonischen Verschwörung berichtet. Es wäre mir eine Ehre, Dich persönlich kennenzulernen. Ich werde ab Augustus dieses Jahres eine lange Reise nach Rom antreten, als Begleiter des Tiridates. Das wird kein schnelles Fortkommen werden. Im Gegenteil, Tiridates will sich Rom wie ein Vergnügungsreisender nähern, will der Bitternis der Unterwerfung den Schein der Süße geben. Hinzu kommt, dass ihm unser *princeps* – höchst voreilig – die Begleichung sämtlicher Kosten der Reise zugesichert hat. Mein Schwiegervater Corbulo rauft sich seine nicht vorhandenen Haare. Tiridates' Gefolge ist nach dieser Nachricht auf über viertausend Menschen angewachsen; auf seinem Zug wird er dem gesamten Osten die Pracht seines Königtums vor Augen führen – auf unsere Kosten, natürlich. Irgendwann Anfang des nächsten Jahres werden wir hoffentlich in Griechenland ankommen – vielleicht könnten wir uns schon dort treffen.
Vale

Petronius grüßt seinen Vinicianus
Dir, Vinicianus, meinen Dank für Deine freundlichen Worte. Dein Bruder ist lediglich einer von jenen, die ich für den Moment vor dem Schlimmsten bewahren konnte. So wenig das in diesen Zeiten bedeutet. Was Deine Frage betrifft: Freu Dich auf Dyrrhachion[20], denn dort werden wir uns treffen. Ich reise Dir ab Ende dieses Jahres als Legat entgegen. Zum einen plant unser *princeps*, vielmehr der erste Kitharoede des *Imperium*, eine Rundreise durch Griechenland, bei der er in möglichst vielen Städten und bei möglichst vielen Festen auftreten möchte. Zum anderen wurde ich beauftragt, mit Dir und dem Gefolge des Tiridates die Einzelheiten seiner festlichen Unterwerfung zu besprechen. Ich werde mit dem letzten Schiff nach Dyrrhachion abreisen und Dich dort erwarten. *Vale*

Annius Vinicianus grüßt seinen Petronius
Wie mich das freut, dass wir uns bald sehen werden! Eine Frage, ein Anliegen habe ich vorab: Denkst Du, dass es möglich wäre, Corbulos Anwesenheit bei den Siegesfeiern zu bewirken? Er sehnt sich nach einer Anerkennung seiner Dienste und ist zugleich in Sorge um das Wohlwollen des *princeps* ihm gegenüber. *Vale*

Petronius grüßt seinen Vinicianus
Das ist eine heikle Angelegenheit. Gib mir etwas Zeit. Und bedenke eines: Dein wackerer Schwiegervater muss bereit sein, wenigstens den Anschein absoluter Unterwürfigkeit zu erwecken. Anders wird es nicht gehen. *Vale*

Der Alte Mann

Annius Pollio, den wegen Petrons Intervention nur die Strafe der Verbannung getroffen hatte, war der Bruder des Legionslegaten Annius Vinicianus, Schwiegersohn des erfolgreichsten Feldherrn seiner Zeit, Cnaeus Domitius Corbulo. Dieser hatte die Parther aus Armenien vertrieben und den Frieden mit Tiridates ausgehandelt, dessen feierliche Krönung als König von Armenien – aus der Hand Neros – für das nächste Jahr geplant war.

Petronius

Augustus 818 a. u. c., Roma

Welche Gaben, Rotbart, gibt es, die ich Dir geben will?
Schmalz aus meinen Ohren hab' ich für Dich gesammelt,
und Käse, den ich zwischen meinen Zehen fand.
Parfum, gewonnen aus dem Schweiße meiner Hoden,
und einen ganz besond'ren Pfeffer, von seltenem Geschmack.
Den hab' ich der Behaarung meines Arschloches entwunden.
Aber will ich Dir, Rotbart, diese Gaben geben?
Rotbart, ich will nicht.

Giton

Eine der wenigen Eintragungen meines Publius. Gerade in dieser Zeit, als er Nero nur noch verabscheute, musste er ihm mit seiner ganzen Kraft dienen. Das nächste Jahr sollte, nach Neros Willen, ein einziger Triumph werden. Ganz Rom sollte in eine Bühne umgewandelt werden, für seinen Sieg über Tiridates; ganz Griechenland den Künstler in ihm bejubeln. Tigellinus' Eifersucht wuchs jeden Tag. Während der *Arbiter elegantiarum* das größte Fest organisierte, das die Stadt seit den Saecularfeiern des Claudius gesehen hatte, fungierte der Praefect der Praetorianer als Veranstalter von Neros Orgien, gewissermaßen als sein *procurator a obscaenitatibus*. Und Nero war nicht leicht zu befriedigen. Marcia redete nur selten über das, was sie dabei zu ertragen hatte. Die Nacht der Verschwörung bildete eine der wenigen Ausnahmen. Sie und die anderen Frauen mussten sich auf die Streckbänke spannen lassen, während Nero als Folterknecht mit glühenden Eisen vor ihnen herumwedelte. Der ganze *mimus* war vergeblich. Mochten ihm die Frauen auch in noch so kunstvollen Verrenkungen angeboten werden, mochten sie vor Angst schreien und sich winden, Neros Spieß erhob sich nicht.

Was unsere andere große Aufgabe, den Sängerzug des Kitharoeden, betraf, wussten wir bald, dass er uns nicht viel Arbeit machen würde. Die Eitelkeit ist wie das Wasser, sie findet immer einen Weg. Die Erben Achilles', oder, wenn man so will, Orpheus', lagen sämtlich auf dem Bauch vor Nero. Olympia veranstaltet erstmals musische Spiele – das muss man sich vorstellen! Werden die Kitharoeden nackt auftreten? Da ist es fast schon eine Lappalie, dass die Isthmischen Spiele um ein Jahr vorverlegt wurden. Das einzige Problem war, die unzähligen Einladungen auf ein bewältigbares Maß zu reduzieren und einen vernünftigen Terminplan zu entwickeln.

Petronius grüßt seinen Vinicianus
Nero hat sich meinen Vorschlag angehört. Damit Du mich richtig verstehst: Ich habe ihm nicht vorgeschlagen, dass er Corbulo so ehren soll, wie es diesem zustünde. Unsere Welt kann man derzeit nur mit falschen Argumenten zum Richtigen bewegen. Ich habe ihm also gesagt, dass er von der Anwesenheit Deines Schwiegervaters profitieren könnte, indem ganz Rom sieht, wie der unterlegene König und der siegreiche Feldherr das Knie vor dem *Imperator* beugen. Die Idee hat ihm gefallen, ob sie Deinem Schwiegervater gefällt, ist eine andere Frage. Natürlich wären derartige Possen unter einem vernünftigen Herrscher nicht nötig. *Vale*

Vinicianus grüßt seinen Petronius
Man soll die Hoffnung nicht aufgeben. Mögen Stürme lange wüten, irgendwann geht eine neue Sonne auf. Das kann man beispielsweise im Frühling beobachten. Corbulo lässt Dich grüßen. Wir sehen uns in Dyrrhachion. *Vale*

Giton

Die neue Sonne. Wir nahmen das letzte Schiff, das in diesem Jahr aus Brundisium[21] ablegte, nicht unzufrieden mit dem, was wir in den Monaten davor erreicht hatten. Neros Vertrauen in meinen

Herrn war erneut unerschütterlich geworden. Seit diesem letzten, verheißungsvollen Brief von Vinicianus arbeitete er wie ein Besessener daran, die Träume des *princeps* Wirklichkeit werden zu lassen und ihn in trügerischer Sicherheit zu wiegen. Nero begeisterte sich an den Vorschlägen seines *Arbiter* und dachte immer weniger an dessen Freunde, die er ermordet hatte. Tigellinus gefiel das gar nicht, aber er konnte nichts dagegen tun.

Jedoch: Der Weise denkt den Fehlschlag mit, und so begannen wir schon vor der Abreise mit den Maßnahmen, von denen ich im ersten Buch berichtet habe. Lucia musste wieder in ihr eigenes Haus zurückkehren. Mein Publius gab keine Erklärung dazu ab, Lucia stellte keine Fragen. Erste Ladungen von Dokumenten und Wertsachen ihres Cousins verließen das Haus gleich mit ihr.

Marcus Valerius zog es mit uns nach Dyrrhachion. Nach dem Tod seiner Landsleute hatte Rom etwas Bedrückendes für ihn; die Stadt, die ihn stets inspiriert hatte, schnürte ihm damals das Wort ab. Modesta begleitete ihn selbstverständlich, auch war sie der Ansicht, dass ihrem jugendlichen Liebhaber etwas Abwechslung guttäte. Wir schickten die beiden dann alleine auf eine Rundreise durch Griechenland; wir selbst aber saßen wie angenagelt in Dyrrhachion fest.

Petronius

November 818 a. u. c., Dyrrhachion

Ganz Griechenland hat nur auf uns gewartet. In der Stadt befinden sich Gesandte aus allen Teilen des Landes. Wir richten uns Arbeitsräume ein und empfangen die Veranstalter, einen nach dem anderen. Wann? Wo? Wie lange? Manche wollen uns bestechen. Wir winken lachend ab. Hebt euch das Geld für den Sänger auf. Sie schauen böse. Egal. Hinter uns, auf einer großen Landkarte, entsteht allmählich eine Art Feldzug. Große Schlachten in Nikopolis, Delphi, Olympia, Korinth, Heraia und Nemea,[22] kleinere Gemetzel dazwischen, dazu Gastauftritte in Athen und Sparta. Der Sieg des Kitharoeden steht im Vorhinein fest.

Giton

Publius Petronius an den Imperator Nero
Griechenland überschlägt sich geradezu dabei, Dich, Göttlichen, ehren zu dürfen. Sag mir bitte Bescheid, wie viele Auftritte Du monatlich absolvieren willst. Mir liegen Unmengen von Angeboten vor, so viele, dass Du ein Jahr lang jede Woche auftreten könntest. *Vale*

Petronius

Ianuarius 819 a. u. c. [66 u. Z.], Dyrrhachion

Tiridates ist eingetroffen, oder vielmehr, er hat Einzug gehalten. Allmählich begreife ich, was mir Vinicianus sagen wollte. Sein Gang nach Rom wirkt wie ein Triumphzug, den Eindruck verstärken die dreitausend Soldaten, die ihn begleiten. In der Stadt ist kein leeres Bett mehr zu finden, auf den Straßen tummelt sich das Gefolge des Armeniers. Soldaten, Höflinge, Diener und Huren: Rom ernährt sie seit sechs Monaten.

Giton

In Dyrrhachion entschied sich das Schicksal meines Herrn. Dort offenbarte sich ihm der Weg, der keine Umkehr mehr gestattete. Wie Annius Vinicianus und Publius Petronius Niger ihre Wünsche vereinigten und welchen Plan sie damals erdachten, blieb ein Geheimnis weit über beider Tod hinaus. Geh weg, Trauer. Komm, Stolz! Meinem Publius zu Ehren – es ist Zeit, dieses Geheimnis zu lüften.

Annius Vinicianus erwies sich als der Mann, den mein Publius in ihm vermutet hatte. Er blieb nicht lange unverbindlich, sondern sprach meinen Herrn eines Abends direkt auf die Notwendigkeit der Beseitigung Neros an. Dieser reagierte erleichtert. Publius Petronius Niger, ehemaliger Statthalter und Consul, konnte endlich jene Tat planen, deretwegen er der beste Freund Neros geblieben war. Ohne zu zögern, bot er sich an: »Vinicianus, lass mich dein Messermann sein. Mich kümmert es nicht, was mir dabei geschieht. Ich bin dein Schwert, dein gedungener Mörder. Ich werde mich an der Seite Neros befinden, wenn die Zeit gekommen ist. Aber sobald ich unseren Kitharoeden erledigt habe, müssen deine Männer Tigellinus und Nymphidius[23] töten; desgleichen Vitellius und Turpilianus. Rotbarts germanische Leibgarde wird sich in ihr Schicksal ergeben, wie schon bei Caius; die Praetorianer sind der *domus principis* verpflichtet, die mit Rotbarts Tod nicht mehr existiert. Das ist der Moment, den du ergreifen musst. Schwöre die Praetorianer auf Corbulo ein und du hast die Schlacht schon fast gewonnen. Deshalb noch einmal meine Frage: Was wirst du tun, wenn Corbulo nicht nach Rom kommen darf?«

Die Gelegenheit war perfekt. Niemand außer den beiden wusste etwas von ihren Plänen; Cnaeus Domitius Corbulo war eingeweiht, aber nur so weit, dass er, im Falle des Gelingens, richtig reagieren konnte. Er wusste nichts von einem ehemaligen Consul Petronius und nichts von dessen Vorhaben. Vinicianus wiederum verriet meinem Publius nur so viel, wie dieser wissen musste. Dennoch wurde im Lauf des Gesprächs klar, dass er längst umfassende Vorbereitungen getroffen hatte: »Jetzt, Petronius, ist es an mir, zu sagen: Es soll dich nicht kümmern. Überlass Corbulo und alles Weitere mir. Meinen Bruder werde ich aus Sardinien zurückrufen, das wird dir ohnehin klar sein, und andere Verbannte ebenfalls. Pollio kann in wenigen Tagen bei mir sein, bestimmte Legionskommandanten werden sich mir anschließen. Mein Schwiegervater kann in ungefähr ein bis zwei Wochen in Rom sein. Bis dahin werden wir die Stellung halten.«

Der Alte Mann

So abwegig, wie dieser Plan vielleicht klingen mag, ist er nicht gewesen. Vespasian wird im Jahr 69 u. Z.[24] unter ganz ähnlichen Umständen an die Macht kommen. Als er zum *princeps* ausgerufen wurde, befand er sich in Alexandria. Sein Bruder Flavius Sabinus, der *praefectus urbis* Roms, und sein Sohn Domitian forderten Vitellius zur Abdankung auf und verschanzten sich, als sie von dessen letzten Anhängern angegriffen wurden, am Capitol. Zwar verloren sie diesen Kampf, doch trugen sie mit ihrem Widerstand maßgeblich zum letztlichen Sieg Vespasians bei.

Giton

»Ein bis zwei Wochen! Wie will er das bewerkstelligen?«

»Mit dem Meldedienst, den er selbst im Krieg eingerichtet hat. Auf der ganzen Strecke von Armenien bis hierher stehen Wagen und Pferde bereit. Man schafft mit ihnen bis zu zweihundert Meilen von einem Sonnenaufgang zum nächsten.«

»Trotzdem wäre mir wohler, wenn sich dein Schwiegervater offen zu uns bekennen würde.«

»Das kannst du von ihm nicht erwarten. Er ist ein vorsichtiger Mensch. Ich kann es ja bis jetzt nicht glauben, dass sein Name letztes Jahr nicht gefallen sein soll.«

»Doch, doch, der ist gefallen, es gab nur keinerlei Beweise. Das alleine wäre für unseren *ultimus* natürlich kein Hindernis gewesen. Nur ist es leichter, einem machtlosen Bürger die Mörder ins Haus zu schicken, als einem mächtigen Statthalter. So wie Caius seinerzeit meinen Onkel fürchtete, so lässt Rotbart vorerst deinen Schwiegervater – wie übrigens auch die Brüder Scriboni – unbehelligt.«

»Ich wusste es! Egal, damit ist die Sache entschieden. Ich werde Corbulo informieren, und wie ich ihn kenne, wird er ebenfalls der Ansicht sein, dass es nur noch darum geht, wer wem zuvorkommt.«

Ich muss dieses Gespräch noch einmal kurz unterbrechen. Das wird heutzutage nicht mehr ein jeder wissen: Die Brüder Scriboni, die auch weiterhin alles gemeinsam gemacht haben, regierten damals die beiden Germanien, auch sie verfügten über ihnen treu ergebene Legionen. Nero lebte in ständiger, wiewohl völlig unbegründeter Furcht vor ihrer Macht. Dennoch muss ich bis heute lächeln, wenn ich mir diese eigenwilligen Zwillinge auf dem Thron vorstelle. Sie hätten das *Imperium* wahrscheinlich gut, aber auf jeden Fall unterhaltsam regiert. Übrigens: Nachher nannte man diese Verschwörung, die mein Publius damals in Gang gebracht hatte, die Vinicianische. Das ist nicht das Einzige, was daran falsch ist. Aber dazu später. Im Moment richteten sich die Hoffnungen meines Publius auf Cnaeus Domitius Corbulo, den rechtschaffenen und beliebten Feldherrn.

»Gut, dennoch, Vinicianus: Ich hoffe, unseren *ultimus* doch noch zu einer Einladung deines Schwiegervaters überreden zu können. Unser Plan wäre damit um so vieles einfacher.«

»Sicher, aber übertreib es nicht, es geht auch so. Sollte er nicht nach Rom kommen können, erreicht ihn die Nachricht von Neros Tod binnen einer Woche. Ich habe auf meiner Reise hierher diskret Vorbereitungen getroffen. Schnellreiter und Pferde stehen alle hundert Meilen bereit, sie können ebenfalls Tag und Nacht unterwegs sein. Sag mir, hast du schon eine Idee für den Zeitpunkt des Anschlages?«

»Nein, eigentlich nicht. Aber ich denke, dass wir die Abreise von Tiridates abwarten müssen. Ein Umsturz vor den Augen des ehemaligen Feindes ist zu riskant. Nach den Feierlichkeiten wird Rotbart wahrscheinlich wieder in Campanien herumstreunen, wie es seine Art ist. Die Region wird ihn durchfüttern müssen, bis uns die Griechen diese Last abnehmen. Einigermaßen sicher ist nur, dass er Beneventum besuchen wird – Vatinius hat ihm ein großes Fechterspiel versprochen.«

»Na also, das passt doch. Beneventum ist so gut wie jeder andere Ort. Hauptsache, er ist weg von Rom und noch nicht in Griechenland. Wann wird er sich voraussichtlich dort aufhalten?«

»Im Iunius, denke ich. Die Feierlichkeiten rund um den Besuch von Tiridates sind für den Aprilis geplant; bis dieser Parasit endlich abreist, wird es sicher ein Weilchen dauern. Aber da Rotbart eigene Pläne hat, wird er ihn wohl spätestens im Maius auf ein Schiff gesetzt haben.«

»Im Iunius also, in Beneventum.«

»Im Iunius, in Beneventum.«

Annius Vinicianus sah meinen Publius lange an, dann raffte er sich zu der Frage auf, die ihn deutlich sichtbar beschäftigte: »Sag mir, Petronius, wie fühlt man sich dabei, wenn man den Zeitpunkt seines Todes kennt?«

»Ah! Kenne ich ihn denn? Bist du dir sicher? Ich nicht. Aber sollte ich wirklich in ungefähr einem halben Jahr über dem toten Körper Rotbarts stehen, dann werde ich lachen. Jubeln werde ich, während mich seine Germanen zerfleischen. Du ahnst nicht, wie sehr ich mich nach dem Tod dieses Scheusals sehne!«

LIBER XXIII

So das fünfzehnte der Bücher bildet,
die auf uns gekommen sind

Tom: »It was once, Frankie – when a plot against the Emperor failed – the planners were always given a chance to let their families keep their fortunes.«
Frankie: »Yea – but only the rich guys, Tom. The little guys – they got knocked off and all their estates went to the Emperors. Unless they went home and uh, killed themselves – then nothing happened. And their families – their families were taken care of, Tom.«
Tom: »That was a good break – nice funeral.«
Frankie: »Yea – they went home, and sat in a hot bath, opened up their veins, and bleed to death … And sometimes had a little party before they did it.«[1]

Mario Puzo, Francis Ford Coppola
The Godfather, Part II (1974)

Petronius

Aprilis 819 a. u. c., drei Tage vor den Nonen [3. April 66 u. Z.], Cumae

Es ist scharf. Kalt. Ich wärme es mit meinen Händen. Leg ich es weg, ist es gleich wieder kalt. Es ist gut. Es ist der Weg, den ich gewählt habe. Kalt werden wie dieses Messer, scharf. Die letzte Schärfe. Ich höre Gäste kommen. Noch nicht. Letzte Taten. *Vale*, Kitharoede. Worte schneiden tief.

Giton, mein lieber Giton. Ich weiß genau, warum ich dich mein Leben lang nicht freilassen durfte. Als Freigelassener hättest du zu viel verloren. Du hast diese Gesellschaft, die du durch mich kennengelernt hattest, geliebt. Der biedere Seneca, er mochte dich; dem *libertinus* Giton hätte er misstraut. Für ihn – wie für so viele andere – waren Freigelassene gefährlich. Eine Attacke auf seine *romanitas*. Glühend hat er sie verteidigt, sie, deren Asche längst der Wein gelöscht hatte, deren Überbleibsel ihm, mir, uns Römern längst in einer Urne übergeben worden waren. Nicht konnte er sie zu Grabe tragen, nicht mit in Stein gehauenem Epitaph hinter sich lassen und die neue Zeit begreifen. Armer Seneca. Nonianus, Arruntius, Persius, Silanus, all diese guten Menschen, die wir sterben sahen! Sie redeten mit dir, sie hörten dir zu, sie verhielten sich freundschaftlich und offenherzig. Aber nur, weil du Sklave warst, und sie die Herren. Das hattest du begriffen – den Unterschied zwischen dem *libertinus* Giton und dem *servus* Giton: Dieser ist klug und lobenswert, jener aufdringlich und prahlerisch.

Jetzt, mein lieber Giton – es tut mir leid –, jetzt muss ich dich freilassen. Es nützt nichts, dein Herr bin ich nicht länger, musst schon dein eigener sein. Giton, du bist frei. Und ich weiß, du wirst dich dreinfinden, so wie du dich dein Leben lang in alles dreingefunden hast.

Eins ist von Adel, eins das Merkmal edler Wesensart:
die Hand, die nie gezittert hat.[2]

»Messer, sag mir, war ich schneidend oder stumpf?«

»Was scharf ist, schneidet.«

»Na gut, du griechisches Messer, sag mir bitte: War ich scharf oder stumpf?«

»Ersteres, selbstverständlich. Schneiden ist hingegen etwas anderes. Ich bin scharf, aber du öffnest dir in Kürze die Pulsadern mit mir, nicht ich dir.«

»Du meinst, auch mein Buch wird nur den schneiden, der sich schneiden lassen will?«

»Genau.«

»Gerade das wollte ich vermeiden.«

»Ja, wie denn? Mit der Erkenntnis ist es wie mit einer illegitimen Tochter. Man schätzt sie, aber scheut die Pflichten, die mit ihrer Annahme verbunden wären.«

»Wofür dann die ganze Mühe?«

»Für die wenigen, die wollen; und … – leg mich auf den Tisch!«

»Wie bitte?«

»Leg mich auf den Tisch, mach schon. Danke. Du siehst, ich liege frei, nach allen Seiten unbehindert auf der Tischplatte. Stupst du mich an, dann dreh ich mich im Kreis. Jetzt streich mit deinem Daumen der Länge nach über meine Klinge. Schau hin: Dein Daumen hat einen Schnitt erlitten.«

»Keinen besonders tiefen, eigentlich nur einen Kratzer.«

»Ja, aber es war meine Schärfe, nicht deine Tat, die dich geschnitten hat.«

»So tief werde ich die meisten Menschen schneiden?«

»So tief.«

Ich hoffe, Vinicianus zieht die richtigen Schlüsse aus den Meldungen, die ihn über mich erreichen. Das Werkzeug meiner Rache ist nun auf mich gerichtet.

Giton

Der Mensch, so von tatkräftiger Natur, hat seine Freude daran, wenn sein Unternehmen wie geplant voranschreitet. Dementsprechend zuversichtlich kamen wir im Maius aus Dyrrhachion zurück nach Rom. *Aber nicht fern ist dem, der ihn sucht, der Tod.*[3] Mein Publius erstattete Meldung bei Hof, legte dem *princeps* den Tourneeplan und die Verträge mit Tiridates vor. Irgendetwas war in der Zwischenzeit passiert, das merkte er gleich. Nero verhielt sich ablehnend und mürrisch, obwohl das, was ihm berichtet wurde, dazu keinen Anlass gab. Eine merkwürdige Wendung, die uns veranlasste, die Dinge, die wir dem Zugriff Neros entziehen wollten, umso schneller ins Haus von Lucia zu bringen.

Einige Wochen später brach das Unglück über uns herein. Eines Morgens standen Soldaten vor der Tür, das Haus war umstellt, Teile des Gesindes wurden zum Verhör abgeführt. Ein Sklave unseres Hauses hatte unseren Herrn der Verschwörung gegen Nero angeklagt. Doch konnte dieser Wurm – dessen Name ungenannt bleiben soll – nichts von unseren Plänen wissen. Ich hatte ihn erst kürzlich als Hilfskoch erworben; in

Dyrrhachion war er nicht dabei gewesen; aufschlussreiche Gespräche, die er belauscht haben könnte, hatten danach nicht stattgefunden; verräterische Schriftstücke gab es nicht.

Allmählich dämmerte es uns: Auf dem Palatin hatte man nicht die leiseste Ahnung vom geplanten Attentat; das Ganze war eine grausame Laune des Schicksals. Tigellinus hatte die Abwesenheit meines Publius für seine Ränke genutzt; und, da Nero immer noch zögerte, eine falsche Anklage mit Bestechung erkauft. Auf gleiche Weise verfuhr er damals, wie sich später herausstellen sollte, mit Mela, dem letzten lebenden Bruder Senecas.[4] Er fälschte einen Brief Lucans, der Mela als Mitwisser der Pisonischen Verschwörung bezeichnete. Dazu benutzte er den Siegelring Lucans, den er im Zuge der Hinrichtung an sich gebracht hatte. Mela wiederum bezichtigte im Verhör Crispinus und Cerialis; jenen, weil er wusste, dass der sich das Leben genommen hatte, diesen, weil er ihn hasste. So starben die Unbeteiligten einer nach dem anderen und wurden später zu Beteiligten an der Vinicianischen Verschwörung, von der sie zu Lebzeiten nie etwas gehört hatten. Übrigens, um dieses Kapitel abzuschließen: Vinicianus starb im Iunius in Beneventum, beim Versuch, das Attentat auf Nero allein durchzuführen.

Zurück zu meinem Publius. Alles andere, was damals passiert ist, habe ich schon erzählt; was fehlt, sind seine letzten Stunden. Ach, Buch, *was weckst du schlafende Tränen?*[5] Leicht schien es mir niemals, aber leichter jedenfalls als jetzt, da mich mein Schilfrohr hergeführt hat. Nicht war es mir vergönnt, dabei zu sein, nicht konnt' ich ihm zur Seite stehen. Zwar weiß ich alles über diese *cena*, dank derer, die mir davon berichteten, doch weiß ich freilich nichts. Nur eines: Keinen gabs und wird es jemals geben, der seinen Tod mit so viel Leben füllte.

Tritt also ein, verehrtes Publikum, nimm Platz, rück dir die Polster schnell zurecht; der Vorhang senkt sich schon:

Das letzte Gastmahl des Petronius
Von Publius Petronius Giton

Personae:

GITON	Direktor der Schauspieltruppe
Die Gastgeber:	
Publius PETRONIUS Niger	Gastgeber, Schriftsteller
MARCIA Silia	ehemalige Ehefrau des Gastgebers, seine erste Liebe
LUCIA Petronia	Cousine des Gastgebers
Publia Petronia MODESTA	Freigelassene des Gastgebers, vormals Culebonia genannt; ehemalige Prostituierte und Geliebte des Gastgebers
Die Gäste:	
Lucius CALPURNIUS Piso	römischer Adeliger, Privatgelehrter
DEMETRIOS	kynischer Philosoph aus Rom
LUKILLIOS	griechischer Epigrammatiker
AGATHURNUS	Schüler der stoischen Schule des Cornutus, Arzt und Dichter
UMBRICIUS Scaurus	Garumfabrikant aus Pompeii, Schwiegervater Petrons
Ein unerwarteter BESUCHER	

Prolog

Die Bühne ist nur schwach beleuchtet,
Giton kommt nach vorn ins Licht.

GITON: Still jetzt, seht, die Gäste sind schon da. Dort sitzen die Damen, wie sich's gehört. Marcia Silia, seine letzte Ehefrau, auf Befehl des *princeps* von ihm geschieden; Lucia Petronia, seine Cousine; und Modesta, seine Jugendliebe, ehemals Sklavin, jetzt eine Freigelassene der *familia* der Petronier. Als Ersten auf der Nachbarliege seht ihr Lukillios, den griechischen Epigrammatiker, der seinen Ruhm dem *princeps* zu verdanken hat; der Alte neben ihm, der mit dem Bart, ist Demetrios, der Kyniker. Auf der nächsten *clinē* schaut einer finster drein, Umbricius Scaurus ist's, Fischsoßenfabrikant aus Pompeii; ein Geschäftspartner des Gastgebers und, was wichtiger ist, der Vater der Tiberia. Sie, die uns der Tod so früh genommen hat, war die große Liebe meines Herrn. Er hat ihren Weggang nie verwunden. Genug davon, der neben ihm ist Lucius Calpurnius Piso aus Herculaneum, eine rechte Büchermotte. Wenn es etwas anderes als Bücher gibt, das Piso interessiert, dann weiß davon nur Piso. Den beiden gegenüber, auf der Liege des Gastgebers, seht ihr den Arzt und Dichter Agathurnus, Verfasser frivoler Lieder über Priapus.
Ich weiß, das Stück, das wir hier spielen werden, wird manchen irritieren. Schließlich stirbt am End' ein Mensch – allein, es fehlen die Masken, die pathetisch dröhnen. Wie auch des Schicksals Fallstricke, die des Helden Sturz bewirken, von keinem Chor besungen werden. Es ist halt kein Hercules, kein Agamemnon, der hier zu Tode kommt. Ein Mensch ist's, der sich bemüht hat, öfter gut zu sein als schlecht. Kein *Eselstreiber*[6] oder *Eunuch*[7], über die ihr euch rechtens amüsieren könntet. Woher denn! Weit gefehlt! *Einer geht weg – dorthin, wo viele sind.*[8] Ich, Giton, war sein Diener, er mein Herr. Er hieß Publius Petronius Niger, war Statthalter von Bythinien und Consul im achthundertfünfzehnten Jahr der Stadt[9];

dabei ein Lebemann, bekannt als der *Arbiter,* sein Urteil galt in Fragen des Geschmacks. Er schrieb ein kluges Buch, gefüllt mit Wirrungen und Wechselfällen. Das nannte er *Satyrica*, denn voll wars von Geschichten, wie sie aus dem Land der Satyrn stammen könnten. Freilich, die meisten derer, die es lasen, waren selbst wie diese Possenreißer – sie lachten viel, verstanden wenig. Er konnt's nicht ändern, wollt's auch nicht. Aber zuletzt wollte er ein Mörder werden, den *princeps* töten, den Tyrannen, selbst wenns das eigene Leben kostet. Da schritt Fortuna ein, mit einer ihrer Launen, und wendete sein Messer. Nicht wurd' sein Plan verraten – der blieb verborgen –, nicht stürzte ihn ein unbedachtes Wort; eine Verleumdung wars – der erfundene Vorwurf eines Neiders! – die brachte ihn zu Fall. Jetzt kann er sich nur noch das eigene Leben nehmen, was nicht zum Lachen ist.
Seis drum – die Wende will umfahren werden, und dabei gilt es eines zu bedenken: Ob ihr beim Sterben erhabene Worte sprecht oder euch bekackt, ist ganz egal. Der Tod holt euch, ob ihr oben oder unten tönt.

1. Akt

Das Licht geht an.
Auf dem Landsitz des Publius Petronius Niger haben sich die Gäste eingefunden und befinden sich bereits im triclinium. *Sie verteilen sich auf vier Liegestätten, die als ein auf einer Seite offenes Rechteck um Tische mit Speisen und Getränken gruppiert sind. Den Liegen gegenüber steht ein Lehnsessel. Weiters befinden sich eine Kithara im Raum, und eine Säule, auf der ein großes Schöpfgefäß steht, das in Regenbogenfarben schillert.*
An den Wänden stehen drei oder vier Diener.
Die Gäste sind unruhig – der Gastgeber lässt auf sich warten.
Die Gastgeberinnen Marcia, Modesta und Lucia tun ihr Bestes, um die Wartenden abzulenken. Während man noch mit angestrengter Leichtigkeit über Nichtigkeiten plaudert, entfährt Modesta ein Laut der Freude. Sie springt auf, alle Anwesenden erheben sich ebenfalls – Petronius betritt das triclinium.

PETRONIUS: Ist schon gut, Modesta, und ihr, meine Freunde, nehmt bitte eure Plätze wieder ein. Ich komme nicht als Opferkalb zu euch, dem man Kränze um die Hörner winden müsste, vielmehr obliegt es mir, euch zu danken. Mein Haus wird überwacht, die Geste könnte euch teuer zu stehen kommen. Aber wen seh ich da: Umbricius, bist du doch noch gekommen?

UMBRICIUS SCAURUS *(grantig)*: Bild dir nichts ein. Ich bin nur hier, weil ich morgen geschäftlich in Puteoli zu tun habe.

PETRONIUS: Na, trotzdem danke, alter Freund.

UMBRICIUS: Übrigens, was das zwielichtige Gesindel betrifft, das, wie zufällig, draußen herumgestanden ist, als ich ankam …

PETRONIUS *(unterbricht):* Das sind die Spitzel des Tigellinus, die er postiert hat, nachdem er seine Soldaten abziehen lassen musste.

UMBRICIUS: Postiert hatte, meinst du. Weißt du, ich hole morgen eine Lieferung ab und hab deshalb meine Fischpacker mitgenommen. *Die sind Pfeffer, keine Menschen.*[10] Ich hab sie angewiesen, sich der Nasen deiner Beobachter anzunehmen.

PETRONIUS: Tatsächlich?

UMBRICIUS: Ja, und glaub mir, meine Leute hatten ihren Spaß. Hosen will ich tragen, wenn einer von dem Gesindel noch aufrecht stehen kann.

PETRONIUS: Na, umso besser. *(Zu allen)* Liebe Freunde, ich danke euch für den Mut, den ihr mit eurem Erscheinen bewiesen habt. Mut, der sich zum einen darin ausdrückt, dass ihr einem in Ungnade Gefallenen die Treue haltet; zum anderen, dass ihr es auf euch nehmt, mir bei meinem heutigen Vorhaben Gesellschaft zu leisten. Ich mache ungern Vorschriften, was meine Gastmähler betrifft. Einen Gedanken gibt es allerdings, von dem ich heute erfüllt bin und von dem ich mir wünsche, dass er euch ebenfalls erfüllen möge. Ich habe dem Unvermeidlichen diese *cena* abgerungen; ich freue mich, euch zu sehen, und ich hoffe, dass ihr euch ebenfalls freuen könnt. Lasst die Köpfe nicht hängen. Oft, wenn jemand gegangen ist, denkt man: »Ach, hätt' ich ihn doch noch einmal sehen können!« oder »Ach, wie gern hätt' ich noch einmal mit ihm geredet.« Bitte sehr! Ich bin hier! Nehmen wir die Gelegenheit wahr, uns aneinander zu erfreuen. Nur eine Bitte noch: Von unserem *princeps*, der mir den Anlass für diese *cena* aufgenötigt hat, möcht ich nicht viele Worte machen. Er wird sich ohnehin noch früh genug in unser Gastmahl drängen.

DEMETRIOS *(übereifrig)*: Vortrefflich, Petronius!

Verhaltener Applaus bricht aus, die Gäste nehmen – etwas unbeholfen – ihre Plätze ein. Agathurnus ergreift sofort das Wort.

AGATHURNUS: Gestatte mir, Publius, diese Feier zu eröffnen. Ich werde dir später zu Diensten sein müssen, daher erlaube mir, schon jetzt zu den Vorspeisen eine kleine Nichtigkeit vorzutragen, die ich mit Modesta einstudiert habe.

Modesta erhebt sich lächelnd, mit ihrer Flöte in der Hand, und öffnet ihr dunkelblondes Haar. Wie ein Vorhang fällt es an den Seiten ihres Gesichts herab, als sie sich zu Petronius herabbeugt und ihn küsst.

MODESTA: Denk dir meine Jahre weg und eine schummrige Taverne herbei. Deine Culebonia war ich und wills heute wieder sein. Agathurnus, sing!

Mit zwei tänzerischen Schritten steht sie neben Agathurnus und spielt eine dieser leichten Weisen, mit denen Flötenmädchen auf sich aufmerksam machen. Gleichzeitig beginnt Agathurnus – gemächlich und mit größtem Ernst – sein Lied:

AGATHURNUS:

Naiaden und Dryaden hatte Priapus früher zur Verfügung,
und es gab die nötigen Stellen, in die das gespannte Glied
des Gottes dringen konnte.

Jetzt herrscht eine solche Leere, und so voll ist meine Lust,
dass ich glaube, alle Nymphen seien ausgestorben.
Zwar schändlich ist die Tat, doch damit ich vor Spannung
nicht zerplatze, wird,
nachdem die Sichel aus der Hand gelegt,
zur Freundin mir die Hand.[11]

Während alle, außer Umbricius, noch lachend applaudieren, legt Modesta ihre Flöte weg, streift sich Kastagnetten um und beginnt zu Agathurnus' nächstem Lied zu tanzen:

AGATHURNUS:
Liebling des Volkes, wohlbekannt im großen Circus,
Modesta, die es versteht, ihren bebenden Hintern zu schwenken,
weiht Priapus Becken und Kastagnetten,
die Waffen der Geilheit,
und die Trommeln, die man mit der Hand schlägt:
Dafür bittet sie, dass sie allen, die zuschauen, immer gefalle,
und, dass ihre Verehrerschar gespannt sei,
nach dem Beispiel des Gottes.[12]

Mit dem letzten verklingenden Wort schnappt sich Agathurnus Modestas Flöte und spielt die Melodie weiter. Allmählich erhöht er das Tempo und bereichert sie mit immer wilderen Verzierungen, während Modesta ihren grazilen Körper in immer herausfordernden Figuren bewegt. Die Männer verstummen und bekommen große Augen; Marcia und Lucia spornen sie mit Klatschen an. Modesta wirbelt durch den Raum und lässt sich schließlich, zu dem finalen Triller des Agathurnus, auf die Liege neben Petronius fallen. In einem perfekten Bogen liegt sie neben ihm auf dem Rücken, bebend und schwer atmend. Ihr Kopf fällt ein wenig über den Rand der Liege hinab; ihre nach hinten gestreckten Arme berühren beinahe den Boden. Petronius küsst sie auf den dargebotenen Hals und richtet sie mit einer innigen Umarmung auf.

DEMETRIOS: *Meherculem*, so möcht' ich auch sterben!

Während einige Gäste über die Dreistigkeit des Kynikers lachen und andere irritiert schauen, greift Lukillios ein.

LUKILLIOS: Wirst du nicht, Bettelphilosoph, hat deinesgleichen doch mehr Erfahrung mit Agathurnus' erstem Lied.

DEMETRIOS: Das, Lukillios, kann nur einer sagen, der nicht weiß, wie oft Hunde ficken.

LUKILLIOS: Mag sein, aber noch öfter reiben sie sich an dem erstbesten Ding, das ihnen zwischen die Beine kommt.

DEMETRIOS: Warum auch nicht? Ich wollte, es ließe sich jede Leidenschaft so leicht aus dem Weg räumen, die zwischen dem Menschen und seiner Erkenntnis steht.

PETRONIUS: Demetrios, bitte! Kann es sein, dass du, selbst bevor du hierhergekommen bist, noch kurz Hand an dich gelegt hast? Ich verstehe dich nicht. Eine Frau tanzt auf atemberaubende Weise vor deinen Augen und du willst philosophieren? Sag mir lieber, du Weiser, fandest du sie nicht schön?

DEMETRIOS: Mein Anstand verbietet es mir, ihre Darbietung zu kommentieren.

LUKILLIOS: Ach? Auf einmal!

MODESTA: Jetzt will ich es aber auch wissen.

Sie erhebt sich und geht, lasziv wie eine Gadierin, auf Demetrios zu. Tief beugt sie sich zu ihm herab und zupft ihn am Bart. Währenddessen zeigt Umbricius immer deutlichere Zeichen des Missfallens.

MODESTA: Sag, alter Zausel, gefall' ich dir?

CALPURNIUS: Da schau her, rot wird er, der Kyniker! *Domina*, meinen Respekt.

LUCIA: Wenn du mich fragst, er überlegt noch, ob er dich begehrt, oder nur Teile von dir.

UMBRICIUS: Also wirklich! Lucia, du? So kenn ich dich gar nicht. Nein, Petronius. Ich glaube, ich gehe besser, ich habs gewusst, ich ertrage das nicht.

PETRONIUS: Umbricius, warte!

Er springt auf und stellt sich dem davoneilenden Umbricius in den Weg, packt ihn an den Schultern.

PETRONIUS: Bin ich denn tot? Komm, fass mich an. Lebe ich nicht?

Umbricius schüttelt unwillig den Kopf.

PETRONIUS: Freund, Vater meiner geliebten Tiberia. Du ahnst nicht, welche Freude du mir mit deinem heutigen Erscheinen gemacht hast. Und – du kannst es nicht leugnen – du bist doch sonst kein Kostverächter. Haben wir nicht oft genug, gemeinsam mit deiner Tochter, über frivole Späße gelacht? Warum also willst du meinem Tod mehr Zeit einräumen als diesen einen Moment, den er mir abfordern wird?

Umbricius bricht in Tränen aus. Lucia läuft zu ihm und tröstet ihn. Allmählich beruhigt er sich. Lucia stupst ihn schelmisch in die Seite und spricht ihn an.

LUCIA: Komm, du alter Gauner. Erzähl uns lieber deine Geschichte vom Hasen und der Ziege. Erinnerst du dich nicht?

Umbricius zuckt zusammen und muss auflachen.

LUCIA: Dieser Schurke hatte vor vielen Jahren die Unverfrorenheit, mir – ich war damals ein unschuldiges Mädchen – eine zweideutige Fabel zu erzählen. Eine, von der er genau wusste, dass ich ihren eigentlichen Sinn noch nicht verstehen konnte. Ich hab sie dann gleich der Mama erzählt. Na, die hat sich aufgeregt; ich hab mich gar nicht mehr ausgekannt. Und der da hat die ganze Zeit gelacht. Also bitte, Umbricius, deine Zuhörer warten.

UMBRICIUS *(postiert sich mit einem gefassten Lächeln vor den Gästen)*: Na gut: Ein Hase streifte wieder einmal durch den Wald, da entdeckte er auf einer Lichtung eine Ziege. Kaum, dass er sie gesehen hatte, war er sofort von ihrer Anmut – so ist das im Leben: man weiß nie, wo die Liebe hinfällt – entzückt. Im Hochgefühl seiner Ergriffenheit richtete er sich auf seinen Hinterläufen auf, breitete seine Ärmchen aus, so weit er nur konnte, und rief ihr zu: »Vielliebe, wo warst du mein ganzes Leben?« Die Ziege machte erst einmal einen Satz nach hinten, denn sie hatte gerade im Kleefeld geweidet und mit so einem Überfall nicht gerechnet. Eine Zeitlang schaute sie sich dieses vor Glück strahlende Fellknäuel an und fragte dann zögernd: »Was willst du von mir?« Der Hase, der nicht viel von langen Vorreden hielt, erwiderte: »Hast du Lust, jenes Spiel mit mir zu spielen, das man ›Stoßen und Gestoßenwerden‹ nennt, und das – richtig ausgeführt – für beide Seiten höchst vergnüglich ist?« Die Ziege, die mit ihren Hörnern ja schon etliche Stöße ausgeteilt hatte, verblüffte das. Forschend betrachtete sie das zuckende Näschen und die flauschigen Ohren des Hasen und meinte: »Also darauf wär' ich nicht gekommen. Sag mir, Weicher, womit willst du mich denn stoßen?« »Bestens«, dachte der Hase, »sie fängt schon an zu tändeln.« Laut sagte er: »Das lass nur meine Sorge sein. Hart genug wird's sein, was ich dir geben will.« Doch noch ließ der Ziege die Sache keine Ruhe und sie erkundigte sich näher: »Und wirst du vorher mit den Füßen stampfen und mit gesenktem Kopf gegen mich anrennen?« »Alles, was du willst, und einen Kopfstand dazu«, meinte der Hase leichthin, »wenn du dich nur von mir stoßen lässt.« Da dachte die Ziege: »Vielleicht ist er doch kräftiger, als man glauben möchte; ich sollte mir einen Vorteil verschaffen.« Laut sagte sie: »Na gut, ich will deinen Wunsch erfüllen, vorausgesetzt, du erfüllst mir auch einen. Gestatte mir, dass ich dich zuerst stoße.« Da war der Hase doch verblüfft, aber da er nur noch an sein bevorstehendes Vergnügen dachte, antwortete er: »Ich weiß zwar nicht, wie das gehen soll, aber von mir aus …« Weiter kam er nicht, denn die Ziege rannte bereits mit gesenkten Hörnern im Galopp auf ihn zu. Von ihrem Stoß wurde der Ärmste weit durch die Luft geschleudert; erst am anderen Ende der Lichtung fiel er wieder zu Boden, glücklicherweise in ein dichtes Gebüsch. Als er wieder einigermaßen bei Sinnen war, hörte er die Ziege von drüben rufen: »Hase, wo bist du? Jetzt darfst du mich stoßen.« »Danke«, rief ihr der Hase noch zu, bevor er sich trollte, »mir ist die Lust vergangen.«[13]

LUCIA: Ihr werdet es nicht für möglich halten, aber bis zu meinem zwölften Lebensjahr habe ich geglaubt, in dieser Fabel ginge es darum, dass man auf die Wahl seiner Spielkameraden achten sollte.

LUKILLIOS: Na ja, irgendwie stimmt das ja auch!

AGATHURNUS: Oder man könnte sagen, dass sich der von Natur aus Weiche, also Schwache, dem von Natur aus Harten, also Wehrhaften, besser nicht nähern sollte, nicht einmal in Liebe. Er wird immer dafür büßen müssen.

DEMETRIOS: Genau. Der Hase war einfach blind. So entflammt für sie, dass er nur Teile ihres Wesens erkannt hat.

MARCIA: Richtig, Demetrios. Und diesbezüglich schuldest du Modesta ja noch eine Antwort.

LUKILLIOS: Stimmt! Wie stehts, Demetrios?

MODESTA: Fehlen dir die Worte? Brauchst du Hilfe?

DEMETRIOS: Gut, jetzt reicht es mir. Aufgepasst, ihr Damen, tragt es mit Fassung, wenn ihr könnt. *(Wirft sich in Rednerpose)* Zur Diskussion gestellt wurden die Reize der Dame Publia Petronia Modesta. Vor die Frage gestellt, ob ich sie begehre, oder nur Teile von ihr, antworte ich: Im ersten Augenblick begehrte ich sie, so wie der Hase vom Anblick der Ziege hingerissen war, ohne dass ihm zu diesem Zeitpunkt bereits die besondere Größe ihrer Zähne oder die beeindruckende Länge ihres Bartes aufgefallen wären. Der erste Eindruck ist von der Gesamterscheinung bestimmt, er ist es, der uns anzieht. Gleichzeitig besteht er aus Teilen, die wir, wenn wir die Dame unserer Wahl erst näher kennenlernen, jeden für sich in Augenschein nehmen werden können. Mögen uns manche dieser Teile auch auf das Höchste entzücken, glaube ich dennoch nicht, dass sie, für sich betrachtet, entscheidend sind.

Was etwa wäre Modestas wohlgeformter Hintern ohne ihre spitze Nase?

MODESTA: Oh, Frechheit!

PETRONIUS *(lacht)*: Ruhig, meine Liebe, du hattest deinen Spaß mit ihm, jetzt höre, was er dir zu sagen hat.

DEMETRIOS: Ich bitte darum. Ich agiere schließlich mit dem unbestechlichen Auge des Bildhauers, nicht mit dem von Lüsternheit verhangenen des Verehrers.

Marcia, Lucia und Modesta winken mit gespielter Empörung ab oder strecken ihm die Zunge heraus.

DEMETRIOS: Ist es nicht dieses köstliche Zusammenspiel, das sich aus der sanften Rundung des Hinterns einerseits und der markant hervorstehenden Nase andererseits ergibt, das an Modesta reizvoll ist? Und wird das Bild nicht noch reizvoller, wenn sie, wie jetzt, ihr Haar offen trägt, sodass, von der Seite betrachtet, nur die Spitze derselben keck hervorlugt? Beachten wir bitte dabei, dass diese Teile Modestas von manchem als Fehler betrachtet werden könnten. Ein Hintern ist jedenfalls Geschmackssache; Modestas Nase ist, wie wir feststellen müssen, groß, und ihre Haare sind bereits leicht angegraut.

MODESTA: Welch köstliches Zusammenspiel: Was, fragt man sich, wäre Demetrios' schauerlicher Anblick ohne seine dreisten Reden?

DEMETRIOS: Nicht so schnell, *domina*. Denn aus den genannten Fakten folgt, dass deine Fehler deine Vorzüge hervorheben, diesen, während sie selbst kaum wahrnehmbar sind, soliden Halt geben, und dass sie letztlich, für alle weniger geschulten Augen als die meinen, ein Bild von rätselhafter Unwiderstehlichkeit ergeben.

MODESTA: Hübsch herausgewunden, für einen Philosophen.

MARCIA: Und recht gefällig vorgetragen, muss man zugeben.

LUCIA: Freilich, neu ist uns das nicht. Was glaubt er denn, was Frauen vor dem Spiegel machen?

PETRONIUS: Den Göttern sei Dank, die Hauptspeisen kommen. Demetrios, du hast Glück, gleich haben die Damen etwas anderes, in das sie ihre Zähne schlagen können.

Diener servieren die Vorspeisen ab und die Hauptspeisen auf.
Die Gäste widmen sich den Speisen.

CALPURNIUS: Ich seh schon, in dieser Runde muss man sich durchsetzen, wenn man zu Wort kommen will. Guter Publius, es gibt etwas, das ich dich schon immer fragen wollte, nur hat mich der Respekt vor deinem Schweigen bisher zurückgehalten.

PETRONIUS: Na, dann wirds Zeit.

CALPURNIUS: Dein Buch, die *Satyrica* ... Sag uns bitte, was hast du dir dabei gedacht? Es gibt mindestens so viele Meinungen zu deinem Werk wie Leser, wenn nicht mehr. Also bitte, erleuchte uns.

PETRONIUS: Das werde ich nicht tun. Ich respektiere dich viel zu sehr, als dass ich dir das Denken abnehmen will. Mein Publikum ist frei, es darf meine Worte so verstehen, wie es will oder nun einmal kann.

CALPURNIUS: Also wirklich, das darf ja nicht wahr sein. Willst du das in den Tod mitnehmen? ... Pardon, verzeih ...

PETRONIUS: Schon gut. Aber was sonst könnte man in den Tod mitnehmen, wenn nicht seine Geheimnisse? Und schau, ein Buch, das du geschrieben hast, ist kein Kind oder ein Freund, denen du, wenn sie in Not geraten sind, beistehen könntest. Man geleitet sein Werk nicht höflich zur Tür, man schmeißt es hinaus in die Welt. Mag es im Dreck landen oder sich erheben, es muss allein zurechtkommen.

CALPURNIUS: Aber du wolltest doch – zumindest habe ich deine Rede so verstanden –, dass wir uns heute aneinander erfreuen sollen. Schau, ich bin ein schlechter Mensch, ich weiß, meine Lust auf Bücher hat etwas Unnatürliches. Könntest du also – der du ja Verständnis hast, für schlechte Menschen – nicht meine Neugier, die mich plagt, auf irgendeine Art befriedigen?

PETRONIUS *(lacht)*: Du gibst nicht auf, was? Also gut. Von einem schlechten Menschen zum anderen: Man könnte sagen, mein Werk ist wie ein guter Penis.

CALPURNIUS *(belustigt)*: Was?

PETRONIUS: Vor vielen Jahren hatte ich einen Traum. Ich befand mich in halbem Anstieg zum Parnass, da lag vor mir am Weg ein Weib. Man hatte es gefesselt und geknebelt und es wand sich in seinen Banden. Vor Erstaunen starr betrachtete ich es und löste dann vorsichtig den Knebel. Da rief sie: »Ich danke dir, viel zu lange schon liege ich hier in Banden.« »Wer bist du«, fragte ich, »wer hat dich so misshandelt?« »Der Römer Dichtkunst bin ich, und wer mich gefesselt hat, das wart ihr selbst.« »Wir? Wie das?« »Das weißt du nicht? Nimm euer Epos, nimm eure Tragödie oder eure Rhetorik, nimm, was du willst, als Beispiel; für jedes *genus* habt ihr tausend Regeln, die mich lähmen; wundert's dich da, dass ich mich kaum bewegen kann? Ich bin die Sklavin dieser Zwänge, denen ihr mich unterworfen habt. Deshalb lieg' ich am Boden, unfähig, jemals weiter aufzusteigen.« Da rief ich, tief erschüttert, »Dichtkunst, du sollst frei sein!« und wollte ihre Fesseln lösen. Doch siehe, so alt waren diese, dass sie zu Stein geworden waren. Da entschwand sie mir auch schon und rief mir von drüben noch herüber. »Nicht lösen kannst du meine Fesseln, nur zertrümmern.«

Gesagt, getan. Nachdem ich aufgewacht war, holte ich mir einen Hammer und schlug drauflos, bis alle sich fügenden Worte, die Rom erschaffen hatte, in Scherben vor mir lagen. Aus diesem Haufen zog ich was für mich heraus und schuf mir so ein neues Ganzes.

CALPURNIUS: Hübsche Geschichte. Aber was hat das mit dem erwähnten Körperteil zu tun?

PETRONIUS: Gleich. Jedes Ding braucht einen Namen, eine *fabula* wurde mir mein Werk beinahe von selbst. Was konnte also näherliegen als es eine *fabula liberata* zu nennen. Und diese hat, wenn man es nur recht betrachtet, die gleichen Eigenschaften wie ein guter Penis.

CALPURNIUS: Auf die Betrachtung freu ich mich.

PETRONIUS: Dann höre und lerne: ...

DEMETRIOS: Moment! Was weißt du, Petronius, schon von einem guten Penis? Nein, nein, wenn du deine Beweisführung nicht nur auf deine persönliche Meinung stützen willst, sondern auf gesichertes Wissen, dann brauchst du unabhängige Sachverständige. Fragen wir die Damen!

Modesta, Marcia und Lucia schauen sich verblüfft an.

PETRONIUS: Gut! Wie du willst. *(Wendet sich den Damen zu)* Ihr Schönen, gebt unserem Philosophen hier Bescheid. Was ists, was euch an diesem Ding gefällt?

Modesta, Marcia und Lucia prusten heraus.

MARCIA: Na was?

MODESTA: Aber immerhin. Wenigstens fragt einmal einer!

DEMETRIOS: Meine Damen! Wir warten.

MARCIA: Von mir aus. Groß sollte er sein ...

LUCIA: ... und hart!

PETRONIUS: So ist es. Das Wichtigste an der befreiten Erzählung ist ihr unerschütterlicher *corpus*. Und damit dieser gefallen kann, muss er durch Länge und Festigkeit beeindrucken.

MODESTA: Und nicht gleich wieder in sich zusammenfallen!

PETRONIUS: Danke, Modesta, darauf wollte ich hinaus. Denn jener *corpus* muss gelassen, mit der nötigen Ausdauer, gespannt bleiben. Erst nach einiger Zeit, wenn er sein Publikum in die rechte Stimmung versetzt hat, darf er seine Geschosse abfeuern. Er schleudert sie heraus, in kurzen, treffsicheren Entladungen, als Höhepunkt einer Passage. Und wenn er zu den besten seiner Art gehört, erhebt er sich danach erneut in natürlicher Schönheit.

LUCIA: Schön wärs!

Die Gäste lachen und applaudieren. Petronius richtet sich ein wenig auf und deutet eine Verbeugung an.

CALPURNIUS *(mit gespieltem Überdruss)*: Ich gebs auf. Ich fürchte, unser Autor hat noch Dutzende solcher Geschichtchen, hinter denen er sich verstecken kann.

PETRONIUS: Was willst du? Die ganze Wahrheit ist es freilich nicht, die ich euch sage, erst recht nicht die, die ihr euch erwartet habt, aber es ist zumindest eine, und das ist, meine ich, nicht wenig.

MODESTA: Wenigstens wissen wir in seinem Fall, dass mehr dahintersteht. Oft geht es uns Frauen ja, was dieses Ding betrifft, wie den Göttern. Man verspricht uns einen Stier und was dann vorliegt, ist ein Lämmchen.

PETRONIUS *(lacht)*: Weißt du, es gibt so viele, die ihre Leser elendslang mit ihrer Gescheitheit foltern, da dachte ich mir, ich will die meinen lieber kitzeln.

CALPURNIUS: Und hast ein Lämmchen gegeben, in dem ein Stier verborgen liegt.

LUKILLIOS: Immerhin, die Leute lachen, besser, als wenn sie weinen, wie bei der Lyrik Ciceros.

DEMETRIOS: Oder einschlafen, wie bei den Reden des Musonius.

PETRONIUS: Das ist das Wesen der befreiten Erzählung. Sie befreit nicht nur die Dichtkunst aus ihren Fesseln; sie gibt auch dem Menschen die Freiheit, sie so zu verstehen, wie es ihm passt. Ich wollte nur ein paar Fährten auslegen, denen man folgen kann, aber nicht muss.

AGATHURNUS: Petronius, darf ich dich erinnern? Es wäre jetzt so weit, jedenfalls, sofern du dich an den besprochenen Ablauf halten willst.

PETRONIUS: Unbedingt, mein Guter. Walte deines Amtes!

Die Gäste verstummen schlagartig. Agathurnus winkt einem Diener. Petronius steht auf, begibt sich zu dem Lehnsessel und nimmt auf ihm Platz. Der Diener kommt mit zwei großen Schüsseln. Agathurnus und sein Diener postieren sich so, dass sie die Sicht der Gäste auf Petronius verdecken. Der Diener platziert die Schüsseln links und rechts neben dem Sessel. Während sich Petronius die Pulsadern öffnet, assistiert ihm Agathurnus dabei und berät ihn. Petronius lässt die Arme herunterhängen, man hört am Anfang das laute Tröpfeln des Blutes in die Blechschalen.

MARCIA: Es ist eine Schande!

UMBRICIUS *(trinkt seinen Becher in einem Zug aus und schleudert ihn gegen die Wand)*: Verdammt!

Lucia läuft wieder zu ihm und versucht, ihn zu trösten. Marcia und Modesta sitzen erstarrt auf ihrer clinē, ersterer laufen die Tränen über die Wangen, letztere hat ihr Gesicht mit den Händen bedeckt.

CALPURNIUS: *Meherculem*, ich halt das nicht aus. Petronius, verzeih!

Calpurnius springt auf und läuft aus dem Raum. Demetrios, der neben ihm liegt, springt ebenfalls auf, will ihm nach. Verharrt dann, geht einen Schritt in Richtung Petronius, bleibt stehen und wirft sich, seiner Unentschiedenheit überdrüssig, zurück auf die Liege.

DEMETRIOS *(zu sich selbst)*: Narr, was glaubst du denn, dass du tun könntest?

PETRONIUS: Nichts, Demetrios, und ihr anderen: Es ist alles gut, es ist gleich vorbei. Marcia, kümmere dich um Lucius.

Marcia steht auf und geht Calpurnius nach.

LUKILLIOS *(unsicher)*: Kommt, Freunde, ehren wir die Tapferkeit unseres Gastgebers. Heben wir unsere Becher auf Petronius, der es selbst viel schwerer hat als wir!

Demetrios folgt seinem Beispiel zögernd, der Rest bleibt in Erstarrung.

DEMETRIOS *(eifrig)*: Wisst ihr, was mir auf dem Weg hierher passiert ist? Ihr werdet es nicht glauben. Ich gehe gerade zielstrebig über den Töpfermarkt von Cumae,[14] da schreit einer hinter mir: »He, Herr, wartet kurz!« Ich hab mich nicht angesprochen gefühlt und bin weitergegangen, da schreit der noch einmal. Ich drehe mich um und siehe da, ein Kerl, in Fetzen und von grobem Aussehen, läuft mir nach. »Herr, warte«, ruft er mir zu und baut sich dann vor mir auf, »hast du ein bisschen was für einen armen Bettler?« Daraufhin sag ich ihm, »Freund, bei mir bist du an den Falschen geraten. Hätt' ich was, ich teilte es mit dir.« Darauf er: »So siehst du mir aber nicht aus.« Er hatte nicht unrecht, dieses Gewand, das mir ein Freund kürzlich überlassen hat, ist tatsächlich etwas zu elegant für mich. Ich erklärte ihm den Sachverhalt, da lachte er plötzlich auf und rief: »Jetzt ist mir alles klar. Du bist einer von diesen Möchtegern-Bettlern!« »Wie bitte?«, entfuhr es mir. »Ja, natürlich«, setzte mein Gegner seine Rede fort, »du bist einer von den Philosophen, die sich anmaßen, Bettler zu sein, wo sie doch in Wahrheit gar nicht wissen, was es bedeutet, ein Bettler zu sein.« Ich war baff. »Das, Freund, musst du mir erklären. Kann es nicht im Gegenteil so sein, dass du einer dieser Bettler bist, die sich anmaßen, Philosophen zu sein? Denn ich wüsste nicht, worin die Anmaßung in meinem Betteln bestehen sollte.« »Dann höre und lerne« erwiderte der Grobian sofort. »Ist es nicht so, dass du, wenn man dich zum Essen einlädt, erbauliche Reden hältst – zur Freude oder zum Missvergnügen deines Gastgebers, spielt dabei keine Rolle –, jedenfalls, dass du deine Weisheit, oder das, was du dafür hältst, mit den anderen teilst?« Das musste ich dem Kerl zugestehen. »Und ist es nicht so«, setzte er seine Anklage fort, »dass Diogenes von Sinope eine erneute Einladung zu einer *cena* abgelehnt hat, mit dem Argument, dass sich der Gastgeber beim letzten Mal nicht bei *ihm* bedankt habe?«[15] Auch das konnte ich nicht leugnen. »Na also!«, rief er triumphierend. »Das heißt, die Kyniker leisten etwas für das Essen, das Gewand oder die paar *as*, die man ihnen gibt. So etwas tut ein ordentlicher Bettler nicht. Ich, mein lieber Freund, habe in meinem Leben noch nicht einen Finger krumm gemacht, für das, was man mir gibt. Ich müsst' mich ja schämen vor meinem Vater und meinem Großvater, wenn ich jemals auch nur die geringste Gegenleistung erbracht hätte. Nein, tut mir leid, ich muss dir das in aller Deutlichkeit sagen: Du bettelst nicht, du arbeitest!« Na, was soll ich euch sagen, Freunde, der Kerl hatte mich ganz wirr geredet, also gab ich ihm – fast schon beschämt – die jämmerlichen Viertelmünzen, die ich noch hatte, und meinen letzten Gutschein für Getreide, sodass ihr mich jetzt völlig mittellos seht.

Lukillios, Umbricius, Lucia und Modesta verharren reaktionslos. Agathurnus ist inzwischen bereits beim Verbinden der Wunden. Der Diener bringt die Schüsseln weg. Nachdem Agathurnus fertig ist, erhebt sich Petronius und geht zu seiner Liege zurück.

PETRONIUS: So, das Schlimmste hätten wir hinter uns.
MODESTA *(außer sich)*: Wie kannst du so etwas sagen!
PETRONIUS: Modesta, bitte, reg dich nicht auf. Es ist so: Ein Anfang ist gemacht, und das ist das Wichtigste.

Marcia und Calpurnius kommen zurück, letzterer verlegen und beschämt.

CALPURNIUS: Verzeih mir, Petronius, ich weiß nicht …
PETRONIUS: Lucius, nimm Platz, leg dich zu uns! Freunde, heben wir die Becher auf unseren Demetrios, vor allem auf seine Einfälle. Ich kenne Cumae genau, und ein derart pfiffiger Bettler wäre mir längst aufgefallen. Stimmts nicht, alter Geschichtenerzähler?
DEMETRIOS *(grinst nur)*: Prost, Publius. Wo ist eigentlich dein Diener Giton?
PETRONIUS: Der ist in Rom. Unabkömmlich.

Lucia und Modesta nicken sich zu und verlassen gemeinsam den Raum. Modesta nimmt ihre Flöte mit.

AGATHURNUS: Die Unzertrennlichen getrennt. Du weißt schon, dass ihn halb Rom für deinen Lustknaben hält?

PETRONIUS: Ich glaube nicht, dass ich daran noch etwas ändern kann. Den fatalen Namen hat er vom Händler bekommen, der ihn als Lustknaben verkaufen wollte. Ihm ist es mittlerweile gleich. Außerdem ist es ihm ganz recht, wenn ihn die Leute unterschätzen.

DEMETRIOS: Ja, so sind die Menschen. Dich halten sie ja auch für einen raffinierten Lüstling, nur weil du ein paar Orgien in deinem Buch beschrieben hast.

CALPURNIUS *(eifrig)*: Wisst ihr, warum die Lustknaben kein Schamgefühl besitzen?

PETRONIUS: Bitte, Lucius, sags uns.

CALPURNIUS: Als Zeus die Menschen gemacht hat, pflanzte er ihnen dabei alle Eigenschaften ein, nur die Scham vergaß er in einem Moment der Unachtsamkeit. Als er dann fertig war, grübelte er lange, wie er sie jetzt noch hineinbekommen sollte. Schließlich befahl er der Scham, durch den Hintern hineinzukriechen. Diese weigerte sich selbstverständlich und sagte, das sei ihrer unwürdig. Als er ihr aber heftig zusetzte, sagte sie: »Na gut, ich gehe. Jedoch nur unter der Bedingung, dass nach mir nichts mehr durch diese Pforte hineinkommt.«[16]

Alle lachen.

AGATHURNUS: Halten wir fest: Die Scham hat ihren Sitz in unserem Hintern.

DEMETRIOS: Wie vorteilhaft! Man denke, nur diese Wangen röteten sich, und nicht jene, die alle Welt zu sehen vermag.

PETRONIUS: Demetrios, du verstehst nichts von Politik! Hättest du jemals eine Senatssitzung besucht, wüsstest du, dass sich da rein gar nichts rötet, und wenn es noch so schamlos zugeht. Wenn wir etwas aus dieser Geschichte lernen können, dann, dass die Scham jener Affekt des Menschen ist, der sich am leichtesten verflüchtigt. Warum? Weil sie sich erst bis ins Gesicht emporarbeiten musste! Auf unwürdigem Weg noch dazu.

AGATHURNUS: Sie ist der Neuankömmling, von schlechter Herkunft. Andere Affekte waren schon vor ihr da, ehrwürdigere, wie etwa die Lust, die Gier oder die Angst. Die drängen sie wie nichts zur Seite.

DEMETRIOS: So wird die Tugend römisch: Du darfst alles machen, aber du darfst dich nicht dabei erwischen lassen.

AGATHURNUS: Sonst musst du dich schämen.

DEMETRIOS: Aber nur ein halbes Jahr, so ungefähr, dann kannst du dich wieder wichtigmachen. Übrigens, Agathurnus, du hast die Eitelkeit vergessen.

AGATHURNUS: Ich weiß, aber ich wollte nicht über unseren Herrscher reden.

Ein Diener tritt ein und geht zu Petronius.

DIENER: Herr, vor der Tür steht ein alter Mann, der um Einlass bittet. Er nennt sich Palaemon und behauptet, dich zu kennen.

PETRONIUS: Was? Palaemon! Der lebt noch? Was macht der hier? Geh, lauf, führ ihn herein!

Alle warten gespannt, bis Palaemon den Raum betritt.
Er geht auf zwei Stöcke gestützt
und ist schwer von der Gicht gezeichnet.

PALAEMON: Grüß dich, Petronius. Danke, dass du mich empfängst.

PETRONIUS: Quintus Remmius Palaemon. Was, bei den Göttern, führt dich zu mir?

PALAEMON: Ich will dir mein Geleit und meinen Beistand anbieten. Ich weiß, ich bin nicht eingeladen, aber als ich von deinem Vorhaben gehört habe, bin ich so schnell wie möglich hergekommen.

PETRONIUS: Bitte, nimm erst einmal Platz!

Palaemon setzt sich auf die Liege neben Demetrios

PALAEMON: Ich habe es immer bedauert, dass wir uns nie wieder getroffen haben, seit meinem peinlichen Auftritt bei dir vor so vielen Jahren. Na, ich hab damals für die nächsten zwei Wochen das Haus nicht verlassen, vor lauter Scham. Schwamm drüber, jetzt bin ich hier und will nur ein paar Worte loswerden, danach gehe ich sofort, wenn du das wünschst. Weißt du, ich bewundere dich seit vielen Jahren. Ich dachte oft daran, dich aufzusuchen, aber es fehlte mir immer der Mut dazu, oder es kam mir etwas dazwischen. Deine *Satyrica* habe ich förmlich verschlungen. Kurzum: Ich will meinen Frieden mit dir machen. Heißt du mich bleiben, will ich dir dienen, sagst du mir »Geh!«, dann geh ich.
PETRONIUS: Palaemon, sei mein Gast. Übrigens, wir schätzen heute Abend leichte Kost, gefällige Lieder und zierliche Verse; falls du etwas beitragen willst, nur zu!

Palaemon erhebt sich und begrüßt die Gäste, während das Gespräch weitergeht. Die Männer erheben sich, man gibt einander den Wangenkuss, Marcia bleibt sitzen und gibt ihm die Hand. Lucia und Modesta kommen wieder herein.

PETRONIUS: Lucia, Modesta, darf ich euch Quintus Remmius Palaemon vorstellen, den berühmten Lehrer. Er ist ein alter Bekannter und soeben eingetroffen.

Palaemon begrüßt die beiden.

AGATHURNUS: Du, Palaemon! Du könntest gleich einmal unsere Neugierde befriedigen. Wie war das mit dem peinlichen Auftritt?
PALAEMON: Na ja, ich war damals ziemlich hemmungslos, hab mich aufgeführt wie … Egal! Jedenfalls, eines Nachts bin ich einfach in eines seiner Gastmähler hineingestürmt …
PETRONIUS: Anlässlich der Rückkehr Senecas aus dem Exil …
DEMETRIOS: Vollkommen besoffen …
PALAEMON: … und dreist wie ein Maultiertreiber.

PETRONIUS: Zuerst hätte es beinahe eine Prügelei gegeben, aber dann ist er eingeschlafen. Wir, nicht faul, verkleideten ihn als Bräutigam eines toten Schweins und trugen ihn mitsamt seiner Braut, die auf dem Bett neben ihm lag, zum Tempel der Venus.

DEMETRIOS: Wir hatten seine Gewänder aufgetrennt, sodass er, als er endlich aufwachte und sich erhob, nackt dastand …

PALAEMON: … *von den Haaren bis zu den Zehennägeln*,[17] und sich von einer wütenden Priesterin der Venus verprügeln lassen musste.

PETRONIUS: Nun sag, wie ist es dir in der Zwischenzeit ergangen?

PALAEMON: Gut, ich bin ruhiger geworden, das kannst du dir denken. Und ich hab mich mit meinem Leben abgefunden. Früher habe ich gegen deinen Stand rebelliert, mittlerweile ist es mir egal. Sollen die *ihre Brauen höher heben*,[18] sooft sie wollen, ich bin nun einmal der reiche Freigelassene, den man verachtet; was solls, ich leb in meiner eigenen Welt und bin darin zufrieden.

PETRONIUS: Mach dir nichts draus, Palaemon. Schau, wir sind abgestandene, ausgerauchte Römer, wir können uns nur noch durch die Ablehnung anderer definieren. Hätten wir euch nicht, auf die wir herabschauen können, wüssten wir gar nicht mehr, wer wir sind. Wir brauchen euch, sonst müssten wir uns selbst verachten.

CALPURNIUS: Also bitte! So heruntergekommen sind wir noch nicht!

PETRONIUS: Doch. Wir sehen's bloß nicht, weil wir Theater spielen. Das Stück ist seit Jahrzehnten gleich, nur füllt es sich mit leeren Worten, mit Bühnenschwertern und gezierten Helden. Jetzt, da an uns echten Römern nichts mehr echt ist, müssen wir echter sein als je zuvor. Auf dass die Maske, die wir tragen, ja nicht fällt.

CALPURNIUS: Und was sollten wir tun? Was schlägst du vor?

PETRONIUS: Ich weiß es nicht. Ich weiß nur eins: Die neue Zeit hat längst begonnen, das neue Rom ist noch nicht da.

Nimm an, wir Römer wären Tische *(deutet auf den hölzernen Tisch vor ihm)*, Tische wie dieser, und hätten längst bemerkt, dass wir immer weniger werden. Hieltest du uns dann für klug, wenn du wüsstest, dass wir nichts anderes mehr verachten als Bäume?

PALAEMON: Mich brauchst du davon nicht überzeugen. *(Mit einem Blick auf die verbundenen Unterarme Petrons)* Aber, ich sehe, du hast schon angefangen?

PETRONIUS: So ist es, Palaemon, aber lass es gut sein. Der Tod ist ein genügsamer Geselle; er wird meine Aufmerksamkeit nur für einen Augenblick fordern. Mehr will ich ihm auch nicht geben.

DEMETRIOS *(zitiert)*: *Bin ich, ist er nicht. Ist er, bin ich nicht.*[19]

Umbricius bricht, auf der clinē *liegend, in Tränen aus.*

PETRONIUS: Umbricius, was hast du?

UMBRICIUS: Nichts, es geht gleich wieder. Aber wenn ich daran denke, wie glücklich ihr wart, Tiberia und du. Na, bald wirst du sie wiedersehen!

PETRONIUS: Verzeih mir, Freund, aber daran glaube ich nicht.

UMBRICIUS: *(aufheulend)* Mir ist es ein Trost! Dass ihr zwei wieder vereint sein werdet, glücklich im Elysium.

Bricht auf der clinē *zusammen, Lucia läuft zu ihm und tröstet ihn wieder. Palaemon beugt sich vor zu Lukillios.*

PALAEMON *(gedämpft)*: Sag mal, Lukillios, spielst du auch Kithara?

LUKILLIOS: Na ja, so halbwegs, für daheim reichts.

PALAEMON: Hör mal, ich denke mir, ich könnte etwas vortragen *(mit einem Blick in die Runde)*, ich meine, vorausgesetzt, es sind alle einverstanden …

Petronius signalisiert Zustimmung, die anderen achten nicht weiter darauf.

PALAEMON: Hilfst du mir kurz dabei und begleitest mich dann?
LUKILLIOS: Ja, gerne.

Lukillios steht auf und holt sich die Kithara,
die in der Ecke lehnt. Demetrios macht ihm Platz
und er setzt sich neben Palaemon.
Palaemon zückt seine tabula und liest Lukillios leise etwas vor,
dieser probiert Melodien dazu aus. Währenddessen ist Petronius
zu Umbricius gegangen und hat sich zu ihm gesetzt.

PETRONIUS: Weißt du, was mir Tiberia zuletzt gesagt hat?

Umbricius schüttelt den Kopf.

PETRONIUS: »Vollende, was du begonnen hast.«

Umbricius schaut ihn an.

PETRONIUS: Sie meinte damit mein Buch; nun, ich hab es lange fortgeführt, man könnte fast sagen, es hat mich am Leben gehalten. Letzten Endes bin ich gescheitert. Ein anderes Vorhaben ist mir kürzlich misslungen, jetzt bleibt mir nur noch, das heutige zu vollenden. Und dafür brauche ich dich. Du und alle, die hier sind, geben mir die Kraft, so aus dem Leben zu scheiden, wie ich es will. Weißt du, ich habe einen letzten Plan, der nur gelingen kann, wenn du an meiner Seite stehst. Und, vielleicht ist es ja wirklich so – wer kann das schon wissen –, dass ich *zu blühenden Gefilden, zum lieblichen Grün gesegneter Haine und zu den glückseligen Sitzen* gehe.[20]
CALPURNIUS *(deklamiert)*: *Weiter wölbt sich hier der Himmel über den Fluren und erfüllt sie mit strahlendem Licht, und die Seligen kennen ihre eigene Sonne, eigene Sterne.* [21]

Umbricius, der Petronius und Calpurnius aufmerksam
zugehört hat, wischt sich die Tränen ab.

UMBRICIUS: Das war Vergil, nicht wahr? Erkenn sogar ich. Aber du hast recht. Weißt du, wenn meiner Tochter und dir ein glücklicheres Leben gegönnt gewesen wäre, fiele es mir leichter, gelassen zu bleiben. Ah, verdammt, ich bin so eine Heulsuse; inzwischen hab ich ja kapiert, dass es richtig war, hierherzukommen.

Lukillios schlägt ein paar Akkorde auf der Kithara an, die Gespräche verstummen. Palaemon steht auf und wirft sich in Pose.

LUKILLIOS: Wir alle wissen, das Alter bringt dem Menschen Weisheit. Passt also auf, ihr Gäste, hört gut zu. Es spricht der weise Palaemon.

PALAEMON *(singt)*:
Ihr Mädchen, ihr Vielgeliebten, zu jedem Buchstaben
eures Namens
konnt' ich mich einst in einer Nacht erheben.
Leicht fiel es mir, Lucia so zu dienen; desgleichen
stemmte ich Marcia.
Ja, selbst Modesta konnt' ich ohne Angst vor Schande wagen.
Doch mit dem Alter blieb ich immer länger liegen, und,
was soll ich sagen?
Heut' trau ich mich nicht einmal mehr zu Io.[22]

MODESTA *(vergnügt)*: Aufschneider! Wo sind deine Zeugen?[23]
PALAEMON: Mit denen kann ich leider nicht mehr dienen. Für mich ist sie vorbei, *die Zeit der süßen Feigen*.[24]

Petronius steht auf und geht zu der Säule mit der Schüssel darauf.

PETRONIUS: Ihr Lieben, die Zeit eilt für uns alle dahin. Sie mahnt schon meine letzten Taten ein. Seht ihr dieses myrrhinische Schöpfgefäß?
PALAEMON: Schon die längste Zeit. Darf man fragen, was du dafür bezahlt hast?

PETRONIUS: 300.000 Sesterzen, und im Ernst, das war günstig.

DEMETRIOS: Vortrefflich, Petronius! Wenn man schon sein Geld für wertlosen Plunder hinauswirft, dann gleich mit vollen Händen! Auch eine Art, seinen Besitz abzustreifen.

PETRONIUS: Ich bin dabei, Demetrios, ich bin dabei. Ich werde dieser Schale einen neuen Wert geben, einen, den sie jetzt nicht hat und der dir gefallen wird. Du musst wissen: Nero war einmal bei mir zu Gast und schlich um dieses Gefäß herum wie der Hund um das Haus mit der läufigen Hündin. Nichts anderes interessierte ihn, nicht meine Nike, nicht die Wandmalereien, nicht der Hermes, der im Garten steht. Nur diese Schale, dieses Schöpfgefäß, danach lechzte er wie die Tunte nach dem Riesenpimmel. Dieses Faktum trifft zusammen mit einem zweiten. Ja, Demetrios, ich werde meinen Besitz abstreifen. Genauer gesagt, er wird samt und sonders von Nero beschlagnahmt werden. Jedenfalls das, was ich ihm übrig lasse.

Unter den Gästen bricht Unruhe aus. Alle schauen sich fragend an, nur die Frauen schauen entspannt zu.

CALPURNIUS: Aber er hat dir doch den Freitod gewährt …

UMBRICIUS: …, die Anklage fallen gelassen und seine Soldaten abgezogen?

PETRONIUS: Hat er, ja! Aber er wird seine Meinung ändern, das kann ich euch versichern. Der Grund dafür ist ein Brief, den ich ihm heute geschrieben habe, besser gesagt, den ich ihm schreiben musste – das war ich mir schuldig –, und den ich ihm unmittelbar vor meinem Tod schicken werde. Er wird ihn nicht gerne lesen, ich weiß, wie ich ihn treffen kann. Er wird rasen, schreien, toben, und mich, da er sich anders nicht mehr rächen kann, als Verräter verdammen und mein Vermögen beschlagnahmen. Zweifellos wird ihn der Gedanke trösten, dass er dadurch endlich in den Besitz dieses Gefäßes kommt.

Petronius nimmt die Schüssel in beide Hände, hebt sie über den Kopf und zerschmettert sie am Boden. Sie zerbricht in tausend Stücke.

DEMETRIOS: *Optime*, Petronius!
AGATHURNUS: Sehr gut, auch die Form wär' zertrümmert.
LUKILLIOS: Jetzt gilts, ein neues Ganzes daraus zu machen.

Alle erheben sich, die einen holen Besen und Schaufeln, die anderen nehmen die Scherben entgegen und errichten eine Art Kegel auf dem Sockel, mit den größten Scherben unten. Palaemon bleibt sitzen, schnappt sich die Kithara und singt dazu.

PALAEMON:
Das Geld ist verprasst, die Freunde verschwunden.
Was meinst Du, Nero, um wen es hier geht?
Der Applaus ist verlogen, die Freundlichkeit falsch.
Wer glaubst Du, Nero, ist damit gemeint?
Was Du willst, das bekommst Du und bekommst es doch nicht.
Was willst Du, Nero, dagegen tun?
Dein Traum ist geplatzt, Dein Verstand liegt in Scherben.
Also bitte, Nero, zerspring!

AGATHURNUS: Aber was ist mit deinen Angehörigen, deinen Freigelassenen und Sklaven, hast du nicht Angst, dass er sich an ihnen rächen könnte?
PETRONIUS: Für die meisten konnte ich Vorsorge treffen. Marcia, Lucia und Modesta pfeifen auf die Rachsucht des *princeps*, wenn er nur ordentlich eine aufs Maul bekommt. Geduld, ich muss später ohnehin noch einiges regeln, dann wirst du klarer sehen.
CALPURNIUS: Seneca hätte dich jetzt sicher kritisiert, dass du dich von deinen Affekten leiten lässt.
PETRONIUS: Seneca! Der öffentlich den toten Claudius verhöhnt hat? Ein schlechtes Beispiel! *Ich* attackiere einen Lebenden. *Mein* Brief wird nur von Nero und von niemandem sonst gelesen werden. Nicht, weil ich so ein zurückhaltender

Mensch bin, sondern weil ich ihm auf diese Art einen weitaus härteren Hieb versetze als mit einer öffentlichen Spottschrift.

LUKILLIOS: Stimmt. Eine Spottschrift wie die *Apokolokyntosis* könnte er als Verleumdung oder Bösartigkeit abtun und verbieten.

CALPURNIUS: Während er mit deinem Brief allein ist. Er kann ihn niemandem zum Lesen geben, aus Angst, dann erst recht verspottet zu werden, er kann mit niemandem darüber sprechen. Er muss das, was drinsteht, still ertragen.

LUKILLIOS: Was er bekanntlich nicht kann.

CALPURNIUS: Nero, zerspring! Petronius, mir gefallen deine Affekte.

PETRONIUS: Wenn du mich fragst, Lucius, sie waren mir ebenso oft ein guter Ratgeber wie mein Verstand. Es gibt Momente, da musst du handeln, nicht denken, und da hilft dir nur dein Gefühl. Nimm die Liebe, wie könnte man denn anders lieben als mit Unvernunft?

DEMETRIOS: Auf diese Art haben sich etliche ins Unglück gestürzt.

PETRONIUS: Oder höchstes Glück erlebt. Das ist das Wagnis. Wer hier zögert, ist ein Narr. Nein, nicht grübeln, verzagen, hinausschieben – handeln! So schwer ist das nicht. Ich sage dir – als eines meiner letzten Worte –, man muss sich der Liebe widmen wie einem guten Schweinsbraten.

AGATHURNUS: Entzückend!

PETRONIUS: Glaub mir! Das wär' wirklich eine Verbesserung. Verschmähe ich den Schweinsbraten etwa, weil ich glaube, dass es woanders einen ebenso guten gibt, vielleicht sogar einen besseren? Natürlich nicht. Schicke ich ihn zurück, weil ich erwarte, dass er morgen auch noch da sein wird? Nein, ich widme mich ihm mit Hingabe, denn ich weiß genau, wenn ich ihn nicht esse, dann frisst ihn mir die Dienerschaft weg. Aber in der Liebe machen wir das. Wir verschmähen, was uns geboten wird, lassen den Augenblick verstreichen, wir denken, morgen ist auch noch ein Tag. Dann wundern wir uns und sind bestürzt, wenn das, was wir geliebt haben, auf einmal weg ist.

DEMETRIOS: Ich nicht. Ich kann tatsächlich von mir behaupten, dass ich mich der Liebe mit der gleichen Hingabe widme wie einem Schweinsbraten.
LUKILLIOS: Mit gar keiner.
DEMETRIOS: Genau.
PETRONIUS: Demetrios, du bist ein hoffnungsloser Fall! Agathurnus, was meinst du? Ich denke, wir sollten unser Vorhaben weiterführen.
AGATHURNUS: Ja, hab ich mir auch gerade gedacht.

Die Gäste erstarren abermals, aber nicht mehr so heftig wie beim ersten Mal. Einige holen nervös Luft.

LUCIA: Lieber Cousin, nachdem Demetrios vorhin so tapfer eingesprungen ist, haben Modesta und ich uns etwas ausgedacht, mit dem wir dich erfreuen möchten. Wenn du gestattest?
PETRONIUS: Natürlich.

Petronius erhebt sich und geht wieder zu dem Lehnsessel. Der Diener kommt mit den Schüsseln. Petronius deutet auf die Schüsseln, legt den Zeigefinger auf den Mund, Agathurnus signalisiert Verständnis und legt sie sorgfältig mit Tüchern aus. Petronius nickt zufrieden. Die Gäste sind weitaus gefasster als beim ersten Mal. Manchen laufen Tränen über das Gesicht, aber alle verhalten sich ruhig, manche starren Petronius an, andere schauen bemüht woanders hin. Während Agathurnus und der Diener Petronius beim zweiten Aderlass assistieren, erklingt das Flötenspiel Modestas. Lucia singt.

LUCIA:
Sieh, wie die syrische Wirtin,
geschmückt mit griechischem Haarbund,
die zu den Klappern behänd dreht den geschmeidigen Leib,
trunken den üppigen Tanz aufführt, in rauchiger Schenke.
Wie bei des heiteren Rohres Takt die Arme sie schwenkt:
»Du ziehst müde in Staub und Hitze die Straße entlang?

Auf weinseligem Bett streck' Dich doch lieber aus.
Fässer und Becher sind hier, auch Rosen, Kithara und Flöte;
kühl aus schattigem Schilf wölbt die Laube sich Dir.
Auch Du, die Du mit süßem Geschwätz in Maenalus' Grotte
Hirtenlieder singst, ländliche Flöte, bist hier.
Landwein auch, so eben geschöpft aus versiegeltem Kruge,
und dumpf murmelnd dazu rieselt die Welle des Baches.
Kränze auch findest Du hier, aus cecropischen Blumen geflochten,
Crocos-Gewinde, durch die purpurn die Rose sich schlingt.
Lilien, die von des Baches jungfräulicher Quelle gelesen,
in dem geflochtenen Korb, die Naiade selbst hat gebracht.
Sieh, auch Käse ist hier, in Binsen behutsam gedörrt
und Pomonas Geschenk, Pflaumen, behaucht, wie von Wachs.
Maulbeeren, blutig gefärbt, und die Traube am schwankenden Reise,
und mit Binsen geknüpft, grünlich die Gurk' am Spalier.
Dann der Castanie Nuss und lieblich gerötete Äpfel;
Ceres, in schmucker Gestalt, Amor und Bacchus sind hier.
Dort auch der Wächter des Häuschens, bewehrt mit hölzerner Sichel;
aber schrecke Dich nicht vor seinem gewaltigen Glied.
Jetzt durchdringt das Gebüsch mit schmetterndem Lied die Zikade,
jetzt in ihr kühles Versteck ist die Eidechse geschlüpft.
Lagere Dich hier, sei klug, und aus gläsernem Sommerpokale
netze Dich, oder beliebt's, greif zum neuen Kristall.
Komm und ruh ermüdet Dich aus, im Schatten der Rebe,
und von Rosen ein Band schling' um Dein nickendes Haupt.
Pflück, oh Schönster, den Kuss vom Munde des reizenden Mädchens.
Verrecken soll, der dabei grämlich die Stirn verzieht,
wer für fühllose Asche, die Kränze, die duftigen aufhebt
oder für den Stein, der ihn selber bedeckt, den blumigen Schmuck.
Wein und Würfel herbei: Tod dem, der sich um Morgen kümmert.
Mein Garten zupft Dich am Ohr und spricht:
Nur gelebt! Ich bin da!«[25]

PETRONIUS *(hörbar geschwächt)*: Danke, ihr Lieben. Verzeiht, wenn ich sitzen bleibe. Ich werd' mich nicht mehr erheben. Egal, letzte Taten!

Der Diener des Agathurnus geht mit einer der gefüllten Schüsseln ab, stolpert, die Schüssel fliegt ihm aus den Händen, der Inhalt ergießt sich über den Boden, die Schüssel hüpft mit enervierendem Scheppern hinterher. Alles erstarrt und glotzt den entsetzten Diener an.

DIENER DES AGATHURNUS: Iuppiter hilf, ich bin des Todes!
PETRONIUS: Falsch. *Ich* bin des Todes, du – bist ein Trottel!

Plötzlich hört man, wie jemand herausprustet und zu Lachen anfängt. Alle drehen die Köpfe – es ist Umbricius! Demetrios muss auch lachen, dann Petronius, allmählich lachen alle oder schmunzeln wenigstens.

UMBRICIUS *(unter Lachen)*: Tut mir leid, Publius. Ich weiß ja nicht, was du heute noch geplant hast, aber das schlägt alles. Schau dir diesen Tölpel an! He, du Unglücksvogel, was glotzt du so? Hast schon recht, mit dir ists aus!
DIENER DES AGATHURNUS *(rennt zu Agathurnus und wirft sich vor seine Füße)*: Hilf mir, Herr! Ich will nicht sterben!
PETRONIUS *(zu Agathurnus)*: Das könnte von mir sein.

Petronius schaut auf ihn herab und grinst. Der Diener verharrt in seiner Position, sein Hintern bildet die höchste Erhebung seines Körpers, der Kopf und die Arme sind am Boden.

PETRONIUS: Was soll ich mit ihm machen?
AGATHURNUS: Was du willst, mir ist es gleich.
DIENER DES AGATHURNUS *(winselt)*: Gnade.
PETRONIUS: Wie lange ist er bei dir in Diensten?
AGATHURNUS: Gut zehn Jahre.
PETRONIUS: Und macht er solche Possen öfter?
AGATHURNUS: Woher denn! Heute war das erste Mal.
DIENER DES AGATHURNUS: Ich weiß auch nicht, Herr, was da in mich gefahren ist …
AGATHURNUS: Still, still, du Distel, es sprechen Lorbeer- und Olivenbaum.[26]

PETRONIUS *(zum Diener)*: Sag mir, du menschgewordenes Missgeschick; siehst du dich in der Lage, das, was du von mir vergossen hast, wieder zu beseitigen?

DIENER DES AGATHURNUS: Ja, Herr.

PETRONIUS: Und wirst du dich dabei hübsch leise und geschickt anstellen?

DIENER DES AGATHURNUS: Ja, Herr, ich denk mir, ich werd dich aufwischen; ... ich meine, dein Blut ...; nein, ich weiß schon, ich werd es erst von Tüchern aufsaugen lassen und dann, wenn nichts mehr da ist, nass drüberwischen.

PETRONIUS: Brav!

Der Diener blickt auf, Agathurnus bedeutet ihm zu gehen. Er macht sich eilends davon. Modesta geht ihm nach. Ein Diener kommt herbei und platziert einen kleinen Schreibtisch vor Petronius. Er geht und kommt mit einigen tabulae *unter dem Arm zurück. Reicht ihm eine nach der anderen, Petronius drückt seinen Siegelring in das Wachs der* tabulae *und legt sie zur Seite.*

PETRONIUS: Entschuldigt, Freunde. Das sind nur letzte Freilassungen und Verfügungen, ich bin gleich fertig.

Der Diener des Agathurnus taucht wieder auf, mit Tüchern, einem Kübel und einem Aufwischfetzen bewaffnet. Hinter ihm erscheint Modesta, die wieder neben Marcia Platz nimmt. Der Diener beginnt das Blut mit den Tüchern vom Boden aufzuwischen, und wringt die Tücher über dem Kübel aus.

PETRONIUS: So das wars, ein Schreiben habe ich noch auf seinen Weg zu schicken, dieses, aber das kann warten.

Der Diener klatscht den nassen Fetzen laut auf den Boden.

PETRONIUS *(dreht sich zum Diener von Agathurnus)*: He, du Spitzbube, gehts gut? Brauchst du Hilfe?

DIENER DES AGATHURNUS: Danke, nein, Herr. Bin fast fertig. Gleich ist dein Blut weg.

PETRONIUS: Seine Einfalt ist beneidenswert. Jeder Tag überrascht ihn neu. Weißt du, Demetrios, mir war es Zeit meines Lebens lieber, nicht alles zu wissen. Daher zweifle ich auch am Nutzen der Philosophie. Wenn ich alles durchschaue, wo bleibt dann die Ungewissheit, deren Süße oder Qual mein Herz bewegt? Lebt der noch, den nichts erschüttern kann? Und wenn ja, wer wollte mit ihm leben? Du erinnerst dich, ich erzählte dir einmal von Salome, der schönen Iudaeerin, und ihrem Tanz der sieben Schleier. So reizvoll es gewesen sein muss, als ihr letzter Schleier fiel; dass die Welt, der ich beim Tanzen zugesehen habe, stets einen letzten Schleier trug, war mir bei Weitem lieber. Die größten Narren sind doch jene, die überzeugt sind, dass sie alles wissen.

UMBRICIUS: Sag mal, Petronius, entschuldige, dass ich mich einmische, aber ich muss dich unbedingt etwas fragen. Wenn ich dich recht verstanden habe, dann werden deine Anteile an meinem Betrieb ebenfalls in das Eigentum Neros übergehen, oder etwa nicht?

PETRONIUS: Das ist leider nicht zu vermeiden. Er wird sie beschlagnahmen, wie meinen restlichen Besitz.

UMBRICIUS: Na, danke, das hat mir noch gefehlt, dieser Verschwender als mein Geschäftspartner.

LUKILLIOS: Umbricius, da musst du dir keine Sorgen machen. Unser *princeps* ist einer von denen, *die kalt trinken und warm pissen*.[27] Bei den Ausgaben, die er hat, kann er nicht auf Gewinne warten, er muss alles, was hereinkommt, sofort verkaufen.

UMBRICIUS: Na hoffentlich. Sonst verkauf ich lieber selber.

LUKILLIOS: Tu das nicht. Auf gar keinen Fall! Warte ab. Ich kenne seine Launen. Er wird die Anteile erst zu teuer anbieten und keinen Käufer finden; dann wird er ungeduldig werden und sie verschleudern.

PETRONIUS: Lukillios hat recht. Es braucht ihm nur wieder einmal das Geld für seinen neuen Palast auszugehen – was praktisch wöchentlich passiert –, und siehe da, schon gibts den nächsten Notverkauf. Seine Finanzbeamten sind völlig verzweifelt.

CALPURNIUS: Ja, man fragt sich, wie lange das noch so weitergehen kann.

PETRONIUS: Nicht allzu lange. Heute Mittag, als ich ihm diesen Brief geschrieben hab, hab ich darüber nachgedacht. Das Stück, das da bei Hof gespielt wird, ist eine Tragödie namens *Nero* und wird entsprechend enden.

CALPURNIUS: Eine Tragödie? Inwiefern?

PETRONIUS: So, wie es Aristoteles formuliert hat. Am Beginn derselben steht seine Thronbesteigung. Damals, als junger Mann, *stand er noch zwischen den Möglichkeiten.*

CALPURNIUS: Natürlich! *(zitiert) Dies ist bei jemandem der Fall, der nicht trotz seiner sittlichen Größe und seines hervorragenden Gerechtigkeitsstrebens, aber auch nicht wegen seiner Schlechtigkeit oder Gemeinheit einen Umschlag ins Unglück erlebt, …*

PETRONIUS: *… sondern wegen eines Fehlers.*[28]

UMBRICIUS: Ein Fehler?! Der Mann ist ein Mörder! Ein Verrückter!

PETRONIUS: Ja, aber das wurde er erst im Lauf der Zeit. Warum? Wegen des Fehlers. Und der liegt nicht darin, dass ein *princeps* nicht als Kitharoede auftreten sollte; sondern darin, dass ein Kitharoede *princeps* wurde.

LUKILLIOS: Das kann ich bestätigen. Er ist nur auf der Bühne glücklich. Er ist ein anderer Mensch, wenn er sich seiner Kunst widmen kann. Und ihr solltet ihn sehen, wie friedlich er wirkt, wenn er dichtet.

UMBRICIUS: Tut mir leid, ich verstehe das nicht. Abgesehen davon, dass ich mir diesen Unmenschen nicht als friedfertigen Dichter vorstellen kann, wo, bitte, ist das Unglück Neros? Lebt er nicht in Saus und Braus?

LUKILLIOS: Das ist alles nur Vergoldung. Natürlich ist er unglücklich. Warum glaubst du, hat er Poppaea, seine große Liebe, erschlagen? Warum umgibt er sich mit Schmeichlern und Heuchlern? Weil er das Einzige, woran ihm wirklich liegt, nie bekommen kann: ehrliche Anerkennung für seine Kunst.

PETRONIUS: Und das weiß er ganz genau. Sein Amt lässt es nicht zu, es hat ihn ruiniert. Aber wisst ihr, manchmal denke ich mir, in gewisser Weise ist er der passende Herrscher für unsere Zeit. Es ist eine Scheinwelt, in der wir leben, da ist es nur recht und billig, dass uns ein Bühnenheld regiert.

DEMETRIOS: Und was, mein Freund, war der Fehler in der Tragödie *Petronius*?

PETRONIUS: *(lacht)*: Hätt ich in meinem Leben wirklich nur einen Fehler gemacht, dann wär es eine Tragödie gewesen. Aus Fehlern lernt man, und ich, mein Freund, hab unzählige gemacht. Hab Falsches bewirkt, indem ich Richtiges tat. Bin oft gescheitert, hab vieles nicht beendet, was ich vollenden wollte. Ich hab gesoffen und gehurt und mich im Dreck gewälzt; aber ich konnte oft genug genau das machen, was ich wollte.

Petronius' Gesicht wird fahl, er sackt in sich zusammen.
Die Frauen springen auf.

LUCIA: Publius, was ist?

PETRONIUS: Nichts, die Kräfte schwinden. Gib mir einen Schluck Wein.

Lucia bringt ihm ein Glas Wein, Petronius trinkt
und kommt wieder zu Kräften.

PETRONIUS: Seltsam, wie schal er schmeckt. Schnell, jetzt. Ein Letztes gibt es, das getan werden muss.

Er greift zu der tabula *vor ihm und drückt seinen Siegelring auf die erste Seite im Inneren der* tabula. *Danach verschnürt er sie sorgfältig und versiegelt die losen Fäden auf dem Wachs der Außenseite. Dann streift er seinen Siegelring ab und betrachtet ihn.*

PETRONIUS: Ich habe ihn in Antiochia anfertigen lassen, siebenundzwanzig Jahre ist es her.

DEMETRIOS: Sag, was stellt dieses Siegel eigentlich dar? Wer ist der Mann, der da mit den Büchern unter dem Arm davonläuft?

PETRONIUS *(schmunzelnd)*: Das ist Petronius, der Sabiner, der Stammvater unseres Geschlechts, du siehst ihn beim Schänden eines Heiligtums. Es ist seine Ruhmestat, wie er den Römern die sibyllinischen Bücher stahl; jedenfalls, wenn man das glauben mag. Das Ganze ist gut fünfhundert Jahre her; ob's wahr ist, weiß kein Mensch. Aber du weißt ja, wie gern die Leute heutzutage mit ihren Ahnen prahlen, ihren Stammbaum mit Aeneas oder Romulus beginnen lassen. Da kam mir dieser diebische Sabiner gerade recht.

Er öffnet mit dem Messer die Fassung,
löst den Stein aus dem Ring und betrachtet ihn.

PETRONIUS: Modesta, bringst du mir bitte einen Mörser aus der Küche?

Modesta nickt und geht in die Küche.
Petronius betrachtet weiter den Siegelstein.

PETRONIUS: Habe ich mich selbst erträumt? Mich selbst geformt aus einem Mythos? Hab ich in meinem Wahn gelebt, gefangen in der *fabula*, die ich für mich geschaffen habe? Ich kanns nicht leugnen, jedoch, ich find nichts Falsches dran. Was sagst du jetzt, Demetrios? Da hast du deinen Fehler. Der über Possenreißer schrieb, war – so wie die Dinge liegen – selber einer.

Modesta kommt mit einem großen steinernen Mörser zurück.
Petronius hebt den Mörser mit beiden Händen und zerschmettert
den Siegelstein auf der Tischplatte.

PETRONIUS: *Vale*, Sabiner, du hast ausgeschrieben.

Petronius winkt einem Diener, der herbeieilt.

PETRONIUS *(zum Diener)*: Bring diesen Brief zu Nero nach Baiae. Sag ihm, es wär mein Testament. Wart nicht auf Antwort, komm sofort zurück. Dann bekommst du Geld und deine Freilassung. Fort mit dir!

Der Diener, der offensichtlich im Bilde ist, eilt mit dem Brief davon.

PETRONIUS: Freunde, danke! Meinem Feind konnte ich den Tod nicht geben – doch treffen werd' ich ihn, mit meinem. Ich bin zu Plaudereien und heiteren Gesängen, im Einklang mit mir selbst und umgeben von meinen Lieben aus dieser Welt gegangen. Nichts davon kann sich der Bühnenheld für seinen Tod erhoffen. Familie und Freunde hat er umgebracht oder mit seiner Art verjagt. Er sät den Hass und will dennoch Liebe ernten. Er ist allein. Er ist ängstlich und verstört und genauso wird er, wann immer das sein mag, sterben. Das wird er heute Nacht erkennen. Das Messer des *Arbiter* wird ihn doch noch treffen und ihn in der Stunde seines Todes stechen. Mag sich der Rest der Welt im Tanze weiterdrehen, zu einer Musik, die längst verklungen ist, ich gehe. Lebt wohl, ihr Lieben. Sobald ich nicht mehr bin, verlasst mein Haus in Eile. Mein Brief ist unterwegs – es wird hier bald von Soldaten wimmeln. Geht, so schnell ihr könnt!

MARCIA: Liebster Publius, lass dir deinen letzten Gang von mir versüßen. Erinnerst du dich an das Gedicht über die goldenen Äpfel, das du mir einst geschrieben hast? Ich will es für dich zum Abschied singen.

Petronius nickt und lächelt. Lukillios und Marcia erheben sich und setzen sich vor Petronius auf den Boden. Lukillios beginnt auf der Kithara zu spielen. Währenddessen geht Agathurnus mit den Schüsseln zu Petronius. Diesmal hilft ihm Demetrios beim Öffnen der Pulsadern. Nach und nach erheben sich alle anderen Gäste und setzen sich in einem Halbkreis vor Petronius auf den Boden. Palaemon erhebt sich und bleibt hinter den Sitzenden stehen. Ihre Gesichter sind friedlich, einige lächeln sogar ein wenig.

MARCIA:
Goldene Äpfel, mein süßer Publius, hast Du mir geschickt,
und auch die Geschenke der stachligen Kastanie.
Alles habe ich willkommen geheißen, als Du aber selber kamst,
hast Du, schöner Jüngling, Dein Geschenk geschmückt.
Hast mir heute einen Apfel geschenkt,
der den Gaumen zuschnürt,
einen bitteren, doch sein Geschmack im Mund war honigsüß.
Da Du nun, Vielgeliebter, nicht mehr zu mir kommen wirst,
schicke mir Obst mit Küssen darauf:
diese werde ich gerne verschlingen.[29]

Marcia küsst ihn, Lucia und Modesta springen auf und küssen ihn ebenfalls. Dann setzen sie sich wieder hin, zu seinen Füßen.

PETRONIUS: Danke, Marcia. *(Er blickt in die Gesichter vor ihm)* Ach, Freunde, wenn ihr sehen könntet, was ich sehe!

Petronius wird zusehends schwächer, die Gäste halten einander an den Händen oder legen die Arme umeinander. Alle umgibt eine Aura von innerer Ruhe. Agathurnus beobachtet ihn und beugt sich schließlich zu ihm vor.

AGATHURNUS: Freund, willst du uns noch etwas sagen?
PETRONIUS *(lächelt)*: Ja, etwas ungemein Wichtiges. Aber es fällt mir grad nicht ein.

Petronius Kopf fällt zur Seite, er ist tot.

– Der Vorhang hebt sich –

LIBER XXIV

So das sechzehnte und letzte der Bücher bildet,
die auf uns gekommen sind

It was when curiosity about Gatsby was
at its highest that the lights in his house
failed to go on one Saturday night –
and, as obscurely as it had begun,
his career as Trimalchio was over.

F. Scott Fitzgerald
The Great Gatsby (1925)

Petronius

Aprilis 819 a. u. c., drei Tage vor den Nonen [3. April 66 u. Z.], Cumae

Petronius grüßt seinen lieben Nero
Gestatte mir, Nero, dass ich Dich preise, ein letztes Mal, denn unter allen Herrschern, die ich erlebt habe, warst Du mir, Göttlicher, der Liebste. Die Dir voranschritten, Tiberius, Caius, Claudius – keiner von ihnen gab mir das, was Du mir gegeben hast. Verzeih denn auch, wenn es diesen Zeilen hie und da am letzten Schliff fehlt. Du weißt, eine Staatsangelegenheit ruft mich weg von hier, in das Land, das uns stets nah und fern zugleich ist. Mag also manches Wort wie hingeworfen dastehen – seis drum! –, jedes einzelne kommt von ganzem Herzen!

Singe, Calliope, von Bitternis[1], vom Ersten der Sänger,
dem Erstaunen der Welt,
von Agrippinas Sohn und der ihm eigenen Kunst –
sie zu erleben, ist mir nicht länger vergönnt.
Singe, Muse, und beginne mit dem, was ihn über alle
anderen erhebt – empor, an die Spitze –
was ihn zur Seite stellt Orpheus, deinem eigenen Sohn.[2]

Denn ihm bist Du in vielen Dingen gleich, wenn auch auf Deine eigene, besondere Art. Schon eure Erzeuger sind einander ähnlich: Ein Oiagros wird bekanntlich als Orpheus' Erzeuger genannt – soll dem so sein –, aber das ist auch nicht glaubwürdiger, als dass Ahenobarbus' heißes Bemühen Dich, Göttlichen, hervorgebracht hätte. Nein, lassen wir die Väter einstweilen beiseite, wenden wir uns gesichertem Wissen zu, reden wir von euren Müttern: Muse des Wohlklangs und der Beredsamkeit ist die eine; aus Aeneas' Geschlecht und göttliche *Augusta* die andere. Wer in so hohen Stand gesetzt wird, durch den Willen der Götter, ist doch dem Wollen gewöhnlicher Menschen entzogen. Wie viele durften sich denn Calliope nähern, wenn sie tanzte am Helicon? Wie viele Deiner Mutter, solange sie weilte am Gipfel der Macht? Diese hohen Frauen sollten es einem gewöhnlichen Sterblichen gewährt haben, mit ihnen Göttliches zu erschaffen? Nein, abermals nein! Was Vorsicht oder Scham eine Zeitlang verschweigen, Natur und Talent bringen es ans Licht. Nur der Musenführer konnte Orpheus zeugen; nur ein Gott kommt für Dich als Vater in Frage. Denk ich an Deine freigebige, feurige Art, mein ich, Dionysos muss es gewesen sein. Wer sonst? Theater, mehr noch, Arenen fülltest Du für den Dienst an Deinem Erschaffer.[3] Wild bist Du zuweilen, ausgelassen, nicht betörst Du durch Spiel und Gesang, nein, in Ekstase verfällt, wer Deine Feste besucht. Frauen sah ich willenlos werden in Deiner Nähe, Männer hinsinken. Nein, ich bin mir sicher, dieses göttlichen Vaters bist Du der würdige Sohn.

Den Ruderern der *Argo* schlug den Takt Apollons Spross;
Das Metrum Deines Willens bewegt ein Weltreich.
Mag des Thrakers Kunst der Sirenen Bann gebrochen haben;[4]
Du, mächtigster Sänger, übertönst alle Dichter.

Nichts also fehlt Dir zum neuen Orpheus, nicht Vater, nicht Mutter, nicht Ruhm, nicht Talent; ja, nicht einmal eine Eurydike: Auch Dir wurde die Geliebte durch Unglück entrissen.

Nur eines gibt es, das mir nicht an Dir gefällt. Worüber Du singst, das ist nicht gut. Lass uns in Ruh mit Troia, sing uns von dem, was uns interessiert. Erzähl uns was Neues, zum Beispiel, wie Du brennst in Deinen Begierden. Nimm einfach eine Deiner Orgien, wie jene neulich, Du erinnerst Dich sicher: Ehrenwerte Frauen hattest Du – nicht zum ersten Mal! – zu schändlichem Dienst gezwungen. An Pfähle hast Du sie binden lassen, leicht bekleidet, die Arme hochgebunden. Wie Verbrecherinnen wilden Tieren ausgeliefert werden, so mussten sie sich Dir anbieten. Da sahen sie Dich auch schon hervorspringen, brüllend, im Fell eines Bären. Grunzend und knurrend bist Du auf sie losgegangen, hast ihnen die Kleidchen vom Leib gerissen und Dich erregt. Eine hat leise zu schluchzen begonnen, zu der bist Du hin, hast sie beschnuppert und betatscht; und immer drängender verlangte es Dich nach stumpfsinniger Paarung, mit Prankenhieb und wildem Biss. Und – zu spät! Silbern schießt ein Strahl empor und tropft kläglich von dem Bauch der Dame! Da hatte sich Dein Haupt gesenkt und wollte sich an diesem Abend nicht mehr heben. Gestatte mir dazu eine Frage, Mächtiger: Ich kenne so etwas nur aus der Schlacht; ich meine, dass einige ihre Geschosse allzu früh verschleudern und ihre Pfeile wirkungslos vor dem Feind auf den Boden fallen. Jetzt sag mir, wovor hattest Du Angst? Sind halbnackte, gefesselte Frauen so schreckliche Gegner für Dich? Geschah es aus Panik oder Nervosität? Das forme zum Lied; davon, Sänger, singe uns, vor dem Volk, dem Senat, den Legionen.

Oder, wenn Dir dieser Stoff nicht passt, wie wäre es dann mit dem folgenden? Auch an diesen wirst Du Dich sicher erinnern: Als vor einigen Jahren, zu schlafender Stunde, Deine geliebte Poppaea erwachte, von gellenden Schreien geweckt. Einer gepeinigten Frau jammervollste Laute schallten durch das Haus. Poppaea dachte an Vergewaltigung, an Folter oder sonst eine Untat und ging – da sie nicht nur ein gutes Herz hatte, sondern auch recht tapfer war – nachschauen. Eilig, aber mit Bedacht näherte sie sich dem Geschehen, das ihre Ohren immer lauter erfüllte. Bald schon stand sie vor einer Tür, hinter der offenbar all das Jammern, Kreischen und Stöhnen seinen Ursprung hatte. Mutig trat sie ein und sah Dich: ein Weib mit zerflossener Schminke, verschwitzt und auf allen vieren, das Kleid bis zu den Achseln hochgeschoben. Dich sah sie, Sklavenhure! Und hinter Dir Sporus[5], tief in Deinem Arsch, während Du die schändliche

Hingabe mit noch schändlicheren Tönen verziertest. Auch dazu, Vater des Vaterlandes, eine kurze Frage: Wir alle wissen, Du strebst nach innerer Größe, aber musstest Du sie Dir von einem Sklaven verabreichen lassen? Egal, mach eine Elegie daraus, oder ein Epos, ganz wie Du willst, aber erzähl uns davon. Denn dann, und nur dann, könnten wir Deinen Gesang ertragen.

Ich geh Dir in die Unterwelt voran. Komm und hol mich! Und wenn nicht mich, dann möchtest Du vielleicht jene holen, deren Haar Du bernsteinfarben nanntest. Aber wenn Du kommst, Ohrenschänder, dann sing, das wird ein Spaß!

Tityos' Geier verschlucken sich –
erhebst Du Deine Stimme –
an Tityos' Leber und Herz.
Sie flattern und springen röchelnd umher,
es quellen hervor ihre Augen.
Weit öffnen sie schon ihre Schnäbel,
doch mit dem letzten Würgen fliegen die Brocken heraus.
Alle Kraft hat die beiden verlassen,
da füttert sie Tityos mit seinen eig'nen Organen.
Ixions Feuerrad rast torkelnd vorbei,
aus der Bahn geworfen vom unreinen Ton,
stürzt platschend und krachend
in ein Loch voller Schlamm.
Ordner eilen herbei und bergen
die Trümmer des erloschenen Rades.
Der besudelte Ixion, dem Pfuhle entstiegen,
reibt sich die Augen und geht ins Bad.
Sisyphos' Stein ruht, wie Sisyphos selbst:
der Ärmste liegt unter demselben.
Entglitten war dem Bedrückten der Fels,
vor Schreck über das, was Du von Dir gabst.
Ärzte – im Tartaros gibts von denen genug –
betasten die zuckenden Glieder.
Haben sie Sisyphos' Puls erst gefunden,
wird Sisyphos umgehend Hilfe zuteil.[6]

Du, unbekümmert, singst weiter, die halbe Unterwelt läuft zusammen, selbst aus dem Elysium schauen einige vorbei. Man hält sich die Ohren zu, krümmt sich und staunt. »Hat Cerberus Blähungen?«, fragt einer im Getümmel. Der neben ihm weiß es besser: »Nein, nein, weiter oben ist der Ursprung dieser Töne, die Furien sinds, in schrillem Weiberstreit.« Und siehe! Schon kommen Hades und Persephone, fragen, welcher furchtbare Lärm die Ordnung stört. Da schweigst auch Du endlich. Man führt Dich dem Herrscher der Unterwelt vor; Ehrfurcht gebietend spricht er Dich an: »Sohn des Ahenobarbus, warum stiftest du Unruhe? Und überhaupt, was machst du hier? Du kommst zu früh. Andererseits ist das wohl deine Art, aber ich frage mich, was wir mit dir machen sollen. Was meinst du, Persephone?«

»Liebwerter Gatte, schau hin: Dort drüben steht einer, der ihm ein Vater war, an des Vaters Stelle; dort, der ihm durch diese Gunst zum Bruder wurde; da steht seine Mutter, da seine beiden Tanten; da seine beiden Ehefrauen und seine Adoptivschwester[7], die ihn nicht heiraten wollte. Sie alle hat dieser Familienmensch schon zu uns geschickt, als Letzter kommt er jetzt selber daher. Vereint steht vor dir das ganze iulische Geschlecht, willst du es wieder auseinanderreißen? Nein, ich denke, wir sollten ihn gleich hierbehalten.«

Bedächtig neigt da Hades sein Haupt: »Meinst du wirklich? Aber er ist doch ein wichtiger Mann, er hat doch noch etwas zu tun im Reich der Lebenden.«

»Ja«, erwidert die kluge Persephone, »noch hat er nicht alle Philosophen ermordet, noch nicht alle Künstler ausgerottet. Lass ihn gehen, aber bedenke dies: Dieser könnte – wie einst ein Besserer – ebenfalls ein Lied anstimmen, wenn er zurückgekehrt ist in die Oberwelt. Wo des Musenführers Sohn aus Leid Verzauberung entstehen ließ, wird der da, erfüllt von plumpem Glück, Verheerungen bewirken. Das können wir dem römischen Volk nicht antun. Bedenke, seinetwegen herrscht Hunger in Rom, die Speicher sind leer. Wenn der sich auch noch in den Wald setzt und singt, haben die armen Leute gar nichts mehr zu essen:

Tot fällt vom Ast der Siebenschläfer,
der Ente stockt das Herz im Flug;
jault der sein Glück heraus.
In den Abgrund stürzt sich Has' und Huhn,
Bauch oben treibt des Baches Kost;
erschallt, was nicht erschallen darf.
Das wilde Korn, die reife Beere,
hängen verfault an Halm und Strauch;
verpestet von verdorb'nen Lauten.
Ihre Wurzeln raffen Bäume, wanken stöhnend –
ob der ungewohnten Müh' – davon,
mit all den Früchten, die sie tragen.
Und Erd' und Stein verschütten Täler,
denn selbst der taube Fels fleht weinend
zu Poseidon um Bewegung durch ein Beben.«[8]

Da neigt Hades abermals sein Haupt, streicht sich bedächtig über das Kinn. »Da ist was dran. *Wen er erwischt, den erschlägt er mit seinen Versen.*[9] Und sagte nicht derselbe Horatier: *Dichtern sollte stets das Recht auf Freitod gewährt sein*?[10] Der da kam aus freiem Willen zu uns. Zudem, wofür haben wir Oedipus bestraft, wofür Orest?[11] Wer, wenn nicht dieser Urnenfüller, sollte ewige Qualen erleiden? Es gilt, wir behalten ihn gleich hier. Aber eine Sache müssen wir vorher noch klären. Wenn wir den da vor der Zeit, die ihm die Schicksalsgöttinnen bestimmten, zu uns nehmen – wenn auch aus gutem Grund! –, müssen wir jemand anderen an seiner Stelle ins Reich der Lebenden zurückschicken. Sonst stören wir das Gleichgewicht zwischen den Toten und den Lebenden und ich bekomme noch mehr Ärger bei meiner nächsten Sitzung mit den Parzen.«

Gesagt, getan. Persephone und Hades beraten sich miteinander, Du stehst daneben wie ein Klotz. Auf Persephones Vorschlag wird Poppaea ausgewählt. Man ruft sie und berichtet ihr von der glücklichen Wendung ihres Schicksals. Sie lacht und weint, fällt vor dem Herrscher der Schatten auf die Knie; und springt gleich wieder auf, um sich im Tanz zu drehen. Hades gebietet ihr Einhalt; er ermahnt sie väterlich streng, in Zukunft nicht so leichtfertig zu sein und ein tugendhafteres Leben zu führen. Da fliegen ihre goldenen Locken, da leuchten ihre Augen! Gleich verspricht sie Besserung, so glaubhaft, wie schöne Frauen das versprechen können, und ist schon auf dem Weg. Und schau! Ich seh's genau: Sie dreht sich kein einziges Mal nach Dir um![12]

Also bitte, Schattenmacher, komm und hol mich. Auch Deine Bestrafung, sehe ich, der an der Schwelle der Unterwelt steht, klar voraus: Des hochmütigen Marsyas'[13] Schicksal ist Dir vorausbestimmt. Häuten wird man Dich, aber nicht nur einmal, sondern wieder und wieder. Denn kaum, dass man Dir, unter unerträglichen Schmerzen, die Haut abgezogen hat, wird Dir schon eine neue gewachsen sein. Schreien darfst Du übrigens, so viel Du willst, nur hören wird man nichts. Nein, Versverdreher, zu ewigem Schweigen wirst Du verdammt sein: Weit darfst Du Dein Maul aufreißen, aber kein einziger Laut wird ihm entweichen. Und weil man im Tartaros gerne das Nützliche mit dem Angenehmen verbindet, wird man Trommeln aus Deinen Häuten fertigen, wobei Du jeden Schlag auf jede einzelne dieser Trommeln spüren wirst. Immer mehr wird es davon geben im Lauf Deiner Bestrafung, sodass Dich die immer größer werdende Zahl dieser Schläge immer ärger martern wird. Bis diese Folter eines fernen Tages sogar die der Häutung übertrifft – und dennoch weiter zunehmen wird. Was den angenehmen Teil betrifft: Dadurch wird wenigstens ein Teil von Dir endlich einmal Wohlklang erzeugen.

Vale, Lyrawürger. Der Liebste warst Du mir, der Liebste wirst Du mir immer sein, und zwar aus dem einen Grund, den ich als Todgeweihter klar erkenne: Du hast Dein verhasstes Geschlecht, dessen Perversionen schon so lange das *Imperium* besudeln, mit eigener Hand ausgerottet. Das Leben rinnt mir aus den Leib, ich nehm's in Kauf. Du, Erster, wirst der Letzte Deiner Sippschaft sein – ich seh die Parzen an Deinem Faden sägen. *Vale*, Allesverderber, wir sehen uns bald.

Giton

October 841 a. u. c., Roma

Ein Tag urteilt über den anderen und der letzte endlich über alle.[14] Ich stelle mir oft vor, wie Nero diesen Brief gelesen hat. Mit einem gekränkten Aufschrei wird er die *tabula* beim ersten bösen Wort in eine Ecke geschleudert haben. Dann wird er sie eine Zeitlang wütend angestarrt haben, um endlich unwillig zu ihr hinüberzutrotten, sie aufzuheben und darin weiterzulesen – bis zum nächsten bösen Wort. So wird das noch einige Male hin- und hergegangen sein, mit viel Schreien und Heulen und einer immer ramponierteren *tabula* – ganz wie ein verstocktes Kind, das die zu Recht verhängte Strafe nicht akzeptieren will. Nun ja, außer Schreien und Toben ist dabei, wie bereits berichtet, nicht viel herausgekommen. Auch die arme Marcia musste nicht lange leiden und konnte recht bald wieder aus der Verbannung zurückkehren. Auch darin war Nero nur das beleidigte Kind, das irgendjemanden strafen musste, so läppisch die Strafe auch ausfallen mochte.

Minucius Thermus nützte es hingegen nichts, dem Gastmahl meines Publius ferngeblieben zu sein. Obwohl er sich sein Leben lang so unauffällig wie möglich verhalten hatte, wurde er wenige Tage nach dem Tod meines Herrn hingerichtet. Einer seiner Freigelassenen hatte sich einige Zeit davor schlecht von ihm behandelt gefühlt und wollte sich dafür rächen. Da er wusste, dass Minucius bei Nero einen guten Ruf hatte, wandte er sich an Tigellinus, der ihm das geeignetere Werkzeug seiner Rache schien. Diesem erzählte er, dass sein Herr abfällige Reden über ihn halte, und Tigellinus fand das sofort glaubwürdig. Insbesondere, als dieser Freigelassene die Freundschaft seines Herrn zu meinem Publius erwähnte. Seitdem hasste Tigellinus Minucius und nutzte die Chance, die sich ihm aufgrund seiner Intrige gegen den *Arbiter* eröffnete. Nero, von dieser neuen Verschwörung verängstigt, ließ die Verurteilung Minucius' zu; nicht, weil er an dessen Schuld glaubte, sondern um den Praefecten der Praetorianer nicht gegen sich aufzubringen.[15]

Domitius Corbulo und die Brüder Scriboni wurden von Nero gleich zu Beginn seiner Griechenlandreise in den Tod getrieben; sie waren zu verdienstvolle Männer gewesen, als dass man sie am Leben lassen konnte.[16] Cnaea Scribonia hingegen, unser Polsterspecht, hatte inzwischen ihr Glück gefunden. Zwar blieb ihre zweite Ehe ebenfalls kinderlos und wurde bald geschieden. Aber danach, um die Zeit der ersten *Neronia*, lernte sie einen jungen Witwer kennen, dessen Frau bei der Geburt des zweiten Kindes verstorben war. Endlich durfte sie Mutter sein! Ich sah sie wieder, als ich ihr nach dem Tod ihrer Väter meine Aufwartung machte, und begegnete einer mit sich zufriedenen, herzlichen Frau, der Luxus und Hoftratsch vollkommen gleichgültig geworden waren. Seither sind wir gut befreundet.

Mein Herr war in seinem Leben viel gewesen, im Tod wurde er schließlich Seher. Der Schnellspritzer brachte tatsächlich kein weiteres Kind zustande, zwei Jahre später folgte Nero meinem Publius nach, nicht ganz freiwillig und noch im Tod von seiner Hybris besessen: »Oh, welch ein Künstler stirbt in mir«, sollen seine letzten Worte gewesen sein. »Endlich«, fügte mancher hinzu.

Petronius Turpilianus, der bis zuletzt treu zu Nero gestanden hatte, überlebte die auf dessen Tod folgenden Machtkämpfe nicht. Er wurde vom neuen *princeps* Galba ohne Prozess oder Anhörung erschlagen. So starb dieser eigenartige, gleichzeitig treue und heimtückische Mensch.

Demetrios verbrachte die letzten beiden Jahre der Herrschaft Neros in Athen, unter Vespasian kehrte er nach Rom zurück. Mit dem Alter wurde er allerdings etwas zu grob in seinen Reden, weshalb ihn Vespasian im achthundertvierundzwanzigsten Jahr der Stadt[17], gemeinsam mit vielen anderen Philosophen, aus Rom verbannte.[18]

Lucia blieb von Neros Zorn verschont, sie konnte ihr altes Leben bald wieder aufnehmen und war mir in der Erstellung dieses Werkes eine große Hilfe. Sie hat nie wieder geheiratet. Sie schreibt vortreffliche Gedichte, bloß interessiert das niemanden; zum einen, weil sie eine Frau ist, zum anderen, weil sie noch lebt. Das Landhaus in Cumae konnten wir gemeinsam wiedererwerben. Es wurde gleich nach dem Tod meines Publius zum Verkauf angeboten. Zur Sicherheit bin ich damals als Käufer aufgetreten. Seitdem verbringen wir dort viel Zeit, gemeinsam oder jeder für sich, ganz, wie es sich ergibt. Den Scherbenhaufen fanden wir in unberührtem Zustand vor, er wird so stehen bleiben, bis wir beide nicht mehr am Leben sind. Auch Umbricius musste nicht lange auf den Rückerwerb seiner Geschäftsanteile warten. Wie es Lukillios prophezeit hatte, musste sie Nero kaum einen Monat später zu Geld machen. Aulus Umbricius Scaurus, Sohn des Aulus, starb im achthundertfünfundzwanzigsten Jahr der Stadt[19] als *duovir* und hochgeehrter Mann. Pompeii errichtete ihm eine Reiterstatue auf dem Forum.[20] Doch all das konnte seinen greisen Vater nicht trösten, der erst die Enkelin und dann den Sohn begraben musste.

Bleibt noch von dem grazilen Flötenmädchen zu reden, das meinen Publius so innig liebte. Modesta, Publia Petronia Modesta, einst Culebonia genannt, blieb noch lange Jahre in meinem Haushalt. Viel Glück war ihr vom Leben versagt worden, dennoch wurde sie niemals mürrisch. Sie fand ihre kleinen Freuden: an meinen Kindern, in der Freundschaft zu meiner Frau Callidrome, an den Besuchen Martials, an den Notizen meines Herrn. Als sie bemerkte, dass sie allmählich selbst wieder zum Kind wurde, nahm sie sich das Leben. Ohne Bitternis, in Vorfreude auf die Ruhe, die sie finden wollte. Sie starb in meinen Armen. Ich gab ihr ihren Platz zurück, an der Seite meines Publius, auf dem Friedhof von Cumae. Ich glaube nicht, dass Tiberia deswegen eifersüchtig ist.

Das war es also, Leser, die letzte Worte nahen, bald kannst du ruhen, nach dieser langen Wanderung durch so viele Zeilen und Rollen. Mal gings bergauf, mal steil bergab, mal rasend schnell dahin im Lauf. Jetzt gehts dem Schluss entgegen, das Endblatt ist in Sicht.[21] Ich bin Giton, Freund des Publius Petronius Niger, genannt *Arbiter*, dem dieser in seiner Todesstunde die Freiheit gab. Er fehlt mir jeden Tag, ich vermisse ihn ganz fürchterlich. Vielleicht habe ich deshalb so viele *Libri* gefüllt, um meine Zeit mit ihm noch einmal zu erleben. Jeden Tag hätte ich dabei Tränen vergießen können.

Armes Rom meiner eigenen Zeit! Auch du solltest weinen, so wie ich, jeden Tag, denn dir fehlt ein Petronius fast noch mehr als mir. Nur bist du dir dessen nicht bewusst. *Vale*

EXODIUM

Der Alte Mann

Es ist ein eigenartiges Gefühl. Ich habe es hinter mir. Jahrelang habe ich mich nach diesem Tag gesehnt, ihn dem Tod abgerungen. Nun, da er angebrochen ist, ängstigt er mich. »Schweig«, raunt mir der Unbegrüßte unerbeten zu.

Halt! Eines gibt es doch noch, Giton hat es angesprochen: Dem Rom seiner Zeit fehlte ein Petronius. »Schon?«, fragt man sich – immerhin, es war die Zeit Martials; und erst nach Iuvenal und Apuleius verstummen, soweit wir das beurteilen können, vergleichbare satyrisch-satirische Zungen Roms. Und doch, Martial wie Iuvenal fehlte es an Subtilität, an feiner Ironie. Vielleicht war es die Zeit, in der Giton lebte, die nach bissigerem, gröberem Witz verlangte. Jede Zeit verlangt nach ihrer Schreibe. Davon profitiert die Literatur: Wenn eine neue Zeit anbricht, sind viele Menschen von dem gleichen neuen Lebensgefühl, der gleichen neuen Geisteshaltung ergriffen. Jeder weiß, worum es geht, niemand braucht Belehrung. Dennoch verlangt es alle nach einem Buch – »dem Buch« –, jenem, das zum Ausdruck bringt, was alle denken. Der Geist muss Materie werden, wenn auch nur papierene, er muss seinen Tempel haben, in dem er sich manifestiert und in dem er affirmiert wird. Ist dieses Buch noch nicht geschrieben worden, sucht man es in der Vergangenheit. In den fast zweitausend Jahren, in denen sich der Mensch an den Bruchstücken der *Satyrica* gerieben hat, feierte er sie zuzeiten, rezitierte und inszenierte sie, ließ sich von ihnen inspirieren oder füllte quietschvergnügt die Lücken. Zu anderen Zeiten verdammte er sie; fühlte sich gar veranlasst, Frauen und Kinder vor dem Wüstling in der Toga zu schützen. Dabei handelte es sich die ganze Zeit um ein und dasselbe Buch, wenn es auch mit der Entdeckung weiterer Fragmente länger wurde. Petronische Zeiten, unpetronische Zeiten, was definiert sie? Wann immer sich der Mensch aus geistiger Enge befreite, wann immer er gegen einen, meist selbst auferlegten, Puritanismus oder unerträgliche autoritäre Zwänge aufbegehrte – Petronius war dabei. Meistens nicht im Zentrum der Bewegung, sondern als charmant-spöttischer Kommentator. Oder, wie bei T. S. Eliot zu lesen ist: *Thus, if you doubt the essential truth of Petronius, you may see his grim comedy enacted everyday.*[22] Die *Satyrica* sind das Buch zu einer Überzeugung, die sich aus einem offenen Geist und einer furchtlosen Kritik an etablierten Dogmen zusammensetzt, ohne diesen eigene Dogmen entgegenstellen zu wollen. Ist diese Überzeugung nicht vorhanden oder unerwünscht, ist auch Encolpius vom Lesetisch verbannt.

Epochen finden ihre Bücher, Bücher finden ihre Zeit. Leben wir in petronischen Zeiten? Das kann ich, wenn, dann nur für mich beantworten. Dir, der du mein Buch gerade liest, wünsche ich es, wissen kann ich es nicht. Dieses so lang von mir bebrütete Ei hat die Schale seiner Isolation noch nicht einmal aufgebrochen, geschweige denn seine Schwingen in Buchform gebreitet. Erst wenn das geschehen ist, beginnt die Uhr zu ticken. Erst danach lässt sich feststellen, wie viele Jahre bereits vergangen sind, seit ich es geschrieben habe. Eines? Hundert? Oder sind es gar fast zweitausend Jahre geworden, wie bei den Notizen jenes Schelms, der mich so lange fesselte? Man hat mir gesagt, als Autor müsse man eine intendierte Leserschaft im Auge behalten, um gelesen zu werden. Hat demnach der römische Ritter Petronius mich alten Kauz des 21. Jahrhunderts als Leser intendiert? Die Antwort ist selbstverständlich »Ja!«, sie ist der Beweis dafür, dass die Menschen mehr miteinander verbindet als die eigene Kultur.

Ich jedenfalls, das kann ich sagen, lebte nicht in petronischen Zeiten. Nein. Leider nicht. Ganz und gar nicht. Und ich wünsche mir, dass jene, die dieses Buch lesen, auf meine Zeit zurückblicken als auf eine, die sie überwunden haben. Kritik und Satire bedürfen, wie jegliche Erkenntnis, zunächst der Wahrnehmung. Mit dieser hatten wir in meiner Zeit die größten Schwierigkeiten. Auf der Straße rannten tausende voll verstöpselte Menschen, das Brett einer virtuellen Welt vor dem Kopf, aneinander vorbei. Keiner von ihnen konnte irgendetwas »wahr-nehmen«, es sei denn, die Wahrnehmung hätte ihn in den Hintern getreten. Ich sah das Aussterben der banalsten Grundregeln eines menschlichen Miteinanders, eine zerstörerische Egozentrifugalkraft, in der die Einhaltung primitivster Verhaltensregeln höflich erbeten werden musste. Kino- und Theaterbetreiber mussten ihre Gäste dazu auffordern, während der Vorstellung leise zu sein. Zu viele kamen nicht von selbst darauf! Den Effekt kann man sich denken: Eine durch Überreglementierung sich selbst verstärkende Erosion des alltäglichen Sozialverhaltens; die Machtergreifung der Blöden beziehungsweise der sich blöd Stellenden, die sich alles erlaubten, was nicht explizit verboten war.

Mit dem eigenständigen Denken taten sich viele meiner Zeitgenossen schwer. Wie Kinder folgten sie den von ihnen erwählten Rattenfängern, plapperten deren Meinungen nach und teilten die Welt in das ultimativ Böse und das ultimativ Gute auf. Inwiefern ein Handelsvertrag ultimativ böse sein könnte, oder eine Technik zur Energiegewinnung ultimativ gut, ist mir stets ein Rätsel geblieben. Ein trauriger Witz: Wir befanden uns, wenn man das glauben mochte, in den Klauen teuflischer Mächte; das predigten uns Menschen, die sich selbst als aufgeklärt bezeichneten. Diskussionsbeiträge wurden entweder »geliked« oder sie lösten einen »shitstorm« aus. Dazwischen breitete sich jene geistige Leere aus, die Rhetoren für ihre Umtriebe nutzen konnten. Es wurden die lachhaftesten Dummheiten postuliert, sie blieben unwidersprochen und konnten so lange wiederholt werden, bis sie für wahr gehalten wurden. Wie oft habe ich vergeblich auf einen Aufschrei gewartet! Er kam nicht, nicht einmal von Menschen, die die intellektuelle Kapazität hatten, um den Unsinn, der da geredet wurde, zu erkennen. Rief einer der Menge zu: »Das Volk hat immer recht!«, wurde er für diese plumpe Bauchpinselei nicht vom Platz gejagt, sondern als ihr Held gefeiert. Nur ein Grenzdebiler kann die Tatsache, dass in einer Demokratie die Mehrheit ihren Willen durchsetzen kann, zu einem Prozess der Wahrheitsfindung verklären. Und nur die dümmsten Menschen glauben, dass sie immer recht haben. Ein anderer rief: »Die Fleißigen dürfen nicht die Dummen sein!« Ich sage: »Die Dummen dürfen nicht die Fleißigen sein!« Das ist viel gefährlicher.

Aber sie pervertierten nicht nur die Demokratie zum Plebiszit, sondern auch andere hart erkämpfte Freiheiten. Nicht, dass sie das bemerkt hätten, oft genug fand Derartiges unter dem Banner des Fortschritts statt. Ich war von geistigen Dünnbrettbohrern umzingelt, die schlicht ignorierten, dass jede Freiheit ihre Grenzen hat, jedes Recht seine Pflicht. Ich sah linke Eiferer und rechte Populisten Seite an Seite für den Ruin der Redefreiheit kämpfen, im festen Glauben, diese zu verteidigen. Jene beschränkten sie in ihrem Kleingeist auf die eigenen, undurchdachten Ideologien, diese profanisierten sie zum »Jetzt-red-i!« des Rüpels. Ein erprobter Bestandteil friedlichen Zusammenlebens ist die Erkenntnis, dass sich manches von selbst verbietet, was die Freiheit erlaubt. Berief man sich auf derlei Kulturtechniken, wie etwa Respekt, Höflichkeit und Rücksichtnahme, wurden diese in einmütigem Freiheitsdrang vom Tisch gefegt.

Ich lebte in einer sich selbst neurotisierenden, moralinsauren Zeit. Tabus, Ver- und Gebote schossen wie Schwammerl aus dem Boden und nahmen dem selbstständigen Denken jegliche Nahrung. Wie gesagt, ich hoffe, jenen, die diese Zeilen lesen, ist dieser Unfug bereits fern, aber zu meiner Zeit waren selbst die einfachsten Akte des Konsums oder des Genusses ohne schlechtes Gewissen kaum noch möglich. Unsere Jeans waren möglicherweise blutgefärbt; was uns nährte, vielleicht Produkt der Ausbeutung, zugleich vielleicht schädlich für uns oder im Gegenteil gesund. Wir wussten es nicht. Jeder Tag brachte neue Halbwahrheiten, das machte uns krank. Wir hatten die Arbeit längst heiliggesprochen und sie unter das Diktat der permanenten Höchstleistung gestellt – übrigens etwas, was wir einer seelenlosen Maschine, unserem Auto etwa, niemals zugemutet hätten. Wir hatten unser soziales Leben veröffentlicht und überwachbar gemacht – den Tieren im Zoo gewährten wir Rückzugsgebiete, da wir wussten, dass sie sonst verrückt werden. Wir definierten jegliche Abweichung von den immer enger werdenden Normen des »normalen« Mensch-Seins als physische oder psychische Krankheit, die der Heilung bedürfte. Teils, weil das ein gutes Geschäft war, teils aus einer irrationalen Angst vor diesen Abweichungen. Wir näherten uns einer neuen Verklemmtheit, in der Bravsein apodiktisch empfohlen wurde, zugleich aber unmöglich war. Wir waren alle Sünder, das machte uns zu Unterworfenen. Wir freilich bedurften dazu keines Inquisitors, keiner blutbefleckten Autorität, wir schnürten uns aus freiem Willen ein, in ein Geflecht aus Zwängen, und rannten – obwohl wir kaum Luft holen konnten – unerreichbaren Idealen hinterher. Wer diese Dilemmata hinterfragte, bekam die Antwort, die solchen Skeptizismus schon immer zum Schweigen bringen wollte: Das ist so, find dich damit ab. Aber die meisten Menschen bemerkten ohnehin nichts davon. Sie lebten im ausbruchssichersten aller denkmöglichen Gefängnisse, in dem, dessen Mauern sie selbst nicht wahrnahmen. Fluchtversuch ausgeschlossen. Was meine Zeit bitter nötig gehabt hätte, wäre nicht Aufklärung gewesen – wir wussten schon viel zu viel –, sondern Auflehnung: Gegen die selbsternannten Sittenwächter, ob sie nun pflanzensaftgefärbte Latzhosen oder Schmiss trugen; gegen die areligiösen Kerzenschlucker, die Sakristeiwanzen der »correctness«; gegen die Plakatierer des Intimen, die Pornographen der Seele; gegen die Betroffenheitswichser, die Schausteller der Empathie; gegen das Regiment der Vulgarität, das allem Schönen seine Geschlechtsteile entgegenhielt, gegen jene, die Individualität predigten und ihr Partikularinteresse meinten, gegen die – genug!

Weder kann ich wissen, wie oder wohin sich die Gesellschaft entwickeln wird, noch, wann mein Buch gelesen wird. Manch einer, manch eine mag jetzt denken: Was will der alte Depp? Euch sage ich: Das ist mir wurscht, gelesen habt ihr mich trotzdem. Ätsch! Und *vale*

Der Neffe

Sie fanden ihn drei Monate später. Er war der Leukämie zuvorgekommen, mit Alkohol und Tabletten.
Es hatte eine Zeitlang gedauert, bis seine Abwesenheit überhaupt bemerkt worden war. Gewöhnlich reagierte er so gut wie nie auf Anrufe, meldete sich aber sporadisch bei mir. Als auch diese Lebenszeichen ausblieben – ich befand mich damals im Ausland - informierte ich die Behörden. Sobald der Schlosser die Haustür geöffnet hatte, verflüchtigten sich alle Spekulationen über seinen Aufenthaltsort. Er hatte mir einmal gesagt, wie sehr er ein Siechtum im Krankenhaus fürchte. Ein paar Wochen nach meiner Rückkehr kam ich endlich dazu, sein Haus für den Verkauf – zu dem ich mich als sein Alleinerbe entschieden hatte – vorzubereiten.

Erst beim Betreten seines Arbeitszimmers stieß ich auf seine hiermit vorliegende Arbeit. Ich sah eine riesige Zeittafel an der Wand, mit allerlei, teils unverständlichen Einträgen; ich sah Bücher, rund dreihundert, teils Sachbücher über die Antike, teils antike Werke, übersetzt ins Deutsche. Ich fand ausgedruckte Texte, verschaffte mir Zutritt zu seinem Laptop; und wurde doch nicht schlau aus dem, was ich vorgefunden hatte. Nach den ersten paar Seiten seines Werkes, machte ich mich natürlich auf die Suche nach dem, was er einst – wohl aus einem Klosterkeller – zu Tage gefördert haben wollte. Nichts. Im Kamin hatte er knapp vor seinem Tod sehr viel Papier verbrannt. Ich ließ – gepackt von unwiderstehlicher Neugier – die Reste forensisch untersuchen. Noch mehr Rätsel: Teile der Asche konnten als Überreste von Pergament identifiziert werden, aber viel zu wenig. Was da verbrannt worden war, waren ein oder zwei lose Blätter gewesen. Danach stellte ich das Haus auf den Kopf. Nichts. Ich verschob den Verkauf und suchte an Wochenenden und im Urlaub, monatelang, bis ich endgültig verzweifelte. Jene Pergamente, die dem Werk meines Onkels Authentizität verliehen hätten, die ihn posthum berühmt gemacht hätten, sind bis heute unauffindbar geblieben. Hat er sie versteckt oder doch verbrannt? Hat es sie überhaupt gegeben? Wenn es sie nicht gegeben hat, wofür hat er dann dieses Buch geschrieben? Wenn es sie gegeben hat, wieso hat er sie der Nachwelt entzogen? Aus Eifersucht? Aus später Angst vor einer Blamage?

* * *

So sinkt diese Brücke in die Vergangenheit – mit all ihren Planken und Lücken – zurück in den Nebel der Zeit. Undeutlich wird, was gerade noch klar war; die Wirklichkeit verschwimmt; allein die Imagination erblickt Konturen im Diffusen. Was bleibt, ist ein Sehnen.

Poggio Bracciolini an Niccolò Niccoli, am 13. Juni 1420 aus London: *Wenn du über Petronius Arbiter wissen willst, was er behandelt, lies den Beginn von Macrobius über den Traum Scipios, wo er bei der Aufzählung der Sujets sagt, unter ihnen gebe es Inhalte, die vollgestopft von erdichteten Wechselfällen von Liebhabern seien; in ihnen habe sich der* Arbiter *viel betätigt. Er ist freilich einer, der wuchtig im Vers und ruhig in der Prosa ist, und er lebte, wie ich vermute, bald nach der Zeit des Augustus.*[23]

FINIS

ANMERKUNGEN

LIBER I

1 Aus: *The Poems of Jonathan Swift, D.D.* SWIFT 2004.

2 HOMER, *Odyssee*, I, 1.

3 Giton bewegt sich auf den Spuren der antiken Partikeltheorie. Siehe LUKREZ, *De rerum natura*.

4 Sprich, die *papyri* als Einwickelpapier für Fische verwenden. MARTIAL, *Epigrammata*, III, 2 u. 50.

5 Auch bei PHAEDRUS, *Fabulae*, Appendix Perrotina, 14: Ein Esel findet eine Harfe und kann damit nichts anfangen.

6 Bücher wurden in der Antike durch Abschreiben vervielfältigt. Klagen über schlampige Kopien ziehen sich durch die gesamte Zeit.

7 Normalerweise transportierte man Buchrollen in großen zylindrischen Behältern oder band sie einfach zusammen. Für eine Schachtel aus Zypressenholz: HORAZ, *De arte poetica*, 331 f.: ... *kann da noch ein Dichtwerk entstehen, das man mit Zedernöl schützt und bewahrt im Zypressenholzkästchen?* Diese Aufbewahrungsart diente der Abwehr von Büchermotten.

8 *Satyrica*, 58, 13: *Mufrius* ist ungeklärt, aber wohl nicht schmeichelhaft. »Schwätzer, nicht Lehrer!« (FRIEDLAENDER 1906). »Doofkopf, nicht Dozent!« (*SAT* Holzberg). Weitere Vorschläge für *mufrius*: »Bergschaf« (SMITH 1975), »Schafskopf« (*SAT* Sullivan).

9 *Satyrica*, 62, 5: .. *mihi [in] anima in naso esse.* »Mir saß die Seele in der Nase.« *SAT* Holzberg. Wohl sprichwörtlich; im übertragenen Sinn: »Mir ist das Herz stehen geblieben.« In der antiken Vorstellung entwich die Seele beim Tod durch Mund und Nase.

10 Neros *domus aurea*: ein gigantischer Palast, der nach dem Brand Roms im Jahr 64 u. Z. errichtet wurde. Er erstreckte sich über ca. 100 Hektar vom Palatin bis zu den späteren Traiansthermen. Eine riesige goldene Statue Neros wurde namensgebend für das spätere Colosseum, das Amphitheater der Flavier.

11 Das römische Theater kannte, im Gegensatz zum griechischen, einen Vorhang. Siehe HORAZ, *Epistulae,* II, 1 u. 189; *De arte poetica*, 154–155.

12 Marcus Terentius Varro. Berühmter Gelehrter und Schriftsteller des 1. Jahrhunderts v. u. Z. Verfasste zahlreiche Geschichtsbücher, weiters Werke über Linguistik, Rhetorik, Recht, landwirtschaftliche Lehrbücher, philosophische und bildungswissenschaftliche Schriften etc. Varro war auch Dichter, er brachte die *satura Menippeae* nach Rom.

13 Augustus-Zitat. Sueton, *De vita Caesarum*, Augustus, 28, 3.

14 Gemeint ist nicht der Zitronenbaum, sondern der Sandarakbaum aus Mauretanien. Die Preise für derartige Tische erreichten absurde Höhen (500.000 bis über 1 Million Sesterzen). Plinius, *Naturalis Historiae*, XIII, 91 ff.

15 Petronius-Fragment XXIIII: *non bene olet qui bene semper olet. SAT* Müller/Ehlers, S. 372 f. Sprichwörtlich, siehe Martial, *Epigrammata*, II, 12.

16 *Satyrica*, 74, 9: *purgamentum dedecusque!* Die Verwendung von zwei miteinander zusammenhängenden Schimpfwörtern ist typisch für petronsche Schimpfkanonaden. Übersetzung: Friedlaender 1906.

17 Phaedrus, *Fabulae*, I, 1.

18 Sueton, *De viris illustribus*, 23.

19 Decimus Laberius, frg. 126 R. Bekannter Autor einer beliebten Art von Lustspielen (> *mimus*) zu Zeiten Iulius Caesars. Aus: Petersmann/Petersmann (Hrsg.) 2000, S. 309.

20 Tacitus, *Annales*, III, 49. Der beschriebene Prozess gegen ihn fand im Jahr 21 u. Z. statt.

21 Vergil, *Aeneis,* VI, 1 f.

22 Wörtlich: die Wasserblase. In diesem Fall: Zeichen des unmündigen Knaben. Ein runder, recht großer Anhänger, der um den Hals getragen wurde; bei den höheren Ständen aus Gold, sonst zumeist aus Leder. Georges 2010.

23 Philodemus, *Haushaltung,* 14 u. 22 (in Auszügen).

24 C. Lucilius, frg. 1342–54. Von diesem römischen Satiriker sind nur Fragmente seines 30 Bücher umfassenden Werkes übrig geblieben. Er starb um 103 v. u. Z. Aus: Petersmann/Petersmann (Hrsg.) 2000, S. 351 f.

25 Der in den städtischen Besitzungen lebende Teil der *familia*. Den auf den Landgütern lebenden Teil nannte man *familia rustica*. Pauly 1979.

26 Nachfolgender Consul des jeweiligen Jahres.

27 Siehe Breitenstein 2009. Vorwort, S. IX.

28 Die drei Mitglieder eines Beamtenkollegiums. Derartige Kollegien gab es für viele Verwaltungsbereiche, etwa als Vorsteher der Gefängnisse oder als Brandschutzbeauftragte. Die *triumviri monetales* waren für das Münzwesen zuständig, sie wurden auch als *triumviri aere argento auro flando* bezeichnet. Georges 2010.

29 Sie erstreckte sich an der Westküste der heutigen Türkei vom Hellespont bis zur Höhe der Insel Rhodos. Zu ihr gehörten alle vorgelagerten Inseln und im Landesinneren die Bezirke Mysia, Lydia, Caria und Phrygia (bis etwa 29° östliche Länge).

30 M. Terentius Varro, frg. 5. Aus: Petersmann/Petersmann (Hrsg.) 2000, S. 358.

31 Von Apollo geliebt, nach seinem vorzeitigen Tod lässt der Gott eine Blume aus seinem Blut entstehen.

32 Schüler des Sokrates, will sich ihm hingeben, Sokrates weigert sich. Aus: Platon, *Symposion*, 33 f.

33 Dreifüßiges Gestell für eine Schale oder Gefäß mit drei Füßen; typische Weihegabe an Apollon. Cornutus, *Epidrome,* 32. Apollon und Artemis, 17.

34 Publilius Syrus, Sentenz A 43. Erfolgreicher Lustspielautor des 1. Jh. v. u. Z. Fragmentarisch überliefert, vor allem durch Sentenzensammlungen. Aus: Petersmann/Petersmann (Hrsg.) 2000, S. 312.

35 Das Gewand antiker Statuen wurde nicht immer aus Stein gehauen. Für eine mit Stoff bekleidete Statue der Fortuna siehe Plinius, *Naturalis Historiae*, VIII, 197.

36 Antipater von Thessalonike, *Anthologia Graeca*, XI, 224. Er lebte um die Zeitenwende und war ein Klient des L. Calpurnius Piso. Holzberg 2010.

37 Persönliche Barschaft des Sklaven, die dieser sich durch Belohnungen, Trinkgelder oder Bezahlung für besondere Dienste verdienen konnte. Inwiefern es tatsächlich sein Eigentum war oder es erst mit Freilassung wurde, ist ungeklärt. Georges 2010.

38 Wörtlich: Athlet, Kraftmensch. Siehe Martial, VII, 67 und XIV, 48. Im übertragenen Sinn der aktive Part beim homosexuellen Geschlechtsverkehr. Den passiven Teilnehmer nannte man *pathicus*: vom griechischen pathikós – passiv. Georges 2010.

39 Eigentlich: betäubt, verblüfft. Hier der Dummkopf, Tölpel. Typische Figur des *mimus*. Georges 2010.

40 Wein tranken die Römer mit Wasser gemischt und temperiert.

41 Luna, die Mondgöttin. Wurde mit auf den Sichelmond bezugnehmenden Hörnern dargestellt.

42 Vgl. dazu: Fresko des Priapus, Haus der Vettier, Pompeii.

43 Vgl. *Satyrica*, 138, 1. Encolpius wird ein lederner Phallos rektal eingeführt, auf den eine ähnliche Mischung aufgetragen wurde.

44 Wörtlich: (lasziver) Tänzer. Im übertragenen Sinn stand der Begriff für »schwul«. Derartige Lehrerverunglimpfungen finden sich auch als Graffiti an den Wänden Pompeiis. GARCIA Y GARCIA 2005, S. 66.

45 *Carmina Priapea*, 3. Die Sammlung enthält achtzig Gesänge auf Priapus, verfasst von einem anonymen römischen Autor.

46 Hercules.

47 Hermes.

48 *Carmina Priapea*, 9.

49 Im Principat Statthalter der Senatsprovinzen, gleich ob sie vorher Consuln waren oder nicht.

50 Im Gebiet der heutigen Türkei, nördlich der Provinz Asia.

51 *Satyrica*, 1, 2: *... putent se in alium orbem terrarum delatos. SAT* Holzberg.

52 Germanicus starb 19, Drusus 23 u. Z.

53 Erzkomiker, Obermime. Bei Begräbnissen übernahm zuweilen ein Schauspieler die Rolle des Verstorbenen, oft auch in dessen Gewändern. Er war dafür zuständig, diesen mit all seinen Eigenschaften, auch den weniger liebenswerten, darzustellen. Offenbar als humorvoller Kontrast zum Pathos der Beerdigung gedacht, oder auch, um den »ganzen« Menschen zu bestatten. SUETON, *De vita Caesarum*, Vespasian, 19, 2.

54 Gerade, in eine trichterförmige Öffnung auslaufende Blasinstrumente mit tiefem, schmetterndem Ton. Zunächst wurden *tubae* als Kriegstrompeten, dann auch bei Leichenbegängnissen verwendet. GEORGES 2010.

55 Bestattungen und Beerdigungen innerhalb der »sakralen Stadtgrenzen«, die die inneren, heiligen Bezirke Roms umfassten, waren nicht erlaubt.

56 Vgl. dazu die Schilderung des Vorfalles bei PLINIUS, *Naturalis Historiae*, X, 121.

LIBER II

1 Apuleius, *Metamorphoses*. Heute besser bekannt unter dem Titel: *Der goldene Esel*.

2 *Euphormio's Satyricon* von John Barclay. Eine Streitschrift gegen die Scholastik der Jesuiten in Romanform, publiziert in den Jahren 1605 und 1607. Siehe Barclay 1973.

3 *Ratio Studiorum et Institutiones Scholasticae Societatis Jesu* etc. In der Reihe *Monumenta Germaniae Paedagogica* herausgegeben und kommentiert von Georg Michael Pachtler S. J. Berlin: A. Hofmann & Comp. 1887–1894; hier IV, 181: »Ultimo demum loco cum iam in lectione et stylo multum profecerint, omne genus Scriptorum perlegi poterit, qui vani, turpes, barbari et exotici non sunt, instar Petronii, Apuleji, Euphormionis, qui in scholis ne nominari quidem debebunt, multo minus commendari, aut ex illis aliquid, licet suppresso nomine, legi; accenduntur enim statim auditores desiderio legendi et emendi eos, quos audiunt commendari aut nominari a suis Magistris.« Übersetzung: Hannes Benedetto Pircher.

4 Die Provinz Hispania citerior, auch Tarraconensis genannt. Sie enthielt den nordöstlichen Teil der Iberischen Halbinsel und ungefähr zwei Drittel seiner Fläche. Sie erstreckte sich über fast die gesamte Mittelmeerküste bis zur nordöstlichen Atlantikküste. Der südwestliche Teil, Hispania ulterior, das jenseitige Spanien, enthielt die Regionen Lusitania und Baetica.

5 Tacitus, *Annales*, VI, 27, 3 u. 47 f.; Dio, *Römische Geschichte*, Buch 58, 27.

6 Ehrenbezeichnung der Senatoren, Anredeform bei Senatsreden: »Ehrwürdige Väter, …«

7 Lucilius, frg. 1086–87. Petersmann/Petersmann 2000, S. 346.

8 Das Sitzungsgebäude des Senats, die Curia Iulia auf dem Forum Romanum.

9 Horaz, *Saturae*, II, 7, 5.

10 Statius, *Silvae*, IV, 9.

11 Martial, *Epigrammata*, XIV, 1, 9.

12 Martial, *Epigrammata*, VI, 24.

13 Plinius, *Epistulae*, II, 17, 24.

14 Zusätzlich zu den im Text zitierten (Auswahl).: Cato der Ältere, Seneca der Jüngere, Juvenal, Tacitus, Lukian, Macrobius.

15 *Satyrica* 58, 2. Frei übersetzt: »Hurra, Fasching!«

16 Blitze galten als Fingerzeig bzw. Zeichen Iuppiters und daher als heilig. An der Einschlagstelle wurde ein Grabmal errichtet.

17 Vgl. *Satyrica*, 45, 8: *sed qui asinum non potest, stratum caedit.* »Doch wer den Esel nicht hauen kann, haut den Sattel.« *SAT* Holzberg.

18 Ofonius Tigellinus. Ab 62 u. Z. Praetorianerpraefect, von niederer Herkunft, Günstling Neros.

19 Petronius-Fragment, Bücheler/Riese 1894, *AL 691*. Übersetzt von Hannes Benedetto Pircher und Tom F. Lange. Es gibt eine Fülle von Bruchstücken ohne Zusammenhang, die Petronius zugeschrieben werden. Einen Teil davon, neunundzwanzig Fragmente, enthält die *Anthologia Latina,* eine Sammlung »kleiner« lateinischer Gedichte, die der deutsche Philologe Alexander Riese 1868 erstmals editiert hat.

20 Unterweltsgewässer, das die Toten auf der Fähre des Charon überqueren müssen. Jene, die diesen nicht bezahlen können und es schwimmend versuchen, bleiben auf ewig unter Wasser gefangen. Daher legte man den Toten eine Münze unter die Zunge.

21 Die wichtigsten Quellen zum Leben des Petronius sind: Tacitus, *Annales, XVI*, 17–20; Plutarch, *Moralia*, 60 E, *De adulatore et amico*; Plinius, *Naturalis Historiae*, XXXVII, 7.

22 Überliefert in: Iustinian, Dig. 48, 8, 11 § 2. Im Jahr 19 u. Z. vom damaligen Consul Publius Petronius als Gesetz eingebracht. Bislang auch dem C. Petronius Umbricus, *consul suffectus* des Jahres 25 u. Z., zugeschrieben. Marquardt 1990, S. 190.

23 Iustinian, Dig. 40, 1, 24. Marquardt 1990, S. 190.

24 Horaz, *Sermones,* II, 7.

25 *Policraticus* III, 8. Salisbury 1972, S. 175. Übersetzung aus dem Englischen durch den Autor. Im Original: ... *fere totus mundus iuxta Petroniem exerceat histrionem* ... Siehe dazu: John of Salisbury. *Policraticus*. Cambridge University Press 1990.

26 *Mundus universus exercet histrionam*. Montaigne, *Essays*, III, 10.

27 *Policraticus*, III, 8. Salisbury 1972, S. 172. Übersetzung aus dem Englischen durch den Autor. Im Original: ... *fere totus mundus ex Arbitri nostri sententia mimum videtur implere*. Siehe dazu: John of Salisbury. *Policraticus*. Cambridge University Press 1990.

28 *Satyrica*, 80, 9. *SAT* Holzberg.

29 *The Picture of Dorian Gray*. Oscar Wilde, 1891; *Quo vadis?* Henryk Sienkiewicz, 1895/96; *The Great Gatsby*. F. Scott Fitzgerald, 1925.

30 Marcus Fabius Quintillian. *Institutio oratoria*, X, 1, 93.

31 Eine Ausnahme bildet der lateinische Grammatiker Terentianus Maurus, der vermutlich gegen Ende des 2. Jahrhunderts u. Z. wirkte. Er erwähnt Petronius allerdings nur in Bezug auf metrische Fragen.

32 Friedlaender 1906, S. 44 f.

33 Hüttemann 2010, S. 174 f.

34 Schmeling 2013, *Introduction*, S. xxii ff.

35 Schmeling 2013, S. 84. Die Deutung des Namens ist bis heute umstritten.

36 Oscar Wilde: *The Picture of Dorian Gray*. Wilde 1985, S. 161.

37 Hier nur drei Beispiele: *Satyrica,* 51, 1: Die Geschichte vom unzerbrechlichen Glas. Laut Plinius, *Naturalis Historiae* XXXVI, 195 und Dio, Buch 57, 21 ereignete sie sich unter *princeps* Tiberius. *Satyrica,* 64, 4: Einer der Freunde Trimalchios behauptet, in seiner Jugend ein hervorragender Tänzer und Sänger gewesen zu sein; nur Apelles sei ihm ebenbürtig gewesen. Apelles war ein bekannter Schauspieler der Zeit Caligulas. *Satyrica,* 52, 3: Trimalchio erwähnt die Gladiatoren Hermeros und Petraites; beide Namen sind inschriftlich für Gladiatoren des 1. Jahrhunderts bezeugt.

38 Als ein Dichter des *mimus*, Decimus Laberius, von Iulius Caesar gezwungen wurde, auf der Bühne aufzutreten, verlor er damit seine Ritterwürde, da es Adeligen untersagt war, öffentlich Schauspiel zu treiben. Er rächte sich mit einem Prolog, in dem er Caesar als launenhaften Despoten darstellte. Im Zuge dessen ließ er sich in der Tracht eines syrischen Sklaven mit Peitschenhieben über die Bühne jagen, was wohl als Anspielung auf seinen Konkurrenten Publilius Syrus verstanden werden sollte. Petersmann/Petersmann 2000, S. 306 ff.

39 9-tägiges Seelenfest zum Gedenken an verstorbene Eltern, Verwandte und Vorfahren. Die *dies parentales* begannen am 13. Februar. Um die Seelen der Toten zu versöhnen, brachte man ihnen kleine Opfergaben. Georges 2010.

40 Fata: Schicksalsgöttin, Parze. Sie steht für das unabwendbare Schicksal, das mit der Geburt des Menschen von den drei Parzen beschlossen wird. Die Glücksgöttin Fortuna ist, im Gegensatz zu Fata, deutlich launenhafter. Bei ihr besteht Hoffnung auf Beeinflussbarkeit.

41 Es befand sich im Theaterviertel Roms, im Westen der Stadt, zwi-

schen dem capitolinischen Hügel und dem Marsfeld. Rund um die Theater herrschte reges Treiben. Vgl. Seneca, *Ad Lucilium,* 76, 4.

42 Gesangseinlagen in Theaterstücken. Manches *canticum* aus Komödie oder *mimus* entwickelte sich zum antiken »Gassenhauer«. Georges 2010.

43 Ovid, *Amores*, I, 2. Elegie, 1–5.

44 »Die Jungfräuliche«. Typischer »sprechender« Name der *meretrix* – der gehobenen Prostituierten.

45 Dionysos, auch *liber Pater* genannt; u. a. Gott des Weines, der Trunkenheit und freien Liebe. Eine Art anarchischer Gegenspieler zu Zeus. Petron beschreibt hier eine typische Statuengruppe – den Gott mit seinem Gefolge.

46 Wahrscheinlich ist der berühmte athenische Bildhauer u. Erzgießer des 4. Jh. v. u. Z. gemeint. Es gibt allerdings mehrere gleichnamige Künstler. Im gegenständlichen Fall maximal eine Kopie, wenn überhaupt ein Werk irgendeines Praxiteles. Siehe Plinius, *Naturalis Historiae*, XXXIV, 50, 69–71.

47 Vgl. S*atyrica,* 83, 1. Zeuxis aus Herakleia, berühmter griechischer Maler, ca. 435–390 v. u. Z. tätig. Plinius, *Naturalis Historiae*, XXXV, 61–64.

48 Laut Plinius der erste aller griechischen Bildhauer. Er wirkte im 5. Jh. v. u. Z. Schuf u. a. den Zeus von Olympia in Gold und Elfenbein. Ein Priapus passt weder in das überlieferte Œuvre des Phidias noch zur dargestellten Gottheit, die meistens aus Holz geschnitzt wurde. Siehe Plinius, *Naturalis Historiae*, XXXIV, 49 und *Carmina Priapea*, 63.

49 Sogenannte babylonische oder auch attalische Stoffe waren mehrfarbig, oft von Goldfäden durchwirkt oder zur Gänze aus Gold und wurden für Teppiche, Polster und auch Kleidungstücke verwendet. Siehe Plinius, *Naturalis Historiae*, VIII, 196; XXXIII, 63; XXXVI, 115.

50 Korinthische Bronze, zählt zu Raritäten unter den antiken Werkstoffen. Angeblich ist sie bei der Zerstörung Korinths im Jahr 146 v. u. Z. entstanden, als im Feuer Bronze, Gold und Silber zusammenflossen. Siehe Plinius, *Naturalis Historiae*, XXXIV, 6 f. Vor Fälschungen wurde gewarnt, so auch in *Satyrica* 50, 1 ff.

51 Lagune bei Baia in Campanien mit der angeblich besten Austernzucht.

52 Numidischer Marmor: gelb mit rötlichen Adern durchzogen. Siehe Plinius, *Naturalis Historiae*, XXXVI, 49

53 Nicht der Schmuckstein ist gemeint, sondern ein Onyx-Marmor, *alabastrites*, der in Theben und Damascus abgebaut wurde. Siehe Plinius, *Naturalis Historiae*, XXXVI, 59–61.

54 Liebesbrief Petrons, augenscheinlich auf den Spuren der Elegiker Catull, Properz und Ovid. Parallel-Elemente sind: der Eingriff Cupidos, der Vergleich des Liebesdienstes mit Waffentaten, der mitunter humorvolle Ton. Offensichtlich, so wie anderen Stellen, nachträglich von Giton eingefügt.

55 Cupido/Amor ist der Sohn der Venus.

56 Die Geburt der Venus fand, der Sage nach, vor der Küste der genannten Insel statt. Cytheria ist daher auch ein beliebter poetischer Name der Schaumgeborenen.

57 Epikur, *Gnomologium Vaticanum*, 65. Aus: Epikur, *Wege zum Glück.*

58 Im Viertel des Mons Caelius, vom Palatin ostwärts zur späteren Porticus Claudia führend. Der Mons Caelius wurde nach einem Brand im Jahr 27 u. Z. eine beliebte Wohngegend reicher Römer. Kiepert 1902, Tab. IX.

59 Wahrscheinlich eine Anspielung auf die folgende Anekdote: Der ältere Cato sieht einen jungen Mann, als der gerade aus einem Bordell auf die Straße tritt. Er kritisiert ihn nicht, sondern beglückwünscht ihn, dass er seinen natürlichen Trieb auf so pragmatische Weise befriedigt hat. Als er ihn wiederholt beim Verlassen des Bordells erwischt, stellt er fest: »Ich habe dich dafür gelobt, dass du hierhin gekommen bist, nicht dafür, dass du hier wohnst.« Weeber 2010, S. 58.

60 Zeitangabe nach der Sonnenuhr: Die achte Stunde nach Sonnenaufgang. Wenn dieser um sechs Uhr stattgefunden hatte, war es also zwei Uhr nachmittags. Vgl. Persius, *Saturae*, 3, 4.

61 Vgl. *Satyrica*, 79, 8. *SAT* Holzberg.

62 Sprichwörtlich. Vgl. *Satyrica,* 57, 3.

63 Platon, *Symposion*, 34 (219a). Übersetzung: Hannes Benedetto Pircher, basierend auf Friedrich Schleiermacher.

64 Platon, *Symposion*, 10 (183d–e). Übersetzung: Hannes Benedetto Pircher, basierend auf Friedrich Schleiermacher.

65 Tacitus, *Annales*, IV, 62–63.

66 Sueton, *De vita Caesarum,* Tiberius, 40.

67 Die Befehlsgewalt des *pater familias*. Der Vater als Familienoberhaupt hatte erhebliche Macht über seine *familia*. Bis in das 4. Jhdt. u. Z. hatte er das Recht, seine Kinder selbst zu bestrafen und theoretisch sogar die Todesstrafe zu verhängen. Siehe GARDNER 1995, S. 11 f.

68 Mehr darüber in GARDNER 1995.

69 PLINIUS, *Naturalis Historiae,* VII, 38.

70 SUETON, *De vita Caesarum*, Claudius, 1. Decimus Claudius Drusus Nero, der Vater des späteren *Imperator* Claudius, kam 3 Monate nach der Hochzeit des Augustus mit der frisch geschiedenen Livia zur Welt. Augustus, um dem Verdacht des Ehebruchs entgegenzutreten, adoptierte Decimus. Aber sofort machte der Vers die Runde: »Mit denen es das Glück gut meint, die haben sogar ein Dreimonatskind.«

71 PLINIUS, *Naturalis Historiae*, VII, 40. Die Ansprüche eines zweiten Erben wurden gerichtlich abgewiesen, nachdem die Mutter behauptet hatte, dreizehn Monate mit diesem Sohn schwanger gewesen zu sein.

72 Ibid., VII, 48 f. Alkmene gebar die »Halbzwillingsbrüder« Herakles und Iphikles der Väter Zeus und Amphitryon. Plinius verweist auf weitere reale Beispiele für die *superfecundatio*, an die auch Aristoteles geglaubt hat.

73 Ibid., VII, 39.

74 Ibid., VII, 47.

75 Ibid., VII, 64 ff.

76 MARTIAL, *Epigrammata*, II, 92.

77 Straße im Viertel des Mons Aventinus, vom Velabrum, den großen Märkten in der Tiber-Ebene, zum Diana-Tempel am Aventin führend. KIEPERT 1902, Tab. IX.

78 Einer der Zwillingssöhne des Drusus, Enkel des Tiberius Caesar. Geb.: October 19, Gest.: 37 u. Z.

79 DIO, *Römische Geschichte*, Buch 58, 21, 4.

80 VERGIL, *Aeneis*, V, 560 f.

81 Für den ganzen Abschnitt, siehe FORTUIN 1966, S. 161 ff.

82 TACITUS, *Annales,* VI, 45.

83 Sprichwörtlich: Wolfsohren sind klein, ihre Träger gefährlich. Wahrscheinlich eine Anspielung Gitons auf eine Bemerkung Tiberius' in Bezug auf die Regierbarkeit des *Imperium*: *Ich halte einen Wolf bei den Ohren*. SUETON, *De vita Caesarum,* Tiberius, 25, 1.

84 Phaedrus, *Fabulae*, I, 24.

85 Es ist wohl Mamercus Scaurus gemeint, den 34 u. Z. eine von ihm verfasste Tragödie zu Fall brachte. Tacitus, *Annales*, VI, 29.

86 *medius fidius!* Beteuerungsformel, eigentlich: *me Dius Fidius!* So wahr mir der (treue) Gott helfe! Georges 2010. Vgl. *Satyrica*, 17, 4.

87 Vgl. *Satyrica*, 37, 3. Gemeint ist der »Genius« des Menschen, der ihn durch das Leben begleitet.

88 Hekate: Im Griechischen der alte Name und spätere Beiname der Mondgöttin Artemis. Hekate bedeutet »Fernschießende«, weil die Mondgöttin das Licht von fern – *hekathen* – aussendet. Cornutus, *Epidrome*, 32, 2.

89 »Vater des Vaterlandes«, Ehrentitel der Caesaren. Pauly 1979.

90 Sueton, *De vita Caesarum*, Tiberius, 75.

91 Laut Tacitus, *Annales*, VI, 50 wurde er von Macro erstickt. Sueton, *De vita Caesarum*, Tiberius 73, nennt Gerüchte: Caius hätte ihn vergiftet bzw. andere ihn mit Kissen erstickt.

92 Tacitus, *Annales*, VI, 48.

93 Tacitus, *Annales*, I, 13.

94 Strichjunge. An den griechischen Begriff für Schließmuskel angelehnt. *Satyrica*, 113, 11. *SAT* Holzberg.

95 Übertreibung. Caligula war bereits 25 Jahre alt.

96 Tacitus, *Annales*, VI, 48.

LIBER IV

1 Die Uraufführung fand am 16. März 1973 in Scheweningen während der Niederländischen Festspieltage statt. Bruno Maderna. *Satyricon*. Editions Salabert, 1992

2 »Die Erstgeborene«.

3 Vgl. CORNUTUS, *Epidrome*, 17, 7.

4 *clientes* (Sing.: *cliens*): Der Hörige, der Schützling. Klienten standen in einem persönlichen Abhängigkeitsverhältnis zu ihrem Herrn und dienten ihm, wofür er ihnen Schutz gewährte. Zu petronischen Zeiten hatten sie ihren Dienst zu Sonnenaufgang anzutreten. GEORGES 2010.

5 »Guter Hintern«. Typischer Prostituiertenname.

6 Die »schmutzige Beschäftigung«. Jegliche Handarbeit war eines »echten« Römers unwürdig. Akzeptierte Berufe eines *civis romanus* waren, an erster Stelle, die selbstständig ausgeübte Landwirtschaft sowie der Beruf des Kriegers oder Politikers und Tätigkeiten, die eine hohe Bildung zur Voraussetzung hatten und/oder zum Nutzen aller waren, wie etwa Lehrer oder Baumeister. WEEBER 2010, S. 15–21.

7 CICERO, *De officiis*, I, 42 (150): *Alle Handwerker befassen sich mit einer schmutzigen Tätigkeit, denn eine Werkstatt kann nichts Edles an sich haben.*

8 Im Februar geht die Sonne um ca. 8 Uhr auf; somit betrieben Caius und Vicinius ihren Laden von ca. 12 bis 15 Uhr; wohl nach der Schule und vor der *cena*.

9 Ciceros dichterische Fähigkeiten standen in krassem Gegensatz zu jenen, die er als Rhetor hatte. Sowohl seine Zeitgenossen als auch spätere Generationen fällten vernichtende Urteile. Siehe beispielsweise MARTIAL, *Epigrammata*, II, 89 und QUINTILIAN, *Institutio oratoria*, XI, 1, 24. Vergil wiederum versagte bei seinem ersten Auftritt bei Gericht kläglich. Er hat es danach nie wieder versucht. Siehe VERGIL, *Aeneis*; Ausgabe Fink 2005, S. 648.

10 Anspielung auf ein Augustus-Zitat: SUETON, *De vita Caesarum*, Augustus, 85, 2.

11 Philodemus von Gadara, *Anthologia Graeca*, V, 132. HOLZBERG 2010, S. 19.

12 Tänzerinnen aus dem spanischen Gades galten als besonders erregend.

13 *cognomen* des Dichters, der mit vollem Namen Publius Vergilius Maro hieß.

14 »Die Bescheidene«. Typischer Name einer Sklavin.

15 Der griechische »Nachbar« Giton wurde zum lateinischen Nachbarn Vicinius.

16 Kallimachos, *Aitien,* 1. Buch, Prolog. Der griechische Dichter Kallimachos von Kyrene lebte und wirkte im Alexandria des Ptolemaios II, genannt *Philadelphos*, von ca. 275–240 v. u. Z. Sein Einfluss auf die römische Dichtkunst ist ab dem 1. Jh. v. u. Z. unübersehbar. Ein »Kallimachismus« entwickelte sich, der – der Kleindichtung zugetan – überraschend, anspielungsreich und witzig zu sein hatte.

17 Epikur-Fragment, überliefert durch Diogenes Laertes, *Leben und Lehre der Philosophen*, X, 119. Siehe auch Epikur, *Wege zum Glück*, S. 21.

18 Conte 1999, S. 381 f.

19 Cornutus, *Epidrome*, 35, 5 u. 12.

20 Aureus.

21 Ephebe, Mundschenk des Iuppiter. Typischer Name eines Lustknaben.

22 Name aus der Mythologie: Agawé war die Tochter des Cadmus, Gemahlin des Echion und Mutter des Pentheus, den sie in bacchantischer Wut zerriss, da sie ihn für ein wildes Tier hielt. Vgl. Ovid, *Metamorphoseon libri,* III, 700 ff.

23 Übertragen für »reich«. Vgl. *Satyrica*, 38, 7, *SAT* Holzberg: *valde succosi sunt*. Sie [die reichen Gäste] stehen in vollem Saft.

24 Dienerin des Apollon in Troia. Beute des Achilles, wird diesem von Agamemnon weggenommen. Der Name signalisierte dem antiken Zuschauer, dass er einen Kampf um die so benannte Agawé erwarten durfte. Siehe Homer, *Ilias*, I, 322 ff.

25 Sprechender Name: »an sich reißend«, »räuberisch«. Figur aus *Pseudolus*, einer Komödie des Plautus.

26 Der Name eines Jünglings bei Horaz, *Carmina,* 1, 33. Weiters der bekannte Gründer des Persischen Reiches. Vielleicht war der Friseur persischer Abstammung.

27 Sprechender Name. Vermutlich die maskuline Form der *blatta*: ein lichtscheues, an Kleidern, Büchern etc nagendes Insekt; etwa eine Schabe oder Motte.

28 *parasitus*: Der Schmarotzer, beliebte Figur im *mimus*. Der klassische Schnorrer, wie er zu allen Zeiten in der Nähe reicher Menschen anzutreffen ist. Georges 2010.

29 Gängiger Sklavenname.

30 Ein Freigelassener namens Marcus Cerrinius Restitutus ist mit seinem Grabmal in Pompeii inschriftlich als Geschäftsmann der neronischen Zeit überliefert. Dokumentiert als CIL (Corpus Inscriptionum Latinarum) X 994. Siehe Hüttemann 2010, S. 113.

31 Plumpes Wortspiel, „Aureus" bezeichnet den Gastgeber in seinen goldenen Gewändern, aber auch die Goldmünze; also den Lohn, den Silanus bekommen hat.

32 Ebenso plumpes, auch nicht ganz korrektes Wortspiel. *Milia* bezeichnet die Hirse wie auch »die Tausenden«. Ganymedes bezieht sich auf einen Formalakt bei der Ernennung eines neuen Herrschers. Nach der eigentlichen Machtergreifung, die von der Zustimmung der Praetorianergarde, der wichtigsten Legionskommandanten und des Senats abhängig war, stellte sich der neue *princeps* auch der Volksversammlung, die ihn durch Jubel »wählen« durfte.

33 Vgl. *Satyrica*, 51. Die Geschichte vom unzerbrechlichen Glas. Auch überliefert durch: Plinius, *Naturalis Historiae*, XXXVI, 195 und Dio, *Römische Geschichte*, Epitome des Buches 57 (21, 7), Xiphilinos 137, 17–140, 7.

34 Siehe Horaz, *De arte poetica*, 136.

35 Sprichwörtlich, siehe z. B. *Satyrica*, 57, 5.

36 Siehe *Satyrica*, 38, 10. An dieser Stelle wird er namentlich als Gast Trimalchios erwähnt.

37 Publius Decimius Eros: Unter Umständen derselbe, der in Assisi seinen Grabstein hat. P(ublius) Decimius p(ubli) l(ibertus) Eros Merula. Dokumentiert als CIL XI 5400 = ILS 7812. Siehe Schumacher (Hrsg.) 2011, S. 274 ff.

38 *Satyrica*, 45, 7 ff.

39 Claude Lelouch. *Die Entführer lassen grüßen*. Spielfilm. Frankreich, Italien 1972. Originaltitel: *L'aventure, c'est l'aventure*.

40 Tacitus, *Annales*, II, 85.

41 Siehe Adamietz (Hrsg.) 1986. S. 13 f. Zitat aus der *Ars grammatica* des Diomedes.

42 Horaz, *De arte poetica*, 350.

43 Ein 17-bändiges Werk über den Zweiten Punischen Krieg, das bereits von Zeitgenossen vernichtend beurteilt und in den folgenden Jahrhunderten kaum rezipiert wurde. Nach allgemeiner Auffassung das schlechteste überlieferte Werk der sogenannten silbernen Latinität. Silius Italicus lebte von 25 u. Z. bis ungefähr 100 u. Z., in der Zeit der Flavier zog er sich aus dem politischen Leben zurück und widmete sich der Dichtkunst. Siehe etwa Plinius, *Epistulae*, III, 7 bzw. Conte 1999, S. 491 ff.

44 Dio, *Römische Geschichte*, Buch 59, 8, 1.

45 Dio, *Römische Geschichte*, Buch 59, 8, 3.

46 Macro, Caligulas eifrigster Unterstützer, sah sich nach dessen Machtergreifung in Ungnade gefallen. Aufgrund des fortdauernden Misstrauens und der Eifersucht Caligulas beging er im Jahr 37 u. Z. gemeinsam mit seiner Frau Selbstmord. Sueton, *De vita Caesarum*, Caligula, 26, 1.

47 Ursprünglich höchstes Amt zu Zeiten der res publica: Zwei consules leiteten für ein Jahr die Regierungsgeschäfte. Im Principat nur noch ein Ehrenamt, dessen Dauer sich auf zunächst vier, im 2. Jh. u. Z. auf zwei Monate verkürzte.

48 Siehe Sueton, *De vita Caesarum*, Vespasian, 5, 3.

49 Epigramm eines ansonsten unbekannten Statilius Flaccus. *Anthologia Graeca,* IX, 37. Siehe Holzberg (Hrsg.) 2010, S. 73.

50 Urginea maritima bzw. Scilla maritima. Siehe Plinius, *Naturalis Historiae*, XX, 98: *Seine [des Meerzwiebelessigs] Wirkung ist außerordentlich stark. Wer ihn zu gierig zu sich nimmt, sieht für einen Augenblick wie ein Leichnam aus*. Dies beruht auf der Wirkung der herzaktiven Glykoside, wenn der Meerzwiebelessig zu gierig – oder auch in zu großer Dosis – eingenommen wurde.

51 Vgl. dazu die verstreuten Beschreibungen des Caligula bei: Plinius, *Naturalis Historiae*, XII, 10: *… er speiste* [in einer riesigen, mit Sitzgelegenheiten ausgestatteten Platane]*, wobei er selbst ein Teil des Schattens war …* Sueton, *De vita Caesarum*, Caligula, 50, 1: *Caligula war außerordentlich groß, sehr bleich, recht korpulent, Nacken und Schenkel hingegen waren sehr zart, Augen und Schläfen lagen tief in einer Höhlung, er hatte eine weite und finstere Stirn, kaum Haare, gar keine in der Gegend des Scheitels, am restlichen Körper war er stark behaart …* Seneca, *De constantia sapientis*, 18: *Stell dir dazu die dichten Borsten auf seinem Nacken vor, die mageren Waden und die riesengroßen Füße.*

52 Möglicherweise der Vater eines Buchhändlers von Martial. Vgl. Martial, *Epigrammata*, I, 117, in dem er seinen Buchhändler Atrectus gegenüber dem Forum Iulium beschreibt.

53 Vgl. *Satyrica*, 39, 12. Kürbis, Kürbiskopf bezeichnet Menschen, die aufgrund ihres mangelnden Wahrnehmungsvermögens dumm sind. »Kürbisse vor den Augen« hat schon ein Protagonist bei Aristophanes, später Claudius in der *Apokolokyntosis* des Seneca.

54 Rauschhafter Wahn, Begeisterung des Dichters, göttliche Inspiration. Eine Vorstellung, die Sokrates vertritt: *Denn alle guten epischen Dichter geben alle diese ihre schönen Dichtungen nicht als Werke überlegter Kunst von sich, sondern sie tun dies in einem Zustand der Begeisterung und Verzückung*. Sokrates führt, zusammengefasst, weiter aus: In diesen Zustand wurden sie von den Göttern versetzt, was auch erklärt, warum mancher Dichter nur ein großartiges Werk zustande gebracht hat, aber sonst nichts Erwähnenswertes. Die Dichter sind also lediglich Dolmetscher der Götter. Platon, *Ion*, 532e–535a. Aus: Apelt 2004, Band 3, S. 112.

55 (Vergil), *Culex*, 181.

56 Martial, *Epigrammata*, VIII, 3, 21 f.

57 Glenn Most. *The Virgilian Culex*. Aus: Holzberg (Hrsg.) 2005, Janka, S. 35.

58 Wolfram Ax. *Die pseudovergilische Mücke – ein Beispiel römischer Literaturparodie?* Aus: Holzberg (Hrsg.) 2005, Janka, S. 37.

59 Ein Meisterwerk der Kriegsführung durch Stellvertreter: Der Partherkönig Artabanos III. marschiert 35 u. Z. in Armenien ein. Tiberius vermeidet den direkten Eingriff römischer Truppen und unterstützt stattdessen einen örtlichen Anführer, Pharasmanes. Dieser erobert Armenien zurück; eine parthische Entsatzungsarmee wird vernichtend geschlagen. Während sich Artabanos III. mit seiner Armee im Osten des Reiches befindet, schickt Tiberius Thronprätendenten ins Partherreich. Der zweite von ihnen, Tiridates, wird tatsächlich zum Großkönig ausgerufen. Artabanos III. muss in den Westen seines Reiches zurückeilen, kann Tiridates letztendlich besiegen, muss aber Armenien aufgeben. Der Konflikt endet mit der Anerkennung des *status quo* im Frühjahr 37 u. Z. Siehe Tacitus, *Annales*, VI, 31–44.

60 Pontius Pilatus. Siehe Iosephus, *Altertümer*, XVIII, 4, 2.

61 Der antike Name Jerusalems.

62 Dio, *Römische Geschichte*, Buch 59, 19, 7 f.

63 Eigentlich *triumvir aere argento auro flando*. Beamter, der mit seinen Kollegen für Münzprägungen verantwortlich ist. Das Amt war Mitgliedern alter patricischer Familien vorbehalten. Christ 2005, S. 404.

64 Für die Senatslaufbahn obligatorischer Militärdienst. Konnte jedoch vom *princeps* erlassen oder verkürzt werden. Friedlaender 1888, Band I, S. 266.

LIBER V

1 Virgil sagt, *blutrote Kämme*: Petron, *freie Kämme blitzen im Licht*. Virgil, *brennende Augen, von Blut und Feuer durchschossen*: Petron, *blitzender Glanz entzündet das Meer*. Virgil, *es entsteht ein Tosen, wenn das Meer schäumt*: Petron, *zischende Wellen zittern*. Übersetzung: Hannes Benedetto Pircher.

2 Zur Übersetzung: Die hier verglichenen Stellen sind Vergil, *Aeneis,* II, 200 ff. und *Satyrica,* 89, 35 ff. Lessing verwendete die *Aeneis*- bzw. *Satyrica*-Ausgaben seiner Zeit, die mir nicht zugänglich sind. Diese scheinen nur noch teilweise dem heutigen Überlieferungsstand zu entsprechen.

3 Lessing 1899, S. 299.

4 Hier: Der Geldwechsler oder Bankier. Wörtlich: »dem Silber zugehörig«. Der Begriff konnte ebenso einen Silberschmied oder Händler von Silbergerät bezeichnen. Georges 2010.

5 Ovid, *Fasti*, III, 713.

6 Am 17. März.

7 *sardonychus*. Beliebter Siegelstein, da das Siegelwachs nicht an ihm haften bleibt. In der Antike verstand man darunter einen farbig gebänderten Onyx. Petronius wählte offenbar einen Karneol. Siehe Plinius, *Naturalis Historiae,* XXXVII, 86 f.

8 Tyche von Antiochia: die Göttin der Stadt. Sitzend dargestellt, mit einem Fuß auf der Schulter des Flussgottes Orontes und einem Weizenbündel in der Hand. Auf dem Kopf trägt sie eine Mauerkrone. Berühmtes Werk des Eutychides von Sicyon (335–275 v. u. Z.).

9 22,2 km.

10 Mit vollem Namen Caius Iulius Caesar Germanicus, Sohn des Drusus, von Tiberius adoptiert. Starb in Daphne am 10.10.19 u. Z.

11 Für die Reiseroute siehe Plinius, *Naturalis Historiae*, V, 66–79, oder Strabon, *Geographie*, XVI, 2.

12 Iosephus, *Altertümer*, XVIII, 6, 10.

13 Iosephus, *Altertümer*, XVIII, 6, 3. und Philon, *Botschafter bei Caius*, XXX.

14 Mit vollem Namen L. Avillius Flaccus, Praefect von Aegypten.

15 Capito war imperialer Steuereintreiber und direkt Caius Caesar unterstellt.

16 Philodemus und Menippos stammten aus Gadara. Ob es sich tatsächlich um dieses Gadara südöstlich vom See Genezareth handelt, ist heute umstritten.

17 *circumago*: im Kreis ringsherum führen, drehen. Georges 2010.

18 Für sprechende Pferde siehe die Rosse des Diomedes oder auch Xanthos und Balios, Söhne des Zephyr und der Harpyie Podarge.

19 *Culex*, 221–227.

20 Vgl. *Culex*, 213.

21 Vgl. *Satyrica*, 27, 6.

22 37. u. Z. übernimmt Agrippa I. (ein Enkel Herodes) die Herrschaft über das Gebiet des Philippus (nördliches Ostjordanland); zwei Jahre später auch das Gebiet des Antipas, Galilaea und Perea, nachdem dieser verbannt wurde. Noch zwei Jahre später übernimmt er den Rest.

23 37 u. Z.

24 Das erwähnte nördliche Ostjordanland mit den vier Bezirken Trachonitis, Batanaia, Gaulanitis und Panias. Siehe »Tetrarches«, Pauly 1979 bzw. Kiepert 1902, Tab. III; Van Kampen 1906, Tab. 4.

25 36 u. Z.

26 38 u. Z.

27 Nach anderen Quellen hatte Agrippa seine Schulden beglichen. Siehe Iosephus, *Altertümer*, XVIII, 4.

28 Am 23.9.38 u. Z.

29 40 u. Z.

30 Siehe Philon, *Botschafters bei Caius*, XXX.

31 Philon, *Botschafters bei Caius*, XXX und Sueton, *De vita Caesarum*, Caligula, 33.

32 Grammatiker, Sohn des Poseidonios aus Oasis in Ägypten. Nachfolger des Theon als Bibliothekar des Museions von Alexandreia. Siehe Iosephus, *Gegen Apion*.

33 Caligula bezeichnete sich selbst als latinischer Iuppiter. Sueton, *De vita Caesarum*, Caligula, 22, 2.

34 Das antike Jericho, nordöstlich von Jerusalem.

35 Da der geplante Weg durch sein Herrschaftsgebiet ging.

36 Führer des iudaeischen Volkes. Siehe dazu auch Iosephus, *Altertümer*, XVIII, 8, 4.

37 Der Hochmut.

38 Caligula plante eine Reise nach Aegypten und Umgebung für das darauffolgende Frühjahr. Siehe Philon, *Botschafter bei Caius*, XLIII.

39 40 u. Z.

40 Das zugrunde liegende Caligula-Zitat lautet: *Sollen sie mich hassen, wenn sie mich nur fürchten*. Siehe Sueton, *De vita Caesarum*, Caligula, 30, 1.

41 Iosephus, *Jüdischer Krieg*, II, 10, 5.

42 Iosephus, *Jüdischer Krieg*, II, 10.

43 Iosephus, *Altertümer*, XVIII, 6 u. 8.

44 *Gegen Flaccus* behandelt die Judenhetze von Alexandria, *Botschafter bei Caius* die diplomatische Mission Philons bei Caligula und die Standbildgeschichte.

45 Tacitus, *Historiae*, V, 9.

46 Cicero, *Pro Flacco*.

47 Tacitus, *Annales*, II, 85: Im Jahr 19 u. Z. beschloss der Senat die *Beseitigung der aegyptischen und iudaeischen Kulte*. 4.000 arbeitsfähige Freigelassene wurden zum Zwangsdienst nach Sardinien gebracht; der Rest hatte den *gottlosen Bräuchen* zu entsagen oder Italien zu verlassen.

48 Mommsen 2006, Fünfter Band, Buch 8, XI.

49 *Satyrica*, 102, 14.

50 *Satyrica*, 79, 12–80, 6.

51 Tacitus, *Historiae*, V, 4, 1.

LIBER VI

1 „Fabulae, quarum nomen indicat falsi professionem, aut tantum conciliandae auribus voluptatis, aut adhortationis quoque in bonam frugem gratia repertae sunt. auditum mulcent vel comoediae, quales Menander eiusve imitatores agendas dederunt, vel argumenta fictis casibus amatorum referta, quibus vel multum se Arbiter exercuit vel Apuleium non numquam lusisse miramur. hoc totum fabularum genus, quod solas aurium delicias profitetur, e sacrario suo in nutricum cunas sapientiae tractatus eliminat." Übersetzung aus: Fuhrmann (Hrsg.) 1974, S. 315.

2 Römischer Philosoph und Grammatiker der Spätantike. Ambrosius war konservativ und traditionsbewusst. Er wurde um das Jahr 385 geboren und starb vermutlich nach 430.

3 Der *calamus*, das Schreibgerät mit dem der *papyrus* beschriftet wurde. Die Verwendung von Vogelfedern setzte sich erst im 4. Jahrhundert u. Z. durch. Garcia y Garcia 2005, S. 98 f.

4 Das eine der Bücher nannte er »Schwert«, das andere »Dolch«. In diesen notierte er Menschen, deren Tod er beschlossen hatte. Sueton, *De vita Caesarum*, Caligula, 49, 3.

5 Eos ist die Göttin der Morgendämmerung.

6 Aulus Scaurus und sein Sohn Aulus Umbricius Scaurus. Bei dem Sohn handelt es sich offenbar um denjenigen, dessen Grabstein in Pompeii gefunden wurde. Siehe CIL X 1024. Aus: Hüttemann 2010, S. 122 ff.

7 Für die folgenden Erzählungen bis zum Tod des Caius Caesar verzichte ich weitgehend auf Einzelnachweise, da diese zu umfangreich wären. Die wichtigsten Quellen zu Caius Caesar sind Sueton, *De vita Caesarum*, Caligula und Dio, *Römische Geschichte*, Buch 59.

8 Bei seinem halbherzigen Versuch, Britannien zu erobern. Er ließ die Legionen vor der Überfahrt am Strand antreten und befahl ihnen, in ihren Helmen die herumliegenden Muscheln aufzusammeln. Dio, *Römische Geschichte*, Epitome des Buches 59, Xiphilinos, 166, 30–167, 22.

9 Sueton, *De vita Caesarum*, Anmerkung zu Claudius, 10, 3.

10 Sprichwörtlich. Vgl. *Satyrica*, 44, 14.

11 Um nicht in einem Gebäude tagen zu müssen, das vom iulisch-claudischen Geschlecht errichtet wurde. Der Bau der Curia Iulia wurde von Iulius Caesar begonnen und unter Octavian fertiggestellt.

12 Die bürgerliche Freiheit, zugleich als Gottheit verehrt. Zentraler Bestandteil der *res publica*, daher zur Zeit des Principats immer wieder eingefordert. Georges 2010.

13 Die Begrüßung, die Aufwartung. Hier der formelle Gruß, der einer Person von Rang zuteil wurde. Georges 2010.

14 Epigramm eines unbekannten Autors. Nur in den *Hypomnemata* verzeichnet.

15 Einer der Panegyriker des Tiberius. Siehe Conte 1999, S. 380 f.

16 Conte 1999, S. 382 f.

17 Sueton, *De vita Caesarum*, Caligula, 16, 1.

18 Sprichwörtlich, etwa: »wie begossene Pudel«. Vgl. *Satyrica* 58, 12.

19 Hier einige weitere der von Apion gegen die Juden erhobenen Vorwürfe und Beleidigungen: Juden sind Eselsanbeter; der Begriff »Sabbath« kommt von »sabbo« – einer Magenkrankheit. Juden schwören, dass sie keinem Fremden etwas Gutes tun werden, am wenigsten den Griechen. Aus: Iosephus, *Gegen Apion*, II, 2–10.

20 268–262 v. u. Z.

21 Ptolemaeos II., Philadelphos: 283–246 u. Z.

22 Sagenhafter kretischer König. Namensgeber der Minoischen Kultur, von Mitte des 3. bis Ende des 2. Jahrtausends v. u. Z. Der Legende nach traf sich Minos alle neun Jahre mit Zeus und soll aus diesen Gesprächen Gesetze entwickelt haben. Ort der Zusammenkunft war die Zeusgrotte auf dem Berg Ida auf Kreta. Pauly 1979.

23 Athenischer Staatsmann und Dichter, um 640 v. u. Z. geboren. Seine Gesetze hatten Nachwirkungen auf den gesamten Mittelmeerraum. Der Begriff »solonisch« wurde zum Synonym für ein gerechtes Gesetz. Pauly 1979.

24 Iosephus, *Gegen Apion*, I, 161–181.

25 Horaz, *De arte poetica*, 324.

26 Vgl. Vergil, *Aeneis,* IV, 188.

27 In diesem Zusammenhang: »Die vorzüglichere Berücksichtigung«, von *antiquus*, dem »Vorher im Range und in der Zeit«. Georges 2010.

28 Vgl. Vergil, *Aeneis,* IV, 174.

29 Vgl.Ibid., IV, 180–183.

30 Um 200 v. u. Z. geboren, um 132 v. u. Z. in hohem Alter verstorben. Pauly 1979.

31 Lysimachos von Alexandria, ggf. auch von Kyrene, um 200 v. u. Z. Pauly 1979.

32 Berühmter Rhetor und Grammatiker des 2. u. 1. Jh. v. u. Z. Unterrichtete den jungen Cicero und Iulius Caesar. Laut Molon sind Juden unter anderem: gottlos, feige, verrückt, dumm; haben nichts Nützliches zur Zivilisation beigetragen, Moses ist ein Scharlatan; das Buch lehrt das Laster, nicht die Tugend, etc. Aus: Iosephus, *Gegen Apion*, II, 16, 79, 145–150, 236, 255–295.

33 Stoischer Philosoph und aegyptischer Priester, wahrscheinlich nach Apion und vor Dionysios Glaukou Vorsteher des Museion von Alexandria. Nach 49 u. Z. zusammen mit Alexandros von Aigai Erzieher des jungen Nero. Laut Flavius Iosephus bringt er in seinem Bericht über die Herkunft bzw. den Auszug der Iudaeer aus Aegypten alles durcheinander. Iosephus, *Gegen Apion*, I, 288–303; II, 1.

34 Valerius Maximus, *Factorum et Dictorum Memorabilium*, I, 1, 13. Die Geschichte ereignete sich unter König Tarquinius Superbus, im 6. Jh. v. u. Z.

35 Obwohl Platon die Dichter schätzte, wäre in seinem Staat nur ein eng begrenzter Platz für sie gewesen: *Wenn du also, mein Glaukon, Lobrednern des Homers begegnest, die behaupten, diesem Dichter verdanke Griechenland seine Bildung, und für die Anordnung und gedeihliche Pflege aller menschlichen Angelegenheiten müsse man ihn zu Hand nehmen, um aus ihm zu lernen, und er sei der Dichter, nach dem man sein ganzes Leben einrichten und durchführen müsse, dann musst du zwar freundlich und höflich gegen sie sein als gegen Leute, die redlich das Beste wollen, und ihnen auch zugestehen, dass Homer der größte Dichter und der erste unter allen Vertretern der Tragödie ist, musst dir dabei aber doch dessen bewusst bleiben, dass in den Staat von der Dichtkunst nichts anderes Aufnahme finden darf als Gesänge an die Götter und Loblieder auf die Tugendhaften*. Platon, *Der Staat*, 10, 7. Übersetzung Apelt 2004.

36 In all diesen Fragen ist man bis heute nicht wesentlich weitergekommen. Siehe z.B.: Zimmermann (Hrsg.) 2011, S. 12–14.

37 Vergil stammte aus der Ortschaft Andes, unweit des heutigen Mantua.

38 Römischer Gott des Schlafes.

39 Tacitus, *Historiae*, V, 3–5.

40 John of Salisbury, *Policraticus*, II, 87. Salisbury 1972. Übersetzung aus dem Englischen durch den Autor.

41 Ibid., II, 82. Übersetzung aus dem Englischen durch den Autor.

42 Iosephus, *Gegen Apion*, II, 143.

43 »Die Verdammung des Andenkens«.

44 Seneca, *Ad Lucilium*, 80, 7.

45 Ansonsten nicht überliefert.

46 Die Castra Praetoria am nordöstlichen Stadtrand von Rom.

47 Enceladus ist einer der Giganten. Pallas Athene besiegt ihn, indem sie Sizilien auf ihn wirft (nach Philostratos).

48 Kronos ist der Vater des Zeus. Dieser besiegte ihn schließlich und warf ihn in den Tartaros. Siehe Cornutus, *Epidrome,* 7, 1.

49 Im *velabrum*, dem großen Lebensmittelmarkt Roms am Ufer des Tibers.

LIBER VII

1 Friedrich Nietzsche. *Jenseits von Gut und Böse.* Zweites Hauptstück, 28.

2 *fulcipedia.* Siehe *Satyrica*, 75, 6. *SAT* Holzberg.

3 L. Iunius Silanus Torquatus. Siehe TACITUS, *Annales*, Verzeichnis der Eigennamen.

4 (VERGIL), *Culex*, 1–5.

5 Darin befand sich die von Augustus gebaute Bibliothek. SUETON, *De vita Caesarum*, Augustus, 29.

6 Sprichwörtlich. Siehe *Satyrica*, 47, 8.

7 Vgl. HORAZ, *Epistulae*, I, 20, 19.

LIBER VIII

1 Sie ist wütend. Vgl. dazu *SAT* Müller/Ehlers, Petronius-Fragment III (*Pseudacro ad Horati epod 5,48*), S. 361: *Um jemand in Wut zu zeigen, sagte Petronius: Dabei wurde der Daumen gekaut, dass man um ihn bangen musste.*

2 Horaz, *Epistulae*, II, 2, 81.

3 86 v. u. Z.

4 Aristoteles, *Poetik*, 24.

5 Longinus, *Vom Erhabenen*, 15, 4. Der Autor zitiert aus einer verlorenen Tragödie des Euripides.

6 Aristoteles, *Poetik*, 13, 3.

7 Vgl. Longinus, *Vom Erhabenen*, 44, 1 ff.

8 Philodemus, *Rhetorik*, VII, Frag. I, 375, col. XCVII: *Rhetoren ziehen es vor, in einer Demokratie zu leben, der schlechtesten Regierungsform*. Übersetzung aus dem Englischen durch den Autor.

9 Plautus, *Casina*, 963: *Wo bist du? Du, der du die Moral Massilias imitierst?*

10 Vgl. *SAT* Müller/Ehlers, Petronius-Fragment IIII, S. 360 f.

11 Horaz, *De arte poetica*, 242 f.

12 Flötenbläserin. Aus dem syrischen »abbūb«, die Pfeife. Gemeint ist eine Prostituierte. Vgl. *Satyrica*, 74, 13.

13 Eigentlich *scortum*, das Fell, die Haut. Im übertragenen Sinn die Hure. Vgl. *Satyrica*, 9, 6.

14 Sprichwörtlich für: »sich selbst ins Knie geschossen«. Vgl. *Satyrica*, 74, 16.

15 Mysterien von Eleusis. Claudius wollte sie nach Rom verlegen.

16 Sueton, *De vita Caesarum*, Vespasian, 2, 1. Der genaue Standort von Cosa ist nicht mehr bekannt, wahrscheinlich handelte es sich um eine Küstenstadt in Etrurien.

17 Longinus, *Vom Erhabenen*, 13, 2.

18 Horaz, *De arte poetica*, 466.

19 Vgl. Longinus, *Vom Erhabenen*, 8, 1.

20 *Satyrica*, 115, 1. *SAT* Holzberg.

21 Ibid., 118, 6. *SAT* Holzberg.

22 Aristoteles, *Poetik*, 7.

23 Longinus, *Vom Erhabenen*, 44, 11.

24 Vgl. Martial, *Epigrammata*, II, 77: *Du taugst nur zum Schmieren von Wagenachsen*. Übers.: Barié/Schindler. Der Sinn ist umstritten. Entweder ist der Betreffende so dumm, dass er nur diese niedere Arbeit verrichten kann; oder es kann ihm nichts schnell genug gehen, er handelt überstürzt.

25 Der spätere *princeps* Vitellius. Zu seinem Ruf siehe Sueton, *De vita Caesarum*, Vitellius.

26 Vgl. *Satyrica*, 92, 11.

27 Sueton, *De vita Caesarum*, Claudius, 37, 2 f.

28 Die feststehende Reihenfolge, in der ein römischer Bürger für öffentliche Ämter kandidieren konnte. Pauly 1979.

29 Alberto Moravia. *Documentary of a Dream*. Siehe Fellini 1970.

30 Holzberg 2006, S. 39.

31 Vergil, *Aeneis,* II, 402.

32 *per scutum, per ocream …*: Sprichwörtlich für: auf Biegen und Brechen. *Satyrica*, 61, 9.

33 Die »Wohlklingende, die »Wortgewaltige«. Cornutus, *Epidrome*, 14. Muse der Beredsamkeit und der Dichtkunst.

34 *Satyrica*, 109, 10. *SAT* Holzberg.

35 Etruskische Hafenstadt nahe der Insel Elba.

36 Caesennius (Caesonius?) Maximus: Freund des Seneca, 65 u. Z. Consul, dann im Zuge der Pisonischen Verschwörung verbannt. Tacitus, *Annales*, XV, 71.

37 Vgl. Seneca, *Naturales quaestiones*, I, 3–8.

38 Agrippina kam 15/16 u. Z. zur Welt, Seneca um die Zeitenwende. Demnach müsste er damals ungefähr fünfundzwanzig Jahre alt gewesen sein. Wahrscheinlich stand er kurz vor seiner Abreise nach Aegypten.

39 Seneca, *Consolatio ad Helviam*, 7.

40 Seneca, *Ad Polybium de consolatio, 2.*

41 Ibid.

42 Ibid.

43 Seneca, *Ad Polybium de consolatio,* 18.

44 Übersetzung: Hannes Benedetto Pircher.

45 *Satyrica,* 104, 5. Mit dem Opfer der Haare sollte Neptun besänftigt werden.

46 Sprichwörtlich für einen besonders guten Wein. Im Jahr 121 v. u. Z. war ein gewisser Opimius Consul, der Wein dieses Jahes war herausragend. Vgl. *Satyrica* 34, 6.

47 Mädchen, die vermählt wurden, weihten ihre Puppen der Venus. Weihegaben an die Götter beim Eintritt in einen neuen Lebensabschnitt waren gängiger Brauch. Siehe z. B. Persius, *Saturae*, 2, 70.

48 *sine in manum conventione*. Die freie Ehe, im Gegensatz zur *manus*-Ehe, sicherte den Frauen ihr eigenes Vermögen, das nicht in den Besitz des Ehemannes überging, und sie unterstanden weiterhin der Verfügungsgewalt des Vaters. Siehe dazu Gardner 1995, S. 70 f.

LIBER IX

1 Petronius-Fragment. *SAT* Müller/Ehlers, Fragment IIII, S. 360 f.: *Quid uos eloquii canam Latini, Arpinas, Patauine, Mantuane, …* Sidonius benennt die großen Sprachkünstler Roms nach ihren Geburtsstädten. Cicero wurde in Arpinum geboren, Livius in Patavium und Vergil bei Mantua. 155 ff.: *Et te Massiliensium per hortos Sacri stipitis, Arbiter, colonum Hellespontiaco parem Priapo.*

2 Martial gelangte durch die Protektion des *princeps* Domitian (81–96 u. Z.) zu Ansehen. Auch dieser verfiel bald dem Caesarenwahn.

3 Buchrollen waren nur an der Innenseite beschriftet. Eingerollt konnte man nicht erkennen, was sie enthielten. Zu diesem Zweck hingen kleine Papyrus-, oder Lederfähnchen an den Rollen, auf denen Titel und Autor standen, diese hießen *titulus* oder *index*.

4 Sprichwörtlich, siehe z. B.: Phaedrus, *Fabulae*, III, 18.

5 Publius Vergilius Maro und Publius Ovidius Naso.

6 Die bereits erwähnte kallimachische Anforderung an die Dichtkunst. Siehe *Petronica*, IV, S. 94.

7 In der Gallia Narbonensis, die in etwa dem heutigen Südfrankreich entspricht. Forum Iulii, das heutige Frejus, war eine *colonia*, eine römische Stadtgründung, wahrscheinlich 49 v. u. Z. durch Iulius Caesar. Zwischen 29 u. 27 v. u. Z. wurden die Veteranen der VIII. Legion in *Forum Iulii* durch Landgaben angesiedelt.

8 Zeichen des zum Verkauf angebotenen Sklaven.

9 Marcus Porcius Cato, Cato Maior: 234–149 v. u. Z. Die Spekulation galt ausdrücklich nicht als »schmutziges Gewerbe«. In Catos Schrift *De agricultura* finden sich genaue Anweisungen, wie landwirtschaftliche Erzeugnisse zu lagern und vom Markt zurückzuhalten sind, bis die Preise so weit wie möglich gestiegen sind; weiters Anweisungen zur Sklavenausbeutung, wie z. B. der Rat, alte und kranke Sklaven so schnell wie möglich zu verkaufen, da sie unnütze Fresser sind.

10 Die latinisierte Version des griechischen Ankylos, der »gebeugt«, »gekrümmt« bedeutet. Der sprechende Name soll wohl auf einen »krummen Hund« hindeuten. *Ankylos*, *Ankylometes* (der Verschlagene, wörtlich: von krummer Klugheit) sind Beinamen des Kronos. Siehe Cornutus, *Epidrome*, 7.

11 Encolpius stilisiert sich als Icarus, den ersten von unzähligen antiken Heroen und Figuren, mit denen er sich in den *Satyrica* identifizieren wird.

12 *Rem tene, verba sequentur*: Die Sache halte fest, die Worte folgen. Berühmter Ausspruch des Cato Maior. Überliefert in Ciceros *Ad Marcum filium,* frg. 15 J. Ähnlich Horaz in *De arte poetica*, 311: *Hast du den Stoff erst bedacht, dann folgen auch willig die Worte.*

13 Die Qualen des Tantalos. Er leidet ewigen Hunger und Durst. Die Früchte, die über ihm hängen, das Wasser, in dem er steht, weichen zurück, sobald er nach ihnen greift. Siehe Homer, *Odyssee*, XI, 582–592.

14 Überliefert durch die Vergil-Vita des Donatus (Aelius Donatus, 4. Jh. u. Z), die sich auf eine verlorengegangene Suetons bezieht.

15 Griechisch Akmon, der personifizierte Amboss. Siehe Hesiod, *Theogonie,* 722–725.

16 Auszeichnung für militärische Erfolge und besondere Leistungen.

17 Doppeldeutiger Name. Der griechische Teneros ist ein thebanischer Orakelgott, der Sohn der Melia und Apollons, der »tiefer Blickende«. Im lateinischen »zart«, »jugendlich«. *a teneris*: von Kindheit an. Als Substantiv: *teneri* – die zarten Knaben, die Kleinen. Georges 2010.

18 Nymphe, schönste der Nereïden. Von Peleus überwunden, Mutter von Achilles.

19 Begriff aus dem Militärwesen. Die Gemeinschaft der Soldaten, die in einem Zelt leben. Übertragen auch die Zweckgemeinschaft zwischen einem älteren, erfahrenen Soldaten und einem jungen, unerfahrenen. Der ältere beschützte den jüngeren in der Schlacht, der jüngere leistete dafür diverse (Liebes-)Dienste. Vgl. *Satyrica*, 11, 3.

20 Nach Achilles der zweitschönste Mann im Troianischen Krieg, aber unkriegerisch.

21 Vgl. die damals bekannte Sentenz auf Iulius Caesar: [Er ist] *der Mann aller Frauen und die Frau aller Männer.* Sueton, *De vita Caesarum,* Iulius Caesar, 52, 3.

22 Göttin der Klugheit.

23 Beim Ausmisten der Ställe des Augias.

24 Nein, das tat Odysseus nicht. Encolpius biegt sich die Mythologie zurecht, damit sie in seine Argumentation passt.

25 Vgl. Ovid, *Metamorphoseon libri*, III, 101 ff. Die aus der Saat der Drachenzähne entstehenden Soldaten wachsen in teilweise gleichem Wortlaut aus dem Boden. Petronius bewegt sich in der gesamten Szene auf den Spuren Ovids.

26 Die tugendhafte Gattin Amphitryons, die Iuppiter nur verführen konnte, indem er in der Gestalt ihres Mannes zu ihr kam. Siehe Plautus, *Amphitruo*.

27 Ovid, *Metamorphoseon libri*, III, 115–116: *Waffne dich nicht, so ruft von dem Volk, das die Erde geschaffen, einer ihm zu, und menge dich nicht in die heimische Fehde.*

28 Vgl. Ovid, *Ars amatoria*. III, 91 f.

29 Die eifersüchtige Iuno stand hinter den Arbeiten, die Hercules, Iuppiters Sohn, zu verrichten hatte.

30 Pasiphae ließ sich in eine hölzerne Kuh einbauen, um von einem weißen Stier, in den sie sich verliebt hatte, begattet zu werden.

31 Pervers im Sinne von verkehrt, die *toga perversa*, das verkehrt herum getragene Gewand, trug der Richter bei der Verkündung des Todesurteils. Vgl. *Satyrica*, 58, 12.

32 »Bei Castor!« Beliebte Schwurformel der Frauen. Georges 2010, siehe Castor.

33 Puteoli – Klein-Delos – war nach dieser griechischen Insel einer der bedeutendsten Sklavenmärkte der Zeit. Vgl. Lucilius, Fragment 124. Petersmann/Petersmann 2000.

34 Aus einem erotischen Epigramm des Dioskorides. Dieser lebte Ende des 3. Jh. v. u. Z., in Alexandria. Siehe Holzberg (Hrsg.) 2010, S. 10 f., *Anthologia Graeca*, III, 55.

35 Vgl. Vergil, *Aeneis*, IV, 408. Encolpius ist diesmal Aeneas, der sich von Dido trennen muss.

36 Vergil, *Aeneis*, IV, 412.

37 Siehe Petronius-Fragment VI, *SAT* Müller/Ehlers, S. 362 f., in dem eine Albucia negative Erwähnung findet. Mögliche Bedeutungen dieses sprechenden Namens: 1. Das lateinische Adjektiv *albus* = weiß, rein. 2. Vielleicht wird hier eine historische Persönlichkeit vom Zorn des Autors getroffen: Eine Albucilla war die Frau des Satrius Secundus, die bekannt für ihre vielen Liebhaber war (Tacitus, *Annales*, VI, 47, 48). Der vom jungen Petronius so geschätzte Lucius Arruntius ging in den Freitod, nachdem ihm Ehebruch mit eben dieser Albucilla vorgeworfen worden war.

38 *matella*, der Nachttopf. *Satyrica*, 45, 8.

39 Sprichwörtlich: » … und ich werde zornig.« Vgl. *Satyrica*, 75, 6.

40 *lacticulosus*. *Satyrica*, 57, 8.

41 *sterteia*. *Satyrica*, 75, 9.

42 Der Scharfäugige, Mitglied der Argonauten. Konnte Sterne auch bei Tag sehen. PAULY 1979.

43 Beiname der Artemis, Mondgöttin.

44 Vgl. KALLIMACHOS, *Jamben* 169 (215 Pf.): … *die Muse des Dramas, die flaschenhohl daherdröhnt* … = schwulstige Diktion in der Dichtung. Der hohle Laut, der entsteht, wenn man über die Öffnung einer kleinen Flasche bläst, wird mit dem hohlen Ton der tragischen Maske verglichen.

45 Petronius-Fragment XXVII. *SAT* Müller/Ehlers, S. 374 ff.

46 Vgl. Petronius-Fragment V^b: *Da schon, wie Petronius sagt, die Morgensonne den Dächern zugelacht hat, wollen wir aufstehen*. *SAT* Müller/Ehlers, S. 362 f.,

47 Vgl. Petronius-Fragment I: *Immer, wenn den Bewohnern von Massilia eine Seuche zu schaffen machte, opferte sich jemand von den armen Leuten, um so ein volles Jahr auf Staatskosten und mit feineren Gerichten verpflegt zu werden. Dieser Mann wurde dann im Schmuck heiliger Reiser und geweihter Gewänder unter Verwünschungen, die das Ungemach der ganzen Stadt auf ihn laden sollten, überall herumgeführt und schließlich in den Abgrund gestürzt. Dies steht bei Petronius zu lesen*. *SAT* Müller/Ehlers, S. 360 f.

48 Bezeichnete nicht die Pest, sondern jede Art von Seuche. GEORGES 2010.

49 Massilia wurde von einem Rat von 600 Personen (*timuchi*) verwaltet. SMITH 1854.

50 Gefährte des Orest, in manchen Überlieferungen auch sein Liebhaber. PAULY 1979.

51 Jeweils fünfzehn *timuchi* waren periodisch amtsführend, drei von ihnen hatten die oberste Exekutivgewalt. SMITH 1854.

52 Die Makellosigkeit ist eine der Anforderungen an ein den Göttern gefälliges Opfertier. Damit erscheinen Pylades' Sympathien in einem anderen Licht.

53 Griechisch für Sündenbock.

54 Der Lorbeer ist Apollons, die Fichte Artemis' Baum. Siehe z. B. CORNUTUS, *Epidrome*.

55 Griechische Weihegesänge. PAULY 1979.

56 Sprichwörtlich, z. B. PHAEDRUS, *Fabulae*, V, 6: Ein Kahlkopf findet einen Kamm und beklagt sich über die Nutzlosigkeit seines Fundes.

57 Encolpius orientiert sich an den Elegien von Tibull, Ovid und Gallus, deren Angebetete er aufzählt.

58 Beiname Apollons. CORNUTUS, *Epidrome*, 32.

59 *Satyrica*, 118, 4. Anspielung auf Horaz. Dessen Bekenntnis zu elitärer Dichtkunst aus *Carmina* 3,11 wird von Eumolpus, dem Dichter, zitiert: *Ich hasse den ungeweihten Pöbel und halte ihn fern. SAT* Holzberg.

60 Apollon führt die Musen, also auch Calliope, die Muse der Dichtkunst, an. Ein Entzug von dichterischer Kompetenz fällt somit in seinen Zuständigkeitsbereich. CORNUTUS, *Epidrome*, 32.

61 Sprichwörtlich für »Ich kann nicht frei sprechen«. Siehe z. B. KALLIMACHOS, *Aitien*, IV, 126: *Kein Rind wird mir das Wort zurückhalten*.

62 Einige Scriboni finden sich auch bei Tacitus, jedoch keiner aus Pisae.

63 Ein Sklavenname als *cognomen* kennzeichnet den Freigelassenen; diese ließen ihn deshalb gerne unerwähnt. Das leibliche Kind eines Freigelassenen war *ingenui*, wenn auch noch nicht vollwertiger römischer Bürger, nach dem Gesetz waren das erst die Enkel. Im Allgemeinen wurden *cognomen* bei der Geburt vergeben, manchmal konnte ihn sich der oder die Betroffene auch aussuchen.

64 PHAEDRUS, *Fabulae*, IV, 25. Die Fabel ist der bekannteren von der Ameise und der Grille sehr ähnlich.

65 Giton deklariert sich als bisexuell (und leicht zu haben). Ganymed wurde von Zeus geliebt, Endymion von Selene; beide wurden von ihren göttlichen Verehrern entführt. PAULY 1979.

66 Offenbar sprichwörtlich. Siehe Petronius Fragment VI, SAT-Müller/Ehlers, S. 362 f. und Anmerkung 37 in diesem *Liber*.

67 Siehe Anmerkung 74, *Petronica*, VII, S. 237.

68 Titel eines *mimus* des Publilius Syrus. PETERSMANN/PETERSMANN 2000, S. 310.

69 Vgl. Tibull, *Elegia* 1, 3, 57. Encolpius hat offenbar noch immer jene Elegien im Kopf, die er so gründlich studiert hat.

70 Parodie. Vgl. AUGUSTUS, *Res gestae*, 1.

71 HOMER, *Ilias*, XVII, 32. Übersetzung aus: CORNUTUS, *Epidrome*, S. 105.

72 Demokrit'sches Prinzip aus: PHILODEMUS, *Götter*, III, col. 7, 2–7.

73 PHILODEMUS, *Götter,* III, Fragment 89, 9 (col. b).

74 Bei einem Opfer will Prometheus Zeus überlisten, indem er Fleisch und Innereien unter dem Magen des Tieres verbirgt und auf einen anderen Haufen die Knochen und das Fett gibt; Zeus erkennt den Betrug, wählt aber dennoch die in Fett gehüllten Knochen. Seither ist es üblich, nur die Knochen und unbedeutende Teile des Tieres zu opfern. PAULY 1979.

75 Antiker Rätsellöser, mythologischer König Troizen. Weiser Dichter und Orakeldeuter. PAULY 1979.

76 Der Auflöser, einer der Beinamen des Dionysos. Siehe CORNUTUS, *Epidrome*, 30, 2.

77 Wörtlich: »ihr schönen Äpfel«. Vgl. *Satyrica*, 57, 3. *SAT* Holzberg.

78 Tugendhafte Damen saßen bei Tisch, nur die Männer durften liegen.

79 HOMER, *Odyssee*, I, 170. Vielzitierte klassische Frage an den Fremden, in Bezug auf seine Herkunft.

80 *Satyrica*, 77, 4.

81 VERGIL, *Aeneis*, III, 57: *auri sacra fames!*

82 Caesar ließ bei der Eroberung von Massilia in dem verfluchten Hain die Bäume fällen, daher die Baumstümpfe. Siehe LUCAN, *De bello civile,* III, 399 ff.

83 Als Schimpfwort erscheint der weibliche Habicht (*milva*) auch in *Satyrica*, 75, 6.

84 Den Lorbeerkranz und die Fichtenzweige, die er bis dahin getragen hatte.

85 Encolpius wird mit Dingen ausgestattet, die die Aufmerksamkeit Apollons und Artemis' auf ihn ziehen sollen. Die Python (*pytho*) war die erste Jagdbeute Apollons. Da er mit seinen Pfeilen auch die Seuche schicken kann (siehe *Ilias*), wird Encolpius hier als Zielscheibe dekoriert. PAULY 1979.

86 Die jungfräuliche Artemis verabscheut die Myrte, sie ist die Pflanze ihrer Gegenspielerin Venus. Siehe KALLIMACHOS, *Hymnos auf Artemis*, 200 ff.: *Der Opferkranz an jenem Tag aber ist die Fichte oder Mastix. Myrte dagegen darf keine Hand berühren.*

87 Traditionell musste das (Tier-)Opfer mit der Opferung einverstanden sein, um wirksam zu sein. Bei Tieren erreichte man das, in dem man sie mit Wasser besprenkelte, bis sie mit dem Kopf nickten. Ein »unwilliges« Opfertier durfte eigentlich nicht geopfert werden. Zu Opferritualen, siehe MYLONOPOLOUS 2006.

88 Die Berührung mit dem Stab wie das Handauflegen dienen der Übertragung des Schlechten auf den Sündenbock. Mylonopolous 2006.

89 Die Verhüllung dient der Konzentration auf das Ritual. Kein störender Einfluss von außen soll die Verbindung der Priester mit der heiligen Handlung stören. Mylonopolous 2006.

90 Encolpius wird mit entsühnenden (Feige) bzw. reinigenden oder auch heilenden Pflanzen (Meerzwiebeln) gepeitscht. Mehr darüber in Hughes 2003, S. 156 ff.

91 Vgl. Lucan, *De bello civile,* III, 403 ff. Petronius und Lucan beschreiben den Hain bei Massilia in ähnlicher Weise. Da beide Werke im ungefähr gleichen Zeitraum entstanden sind, lässt sich nicht sagen, wer hier wen inspiriert hat.

92 Encolpius meint wohl Selene, die Endymion entführt hat.

93 Die Seitenränder der *Libri* wurden mit Bimsstein geglättet, die Rolle in ein Pergament-Futteral, in diesem Fall purpurgefärbt, gehüllt. Mehr dazu in Garcia y Garcia 2005, S. 87 ff.

LIBER XV

1 In alten Schriften über Gottfried Wilhelm Leibniz wurde sein Nachname, wie der seines Vaters, noch »Leibnitz« geschrieben.

2 „Leibnitz an die Prinzessin Louise von Hohenzollern. Hannover 25. Feb. 1702. Man hat letztens ein Fest à la romaine gegeben, das jenes des berühmten Trimalchio wiedergeben sollte, welches Petron beschrieben hatte. Der moderne Trimalchio war M. le Raugrave und seine Frau Fortunata wurde von Mlle. de Poelnitz gegeben, die über alles disponierte wie die antike Fortunata im Haus ihres Trimalchio." Aus: Friedlaender 1906, S. 19 ff. Übersetzung: Tom F. Lange.

3 *Satyrica*, 57, 11. *SAT* Holzberg.

4 Siehe Friedlaender 1906, S. 298.

5 *Satyrica,* 81, 6. *SAT* Holzberg.

6 Octavian Augustus starb am 9. August 14 u. Z., Vespasian kam im Jahr 69 u. Z. an die Macht.

7 *Satyrica,* 57, 4. *SAT* Holzberg.

8 Ibid., 115, 16.

9 796 a. u. c.

10 802 a. u. c.

11 Marcus Servilius Nonianus, römischer Geschichtsschreiber, 35 u. Z. Consul, hoch angesehener Mann. Tacitus hat höchstwahrscheinlich auf das verloren gegangene Werk des Nonianus zurückgegriffen. Tacitus, *Annales*, VI, 31; XIV, 19.

12 Geboren am 04.12.34 u. Z., gestorben 62 u. Z. Persius starb noch vor der Publikation seines ersten Werkes, der *Saturae*, die ihm posthumen Ruhm einbringen sollten. Persius, *Saturae*, S. 1 ff.

13 Herodot, *Historien*, I, 8 ff.

14 Eine ehrbare, verheiratete, frei geborene Frau. Georges 2010.

15 Sprichwörtlich. Siehe z. B. Tacitus, *Annales*, XI, 27.

16 Zur Verschwörung der Messalina, siehe Tacitus, *Annales*, XI, 12 und XI, 26–38.

17 Lucius Domitius Ahenobarbus, der Sohn Agrippinas, der spätere *princeps* Nero.

18 Berühmte Anekdote eines Dialogs zwischen Platon und Diogenes. In verschiedenen Varianten überliefert. Eine davon: Platon geht über den Markt und sieht Diogenes, wie dieser Körbe flicht.

Er sagt: »Hättest du gelernt, dein Talent besser zu nutzen, dann müsstest du nicht hier sitzen und Körbe flechten.« Darauf Diogenes: »Und hättest du gelernt, Körbe zu flechten, dann müsstest du nicht dem Tyrannen von Syrakus dienen.« Für eine Version mit »Gemüse putzen« siehe Luck 2002, S. 96.

19 Teles von Megara, Fragment 702 und 703. Siehe Luck 2002, S. 257–264.

20 Vgl. Christ 2005, S. 227.

21 Nach antiker Ansicht bestand die Seele aus einem vernünftigen und einem vernunftlosen Teil; letzterer hatte sich ersterem immer unterzuordnen. Vgl. etwa Seneca, *Ad Lucilium*, 92, 1.

22 Zum Aufstieg der Agrippina, vgl. Tacitus, *Annales*, XII, 1–9.

23 Z. B. Anthisthenes: König Kyros wurde gefragt, was das Notwendigste sei, das man lernen müsse. Er antwortete: »Das Schlechte verlernen.« Siehe: Luck 2002, S. 48.

24 Später wird Seneca sagen: »Wollen kann man nicht lernen.« Seneca, *Ad Lucilium*, 81, 13.

25 Petronius war offenbar zum *triumvir monetalis* berufen worden, wie sein Freund Silanus. Da dieses Amt dem Hochadel vorbehalten war, genoss er offensichtlich die Protektion des *princeps* Claudius.

26 Am Ende seines Lebens wird Seneca entgegengesetzter Meinung sein: *Sie* [die Philosophie] *soll ein klares Ziel haben, soll Menschen, die weiterkommen wollen, auswählen, und sich von denen abwenden, bei denen sie die Hoffnung aufgegeben hat …* Seneca, *Ad Lucilium*, 29, 3.

27 Diogenes von Sinope, Fragment 305, Luck 2002, S. 134.

28 Vgl. Diogenes von Sinope, Fragment 310: *Geldgier ist die Heimat aller Übel.* Luck 2002, S. 135.

29 Vgl. Persius, *Saturae,* 1, 130, in der er über den Niedergang der Dichtkunst spottet.

30 Sprichwörtlich für unnütze, wertlose Gedanken. In der Antike hat man laut gelesen. Siehe z. B. *Satyrica*, 10, 1.

31 Aristoteles, *Über die Seele*, II, 5 (417a–b).

32 Vgl. Seneca, *Ad Lucilium*, 33, 9.

33 Siehe Persius, *Saturae,* 3, 44 ff.

34 Möglicherweise sprichwörtlich. Auch Persius wird diese Formulierung verwenden: Persius, *Saturae*, 4, 48.: … *si facis, in penem quidquid tibi venit, …*

35 Maxime der antiken Erkenntnistheorie. Siehe z. B. SENECA, *De vita beata*, 5.

36 SENECA, *De vita beata*, 17.

37 PHAEDRUS, *Fabulae*, III, 14.

38 Siehe SENECA, *Ad Polybium*, 8.: *Ich wage es nicht, Dich auch noch dahin zu bringen, dass Du kleine Geschichten und aesopische Fabeln, eine Materie, an der sich römische Talente noch nicht versuchten, feinsinnig, wie man es von Dir gewöhnt, zusammenstellst.*

39 PHAEDRUS, *Fabulae*, I, 15.

40 CICERO, *De officiis* I, 42 (150) f.

41 Eine in gebildeten Kreisen bekannte Sokrates-Anekdote, die, zu Petronius' und Silanus' Peinlichkeit, Phaedrus bestens bekannt war. Siehe PHAEDRUS, *Fabulae*, III, 9.

42 Ein ansonsten unbekanntes Epigramm; nur durch die *Petronica* überliefert.

43 Diogenes von Sinope zugeschrieben. Siehe LUCK 2002, S. 340; Dion Chrysostomos, 733, 22.

44 Seneca meint wohl die »Mittlere« Akademie Athens, die durch Arkesilaos von Pithane begründet wurde. Mit ihr zieht der methodische Zweifel ein, der die Möglichkeit gesicherter Wirklichkeitserkenntnis dezidiert bestreitet. PAULY 1979.

45 Vgl. SENECA, *De vita beata*, 25.

46 OVID, *Metamorphoseon libri*, X, 252.

47 Sprichwörtlich für etwas ganz besonders Rares. Siehe *Satyrica*, 38, 1.

48 Sprichwörtlich für »vom Anfang bis zum Ende«. Eier servierte man gerne als Vorspeise, Äpfel gerne als Dessert einer *cena*. HORAZ, *Sermones*, I, 3, 6 f.

49 Antik-römisch für »Erbsenklauber«. *(homo) micarius*: (ein Mensch, der) zum Krümel gehört. *Satyrica*, 73, 6.

50 Vgl. EPIKUR, *Gnomologium Vaticanum*, 26.

51 Die achte Stunde nach Sonnenuntergang. Da diese *cena* wahrscheinlich im Februar oder März stattgefunden hat, muss es zwischen 1 und 2 Uhr nachts gewesen sein.

52 »Herrchen«.

53 Vgl. *Satyrica*, 41, 1 ff., wo es um die Freilassung eines Schweines geht.

54 Die Weinberge bei Nomentum galten zu dieser Zeit als heruntergewirtschaftet, die Böden als vernachlässigt. Siehe Plinius, *Naturalis historiae*, XIV, 49 f.

55 Ein allseits bekannter und beliebter Brauch aus Thracien. Man zählte die glücklichen Tage mit weißen Steinchen, die unglücklichen mit schwarzen und konnte am Ende des Lebens anhand der Steinchen Bilanz ziehen. Siehe Plinius, *Naturalis historiae*, VII, 131 f und Persius, *Saturae*, 2, 1.

56 Sprechender Name: der »Standhafte«, der »einem zur Seite Stehende«. Eine Figur im *Eunuchus*, einer Komödie des Publius Terentius Afer.

57 Das Jahr 49 u. Z.

58 Gängiger Name für einen Lustknaben. Hyacinthus wurde von Apollon begehrt und in eine Blume verwandelt. Ovid, *Metamorphoseon libri*, X, 162–219.

59 Berühmter Weingärtner seiner Zeit. Plinius, *Naturalis historiae*, XIV, 48 ff.

60 Mehrfach belegter Weinhändler der Zeit; siehe Matthieu Poux: *Pinselaufschrift mit Kolonistennamen auf massalotischer Weinamphore der Frühkaiserzeit* (Saint-Laurent-D'Agny, F). Aus: Zeitschrift für Papyrologie und Epigraphik 192 (2014), 257–264.

61 Hosen zu tragen, wie die Gallier, galt für Römer als lächerlich.

62 Hochzeitlicher Zuruf, der auf den Raub der Sabinerinnen zurückgeht. Ein Talassius hatte sich eine besonders schöne Sabinerin ausgesucht. Als sie von seinen Gefolgsleuten weggeführt wurde, riefen diese *talassio*, um anzuzeigen, dass diese Frau bereits vergeben ist. Vgl. Martial, *Epigrammata*, XII, 42.

63 Palaemon und seine »Braut« wurden mit allen gängigen Insignien eines Hochzeitspaares ausstaffiert. Siehe z. B.: Statius, *Silvae*, I, 2.

64 Wege zur Erkenntnis gibt es, so wie die Wege zur Akropolis, zwei: Einen langen und flachen, den Weg der Bildung, wie ihn alle Philosophien vorschreiben – bis auf die Kyniker, die den steilen und kurzen propagieren: Verzicht auf alle Besitztümer, Erkenntnisgewinn nicht durch Bildung, sondern durch Askese. Siehe Diogenes von Sinope, Fragment 508, Luck 2002, S. 183 f.

65 Giton verwendet hier Formulierungen, die den Schlussworten der Komödie entnommen sind. Siehe etwa Plautus, *Epidicus*: *Klatscht, lebt wohl! Streckt eure Glieder und erhebt euch vom Sitz.*

LIBER XVII

1 „Die Gegenkritik des Petronius oder Antwort auf Betrachtungen zu den Fragmenten, die 1688 bei Belgrad gefunden wurden. Die Waffen sollen der Toga weichen. [Cicero, *De officiis,* I, 22 (77).] Ich nehme daher die Feder, um Sie davon in Kenntnis zu setzen, dass Sie ein Werk unternommen haben, das über Ihre Kräfte geht. Hätten Sie vor der Ausformung Ihrer Pläne Petronius konsultiert, was hätten Sie nicht gefunden, das Sie eingeschüchtert und auf Sie selbst zurückgeworfen hätte. Hören Sie, in welcher Manier er zu Leuten wie Ihnen spricht. *Jeder, der die gewaltige Arbeit anrührt, wird, wenn er nicht voller literarischer Kenntnisse steckt, unter der Last zusammenbrechen.* Da haben wir Ihr Portrait; aber Sie wollten ja alles riskieren, und mit einem tollkühnen Unternehmen haben Sie es gewagt, ein Werk zu attackieren, das alle Gelehrten mit Vergnügen lesen, und dem die berühmtesten Akademiker Frankreichs ihr Lob spenden." [Übersetzung des Autors] Aus dem Vorwort zur zweiten Auflage der berühmten Nodot'schen Fälschungen. François Nodot attackiert hier den Philologen Pieter Burman mit den Worten Petrons aus *Satyrica,* 118, 6.

2 Johann Wolfgang von Goethe. *Zur Farbenlehre.* Aus: Goethes sämtliche Werke, Bd. 22. München 1913, S. 77 f.

3 Nickel 2011, S. 24 f. Epikur-Fragment 42.

4 Lukrez, *De rerum natura*, I, 943–949.

5 Luck 2002, Einleitung, S. 4.

6 Ibid., S. 168, Diogenes-Fragment 475.

7 Ibid., S. 168, Diogenes-Fragment 478.

8 Ibid., S. 175 f., Diogenes-Fragment 499.

9 Vgl. Seneca, *Ad Marciam*, 2.

10 Mehr darüber in: Holzberg 2012, S. 1 f.

11 Luck 2002, S. 123, Diogenes-Fragment 247.

12 Martial, *Epigrammta*, I, 2.

13 Martial, *Epigrammta*, XIV (*Apophoreta*), 186.

14 Die Rede ist von Petronianus, wie ihn Sueton nennt, dem Sohn von Lucia Petronia und Lucius Vitellius, dem späteren *princeps*. Er war auf einem Auge blind. Siehe Sueton, *De vita Caesarum*, Vitellius, 6.

15 Nordfrankreich. Die Provinz erstreckte sich von der Bretagne und Normandie bis zur Mitte des heutigen Frankreichs, ungefähr auf der Höhe von Lyon. Kiepert 1902, Tab XI.

16 Die Brandmarkung im Gesicht, etwa auf der Stirn, war die übliche Bestrafung für entflohene Sklaven. Siehe z. B. *Satyrica*, 103.

17 Pomponius Secundus war ein berühmter Feldherr und großer Schriftsteller, was ausnahmsweise sogar Tacitus lobend erwähnt. Pomponius' *Aeneas* ist nicht überliefert worden. Siehe Tacitus, *Annales*, V, 8; VI, 18; XI, 13 und XII, 27 f.

18 Diese Vorgangsweise behielt sie nach der Thronbesteigung ihres Sohnes bei. Siehe Tacitus, *Annales*, XIII, 5.

19 Rufus und Proculus Scribonius. Wichtige Staatsmänner ihrer Zeit, zuletzt Statthalter der beiden Germanien. Über ihre Art, alles gemeinsam zu unternehmen, siehe Dio, *Römische Geschichte*, Epitome des Buches 63 (17, 2 ff.), Xiphilinos 179, 5–182, 6 R. St.

20 Tacitus, *Annales*, XII, 1 ff.

21 802 a. u. c.

22 Tacitus, *Annales*, XII, 22.

23 Poggio Bracciolini, Epistt. II, 3 (ed. Tonelli). Sage 1916, S. 11. Übersetzung: Hannes Benedetto Pircher.

24 Ab hier, werde ich, wie schon zuvor, auf die Nennung von einzelnen Parallelstellen weitgehend verzichten. Für die Entwässerung des Fuciner Sees verweise ich auf: Tacitus, *Annales*, XII, 56 f.; Plinius, *Naturalis Historiae*, XXXIII, 63; XXXVI, 124; Sueton, *De vita Caesarum*, Claudius 20, 21 u. 32; Dio, *Römische Geschichte*, Epitome des Buches 61, Exc. Val. 232 (p. 678).

25 Festspiele zu Wasser. Auch das Colosseum wurde mit einer *Naumachia* eröffnet. Siehe Martial, *De spectaculis Liber*, 24 ff.

26 Nero wurde die *toga virilis* bereits vor dem gesetzlichen Mindestalter von 14 Jahren verliehen. Tacitus, *Annales*, XII, 41,1.

27 Das bekannte Sprichwort. Siehe z. B. Horaz, *De arte poetica*, 139.

28 Narcissus soll sogar den *princeps* ab und zu zum Narren gehalten haben. Vgl.: Dio, *Römische Geschichte*, Epitome des Buches 61, Xiphilinos 145, 2–11 R. St.

29 »Geisteskrankeste!« Man setzte Schimpfwörter gerne in den Superlativ. Vgl. *stultus – stultissimus*.

30 Göttin der Marser, hilfreich gegen Giftschlangen.

31 Vgl. Vergil, *Aeneis,* VII, 759.

32 Ebendort, in den heutigen Abruzzen, ansässiger antiker Volksstamm. Der Legende nach stammten sie von der Zauberin Kirke ab, was sie vor Schlangenbissen schützte. Pauly 1979.

33 *Satyrica*, 37, 7.

34 Decimus Silanus wurde 53 u. Z. Consul. Zwischen Quaestur und Praetur war eine zweijährige Ämterpause Vorschrift, ebenso wie zwischen Praetur und Consulat. Allerdings wurden diese Bestimmungen in der Zeit des Principats häufig durch Intervention des Kaisers außer Kraft gesetzt. Siehe Christ 2005, S. 405.

35 Prostituiertenname, durch pompeiische Inschrift überliefert. Siehe z. B. Weeber 2010, S. 255.

36 Tochter des aithiopischen Königs Cepheus und der Cassiopeia. Perseus besiegt ein Seeungeheuer, das die gefesselte Andromeda bedroht, und nimmt sie zur Frau. Pauly 1979.

37 Offenbar veröffentlichte er im Jahr 88 u. Z. die ersten *Liber* seiner *Punica*, so wie es im Literaturbetrieb der Zeit üblich war.

38 53 u. Z.

39 Die Praetur hatte im Principat viel von ihrer Bedeutung verloren. Petronius ist in der Rechtssprechung tätig, wobei auch hier die wichtigen Fälle vom *princeps* entschieden wurden. Pauly 1979.

40 56 u. Z.

41 In der Mythologie ist Hylas ein Freund und Geliebter des Herkules. Ein Hylas kommt auch bei Martial vor. Siehe Martial, *Epigrammata,* IX, 25.

42 Der Name bezeichnete die Herkunft des Sklaven aus Carien, einer Landschaft in Südostanatolien. Einer der Sklaven Trimalchios. *Satyrica,* 71, 2.

43 Name einer Insel im südöstlichen Mittelmeer. Eine Freigelassene namens Abudia Megiste ist als Weizen- und Gemüsehändlerin inschriftlich nachgewiesen. CIL 6.9683.

44 Petronius war demnach von 54–55 u. Z. der Statthalter Bythiniens. Der derzeitige Überlieferungsstand bietet keine verlässlichen Daten in diesem Zeitraum, wodurch eine unabhängige Bestätigung nicht möglich ist.

45 Einer der weitverbreiteten Namen mit »Moukas«, die auf eine thrakische Abstammung verweisen. Siehe Alexander Fol: *Thrako-Bithynische Parallelen im vorrömischen Zeitalter. II. Bevölke-*

rungs- und Gesellschaftsstrukturen. Academia Litterarum Bulgarica. Serdicae, 1972.

46 Wahrscheinlich carischen Ursprungs. Herodot erwähnt einen Geographen Skylax aus Caryanda in Carien. HERODOT, *Historien*, IV, 44.

47 Sprichwörtlich. Siehe z. B. *Satyrica*, 44, 13. *SAT* Holzberg.

48 Gemeindekassen verfügten – aufgrund der Steuereinnahmen – über beträchtliche Mittel. Zu Zeiten Plinius des Jüngeren verlangte die Gemeindekasse 12 Prozent Zinsen und war damit oft teurer als private Geldverleiher. Selbst bei gleichem Zinsfuß schreckten die verlangten Sicherheiten Kreditnehmer ab. Siehe PLINIUS, *Epistulae,* X, 54 und 55.

49 Alter bythinischer Königsname. PAULY 1979.

50 Im Jahr 53 u. Z.; Taurus beging Selbstmord. Siehe TACITUS, *Annales*, XII, 59.

51 TACITUS, *Annales*, XII, 64.

52 862 bis 864 a. u. c.

53 PLINIUS, *Epistulae*, X, Ep. 41, 42, 61, 62.

54 Siehe Ohlig 2005. S. 167 ff.: Antonio Linoli. *The Fucino, The Draining of a Major Lake in the Second Half of the XIXth Century.*

55 PLINIUS, *Naturalis Historiae*, XXXVI, 124.

56 SUETON, *De vita Caesarum*, Nero 17.

57 Ibid., Nero 6, 3.

58 TACITUS, *Annales*, XII, 66 ff.

59 Mit vollem Namen Marcus Iunius Silanus, der Bruder des Freundes Petrons, Decimus Iunius Silanus. Namensgleich mit dem „entfernten Verwandten", der im *Liber* IV der Petronica von Caligula in den Tod getrieben wird. TACITUS, *Annales*, Verzeichnis der Eigennamen.

60 SENECA, *Apokolokyntosis,* 4, 3.

61 SENECA, *Ad Lucilium*, 80, 7.

62 SUETON, *De vita Caesarum*, Claudius, 20, 1.

63 SENECA, *Apokolokyntosis*, 4, 1.

64 Ibid., 14, 2.

65 Petronius-Fragment. BÜCHELER/RIESE 1894, *Anthologia Latina,* 468. Übersetzung: Hannes Benedetto Pircher und Tom F. Lange.

LIBER XVIII

1 Miller 1986, S. 44–46 (Auszüge).

2 Petronius-Fragment. Bücheler/Riese 1894, *Anthologia Latina,* 479. Übersetzung: Hannes Benedetto Pircher und Tom F. Lange.

3 Wohl eine Anspielung auf die Parole, die Nero am Tag seiner Thronbesteigung an den befehlshabenden Militärtribun ausgab. Tacitus, *Annales*, XIII, 2.

4 Eigentlich: dem Lande zugehörig, der Bauer. Hier die Figur des biederen, dümmlichen Bauern im *mimus*, der von allen anderen betrogen wird. Georges 2010.

5 Gemeint ist der Bart des Philosophen.

6 Martial, *Epigrammata*, X, 35.

7 Am bekanntesten ist das Fresko aus dem Haus des Terentius Neo (Pompeii, Region VII, Insula II, Nummer 6), das ihn und seine Frau zeigt. Das Fresko kann im Archäologischen Museum von Neapel besichtigt werden. Garcia y Garcia 2005, S. 110 f.

8 Vgl. *Satyrica*, 58, 2.

9 Petronius-Fragment XXX. *SAT* Müller/Ehlers, S. 378 f.

10 Offenbar sprichwörtlich für etwas, das Unausgesprochen bleiben soll. Vgl. *Satyrica*, 69, 3.

11 Das heißt, man betete Iuno als Geburtsgöttin an. Ursprünglich waren die *Parcae*, die Parzen, die Geburtsgöttinnen, mit deren Umdeutung zu Schicksalsgöttinnen erhielt Iuno den Aspekt der Schutzgöttin der Gebärenden und der zur Welt kommenden Kinder hinzu. *Lucina* bezieht sich auf den Mond, der oft als der »ewig Kreißende« beschrieben wird. Pauly 1979.

12 Bevor Odysseus dem Kyklopen das Auge aussticht, fragt ihn dieser nach seinem Namen. Odysseus antwortet schlau: »Niemand.« Griechisch *Outis*, lateinisch *Nemo*. Homer, *Odyssee*, IX, 364 ff.

13 Weiblicher Vorname. Auch als Freundin Martials überliefert. Martial, *Epigrammata*, I, 71.

14 Grabsteine und Inschriften verweisen auf so manche eheliche Gemeinschaftspraxis in der antiken römischen Welt. Siehe Gardner 1995, S. 242 f.

15 Vgl. Martial, *Epigrammata*, V, 34 und 37; X, 61.

16 Eines der berühmten oberirdischen Totenhäuser Roms, genannt *columbaria*, aufgrund der Ähnlichkeit der Nischen für die Urnen mit einem Taubenschlag. Pauly 1979.

17 Im Jahr 51 u. Z. Siehe Sueton, *De vita Caesarum*, Claudius, 19.

18 In diesem Fall die Befreiung von der Patronage durch den ehemaligen Herrn. Frei geborene Frauen konnten sich von der Patronage durch einen Mann mittels dreier gezeugter Kinder, freigelassene Frauen ab vier gezeugten Kindern befreien. Dieses Recht wurde auch ohne das Vorhandensein von Kindern, als Privileg, verliehen. Mehr zu Claudius' Förderprogramm in: Bell/Ramsby (Ed.) 2013, S. 117 f; Gardner 1995, S. 228 f.

19 Sueton, *De vita Caesarum*, Vitellius, 6.

20 801 a. u. c.

21 822 a. u. c.

22 Zur Herrschaft des Aulus Vitellius: Sueton, *De vita Caesarum*, Vitellius; Tacitus, *Historiae*, I–III; Dio, *Römische Geschichte*, Epitome der Bücher 63–64.

23 Sprichwörtlich: »nach Strich und Faden«. *Satyrica*, 76, 11.

24 Tacitus, *Annales*, XIV, 10 f.

25 808 a. u. c.

26 811 a. u. c.

27 Sueton, *De vita Caesarum*, Nero, 39, 2–3.

28 Tacitus, *Annales*, XIV, 3–5.

29 Ibid., XIV, 7.

30 Ibid., XIV, 8.

31 Ibid., XIII, 1.

32 Dio, *Römische Geschichte*, Epitome des Buches 61 (32, 1), Exc. Val. 228 (p. 677) und 61 (33,1), Exc. Val. 231 (p. 678).

33 Ibid., Epitome des Buches 61 (7), Xiphilinos 145, 2–11., R. St.

34 Tacitus, *Annalen*, XII, 42. Eine Ehre, die bis dahin nur Priestern und heiligen Gegenständen vorbehalten war.

35 Christ 2005, S. 228.

36 Tacitus, *Annales*, XIV, 10.

LIBER XX

1 »VI. Magister der Eleganz. Josiane hatte Langeweile, das versteht sich von selbst. Lord David Dirry-Moir bekleidete eine führende Position im vergnügten Leben Londons. Nobility und Gentry huldigten ihm. Vermerken wir eine Ruhmestat Lord Davids: Er wagte es, seine Haare zu tragen.« Übersetzung des Autors, basierend auf Carl Johann Perl. Siehe Hugo 1925.

2 Im Allgemeine das laute Poltern, Eifern. Im Besonderen der nach den Regeln der Kunst gehaltene Vortrag, die Übungsrede oder auch die Deklamation als Unterhaltung. Georges 2010.

3 Sprichwörtlich für »in der Falle sitzen«. *Satyrica,* 58, 9.

4 Tacitus, *Annales*, XIV, 15.

5 812 a. u. c.

6 Schimpfwort, wörtlich »Sohn der Erde«, einer der keine Eltern hat, sondern wie ein Pilz aus der Erde gewachsen ist. *Satyrica*, 43, 5.

7 Plinius, *Naturalis historiae*, XIV, 50 ff.

8 Am Marsfeld, errichtet im Jahr 60/61 u. Z.: Siehe Sueton, *De vita Caesarum,* Nero, 12, 3.

9 Siehe etwa Seneca, *Naturalis quaestiones*, I, 1 ff.

10 Rubellius Plautus, angesehener Adeliger Roms. Tacitus, *Annales*, XIV, 22.

11 Stoischer Philosoph Roms. Siehe Tacitus, *Annales*, XIV, 59 u. XV, 71.

12 Der Skandal des Jahres 61 u. Z. Tacitus, *Annales*, XIV, 42 f.

13 Seneca, *De clementia,* I, 5.

14 Seneca, *De clementia*, II, 7.

15 Seneca, *De vita beata*, 24, 2.

16 Die ganze folgende Passage bezieht sich auf: Aristoteles, *Politik*, I, 1254a–1255b.

17 Seneca wird diese Anregung Petrons in einem seiner letzten Werke verwerten. Siehe Seneca, *Naturalis quaestiones*, I, 16.

18 Seneca, *De clementia,* I, 5.

19 Imitatoren; Raben und Elstern, wie Papageien, waren für dieses Talent bekannt. Persius, *Saturae*, *Choliambi*, 13.

20 Papyrus gab es in unterschiedlichen Qualitäten. Die besten waren das »augusteische« und das »livische« (nach seiner Gattin Livia

benannt); am anderen Ende findet sich das »emporische« – ein Packpapier. Siehe Plinius, *Naturalis Historiae*, XIII, 74 ff. Gute Kopisten waren offensichtlich teuer. Zum antiken Kopierbetrieb, siehe *Petronica* I, Anmerkung 6.

21 Petronius-Fragment, *Anthologia Latina*, AL 464. Übersetzung: Hannes Benedetto Pircher und Tom F. Lange.

22 Sprichwörtlich. *homo dipundiarius*: Menschen die keine zwei *as* wert sind. *Satyrica,* 74, 15.

23 Doppelter Vorwurf: dumm und impotent. *Satyrica,* 57, 2.

24 61 u. Z.

25 Tacitus, *Annales*, XVI, 18.

26 Sprichwörtlich für: bei Meliboeus ist er zum Essen eingeladen.

27 Bildlich für eine unklare dichterische Ausdrucksweise. Siehe Persius, *Saturae*, 5, 7.

28 Lukillios, *Anthologia Graeca*, XI, 155. Siehe Holzberg 2010, S. 124 f.

29 *Turpe et miserabile!* Beliebter Ausruf der Entrüstung, siehe etwa Persius, *Saturae*, 1, 3.

30 Vergil, *Bucolica,* Ekloge 1.

31 Statius begegnet Dante und Vergil am Läuterungsberg, im 21. Gesang, und begleitet sie in Folge.

32 Apicius war ein berühmter Feinschmecker und Herausgeber eines Kochbuchs. Für Schnecken: Apicius, *De re coquinaria*, VII,18.

33 Thraseas Ansicht setzte sich durch. Tacitus, *Annales*, XIV, 48–49.

34 Petronius-Fragment, *Anthologia Latina,* AL 470. Übersetzung: Hannes Benedetto Pircher und Tom F. Lange.

35 Tacitus, *Annales*, XIV, 54.

36 Petronius spricht Seneca mit dem Namen an, den dieser als Freigelassener Neros getragen hätte.

37 Seneca, *Octavia*, 430 ff.

38 Weitere Pseudo-Vergiliana; heute (wieder) als Nachahmungen oder Fälschungen identifiziert. Siehe Holzberg 2005.

39 Seneca, *Octavia*, 183 ff.

40 Tacitus, *Annales*, XIV, 48.

41 Iosephus beschreibt Poppaea einmal positiv, dann wieder negativ. In seiner Biographie stellt er sie als freundliche Befürworterin seiner Sache dar; in seinen *Altertümern* wird sie einmal als gerecht und weise beschrieben und einige Kapitel später als

gottlose Person hingestellt. Siehe IOSEPHUS, *Leben*, 13 ff. (3) und *Altertümer*, XX, 8 und XX, 11.

42 Diogenes-Fragment 123. LUCK 2002, S. 87.

43 Octavia war die Tochter von Messalina und Claudius; Nero wurde von Claudius adoptiert.

44 SENECA, *Octavia*, 820 ff.

45 Über den Tod Octavias, vgl. dazu TACITUS, *Annales*, XIV, 62 ff. und SUETON, *De vita Caesarum,* Nero, 35.

46 SENECA, *Octavia*, 629 ff.

47 Vgl. TACITUS, *Annales*, XIV, 65.

LIBER XXI

1 „In grandiori illo scribendi genere optima moderatione, verum turpissimo scriptionis argumento versatus est Petronius Arbiter in suo Satyrico, qui in eodem cum suo autore rogo flagrare debuit, non alia luce dignior." Aus: Iacobus Masenius S.I. *Palaestrae Styli Romani*, I, 7, § 6. Übersetzung: Hannes Benedetto Pircher.

2 Mehr dazu in Friedlaender 1888, Bd. I, S.136 f.

3 Das Erdbeben von Campanien ereignete sich am 5. Februar 63 u. Z. Siehe Tacitus, *Naturales Quaestiones*, VI, 1 ff.

4 832 a. u. c.

5 Caesius Bassus, Dichter und Freund von Persius. Siehe *Vita Persi*, 43 ff. und Persius, *Saturae*, 6.

6 Über die Arroganz des Bildungsbürgertums siehe auch Plinius, *Epistulae*, VI, 17.

7 Möglicherweise ein gewisser Attius Labeo, der in vor-neronischer oder neronischer Zeit die *Ilias* wie auch die *Odyssee* ins Lateinische übersetzte. Lt. Persius auf eine allzu wörtliche, trockene Art. Siehe Courtney (Hrsg.) 2011, S. 350.

8 Persius, *Saturae*, 1, 45 ff.

9 Swift, *The Battle of the Books*. 1704.

10 *Satyrica*, 58, 11: *Occuponem propitium!* Etwa: »Greiferich, steh mir bei!« Im Zuge der Vergottung des Lebens haben sich die einfachen Leute offensichtlich einen Gott der Raffgier erschaffen.

11 *Carmina Priapea,* 31.

12 Der spätere berühmte jüdische Historiker Flavius Iosephus. Für den folgenden Bericht über seine Zeit in Rom, siehe Iosephus, *Leben*, 3.

13 Je nach Schreibweise auch Alityros, Alithyros genannt. Iosephus, *Leben,* 3.

14 Iosephus wird bei seiner Version mit dem Platzregen bleiben. Siehe Iosephus, *Altertümer*, XVIII, 8, 6.

15 Ein berühmter Kitharoede, den Nero unmittelbar nach seiner Machtergreifung an den Hof holte, damit ihn dieser in Gesang und Kitharaspiel unterweisen sollte. Siehe Sueton, *De vita Caesarum*, Nero, 20, 1.

16 Vgl. Tacitus, *Annales*, XV, 33.

17 Aus Suetons verlorengegangenem Werk über die Dichter, von dem einige Teile als Kompilationen späterer Historiker erhalten

geblieben sind, so auch die *Vita Lucani*, in der diese Episode beschrieben ist.

18 Persius, *Saturae*, 3, 66 ff.

19 Vgl. Iosephus, *Leben*, 2.

20 Über die Belagerung von Iotapata und seine Wandlung berichtet Iosephus selbst in: Iosephus, *Jüdischer Krieg*, III, 7 u. 8. Weiters finden sich verstreute Bemerkungen dazu in seinen *Jüdischen Altertümern* und in der *Vita*.

21 Tacitus, *Annales*, XV, 33 ff.

22 Sprichwörtlich für luxuriösen Lebensstil. Wein verschüttete man bei Tisch als Trankopfer an die Götter. Vgl. *Satyrica*, 38, 15.

23 Sprichwörtlich für »pleite sein«. Vgl. *Satyrica*, 38, 12.

24 Tacitus, *Annales*, XV, 35.

25 Eine Anspielung auf Neros *cognomen* Ahenobarbus, was bronzener Bart oder auch Rotbart bedeutet.

26 Sprichwort, vgl. *Satyrica*, 3, 2.

27 Lucan, *Pharsalia,* IV, 26 ff.

28 Ibid., V, 199 ff.

29 Der Niedrigste, der Allerletzte; wohl im Kontrast zum *princeps*, dem Ersten. An die Tatsache, dass Nero zugleich der Letzte seines Geschlechts wurde, ist hier natürlich nicht zu denken.

30 Lucan, *Pharsalia,*V, 385 ff.

31 Vgl. Tacitus, *Annales*, XV, 36.

32 Berühmter Feldherr, Freund und Schwiegersohn von Octavian Augustus. 64/63 v. u. Z. bis 12 u. Z. Pauly 1979.

33 Tacitus, *Annales*, XV, 37.

34 Der Tempel des Iuppiter Stator wurde, nach einer Lesart, von Romulus erbaut. Als die Sabiner Rom attackierten, bat Romulus Iuppiter um Beistand. Dieser erhörte ihn – Romulus brachte den Angriff der Sabiner zum Stehen und errichtete an dieser Stelle den Tempel. Pauly 1979.

35 Die Rede ist von Remus, dem Bruder Romulus', der sich über die zu diesem Zeitpunkt nur angedeutete Stadtmauer Roms lustig machte, indem er über sie sprang. Nach strenger Auslegung hatte er damit ein Gesetz gebrochen, Romulus verurteilte ihn zum Tod. Pauly 1979.

36 Vesta ist die Göttin von Heim und Herd; die Vestalinnen waren die Hüter der ewigen Flamme. Erlosch diese von selbst, galt das als großes Unglück. Pauly 1979.

37 Sieben Gegenstände, die Aeneas aus Troia nach Rom gebracht haben soll. Das Schicksal Roms war mit ihnen verknüpft, zu ihnen zählten die heilige Flamme und das Palladium; um welche Gegenstände es sich bei den anderen handelt, ist nicht bekannt. Ihren Aufbewahrungsort, den innersten Raum des Tempels, durften nur die Vestalinnen betreten. Zum Kult der Vesta, siehe Ovid, *Fasti*, VI, 9.

38 Ein uraltes Bild der Pallas Athene. Ovid, *Fasti*, VI, 9 (417 ff.).

39 Metellus, der damalige *pontifex maximus*, betrat den innersten Raum des Tempels, um die Heiligtümer zu retten. Ovid, *Fasti*, VI, 9 (437 ff.). Nach einer anderen Überlieferung erblindete er danach.

40 Gemeint ist das *cognomen* »Nero«. Es bedeutet in der Sprache der Sabiner »tapfer«, »tatkräftig«. Sueton, *De vita Caesarum*, Tiberius, 1, 1.

41 Zum großen Brand der Stadt Rom im Jahr 64 u. Z., siehe Tacitus, *Annales*, XV, 38–41.

42 Prometheus formte die Menschen aus Ton. Siehe z. B.: Ovid, *Metamorphoseon libri*, I, 76 ff.

43 Vgl. Tacitus, *Annales*, XV, 40 u. 42.

44 Vgl. Tacitus, *Annales*, XV, 44.

45 Vgl. Tacitus, *Annales*, XV, 45.

LIBER XXII

1 »Zu der Zeit, als die Fragmente des Petronius großen Aufruhr in der Literatur verursachten, las Meibomius, großer Gelehrter in Lübeck, in einem abgedruckten Brief von einem anderen Gelehrten aus Bologna: Wir haben hier einen vollständigen Petronius, ich habe ihn mit meinen eigenen Augen und mit Bewunderung gesehen. »Habemus hic Petronium integrum, quem vidi meis oculis, non sine admiratione.« Sofort fährt er ab nach Italien, eilt nach Bologna, den Bibliothekar Capponi zu finden, fragt ihn, ob es denn wahr sei, dass man in Bologna einen vollständigen Petronius habe. Capponi antwortet, dass das eine Sache ist, die längst bekannt sei. Könnte ich diesen Petronius sehen? Hätten Sie die Güte, ihn mir zu zeigen? Nichts leichter als das, sagt Capponi. Er führt ihn zur Kirche, wo der Körper des St. Petronius ruht. Meibomius nimmt die Kutsche und flüchtet.« Übersetzung des Autors.

2 Quintus Pollius Valerianus, Martials erster Verleger. Siehe Martial, *Epigrammata*, I, 113.

3 Modesta muss damals ungefähr vierzig Jahre, Martial um die sechsundzwanzig Jahre alt gewesen sein.

4 Rituale der Freilassung. Einmal im Kreis drehen, siehe Persius, *Saturae*, 5, 76 ff. Die Ohrfeige, hier nur angedeutet, siehe z. B. Phaedrus, *Fabulae*, II, 5.

5 Tacitus, *Fabulae*, Appendix Perrotina 11.

6 Freigelassene standen unter der Patronage ihrer ehemaligen Herren. Die Freilassung konnte unter Umständen auch widerrufen werden. Tacitus, *Annales*, XIII, 26 f.

7 Diese Episode ist, soweit ich es beurteilen kann, nur in den *Petronica* überliefert.

8 Auch Tacitus (der die Vornamen von Frauen nie erwähnt) nennt eine Silia, die an Neros Orgien teilnehmen musste. Tacitus, *Annales*, XVI, 20.

9 Im Folgenden verzichte ich wieder auf detaillierte Einzelnachweise; die hier beschriebene Verschwörung ist bei Tacitus gut überliefert, worauf ich später noch eingehen werde.

10 Vgl. Seneca, *Ad Lucilium*, 53, 8.

11 Sprichwörtlich für: »Du hast dich tugendhaft verhalten.« Siehe Persius, *Saturae*, 3, 25.

12 Seneca, *De beneficiis*, 7, 19, 7 bis 7, 20, 2 ff. (Auszüge). Fuhrmann 1997, S. 314 f.

13 Wahrscheinlich der Campus Esquilinus. Tacitus, *Annales*, XV, 60.

14 Sprichwörtlich, vgl. *Satyrica*, 38, 13.

15 Vgl. Epikur, *Gnomologium Vaticanum*, 23. Aus: Nickel 2011, S. 260 f.

16 821 a. u. c.

17 Der Grammatiker Palaemon soll auch gedichtet haben; Giton wird sich hier aber eher auf dessen Verhalten als Freigelassener bezogen haben. Labeo ist der bereits erwähnte Dichter einer lateinischen *Ilias*. Siculus ist der Dichter der Eklogen aus dem Dichterkreis rund um Caius Calpurnius.

18 Vgl. Seneca, *Ad Lucilium*, 50, 2–3.

19 Tacitus, *Annales,* XVI, 6.; Sueton, *De vita Caesarum*, Nero, 35, 3.

20 Die heutige Hafenstadt Durrës in Albanien.

21 Das heutige Brindisi an der Ostküste Apuliens.

22 Die wichtigsten Veranstaltungsorte griechischer Feste und Spiele.

23 C. Nymphidius Sabinus, Sohn der Nymphidia, einer Freigelassenen; Nachfolger als zweiter Praefect der Praetorianer nach Faenius Rufus. 68 u. Z. maßgeblich an der Entmachtung Neros beteiligt. Tacitus, *Historiae*, I, 5 u. 6.

24 822 a. u. c.

LIBER XXIII

1 Petronius wird in diesem Zitat zwar nicht namentlich genannt, aber es kann sich nur um ihn handeln. Ein anderer Römer der Antike, der seinen Tod als »little party« inszeniert hätte, ist mir jedenfalls nicht bekannt.

2 Petronius-Fragment. Aus: *Anthologia Latina*, AL 697. Bücheler/Riese 1894. Übersetzung: Hannes Benedetto Pircher und Tom F. Lange.

3 Sprichwort, vgl. *Satyrica*, 94, 11.

4 Lucius Annaeus Mela, Vater Lucans. Der älteste der Brüder. Der andere Bruder, Lucius Iunius Gallio, nahm sich nach der Pisonischen Verschwörung aufgrund von Verleumdungen das Leben. In seiner Jugend wurde er von dem Senator Iunius Gallio adoptiert, was zur Namensänderung führte. Für Gallio: Tacitus, *Annales*, XV, 73. Für Mela: Tacitus, *Annales*, XVI, 17.

5 Kallimachos, *Hekale*, 217 (682 Pf.)

6 Komödie von Plautus, Originaltitel *Asinaria*. Nach dem *Onagos* (Eselstreiber) von Demophilos. Fuhrmann 1974, S. 34 ff.

7 Komödie von Publius Terentius Afer, *Eunuchus*. Nach Menanders *Eunuchos* und Teilen seiner *Kolax* (Der Schmeichlerin). Fuhrmann 1974, S. 37 ff.

8 Sprichwörtlich, vgl. *Satyrica*, 42, 5. Im Hades muss es, logisch betrachtet, mehr Tote geben als Lebende auf Erden.

9 62 u. Z.

10 Sprichwörtlich, vgl. *Satyrica*, 44, 6.

11 *Carmina Priapea*, 33.

12 *Carmina Priapea*, 27.

13 Diese Fabel ist nur in den vorliegenden *Petronica* überliefert.

14 Cumae war bekannt für seine Töpfereien, die den, für die Gegend typischen, besonders rötlichen Ton verarbeiteten. Georges 2010.

15 Diogenes-Fragment 229. Luck 2002, S. 120.

16 Aisopos, *Fabeln*, 109.

17 Sprichwörtlich, »vom Scheitel bis zur Sohle«. *Satyrica*, 102, 13.

18 Sprichwörtlich, »die Nase hoch tragen«. Vgl. *Satyrica*, 91, 7.

19 Das berühmte Epikur-Zitat. *… denn so lange wir da sind, ist der Tod nicht da, wenn aber der Tod da ist, sind wir nicht da*. Epikur, *Wege zum Glück*, S. 224 f.

20 Vgl. Vergil, *Aeneis*, VI, 638 f.

21 Vergil, *Aeneis*, VI, 640 ff.

22 Vgl. dazu Martial, *Epigrammata*, I, 71.

23 Unübersetzbares Wortspiel: *testes* bezeichnet gleichermaßen die Zeugen wie auch die Hoden. Siehe etwa Martial, *Epigrammata*, II, 72, in Bezug auf einen, in einen Skandal verwickelten Eunuchen: *Was, wenn Caecilius* testes *hat?*

24 Die Zeit der sexuellen Aktivität. Vgl. *Satyrica*, 64, 3.

25 Lucia trägt die *Schankwirtin* vor, die *Copa*, die Vergil zugeschrieben wurde. Übersetzung: Hertzberg 1856, S. 103 ff., bearbeitet von Tom F. Lange.

26 Vermutlich eine Anspielung auf eine Fabel, die Kallimachos erzählt: Ein Lorbeerbaum und ein Olivenbaum streiten sich darum, wer der bedeutendere Baum sei. Irgendwann greift die Distel (bei Kallimachos ein Dornbusch) ein und versucht die Streitenden zu versöhnen. Daraufhin fallen beide mit vereinten Kräften über den ihrer Meinung nach als Gesprächspartner unwürdigen Dornbusch her. Vgl. Kallimachos, *Jamben*, 154 (194 Pf.).

27 Sprichwörtlich für »geringe Einnahmen, große Ausgaben«. Vgl. *Satyrica*, 67, 10.

28 Aristoteles, *Poetik*, 13, 3.

29 Marcia hat offenbar ein Gedicht, das einst ihr gegolten hatte, umgedichtet. Vgl. Petronius-Fragment, *Anthologia Latina*, AL 218. Übersetzung: Hannes Benedetto Pircher und Tom F. Lange:

Goldene Äpfel, meine süße Martia, schickst Du mir,
schickst mir auch Geschenke stachliger Kastanie.
Alles könnte ich für willkommen halten, wenn Du aber eher selber kämest,
würdest Du, schönes Mädchen, Dein Geschenk schmücken.
Magst Du mir auch Äpfel schicken, die mir den Gaumen zuschnüren,
bittere, so ist der Geschmack im Mund doch honigsüß.
Wenn Du aber, mir Vielgeliebte, zu kommen übersiehst,
dann schicke mit dem Obst Küsse mit: diese werde ich gerne verschlingen.

LIBER XXIV

1 »Von Bitternis, singe, Göttin, … «: Beginn der *Ilias* Homers.

2 Die Muse der Dichtkunst war Calliope; Orpheus war ihr Sohn. Pauly 1979.

3 Zum Dionysoskult – dem Dienst am Gott – gehörte die Veranstaltung von Festen mit Gesang und Lyraspiel. Siehe Cornutus, *Epidrome,* 30.

4 Orpheus war einer der Argonauten. Er sang so schön, dass selbst der Gesang der Sirenen keine Wirkung mehr hatte. Pauly 1979.

5 Lustknabe Neros, ein Jahr später, 65 u. Z., von ihm entmannt und zur Frau genommen. Sueton, *De vita Caesarum*, Nero, 28.

6 Als Orpheus in die Unterwelt kam, bezauberte sein Gesang dermaßen, dass sogar die ewigen Qualen der Gefangenen des Tartaros für kurze Zeit unterbrochen wurden. Tityos' Geier fraßen nicht mehr an seiner Leber und seinem Herzen; Ixions Rad blieb stehen; Sisyphos konnte auf seinem Stein Platz nehmen. Ovid, *Metamorphoseon libri,* X, 41 ff.

7 Die im Text erwähnte Antonia, älteste Tochter von Claudius aus seiner Ehe mit Aelia Paetina. 65 u. Z. von Nero getötet. Sueton, *De vita Caesarum*, Nero, 35, 4.

8 Als Orpheus aus der Unterwelt zurückkam und sein Unglück besang, da lockte er damit die Tiere an, und sogar die Bäume kamen zu ihm, um ihm zu lauschen. Ovid, *Metamorphoseon libri,* X, 86 ff.

9 Horaz, *De arte poetica*, 475.

10 Horaz, *De arte poetica*, 466.

11 Oedipus hatte mit seiner Mutter geschlafen, ein Vorwurf, der auch immer wieder gegen Nero erhoben wurde. Orest tötete seine Mutter Klytaimnestra, die ihrerseits seinen Vater Agamemnon getötet hatte. Für beide (Oidipos, Orestes): Pauly 1979.

12 Als Orpheus Eurydike aus der Unterwelt zurück in das Reich der Lebenden führen durfte, wurde ihm streng untersagt, sich nach seiner Ehefrau umzublicken. Sie, die noch immer ein Schatten war, folgte ihm lautlos, er drehte sich um – und verlor sie endgültig. Ovid, *Metamorphoseon libri,* X, 50 ff.

13 Der Satyr Marsyas forderte Apollon zum Zweikampf mit der Lyra heraus. Apollon blieb erwartungsgemäß siegreich und häutete den Unterlegenen zur Strafe bei lebendigem Leib. Pauly 1979.

14 Plinius, *Naturalis Historiae*, VII, 132.

15 Vgl. Tacitus, *Annales*, XVI, 20.

16 Domitius Corbulo und die Brüder Scriboni wurden 67 u. Z. von Nero nach Kenchreia in Griechenland berufen. Dort wurden sie mit Anklagen konfrontiert und nahmen sich daraufhin das Leben. Dio, *Römische Geschichte*, Epitome des Buches 63 (17, 2 ff.), Xiphilinos 179, 5–182, 6 R. St.

17 71 u. Z.

18 Vgl. Dio, *Römische Geschichte*, Epitome des Buches 65, Xiphilinos 208, 7–15 R. St.

19 72 u. Z.

20 Vgl. CIL X 1024. Aus: Hüttemann 2010, S. 122 ff.

21 Das unbeschriftete Papyrusblatt, das an der Spindel der Rolle befestigt war. Mehr dazu in Garcia y Garcia 2005, S. 96 ff.

22 T. S. Eliot zitierte den englischen Literaturjournalisten Charles Whibley, über den er ein gleichnamiges Essay verfasste. Siehe T. S. Eliot. *Selected Essays*, London, 1932.

23 Poggio Bracciolini, Epistt. I, 7, (ed. Tonelli). Sage 1916, S. 14. Übersetzung: Hannes Benedetto Pircher.

BIBLIOGRAPHIE

V. A.: Verwendete Ausgabe
Z. a.: Zitiert als

I. Quellenwerke der Antike

I. 1. Petronius

– Petronius: *Satyrica. Schelmenszenen.* Lateinisch–Deutsch von Konrad Müller und Wilhelm Ehlers. 5. Auflage. Düsseldorf/Zürich, 2004. Z. a.: *SAT* Müller/Ehlers.

– Petronius: *Satyrische Geschichten. Satyrica.* Lateinisch-deutsch. Herausgegeben und übersetzt von Niklas Holzberg. Berlin 2013. Z. a.: *SAT* Holzberg.

– Petronius: *Satyrgeschichten.* Lateinisch und Deutsch von Otto Schönberger. Berlin 1992. Z. a.: *SAT* Schönberger.

– Gaius Petronius Arbiter: *Satyrikon (Die Begebenheiten des Enkolp).* Übersetzt von Wilhelm Heinse. Wortgetreuer Nachdruck der ersten deutschen Auflage »Rom 1773«. München 1909. Z. a.: *SAT* Heinse.

– Petronius: *The Satyricon.* Translated by J. P. Sullivan. Introduction and Notes by Helen Morales. London 2011. Z. a.: *SAT* Sullivan.

I. 2. Sonstige Autoren

Die alphabetische Reihenfolge richtet sich nach den heute gängigen und/oder allgemein bekannten Namen der antiken Autoren (in Kapitälchen gedruckt). Auf Griechisch verfasste Werke werden mit ihren gängigen deutschen Titeln angegeben; lateinische Werke mit ihren Originaltiteln.

– AISOPOS: *Fabeln*. V. A.: Äsop: *Fabeln*. Übersetzung und Anmerkungen von Thomas Voskuhl. Nachwort von Niklas Holzberg. Ditzingen 2014.

– Marcus Gavius APICIUS: *De re coquinaria*. V. A.: Apicius. *Über die Kochkunst*. Herausgegeben, übersetzt und kommentiert von Robert Maier. Ditzingen 2010.

– APULEIUS: *Metamorphoseon Libri XI*. V. A.: Apuleius: *Der goldene Esel. Metarmorphoseon Libri XI*. Herausgegeben und übersetzt von Edward Brandt und Wilhelm Ehlers. Mit einer Einführung von Niklas Holzberg. Berlin 2012.

– ARISTOTELES: *Die Poetik*. V. A.: Aristoteles: *Poetik*. Übersetzt und herausgegeben von Manfred Fuhrmann. Ditzingen 2012.

– ARISTOTELES: *Politik*. V. A.: Aristoteles: *Politik. Schriften zur Staatstheorie*. Übersetzt und herausgegeben von Franz F. Schwarz. Ditzingen 2013.

– ARISTOTELES: *Über die Seele*. V.A.: Aristoteles: *Über die Seele*. Übersetzt und herausgegeben von Gernot Krapinger. Ditzingen 2011.

– AUGUSTUS: *Res gestae*. V. A.: *Der Tatenbericht des Kaisers Augustus*. Ins Deutsche übertragen und mit ausführlichen Erläuterungen versehen von Dr. Mauriz Schuster. Wien 1940.

– (—): *Carmina Priapea*. V. A.: *Carmina Priapea*. Einleitung, Übersetzung, Interpretation und Kommentar von Christiane Goldberg. Heidelberg 1992.

– Marcus Tullius CICERO. *De officiis*. V.A.: Cicero: *De officiis. Vom pflichtgemäßen Handeln*. Übersetzt, kommentiert und herausgegeben von Heinz Gunermann. Durchgesehene und bibliographisch ergänzte Ausgabe. Ditzingen 2007.

– Lucius Annaeus CORNUTUS: *Epidrome*. V. A.: Lucius Annaeus Cornutus: *Einführung in die griechische Götterlehre*. Herausgegeben, eingeleitet und übersetzt von Peter Busch und Jürgen K. Zangenberg. Darmstadt 2010.
– Lucius Cassius DIO: *Römische Geschichte*. V. A.: Cassius Dio: *Römische Geschichte*. 5 Bände. Übersetzt von Otto Veh. Mit einer Einführung von Hans Jürgen Hillen. Düsseldorf 2009.
– EPIKUR: *Fragmente, Briefe, Lehrsätze*. V. A.: Epikur: *Wege zum Glück*. Herausgegeben und übersetzt von Rainer Nickel. 3. überarbeitete Auflage. Mannheim 2011.
– HERODOT: *Historien*. V. A.: Herodot: *Historien*. Übersetzt von A. Horneffer. Neu herausgegeben und erläutert von H. W. Haussig. Mit einer Einleitung von W. F. Otto. Stuttgart 1971.
– HESIOD: *Theogonie*. V. A.: Hesiod: *Theogonie*. Übersetzt und erläutert von Raoul Schrott. München 2014.
– HOMER: *Ilias*. V. A.: Homer: *Ilias*. Übertragung von Raoul Schrott. Kommentiert von Peter Mauritsch. München 2008.
– HOMER: *Odyssee*. V. A.: Homer: *Odyssee*. Übertragung von Anton Weiher. München 1955.
– Quintus Horatius Flaccus (HORAZ): *De arte poetica*. V. A.: Horaz: *Satiren, Briefe*. Übersetzt von Gerd Herrmann, herausgegeben von Gerhard Fink. Düsseldorf/Zürich 2000.
– Quintus Horatius Flaccus (HORAZ): *Epistulae*. V. A.: siehe Horaz, *De arte poetica*.
– Quintus Horatius Flaccus (HORAZ): *Sermones*. V. A.: siehe Horaz, *De arte poetica*.
– Flavius IOSEPHUS: *Gegen Apion*. V. A.: Josephus: *I. The Life. Against Apion*. With an English translation by H. St. J. Thackeray. Erstausgabe 1926. Cambridge/London 2004.
– Flavius IOSEPHUS: *Jüdische Altertümer*. V. A.: Flavius Josephus: *Jüdische Altertümer*. Übersetzt und mit Einleitung und Anmerkungen versehen von Dr. Heinrich Clementz. 2. Auflage. Wiesbaden 2006.

– Flavius Iosephus: *Der jüdische Krieg*. V. A.: Flavius Josephus: *Der jüdische Krieg*. Aus dem Griechischen von Hermann Endrös. Mit einem Anhang von Gerhard Wirth. 7. Auflage. München 1994.

– Flavius Iosephus: *Das Leben*. V. A.: siehe Iosephus, *Gegen Apion*.

– Kallimachos: *Aitien*. V. A.: Kallimachos: *Werke*. Herausgegeben und übersetzt von Markus Asper. Darmstadt 2004.

– Kallimachos: *Hekale*. V. A.: siehe Kallimachos, *Aitien*.

– Kallimachos: *Hymnos auf Artemis*. V. A.: siehe Kallimachos, *Aitien*.

– Kallimachos: *Jamben*. V. A.: siehe Kallimachos, *Aitien*.

– (Longinus): *Vom Erhabenen*. V. A.: Dionysios oder Longinus: *Vom Erhabenen*. Übersetzt und herausgegeben von Otto Schönberger. Ditzingen 2008.

– Marcus Annaeus Lucanus (Lucan): *Pharsalia (De bello civili)*. V. A.: Marcus Annaeus Lucanus: *De bello civile/Der Bürgerkrieg*. Übersetzt und herausgegeben von Georg Luck. Ditzingen 2009.

– Titus Lucretius Carus (Lukrez): *De rerum natura*. V. A.: Lukrez: *Über die Natur der Dinge*. In deutsche Prosa übertragen und kommentiert von Klaus Binder. Berlin 2014.

– Marcus Valerius Martialis (Martial): *Epigrammata*. V. A.:
1) Martial: *Epigramme*. Herausgegeben und übersetzt von Paul Barié und Winfried Schindler. 2., verbesserte Auflage. Düsseldorf/Zürich 2006.
2) Martial: *Epigramme*. Ausgewählt, übersetzt und herausgegeben von Niklas Holzberg. Ditzingen 2008.
3) Martial: *Epigramme*. Eingeleitet und im antiken Versmaß übertragen von Rudolf Helm. Zürich 1957.

– Marcus Valerius Martialis (Martial): *De spectaculis Liber*. V. A.: siehe Martial, *Epigrammata*.

– Publius Ovidius Naso (Ovid): *Amores*. V. A.: Ovid: *Werke, I*. Deutsch von A. Berg. 2. Auflage. Berlin/Stuttgart 1855–1890.

– Publius Ovidius Naso (Ovid): *Ars amatoria*: V. A.: Ovid: *Liebeskunst. Heilmittel gegen die Liebe.* Herausgegeben und übersetzt von Niklas Holzberg. 3. Auflage. München 1991.

– Publius Ovidius Naso (Ovid): *Fasti.* V. A.: Ovid: *Werke, II.* Deutsch von A. Berg, E. Klußmann. Berlin/Stuttgart, 1855–1889. 3. Auflage. Stuttgart 1882.

– Publius Ovidius Naso (Ovid): *Heroïdes – Epistulae.* V. A.: Ovid: *Liebesbriefe.* Herausgegeben, übersetzt und erläutert von Bruno W. Häuptli. Düsseldorf/Zürich 2001.

– Publius Ovidius Naso (Ovid): *Metamorphoseon libri.* V. A.: Ovid: *Werke, III.* Deutsch von R. Suchier. 7. Auflage. Berlin/Stuttgart 1855–1889.

– Aules Persius Flaccus: *Saturae.* V. A.: Aules Persius Flaccus: *Satiren.* Herausgegeben, übersetzt und kommentiert von Walter Kißel. Heidelberg 1990.

– Phaedrus: *Fabulae.* V. A.: Phaedrus: *Fabeln.* Herausgegeben und übersetzt von Eberhard Oberg. 2., verbesserte Auflage. Düsseldorf/Zürich 1999.

– Philodemus von Gadara: *Über die Götter.* V. A.: Philodemos: *Über die Götter.* Griechischer Text und Erläuterung von Hermann Diels. Berlin 1917.

– Philodemus von Gadara: *Über die Haushaltung.* V. A.: *Philodem's Abhandlungen über die Haushaltung und über den Hochmuth und Theophrast's Haushaltung und Charakterbilder.* Griechisch und Deutsch mit kritischen und erklärenden Anmerkungen von J. A. Hartung. Leipzig 1857.

– Philodemus von Gadara: *Rhetorik.* V. A.: *The Rhetorica of Philodemus.* Translation and Commentary by Harry M. Hubell, Ph.D. Aus: Transactions of The Connecticut Academy of Arts and Sciences, Vol. 23. Sept. 1920. New Haven 1920.

– Philon von Alexandria: *Gegen Flaccus.* V. A.: *The Works of Philo Judaeus, the Contemporary of Josephus.* Translated from the Greek by C. D. Yonge, B.A. Vol. I–IV. London 1854/1855.

– PHILON von Alexandria: *Über die Tugenden und das Amt eines Botschafters bei Caius*. V. A.: siehe Philon, *Gegen Flaccus*.

– PLATON: *Ion*. V. A.: Platon: *Sämtliche Dialoge*. VII Bände. Herausgegeben und mit Einleitungen, Literaturübersichten, Anmerkungen und Registern versehen von Otto Apelt. Unveränderter Nachdruck. Hamburg 2004.

– PLATON: *Der Staat*. V. A.: siehe Platon, *Ion*.

– PLATON: *Symposion*. V. A.: Platon: *Symposion*. Übersetzt und herausgegeben von Thomas Paulsen und Rudolf Rehn. Ditzingen 2009.

– Titus Maccius PLAUTUS: *Epidicus*. V. A.: Plautus: *Komödien*. Lateinisch und Deutsch von Alfred Klotz. München 1948.

– Titus Maccius PLAUTUS: *Pseudolus*. V. A.: siehe Plautus, *Epidicus*.

– Caius PLINIUS Caecilius Secundus: *Epistulae*. V. A.: Plinius: *Epistulae. Sämtliche Briefe*. Übersetzt und herausgegeben von Heribert Philips und Marion Giebel. Nachwort von Wilhelm Kierdorf. Durchgesehene und bibliographisch ergänzte Ausgabe. Ditzingen 2010.

– Caius PLINIUS Secundus: *Naturalis Historiae*. V. A.: Plinius: *Naturkunde*. Herausgegeben von Karl Bayer und Kai Brodersen. 37 Bände + Gesamtregister. Einzelbände: München/Zürich/Düsseldorf 1973–1996. Gesamtregister: Düsseldorf/Zürich 2004

– Lucius Annaeus SENECA: *Apokolokyntosis*. V. A: Seneca: *Apokolokyntosis*. Herausgegeben und übersetzt von Gerhard Binder. Düsseldorf/Zürich 1999.

– Lucius Annaeus SENECA: *Ad Marciam de consolatione*. V. A.: Seneca: *Schriften zur Ethik*. Herausgegeben und übersetzt von Gerhard Fink. Düsseldorf 2008.

– Lucius Annaeus SENECA: *Ad Polybium de consolatio*. V. A.: siehe Seneca, *Ad Marciam de consolatione*.

– Lucius Annaeus SENECA: *Consolatio ad Helviam*. V. A.: siehe Seneca, *Ad Marciam de consolatione*.

– Lucius Annaeus Seneca: *De Clementia*. V. A.: Seneca. Of Clemency. https://en.wikisource.org/wiki/Of_Clemency/Book_I; https://en.wikisource.org/wiki/Of_Clemency/Book_II. Abgerufen am 23. April 2016.

– Lucius Annaeus Seneca: *De constantia sapientis*. V. A.: siehe Seneca, *Ad Marciam de consolatione*.

– Lucius Annaeus Seneca: *De vita beata*. V. A.: siehe Seneca, *Ad Marciam de consolatione*.

– Lucius Annaeus Seneca: *Epistulae morales ad Lucilium*. V. A.: Seneca: *Briefe an Lucilius*. 2 Bände. Band 1: Herausgegeben und übersetzt von Gerhard Fink. 2. Auflage. Mannheim 2011. Band II: Herausgegeben und übersetzt von Rainer Nickel. Düsseldorf 2009.

– Lucius Annaeus Seneca: *Naturales quaestiones*. V. A.: Seneca: *Naturwissenschaftliche Untersuchungen*. Übersetzt und herausgegeben von Otto und Eva Schönberger. Ditzingen 1998.

– Lucius Annaeus Seneca: *Octavia*. V.A.: Seneca: *Sämtliche Tragödien*. Band I. Übersetzt und erläutert von Theodor Thomann. 2. durchgesehene Auflage. Zürich 1978.

– Publius Papinius Statius: *Silvae*. VA: Statius: *Silvae*. Übersetzt und erläutert von Heinz Wißmüller. Neustadt/Aisch 1990.

– Strabon: *Geographie*. V. A.: Strabo: *Geographica*. In der Übersetzung und mit Anmerkungen von Dr. A. Forbiger. 2. korrigierte Auflage. Wiesbaden 2007.

– Caius Suetonius Tranquillus (Sueton). *De viris illustribus*. V. A.: Sueton: *Kaiserviten. Berühmte Männer.* Herausgegeben und übersetzt von Hans Martinet. 3. Auflage. Düsseldorf 2006.

– Caius Suetonius Tranquillus (Sueton). *De vita Caesarum*. V. A.: siehe Sueton, *De viris illustribus*.

– Caius Suetonius Tranquillus (Sueton). *Vita Lucani*. V. A.: Sueton: *Sämtliche Werke*. Unter Zugrundelegung der Übersetzung von Adolf Stahr, neu bearbeitet von Franz Schön und Gerhard Waldherr. Essen 1987.

– P. Cornelius TACITUS: *Annales.* V. A.: Tacitus: *Annalen.* Herausgegeben von Erich Heller. Mit einer Einführung von Manfred Fuhrmann. 6. Auflage. Mannheim 2010.
– P. Cornelius SUETON: *Historiae.* V. A.: Tacitus: *Historien.* Herausgegeben und übersetzt von Joseph Borst, unter der Mitarbeit von Helmut Hross und Helmut Borst. 7. Auflage. Mannheim 2010.
– Publius Terentius Afer (TERENZ). *Eunuchus.* V. A.: Terenz. *Der Eunuch.* Lustspiel nach Vorbildern des Menander. Übersetzung, Nachwort und Anmerkungen von Andreas Thierfelder. Ditzingen 2001.
– Publius Vergilius Maro (VERGIL): *Aeneis.* V. A.: Vergil: *Aeneis.* Herausgegeben und übersetzt von Gerhard Fink. Düsseldorf/Zürich 2005.
– Publius Vergilius Maro (VERGIL): *Bucolica.* V. A.: Vergil: *Hirtengedichte.* Übersetzung, Anmerkungen, interpretierender Kommentar und Nachwort von Michael von Albrecht. Ditzingen 2008.
– Publius Vergilius Maro (VERGIL) zugeschrieben: *Culex.* V. A.: siehe II.2. Allgemeine Forschungsliteratur, HERTZBERG 1865.

II. Forschungsliteratur

1. Petronius

1.1. Petronius-Kommentare

– Breitenstein, Natalie: *Petronius, Satyrica 1–15*. Text, Übersetzung, Kommentar. Berlin 2009. Z. a.: Breitenstein 2009.

– Friedlaender, Ludwig: *Petronii Cena Trimalchionis*. Zweite, neu bearbeitete und vermehrte Auflage. Leipzig 1906. Z. a.: Friedlaender 1906.

– Habermehl, Peter. *Petronius, Satyrica 79–141*. Ein philologisch-literarischer Kommentar. Bd. 1: *Sat*. 79–110. Berlin 2006. Z. a.: Habermehl 2006.

– Schmeling, Gareth: A *Commentary on the* Satyrica *of Petronius*. New York 2013. Z. a.: Schmeling 2013.

– Smith, Martin: *Petronii Arbitri Cena Trimalchionis*. Oxford 1978. Z. a.: Smith 1978.

1. 2. Sonstige Petronius-Publikationen

– Castagna, Luigi / Lefèvre, Eckard (Hrsg.): *Studien zu Petron und seiner Rezeption / Studi su Petronio e sulla sua Fortuna*. Unter Mitarbeit von Chiara Riboldi. Berlin 2007. Z. a.: Castagna/Lefèvre (Hrsg.) 2007.

– Connors, Catherine: *Petronius, the Poet. Verse and literary tradition in the Satyricon*. Cambridge 2004. Z. a.: Connors 2004.

– Conte, Gian Biagio. *The Hidden Author. An Interpretation of Petronius's Satyricon*. Translated by Elaine Fantham. Berkeley/Los Angeles/London 1996. Z. a.: Conte 1996.

– Courtney, Edward: *A Companion to Petronius*. Oxford 2010. Z. a.: Courtney 2010.

– Prag, Jonathan / Repath, Ian (Hrsg.): *Petronius. A Handbook*. Chichester 2009. Z. a.: Prag/Repath (Hrsg.) 2009.

2. Allgemeine Forschungsliteratur

– Adamietz, Joachim (Hrsg.): *Die römische Satire*. Darmstadt 1986. Z. a.: Adamietz (Hrsg.) 1986.

– Bell, Sinclair / Ramsby, Teresa (Hrsg.): *Free at last! The Impact of Freed Slaves on the Roman Empire*. London, New York 2013. Z. a.: Bell/Ramsby (Hrsg.) 2013.

– Bücheler, Franz/ Riese, Alexander: *Anthologia Latina. Sive poesis latinae supplentum*. Leipzig 1894. Z. a.: Bücheler/ Riese 1894.

– Christ, Karl: *Geschichte der römischen Kaiserzeit. Von Augustus bis zu Konstantin*. 5. durchgesehene Auflage. München 2005. Z. a.: Christ 2005.

– Conte, Gian Biagio: *Latin Literature. A History*. Translated by Joseph B. Solodow. Baltimore 1999. Z. a.: Conte 1999.

– Courtney, Edward (Hrsg.): *The Fragmentary Latin Poets*. New York 1993. Reprint 2011. Z. a.: Courtney 2011.

– Fortuin, Rigobert W.: *Der Sport im augusteischen Rom*. Aus der Reihe: *Palingenesia. Monographien und Texte zur klassischen Altertumswissenschaft*. Stuttgart 1996. Z. a.: Fortuin 1996.

– Friedlaender, Ludwig: *Darstellungen aus der Sittengeschichte Roms*. 3 Bände. 6. Auflage. Leipzig 1888. Z. a.: Friedlaender 1888.

– Fuhrmann, Manfred (Hrsg.): *Neues Handbuch der Literaturwissenschaft, Band 3. Römische Literatur*. Frankfurt am Main 1974. Z. a.: Fuhrmann 1974.

– Fuhrmann, Manfred: *Seneca und Kaiser Nero*. Berlin 1997. Z. a.: Fuhrmann 1997.

– Gall, Dorothea: *Zur Technik von Anspielung und Zitat in der römischen Dichtung: Vergil, Gallus und die Ciris*. München 1999. Z. a.: Gall 1999.

– Garcia y Garcia, Laurentino: *Pupils, Teachers and Schools in Pompeii*. English Translation by Anna Maria Poli. Rom 2005. Z. a.: Garcia y Garcia 2005.

– Gardner, Jane F.: *Frauen im antiken Rom*. Übersetzt von Kai Brodersen. München 1995. Z. a.: Gardner 1995.

– Georges, Karl Ernst: *Ausführliches Lateinisch-Deutsches Handwörterbuch*. Unveränderter Nachdruck der achten verbesserten und vermehrten Auflage, 1913. Hannover Nachdruck 2010. Z. a.: Georges 2010.

– Hertzberg, Wilhelm: *Die Gedichte des P. Virgilius Maro, im Versmaß der Urschrift übersetzt. Zweite Abtheilung. Kleinere Gedichte welche dem Virgil zugeschrieben werden, übersetzt und erläutert von Wilhelm Hertzberg*. Stuttgart 1856.

– Holzberg, Niklas (Hrsg.): *Anthologia Graeca*. Ditzingen 2010. Z. a.: Holzberg (Hrsg.) 2010.

– Holzberg, Niklas: *Der antike Roman. Eine Einführung*. Darmstadt 2006. Z. a.: Holzberg 2006.

– Holzberg, Niklas: *Die antike Fabel. Eine Einführung*. Darmstadt 2012. Z. a.: Holzberg 2012.

– Holzberg, Niklas (Hrsg.): Die *Appendix Vergiliana. Pseudepigraphen im literarischen Kontext*. Aus der Reihe *Classica Monacensia*. Tübingen 2005. Z. a.: Holzberg (Hrsg.) 2005.

– Holzberg, Niklas: *Die römische Liebeselegie. Eine Einführung*. Darmstadt 2011. Z. a.: Holzberg 2011.

– Hughes, Dennis D.: *Human Sacrifice in Ancient Greece*. Erstausgabe: Abingdon, Oxon 1991. Taylor & Francis e-Library 2006. Z. a.: Hughes 2006.

– Hüttemann, Arno (Hrsg.): *Pompejanische Inschriften*. Ditzingen 2010.

– Janka, Markus: *Prolusio oder Posttext? Zum intertextuellen Stammbaum des hypervergilischen Culex*. Aus: Holzberg (Hrsg.) 2005. Z. a.: Janka 2005.

– Kiepert, Heinrich: *Atlas Antiquus*. Berlin. 1902. Z. a.: Kiepert 1902.

– Kissell 1998: siehe Von Albrecht, Michael (Hrsg.): *Die römische Literatur in Text und Darstellung*.

– Leeman 2000: siehe Von Albrecht, Michael (Hrsg.): *Die römische Literatur in Text und Darstellung*.

– Luck, Georg: *Die Weisheit der Hunde.* Texte der antiken Kyniker in deutscher Übersetzung mit Erläuterungen. Darmstadt 2002. Z. a.: Luck 2002.

– Marquardt, Joachim: *Das Privatleben der Römer.* Zwei Bände. Unveränderter reprographischer Nachdruck der von A. Mau besorgten zweiten Auflage, Leipzig 1886. Darmstadt 1990. Z. a.: Marquardt 1990.

– Mommsen, Theodor: *Römische Geschichte.* Leipzig, Berlin. 1854-1885. Nachdruck in 3 Bänden. Frankfurt am Main 2006. Z. a.: Mommsen 2006.

– Mylonopoulos, Joannis: *Griechische und römische Opferrituale als Medien der Kommunikation.* Erfurt, 2006. Aus: Polifemo VI, 2006. Quelle: www.academia.edu. Mylonopoulos 2006. Abgerufen am 22.10.2014.

– Ohlig, Christoph: *Integrated Land and Water Resources Management in History.* Schriftenreihe der Deutschen Wasserhistorischen Gesellschaft (DWhG) e. V. Siegburg, 2005. Z. a.: Ohlig 2005.

– Paoli, Ugo Enrico: *Das Leben im alten Rom.* Ins Deutsche übertragen von Gerhard Otto. 4. Auflage. Tübingen/Basel 2001. Z. a.: Paoli 2001.

– Pauly, Der kleine. *Lexikon der Antike.* Auf der Grundlage von Pauly's Realencyclopädie der classischen Altertumswissenschaft. München 1979. Z. a.: Pauly 1979.

– Petersmann/Petersmann 2000: siehe von Albrecht, Michael (Hrsg.): *Die römische Literatur in Text und Darstellung.*

– Sage, Evan T.: *Petronius, Poggio and John of Salisbury.* The University of Chicago Press, Classical Philology, Vol. 11, No. 1 (Jan., 1916), S. 11–24. Z. a.: Sage 1916.

– Schmidt, Magdalena: *Die Mücke.* Aus der Reihe: Schriften und Quellen der Alten Welt. Berlin 1959. Z. a.: Schmidt 1959

– Schumacher, Leonhard (Hrsg.): *Römische Inschriften.* Durchgesehene und aktualisierte Ausgabe 2001. Ditzingen 2011. Z. a.: Schumacher (Hrsg.) 2011.

– Smith, William: *Dictionary of Greek and Roman Geography*. London, 1854. Perseus Digital Library Project; http://www.perseus.tufts.edu. Smith 1854. Abgerufen in den Jahren 2013 bis 2017.

– Van Kampen, Albert: *Justus Perthes Atlas Antiquus*. Gotha 1906. Z. a.: Van Kampen 1906.

– Von Albrecht, Michael (Hrsg.): *Die römische Literatur in Text und Darstellung*. 5 Bände.

  – *Band 1. Republikanische Zeit I. Poesie.*: Herausgegeben von Hubert Petersmann und Astrid Petersmann. Ditzingen 2000. Z. a.: Petersmann/Petersmann 2000.

  – *Band 2. Republikanische Zeit II. Prosa.*: Herausgegeben von Anton D. Leeman. Ditzingen 2000. Z. a.: Leeman 2000.

  – *Band 3. Augusteische Zeit*: Herausgegeben von Michael von Albrecht. Ditzingen 2001. Z. a.: Von Albrecht 2001.

  – *Band 4. Kaiserzeit I.*: Herausgegeben von Walter Kißel. Ditzingen 1998. Z. a.: Kißel 1998.

– Weeber, Karl-Wilhelm: *Alltag im alten Rom. Das Stadtleben.* Mannheim 2010. Z. a.: Weeber 2010.

– Weeber, Karl-Wilhelm: *Nachtleben im alten Rom.* Darmstadt 2011. Z. a.: Weeber 2011.

– Weinreich, Otto: *Römische Satiren*. Zürich 1949. Z. a.: Weinreich 1949.

– Zeitlin, Froma I.: *Romanus Petronius. A study of the* Troia Halosis *and the* Bellum Civile. Latomus 30, 1971. Z. a.: Zeitlin 1971.

– Zimmermann, Bernhard (Hrsg.): *Die Literatur der archaischen und klassischen Zeit.* Handbuch der Altertumswissenschaft, Siebte Abteilung, erster Band. München 2011. Z. a.: Zimmermann (Hrsg.) 2011.

III. Petronius und die *Satyrica* im Spiegel der Literatur und Kunst

– Barclay, John: *Euphormionis Lusinini Satyricon (Euphormio's Satyricon)*. 1605–1607. V. A.: John Barclay: *Euphormio's Satyricon*. Translated from the Latin with Introduction and Notes by David A. Fleming, S. M. Nieuwkoop 1973.

– Fellini, Federico: *Fellini Satyricon*. Herausgeber: Dario Zanelli. Übersetzung: Eugene Walter, John Matthews. New York 1970.

– Fellini, Federico: *Fellinis Satyricon*. Regie: Federico Fellini. Produktion: Alberto Grimaldi. Italien/Frankreich 1969.

– Fitzgerald, F. Scott. *The Great Gatsby*. 1925. V. A.: F. Scott Fitzgerald: *The Great Gatsby*. www.planetebook.com. Abgerufen am 10.12.2012.

– Hugo, Victor: *L'homme Qui Rit*. 1869. V. A.: Victor Hugo. *Der lachende Mann*. Übertragen von Carl Johann Perl. Berlin 1925.

– Lessing, Gotthold Ephraim: *Laokoon oder Über die Grenzen der Malerei und Poesie*. 1766. V. A.: *Lessings Werke in sechs Bänden*. Erster Band. Leipzig 1899.

– Maderna, Bruno: *Satyricon*. Opera en un acte d'apres Petrone. Livret polyglotte de Bruno Maderna. 1973. Verwendete Einspielung: Bruno Maderna, *Satyricon*. Editions Salabert 1992.

– Miller, Henry: *Black Spring*. V. A.: Henry Miller. *Black Spring*. Great Britain (London) 1986 (Reprint).

– Nietzsche, Friedrich: *Jenseits von Gut und Böse*. V. A.: Friedrich Nietzsche. *Werke in drei Bänden*. Band 2. München 1954. Erstdruck: Leipzig (C. G. Naumann) 1886.

– Nodot, François: Petrone, Latin et Francois, Traduction Entiere, Nouvelle Edition, Amsterdam 1709.

– Salisbury, John of: *Policraticus*. Um 1159. V. A.: Joseph B. Pike: *John of Salisbury's Frivolities of Courtiers and Footprints of Philosophers*. Being a Translation of the First, Second and Third Books and selections from the Seventh and Eight Books of the *Policraticus* of John of Salisbury. Minnesota 1938. Reprint New York 1972. Z. a.: Salisbury 1972.

– SIENKIEWICZ, Henryk: *Quo vadis?* 1895/96. V. A.: Henryk Sienkiewicz: *Quo vadis?* Auf Grundlage der Übertragung von J. Bolinski neu crarbcitct und mit einer Nachbemerkung und Anmerkungen von Marga und Roland Erb. München 2000.

– SWIFT, Jonathan: *On Dreams*. V. A.: The Project Gutenberg eBook. *The Poems of Jonathan Swift, D.D.* Volume I (of 2), by Jonathan Swift. Edited by William Ernst Browning. E-text prepared by Clare Boothby, G. Graustein, and the Project Gutenberg Online Distributed Proofreading Team. 2004.

– WILDE, Oscar: *The Picture of Dorian Gray*. 1891. V. A.: Oscar Wilde: *The Picture of Dorian Gray*. Edited by Peter Ackroyd. London 1985.

GLOSSAR

Arbiter

Richter. Tacitus bezeichnet Petronius als *elegantiae arbiter*, als Schiedsrichter in Geschmacksfragen. Tacitus, *Annales*, XVI, 18. In späteren Zeiten wurde dieser Spitzname als Synonym für Petronius verwendet.

atrium

Der Mittelraum des antiken Hauses. Meistens mit einer Öffnung im Dach und einem in den Boden eingebauten Wasserbecken. Das *atrium* war von etlichen kleineren Räumen umgeben und es führte zum hinteren Teil des Hauses, dem *peristylium*. Dieses bestand aus einem von Säulengängen umgebenen Garten und war von den weiteren Räumen des Hauses umgeben. Paoli 2001.

auctor

Wörtlich: Der »Förderer«. Jemand, der etwas noch nicht Vorhandenes unmittelbar oder mittelbar ins Dasein fördert oder ein schon Vorhandenes zur vollen Kraft bringt. *Auctor* kann Schöpfer, Urheber, Gründer oder auch Gewährsmann, im Sinne einer Autorität, bedeuten. Der Begriff wurde für Gottheiten wie auch für Schriftsteller verwendet. Georges 2010.

cena

Die tägliche Hauptmahlzeit der Römer. Sie begann je nach Jahreszeit zwischen ca. 14 und 16 Uhr. Arbeitende Menschen frühstückten vor oder mit dem Morgengrauen, nahmen im Lauf des Vormittags einen Imbiss (bei einem Verkaufsstand auf der Straße) zu sich und gingen am Nachmittag, nach der Arbeit und dem Bad, zu Tisch.

clinē

Das Lager, die Speise- oder Ruheliege. Latinisierte Form des griechischen Wortes »kline«. Allgemeine Bezeichnung für den *lectus cubicularis*, die Schlafliege, und den *lectus triclinaris*, die

Speiseliege. *clinēs* gab es in unterschiedlichen Größen und Ausführungen. Es gab sie mit Lehnen am Kopf- oder am Kopf und Fußende; man konnte sie allein, über die Länge ausgestreckt benutzen; zu zweit, der Länge nach, sofern zwei Lehnen vorhanden waren, oder, sofern die *clinē* breit genug dafür war, zu dritt, indem man sich schräg über die Breitseite legte.

cognomen

Beiname. Im 1. Jh. u. Z. waren dreiteilige Namen allgemein gebräuchlich. Vierteilige Namen waren dem Hochadel vorbehalten. Sie setzten sich aus dem Vornamen (*praenomen*) und dem Namen der *gens* (*nomen*) sowie dem *cognomen* zusammen. *cognomen* bezogen sich auf körperliche Eigenschaften (*Flaccus* – schlapp), die Geburt des Trägers (*Martialis* – im März geboren) oder auf besondere Ruhmestaten des Trägers oder eines seiner Vorfahren (der Beiname *Torquatus* des Decimus Iunius Silanus etwa bezeichnet eine Halskette, mit der einer seiner Vorfahren ausgezeichnet wurde).

domus

Die Familie. *domus principis*: Die Familie des *princeps*.

epigramma

Plur.: *epigrammata*. I: Die Inschrift. II: Das Sinngedicht. *epigramma* waren nicht nur spöttisch, es gab Weihe-, Grab-, Trinkepigramme etc.

epos

Das Heldengedicht.

fabula

Das Gerede der Leute, die Sage. Als *fabula* bezeichnete man alles Unglaubwürdige, Unbelegte. Zugleich Sammelbegriff für alle literarischen Werke unernster Natur, die keiner anderen antiken Textsorte zugeordnet werden konnten: z. B. die Werke Aesops, aber auch jene Petrons und Apuleius'.

familia

Bezeichnet nicht die Familie im heutigen Sinn. Diese nannte man > *domus*. Zur *familia* gehörten alle dem Vorsteher (manchmal auch der Vorsteherin) eines Hauses zu Gehorsam verpflichteten Personen; das heißt: alle Familienmitglieder, Sklaven und Freigelassenen.

fides

Das Vertrauen auf jemandes oder einer Sache Redlichkeit; die Ehrlichkeit, Treue, Zuverlässigkeit. In Rom schon früh deifiziert, da man sich einen Staat ohne *fides* nicht vorstellen konntc.

gens

Die, von gleicher Abkunft, von einem Stammvater Entsprossenen; das Geschlecht, der Stamm. Eine *gens* konnte zahlreiche Zweige haben, sowohl patricische als auch plebeische.

grammaticus

Lehrer der zweiten von drei Schulstufen. Für die Grundschule (Lesen, Schreiben, Rechnen; ab 7 Jahren) war der *magister* oder *litterator* zuständig; für die zweite ab ungefähr 11 Jahren der Lehrer für Grammatik und Allgemeinbildung; für die dritte, höchste Stufe (ab 15 oder 16 Jahren), der *orator* oder *rhetor*. Garcia y Garcia 2005.

Hypomnemata

Antike Textsorte. Aus dem Griechischen *hypo* (unter, nieder) und *Mneme* (Erinnerung) gebildet. Wörtlich »niedergelegte Erinnerungen«. Das Notieren von Gedanken war eine allgemein übliche Gepflogenheit des antiken Geistesmenschen.

Imperator

Im Allgemeinen jeder Befehlshaber, Vorgesetzte oder Gebieter. Plautus bezeichnet den Direktor der Schauspieltruppe als *imperator histricus* (Plautus, *Poenulus*, 1–6). Im Besonderen der oberste Befehlshaber beim Heer; im 1. Jh. u. Z. allmählich Titel des Herrschers.

Imperium

I: der Befehl, die Anordnung. II: die Macht, zu befehlen. *imperium domesticum* – die Befehlsgewalt über das Haus. Die Amtsgewalt, etwa eines Statthalters oder einer Behörde. Der Oberbefehl. Die höchste Gewalt, die Herrschaft. III: das Verwaltungsgebiet, *Imperium Romanum*.

Iustitia

Die Gerechtigkeit. Als Gottheit personifiziert. Iustitias Insignien sind die Waagschalen, die immer absolut austariert dargestellt wurden, und das Füllhorn, da Gerechtigkeit Überfluss für alle schafft.

liber

Wörtlich: der Bast, der unter der Rinde des Baumes liegt, auf dem vor der Verwendung des Papyrus geschrieben wurde. Im übertragenen Sinn jedes große Schriftwerk, z. B. eine Rede, eine Komödie, ein langer Brief. Bezeichnet das Buch, aber auch die einzelnen Kapitel eines Buches; im Gegensatz zum *libellus*, der kleinen Schrift.

milesia

Eine milesische Geschichte. Nach heutiger Diktion eine erotische Novelle. Namensgeber ist Aristeides von Milet (wohl 2. Jh. v. u. Z.) mit seinen *Milesiaka*, die fragmentarisch überliefert sind. Nach Rom fanden sie durch die Übersetzung des Historikers Sisenna im 1. Jh. v. u. Z. *Milesiaka* konnten auch Abenteuer- oder Gruselgeschichten sein; der Name deutet eine lose Bindung an die griechische Stadt Milet an. Wiewohl die meisten dieser Geschichten untergegangen sind, erlebten sie eine neue Blüte durch Boccaccios *Decamerone*. Habermehl 2006.

mimus

I: derbes Lustspiel. Im 1. Jh. v. u. Z. durch Iulius Caesar gefördert und damals erstmals verschriftlicht. Statt Masken kam Schminke zum Einsatz; der Aspekt der Nachahmung durch Grimassen und Gebärden war typisches Merkmal, desgleichen stereotype Charaktere wie *stupidus*, *parasitus* oder *rusticus*. Die Vulgarität dieser Possen war sprichwörtlich. Im *mimus* wirkten auch Frauen mit; diese wurden nach dem Ende des Stückes lauthals zum Striptease aufgefordert, den sie auch meistens vollzogen. II: der Schauspieler des *mimus*.

papyrus

I: die aegyptische Papyrusstaude, die vielfältige Verwendung fand. Aus ihrem Holz fertigte man Schiffe, aus dem Bast Segel, Kleider, Stricke und Bänder; aus dem innersten Bast wurde Schreibpapier gefertigt. II: das Schreibpapier. Es wurde aus rechtwinklig übereinandergelegten Schichten des Bastes gefertigt: diese wurden verleimt, gepresst und getrocknet. Es gab unterschiedliche Qualitäten: vom feinsten Schreibpapier bis zum Packpapier.

pater familias

Oberhaupt eines Hauses. Ihm waren alle Mitglieder der >*familia* zu Gehorsam verpflichtet.

patricii

Die Adeligen. Abgleitet von *pater* – Vater; gemeint ist »von besonderer Herkunft«. Unterteilt in Hochadel – *patricii maiorum gentium* und niederen Adel – *patricii minorum gentium*.

pietas

Das pflichtgerechte Verhalten gegen Götter und Menschen. So wie >*fides* und > *virtus* die Ordnung erhaltende Tugenden und daher kultisch erhöht.

plebs

I: das Bürgertum, im Gegensatz zum Adel, den >*patricii*. II: die Volksmenge, der Pöbel.

princeps

In der Reihenfolge der Erste. Der erste dem Rang nach, der Angesehenste, der Vornehmste. Für die Herrscher Roms ein reiner Ehrentitel, der mit keinerlei Machtbefugnissen verbunden war. Octavian Augustus erfand diesen Titel, mit dem er von der diktatorischen Natur seiner Herrschaft ablenken wollte.

procurator

Im Allgemeinen Besorger, Verwalter, Stellvertreter. Im speziellen auch die kaiserlichen Verwaltungsbeamten, deren höchste Ämter (Finanzen, Schriftverkehr etc.) mit einem modernen Ministeramt vergleichbar sind.

res publica

Wörtlich: die »öffentliche Sache«, die »Sache des Volkes«; im Gegensatz zur Privatangelegenheit. Die *r.p.* war ein Wertbegriff, eng verbunden mit *ius*, *lex* und vor allem *libertas*. Eine

Gleichsetzung mit dem heutigen Begriff der Republik ist problematisch, da die Regenten der *res publica,* die Consuln, nicht direkt vom Volk, sondern von der *Comitia Centuriata* gewählt wurden, einer Art Volksversammlung, in der die Senatoren und Ritter, also die Oberschicht, die Mehrheit hatten.

stylus

Der Stift. Schreibgerät für die > *tabula*, das Wachstäfelchen für kurze Notizen. An einem Ende war der *stylus* spitz, um damit die Buchstaben in das Wachs ritzen zu können, am anderen Ende war er breit und stumpf, damit das Wachs für neue Eintragungen geglättet werden konnte. GARCIA Y GARCIA 2005.

subura

Zentrales Stadtviertel Roms, östlich des capitolinischen Hügels, nördlich des Palatins gelegen. Das »bunteste« Viertel Roms; sowohl von ordentlichen Bürgern und kleinen Gewerbetreibenden, als auch von Kleinkriminellen, Prostituierten etc. bevölkert. KIEPERT 1902.

tabula

Das Wachstäfelchen, manchmal auch aus Ton. Der Notizblock des Römers. In einem Rahmen aus Holz befand sich eine Wachs- oder Tonfläche, die mit dem > *stylus* beschrieben oder geglättet werden konnte. Ausführung und Umfang variierten; in Pompeii wurde eine achtseitige *tabula* gefunden.

toga

Das römische Gewand schlechthin. Voluminöses Wollgewand, in das der Träger förmlich eingewickelt wurde. Zu den Zeiten Petrons wurde es nur noch zu offiziellen Anlässen getragen. *toga praetexta*: Das Gewand des unmündigen Knaben, gekennzeichnet durch einen Purpurstreifen. *toga virilis*: Das Gewand des erwachsenen Römers.

togata

Form der römischen Komödie. Die römische Komödie ist eine Adaption der griechischen Neuen Komödie. Die *togata* spielte im römischen, die weitaus populärere *palliata* im griechischen Milieu.

triclinium

Mehrdeutiger Begriff. Eigentlich die drei Liegen, die u-förmig um einen oder mehrere Tische angeordnet waren. Wie viele Liegen tatsächlich zum Einsatz kamen, hing von der Anzahl der Gäste ab. Auf einer Liege konnten drei Personen bequem Platz finden, im Notfall auch fünf. Man lag halb aufgerichtet, den linken Arm von einem Polster unterstützt, und hatte den rechten Arm zum Essen und Trinken frei. *triclinium* bezeichnet aber auch das Esszimmer bzw. den Speisesaal, oder den, je nach Jahreszeit und Gästeanzahl, bequemsten Platz für das Gastmahl.

vale

Lebe wohl! Klassische Abschiedsformel in Briefen. Weiters Verabschiedung von Verstorbenen, etwa »Gehe hin (in Frieden)«.

virtus

Eine der wichtigsten römischen Tugenden. Das Gedicht des Lucilius zeigt, dass sie im weiteren Sinn auch die > *fides* und die > *pietas* enthalten hat. Im engeren Sinn bezeichnet sie wörtlich die Mannheit. I: alles, was den Mann in körperlicher und geistiger Hinsicht ziert. Tüchtigkeit, Tauglichkeit, Vorzüge, Verdienste. II: die männliche Vollkommenheit, Tugendhaftigkeit. Dazu gehören kriegerischer Mut, aber auch Standhaftigkeit und das Erdulden von Leid.

HOLLITZER

www.hollitzer.at